MARIANA,

LOS HILOS DE LA LIBERTAD

JOSÉ CALVO POYATO

MARIANA,
LOS HILOS DE LA LIBERTAD

Editado por HarperCollins Ibérica, S. A.
Avenida de Burgos, 8B - Planta 18
28036 Madrid

Mariana, los hilos de la libertad
© José Calvo Poyato, 2013, 2024
Autor representado por Silvia Bastos, S. L. Agencia Literaria
© 2024, para esta edición HarperCollins Ibérica, S. A.

Diseño de cubierta: CalderónSTUDIO®
Imagen de cubierta: Alamy

ISBN: 978-84-19809-06-3
Depósito legal: M-30191-2023
Impreso en España por: BLACK PRINT

MIXTO
Papel procedente de
fuentes responsables
FSC   FSC® C159065
www.fsc.org

PRIMERA PARTE

UNOS CRÍMENES EXTRAÑOS, UN SECUESTRO FRUSTRADO Y UN PLAN DE FUGA

1

Granada, 5 de junio de 1828

Un revuelo de palomas acompañó el sonido de las campanas. Se iniciaba la procesión del Corpus Christi, la fiesta principal de Granada. Las puertas grandes de la catedral se abrieron y bajo su arcada docenas de estandartes, banderas y cruces alzadas se pusieron en movimiento. Poco a poco se formó el cortejo y, como si hubiera acechado el momento, se incorporó a él una grotesca figura que semejaba un dragón. Entró por la calle de la Cárcel Baja como si surgiera de la nada.

La gente comenzó a gritar:

—¡La Tarasca! ¡La Tarasca!

Superado el primer instante, el gentío la recibió con una rechifla. La Tarasca representaba el pecado, el mal.

Entre lujosas capas, almidonados roquetes y nubes de incienso, apareció sobre un trono ricamente ornamentado la custodia con el Santísimo Sacramento. Los murmullos se apagaron despacio para finalmente convertirse en un silencio sólo roto por el repicar de los bronces. La gente caía de hinojos y humillaba la cabeza bisbiseando una plegaria.

El sol brillaba sobre un cielo inmaculado y la procesión avanzaba en medio de la muchedumbre que llenaba el recorrido. A lo largo del trayecto no cabía un alfiler. En el centro de la abarrotada plaza de Bibarrambla, se alzaba un templete de abolengo clásico —una cúpula decorada con estrellas, sostenida por columnas corintias— en cuyos ángulos podían verse los símbolos de los cuatro evangelistas —un toro, un águila, un león y un hombre—; llenaban los laterales unas figuras alegóricas de las siete virtudes. En los balcones de la Casa de los Miradores, adornados con tapices y reposteros, se veían a las principales autoridades granadinas y a mujeres luciendo mantillas. Dos compañías de carabineros, vistiendo uniforme de gala, mantenían despejado el paso para que transitase el Santísimo. Dio una vuelta a la plaza y, de repente, por el Arco de las Orejas, apareció un jinete ataviado a la antigua usanza: armadura completa, rodela y lanza; cubría su cabeza con un yelmo emplumado. La muchedumbre lo recibió con aplausos y gritos de ánimo. Era el adalid de las virtudes, el símbolo del bien. A lo largo del recorrido, Tarasca y jinete sostendrían un singular combate que el segundo ganaría en medio del regocijo popular.

En una casa del barrio de la Magdalena, una joven dama, ajena por completo a la celebración, daba arcadas sin cesar. Su cuerpo se arqueaba sacudido por espasmos, en un intento inútil de vomitar, al tiempo que una mujer entrada en años le sujetaba la frente y sostenía un paño con el que limpiaba la saliva de sus labios.

—Mariana, deberías acostarte. Quizá tu estómago se serene un poco.

La aludida negó con un movimiento de cabeza y susurró con un hilo de voz:

—Mejor tomaré una tisana.

Mariana de Pineda se incorporó y, tambaleándose, fue hasta una butaca donde se dejó caer desfallecida. Doña Úrsula la arropó amorosamente y se encaminó a la cocina para calentar el agua de la infusión. La servidumbre se había marchado a ver la procesión del Corpus, llevándose al pequeño José María. Mariana se lo encomendó a Burel, su fiel criado y hombre de confianza. En realidad, Antonio José Burel era algo más que un criado; era un correligionario que compartía principios y peligros.

Mariana consideraba a doña Úrsula Lapresa como su madre. Era una mujer bondadosa que había volcado en ella todo el cariño que jamás pudo darles a unos hijos que nunca llegaron a su matrimonio con José Mesa, un acomodado industrial, dueño de varias panaderías y un próspero negocio de ferretería, cuya clientela se extendía por todo el reino de Granada. También él, hasta su muerte, fue un padre para ella desde que su tío, el ciego Pineda, se la entregara antes de cumplir los tres años, muy poco después de fallecer su padre, don Mariano de Pineda.

Aguardaba la tisana con los ojos cerrados y sin quitarse de la cabeza el altercado que una semana antes había tenido con don Ramón Pedrosa, alcalde del crimen de la Real Chancillería. Hacía tiempo que Mariana se había convertido en uno de sus objetivos para exterminar toda resistencia al poder que Fernando VII ejercía tiránicamente. A Pedrosa le bastaba un leve indicio de pertenencia a la masonería o de albergar ideas contrarias al poder omnímodo y arbitrario del monarca para que sus sabuesos estuvieran al acecho, dispuestos a aprovechar un descuido y abalanzarse sobre la presa. Eso era Mariana de Pineda para Pedrosa, una presa. Desde su llegada a Granada las ejecuciones por delitos políticos eran frecuentes. A los pocos días de tomar posesión de su cargo, habían sido ejecutados los integrantes de una logia. Tras un juicio sumarísimo, fueron conducidos al patíbulo, alzado en la plaza de Santo Domingo, vistiendo los mandiles y otros adornos propios de los masones para que el público se burlara de ellos.

Hacía poco tiempo que Pedrosa había sido nombrado subdelegado de policía y presidente de la Comisión para la Depuración de Delitos de Carácter Político, lo que significaba que gozaba de la confianza de don Tadeo Calomarde. Mariana era consciente de que se había convertido en una obsesión para el alcalde del crimen por el simple hecho de ser una viuda que no ceñía sus costumbres a la mojigatería que presidía las formas de vida tradicionales entre las damas de la llamada buena sociedad granadina, un círculo cerrado al que ella tenía acceso por su condición de noble. Era cierto que muchas señoras la miraban con recelo y afirmaban, con malsana intención, que su madre era una pelandusca que huyó con otro hombre y que, muerto su padre, al que consideraban uno de los suyos y todo un caballero, la había criado un confitero. Pero su principal pecado era la ligereza, decían, con que se comportaba. No podían soportar que anduviera mezclada en cosas de hombres.

En casa de los marqueses de los Pilares se celebraba la festividad del Corpus a la manera tradicional. Después de asistir a la procesión, los criados habían repartido canastas de pan y otras viandas en la puerta de la casa —según era costumbre entre las familias de más prosapia— para que los menesterosos tuvieran aquel día, además del alimento espiritual propio de la solemnidad, pan blanco que llevarse a la boca. Cuando las campanas de la catedral volvieron a repicar, a eso de la media tarde —mucho antes de que el sol se pusiera para evitar el concurso de hombres y mujeres después de que hubiera anochecido—, señalando que el Santísimo Sacramento entraba en la catedral, se iniciaba una merienda con la que los marqueses obsequiaban a sus amistades en el salón principal de la casa. Los invitados, más de medio centenar, departían en corrillos donde las damas de más edad estaban acomodadas en sillones y divanes. Doncellas impecablemente vestidas y criados con librea iban de un lado para otro ofreciendo bandejas con dulces y primores de hojaldre o bebidas refrescantes para las señoras y vino y licores variados para los caballeros. Uno de los corrillos, formado por media docena de damas y un caballero, estaba pendiente de una cincuentona de formas orondas que acariciaba su generosa pechera con las plumas del abanico. Ocupaba medio diván y cantaba las alabanzas de una crema que obraba efectos milagrosos.

—¿Qué contiene ese ungüento, querida? —preguntó una de las contertulias.

Doña Rosario Montes de Ortigosa dejó escapar un suspiro.

—Mi perfumista dice que la base es agua de azahar, bálsamo de pachulí y una disolución de almizcle. Te asegura un cutis brillante y terso. —Se pasó la mano por su cuello, donde lucía un collar de gruesas perlas.

Algunas pensaron, maliciosamente, que aludía a la crema para que reparasen en la joya.

—¿Ha dicho almizcle, doña Rosario? —preguntó el caballero.

—Sí, almizcle, don José. Puede comprarse al perfumista del Campillo, el que tiene el establecimiento frente al teatro. ¡Es el mejor de toda Granada!

El caballero era don José de la Peña y Aguayo, un joven abogado —rondaría los veinticinco años— que, pese a su edad, ya había cosechado importantes éxitos y se había convertido en una celebrada figura del foro granadino. Tenía los ojos negros, grandes y vivaces, y también era negro su cabello, cortado a la moda; vestía un levitón oscuro, de corte sencillo, pero de excelente paño; el alfiler que sujetaba su corbatín de seda era una valiosa joya.

—¿Saben cómo se obtiene la esencia de almizcle? —preguntó con socarronería, sin dirigirse a nadie en particular.

La dama que compartía el diván con doña Rosario, de formas tan enjutas que era su contrapunto —se llamaba Hortensia Alpuente, una solterona que rondaría también el medio siglo—, sonreía sin despegar los labios para ocultar los dientes que le faltaban a su boca. Lo midió con la mirada, antes de señalar con cierta ironía:

—Es usted un pozo de sabiduría. ¿No me diga que también sabe de ungüentos? Creí que sólo era experto en leyes.

El abogado le dedicó una sonrisa.

—Mi querida doña Hortensia, saber de dónde se obtiene la esencia de almizcle forma parte de la cultura general.

—¿Alguna de vosotras sabe de qué planta se extrae el almizcle? —preguntó doña Hortensia paseando su mirada por las reunidas.

Ninguna era versada en la cuestión planteada por el abogado.

—¡Ya ve usted! —le espetó doña Hortensia, y dirigiéndose a las damas—: ¡Don José, de forma muy sutil, nos ha llamado incultas a todas!

—Nada más lejos de mi intención. No sería yo un caballero si albergase tan perversas intenciones y mucho menos con usted, doña Hortensia.

—En ese caso, no nos tenga sobre ascuas —intervino doña Rosario sin dejar de agitar el abanico sobre su generosa pechera.

En aquel momento se incorporó al corrillo doña Norberta Pimentel, una dama de talle escultural: cintura estrecha y caderas seductoras. Era la única descendiente de don Agustín Pimentel, quien había ejercido funciones de virrey en Lima hasta que su titular, don José Fernando Abascal, fue liberado por los ingleses, que lo habían apresado. Don

Agustín amasó una considerable fortuna. Absolutista convencido, había muerto poco antes de que Pedrosa llegara a Granada, dejando huérfana a doña Norberta —la madre había fallecido víctima de la viruela al término de la guerra de la Independencia—, quien había dedicado su vida a atenderlo. Además de huérfana, quedó dueña de una herencia sustanciosa, corrían toda clase de rumores y todos coincidían en señalar que se trataba de una verdadera fortuna. Doña Norberta Pimentel era un excelente partido, una ricahembra y una mujer hermosa. Pero, muerto su padre, se impuso un riguroso luto y después se mostró desdeñosa con los pretendientes que se acercaron a ella.

—Bueno…, quería decir que la esencia de almizcle es un producto muy usado en perfumería y puede…, puede obtenerse por vías diferentes. Necesariamente…

El abogado parecía encontrarse en una situación embarazosa, como arrepentido de haber planteado la cuestión. La llegada de don Ramón Pedrosa, que miraba sin disimulo a Norberta, pareció sacarlo del apuro.

—Mi querido don José —lo tomó por el brazo con gesto amistoso—, lo he buscado por todas partes y al fin lo encuentro.

Pedrosa tenía un porte desgarbado, la piel olivácea, los pómulos pronunciados y los ojos grises, pequeños y acerados; disimulaba su calvicie peinando hacia delante sus cabellos de color castaño y llamaban la atención unas cejas tan espesas que conferían a su mirada cierto aire de brutalidad. En realidad, no buscaba a Peña y Aguayo, sino que iba tras doña Norberta Pimentel. Era una de las dos mujeres, aunque por razones muy diferentes, que ocupaban buena parte de sus pensamientos. Las opulentas formas de la rica heredera de los Pimentel le habían privado del sueño más de una vez. Iba a decir algo cuando doña Hortensia lo detuvo:

—¡Un momento, don Ramón! Don José iba a explicarnos cómo se obtiene la esencia de almizcle. Por un casual, ¿usted lo sabe?

Pedrosa miró a la dama y se encogió de hombros.

—Será don José quien las instruya sobre el asunto —respondió el alcalde del crimen—, también yo me ilustraré con sus conocimientos que, según veo, se extienden más allá de las leyes.

A Peña y Aguayo no le quedó más remedio que satisfacer la curiosidad que él mismo había despertado.

—Verá, doña Hortensia, se trata de una sustancia algo grasienta y untuosa que algunos mamíferos segregan de unas glándulas que tienen en el prepucio o en el perineo. ¿Satisfecha la curiosidad?

Las damas lo miraban sorprendidas, pero ninguna preguntó y Pedrosa, con una sonrisa malévola, miró a doña Norberta, que se había sonrojado, al tiempo que las demás intercambiaban miradas de desconfianza. En ese momento el mayordomo se acercó a Pedrosa y le susurró algo al oído. El subdelegado de policía pidió disculpas y se alejó hacia la puerta del salón donde aguardaban dos hombres. Peña y Aguayo aprovechó para escabullirse.

—Estos abogados utilizan una jerga que nadie entiende —proclamó doña Hortensia—. ¿Qué habrá querido decir con eso del prepucio y del peri..., peri lo que sea?

—Perineo —puntualizó doña Norberta.

Doña Rosario la midió con la mirada.

—Norberta, querida, me parece que tú te has enterado de lo que ha querido decir ese leguleyo. —En sus palabras había cierta recriminación.

El arrebol que cubría el rostro de la dama se hizo más intenso.

—¿Qué ha dicho? —exigió saber doña Hortensia.

—Según don José, la esencia de almizcle se obtiene de

una sustancia que segregan algunos animales —tartamudeó la rica heredera.

—¡Eso ya lo sabemos! —Doña Rosario se impacientaba.

—¿Qué es eso del prepucio? —preguntó doña Hortensia con cierta candidez.

—El pene, doña Hortensia —respondió doña Norberta, roja como la grana, mientras doña Rosario agitaba con energía el abanico y la furia brillaba en sus pupilas.

—¿El pene? ¿Qué es eso?

—¡El nombre fino del miembro! ¡Hortensia, que pareces tonta! —exclamó doña Rosario—. ¡Cómo se nota que no has conocido varón!

A doña Hortensia, escandalizada, se le pusieron los ojos como platos.

—¿El perfume lo segregan los machos… por…, por…? —Doña Hortensia miraba desconcertada.

—No, doña Hortensia —matizó doña Norberta—, lo que el señor Peña y Aguayo ha dicho es que algunos mamíferos segregan el almizcle por unas glándulas que están por esas zonas y se utiliza en la elaboración de los perfumes.

—¡Eso es una porquería! ¡No me lo puedo creer! —Doña Hortensia, sofocada, no dejaba de abanicarse.

—¡Pues es lo que dice ese deslenguado! —Doña Rosario buscaba sus impertinentes entre los encajes de su pechera para ver por dónde andaba el joven abogado.

A doña Hortensia estaba a punto de darle un sofoco. Trataba de calmarse dando sorbos a su limonada.

—Lo ha dicho para mortificarnos. No me explico cómo la marquesa lo ha invitado.

—¿Por qué dices eso, Hortensia?

—Porque tiene unas juntas muy poco recomendables.

—¿Qué quieres decir? —Doña Rosario se olvidó de sus impertinentes.

Doña Hortensia se aseguró de que sus palabras no salieran del corrillo.

—Que es masón y liberal.

—Pues no se diría después de ver la condescendencia con que lo trata don Ramón.

—Lo sé de muy buena tinta. Y de las juntas ni te cuento.

—¿A quién te refieres?

—A la viudita.

—¿Qué viudita es esa? —preguntó una joven que poco antes había mirado con arrobo al abogado.

—¿Quién va a ser, Dolorcitas? Mariana de Pineda. ¡Como no te andes lista…!

Doña Dolores Morales de los Ríos y Escaño era huérfana y, como doña Norberta Pimentel, heredera de una cuantiosa herencia, pero en nada comparable. Entre sus amistades era sabido que bebía los vientos por el joven abogado, y no era la única.

En aquel momento se produjo un pequeño revuelo. Pedrosa se despedía de los anfitriones y se marchaba a toda prisa, acompañado por los dos hombres, que habían aparecido de improviso. Don José de la Peña se acercó al grupo de señoras.

—¿Nos informará también de lo que ocurre? —Doña Rosario lo recibió con retintín.

—Se ve que han encontrado el cadáver de una mujer y, por lo que he escuchado, en circunstancias muy extrañas.

—¿Qué quiere usted decir con circunstancias muy extrañas?

—Estaba vestida con un sambenito como si fuera una penitenciada de la Inquisición.

Sus palabras levantaron un murmullo de comentarios.

—¡Válgame el cielo! —exclamó doña Rosario—. ¿Qué dice don Ramón?

—Al parecer, no es el primer cadáver que aparece en tan extrañas circunstancias. Días atrás encontraron otro, en este caso de un hombre.

—¿Nada se ha sabido de esa muerte?

—No querían problemas en vísperas del Corpus y como su muerte resultaba misteriosa…

—¿Qué quiere decir usted con que resultaba misteriosa?

El joven abogado carraspeó.

—Se trata de algo desagradable. Contarlo es casi una falta de consideración a tan egregias damas.

—No me venga con monsergas y se muestre ahora tan remiso. Mejor es llamar al pan, pan y al vino, vino. ¡Como ha hecho antes, al referirse al almizcle!

El abogado hizo un gesto de resignación.

—El cadáver estaba desnudo y su espalda marcada con unas aspas flamígeras, como las que adornan los sambenitos. Se las habían hecho con una navaja.

—¡Qué horror!

2

En las proximidades de Puerta Real reinaba una gran animación y en el Campillo una numerosa concurrencia aguardaba a que se abrieran las puertas del teatro Principal para asistir a una representación de exaltación al sacramento de la Eucaristía. Los más apegados a la tradición lo criticaban por realizarse después de anochecido, dando lugar a que hombres y mujeres se dieran cita cuando las sombras de la noche ya dominaban la ciudad. Era otra de las novedades traídas del otro lado de los Pirineos, lo mismo que se había impuesto que hombres y mujeres no asistieran a las representaciones desde lugares separados. La cazuela de los antiguos corrales de comedias era un recuerdo. Ahora, en los palcos y el patio de butacas dominaba la promiscuidad. La culpa, decían los enemigos de tanto cambio e innovación, la tenían liberales como Isidoro Máiquez, un peligroso sujeto que había sido el introductor en Granada de tan perniciosas modas. Fernando VII lo había desterrado de la corte y tuvo la ocurrencia de instalarse en Granada. A pesar de las diatribas que sus novedades desataron, la gente se habituó pronto a la nueva moda.

Mariana de Pineda se había recompuesto. La tisana

había obrado un efecto beneficioso y pasó la tarde escuchando a su hijo José María contarle, con todo detalle, el combate sostenido por la Tarasca y el caballero, hasta que este doblegó al dragón. Después de acostarlo, contarle un cuento y arroparlo amorosamente, se había vestido para salir a la calle. A pesar de haber mejorado, la palidez de su rostro y su mirada triste señalaban que no se había recuperado del todo. Pero las razones que la impulsaban a hacer aquella visita eran muy poderosas. Acompañada de Burel, había subido, dando un paseo, por la calle Recogidas y, tras cruzar el puente de la Paja, bajó por la Carrera del Genil. No resultaba fácil avanzar entre la barahúnda de paseantes y mirones que se concentraban ante los tenderetes de buhoneros y vendedores ambulantes que ofrecían su quincalla y mercancías. Había puestos de confites, turrones y garrapiñadas; de cintas, adornos y toda clase de abalorios. Un charlatán voceaba elixires prodigiosos contra el dolor de muelas y las hernias, y un vendedor pregonaba hierbas y bebidas espirituosas con poderes para curar toda clase de enfermedades. La gente aprovechaba que se había retrasado el toque de queda hasta la medianoche para disfrutar del alumbrado extraordinario y de un paseo nocturno.

Mariana acudía a casa del tío de su difunto esposo, un viejo cura de nombre don Pedro García de la Serrana. Era el final de una triste historia que comenzó meses atrás. Al pasar por delante del teatro la gente se arremolinó, al abrirse las puertas. Dejó atrás el Campillo y rodeó el cuartel de Bibataubín para enfilar la calle de San Pedro Mártir y llegar a una casita de aspecto humilde, pero sobre cuya balconada podía verse un pequeño escudo de armas labrado en piedra. Burel golpeó en la puerta con el llamador y el ama de llaves del anciano sacerdote preguntó antes de abrir:

—¿Quién llama?

—Doña Mariana de Pineda —respondió Burel.

El ama de llaves descorrió el cerrojo y franqueó la entrada.

—¡Doña Mariana, qué alegría! ¡Su tío empezaba a temer que no pudiera venir!

—Sólo algo muy grave habría impedido que acudiera. ¿Quién más ha venido?

—Está con media docena de amigos. Todos muy compungidos, menos el abogado ese…, don…, don José…

—Don José de la Peña y Aguayo —la ayudó Mariana.

—Ese.

El ama de llaves la ayudó a quitarse la capa y Burel le preguntó:

—¿Cuándo vengo a recogerla, señora?

—A las diez y media.

El ama de llaves la acompañó a un saloncito donde su tío departía con los amigos que habían acudido a despedirlo. Sentados a su alrededor estaban don Pedro Ambel, don Cecilio Moreno, don Martín Almela, don José María de la Escalera, don Diego Calvo de León y don José de la Peña y Aguayo. Comentaba los pormenores de su puesta en libertad.

—Siento interrumpir.

Sus palabras hicieron que todos los presentes, excepto el dueño de la casa, se pusieran en pie y le ofrecieran sus asientos. Ella se dirigió hacia su tío y lo besó en la frente, luego ofreció su mano a los demás. Se estremeció al saludar a Peña y Aguayo. Le acercaron un sillón y todos se acomodaron de nuevo.

—¿Cómo se encuentra?

Su tío suspiró.

—Desbordado, Marianita, desbordado por los acontecimientos. Ayer en la celda donde me han tenido estos dos meses y hoy preparando baúles y fardos para mañana ponerme en camino. No sé si el arzobispo me ha hecho un favor o la puñeta.

—¿Por qué dice eso?

—Porque me ha mandado al culo del mundo.

—¿Adónde?

—A Huéscar, Marianita, a Huéscar.

—Tampoco es tan mal sitio, don Pedro —comentó don Cecilio Moreno—. Al fin y cabo, como le estaba diciendo, ahí está el solar de su familia.

—Lo cual no resta un ápice a lo que acabo de decir. Por Huéscar, mi querido amigo, no se pasa, hay que ir.

—Será cosa de poco tiempo, don Pedro —trató de animarlo don Martín Almela, un viejo ilustrado que había abrazado las tesis liberales y los principios constitucionales.

—¿Poco tiempo, dice usted? Me temo que menos me queda a mí.

—No diga tonterías, tío. Ande, cuénteme, ¿cómo ha sido su puesta en libertad?

—Todo lo ha negociado el canónigo Zarrías en nombre del arzobispo. El prelado llevaba muy mal que un sacerdote estuviera encarcelado y buscó la forma de sacarme, sin tener en cuenta que ese animal de Pedrosa no podía demostrar una sola acusación y, antes o después, tendría que ponerme en libertad. Me han soltado a cambio de abandonar Granada y, como el arzobispo tampoco aceptaba que me condenasen a un destierro, propuso mi traslado. Así que me ha destinado a Huéscar. Me sacan de la cárcel, que era su deseo, y satisface a Pedrosa al asignarme una parroquia, en realidad una capellanía, en uno de los lugares más apartados del arzobispado. ¡Menudo negocio!

—¡Está en libertad, tío! —lo animó Mariana.

—Es cierto, pero el precio me parece demasiado alto, sobrina.

Don Cecilio Moreno comentó algo acerca del am-

23

biente que se respiraba en Madrid. Había cierta actividad en los cenáculos liberales y sabía de una operación que se preparaba con minuciosidad.

—¿Puede saberse qué clase de operación es? —preguntó don Pedro Ambel.

Don Cecilio observó que la puerta estaba abierta. Peña y Aguayo, el más joven de los presentes junto a don Diego Calvo de León, se levantó y la cerró. En aquel momento los reunidos eran lo más parecido a un grupo de conspiradores, y algo de ello tenían por el simple hecho de acudir a casa de don Pedro para despedirlo en aquellas circunstancias.

—El asunto es delicado y, si algún detalle saliera a la luz, las consecuencias serían funestas —advirtió don Cecilio.

—¡Don Cecilio, por el amor de Dios! Todos somos de absoluta confianza.

—Discúlpeme, don Pedro. Es que todo se lleva con tanto sigilo…

—Ya será menos —señaló don Martín, visiblemente molesto.

—¿A cuento de qué dice usted eso?

—A cuento de que si ya se sabe en Granada…

—Disculpe, en Granada no se sabe —replicó don Cecilio—. Quien lo sabe soy yo.

Se produjo un silencio incómodo.

—¡Déjese de tiquismiquis! ¿Va a contarnos qué clase de operación es esa?

Don Cecilio hizo un gesto de condescendencia que molestó a don Martín.

—Se ha constituido un grupo sobre la base de una organización triangular…

—¿Qué quiere decir eso de triangular? —lo interrumpió el sacerdote.

—Que, al margen de quienes dirigen el cotarro, cada miembro sólo conoce a quien lo ha captado para la causa y a quien él incorpora a la organización. Sólo se conocen de tres en tres. Si alguno es detenido no podrá confesar más de dos nombres. Como le he dicho, los únicos que están al tanto de todo son los jefes y están bien resguardados.

—Pero si algún miembro es detenido, podrá desvelar nuevos nombres y la cadena puede ser muy larga —señaló Peña y Aguayo.

—Cierto. Pero si alguno de los descubiertos logra ponerse a salvo antes de que lo detengan, habrá interrumpido la cadena. Es una forma de protegerse contra el tirano.

—¿Cuál es su objetivo? —preguntó Calvo de León.

—Pretenden raptar al rey y obligarle a jurar la Constitución a cambio de su vida.

—¡Arrea!

—¡El Narizotas es un felón! —exclamó don Pedro Ambel—. Una vez libre, se desdecirá de su juramento, alegando que lo hizo bajo presión. Como hizo después de abdicar en Bayona de sus derechos al trono en favor de Bonaparte o como cuando en el año veintitrés, tras la intervención de los Cien Mil Hijos de San Luis, dijo que había aceptado la Constitución, obligado. ¡Si ese plan se culmina con éxito, cuando tenga el rábano por las hojas se echará atrás y volverá a las andadas!

—¿Cómo piensan raptarlo? —preguntó Peña y Aguayo.

—El plan es sorprenderlo cuando… —Don Cecilio miró a Mariana.

—Por mí no se preocupe, don Cecilio. Hable con entera libertad.

Piensan sorprenderlo cuando esté en el burdel al que va casi todas las noches. Está prendado de una tal Pepa la Malagueña, que lo recibe en una casa junto a la Puerta de Alcalá. Lo acompañan el duque de Alagón y Chamorro.

25

—¿Quién es Chamorro? —preguntó Mariana.

—Un arribista. Antes de alcahuete del rey era aguador en la Fuente del Berro. Al parecer, era asiduo al mismo prostíbulo que el rey y este se divertía mucho con los chistes que contaba. Como alcahuete compite con el duque de Alagón a la hora de proporcionar mozas que calienten la real cama. Se dice que en palacio se han vivido situaciones vergonzosas. Por lo que parece, ahora el Narizotas prefiere los prostíbulos y eso ha proporcionado esta oportunidad.

—Es muy arriesgado —apuntó Peña y Aguayo.

—No lo crea, don José. Por lo que me han contado, el rey va sin escolta y acude de incógnito a ver a la Malagueña, sólo le acompañan Alagón y ese Chamorro. Al parecer, eso forma parte de la diversión. Ese canalla debe de sentirse muy seguro, a pesar de ver conspiraciones por todas partes. El plan consiste en sorprenderlo cuando esté en la cama. Por lo visto, acceder al burdel no resulta complicado. Les bastará con hacerse pasar por clientes.

Otra vez se hizo un breve silencio que rompió Peña y Aguayo.

—¿Conocen la noticia del cadáver que han encontrado en Puerta Elvira?

—No, ¿cuándo ha sido eso? —preguntó el sacerdote.

Don José explicó lo ocurrido en casa de los marqueses de los Pilares.

—¿Dice usted que es el segundo asesinato?

—El segundo, sí. Pedrosa decidió, de común acuerdo con el alcalde, mantener en secreto la primera muerte hasta que pasara el Corpus. El primer cadáver lo encontraron hace días cerca de la ermita de San Antón el Viejo.

—¿Qué piensa Pedrosa de esos crímenes? —preguntó don Martín.

—No lo sé. Cuando supo de la aparición de un cadáver en Puerta Elvira se alteró mucho. Fue entonces cuando comentó que ya se había producido otro crimen y se marchó rápidamente. Al parecer, los muertos tienen cosas en común y muy extrañas.

—¿Qué quiere decir con eso de cosas extrañas? Me ha puesto usted sobre ascuas. —Don Pedro García de la Serrana se hacía eco de la curiosidad de todos.

—El cadáver de Puerta Elvira llevaba puesto un sambenito y al primero le habían marcado la espalda con una cruz llameante en forma de aspa.

—¡Como si fueran penitenciados del Santo Oficio! —exclamó don Martín.

—Don Diego, ¿podría tratarse de un ritual? —preguntó don José María de la Escalera.

Calvo de León, al igual que De la Escalera, era de los pocos abogados que asumían la defensa de los acusados de delitos políticos. Era aficionado al estudio de las sectas secretas y los llamados misterios que envolvían algunos episodios del pasado. Sus amigos lo consideraban versado en aquellas materias.

—No sabría qué decir. Sólo sé lo que don José acaba de contarnos. Algún indicio parece apuntar hacia algo oscuro y tenebroso.

—¿Podría ser obra de un loco? —preguntó Mariana.

—Es una posibilidad.

—Sería un loco que tiene fijación por la Inquisición —comentó don Cecilio.

—En cualquier caso, Pedrosa estaba muy nervioso —matizó Peña y Aguayo.

En un reloj de péndulo que colgaba sobre la pared sonaron las diez. Alguno de los reunidos tenía que hacer un largo trayecto hasta su casa y, aunque el toque de queda se había retrasado hasta la medianoche, era mejor no tentar a la suerte. Sin prisas, los reunidos fueron despidiéndose de don Pedro, dándole palabras de ánimo y haciendo votos para que su ausencia fuera temporal. Alguno ponderó la vida sosegada y otro aludió a los magníficos lugares de caza —don Pedro era un gran aficionado— que había en la zona. Peña y Aguayo remoloneó para dar tiempo a que los demás se marchasen. Al final, sólo quedaban Mariana y él.

—Doña Mariana, su criado ya está aquí —avisó el ama de llaves.

Se despidió de su tío prometiéndole visitarlo en Huéscar, después del verano. El viejo sacerdote no pudo contener una lágrima y ella tuvo que esforzarse para que el nudo que se había formado en su garganta no se convirtiera en llanto. Peña y Aguayo se despidió con un abrazo y los dos salieron sin hacer ruido del salón. Aprovecharon la penumbra del portal, alumbrado por una mariposa, para abrazarse en silencio. El joven abogado buscó los labios de ella y los besó con pasión. Después le susurró al oído:

—Te quiero, Mariana.

—Y yo a ti.

—¿Cuándo nos veremos de nuevo?

Un pequeño ruido, procedente de la cocina desde donde llegaba el leve resplandor de un candil, hizo que Mariana deshiciese el abrazo. Fue una falsa alarma y los enamorados volvieron a abrazarse. Él acariciaba sus facciones y enredaba sus dedos en los rubios tirabuzones de su cabello. La besó en el cuello y ella se apretó contra su cuerpo.

—¿Cuándo volveremos a vernos? —le preguntó de nuevo.

—Hemos de ser cuidadosos. La gente está muy al tanto de las vidas ajenas.

—Podríamos vernos el lunes por la tarde en una casa de la calle Tablas. Es de un amigo que se marcha a Madrid y estará ausente por lo menos un mes. ¿Qué me dices?

—¿Qué número es?

—El nueve. ¿Quiere decir que vendrás?

—Al menos lo intentaré. Deseo estar contigo tanto como tú.

—¿Fijamos la hora?

—Por la tarde, a eso de las cinco. Aprovecharé que he de ir a la modista. Deja la puerta entornada.

Volvió a besarla y a susurrarle:

—Estaré contando los minutos que faltan para que volvamos a estar juntos.

La ayudó a ponerse la capa, haciendo el suficiente ruido como para que el ama de llaves y Burel, que continuaban de cháchara en la cocina, advirtieran su presencia. Mariana se cubrió con la capucha antes de salir.

El gentío había desaparecido. Apenas se veía gente por el Campillo, rezagados que fisgoneaban en los puestos ambulantes. La oscuridad se había apoderado de la Carrera del Genil. Apagado el alumbrado extraordinario, sólo la rompían las tenues luces de los faroles que iluminaban una pequeña zona cada cien metros. Más que alumbrar, servían de referencia a quienes caminaban. Los enamorados se despidieron en la Cruz de las Angustias. Mariana, acompañada por Burel, cruzó el puente de Castañeda y se encaminó hacia su casa. Antes de acostarse, como cada noche, entró en la alcoba de José María para arroparle si se había destapado y besarlo en la frente.

3

Septiembre agonizaba. Hacía una semana que el verano se había despedido, pero todavía el calor apretaba en el hueco del día. Era media tarde y Mariana estaba sentada bajo el emparrado del patio de su casa. Era un lugar fresco y agradable, amenizado por el murmullo del agua que brotaba de las bocas de unas cabezas de león labradas en piedra y vertían a un pilón adosado a la pared. Había dejado de leer y el libro descansaba sobre su regazo. Tenía los ojos cerrados, pero no dormía. Su rostro, demacrado y pálido, señalaba problemas de salud por lo que, desde hacía algunas semanas, doña Úrsula insistía en llamar al médico, pero ella afirmaba no sentirse mal, aunque su aspecto indicaba lo contrario. Antonio José Burel, su fiel criado, antiguo oficial del regimiento de Asturias, el que al mando del coronel Riego había proclamado la Constitución el primer día del año veinte en la aldea de las Cabezas de San Juan, también estaba preocupado.

El sonido de la campanilla la sobresaltó.

—Señora, dos caballeros preguntan por usted. —La criada le entregó una tarjeta de visita.

Le bastó leer el nombre para saber que se trataba de

algo grave. Don Martín Almela, un devoto del protocolo, era extremoso con las formas. Sólo un asunto de la máxima urgencia lo llevaría a presentarse sin haber anunciado previamente su visita.

—Pásalos al saloncito y diles que voy enseguida. Después sube a mi alcoba.

Sabía que no estaba presentable para recibir a la visita y con ayuda de la criada se cambió rápidamente de vestido, peinó su larga melena, antes de recogerla en un moño, se perfumó y adornó su cuello con una cinta de terciopelo negro de la que colgaba un camafeo. El espejo le devolvió una imagen pálida y ojerosa. Lo segundo no tenía remedio, la palidez la disimuló con un poco de colorete.

—¿Qué tal estoy?

—Espléndida, señora.

—No me mientas.

—Bueno, algo ojerosa —concedió la criada.

—Pero... ¿presentable?

—Desde luego, señora.

Bajó la escalera con pasos medidos. No quería aparecer turbada por las prisas. Don Martín y su acompañante se levantaron al verla entrar en la salita.

—¡Don Martín, qué agradable sorpresa!

Don Martín Almela, a pesar de haber rebasado los setenta, ofrecía un porte envidiable, a ello colaboraban una espléndida cabellera completamente blanca, que anudaba en una coleta, y la vivacidad de sus ojos azules. Mantenía las formas de un hombre del siglo XVIII y se dirigía a las damas tratándolas de vos, igual que a los sacerdotes. Era un viejo ilustrado de la generación de los Cadalso, Jovellanos o Cabarrús. Lo acompañaba un caballero mucho más joven.

—Os presento mis disculpas por venir sin avisar, pero la cuestión es de suma gravedad, doña Mariana. Si no fuera tanta la urgencia...

—Por favor, don Martín, está usted en su casa.

—Os lo agradezco. Permitidme que os presente a don Antonio Ferrero.

El caballero inclinó levemente la cabeza y ella le correspondió con una sonrisa.

—Por favor, siéntense —les indicó señalando unos sillones.

—Sólo estaremos unos minutos.

Mariana insistió y los tres tomaron asiento.

—Dígame, pues, don Martín.

—¿Recordáis lo que contó don Cecilio el día que despedimos a vuestro tío?

—¿A qué os referís exactamente? —Mariana había fruncido el ceño.

—Al plan para secuestrar al rey.

—¡Claro…, claro que me acuerdo!

—Ha sido un fracaso total.

—¿Qué ha sucedido? —preguntó Mariana notando una punzada en su vientre.

—Traicionaron a quienes fueron al prostíbulo y los prendieron a todos. Algunos no han podido soportar el tormento y han delatado a sus compañeros. En pocas horas detuvieron a más de dos docenas.

—¿Qué les ha ocurrido?

Don Martín negó con la cabeza.

—Cuénteselo usted, Ferrero. Yo…, yo… —Don Martín Almela no pudo evitar que las lágrimas resbalaran por sus mejillas. Buscó un pañuelo en sus bolsillos.

Antonio Ferrero era impresor y librero. Había desplegado una gran actividad en las tertulias liberales madrileñas durante los años en que, tras el pronunciamiento de Riego, la Constitución de Cádiz volvió a estar en vigor hasta que la intervención de los Cien Mil Hijos de San Luis devolvió a Fernando VII sus prerrogativas como monarca absoluto. Desde entonces había participado en varios intentos para acabar con la tiranía.

—Como compruebo que estabais al tanto del secuestro del tirano, no os explicaré el plan previsto, que se vino abajo al lograr los realistas introducir a dos de sus hombres en la fraternidad, que organizaba el rapto. Eran dos sargentos y la víspera de la operación advirtieron a su capitán de lo que se preparaba en el prostíbulo de la Malagueña. En lugar de sorprender al rey, los sorprendidos fueron los nuestros. Los seis que participaban en la operación fueron detenidos y varios, como ha indicado don Martín, han hablado. Los miembros de la fraternidad que, como yo, hemos logrado poner tierra de por medio, nos hemos librado de una muerte segura.

—¿Los han ejecutado?

—En la plaza de la Cebada, después de una pantomima de juicio. Para mayor escarnio, los condujeron al lugar del suplicio metidos en los serones de unos borricos. Los enjaularon como animales y los tuvieron expuestos hasta que los ahorcaron.

—¿El pueblo no se subleva ante tanta abominación? —preguntó Mariana.

Ahora fue el librero quien tuvo que hacer un esfuerzo para hablar.

—No, señora, al contrario. La gente les gritaba obscenidades y aplaudía cada vez que el verdugo ejecutaba a uno de ellos. Coreaban una y otra vez: «¡Vivan las cadenas!».

—¡Dios mío! —exclamó Mariana llevándose una mano a la boca.

—Ese es el pueblo que tenemos. Los frailes y los curas controlan el rebaño y en medio de tanto deshonor algunos consideran que el rey es demasiado condescendiente.

—¡Eso no es posible! —gritó indignada.

—Lo es, señora. Ha tenido que viajar a Barcelona para

aplacar los ánimos de un grupo de exaltados que por allí abundan. Los llaman los malcontentos.

—¿Malcontentos? —Mariana había arrugado la frente—. ¿Quiénes son esa gente?

—Fanáticos agrupados en torno al hermano del rey, el infante don Carlos María Isidro, a quien tienen por su sucesor ante la falta de descendencia. Quienes lo conocen afirman que, a su lado, el rey es una perita en dulce.

—¡Eso es imposible!

—Es lo mismo que digo yo. Pero, al parecer, don Carlos es aún peor que su hermano.

—¡Pues sí que andamos bien con esta dichosa familia! ¿Qué ha ocurrido con los demás miembros de la sociedad que preparaba el secuestro?

—Los que no hemos sido apresados hemos puesto tierra de por medio. Sé que algunos han llegado a Gibraltar con el propósito de viajar a Londres y acogerse al amparo de quienes allí están instalados desde hace años. Dicen que en las calles del barrio de Somers Town se habla tanto español como inglés. Otros han buscado refugio en lugares apartados donde tienen familiares, aunque corren el riesgo de que alguien los delate.

—¿Y usted?

—Voy hacia Málaga. Allí buscaré un barco que me lleve hasta algún puerto inglés. Si la cosa se complica, iré a Gibraltar para desde allí dar el salto a Inglaterra.

—¿Cómo se ganan la vida los exiliados? —se interesó Mariana.

—Cada cual como puede. Yo creo que no tendré problemas. Llevo conmigo algún dinero, suficiente para pagarme un pasaje, y quizá abra en Londres una librería.

—¿Piensa ganarse la vida con una librería? —Sus ojos, velados por la tristeza, se iluminaron por un momento.

—Allí se lee mucho más que en España. Algún compatriota ha escrito novelas de las que ahora tienen buena acogida entre el público. Las novelas históricas. En Madrid he vendido bastantes ejemplares de las obras de un escocés llamado Walter Scott. Ha creado un héroe, Ivanhoe, que hace las delicias de muchos lectores. Creo que don José María Blanco ha escrito en inglés algo sobre los moriscos de esta tierra. No recuerdo el título. —Miró a don Martín, que parecía recuperado del mal trance—. Por cierto, don Martín, Félix Mejía está en Nueva York.

—¿Félix Mejía? No…, no recuerdo quién es.

—El periodista… Uno de los animadores de las tertulias en los cafés madrileños durante los años de libertad. El fundador de *El Zurriago*… ¿No lo recuerda? ¡Menudo follón se organizó cuando desapareció de Madrid y culparon a don Antonio Alcalá Galiano y a los del Anillo de haberlo secuestrado!

—¡Ah, ya…, ya me acuerdo! Fue el que se marchó con su amante y corrió la voz de que lo habían secuestrado.

—El mismo.

—¡Menudo escándalo organizaron los comuneros!

—Ha escrito una novela sobre Hernán Cortés y la conquista de México, titulada *Jicotencal*. En España no puede leerse. Al ser un proscrito, la censura no permite que sus libros lleguen al público.

—¡Era un periodista extraordinario! Aunque muy exaltado.

Mariana estaba fascinada con el giro que había tomado la conversación. Por un momento se había olvidado del grave problema que la tenía sin vivir.

—¿Cómo ha dicho que se llama esa clase de novelas?

—Históricas, señora. La crítica no se muestra muy favorable con ellas. La verdad es que no me lo explico, el público las busca con avidez. Rafael Húmara ha escrito una en la que cuenta la conquista de Sevilla por Fernando III.

Es entretenida y se ha vendido muy bien, aunque para mi gusto se demora demasiado en los pequeños detalles.

—¿Cómo se titula?

—*Don Ramiro, conde de Lucena.*

El nombre de aquella localidad trajo a su mente algunos recuerdos familiares.

—Buscaré en las librerías de Granada, ha picado usted mi curiosidad.

Fue don Martín quien recondujo la conversación al asunto que los había llevado a visitarla sin anunciarse. Lo hizo con su habitual elegancia.

—En fin, todo esto es muy ilustrativo, pero la razón por la que estamos aquí es para anunciaros que en los próximos días las cosas van a complicarse y tenemos que estar preparados. Yo voy a cumplir lo que le prometí a vuestro tío y haré un viaje a Huéscar, donde pienso estar algunas semanas hasta que la tormenta amaine un poco. A mis años sólo puedo ser un estorbo y, como ya he estado entre rejas, creo que es lo mejor. Además, me apetece pasear por aquellos parajes con don Pedro, antes de que el frío se nos eche encima.

El librero apostilló las palabras del viejo ilustrado.

—La represión no va a circunscribirse a Madrid. Un amigo que trabaja en la imprenta donde se tira la *Gaceta* me ha dicho que estaban preparando las planchas de un Real Decreto que permitirá a las autoridades actuar ante simples sospechas. Es posible que en Madrid ya lo hayan publicado y que llegue aquí de un día a otro. Se avecinan tiempos difíciles para la libertad y para quienes tienen la ilusión de que la Constitución impere de nuevo y nos proteja contra las arbitrariedades de la tiranía.

—Creo, doña Mariana, que también vos deberíais pensar en respirar otros aires, al menos durante una temporada. ¿Por qué no preparáis vuestro equipaje y me acompañáis a visitar a vuestro tío? Estoy seguro de que nada le haría mayor ilusión. Pienso ponerme en camino mañana mismo, pero si vos necesitarais algún día más para preparar el viaje, lo retrasaría con sumo gusto. Pedrosa os tiene en el punto de mira.

Don Martín tenía razón. Ante aquel panorama lo lógico era marcharse por un tiempo, pero el corazón de una mujer enamorada no se rige por la lógica. Esperaba que, de un día a otro, Peña y Aguayo apareciera por la ciudad, después de pasar el verano en su villa natal.

—No puedo, don Martín. En estos momentos es imposible.

Don Martín, que en su dilatada vida había visto muchas cosas, insistió para que abandonase la ciudad. Con Pedrosa como subdelegado de policía, Granada iba a convertirse en un lugar particularmente peligroso para todos aquellos que no se resignaban a vivir encadenados.

—Doña Mariana, el mayor bien que tenemos es nuestra propia vida. No deberíais ponerla en riesgo. Seréis de mucha más utilidad a nuestra causa viva que... —Don Martín pensó que se había excedido.

—... que muerta.

—No quería... Os presento mis disculpas.

—Sé que el riesgo es grande. Pero, como os he dicho, en este momento no me es posible. Os prometo que seré prudente.

Mariana pensó en escribir una nota a su tío y enviársela con don Martín, pero se sentía agotada. Ofreció su mano al caballero y al librero, y los acompañó hasta la puerta. Apenas se habían marchado cuando una de sus criadas le dijo:

—¿Sabe la señora que ha aparecido otro cadáver?

—¿Otro? ¿Dónde?

—Lo encontró esta mañana el sacristán de Santa Escolástica. Estaba en la puerta de la iglesia, acurrucado, como si pidiera limosna a quienes iban a misa. Le extrañó que la mujer tuviera un capuchón como los que ponían a los penitenciados de la Inquisición.

—Ese capuchón se llama coroza —señaló Mariana.

—Pues el cadáver tenía una coroza, señora. La gente está muy preocupada. Ahora que se había tranquilizado la cosa, después de que el asesino no diera señales de vida desde el Corpus... Señora, ¿va a volver la Inquisición?

—¡Dios no lo permita! —La criada suspiró aliviada—. ¿Sabes algo más?

—Que la muerta es de mucho abolengo. Estaba casada con un Armenta.

—¿Doña Cecilia Coello de Portugal? —preguntó extrañada Mariana.

—Sí, señora. Ese es el nombre que me han dicho.

Doña Cecilia no encajaba con las anteriores víctimas, ligadas al mundo del vicio y la lujuria.

4

Burel pidió al boticario algo para la calentura de su ama. Había pasado una mala noche, pero seguía negándose a que la visitara el médico. La botica de don Buenaventura Fitero estaba en Puerta Real, junto a la alhóndiga Zaida. Don Buenaventura era un hombre afable y cachazudo, muy aficionado a la cacería y, por esa razón, muy amigo de don Pedro García de la Serrana. Tenía una calva reluciente y un bigotito grisáceo que le cubría por completo el labio superior. En su rebotica se acomodaba una tertulia en la que se pasaba revista a los más variados aspectos de la vida de la ciudad. Asistía a ella un médico, ya retirado del ejercicio de la profesión, llamado don Francisco Ceballos. Un personaje curioso que había adquirido fama y fortuna asistiendo a gran parte de las embarazadas de la buena sociedad granadina, aunque no estaba presente en los partos. Ese momento —«sublime y asqueroso», en palabras de don Francisco— era asunto de las comadronas. Cimentó la fama en su excelente ojo para determinar el sexo de los que habían de nacer.

Don Francisco nunca fallaba en sus predicciones.

Si anunciaba un varón, era lo que venía al mundo. Si

pronosticaba una fémina, nacía una niña. Su tino despertaba recelos entre sus colegas y muchos pensaban que se valía de algún artilugio para realizar sus exactos pronósticos, había quien sostenía que poseía un diablillo particular a quien consultaba al respecto. Tiempo atrás, después de algunas copitas del excelente aguardiente que al boticario le enviaban unos parientes de Rute, don Francisco reveló el secreto de su infalibilidad, después de obtener promesa formal de que todos los reunidos guardarían el secreto. En tan solemne ocasión se acercó, con paso torpe, a la percha donde colgaba su paletó y sacó de uno de sus bolsillos un ajado y grueso cuaderno de tapas verdes.

—Siempre lo llevo conmigo. En él está la clave de todo.

—¿Bromea usted? —Don Buenaventura se temió que estuviera tomándoles el pelo.

—En absoluto, mi querido amigo. Cuando indicaba a una mujer embarazada que sería varón lo que nacería, lo anotaba en este cuaderno. Ponía la fecha del vaticinio y en la que, con algunos días de diferencia, debería de producirse el parto.

—¿Eso es todo? —preguntó el boticario, algo más que escamado.

—No se impaciente, don Ventura. Ahora viene la clave de todo. Si decía varón, anotaba hembra. Si decía hembra, anotaba varón. A lo largo del embarazo nunca volvía a hablar del sexo de la criatura que había de nacer. Cuando acertaba, todo marchaba según el plan previsto. Por el contrario, si el pronóstico resultaba equivocado, acudía a mi cuaderno y sostenía que la embarazada había escuchado mal. El cuaderno ha sido durante años la prueba de mi acierto.

—¡Usted es un redomado bellaco! —exclamó don Buenaventura.

Don Francisco se jactó de su ingenio y don Buenaventura, hombre de principios morales muy acendrados, le afeó su conducta.

El boticario dio instrucciones a un mancebo para preparar un brebaje de quinina.

—Es muy efectivo —comentó—. En media hora puedes venir a recogerlo.

Burel, en lugar de volver a la casa o aguardar en los alrededores de la botica, se encaminó a la iglesia de San Gil y se hizo el remolón por sus alrededores. Con un poco de suerte vería a Magdalena. Pero se encontró con algo muy diferente.

En la plaza Nueva había el gentío habitual de las mañanas en que se instalaban, de forma desordenada, algunos puestos y tenderetes de verduleros con banastas llenas de cardos, cebollas, nabos, patatas y otras hortalizas; recoveros con gallinas atadas por las patas sujetas a un palo colocado sobre dos caballetes y jaulas de alambre llenas de huevos; pastores que bajaban de las Alpujarras con grandes capachas llenas de quesos, tinajillas de requesón y la romana al hombro; meleros que subían de la costa con vasijas de miel de caña, cultivada en Almuñécar, Motril y Salobreña, o con pilones de azúcar blanca y negra. Vendedores de aceite con grandes cántaras llenas de un líquido espeso, verdoso y aromático y su juego de panillas para medir, procedentes de tierras de Jaén y Córdoba. En medio del gentío algunos trataban de vender de matute carne o pescado, algo prohibido porque una y otro tenían sus lugares propios de venta, controlados por el Ayuntamiento, que los gravaba con impuestos. En torno a los tenderetes se arracimaban mirones y compradores, deambulando de un sitio para otro, comparando precios y calidades o discutiendo con el vendedor una rebaja del producto.

A Burel le llamó la atención una aglomeración junto a la puerta de la Chancillería, donde estaba prohibido levantar tenderetes y puestos. Era obligatorio dejar despejadas ocho varas desde la fachada. Se olvidó de Magdalena y se acercó justo cuando un pregonero hacía sonar su cornetín y comenzaba a leer con voz grave:

En nombre de Su Majestad, el Rey nuestro Señor, don Fernando VII, se hace saber que nuestro amado monarca, violentando su natural sensibilidad, ha dispuesto:

Son reos de lesa majestad y quedan condenados al patíbulo los que se declaren contra los derechos del rey o a favor de la Constitución.

Que la misma pena de la vida se aplique a los escritores de papeles o pasquines que tiendan a aquel objeto.

Que se castigue con una pena de cuatro a diez años de prisión a los que hablen en sitios públicos contra la soberanía real, aunque nada resulte y sea efecto lo dicho de una imaginación ardiente y exaltada.

Que la pena capital comprenda también a los que procuren seducir a otros para levantar una partida.

Que se castigue con la pena de la vida, como reos de lesa majestad, a los promovedores de alborotos, si estos se encaminan a mudar la forma de gobierno; si el tumulto naciese de otras causas, de dos a cuatro años de presidio.

Que no se pueda alegar la embriaguez como circunstancia atenuante.

Que la discreción e imparcialidad de los jueces decidan la fuerza de las pruebas.

Que los masones y comuneros sufran igualmente la última pena, excepto los espontaneados.

Que ante las comisiones militares no sean válidos los fueros.

Que se condene a muerte a quienes griten: «¡Viva la Constitución!» o «¡Viva la libertad!».

Este decreto entra en vigor desde la fecha de su publicación en la Gaceta de Madrid *que fue el pasado día dieciocho de octubre de este año de gracia de mil ochocientos y veintiocho años. Por mandato de Su Majestad, el secretario de Gracia y Justicia, don Francisco Tadeo Calomarde.*

Terminada la lectura y mientras un funcionario procedía a fijar un ejemplar de la *Gaceta* en las tablillas de costumbre para aquellos que, sabiendo leer, quisieran empaparse de su contenido, Burel sintió un escalofrío recorrer su espalda cuando escuchó los gritos que brotaban de la muchedumbre:

—¡Larga vida a don Fernando, nuestro amo y señor!

—¡Vivan las cadenas!

—¡Viva Fernando VII!

Vio también rostros cariacontecidos, pero la inmensa mayoría parecía feliz con lo que acababan de escuchar. También oyó comentarios sobre los cadáveres que aparecían como si fueran penitenciados del Santo Oficio. Supo que ya habían bautizado al criminal: el verdugo de la Inquisición.

Había transcurrido, sobradamente, la media hora señalada por el boticario. Dejando atrás los callejones que rodeaban la iglesia de San Gil, miró hacia la calle de Elvira, pero ni rastro de Magdalena. Bajó por el Zacatín hasta Bibarrambla y, por la Puerta de las Orejas, a cuyo resguardo algunos zapateros habían sacado sus mesillas de trabajo y se afanaban en sus conversaciones más que en remendar los zapatos que se amontonaban en pilas informes, se encaminó hacia Puerta Real por las calles de las Camiseras y del Milagro. Ya en la botica, don Buenaventura le preguntó, mientras le envolvían el frasco con el febrífugo:

43

—¿Es cierto que acaban de hacer público un decreto donde se condena con graves penas por respirar?

—Es cierto, don Buenaventura.

El boticario movió la cabeza con aire de preocupación.

—Toma, dile a tu ama que se ande con cuidado.

—¿Cuánto le debo?

En lugar de indicarle el precio, le preguntó por don Pedro García de la Serrana.

—En su última carta decía que estaba bien, pero que se aburría mucho.

—¿Aburrirse con la cacería que hay por allí?

—Eso es lo que decía.

—Cualquier día de estos le hago una visita y lo acompaño a dar alguna batida. En Granada la atmósfera empieza a hacerse irrespirable.

—Don Buenaventura, ¿me dice cuánto cuesta esto?

—Nada. Que tu ama se tome dos cucharadas soperas por la mañana, otras dos a la hora de almorzar y lo mismo a la oración.

—¿Sabe usted que ya le han puesto nombre al asesino de esas extrañas muertes?

—¿Cuál?

—El verdugo de la Inquisición.

—Sólo el nombre da escalofríos. Vete tú a saber qué se esconde detrás de eso.

Cuando llegó a la casa se encontró con que doña Úrsula estaba de muy mal humor.

—¿Qué ocurre? —preguntó a una de las criadas.

—Doña Mariana se ha levantado y está en el saloncito con una visita.

—¿Quién ha venido?

—Imagínatelo.

—No estoy para adivinanzas.

—Ese abogado tan apuesto y tan gallardo.

—¿Don José de la Peña y Aguayo?

—Ese. Doña Mariana se ha compuesto a toda prisa y llevan encerrados casi una hora.

—Entonces… ¿vino al poco de marcharme?

—No habrías llegado todavía a la botica.

Burel barruntaba tormenta. La presencia de Peña y Aguayo después de una ausencia tan prolongada… Transcurrió una hora antes de que las puertas del saloncito se abrieran. Mariana llamó a una criada para que acompañase a la visita hasta la puerta. Era un pésimo indicio.

5

Don Ramón Pedrosa y Andrade parecía una fiera enjaulada. Sus deseos de cortejar a doña Norberta Pimentel no cuajaban. Ella se mostraba zalamera o distante según la ocasión. Y aquel juego de pares y nones con el que la dama parecía divertirse lo sacaba de quicio. A ello se unía que aquella mañana, desde Madrid, le habían dado un fuerte tirón de orejas a propósito de los crímenes del verdugo de la Inquisición. Ante él, media docena de hombres, cabizbajos y atemorizados, apenas se atrevían a mirar cómo iba de un extremo a otro de su despacho.

—¡Sois un hatajo de inútiles! ¡Sólo habéis cosechado fracasos! ¿Qué resultados me ofrecéis, después de cuatro meses? ¿Eh? ¡Decidme! ¿Qué resultados?

Se detuvo un instante, como si fuera a obtener una respuesta que no esperaba. Sus hombres sabían que en aquellas circunstancias era mejor aguantar hasta que la tormenta amainase. A ninguno en sus cabales se le pasaba por la cabeza responder a sus imprecaciones.

—¡Cuatro meses malgastados! —prosiguió Pedrosa—. ¡No habéis sido capaces de conseguir un indicio, una sola pista que nos pusiera en el camino para desentrañar esos crímenes! ¡Pues bien, sabed que el asunto ha llegado a Madrid y se me piden cuentas!

Cogió un pliego que había sobre la mesa y lo agitó con vehemencia.

—¿Sabéis qué es esto? —No esperó la respuesta—. ¡Una carta de don Tadeo Calomarde exigiendo resultados! ¡La tercera víctima se llama doña Cecilia Coello de Portugal! ¡La esposa de don Pablo de Armenta, caballero del hábito de Santiago, miembro de la Real Maestranza y veinticuatro del Ayuntamiento! ¡Hermano de un miembro del Consejo de las Órdenes! ¡Toda una señora! Porque, al fin y al cabo —añadió bajando el tono de su voz—, los otros dos cadáveres eran... los de un chulo y una pelandusca.

Dejó la carta sobre la mesa y se encaró a sus hombres.

—¡Miradme cuando os hablo!

Los agentes, temerosos, alzaron la humillada cerviz.

—¡Esto no puede continuar así! Si en el plazo de una semana no habéis descubierto al asesino, vuestro salario quedará reducido a la mitad. ¿Os habéis enterado?

Los hombres asintieron sin atreverse a replicar ante la amenaza.

—¡El salario es para quien se lo gana! ¡No para los gandules! ¡Ahora marchaos y no se os ocurra aparecer por aquí sin traerme noticias!

Los hombres desfilaron en silencio hacia la puerta.

—¡Diéguez, usted quédese!

Cuando se cerró la puerta, Pedrosa se sentó sin molestarse en invitar a hacerlo a su agente. No le tenía en mucha consideración, pero era su mejor hombre.

—¿Qué piensa usted de todo esto?

Antonio Diéguez expulsó de forma imperceptible el aire de sus pulmones. Era el único agente del recién creado cuerpo de policía que no temblaba ante el subdelegado, pero no podía evitar ponerse tenso. Era espigado, de mediana estatura y como de treinta años, aunque las canas que entreveraban su pelo negro le daban un aspecto envejecido. Tenía ojos melados y una mirada melancólica. Viudo desde hacía dos años, al fallecer su esposa antes de dar a luz a la que hubiera sido su primera hija. Esa circunstancia había hecho que se entregase en cuerpo y alma a su trabajo, a pesar de las diferencias que lo separaban de su jefe. Tenía olfato para resolver asuntos complicados, pero en opinión de Pedrosa esa cualidad quedaba lastrada ante el poco entusiasmo que ponía para perseguir a los delincuentes políticos. Aunque no había pruebas fehacientes, corría el rumor de que durante los años en que los liberales tuvieron secuestrado al monarca —para don Ramón Pedrosa era lo que había ocurrido durante los gobiernos constitucionales—, había mostrado ciertas simpatías por las ideas que aquella gentuza esparcía como la cizaña. Pero nadie lo había podido demostrar. Por eso y por sus cualidades, que habían permitido a Pedrosa apuntarse importantes éxitos, no lo había expulsado del cuerpo.

—Me escama que los cadáveres aparezcan como penitenciados del Santo Oficio.

Pedrosa arqueó las cejas.

—¿Por qué lo escama?

—No tengo una explicación. Simplemente, no lo veo claro. También me pregunto por qué razón las víctimas son sacadas a la luz pública.

—¿Tiene alguna idea de lo que el asesino pretende con eso?

Diéguez hizo un gesto de duda.

—Por ahora, sólo se me ocurre pensar que, dados los signos que las acompañan, desea exponerlas a la vergüenza pública. Como si debieran expiar un pecado.

Pedrosa se quedó pensativo y Diéguez guardó silencio hasta que el primero le preguntó:

—¿Vislumbra algún camino por donde deberían ir las pesquisas?

Diéguez meditó un momento la respuesta.

—Hasta la aparición del tercer cadáver pensaba que, tratándose de una prostituta y un proxeneta, el asesino apuntaba a gente que peca y hace pecar, pero el asesinato de doña Cecilia Coello de Portugal…

—¿Me está diciendo que el asesino trata de decirnos con estos crímenes que su deseo es poner coto a la depravación traída en nuestros días por masones y liberales?

El agente no pudo evitar una negación con la cabeza.

—El de puta es un oficio viejo y a su lado siempre ha habido chulos.

El semblante de Pedrosa se crispó. No le gustó la respuesta.

Era un rechazo a la culpa que los liberales tenían en la degradación de las costumbres.

—¿Por qué piensa que su teoría se ha caído con el cadáver de doña Cecilia?

—Porque, según he podido averiguar, era una dama de conducta intachable.

—¿Está seguro? A veces las apariencias engañan.

—No puedo poner la mano en el fuego. Los secretos de alcoba…

—¿Ha encontrado algo que permita relacionar los tres crímenes?

—Nada. Como le he dicho, el cadáver de esa señora nos ha desconcertado.

—¿Qué ha averiguado en el entorno de doña Cecilia Coello de Portugal?

—Poco, familia y criados son un muro impenetrable. Su silencio resulta sospechoso.

Pedrosa arrugó el entrecejo.

—¡Explíquese! —exigió autoritario.

—Su esposo se ha negado a recibirnos y un sobrino incluso nos ha amenazado.

—Hay que ser considerados y respetar el dolor de las familias.

—Por supuesto, señor. Pero también ellos deben comprender que nosotros cumplimos con nuestro deber.

Los dedos de Pedrosa tamborileaban sobre la mesa. Lo último que deseaba era que, además del tirón de orejas que le habían dado desde Madrid, llegara a la corte alguna queja de los Armenta.

—¿Tiene alguna explicación para esa actitud tan extraña?

—Ninguna, señor.

Pedrosa era un sabueso y no se conformaba fácilmente.

—¿Alguna sospecha?

—No, señor. Estoy desconcertado. Es…, es como si no quisieran que se descubriera al asesino de doña Cecilia.

Pedrosa sacó de un cajón de la mesa un mazo de habanos. Escogió el que iba a fumarse y de una caja pequeña extrajo un palillo en uno de cuyos extremos se veía una cabezuela de color blancuzco que frotó sobre una superficie rugosa de la caja y, tras un chisporroteo, comenzó a arder en medio de un olor apestoso. Con la candelilla encendió su cigarro.

—¿Qué es eso, señor? —Diéguez no pudo contener su curiosidad.

Pedrosa expulsó el humo, satisfecho con la impresión causada en el agente.

—Me las han traído de Gibraltar. Las elabora un boticario de Londres.

—¡Es extraordinario! Aunque apestan como…

—¿Como si hubieran salido del infierno?

—Sí, señor.

—¡Las llaman cerillas de Lucifer!

Diéguez pensó que, si el infierno apestaba de aquella forma, mejor era no aparecer por allí. A Pedrosa, sin embargo, no parecía molestarle el olor nauseabundo que había inundado el despacho. Se levantó y, con voz grave, dijo al agente:

—Tengo la impresión de que detrás de los asesinatos se encuentra un grupo. Una persona no podría llevar los cadáveres de sus víctimas hasta los lugares donde los deja.

—Coincido con usted, señor.

Pedrosa hizo una mueca que pretendía ser una sonrisa. La idea de que los crímenes estuvieran relacionados con el desaparecido Santo Oficio le parecía atractiva. Sabía que en algunos lugares se habían producido protestas reclamando el restablecimiento de la Inquisición y estaban molestos con el rey por que no hubiera devuelto sus competencias al Santo Oficio después de que los liberales lo abolieran en 1820. Si descubría que aquellos crímenes, cuyas víctimas aparecían tocadas con corozas, vestidas con sambenitos o marcadas con señales propias de los penitenciados por el Santo Oficio, estaban relacionados con nostálgicos de la Inquisición, podría apuntarse un gran éxito y convertir la reprimenda que le había llegado de la corte en un triunfo, al descubrir que sus defensores no eran sino vulgares asesinos y que su majestad hacía bien con rechazar sus peticiones.

—Diéguez, ¿recuerda usted los autos de fe?

—Sí, señor. Siendo niño, antes de la guerra contra los franceses, vi alguno y también otro después del restablecimiento del tribunal en 1814.

—Entonces recordará que muchas de las penas impuestas eran someter a los condenados a la vergüenza pública.

—Sí, señor. Recuerdo que a muchos se los obligaba a

llevar puesto el sambenito un cierto tiempo y que, en los casos más graves, se convertía en un hábito de por vida.

—¿Le parece descabellado que tras los asesinatos pudiera haber un grupo que deseara el restablecimiento de la Inquisición?

—Lo he pensado, señor, pero el cadáver de doña Cecilia Coello de Portugal...

—Verá, Diéguez —Pedrosa se acercó al agente—, voy a decirle algo estrictamente confidencial... Tanto, que ha de prometerme que quedará entre usted y yo.

—Tiene mi palabra, señor.

—Si los asesinos están mandando un mensaje para que se restablezca la Inquisición y en esa dirección apunta el hecho de que los dos primeros cadáveres, el de una puta y un chulo, aparezcan expuestos como penitenciados del Santo Oficio, ¿se ha preguntado por qué doña Cecilia aparece como una penitenciada?

—Desde luego, señor. Pero no tengo una respuesta.

Pedrosa ignoró el comentario.

—¿Se ha preguntado por qué su familia guarda silencio?

—Desde luego, señor.

Pedrosa dio una calada a su habano y expulsó el humo lentamente.

—¿Ha pensado en que podrían ocultar un secreto? Un secreto inconfesable. Un secreto de alcoba, como antes apuntó usted.

—No lo sé, señor.

—Pero admita que es posible.

—Es posible, señor.

—Incluso probable. —Diéguez asintió—. Hay que investigar en esa dirección. ¿Me comprende?

—Sí, señor, pero, como le he dicho, nos hemos encontrado con un muro de silencio.

—Entiendo que esto es algo muy delicado. Estamos hablando de una dama perteneciente a una familia muy importante. Pero habrá que indagar... Tal vez nos llevemos una sorpresa. Si ha sido expuesta de esa forma ignominiosa, es posible que doña Cecilia..., aunque desde luego en una posición muy diferente a la de una prostituta o un proxeneta, también haya faltado al sexto mandamiento, ¿no le parece?

—Lo que he podido averiguar ha sido lo contrario. Como le he dicho, esa señora tiene fama de virtuosa y muy generosa con las carencias del prójimo. Aunque he de admitir que lo planteado por usted es... una posibilidad.

—Esa posibilidad ha de quedar entre usted y yo.

—Le he dado mi palabra de que así será.

—No descuide esa pista, Diéguez. ¡Explore en esa dirección! —Pedrosa dio otra calada a su cigarro—. No debemos descartar la posibilidad de que con los crímenes estén reivindicando el restablecimiento del tribunal. Ya sabe cómo han bautizado popularmente al asesino... Hay que reconocer que a veces el vulgo tiene olfato.

6

Estaba anocheciendo cuando Burel subía la cuesta de Gomérez. Iba a un carmen en la colina de la Sabika, cercano a la Alhambra. Era un lugar poco transitado, a pesar de que el aire era fino y puro, el agua corría cristalina por unos viejos cauces y la frondosa arboleda creaba un paisaje ameno. Los granadinos hacían poco aprecio al palacio de los sultanes nazaríes que gobernaron la ciudad hasta 1492 y aquella maravilla estaba arruinada y medio abandonada. Era refugio de familias empobrecidas y gitanos, algunos de los cuales se ganaban un dinerillo con azulejos o trozos de estuco que arrancaban de las paredes y vendían a los extranjeros que visitaban el lugar con cara de asombro y entre continuas exclamaciones de admiración cada vez que entraban a una nueva dependencia del laberíntico palacio. La familia que ejercía funciones de vigilancia se limitaba a abrir las puertas por la mañana y cerrarlas por la noche a cambio de vivienda gratis y una exigua cantidad de dinero que el Ayuntamiento le pagaba de forma irregular.

Pasó bajo la Puerta de las Granadas y caminó hasta cerca de las llamadas Torres Bermejas. Unas tapias desconchadas, rematadas en un tejadillo de cerámica vidriada, que sólo permitían ver las verdes agujas de los pinos y los penachos de algunas palmeras, le indicaron que había llegado al lugar. Se lo corroboró el bosquecillo de algarrobos que había al otro lado del camino. Después de asegurarse de que nadie más se hallaba en los alrededores, se detuvo ante la puerta y dio tres golpes seguidos y, tras un intervalo, otros dos algo más espaciados. Una voz gangosa preguntó desde el otro lado:

—¿Santo y seña?

—Santa Ana y Puerta Elvira.

La puerta se abrió sin hacer ruido, algo extraño a tenor del estado en que se encontraba. Alguien había aceitado los goznes. El sujeto que le abrió era cargado de hombros y vestía de forma desaliñada. Se limitó a hacerle un gesto para que pasase y, sin decir palabra, cerró el portón, asegurándolo con las aldabas. Burel vislumbró entre la oscuridad que se apoderaba del lugar el abandono del jardín que se extendía ante la casa. La maleza crecía salvaje y el deterioro era patente en la hermosa fuente de la que salían unos canalillos, a modo de acequias, que en otro tiempo debieron de servir para regar los arriates. Sólo las dos hileras de cipreses que, formando calle, conducían hasta la casa se salvaban de la imagen de dejadez que lo inundaba todo. El sujeto cogió un pequeño fanal para alumbrarse y los dos hombres caminaron en silencio hasta la vivienda.

La casa mejoraba en su interior. Algunas baldosas del pavimento se veían estropeadas, pero la pintura de paredes y techos estaba bien conservada. Cruzaron varias dependencias —la casa era más grande de lo que parecía desde fuera—, hasta llegar a un salón donde una docena de caballeros charlaban en torno a una larga mesa. Dos grandes candelabros iluminaban la estancia, que tenía cerrados los postigos de las ventanas para que no se viera luz desde el exterior. Uno de los reunidos se acercó a saludarlo. Caminaba con dificultad, casi arrastrando una pierna, pero lo más llamativo era el parche de cuero con el que se tapaba el ojo izquierdo. Los liberales granadinos tenían a Burel en alta consideración, pese a ejercer de criado de doña Mariana de Pineda. No asistía a sus reuniones en condición de tal, sino como uno de sus iguales. Lo rodeaba la aureola de haber participado en el pronunciamiento de las Cabezas de San Juan.

—Bienvenido, Burel, ¿no le acompaña doña Mariana?

—Mi ama ha estado enferma y, aunque ya está muy mejorada, desea no recaer para poder asistir mañana a vuestra casa, señor conde.

Don Cipriano Portocarrero, conde de Teba, resultaba un personaje curioso. Era tuerto y renqueaba de una pierna porque, tras una rotura, los huesos soldaron mal y quedó medio cojo. Su esposa, doña María Manuela Kirkpatrick, decía que había perdido el ojo cuando defendía el Puerto de Santa María de un ataque inglés, aunque corría el rumor de que había sido en circunstancias menos gloriosas, al dispararársele una pistola cuando la cargaba. En cualquier caso, los antecedentes militares del conde no le hacían mucho favor. Había luchado al lado de los franceses en la guerra contra Napoleón, defendiendo a un rey que trataba de modernizar España con unos planteamientos que coincidían en muchos casos con los de los constitucionales gaditanos. Don Cipriano fue tildado de afrancesado primero y de liberal más tarde. Por eso estaba en Granada, cumpliendo un destierro impuesto por el monarca.

Mariana había dicho a Burel que el carmen donde iban a reunirse era propiedad de un hermano de don Cipriano, don Eugenio, conde de Montijo, quien años atrás había desempeñado la Capitanía General del reino de Granada. Un personaje aún más curioso que su hermano y cuyas andanzas habían dado pábulo a toda clase de rumores. Don Eugenio acababa de llegar a Granada y los condes de Teba daban una fiesta en su honor, a la que Mariana estaba invitada. Aquel agasajo era todo un desafío a las autoridades porque el conde de Montijo acababa de salir de la cárcel.

El conde de Teba batió palmas llamando la atención de los presentes.

—¡Caballeros, doña Mariana no puede asistir por razones de salud, con la llegada del señor Burel estamos todos! Genaro —miró al individuo que había acompañado a Burel—, ya estamos todos, sigue pendiente de la puerta, pero sin abrir a nadie.

Genaro hizo una inclinación de cabeza y se marchó cerrando la puerta.

—Señores, tomen asiento. —Miró a un caballero de avanzada edad, con una prominente nariz y la cabeza orlada por una corona de pelo grisáceo más propia de la tonsura de un fraile—. Don Eleuterio, cuando usted quiera.

Don Eleuterio Pérez de la Lastra, quien en ausencia de don Martín Almela asumía la presidencia de los liberales granadinos, se acomodó las antiparras sobre su bulbosa protuberancia nasal, paseó la mirada por los presentes y carraspeó antes de hablar.

—Señores, las noticias de Madrid, la publicación del último decreto y el fiasco del levantamiento previsto en Cádiz, unido a los sucesos que tienen en vilo a Granada, nos llevan a considerar…

—¿A qué sucesos se refiere usted?

Don Eleuterio miró con cara de pocos amigos a quien lo había interrumpido.

—¿A qué sucesos voy a referirme…? A los crímenes de quien el vulgo llama verdugo de la Inquisición.

Se levantó un murmullo de comentarios que costó trabajo acallar.

—Ya sé que nada tienen que ver con nosotros…

—¡Cómo que no! Si el asesino lograra su propósito…

—¡La Inquisición la restablecerá el infante don Carlos cuando…!

—Si es que llega a ser rey…

—¡Señores, señores! —Don Eleuterio daba palmadas sobre la mesa en un intento de poner orden.

—¡No sé a qué viene hablar aquí de esos asesinatos!

—Simplemente porque Pedrosa ha redoblado la vigilancia. Establecen controles en todas partes y sus esbirros están pendientes de cualquier indicio. Hay más voluntarios realistas que nunca. Todos están muy nerviosos y eso los hace particularmente peligrosos.

—Nunca han dejado de ser un peligro.

—He dicho «particularmente» peligrosos —matizó don Eleuterio.

—No entremos en disquisiciones. —El conde de Teba temía que, como era frecuente, cualquier minucia acabase en un debate general—. Prosiga, don Eleuterio.

—Ante la situación señalada, es necesario tomar decisiones y por esa razón estamos reunidos. Insistiré una vez más en la necesidad de ser concisos en nuestras intervenciones y evitar disputas estériles. Hecha la advertencia, la propuesta que someto a consideración es hibernar hasta tanto pase el turbión que nos amenaza. Debemos suspender las reuniones hasta que Manzanares o Torrijos indiquen que ha llegado el momento del combate. No es conveniente correr riesgos innecesarios.

—¿Su propuesta significa poner fin a nuestras actividades? ¿Abandonar las labores de proselitismo? —preguntó un joven que ataba su cabellera en una coleta.

—Yo no lo expresaría de esa manera. No he hablado de abandono, sino de hibernar hasta que las circunstancias nos sean favorables.

—¡No estoy de acuerdo! —insistió el joven—. En Granada se palpan los deseos de libertad y el ambiente, a pesar del decreto, nos es favorable.

—Se equivoca usted —intervino Burel—. Estuve presente en su lectura a la puerta de la Chancillería y la gente no mostró rechazo, sino más bien al contrario.

—Soy de la misma opinión —señaló don Cecilio Moreno—. El clero en sus sermones ha mostrado su apoyo a la decisión del Narizotas. Los pocos eclesiásticos que rechazan su tiranía se ven obligados a guardar silencio. ¿Qué ocurrió antes del verano con don Pedro García de la Serrana?

—¿Qué ocurrió? ¡Pedrosa tuvo que ponerlo en libertad! —exclamó el joven.

Fue don Eleuterio quien puso las cosas en su sitio.

—El arzobispo acordó con Pedrosa su salida de Granada. Fue un destierro encubierto. Una condena sin juicio.

El ambiente fue caldeándose ante opiniones tan divergentes y, como era habitual, brotaron multitud de comentarios referidos a asuntos que poco o nada tenían que ver con la finalidad de la reunión. Disputas, controversias teóricas y enfrentamientos verbales, como ocurría en las tertulias de los años que ya empezaban a llamarse el «trienio constitucional», que tanto daño hicieron al liberalismo. En pleno fragor dialéctico, hubo un instante en que todos callaron y entonces se escucharon unas voces al otro lado de la puerta. Eso sólo podía significar una cosa: los esbirros de Pedrosa los habían descubierto. Aparecieron varias pistolas y algunos se parapetaron tras la mesa, dispuestos a vender cara su vida. En medio de un silencio sepulcral, unos golpes sonaron en la puerta antes de oírse la voz gangosa del guardés:

—Don Cipriano, soy yo, Genaro.

Algunos recordaron la detención de masones, cuya ejecución Pedrosa, recién llegado a Granada, convirtió en un espectáculo. Quien los delató fue el portero del carmen donde estaban reunidos.

—¿Qué ocurre?

—Preguntan por un tal Burel.

Hubo un cruce de miradas recelosas. ¿Quién sabía que Burel estaba allí?

—¿Quiénes preguntan por él?

—Sólo uno, señor. Dice que es aguador en la plaza de San Antón y que lo envía doña Mariana de Pineda. Me ha dado el santo y seña. Le he abierto por eso y porque dice que el asunto es de mucha gravedad.

Burel se acercó al conde de Teba y le susurró al oído:

—Se llama Hermenegildo Cotrina. Si es él, se trata de uno de los nuestros.

—¿Cómo se llama ese aguador? —preguntó el conde.

En medio de un silencio tenso, se escuchó otra vez a Genaro.

—Señor, dice que se llama Hermenegildo.

El recelo seguía flotando en el ambiente. Pedrosa podía haberlo preparado todo minuciosamente y que se tratara de una añagaza. Don Cipriano Portocarrero ordenó a Genaro que abriera la puerta con cuidado y que el sujeto que decía llamarse Hermenegildo entrase con las manos en alto. La tensión creció. Se escuchaban murmullos y la puerta no se abría. Quien apareció con el fanal en la mano fue Genaro.

—¿Qué ocurre? —preguntó el conde sin dejar de apuntar al guardés.

—Lo siento, señor, pero ese individuo dice que no quiere complicaciones.

Don Cipriano torció el gesto.

—¿Complicaciones? ¿Qué quiere decir?

—Que no entrará al salón. —Genaro no podía disimular el tembleque.

El conde miró a Burel, que era otro de los que empuñaban una pistola.

—¿Sale usted u obligamos a ese Hermenegildo a entrar?

—Salgo yo.

—Tome, llévese otra pistola.

—No hace falta, señor.

En la antesala la conversación se prolongaba y en el salón el ambiente no se relajaba, si bien la curiosidad había reemplazado al temor. Los liberales allí reunidos barruntaban algo muy grave. De no ser así, Mariana de Pineda jamás se habría arriesgado a mandar a un recadero, aunque fuera persona de confianza. Cuando Burel regresó al salón, tenía el rostro demudado.

—Hermenegildo acaba de comunicarme una auténtica desgracia.

Nadie preguntó. Aguardaban como si el verdugo fuera a descargar el hacha.

—Han traído preso a Granada al capitán Álvarez de Sotomayor.

Sus palabras tuvieron el mismo efecto que la explosión de una bomba. Hubo un silencio momentáneo y después todos comenzaron a hablar a la vez. A Burel le costó trabajo dar una explicación algo más detallada, aunque no era mucho lo que Hermenegildo Cotrina le había contado.

—Ha llegado esta mañana en una cuerda de presos que traían desde Córdoba.

—Es raro que no se haya sabido. Esas noticias corren como la pólvora —comentó don Eleuterio.

—Quizá se deba a que, al llegar los presos al ejido de la plaza de toros, lo metieron en un carruaje cerrado y lo condujeron hasta la Cárcel Alta —señaló Burel.

—¡Desde luego, no lo han hecho por ahorrarle el bochorno de caminar en la cuerda con las manos atadas junto a delincuentes de toda laya! —protestó don Eleuterio—.

Ha sido para evitar que alguien lo reconociera y se produjera algún alboroto.

—Si la gente grita «¡Vivan las cadenas!», ¿por qué razón iba a alborotarse? —Había cierto sarcasmo en las palabras del joven de la coleta.

Don Eleuterio se quitó las antiparras, se apretó el puente de la nariz y lo miró a los ojos.

—Porque quienes tenemos cierta edad, sabemos que el capitán Álvarez de Sotomayor es persona muy querida en Granada. Cuando los gabachos del general Sebastiani abandonaban la ciudad, cometieron toda clase de desmanes y atropellos, algo que no era una novedad porque no dejaron de robar en todo el tiempo que estuvieron aquí; pero las últimas semanas, cuando eran conscientes de que habían de replegarse hacia el norte, actuaron con vesania. Fue entonces cuando don Fernando Álvarez de Sotomayor, a pesar de tener sólo diecisiete años, salvó a muchos granadinos de una muerte segura. Supongo que algunos no lo habrán olvidado. Aunque…, ¡vaya usted a saber!

—Tanto Manzanares como Torrijos contaban con él y su prestigio para levantar las comarcas del interior —comentó apesadumbrado don Cecilio Moreno.

—¿Cómo lo ha sabido doña Mariana si lo han llevado a la cárcel de tapadillo?

—Lo ha sabido por la esposa del capitán, que también ha llegado hoy a Granada y ha ido a verla. —Burel, que había apreciado cierta duda en la pregunta, añadió con énfasis—: ¿Sabían que el capitán y doña Mariana son familia?

Entre los reunidos hubo muestras de extrañeza.

—¿Qué parentesco los une? —preguntó don Cipriano.

—No estoy al tanto, pero sé que son parientes.

—¿Se sabe la causa de su detención? El capitán ya estuvo en la cárcel, acusado de luchar contra los Cien Mil Hijos de San Luis.

—Al parecer, los cargos son de consideración. Doña Mariana teme que, tal y como están las cosas, lo condenen a la pena capital. Su esposa cree que lo han traído para que su condena sirva de escarmiento. Lo que ocurre en Granada tiene mucha repercusión.

—No sé cómo podríamos ayudarle —señaló el conde de Teba—. Una fuga de esa cárcel es imposible.

—Tal vez —terció don Eleuterio— podríamos elaborar un plan para cuando…, para cuando… —El anciano titubeó.

—¿Para cuándo, don Eleuterio? —lo provocó el joven de la coleta.

Se caló las gafas y exclamó irritado:

—¡Para cuando lo conduzcan al patíbulo! ¿No irán ustedes a ser tan ingenuos como para pensar que la sentencia será otra? Si al capitán Álvarez de Sotomayor lo han traído a Granada con el propósito de dar un escarmiento, la condena será a muerte. ¡Para eso está aquí Pedrosa!

Debatieron durante más de dos horas acerca de cómo salvar al prisionero, pero no sacaron nada en limpio, salvo que se trataba de una empresa muy difícil, casi imposible. Eran más de las once cuando don Eleuterio Pérez de la Lastra dio por concluida la asamblea con el acuerdo de que las reuniones quedaban suspendidas hasta nuevo aviso.

—Saldremos de uno en uno para no llamar la atención. Si algunos lo prefieren, pueden salir en pareja, aunque asumen mayor riesgo. Lo mejor es bajar por itinerarios diferentes. Las rondas de los realistas estarán ya patrullando.

Se despidieron con abrazos. Genaro los acompañaba alumbrándoles el camino. Fueron saliendo poco a poco y quienes aguardaban comentaban aspectos de los crímenes. Por Granada circulaban las versiones más inverosímiles. Burel se impacientaba con el paso de los minutos, pero tuvo que aguardar hasta el final junto al joven de la coleta.

La juventud había jugado en su contra. Al despedirse con un apretón de manos, don Cipriano pareció adivinarle el pensamiento.

—No baje por la cuesta de Gomérez, Burel.

Burel asintió sin abrir la boca. No pensaba seguir su consejo. No podía permitirse perder un solo minuto si quería llegar a tiempo a su cita.

7

Dejaba atrás la Puerta de las Granadas cuando llegaron hasta sus oídos ecos de risotadas que aumentaron conforme se acercaba a la plaza Nueva. La noche convertía la cuesta de Gomérez en un paraje oscuro y solitario. Los solares alternaban con algunas casas como la que cobijaba la capilla de San Onofre, a quien los granadinos profesaban una gran devoción. Burel caminaba pegado a las construcciones, procurando no hacer ruido. Estaba a poco más de un centenar de pasos de la plaza cuando se cercioró de que las voces y las risas procedían de ella. Siendo cerca de la media noche, los escandalosos no podían ser otros que los miembros de alguna patrulla de realistas con la misión de hacer cumplir el toque de queda y velar por la quietud y el sosiego nocturno en la ciudad.

Cruzar la plaza en aquellas circunstancias suponía un riesgo añadido al de transitar después del toque de queda, pero no desistió de su propósito. Se arrimó a la pared de la Academia de Bellas Artes, instalada en el viejo edificio del Hospital Mayor de la Encarnación y desde allí vio, a la tenue luz de los faroles que alumbraban en la fachada de la Chancillería, que tal y como había imaginado se trataba de una patrulla de realistas. Estaban acomodados junto al Pilar de Santa Ana y se pasaban una garrafilla de aguardiente para combatir el frío. Los truhanes, en lugar de cumplir su misión, se divertían y armaban ruido impidiendo a más de un vecino conciliar el sueño, sabedores de que nadie se atrevería a llamarles la atención.

Los realistas parecían muy entretenidos con sus chanzas y a la zona por donde Burel tenía que cruzar apenas llegaba el resplandor de los faroles de la Chancillería. El mayor problema era el centinela de la puerta del edificio que albergaba el alto tribunal donde se impartía la justicia del rey. Se desplazó sin apartarse de la pared, hasta quedar frente a la iglesia de San Gil. Si lograba cruzar sin ser descubierto, se alejaría sin mayores problemas de aquellos bellacos, que no paraban de beber y reír.

Fue entonces cuando ocurrió el incidente.

Sin darse cuenta, pisó el rabo de un perro que dormitaba, protegido por los salientes de una portada labrada en piedra, y el animal soltó un quejido lastimero. Burel echó a correr, seguido por los ladridos que el perro lanzaba ahora con furia canina. El centinela fue el primero en percatarse de que algo extraño ocurría.

—¡Alto! ¡Alto o disparo! —gritó, llevándose el fusil a la cara.

Burel no se detuvo. Los realistas habían dejado de reír.

—¡Alto! ¡Alto o disparo! —gritó otra vez el soldado cuando él estaba a punto de alcanzar los muros de San Gil.

En el silencio de la noche la detonación sonó como el estampido de un cañonazo. Erró el tiro, pero alertó a los realistas, que se lanzaron tras Burel como una jauría. Si no se andaba listo, la ventaja de que disponía podía esfumarse en un instante. Dejó atrás la plazuela de San Gil y enfiló la calle de Elvira. Al pasar por la plazuela del Refugio tuvo la tentación de subir por la Calderería Vieja y ganar el dédalo de callejas que subían hacia el Albaicín. Sería fácil despistarlos en aquel laberinto, pero también corría el riesgo de meterse en algún callejón sin salida y entonces estaría perdido. Además, eso significaba renunciar a su cita. Corrió calle de Elvira adelante sin dejar de oír los gritos de sus perseguidores, al tiempo que las campanadas del reloj de la Chancillería señalaban la medianoche, la hora que Magdalena había puesto como límite en el recado que le había hecho llegar, diciéndole que fuera a verla. Su tío había salido precipitadamente de viaje a Loja y estaría ausente unos días. Llegó a la puerta de la casa y por un momento su puño quedó suspenso en el aire, dudaba si golpear con fuerza y llamar la atención de algún vecino que, despierto por el estampido del disparo, observara tras el postigo de alguna ventana, o hacerlo con suavidad, como requería la visita de un amante. Tenía que decidirse porque los gritos de sus perseguidores se oían cada vez más cercanos. Empapado en sudor, con la respiración agitada e indeciso, apoyó la mano sobre la puerta y eso bastó para que la hoja se abriera.

Magdalena no había echado la aldaba para facilitarle las cosas, sin sospechar que con esa decisión estaba salvándole la vida. Se introdujo rápidamente en el zaguán y cerró la puerta procurando no hacer ruido. Jadeante y tenso se echó sobre ella y permaneció en silencio escuchando los latidos de su corazón y temiendo que su agitada respiración pudiera delatarlo. Desde allí oyó los gritos y las carreras de los realistas, que iban de un lado a otro de la calle. Habían perdido la pista y estaban enfurecidos. Permaneció inmóvil hasta que poco a poco se impuso el silencio y volvió la calma. Burel resopló con fuerza liberando parte de su tensión. Sólo entonces miró a través de la cancela y vislumbró entre la penumbra una silueta que bajaba por la escalera, alumbrada por una palmatoria.

Magdalena Camero tenía poco más de veinte años, los ojos grandes y negros igual que su cabello, labios carnosos y sensuales, y la piel de bronce. Vestía un amplio camisón que apenas permitía adivinar sus rotundas caderas y unos pechos generosos. No hubo palabras. Los amantes se fundieron en un abrazo a la titilante candelilla de la palmatoria y en la penumbra del zaguán sus labios se buscaron hasta encontrarse. Ambos sintieron el calor de sus cuerpos ciñéndose uno contra otro. Así, abrazados, en un silencio lleno de caricias y de besos suaves y apasionados, transcurrieron los minutos hasta que ella deshizo el abrazo y le preguntó, mirándolo a los ojos:

—Los realistas te buscaban a ti, ¿verdad?

Burel asintió sin soltar su mano.

—¿Cómo sabes que eran realistas?

—Qué si no… Además, las escarapelas que lucían en sus sombreros me son de sobra conocidas. Mi tío la usa con frecuencia. ¿Qué ha ocurrido?

—Un maldito chucho delató mi presencia en plaza Nueva.

—¿Has venido por plaza Nueva? —Magdalena arrugó la frente.

—Sí, he tenido que cruzar por ahí.

—¿Por qué?

Burel dudó un momento. Confiaba en Magdalena, pero el secreto y la discreción eran piezas fundamentales en las reuniones de los liberales, y su tío, con quien vivía desde que quedó huérfana a los diez años, era un furibundo realista. Había escrito algunas gacetillas en la prensa local dedicando grandes loas a Fernando VII y durísimos ataques contra los liberales y los masones, que para él eran lo mismo: una partida de herejes abominables. Terminaba todos sus escritos con un doble «¡Vivan las cadenas!», la expresión con que los serviles recalcaban su apoyo al rey felón. Se llamaba Fulgencio Camero y, sin ser rico, era un hombre de posibles, que ejercía como escribano en la Chancillería. Además de su sueldo, percibía las rentas de sus propiedades: varios majales dedicados al cultivo de la caña de azúcar en el partido de Almuñécar, por los que, además de la renta monetaria, recibía dos arrobas de miel al año; también sesenta arrobas de aceite por la maquila de un molino y unos olivares que poseía en el término de Moclín, junto al camino que llevaba a Alcalá la Real, en un lugar llamado Puerto Lope. Asimismo, tenía arrendado un horno de pan y una casa en la aldea de Alfacar, a poco más de una legua de Granada; el panadero, junto a sus buenos reales, le llevaba dos veces por semana una hogaza. Tenía algo más que un honesto pasar y creía a pies juntillas que los liberales eran unos peligrosos revolucionarios cuyo único fin era echar abajo el orden establecido, acabar con las tradiciones y humillar a la Santa Madre Iglesia; en resumen, unos degenerados que sólo merecían los castigos que les aplicaba el monarca, cuyos derechos de soberanía también cuestionaban.

Burel decidió que no había riesgo en decirle que había estado en una reunión clandestina. No era revelar gran cosa y Magdalena sabía quién era. Ser criado de doña Mariana de Pineda lo identificaba. Los realistas tenían sobrada información de que masones y liberales se reunían; su problema era saber dónde lo hacían.

—Venía de una reunión en un carmen de la Sabika.

—¿El único camino para bajar a Granada era la cuesta de Gomérez? —Magdalena hizo un gurruño como si estuviera enfadada.

Burel la atrajo hacia él y la besó en la boca.

—Si daba la vuelta por el Campo del Príncipe, no habría llegado con hora.

—Había dejado la puerta encajada —protestó ella.

69

—No lo sabía, pero ¡menos mal! Si la hubieras cerrado, no sé dónde estaría a estas horas.

—Si venías de plaza Nueva, ¿por qué no te ocultaste en alguno de los callejones de San Gil? O, mejor aún, podías haber corrido hacia la catedral.

Una sonrisa se insinuó en los labios de Burel.

—Entonces no habría venido a verte.

Ahora fue ella quien se puso de puntillas y besó suavemente sus labios.

Magdalena le entregó la palmatoria, echó la tranca en el portón y, cogiéndolo de la mano, tiró de él. Burel nunca había entrado en la casa. Don Fulgencio, que ignoraba el romance que su sobrina vivía con un criado, jamás habría consentido aquella relación y mucho menos tratándose de un liberal. Se fueron directos a la alcoba de Magdalena.

Era la primera vez que entraba en la casa, pero no la primera que compartían lecho, a pesar de que su tío siempre estaba vigilante. Hicieron el amor con una pasión desbocada y después, más sosegadamente, fueron recreándose en sus caricias. Magdalena se había soltado su larga y negra melena, que le confería el aspecto de una beldad a la que Burel no se cansaba de mirar. Tendida en la cama, ella lo miraba arrobada.

—¿En qué piensas?

—En que se avecinan tiempos difíciles. No sé si te conviene estar a mi lado.

—No me asustes ni digas tonterías, Antonio.

—Es la verdad. En Madrid han ocurrido graves sucesos.

—¿Habrá otra guerra?

Burel guardó silencio. Su respuesta no gustaría a Magdalena y, aunque lo último que deseaba era una guerra, en el fondo de su corazón no le disgustaba esa posibilidad. Decidió dar un giro a la conversación para no decir alguna inconveniencia. Sabía que adoraba a su tío.

—¿A qué ha ido tu tío a Loja?

—A buscar unas escrituras de no sé qué asunto. Cosas de la Chancillería… Todo ha sido muy precipitado. Salió esta misma tarde y tendrá que hacer noche en el camino.

—¿Podremos vernos mañana?

—Por supuesto. ¿Podrás venir?

Burel apretó a Magdalena contra su cuerpo.

—Tendría que hundirse el mundo para que no lo hiciera. Además, mi ama irá mañana a una fiesta en casa de los condes de Teba.

—¿Una fiesta? ¿Qué celebran?

—La venida a Granada del conde de Montijo. Tú no te acordarás, pero fue capitán general. Un personaje curioso ese conde de Montijo.

A Magdalena no le interesaba gran cosa quién era el conde de Montijo ni por qué Burel decía que era un personaje curioso.

—Si tienes que estar pendiente de tu ama, ¿cómo te las compondrás para vernos?

—Cuando acude a estas fiestas, siempre hay alguien que la acompaña de regreso a su casa. Espero que mañana no cambie de costumbre y a eso de las nueve, cuando la deje en casa de los condes, pueda venirme. Por cierto, ¿dónde está Paquita?

—Le he dicho que se vaya a su casa estos días. No le ha gustado. Aquí está mejor que con su familia, pero se lo he impuesto como una obligación.

—Mejor así. Podría irse de la lengua.

—Ni lo pienses. Es mi cómplice y la tengo bien untada. ¿Cómo crees que puedo mandarte los recados? Si no fuera con su colaboración…

Burel recordó el día que la conoció. Hacía casi un año. Fue en el Campillo, a la entrada del teatro Principal; él acompañaba a doña Mariana y ella estaba con su tío. En el vestíbulo su ama se encontró con don José de la Peña y Aguayo, quien la invitó a su palco y él tomó asiento en el patio de butacas. El azar lo llevó junto a la joven. Sólo los separaba el sillón vacío de su ama. Durante la representación estuvo más pendiente de ella que del escenario e intercambiaron algunas miradas. Ella, recatada, bajaba la vista. Terminada la representación, el abogado acompañó a su ama y él la siguió por el Zacatín. Así supo que vivía en el número veintiocho de la calle de Elvira. A partir de entonces, merodeó por los alrededores de San Gil hasta que un día de mercado aprovechó la aglomeración para toparse con Magdalena, a la que se le cayó el cesto donde llevaba las verduras —más tarde supo que lo hizo a propósito— y se vio recogiendo nabos, cebollas y espinacas.

Habían sido meses de roces de manos a cuenta del agua bendita en la pila de San Gil, besos robados primero y devueltos con pasión después, que acabaron en encuentros furtivos. Lo extraño era que su tío no había sospechado. En caso contrario…

8

La fachada, primorosamente esgrafiada, de la casa de los condes de Teba estaba en la calle de Gracia, cerca del límite de la ciudad que en aquella parte se abría a la fértil vega regada por las aguas del Genil. En la puerta, grandes faroles de estilo granadino habían convertido el zaguán en un ascua reluciente. Don Cipriano Portocarrero había obtenido un permiso especial para que a sus invitados no les afectase el toque de queda. Fue complicado porque Pedrosa se oponía de forma tajante, a pesar de las reiteradas peticiones del alcalde. No le agradaba una fiesta en la que se homenajeaba al conde de Montijo. Sólo cedió al insinuársele que podía recibir una invitación. Cuando le llegó, se excusó por escrito y declinó su asistencia. Era una forma de humillar a los anfitriones y al propio Montijo, de quien se rumoreaba que era masón, además de un hereje que había pasado por las cárceles del Santo Oficio. Pero la razón principal por la que Pedrosa había declinado asistir era que doña Norberta Pimentel no estaba en Granada y sin su presencia aquellas fiestas le aburrían.

Mientras los anfitriones recibían a sus invitados en el vestíbulo, agentes de Pedrosa rondaban con descaro sin perder detalle de quiénes entraban. Nada podía hacerse. Los vientos que soplaban en aquella España daban a un subdelegado de policía —cargo que Pedrosa había acumulado al de alcalde del crimen— más poder que a un conde, sobre todo si se trataba del conde de Teba.

Doña María Manuela Kirkpatrick, en el esplendor de su madurez, estaba radiante. Su melena cobriza delataba su ascendencia irlandesa, algo de lo que se sentía particularmente orgullosa. Lucía un ajustado vestido de color verde, a juego con sus ojos, y adornaba su cuello con un collar del que pendía una gruesa esmeralda. Era una mujer imaginativa, algunos decían que fantasiosa. Afirmaba que su segunda hija, a la que habían bautizado como Eugenia, en honor de su tío, el conde de Montijo, nació bajo unas lonas en el jardín de la casa al sobrevenirle el parto durante un terremoto que había sacudido Granada dos años antes.

Mariana acudió a pie —su casa estaba a pocos pasos— acompañada por Burel. Su llegada coincidió con la del abogado don José María de la Escalera, el encargado de la defensa de su tío, don Pedro García de la Serrana. El letrado le dedicó un gentil cumplido y ella saludó a su esposa, que se cogió a su brazo. Susurró algo al oído del abogado y este respondió:

—Estaré encantado.

Mariana indicó a Burel que se acercase.

—Por esta noche tus obligaciones han terminado.

La imagen de la joven viuda resultaba seductora. El vestido de moaré azul que lucía se ajustaba a su cintura, permitiéndole exhibir un talle impropio para una mujer que había dado a luz en dos ocasiones. Sus rubios cabellos, recogidos suavemente, dejaban sueltos unos tirabuzones que enmarcaban una cara pálida, reflejo de sus recientes dolencias, que también se apreciaban en sus fatigados ojos. Adornaba su cuello con una gargantilla y un broche de perlas le sujetaba un elegante tocado de plumas.

La condesa le dedicó una sonrisa y don Cipriano rozó la punta de sus dedos con los labios susurrándole al oído:

—¿Tienes un pacto con el diablo? Estás deslumbrante. —El conde era de los pocos que la tuteaban—. Nadie diría que acabas de salir de una enfermedad.

—Es voluntad, querido conde, fuerza de voluntad —le respondió con una sonrisa, pendiente de la condesa que, con descaro, miraba su cintura.

—Querida, a más de una va a darle un soponcio. Estás bellísima.

Mariana respondió con una leve inclinación de cabeza. No necesitaba explicación para entender el significado de las palabras de la condesa.

El salón estaba lleno de invitados y resplandecía iluminado por grandes lámparas de cristal y docenas de candelabros de plata maciza. Elegantes damas con generosos escotes se movían entre el crujir de sedas. Algunas habían tomado ya posesión de divanes y sillas, donde lucían vestidos y joyas, gracias a estudiadas poses. Los caballeros vestían levitas grises o negras y algunos con notoria obesidad aprisionaban su vientre en abotonados y rechinantes chalecos floreados de cuyos bolsillos colgaban las macizas cadenas de sus relojes. En el ambiente flotaba el humo de los gruesos y aromáticos habanos que algunos de ellos fumaban. Mozos y doncellas iban de un lado para otro pasando bandejas con bebidas y delicias de boca.

Apenas apareció, Mariana se vio rodeada de caballeros que le preguntaban por su pasada enfermedad y ponderaban su belleza.

Doña Rosario Montes de Ortigosa, que ya estaba aposentada en un diván, oteaba el panorama. La buscó rápidamente y, haciendo uso de sus impertinentes, vio a Mariana deshacerse en sonrisas y ofrecer su mano a los caballeros. Con la frente arrugada, parecía un general escrutando el terreno antes del comienzo de la batalla.

—¿Has enfocado a la viudita? —preguntó doña Hortensia, que compartía el diván.

Su curiosidad tuvo que esperar hasta que doña Rosario explotó:

—¡Ha abortado, Hortensia! ¡Esa desvergonzada ha abortado!

—¡Rosario, por Dios, esas cosas no pueden decirse sin tener pruebas!

—¡Te digo que estaba embarazada! ¡Es una zorra! ¡Embarazada como cuando se casó con ese militarcillo pobretón y enfermizo!

—¡Rosario! —exclamó doña Hortensia abanicándose con fuerza.

—Conozco gitanas que por unos cuantos duros te hacen echar las entrañas y, si se tercia, te remiendan el virgo. —La oronda viuda estaba sofocada.

—¡No me digas que conoces a esas gitanas! —exclamó doña Hortensia, escandalizada.

—Pero ¡qué clase de tontería estás diciendo!

—Rosario…, tú misma acabas de decir que conoces a unas gitanas…

—Mujer…, es una forma de hablar. Lo que digo es que, como todo el mundo sabe, en el Albaicín hay gitanas que son peritas en ciertas hierbas y pócimas. Conozco a más de una que ha buscado que la remendaran a la hora de casarse. Pero a lo que vamos. ¡Esa ha abortado!

La llegada de una pareja interrumpió la conversación. Dolores Morales de los Ríos y Escaño irradiaba felicidad del brazo de don José de la Peña y Aguayo.

—¡Dolorcitas, estás lindísima! —Doña Hortensia la miraba de arriba abajo.

—¿Cuándo anunciaréis vuestro compromiso, querida? —preguntó doña Rosario, que no dejaba de lanzar miradas hacia el corrillo donde estaba Mariana.

Dolores miró a su prometido.

—Pepe tiene que ir a Madrid por unos asuntos que le ha encomendado el marqués de los Alijares. Lo haremos oficial cuando regrese, aunque… ya es público y notorio.

La joven mostró orgullosa el anillo que brillaba en su mano, adornado con un grueso diamante. Doña Hortensia le sostuvo la mano y lo examinó con detenimiento.

—¡Oh! ¡Querida, es la joya de una reina!

Peña y Aguayo se mostraba más reservado que su prometida. Apenas se alejaron unos pasos cuando doña Hortensia susurró al oído de doña Rosario:

—La viudita se quedó con tres cuartas de narices.

—Se quedó con algo más. Pero como es muy ladina… ¡Menuda zorra!

Las conversaciones cesaron cuando un mayordomo de la casa, vestido de librea y empuñando un bastón de ceremonia, golpeó el suelo y anunció:

—¡Su excelencia, el señor conde de Montijo!

Acompañado por los condes de Teba, hizo su entrada en el salón don Eugenio Portocarrero. Lo recibieron con una cerrada ovación a la que Montijo respondió con inclinaciones de cabeza. Don Cipriano fue presentándolo a los invitados. Al llegar al corrillo donde estaba Mariana, Montijo se quedó mirándola.

—Es doña Mariana de Pineda —le indicó su hermano.

Montijo hizo una reverencia y, después de exaltar su belleza, le comentó:

—Vuestro esposo es muy afortunado.

—Soy viuda, excelencia.

—¿Viuda? —Se quedó mirándola y gritó en voz alta—:

¿Dónde están los hombres de Granada? ¿Cómo es que esta belleza —tomó la mano de Mariana alzándola hasta la altura del hombro— no está desposada?

Hubo risas y algunos aplausos. En el corrillo de al lado, Dolorcitas enrojeció como la grana y Peña y Aguayo puso cara de circunstancias. Mariana ofrecía una media sonrisa impenetrable.

—¿Tendré el honor de que me concedáis el primer baile? —le solicitó el conde.

—Si escucho de vuestra boca alguna cosa de las que se cuentan de su excelencia.

—¿Por alguna razón especial? —Montijo también sonreía de forma enigmática.

—Son tan increíbles que me parecen rumores sin fundamento, excelencia.

Las sonrisas desaparecieron del semblante de los presentes. El rumor más extendido, corría por media España, decía que Montijo era el gran maestre de la masonería española. Un título peligroso. Algunos temieron una reacción destemplada de don Eugenio, pero este los sorprendió a todos preguntando con socarronería:

—¿Como cuáles, por ejemplo?

Mariana pareció meditar la pregunta prolongando la tensión.

—¿Sois el tío Pedro de quien tanto se ha hablado?

Montijo soltó una carcajada y el alivio fue patente entre los presentes.

—Las jornadas que precedieron a lo de Aranjuez fueron memorables, doña Mariana. Pocas veces en mi vida he disfrutado tanto como con la caída del Choricero. Aquel fue un tiempo verdaderamente glorioso, aunque para lo que nos ha servido…

—Perdonad, pero no habéis contestado a mi pregunta. ¿Sois el tío Pedro?

Otra vez hubo rostros tensos, pero don Eugenio no se incomodó.

—Fui el tío Pedro. Disfrazado, recorrí los campos y pueblos de los alrededores animando a la gente a ir a Aranjuez. ¡Había que acabar con aquella farsa que nos deshonraba! La gente odiaba tanto a Godoy, que con poco se convencía de que había que amotinarse para poner punto final a aquello. Aunque, no creáis, me costó mis buenos dineros y mucho, mucho vino. ¡En España no hay algarada que merezca la pena si antes no ha corrido el vino en abundancia!

Los presentes le rieron la gracia.

—¿Puedo haceros otra pregunta?

A todos les pareció un atrevimiento inaudito en una persona que acababa de conocer a su excelencia. Alguno no daba crédito a lo que veía, sobre todo que el conde, persona de temperamento muy vivo, se mostrase tan condescendiente con la viuda.

—Disparad, doña Mariana.

—¿Sois el gran maestre de la masonería española?

Un silencio espeso se apoderó hasta de los grupos más próximos.

Don Eugenio miró a Mariana a los ojos. A pesar de la enfermedad, el azul de sus pupilas era como un mar que escondía tesoros incontables. Le susurró algo al oído que nadie más escuchó. Montijo sabía que era una falta de educación, pero estaba en casa de su hermano y, además, podía permitírselo. Antes de continuar con el saludo a los invitados, Montijo, con una pícara sonrisa, recordó a Mariana:

—No olvidéis, mi bella dama, que me habéis prometido el primer baile.

En torno a doña Rosario y doña Hortensia se hablaba ahora de los crímenes que tenían en vilo a Granada. Sobre todo, por el macabro espectáculo que ofrecían los cadáveres.

—Sé de buena tinta —señalaba la segunda— que las pesquisas apuntan hacia antiguos miembros del Santo Oficio. ¿A qué si no viene que los cadáveres parezcan penitenciados de la Inquisición?

—¡Hortensia, hija! No creerás que personas tan decentes hayan podido cometer esas atrocidades. Lo digo por la pobre Cecilia, porque los otros muertos…

—También se trata de hijos de Dios, doña Rosario.

—Bueno… Dios sabe distinguir y, digo yo, que alguna diferencia tiene que haber.

—Quien piensa lo de la Inquisición es el subdelegado de policía —se defendió doña Hortensia sin cuestionar el planteamiento de doña Rosario.

—¿Don Ramón piensa eso? —preguntó doña Rosario.

—El otro día lo comentó en una reunión. ¿Qué opináis de los rumores que corren acerca de Cecilia Coello de Portugal? —dejó caer doña Hortensia maliciosamente.

—¿Qué clase de rumores? —Doña Rosario parecía sorprendida.

—Los que se refieren a que si doña Cecilia…

A doña Rosario se le pusieron los ojos como platos.

—¡Cuenta! ¡Cuenta!

Doña Hortensia se cercioró de que sus palabras no iban más allá del corrillo.

—Os ruego discreción…

—Por supuesto, querida.

—Estaba liada con un coronel de Capitanía.

—¡Jesús bendito! —exclamó doña Rosario.

—Comentaron delante de mí que su muerte puede estar relacionada con esos amoríos.

—¡Qué barbaridad! ¡Doña Cecilia Coello de Portugal! —Doña Rosario no dejaba de abanicarse—. De todas formas, no se pueden ir diciendo barbaridades como que los inquisidores andan asesinando... —dudó al recordar que las dos primeras víctimas estaban relacionadas con la prostitución—, asesinando a doña Cecilia Coello de Portugal. ¿Acaso nos hemos vuelto majaretas en Granada?

Hubo comentarios para todos los gustos y doña Hortensia aprovechó para ir al retrete. Su regreso al corrillo zanjó la conversación sobre los supuestos amoríos de doña Cecilia, al anunciar que Mariana de Pineda le había preguntado al conde de Montijo si era el máximo responsable de la masonería española.

—¡Qué desvergonzada! —exclamó doña Rosario.

—Desvergonzada e impertinente —apostilló doña Hortensia—, aunque parte de la culpa la tiene la condesa por haberla invitado.

—No me extraña —advirtió doña Rosario—. La Kirkpatrick se las da de aristócrata. Va diciendo por todas partes que su familia es de las más linajudas de Irlanda y que descienden de un héroe cuyo nombre no recuerdo, una especie de Cid Campeador de los irlandeses, pero la verdad es que su padre no deja de ser un almacenista que ha hecho una fortuna con la venta de aguardientes y otros tráficos desde el puerto de Málaga.

—Me han dicho —comentó doña Hortensia, que ya había ocupado su lugar en el diván al lado de doña Rosario, tapándose la boca con el abanico para evitar que alguien fuera a leerle los labios, materia en la que había verdaderas expertas— que la irlandesa, con el pretexto de pintar paisajes, se... pierde por las Alpujarras con un inglés que... también le da a los pinceles.

—Si te refieres a uno que vive a la espalda del cuartel de Bibataubín, también yo lo he oído decir —señaló doña Rosario.

—Esta gente tiene mucha prosapia, pero son raritos.

Tanto don Cipriano como don Eugenio han estado en la cárcel y os supongo informadas de lo que se dice de don Cipriano... —dejó caer doña Hortensia.

—¿Qué se dice? —preguntó una de las reunidas.

—Que está en Granada porque el rey lo tiene desterrado.

—Es cierto —aseveró doña Rosario—. Mi difunto esposo, que Dios tenga en su santa gloria, vio los papeles en la Real Chancillería.

—¿Y qué me decís de lo que se le ha perdido en el Albaicín? Raro es el día que no lo ven pasar montado a caballo y mezclarse con la gitanería. Parece que sólo se encuentra a gusto cuando está con esa gentuza.

—¿Pues sabéis lo que me han dicho a propósito de esa gentuza...?

Mariana no bailó con el conde de Montijo. Se marchó antes de que empezara el baile. Poco después de haber departido con don Eugenio se sintió mal, se excusó ante los anfitriones y se retiró. Don José María de la Escalera la acompañó hasta su casa. No la separaban de allí más de dos minutos. Agradeció al abogado el detalle y entró en su casa sin detenerse. Había soportado la presión con entereza, pero ya no podía dar un paso. Le sorprendió que doña Úrsula estuviera levantada. Aguardaba, al calor de la chimenea de la cocina, sentada en un butacón y cobijada con una zalea. Se sorprendió al verla regresar tan pronto y le alarmó su tez tan pálida y su frente perlada con gotas de sudor.

—¿Qué te ocurre, hija mía?

—¡Me encuentro mal, madre! ¡Muy mal!

Doña Úrsula se levantó a toda prisa y la tomó por el brazo.

—Siéntate aquí —la acomodó en su sillón y refunfuñó algo ininteligible mientras le colocaba unos cojines— y quédate quietecita que voy a prepararte una taza de caldo.

—Primero, quítame los zapatos. ¡Me están matando!

Su madre la ayudó a descalzarse y se miró los pies descalzos.

—Están tan hinchados que no sé cómo los zapatos no se han descosido.

—Después de pelechar las calenturas, asistir a esa fiesta ha sido un exceso.

—Tenía que asistir —respondió Mariana resoplando.

—No digas tonterías. No tenías que hacerlo. Tú nada tienes que demostrar y nunca te han preocupado los prejuicios de la gente. Si ese abogado se ha decantado por el dinero de esa señorita, él se lo pierde. —Doña Úrsula le secó el sudor de la frente con un pañuelo y añadió acariciándole la mejilla—: Sé, desde que eras pequeña, que tienes algo especial, muy especial.

Mariana estuvo a punto de confesarle la razón última por la que había acudido a casa de los condes de Teba, pero le faltaban las fuerzas. Bebió media taza de caldo y pidió a su madre que la ayudase a subir a su alcoba.

—¿Ha regresado Burel?

—No, andará de picos pardos. Me parece que tiene un romance.

Mariana ya no escuchó el comentario, centrada en subir la escalera. Se sentía tan mal que con cada peldaño parecía que se le iba la vida. A duras penas pudo llegar a su alcoba. Justo a tiempo, porque se desplomó sin sentido sobre la cama. Doña Úrsula, muy nerviosa, la desvistió como buenamente pudo y al contemplar el vientre de su hija quedó paralizada. Si antes pensaba que se había excedido con ir a la fiesta, ahora supo que estaba rematadamente loca. Decidió tragarse las lágrimas que corrían por sus mejillas y no llamar a las criadas para que la ayudasen. Aquello tenía que resolverlo sola. Mientras quitaba los lienzos con que Mariana se había fajado para disimular su estado, no dejó de gemir pensando en el peso que había llevado todos aquellos meses, sin decir una palabra. Nadie en la casa había advertido el menor indicio de su embarazo. Allí estaba la explicación a sus vómitos, mareos y debilidad. Doña Úrsula comprendió que incluso las fuertes calenturas padecidas habían estado relacionadas con el trance por el que estaba pasando.

Con mucha dificultad logró ponerle la camisa de dormir y arroparla con ternura. Recogió los refajos y el vestido, y se retiró sin hacer ruido, muy preocupada por el lastimoso estado en que se encontraba su niña. Mientras doña Úrsula bajaba la escalera se preguntaba cómo podía haber estado tan ciega, y de su boca salía una y otra vez:

—¿Cómo es posible que no me haya dado cuenta?

9

La conversación fue larga y serena, pero empañada por la tristeza. Doña Úrsula y su hija hablaron de lo que ahora era su mayor preocupación, después de mandar a una de las criadas que se llevara al pequeño José María, que remoloneaba alrededor, y le comprase unas arropías en Puerta Real.

—¿De cuánto estás?

—Si mis cuentas no están equivocadas, acabo de cumplir seis meses.

—Eso quiere decir… —doña Úrsula echó cuentas— que darás a luz a primeros de año.

—Así lo tengo calculado. Lo que nazca vendrá con el nuevo año, hacia el día de los Reyes Magos.

—¿El padre es ese abogado?

—Sí.

—¿Te dio palabra de matrimonio?

—Con medias palabras. Ya sabes cómo son los leguleyos —comentó Mariana con una sonrisa triste—. Serían capaces de demostrar que la noche es día porque alumbra un candil.

—Entonces, te dejaste embaucar como una tonta.

—Madre, que ya soy mayorcita… No puedo decir que me haya engañado.

—¿Sabe que estás embarazada?

—Yo no se lo he dicho. Si él se ha dado cuenta…

—¿Por qué no os habéis desposado?

Mariana permaneció en silencio, como si meditara la respuesta.

—No sabría decírtelo. Supongo que una viuda no es el mejor partido. Y menos aún si la viuda soy yo.

—¿Qué quieres decir con eso?

—Las autoridades no me miran con buenos ojos.

Doña Úrsula apretó los labios.

—Ese Pedrosa te la tiene echada en agua. Ya trató de buscarte las vueltas con aquella carta que llegó de Málaga.

—No pudo demostrar nada.

—No debes confiarte. Además de un fanático, es un mezquino. No hay más que mirarlo a la cara. Esas cejas tan pobladas, esos pómulos tan marcados y esos ojos tan pequeños y de mirada huidiza. Tiene que esforzarse para mirarte de frente.

—¿Cuándo has estado tú con Pedrosa?

—Lo he visto en la catedral, en misa. Muy compuesto, pero siempre mirando al suelo, incluso cuando está con la gente. Parece como si le hablara a las losillas.

—Quizá piensa que las personas son menos importantes que las losillas.

Mariana pensó cómo los detalles, incluso los más insignificantes, terminaban definiendo a la gente. Su madre, con aquellas palabras, había descrito perfectamente a aquel repulsivo personaje del que habían hablado en contadas ocasiones. Sin duda, sabía que era un ser despreciable desde que trató de acusarla de infidencia porque aparecía su nombre en una carta que habían conseguido en una redada de liberales en Málaga. Doña Úrsula retomó la conversación por donde iba, antes de que Pedrosa se metiera por medio.

—¿Hay algo más que haya influido en tu relación sentimental?

Mariana dejó escapar un profundo suspiro.

—De la Peña y Aguayo es un brillante abogado. Si antes he dicho lo de leguleyo, ha sido por referirme a lo que algunos abogados practican, pero él es brillante, lo sabe y quiere hacer carrera política. Cuenta, además, con el apoyo de su familia y algunas amistades con influencias en la corte. Con esos horizontes, Mariana de Pineda no es un buen partido. Tal vez, si yo no estuviera mezclada en ciertos asuntos…

—Entonces, su compromiso con esa señorita es poco más que un contrato. —Mariana se encogió de hombros y no respondió—. No te hagas la remolona. Cuando se ama a una persona, se la quiere con todo lo que significa.

—Supongo que Dolores Morales de los Ríos y Escaño significa mucho en su carrera. Pertenece a una de las mejores familias de Granada.

—¡También tú! —la interrumpió doña Úrsula.

—Pero mi padre murió y los Pineda se desentendieron de mí. Yo no soy una rica heredera, ni tengo conexiones familiares en Madrid.

—Sin embargo, tengo entendido que ese abogado está contra las arbitrariedades del rey y de la política de su camarilla.

—Eso es cierto, pero no se jugaría la vida por la libertad y la Constitución.

—¿Tú sí?

Mariana pensó la respuesta.

—Llegado el caso, ya veríamos.

—¡Ay, Marianita, que me vas a dar un sofoco! Esas juntas no pueden traerte más que problemas.

—Eso nunca se sabe, madre.

Ahora fue doña Úrsula quien dejó escapar un suspiro. Miró por la ventana y contempló el emparrado, que durante el verano cubría de verdor parte del patio. Amarilleaba y algunos racimos de uvas, que no se habían cogido, estaban negros y arrugados; en el suelo se veían hojas secas de la parra. Después de algunos minutos, preguntó a su hija:

—¿Qué piensas hacer?

Mariana arrugó la frente.

—¿Qué quieres decir?

—Bueno…, ya me entiendes… Han pasado muchos meses…, pero sé de alguna comadrona que…

—¡Ni se te ocurra mencionarlo! —explotó Mariana y, palpándose el vientre, añadió—: Este niño o niña, ya veremos, es fruto del amor. Puedes estar segura.

—¿También por parte de su padre?

—También —respondió sin dudar.

—Entonces, ¿por qué no asume su responsabilidad? —se encalabrinó doña Úrsula.

—Ya te lo he dicho. No soy un buen partido, más bien un obstáculo para sus proyectos. Pero te aseguro que cuando lo concebimos había amor.

Permanecieron un rato en silencio. Cada una parecía rumiar sus pensamientos.

—Está bien —aseveró doña Úrsula—. Si es tu deseo… ¿Cómo piensas afrontar el parto?

—No quiero que se sepa, al menos que no sea notorio y público que he dado a luz. Si he asistido a la fiesta de los condes de Teba ha sido para decir a algunas brujas, sin necesidad de palabras, que no estaba embarazada. Cuando llegue la hora, todo se hará con la mayor discreción. Una vez concluido el traslado, saldré a la calle lo estrictamente necesario, el otoño es un tiempo de recogimiento y en Navidad estaré enferma.

Mariana aludía al traslado de domicilio que tenían proyectado efectuar en los días siguientes. Habían vivido algunos años en la calle Recogidas, adonde se habían mudado desde la Carrera del Darro, la calle donde Mariana había nacido y vivido su infancia y adolescencia. Ahora iban a vivir en la calle del Águila.

—¡Conozco a una familia muy honrada y discreta que podría…!

—No te precipites, madre. Todavía faltan casi tres meses y pueden ocurrir cosas.

La conversación no había disipado la tristeza que embargaba a doña Úrsula. No comprendía cómo Mariana, una hija para ella y su difunto esposo desde que se la encomendara el ciego Pineda con tres años, no le había hecho partícipe de su situación. Si se quedaba con aquella pregunta dentro, el daño duraría lo que le quedase de vida.

—¿Por qué me lo has ocultado todo este tiempo?

Mariana, en lugar de responder, se levantó y se acercó a la ventana. La lluvia había comenzado a caer mansamente y el patio, efectivamente, ofrecía una imagen otoñal. Era la estación del año que más le gustaba, sobre todo el mes de noviembre. Tomó las manos de doña Úrsula con ternura y la miró a los ojos.

—Las razones fueron variando con el paso de los meses. Al principio estaba convencida de que nos casaríamos, quise esperar porque deseaba anunciarte primero mi boda. Luego, cuando la esperanza de matrimonio se diluyó, no encontré el momento. Cuando llegó la invitación de los condes de Teba tomé una decisión y temí que, si conocías mi estado, trataras de impedir que acudiera a la fiesta. ¿Me equivoco?

—¡Desde luego que no!

La besó en la frente y le dijo:

—Tenía pensado decírtelo después de la fiesta, pero…

—¿Qué pretendías al ir a esa fiesta?

Mariana miró por la ventana. La lluvia arreciaba y golpeaba en los cristales.

—Aunque no tengo una prueba, sé que mi palidez y mis mareos habían desatado algunas lenguas… Quería dejarlas con tres palmos de narices. Aunque en realidad esa no era la razón principal.

Doña Úrsula arqueó las cejas.

—¿Fuiste por algo más?

—Tú eres mujer y lo comprenderás. Quería que él me viera. No nos veíamos desde que vino a decirme que se había comprometido con Dolores Morales de los Ríos.

—Si pretendías que las habladurías cesaran mostrando que no había señal de tu embarazo, también él repararía en ello.

En la cara de Mariana apareció una sonrisa triste.

—No creas, madre. La mayoría de los hombres no se dan cuenta de las pequeñas cosas que ocurren a su alrededor. ¡Están tan ocupados con las cosas importantes que se les escapan los menesteres de la vida!

—En eso tienes toda la razón. Tu padre, que era un bendito, no se enteraba de la misa la mitad. ¡Siempre pendiente del debe y del haber, de las entradas y las salidas! Con tanta cuenta no reparaba en que algunos sisaban lo que podían. Era yo quien me percataba de esas cosas.

Lo que latía en el fondo, y la causa principal de su asistencia a la fiesta de recepción del conde de Montijo, era porque deseaba que don José de la Peña y Aguayo no albergara dudas de que había cometido un error al comprometerse con la que ya era su prometida, aunque no se hubiera hecho público de una manera oficial. Dolores Morales de los Ríos y Escaño nunca le daría lo que ella podía darle. Posiblemente llegaría muy lejos en sus aspiraciones. Era inteligente y capaz. Su familia tenía medios y su matrimonio sería una catapulta. Contaba con la protección del marqués de los Alijares y había sido en la casa de los marqueses donde se habían gestado los acuerdos de su matrimonio. Sabía que a quien amaba era a ella, no a la mujer a la que iba a convertir en su esposa. Le dolía en el alma que hubiera elegido entre el amor y una carrera brillante.

La llegada de José María, como un torbellino, puso una nota de alegría a la tristeza que se había apoderado de su madre.

—¡Mamá, mira, mamá! —El niño sostenía las riendas de una cabeza de caballo, toscamente labrada en madera y montada sobre un largo palo en cuyo extremo había una rueda de madera.

—Pero, bueno…, ¿de dónde has sacado eso?

—¡Me lo ha comprado Burel! ¡Nos lo encontramos en Puerta Real!

Mariana vio al criado, que se había quedado en la puerta y sonreía.

—Es que hoy ha hecho muy bien la caligrafía y ha leído estupendamente. Ha sido un premio.

Burel ejercía también como preceptor del pequeño.

10

María Doménech estaba desesperada. Al llegar a Granada se había alojado en casa de unos tíos suyos, que la habían acogido junto a su hijo Juan, de cinco años, casi por caridad. La esposa del acusado de graves delitos contra la autoridad del monarca no era un huésped agradable. A su angustia se añadía la negativa de las autoridades a que pudiera visitar a su marido. La legislación penitenciaria señalaba que a las esposas de quienes estaban en la cárcel por causa grave, relacionada con delitos políticos, no se les permitía visitar a sus maridos. La norma era discrecional y quedaba a la decisión del subdelegado de policía, pero en el caso de Granada era inútil hacer cualquier tipo de gestión. Don Ramón Pedrosa rechazaba sistemáticamente las peticiones que se le formulaban. Sólo permitía visitas de parientes de sangre y de los abogados encargados de la defensa del reo.

Esa era la razón por la que Mariana de Pineda había acudido a visitar a don Diego de Sola, alcaide de la Cárcel Alta. Ella era la única pariente de sangre del capitán Álvarez de Sotomayor y, con las leyes vigentes, la única que podía visitarlo. En realidad, el capitán tenía un tío en Granada, pero se trataba de un viejo medio chiflado que, por otro lado, era servil partidario de las prerrogativas del rey. Había protagonizado algún sonoro escándalo, como cuando se encadenó, en los años del Gobierno constitucional, frente a la Chancillería en protesta por lo que denominaba «el secuestro del rey».

La conversación con don Diego de Sola estaba resultando mucho más larga de lo que Mariana había imaginado. El alcaide ofrecía una imagen de antigualla en su indumentaria y en sus formas. Sostenía ciertas diferencias con Pedrosa por cuestión de preeminencias en asuntos carcelarios a causa de las injerencias del subdelegado de policía. En un primer momento se encontró con un rechazo frontal, don Diego se negaba a su pretensión de visitar al capitán Álvarez de Sotomayor alegando que no existía parentesco entre ambos.

—Usted no es prima en tercer grado del prisionero, como pretende hacerme creer.

—Puedo jurarle por lo más sagrado que su bisabuelo y el mío eran hermanos.

—¡No acepto que se tome a Dios en vano! —protestó airado el alcaide, que era hombre de comunión diaria.

—No he querido ofenderlo, sino ofrecerle una prueba de que estoy diciéndole la verdad.

—¡Callen barbas y hablen letras! Eso es lo que vale en estos casos, señora mía. Si no me presenta un documento indubitable, no accederé a su pretensión. Ese capitán es un sujeto peligroso. ¡Se ha permitido cuestionar públicamente los legítimos poderes de su majestad! —El alcaide agitaba su puño cerrado con el dedo índice extendido.

Mariana ignoró el último comentario.

—Si le muestro ese documento irrefutable de nuestro parentesco, ¿podré visitarle?

—Desde luego.

—¿Sería suficiente un árbol genealógico? —aventuró Mariana.

Don Diego se acarició su canosa perilla, mientras Mariana aguardaba la respuesta, como si se tratara de una sentencia.

—Lo siento, pero no sería suficiente. Se han trucado árboles genealógicos para aliñarse antepasados de renombre. En Granada hay casos que la asombrarían.

—¿Piensa usted que he mandado elaborar una genealogía falsa para ver a mi primo?

—Mayores estafas se han visto, señora.

—El papel…, me refiero a su antigüedad, señalaría que no es cosa de estos días.

—No va a embaucarme. Papel antiguo puede conseguirse con facilidad e imitar la letra de entonces. Hay pendolistas que son verdaderos artistas. Puedo darle una lista de nombres, todos ellos muy cualificados en esta clase de gatuperios.

—¿Qué clase de documento tendría su beneplácito?

Mariana había dado a sus palabras un tono de súplica, como si estuviera a punto de rendirse. Don Diego se acarició la perilla y Mariana aventuró:

—¿Serviría un testimonio de la Sala de Hidalgos de la Real Chancillería?

—¡Señora, está usted hablando del Evangelio! —No reparó que el Evangelio era la palabra de Dios.

—¿Quiere decir que sería suficiente?

—Por supuesto.

Mariana buscó en su bolso ante la mirada expectante del alcaide.

—Aquí lo tiene. —Puso sobre la mesa un cuaderno con tapas de tafilete rojo, cuya antigüedad estaba fuera de toda duda.

El alcaide la miró sorprendido, consciente de que había

caído en una trampa. Examinó el cuaderno de hidalguía donde aparecía un árbol genealógico, que había crecido generación tras generación, con los correspondientes certificados de la Sala de Hidalgos, donde constaba de forma fehaciente que los bisabuelos de doña Mariana de Pineda y de don Fernando Álvarez de Sotomayor eran hermanos.

A pesar de todo, el alcaide estaba a punto de denegar el permiso, ante el artificio del que se había valido la solicitante, cuando reparó en un detalle del árbol genealógico.

—¿Su abuelo era don José Alonso de Pineda y Tabares?

—Así es.

Don Diego se acarició la barba una vez más.

—¿Es quien estoy pensando?

—Ignoro en quién está pensando usted.

—En el Pineda y Tabares que fue oidor de esta Real Chancillería.

—Mi bisabuelo fue oidor en la Audiencia de Guatemala, estando en aquel destino nació mi abuelo, y posteriormente lo fue en esta Chancillería.

A don Diego de Sola se le iluminó el rostro.

—Cuando yo lo conocí era un anciano venerable. ¡Todo un caballero! Cada mañana acudía a la misa primera a Santa Ana donde yo era monaguillo; antes de marcharse, nos daba arropías. Su casa familiar estaba en la Acera del Darro, ¿verdad?

—En esa casa nací.

Don Diego le devolvió el cuaderno y, sin decir palabra, tomó una pluma y redactó unas breves líneas que espolvoreó con arena para que la tinta secase rápidamente, y con lacre rojo estampó su sello.

—Tome. Podrá visitar a su primo todos los días, acogiéndose al reglamento.

—Le estoy muy agradecida, don Diego. —Mariana no disimulaba su alegría.

—A quien debe estar agradecida es a su abuelo. Con el cuaderno no hubiera bastado. Ese primo suyo es sujeto de mucho cuidado.

—¿Podría visitarlo hoy?

Don Diego miró el reloj de péndulo que había frente a él. Era más de la una.

—El tiempo de las visitas es de doce a una, pero hoy, en honor a su abuelo, haremos una excepción.

Agitó una campanilla y entró el ujier, a quien ordenó que buscase al sota alcaide de guardia, encargado de controlar las entradas y las salidas. Apareció por el despacho a los pocos minutos y así fue como Mariana, acompañada por un carcelero que no paró de protestar entre dientes, al habérsele interrumpido la partida de naipes que acababa de iniciar, fue conducida hasta la celda habilitada para las visitas a los presos.

—¡Aguarde aquí! —le gritó sin consideración aquel zafio, que parecía escogido a propósito para semejante tarea.

Mariana lo vio desaparecer dando un sonoro portazo. El sujeto tenía malas pulgas. Observó las paredes de la celda; eran de piedra sin enjalbegar, como las del pasillo, y la escasa luz que recibía llegaba por una abertura de un par de palmos abierta en el techo y enrejada. El mobiliario, si podía dársele ese nombre, se reducía a una mesa y dos taburetes. En una de las paredes había pintada, con trazos gruesos de color sepia, una cruz que el paso del tiempo había desvaído. Los minutos transcurrían lentamente; Mariana recordaba a su primo como a un príncipe azul, vestido con su vistoso uniforme de cadete. Contuvo la respiración al oír abrirse la puerta.

Al verlo con las manos esposadas como un malhechor, sintió que la ira se apoderaba de ella. No lo recordaba así.

—¡Quítele las esposas! —le gritó al carcelero.

—¡Ni hablar! —respondió desafiante—. ¡Es uno de los peligrosos!

—¡Quíteselas, no puede escaparse! —insistió ella.

—¡No! Además, ¿quién se cree que es para darme órdenes?

Fernando Álvarez de Sotomayor sobrepasaba el metro ochenta y era de complexión recia, aunque se le veía delgado. Sus ojos oscuros reflejaban melancolía. Tenía un aire severo, como correspondía a un militar, pero sus facciones eran agradables, a pesar de tener la piel curtida por la vida al aire libre y posiblemente por haber venido hasta Granada a pie, formando parte de una cuerda de presos. Mariana se fijó en el pelo, era lacio y negro, aunque empezaba a platear por las sienes; lo tenía anudado a la nuca en una coleta ridícula, probablemente porque estaba apelmazado y sucio, como la camisa que vestía debajo de un chaleco sin mangas.

—¡Prima! —exclamó avanzando hacia ella, que se había quedado paralizada.

Se fundieron en un medio abrazo, dificultado al tener las manos engrilletadas. La desagradable voz del carcelero lo deshizo sin contemplaciones.

—¡Quince minutos, ni uno más! —gritó antes de dar otro portazo que, en esta ocasión, fue acompañado por el sonido de la llave girando en la cerradura.

—¿Cómo están María y Juan? —preguntó con ansiedad—. Sé que están en Granada, pero apenas tengo noticias de ellos, sólo las que me facilita el abogado, y no son muchas.

—Están bien. María no viene porque no puede...

—¡Cómo que no puede!

—A los presos por delitos políticos no les está permitido que sus esposas los visiten. Sólo el subdelegado de policía puede autorizarlo, y en Granada...

—¿Quién es el subdelegado?

—Don Ramón Pedrosa…, un mal bicho. Ven, sentémonos.

Se acomodaron en los taburetes y se miraron fijamente. Mariana le contó la estratagema de que se había valido con el alcaide y el papel que había jugado su abuelo.

—Vendré todos los días… —Se quedó mirando su pelo—. Mañana te traeré jabón y ropa limpia; también algo de abrigo. Dime todo lo que necesites.

—Eso, lo que has dicho, jabón, ropa limpia y algo de abrigo.

—Mañana lo tendrás todo. Ahora, dime, ¿qué cargos tienen contra ti?

—Me acusan de cuestionar públicamente los que ellos llaman «legítimos derechos de su majestad». —El capitán resopló con fuerza.

—¿Te has ido de la lengua donde no debías?

—Es una acusación falsa, una mentira.

—Cuéntame.

—Estando en Cabra, en casa de un tío mío, vi pasar una cuerda de presos y me acerqué para preguntarles por su delito… Pretendía darles ánimos, a pesar de que la cuerda estaba vigilada por una partida de voluntarios realistas. Uno de ellos me amenazó con su fusil y me ofendió de palabra. Le respondí como se merecía, se produjo un altercado y tuvieron que ponerle unas lañas en la frente. Me detuvieron y, rebuscando, apareció mi nombre en una carta junto al de otros oficiales dispuestos a secundar un levantamiento.

Mariana se quedó mirándolo fijamente.

—¿Estás involucrado?

Fernando asintió.

—En un par de días comienza la pantomima que esa gentuza llama juicio.

98

—Entonces, María podrá venir a la sala y verte, aunque sea de lejos.

—Me temo que no será posible. La vista es a puerta cerrada.

Mariana se había acordado de la mujer de su primo, pero a lo que estaba dándole vueltas era a que disponía de mucho menos tiempo del que pensaba para preparar un plan de fuga que ni siquiera había comentado con el interesado.

—¿Sabes lo que eso significa?

—Que me condenarán a muerte. —Lo dijo con una serenidad que a Mariana le impresionó.

—¡Lo dices así, tan tranquilo!

Su primo la cogió de las manos.

—No voy a ponerme a temblar, primita. No les daré ese gusto. Si hay que morir, se muere. Pero con honor.

Una lágrima resbaló por la mejilla de Mariana. Se preguntaba cómo era posible mandar al patíbulo a aquella clase de hombres. Hombres que habían luchado contra los gabachos durante la guerra de la Independencia. Hombres que de nuevo se habían enfrentado a los franceses cuando invadieron España para reponer a Fernando VII en sus prerrogativas absolutistas. Su primo había participado en la defensa de Vitoria, donde había sido hecho prisionero y conducido a Francia en calidad de tal. Cuando regresó fue procesado y encarcelado. ¡Su delito era haber luchado contra un ejército extranjero que hollaba el suelo de la Patria!

—¡Tienes que huir, Fernando! ¡Tenemos que preparar tu fuga!

Le sonrió y en sus ojos se acentuó la melancolía.

—¡No cambiarás, primita!

—¿Por qué dices eso?

Le apretó las manos y la miró a los ojos.

—Cuando eras niña, siempre estabas tramando algo. ¿Te acuerdas cuando te llevaba a comprarte alguna golosina?

—Claro. ¡Eras mi príncipe azul!

—¿Por eso me decías que nos fugáramos?

—¿Te decía que nos fugáramos? ¿Adónde?

—¿No lo recuerdas?

—No.

—A la Alhambra. Cuando eras niña, te fascinaba.

—Y ahora también. No me explico el poco aprecio que le tienen los granadinos. «¡Cosas de moros!», dicen muchos.

—Veo que no has cambiado. Me alegro, me alegro mucho.

—¡Tenemos que buscar la forma de sacarte de aquí!

—Eso es imposible. Las paredes de esta cárcel tienen dos varas de ancho y son de piedra del suelo al techo. ¿Has visto las rejas que has de cruzar para entrar o salir?

—Son tres. La de la calle siempre está echada y hay un centinela apostado fuera.

Un ruido en la cerradura los advirtió de que su tiempo se había acabado.

—¡Ya está bien de cháchara! ¡Los quince minutos se han acabado! ¡Vamos!

Se despidieron y, cuando Fernando se alejaba por la galería, ella le gritó:

—¡Mañana te traeré el jabón y la ropa!

El capitán no se volvió, alzó sus manos esposadas por encima de la cabeza. Mariana, acompañada por otro carcelero que ofrecía un aspecto menos grosero que el que la había conducido a la celda y ahora se llevaba a Fernando, recorrió el camino de salida. Bajó por una empinada escalera y llegó a una antesala donde se topó con el primer rastrillo. Otro carcelero abrió la reja y apenas la cruzó volvió a cerrarla y a echar la llave. Pasaron por un pequeño túnel abovedado, al final estaba la segunda reja. Por ella entraba la poca claridad que iluminaba aquel espacio tenebroso. Se repitió la operación de abrir y cerrar, con el añadido de que el clavero salió de una especie de cuerpo de guardia donde estaba el sota alcaide de puertas. Tenían montada una auténtica timba de naipes. Al fondo se veía la reja que daba a la calle; estaba a pocos pasos cuando un centinela dio la voz para que abriesen el rastrillo. Mariana observó cómo dos frailes capuchinos se disponían a entrar y aprovechó, mientras el carcelero abría la reja, para preguntarle:

—¿Vienen muchos frailes a visitar a los presos?

—Todos los días, señora. Atienden a los presos en sus necesidades espirituales y asisten a los reos que están en capilla.

Mariana se hizo a un lado y cedió el paso a los frailes. Los saludó inclinando la cabeza y salió a la calle pensando en cómo podría organizar la fuga de Fernando. Quienes afirmaban que la cárcel era inexpugnable tenían razón. Los muros eran tan impenetrables que pensar en practicar una abertura o cavar un túnel subterráneo era una quimera. Los barrotes de las rejas tenían un grosor de varias pulgadas. La vigilancia era extrema, aunque había observado cierta desidia. A todo ello se añadía que dispondría de pocos días, contando con la prórroga que suponían las condenas a la pena capital porque, en ese caso, la sentencia había de remitirse a Madrid para cumplir el trámite de ser ratificada por el rey. Fernando VII no se privaba de ese placer. En alguna ocasión había escrito de su puño y letra en la confirmación de una sentencia colectiva: *Que los ahorquen a todos.*

11

Mariana no dejaba de darle vueltas a la idea que había concebido. Era muy arriesgada, pero creía que era la única posible. Tenía que contar con la colaboración de su primo, y si este la rechazaba… Quería verlo sobre todo para exponerle el plan de fuga. La acompañaba Burel y habían ido bordeando el Darro. La presencia del criado resultó de gran ayuda para sortear los tenderetes instalados en la plaza Nueva, donde la concurrencia era numerosa. Al llegar a la iglesia de San Gil, el criado se abrió paso evitándole a su ama los empellones y trompicones propios de las aglomeraciones. Mariana estaba bellísima y muy animosa, después de compartir la pesada carga, soportada en solitario durante meses. Vestía trajes amplios que disimulaban su estado y sus mejillas habían recuperado parte del color perdido. Por fin logró conducirla sin contratiempo hasta la puerta de la cárcel; allí le entregó el cesto donde iban la ropa, el jabón y algunas viandas. Mariana mostró al centinela la autorización del alcaide y este gritó para que abrieran el rastrillo.

—Aguardaré por aquí a que concluya usted la visita.

—No es necesario. Cuando salga, el gentío habrá disminuido, y si hay mucho fárrago, me iré por la plazuela de San Gregorio.

El carcelero era el mismo que la había acompañado la víspera cuando salió.

—Lo siento, señora, pero tiene que enseñarme lo que lleva usted ahí.

—Por supuesto.

Le entregó el cesto y el carcelero lo examinó todo con detenimiento. Partió la hogaza de pan para comprobar si ocultaba algo en su interior y agitó un pellejillo de vino. El hombre no quería problemas. Concluida la inspección se lo devolvió y Mariana le entregó, de forma subrepticia, medio duro de plata. Era la práctica habitual. Luego cruzaron las otras dos rejas en silencio. Mariana observaba cómo llamaba a los claveros para que les franquearan el paso y anotaba mentalmente su actitud y disposición. Trataba de no perder detalle. Subieron la escalera y comprobó que desde el rellano partían dos galerías. Tomaron la de la derecha, igual que la víspera.

—¿Cómo se llama? —le preguntó Mariana.

—Bonifacio Contreras, señora. Para servir a Dios y a usted.

—¿Está casado?

—Sí, señora. Casado y con ocho hijos. ¡Si viera cómo comen!

—¿Qué edad tiene el mayor?

—Es una hembra. Ha cumplido los catorce.

—Entonces, es toda una mujer.

—Ya lo creo. ¡Tengo que darle sus buenas azotainas!

Mariana recordó que a esa edad se casó ella.

—¿Por qué?

—Porque anda tonteando con un rubiales y a mí no me la dan con queso.

—Puede que el rubiales tenga intenciones honorables.

—Entonces que hable conmigo..., como hacen los hombres.

—En eso le doy la razón.

Al carcelero le agradó oír aquello de labios de una dama. Habían llegado a la celda y el hombre abrió la puerta, cediéndole el paso.

—¿Esta es la celda que siempre se utiliza para las visitas?

—Sí, señora. Para las visitas de los presos de la torre de Santa Catalina. Hay dos, la de Santa Catalina y la de San Gregorio. En la de Santa Catalina están... —el carcelero vaciló—, están los más peligrosos.

—Observo que hay pocas visitas.

—Es que la mayoría vienen por la tarde. ¿No le han dicho que también puede venir de cuatro a cinco?

Mariana se sorprendió con la noticia.

—No, nadie me había informado.

—Pues sepa que puede hacerlo, aunque haya venido por la mañana.

—Le estoy muy agradecida.

—Aguarde aquí, señora, que ahora se lo traigo.

Esperó unos minutos. Antes de que el carcelero se retirara, le dijo:

—Bonifacio, ¿podríamos estar algo más de tiempo? Esta tarde no puedo venir.

—Señora..., el reglamento...

Mariana, disimuladamente, le puso otro medio duro de plata en la mano.

—Veré qué se puede hacer —respondió azorado y con un hilo de voz.

—Gracias, Bonifacio.

Estuvo a punto de decirle que le quitara las esposas, pero decidió que era mejor no tentar a la suerte. Observó que Bonifacio, a diferencia del garrulo de la víspera, no echaba la llave en la puerta. Era un detalle a tener en cuenta, si bien podía convertirse en un problema: podían abrir la puerta de repente y sorprenderlos.

—Ese carcelero parece mejor persona que el de ayer —comentó Fernando.

—Sin duda, lo es.

—De todas formas, no te fíes.

Mariana lo besó en la mejilla y se sentaron en los incómodos taburetes.

—Mira, te he traído el jabón, dos camisas limpias y una capa que me ha dado María. He añadido, por mi cuenta, algo de comida. Recuerdo cómo la agradecía mi tío Pedro García de la Serrana.

—¿Qué es de él?

—Desterrado en Huéscar.

—¡Esto es una auténtica locura! —exclamó Fernando y, escudriñando las viandas, la miró agradecido—. ¿Cómo están María y Juan?

—No debes preocuparte por ellos. Sus tíos los atienden en todo lo que necesitan, aunque te echan de menos. Te mandan muchos besos. ¿Qué tal la vista de esta mañana?

—Mal, el fiscal es un truhan y supongo que el juez, que apenas ha abierto la boca, será de la misma calaña. Me acusa de las cosas más inverosímiles. ¡Imagínate, me ha culpado de corromper a los profesores del Colegio de Humanidades de Cabra!

—¿Qué es eso de que tú has corrompido a los profesores?

—En Cabra hay un prestigioso Colegio de Humanidades…

Mariana lo interrumpió para comentarle:

—Un conocido mío, que tiene un bufete de abogados en Granada, estudió en ese colegio. Es de Cabra.

—¿Cómo se llama?

—José de la Peña y Aguayo.

—Conozco a su familia. Conservadores, pero rechazan las felonías del Narizotas.

A Mariana le seducía saber de la familia de Peña y Aguayo y estuvo tentada de preguntarle alguna cosa más, pero no podía permitirse el lujo de que el tiempo se le escurriera entre las manos. Disponía de menos de una hora, algo más si el carcelero se mostraba condescendiente.

—¿Qué es eso de que has corrompido a los profesores de ese colegio?

—A la mayoría los sometieron a purificación y clausuraron el establecimiento.

—¿Lo cerraron?

—Sí, los realistas de la localidad afirmaban que era un nido de liberales y masones. Ha permanecido cerrado hasta hace unos meses. A los profesores los acusaban de haber enseñado Matemáticas y Dibujo.

—¡Acusados de enseñar Matemáticas y Dibujo!

—Las consideran materias peligrosas. ¡Todo lo que no sean Teologías! También los culparon de impartir clases a los artesanos de la villa cuando cerraban sus talleres. Pretendían que los ebanistas, cerrajeros, sastres y otros sujetos pudieran ser algo más que simples obreros.

—¿Cómo es posible que te hayan culpado de eso?

—El fiscal se agarra a que las clases comenzaron a raíz de mi presencia.

—¡No me lo puedo creer!

—Tampoco mi abogado. Parece una persona decente y muy preparada. En algún momento ha arrinconado al fiscal. Pero me temo que todo es inútil. La sentencia está dictada de antemano.

Era la ocasión que Mariana estaba esperando.

Le explicó el plan que había concebido.

La reticencia inicial de su primo se fue transformando en interés. Cuando concluyó, Fernando se acariciaba el mentón, como si valorase lo que acababa de escuchar. Lo que había ideado era muy arriesgado, pero si la sentencia se daba por dictada poco podía perder. Sin embargo, no podía aceptarlo.

—Es arriesgado, pero podría salir bien —admitió Fernando—. Pero hay un obstáculo insalvable. No estoy dispuesto a que asumas ese riesgo. Si te descubrieran…

—¡Eso es asunto mío! —protestó Mariana con energía.

—Te equivocas. Me niego a hacer algo que ponga en riesgo tu vida.

—Escúchame, Fernando, por favor. —El tono de su voz se suavizó.

—Te escucho.

Mariana desgranó de nuevo el plan con mucho detenimiento, aunque faltaban numerosos detalles por concretar. Puso especial cuidado en señalar que era cierto que ella habría de salvar algunos escollos, pero el peligro mayor habría de asumirlo Fernando. Dejó para el final el argumento de más peso.

—Poner todo esto en marcha necesita tiempo. Te prometo no correr riesgos innecesarios. Pero si hoy no lo apruebas, habremos perdido un tiempo precioso y sabes que dictarán sentencia en pocos días. Así que tienes que decidirte.

Unos golpes en la puerta anunciaron al carcelero. Había tenido el detalle de llamar.

—¿Ya ha pasado la hora? —preguntó Mariana.

—No, señora. Ha pasado casi hora y media. Van a dar la una y media y el preso tiene que estar en su celda cuando cuenten para comer. Aguarde aquí, yo mismo lo conduciré a su celda para evitar complicaciones. Regresaré para acompañarla a la salida.

Antes de abandonar la celda, Fernando le dijo:

—Estoy de acuerdo.

Mariana esperó el regreso del carcelero y salió a la calle fijando en su mente cada detalle del recorrido.

12

Dudó si enfilar la calle de la Cárcel Alta, bajar hacia la catedral y cruzar la plaza de Bibarrambla para echar un vistazo a la nueva casa en la calle del Águila adonde se estaba disponiendo lo necesario para el traslado en pocos días. Pero se sentía cansada, tenía los pies hinchados y eran casi las dos, por eso optó por marchar a su domicilio en la calle Recogidas. Se cubrió la cabeza con la capucha de su capa para protegerse del fresco viento serrano. El otoño avanzaba de forma inexorable hacia la festividad de Todos los Santos, que estaba a la vuelta de la esquina.

Antes de percatarse las tuvo encima, cerrándole el paso.

—¡Un poco de romero, señora, le traerá buena suerte!

Una gitana le ofrecía el romero con una sonrisa zalamera y otra la observaba unos pasos más atrás sosteniendo un churumbel sobre su cadera. Mariana negó con la cabeza y trató de seguir caminando, pero la gitana se plantó ante ella.

—¡Quédese la ramita! —No estaba dispuesta a renunciar fácilmente a su presa.

Mariana la miró a los ojos.

—¡Tengo prisa, déjeme seguir mi camino, por favor!

—¡Ande, deme una cosita para el niño!

—Déjeme pasar, por favor.

Fue entonces cuando la otra gitana, que no se había movido un palmo y seguía plantada en el mismo sitio, habló con una voz profunda.

—¿Quiere que le diga la buenaventura?

Mariana se fijó en sus ojos. Eran negros y grandes, dos tizones encendidos.

—Todo, todito está escrito en la palma de la mano. ¿Quiere comprobarlo?

—¡Apártese, por favor!

Mariana reemprendió la marcha y la oyó decir:

—El preso es familiar suyo, ¿verdad?

Mariana siguió andando. La habría visto salir de la cárcel. Aquellas gitanas, merodeando todo el día por la plaza, estarían al tanto de que sólo se permitían visitas a los familiares. Pero entonces la gitana dijo algo que la hizo detenerse en seco.

—El preso es un primo lejano y militar, ¿verdad? Un capitán.

¿Cómo podía saber aquello? Que acababa de visitar a un preso no tenía ningún secreto, pero aquellos detalles… Se volvió y la miró de nuevo. La gitana que sujetaba al pequeño seguía plantada en el mismo sitio, inmóvil.

—¿Quiere que le diga la buenaventura? —insistió taladrándola con la mirada.

Mariana trataba de aparentar serenidad y mostrarse fuerte, pero estaba muy nerviosa. Le preguntó con un hilo de voz, poco más que un susurro:

—¿Qué es eso del capitán?

—Tal vez pueda decirle lo que va a pasar.

Por un momento vaciló. En su casa había oído hablar de aquellas cosas, historias que solían contarse alrededor del fuego de la chimenea, sobre predicciones y augurios, pero nunca les había dado demasiado crédito. Mucha gente acudía a las adivinadoras, que casi siempre eran gitanas, y le había llamado la atención que, por lo general, eran las mujeres, casi nunca los hombres. Había escuchado que en ciertas cuevas del Sacromonte ocurrían cosas extrañas y misteriosas. No se trataba de creencias ligadas a gentes incultas y zafias. Don Cipriano Portocarrero le había confesado su debilidad por aquellas cosas. Su esposa y él visitaban regularmente a una adivina. La gitana se dio cuenta de su titubeo y, sin las alharacas propias de las vendedoras de romero anunciando maravillas, le soltó:

—Lo que usted pretende es muy gordo.

Un escalofrío recorrió la espalda de Mariana. La miró a los ojos y ella le sostuvo la mirada, la estaba desafiando. Aquella mujer tenía algo extraño en su rostro; Mariana no sabría decir qué era, sólo que no era natural. Supo que aquello había dejado de ser una monserga para sacarle unas monedas y sintió miedo cuando dio un paso hacia delante para acercarse a la gitana. Disimuló lo mejor que pudo el temblor que la agitaba y, temerosa, le ofreció la palma de su mano.

—Esa no, la izquierda —le dijo casi como una orden.

La gitana se recolocó al pequeño en su cadera y con su mano libre cogió la de Mariana, que al tacto de aquellos dedos sintió ganas de salir corriendo, pero algo le impedía moverse.

—¿Qué ve?

La gitana negó con la cabeza y permaneció en silencio, escrutando las líneas de la palma de la mano hasta que de su garganta salió una profunda exclamación, casi dolorosa. Alzó la cabeza. El horror estaba impreso en su rostro. Mariana, sobrecogida, se percató de que sus ojos no eran los mismos. Estaban inyectados en sangre. Soltó la mano como si fuera una serpiente venenosa y dio un paso atrás, sin dejar de mirarla a la cara. Pronunció unas extrañas pala-

111

bras, una invocación ininteligible para Mariana y exclamó, olvidándose de los formalismos en el tratamiento:

—¡Cuídate! ¡Cuídate mucho! ¡La muerte está al acecho!

Con paso muy vivo se encaminó hacia la cuesta de Gomérez, seguida por su compañera quien, antes de marcharse, entregó a Mariana la ramita de romero. Paralizada, vio cómo las mujeres se perdían por la cuesta camino de la Alhambra. Temblaba y la sangre golpeaba en sus sienes. Trató de serenarse diciéndose a sí misma que no creía en aquellas cosas, pero era presa de la turbación cuando reemprendió la marcha. Al llegar a la altura de la iglesia del convento de los carmelitas, se extrañó de ver su puerta abierta y entró. Se aproximó a la pila bautismal y se santiguó dejando que el agua bendita resbalase por su cara, al llevarse la mano a la frente. El templo estaba sumido en la penumbra. Un fraile, embutido en su amplio hábito, estaba arrodillado, hecho un ovillo y encorvado. Rezaba o quizá meditaba junto a una columna, próxima al sagrario donde ardía la candelilla de una mariposa. Mariana dejó que su capucha resbalara sobre los hombros y se encaminó hacia el fraile sin hacer ruido, pero, en el silencio casi sepulcral, el roce de su vestido lo sacó de su meditación. Mariana le sonrió y el carmelita le devolvió la sonrisa. Se acercó al altar, cayó de hinojos y bisbiseó una oración que su madre le había enseñado cuando de pequeña la arropaba en la cama, y que tenía el efecto de un bálsamo contra sus miedos infantiles.

—¿Turba algo tu espíritu, hija mía?

La pregunta la cogió por sorpresa. Mariana se encontró con el poco atractivo rostro del fraile, pero su mirada estaba llena de bondad y ternura. Dudó si decirle qué le angustiaba en aquellos momentos y fue el anciano, cuya experiencia de la vida estaba recogida en cada una de las arrugas que tallaban su cara, quien la animó:

—Siempre es bueno compartir lo que tenemos, eso incluye nuestras penas y alegrías.

Mariana pensó en que las casualidades se encadenaban aquel día. Casual fue el encuentro con las gitanas y casual encontrar abierta la puerta de la iglesia del Carmen. También lo era, al menos eso pensaba, encontrarse con aquel anciano fraile que le ofrecía desahogarse. Tenía profundas convicciones religiosas, muy alejadas de la mojigatería que presidía las prácticas piadosas de la mayoría de las mujeres. Se incorporó y preguntó al carmelita:

—Padre, ¿cree en la predestinación?

El anciano entrecerró los ojos como si así funcionara mejor su mente.

—Dios Nuestro Señor nos hizo libres… Libres de elegir entre el bien y el mal.

—¿Qué quiere decirme con eso?

—Que somos nosotros quienes labramos nuestro propio destino.

—Significa eso que no da el menor crédito a la predestinación.

—Desde luego. Eso son fantasías propias de moros e infieles. Creen que el destino está escrito de antemano. Algo de los moros nos ha quedado en esta tierra donde se hace caso a esas supercherías, que son práctica común entre la gitanería del Sacromonte y del Albaicín. Es mucha la gente que, con poco temor de Dios, acude a que les adivinen el futuro y otras majaderías por el estilo. ¿Acaso has acudido a una de esas engañifas?

Mariana no disimulaba su sorpresa con la perspicacia del carmelita.

—No, padre, ha sido la engañifa, como usted dice, la que ha acudido a mí.

—¿A cambio de unas monedas te ha soltado una sarta de embustes?

—Sin monedas a cambio, padre.

El fraile puso cara de incredulidad.

—¿Una gitana ha leído tu mano sin pedir nada a cambio?

—Así ha sido. Ha mirado la palma de mi mano y ha huido a toda prisa.

Al fraile se le demudó el rostro y se santiguó.

—¿Ha dicho algo?

—Unas palabras que no he entendido y otras que aún resuenan en mi cabeza.

—¿Qué palabras han sido ésas?

—«¡Cuídate! ¡Cuídate mucho! ¡La muerte está al acecho!».

—Cuéntame cómo ha ocurrido.

—Eran dos. Primero una de ellas trató de venderme un poco de romero, después la otra se brindó a decirme la buenaventura. Accedí a regañadientes…

—¿Por qué lo hiciste?

—Porque había adivinado que salía de la Cárcel Alta de visitar a un preso…

—Eso no lo adivinó —la interrumpió el fraile—. Lo dedujo. Están merodeando por plaza Nueva, pendientes de embaucar a los ingenuos.

—Adivinó algo que no podía deducir de mi visita a la cárcel, por eso accedí a que me leyera la mano; entonces vio algo que alteró su rostro y pronunció unas palabras misteriosas.

—¿Qué dijo?

—Eran palabras extrañas, sin significado. Parecían una invocación.

Mariana se había percatado de que el fraile estaba muy nervioso desde que le había dicho que las gitanas se marcharon sin cobrar.

—Padre, antes ha insistido mucho en que esas gitanas sólo buscan sacar un poco de dinero a los incautos. ¿Cómo explica que se marcharan a toda prisa, sin cobrar?

El fraile se rascó pensativo la coronilla.

—No lo sé, hija mía. A veces, esas…, esas arpías parecen vislumbrar algo. Pero el futuro sólo es conocido por Dios Nuestro Señor. Tal vez se valgan de los poderes del maligno. Repíteme, ¿qué fue exactamente lo que te dijeron?

—«¡Cuídate! ¡Cuídate mucho! ¡La muerte está al acecho!».

Entrecerró los ojos y meditó sus palabras.

—En realidad, hija mía, no te han dicho gran cosa. La muerte nos acecha desde la cuna. Por eso debemos vigilar para estar en gracia de Dios cuando llegue el momento.

El fraile llevaba razón sólo en parte. La gitana no había dicho nada extraordinario, pero la clave no estaba en las palabras, sino en cómo las había pronunciado y en su mirada. Si hubiera visto el semblante de aquella mujer… Mariana estaba convencida de que vio algo en su mano que la hizo reaccionar de aquella manera. Hablar de lo ocurrido la había tranquilizado y su espíritu estaba más sosegado, pero no podía apartar de su mente los ojos de la gitana. Parecían ver lo que deparaba el futuro.

—Muchas gracias, padre…

—Fray Anselmo, hija. Mi nombre es fray Anselmo de Santa María. No olvides que el poder del diablo es muy grande y que Satanás se vale de toda clase de trucos para atraparnos en sus redes.

Mariana asintió. Iba a marcharse, pero le tentaba una curiosidad y decidió satisfacerla. No se iría sin hacerle al fraile la pregunta.

—Padre Anselmo, antes ha dicho que Dios nos hizo libres.

—Así es, hija, así es. Libres para poder decidir.

—Entonces, ¿es justo que alguien nos prive de esa libertad?

Fray Anselmo meditó antes de responderle con otra pregunta:

—¿Te refieres a las disposiciones del Gobierno?

—Sí, padre.

—Jesucristo no se inmiscuyó en los politiqueos de su tiempo y eludió pronunciarse a favor o en contra de los romanos que ocupaban Judea.

A Mariana le decepcionó la respuesta del fraile. Dio media vuelta y se marchaba cuando el carmelita añadió:

—Pero me parece que no gritaría eso de «¡Vivan las cadenas!».

Mariana se volvió y le dio las gracias.

—Si necesitas consuelo en las tribulaciones que Dios nos envía o simplemente tienes ganas de desahogarte, puedes venir cuando quieras. Dada mi edad, el padre prior me guarda ciertas consideraciones. No tengo que acudir a algunos rezos y tampoco realizar ciertas tareas. Salvo los domingos y fiestas de guardar, me vengo a la iglesia y dedico un rato a la meditación después del almuerzo. Aquí me encontrarás, mientras Dios quiera tenerme en este mundo.

Mariana le dedicó una sonrisa y lo vio perderse por una puertecilla, luego se encaminó hacia la salida del templo, pero al acercarse a la puerta una sombra salió de debajo de la pila del agua bendita. Mariana temió que se abalanzara sobre ella, pero se perdió rápidamente por el cancel. Se quedó unos segundos paralizada. Por el salto tenía que tratarse de un hombre y le pareció desgarbado, pero la penumbra en la que estaba sumido el templo le impidió percibirlo bien. Miró bajo la enorme concha de la pila y advirtió que había algo. Se acercó temerosa y comprobó que era otra persona. Estaba como acurrucada, inmóvil, como si no le hubiera dado tiempo a huir. Tenía la cabeza hundida entre los hombros y resultaba difícil distinguir si se trataba de un hombre o una mujer. Mariana iba a gritarle algo, pero se desplomó en el suelo. Era un hombre que la miraba con ojos vidriosos y una mueca desagradable en la boca. Tenía las manos atadas con una cuerda y una cartela colgada al cuello. Estaba muerto.

Cuando se recuperó de la impresión, salió a toda prisa de la iglesia, pero en la calleja sólo vio a una pareja de mujeres que conversaban tranquilamente a la puerta de una casa. Se acercó y les preguntó:

—¿Llevan aquí mucho rato?

Las mujeres la miraron suspicaces, pero una de ellas advirtió la palidez mortal que se había apoderado del semblante de Mariana.

—¿Le ocurre algo?

—¿Han visto pasar a un hombre?

—No ha pasado nadie, aunque mi comadre Rita y yo acabamos de asomarnos.

Entonces fue la comadre Rita quien le dijo:

—Bueno, cuando salíamos al zaguán he visto pasar a un hombre corriendo a toda prisa. Ha debido de irse por aquella esquina —dijo señalando el recodo que formaba el campanario.

—También yo lo he visto —corroboró la otra—. Me ha parecido delgaducho y que vestía completamente de negro. ¿Le ha robado, ese granuja?

—No, no. Supongo que no lo han visto entrar a la iglesia.

—Ni entrar ni salir. Sólo correr hacia donde le acabo de decir.

13

Habían transcurrido tres días desde el descubrimiento de la nueva víctima del verdugo de la Inquisición. Los interrogatorios a los carmelitas, entre ellos a fray Anselmo, y al vecindario de la zona apenas habían aportado información. Sólo lo que decían un par de vecinas: habían visto escabullirse a un hombre vestido de negro que les pareció desgarbado. Antonio Diéguez había acudido a casa de doña Mariana de Pineda, pero apenas había conversado con ella. Pedrosa, que había tenido conocimiento del nuevo asesinato en Málaga, donde estaba en su condición de subdelegado de policía de la jurisdicción granadina, ordenó que le dejaran a él su interrogatorio.

El mismo día que regresó a Granada le envió una nota donde le comunicaba que le haría una visita relacionada con su descubrimiento de la nueva víctima del verdugo de la Inquisición y que así no tendría que acudir a las dependencias de la policía en la plaza Nueva. A Mariana no le quedaba más remedio que aceptar.

Lo recibió en la salita, casi desmantelada a causa de la mudanza. No se excusó por ello y le dispensó un recibimiento correcto, pero glacial. Pedrosa trató de mostrarse deferente, pero se sintió herido en su orgullo cuando Mariana le dijo que durante el interrogatorio estaría presente su amigo y abogado don José María de la Escalera. Pedrosa no pudo negarse, pero se mostró sarcástico.

—¿Teme usted algo, señora?

Mariana no se anduvo con rodeos.

—De usted puedo temer cualquier cosa. Es el subdelegado de policía.

Pedrosa le dedicó una mirada torva.

—Podría considerar sus palabras como un desacato a la autoridad.

—Sabe que no hay desacato —intervino el abogado—. Doña Mariana se ha referido al temor que la autoridad despierta entre la población, como debe ser —añadió irónico.

Pedrosa se contuvo, ya tendría ocasión de ajustar las cuentas con el letrado.

Inició el interrogatorio, pero muy pronto comprobó que Mariana contestaba con monosílabos siempre que la respuesta lo permitía. Era patente que ella no estaba dispuesta a facilitar el trabajo de quien en sus actuaciones como alcalde del crimen de la Real Chancillería se excedía con creces en su celo.

—¿No vio usted el cadáver al entrar en el templo?

—No.

—¿Nada llamó su atención?

—Nada.

—¿Cuánto tiempo permaneció en la iglesia?

—Como media hora.

—¿Escuchó algún ruido en ese tiempo?

—No.

—¿Se reafirma en que sólo vio el cadáver cuando salía de la iglesia?

—Sí.

Pedrosa se exasperaba. La interrogada se mostraba poco comunicativa, pero no podía acusarla de falta de colaboración. Al fin y al cabo, estaba respondiendo a sus preguntas.

—He de decirle que no encuentro en usted el menor deseo de cooperar. —El tono era amenazante.

—¡Cómo se atreve a decir eso! He respondido a todas sus preguntas. ¿Dígame sólo una a la que no haya dado respuesta?

—Eso no significa que colabore al esclarecimiento de este horroroso crimen.

—Le aseguro que deseo que el asesino sea descubierto, juzgado justamente y, una vez demostrada su culpabilidad, que se le aplique el castigo que corresponda.

Pedrosa captó la intencionalidad de aquellas palabras.

—¿Insinúa que la justicia administrada en nombre de su majestad no es imparcial?

—Sólo he expresado mi deseo de justicia. ¿He cometido alguna falta?

—¡No ayuda a que podamos aplicar la justicia del rey!

Mariana hubiera deseado decirle que se sentía honrada por ello. Los tribunales de justicia eran simples teatrillos donde se representaban farsas cuyo final era conocido desde el comienzo de la representación. Se contuvo y solamente respondió:

—¿No pretenderá que me invente las respuestas?

Pedrosa bufó:

—¡Señora mía, nadie ha venido a pedirle que se invente infundios!

—No se imagina cuánto me alegra oírle decir eso al subdelegado de policía.

El interrogatorio había tomado un cariz peligroso para Mariana. No hablaban del crimen, sino de sus graves diferencias. El rostro de Pedrosa no anunciaba nada bueno y don José María de la Escalera decidió intervenir. Iba a de-

120

cir algo cuando un agente de policía pidió permiso para entrar. Su jefe lo miró con cara de pocos amigos, pero asintió con la cabeza. El hombre se acercó y le comentó algo al oído que hizo cambiar la expresión del rostro de Pedrosa.

—¿Cuándo ha llegado?

—Hace como media hora, señor. He venido a toda prisa.

—¡Dígale a Diéguez que pase!

—Sí, señor.

Pedrosa se puso de pie y espetó a Mariana:

—¡Tomo nota de su actitud! ¡Puede que algún día se arrepienta! Otras obligaciones requieren mi atención, por lo que el agente Diéguez, que se encarga del caso, continuará el interrogatorio, y espero que sea algo más explícita. —Pedrosa miró a Diéguez—: Cuando termine aquí, ¡preséntese en mi despacho!

Abandonó la salita seguido del agente que había interrumpido el interrogatorio. Cuando el revuelo de la marcha hubo desaparecido, las palabras de Diéguez sonaron sosegadas.

—¿Sería mucha molestia pedir un poco de agua? Tengo la garganta reseca.

Mariana agitó una campanilla y una criada apareció al instante.

—¿Ha llamado, señora?

—Trae una jarra con agua, por favor.

Diéguez hizo algún comentario intrascendente mientras traían el agua, rebajando la tensión que flotaba en el ambiente. Refrescada su garganta, preguntó a Mariana:

—¿Le importaría explicarme qué vio usted en la iglesia de los padres carmelitas?

—Lo haré con sumo gusto.

—Disculpe, ¿le molestaría si la interrumpo con algunas preguntas?

—No. Puede hacerlo cada vez que usted lo considere conveniente.

Mariana apenas conocía al policía, pero sabía que no era un esbirro de Pedrosa, aunque trabajaba a sus órdenes.

—Se lo agradezco mucho.

Mariana detalló su entrada en la iglesia sin ver nada. Indicó que el templo estaba en penumbra y no vio si había algo bajo la pila del agua bendita.

—¿Piensa que colocaron el cadáver estando usted en el templo?

—No puedo asegurarlo, pero diría que sí. Sólo vi salir a un individuo.

—¿Cómo dice? —Diéguez no disimuló su asombro.

—Sólo vi salir a un individuo —repitió Mariana—. ¿He dicho alguna inconveniencia?

—No, señora. Pero… ¿se lo ha dicho al subdelegado?

—No.

—¿Por qué, si no es indiscreción?

—Porque no me lo ha preguntado.

—Comprendo.

Estaba claro que el abismo que separaba a aquella señora y su jefe había hecho inútil el interrogatorio y explicaba por qué Pedrosa había salido contrariado.

—¿Le importaría explicarme todo lo que recuerde de ese momento?

—Con sumo gusto.

Mariana detalló lo que presenció cuando se disponía a salir de la iglesia y también la breve conversación que mantuvo con las dos mujeres de la vecindad.

—Ellas señalaron que iba vestido de negro y que era delgaducho.

—¿Quiere repetir eso?

—Me dijeron que vestía de negro, tenía mucha prisa y era delgado. Yo únicamente vi una sombra que saltaba hacia

el cancel, y estoy segura de que era un hombre. Desgracia-
damente, esas mujeres no lo vieron entrar en la iglesia, lo
vieron pasar por delante de su puerta y, ya en la calle, lo vieron escabullirse a toda prisa.

—¿Podría tratarse de una persona diferente a la que
usted vio huir?

—Es posible, pero no lo creo.

—Insiste en que sólo vio a un hombre.

—Sólo una sombra, aunque estoy segura de que era la
de un hombre, como afirman esas vecinas, y me pareció desgarbado. Que yo viera sólo a uno no significa que no hubiera salido otro antes. Aunque es poco probable.

—¿Por qué dice eso?

—Porque tardé algún tiempo en ir desde cerca del altar
mayor, donde había estado hablando con el padre Anselmo, hasta llegar a la pila del agua bendita y no observé movimiento alguno. Lo único que vi fue a aquella sombra
correr hacia el cancel.

—¿No lo siguió?

—No. Me sobresaltó su inesperada aparición y tardé
en reaccionar. Luego vi el bulto que había bajo la pila del
agua bendita, fui a decirle algo y se cayó al suelo.

—Perdone que insista: ¿cree que existe posibilidad de
que las vecinas de la calle del Carmen vieran a un hombre
diferente del que había visto usted?

Mariana se encogió de hombros antes de responder.

—Desde luego, es posible, pero puedo asegurarle que
en aquella calle no se veía un alma. Tampoco recuerdo
haber visto gente cuando entré en la iglesia.

—Una última cuestión: ¿por qué estaba usted en la
iglesia de los carmelitas a esa hora?

Mariana decidió ser poco explícita, pero no faltar a
la verdad.

—Fue una casualidad. Venía de plaza Nueva, vi la

puerta abierta, entré y estuve charlando un buen rato con el padre Anselmo. Nada más.

Diéguez le agradeció su colaboración y se despidió amablemente. Había sacado en limpio un par de cosas, aunque no despejaban la complicada maraña de aquellos extraños asesinatos que tenían soliviantada la ciudad. Se dirigió a la Chancillería para cumplir la orden de su jefe y, cuando llegó a la antecámara del despacho de Pedrosa, el ujier le indicó que ya había preguntado un par de veces por él. Apenas sonaron los golpes de sus nudillos en la madera, un grito le ordenó entrar.

—¡Adelante!

Lo recibió una tufarada pestilente. Supo que Pedrosa había encendido su cigarro con una cerilla de Lucifer. Su jefe departía con otra persona. Al verlo, los dos se pusieron de pie. Diéguez no dudó que Pedrosa lo hacía obligado por las circunstancias. Jamás tenía una deferencia con sus hombres, los consideraba poco más que sirvientes.

—Don Matías, le presento al agente Diéguez. Es el encargado de la investigación de los crímenes que tanto preocupan en la corte.

—Mucho gusto, soy Matías Marculeta —le ofreció su mano—, de la Intendencia General de Madrid. Acabo de llegar a Granada.

—Antonio Diéguez, y el gusto es mío.

—Tome asiento, Diéguez —le indicó Pedrosa.

Era la primera vez que su jefe lo invitaba a sentarse. Diéguez, sorprendido, se acomodó al tiempo que lo hacían don Matías y su jefe.

Don Matías Marculeta era un cincuentón fornido, sin llegar a obeso. Su barba blanca, perfectamente recortada, le daba un aire de solemnidad. Tenía el pelo grisáceo, abundante y muy corto. Vestía de forma desaliñada, pero la calidad de su levita —bien cortada y de buen paño—, la fina tela de su camisa y el corbatín de seda indicaban que se trataba de algo circunstancial, posiblemente debido al penoso viaje que había realizado desde Madrid. Sus ojos, azules, parecían leer el pensamiento cuando miraba.

—Don Matías está aquí para investigar los crímenes del verdugo de la Inquisición.

—Bienvenido, don Matías. Toda ayuda es poca. Le aseguro que tenemos por delante un asunto muy enrevesado.

—Nada de ayuda, Diéguez. Don Matías, por instrucciones de la superioridad, dirigirá las pesquisas. Suya será la responsabilidad a partir de este momento. Según señalan los informes que por su mano se me remiten, está considerado uno de los agentes más eficaces del reino. Usted se limitará a ejercer de ayudante y a facilitarle cuanto necesite. En Madrid hay un interés especial en que el asesino sea llevado al patíbulo cuanto antes. Por cierto, usted será su único ayudante.

Las palabras de Pedrosa, muy medidas, pero cargadas de contenido, indicaron a Diéguez que la presencia de don Matías Marculeta en Granada era una bofetada para el subdelegado de policía que se sacudía, hasta donde le era posible, un asunto tan espinoso. Tampoco albergó dudas de que, si las pesquisas daban resultado, se colgaría las medallas.

—¿Alguna pregunta, Diéguez?

—Sí, señor. ¿Ha dicho que seré el único ayudante de don Matías?

—Eso he dicho.

—Todos los demás que están en el caso…

—Todos quedan relevados de ese servicio. Así lo ha pedido don Matías. En su opinión, no es adecuado compartir la investigación con un número elevado de agentes.

Bueno…, en realidad… —interrumpió don Matías.

—¿He interpretado mal sus palabras? —preguntó Pedrosa.

—No, he hecho ese comentario, pero…

125

—No hay peros, don Matías. Las cosas se harán como usted señale.

—Lo cierto es que las indiscreciones aumentan con el número de gente que realiza las pesquisas. Es fundamental en toda investigación que no salgan a la luz los indicios que pueden conducir al esclarecimiento del caso. Son avisos que damos a los culpables.

—¿Alguna otra cosa?

Pedrosa se levantó. Parecía interesado en despedirlos.

—No, señor.

—En ese caso, pónganse en marcha. En Madrid quieren resultados.

Una vez fuera, Diéguez se puso a disposición de don Matías.

—Estoy a su servicio. Si usted no tiene inconveniente, puedo invitarlo a tomar un café e informarle con detalle de lo que sabemos de los asesinatos.

—Me parece una excelente idea. Pero antes quiero dejar una cosa clara.

—Usted dirá.

—A pesar de lo que ha dicho el subdelegado, trabajaremos conjuntamente. Usted sabe mucho más que yo de esos crímenes, conoce la ciudad y sus gentes, los ambientes por donde moverse… En Madrid, por alguna razón, están muy alterados con estos asesinatos. ¿Le parece bien?

Diéguez no supo cómo interpretar aquellas palabras. Posiblemente deseara compartir la responsabilidad, aunque si esa era la razón debería de haberlo dicho antes de salir del despacho. Pedrosa había dejado muy claro quién era el responsable. En cualquier caso, le pareció una buena forma de empezar a trabajar.

—Si usted lo prefiere…

—Lo prefiero. ¡Ah! Otra cosa. El café lo pago yo. Usted va a ponerme al día.

Diéguez negó con la cabeza.

—Eso no es discutible, al menos por esta vez. Usted acaba de llegar a Granada. Si le dejara pagar, ¿dónde quedaría mi hospitalidad?

—Está bien —concedió don Matías—. Supongo que será un café largo. Tendrá muchas cosas que contarme y necesito conocer todos los pormenores. El subdelegado me ha facilitado una información somera, ha dedicado casi todo el tiempo a darme su opinión sobre lo que puede haber detrás de los crímenes.

Diéguez decidió no hacer comentarios. La actitud de don Matías después de salir del despacho invitaba a que sus reticencias al verse relegado se diluyeran. Su primera impresión era que se trataba de un hombre cabal, nada pagado de la aureola que lo precedía. Aunque nunca había oído hablar de él, los informes lo señalaban como uno de los mejores agentes del cuerpo que, por orden del rey, se había creado cuatro años atrás.

—El subdelegado está convencido de que se trata de antiguos miembros del tribunal de la Inquisición —señaló don Matías—. ¿Es usted de la misma opinión?

—Me parece que está muy influido por el ambiente de la calle y que se resume en el nombrecito con que han bautizado al asesino. ¿Se lo ha dicho?

—El verdugo de la Inquisición. ¿Cuál es su opinión? —insistió don Matías.

—¿Le importa que lo hablemos tomando ese café?

—Será lo mejor. Pero antes tendrá que recomendarme un sitio donde aposentarme.

—¿Aún no tiene alojamiento?

—Hace tres horas que la diligencia en que viajaba ha llegado a Granada. He venido directamente aquí para reunirme con el subdelegado.

—¿Dónde tiene su equipaje?

—Me lo guarda el portero.

—En ese caso, recojámoslo y busquemos alojamiento.

Salieron de la Chancillería y Diéguez le ayudó a llevar una de sus bolsas de viaje. Don Matías le comentó, mientras caminaban, que había sido el asesinato de doña Cecilia Coello de Portugal lo que había motivado cierto revuelo en Madrid y la causa principal por la que lo habían enviado a Granada. Marcharon directamente a la posada de las Imágenes. Era un lugar céntrico, en la esquina de la Acera del Darro, de donde entraba y salía mucha gente. Allí los rumores circulaban con fluidez. Era un foco de noticias y también de chismes y cotilleos entre los que podían encontrarse pepitas de oro en medio de la escoria. Era el lugar de donde partían las diligencias que salían de Granada y al que llegaban las que venían de fuera. Allí se había apeado don Matías al llegar de Madrid.

—Si lo hubiera sabido…

—Acomódese tranquilamente, yo esperaré en un cafetín, junto a la barbería que hay en esta misma acera, conforme se sale a mano derecha.

—Le aseguro que serán sólo unos minutos.

—No hay prisa. Tómese el tiempo que necesite.

14

Antonio Diéguez se acomodó junto a una ventana desde la que dominaba el establecimiento y podía ver lo que ocurría en la calle. La anchura de la Acera del Darro permitía la circulación de caballerías y todo tipo de carruajes. Había mucha animación. Se distrajo con la presencia de dos orondos agustinos recostados en el murete que protegía la ribera del río. Portaban una pequeña imagen a la que se acercaba alguna gente, sobre todo chiquillos. A quienes dejaban una limosna en el cepillo les permitían besarla. Estaba tan abstraído que el mozo lo sobresaltó.

—¿Qué va a tomar?

—Un café poco denso. No quiero granzas.

Mientras aguardaba, no paró de darle vueltas a algo que don Matías había comentado: el asesinato de doña Cecilia Coello de Portugal era la causa de su presencia en Granada.

El mozo llegó con el pucherillo y un tamiz por el que coló el espeso y oscuro líquido donde quedaron las granzas y luego le añadió agua. Antes de darle el primer sorbo, apareció don Matías; desde la puerta, lo buscó con la mirada. Se acercó y tomó asiento.

—¿Qué tal la alcoba que le han dado?

—Pequeña, pero me ha sorprendido su limpieza y que hasta tenga un aguamanil.

Diéguez llamó al mozo.

—¿Otro café?

—Sí, pero más espeso que ese —dijo señalando el que habían servido a Diéguez.

Aguardaron, comentando el fárrago que había en la calle, hasta que apareció el mozo y dejó el café en el velador; después de que don Matías endulzara el café con tres cucharadas de azúcar, dijo a Diéguez:

—Cuando usted quiera.

Primero lo puso al tanto de la secuencia de los asesinatos. Después entró de forma minuciosa en los detalles. Se cuidó mucho de añadir comentarios sobre lo que él pensaba, todo muy aséptico. Don Matías escuchaba en silencio, dando sorbos a su café, hasta que concluyó.

—El cuarto cadáver era de un varón, ¿verdad?

—Así es.

—¿Tenía relación con los prostíbulos?

—No, pero hemos averiguado que vivía amancebado con una viuda.

Diéguez, que no había parado de hablar, aprovechó para apurar su café. Don Matías estuvo un buen rato con la mirada perdida en el mármol del velador.

—¿Estos asesinatos le sugieren algo? —preguntó por fin.

—Aparte de que los cadáveres sean expuestos a una especie de infamia pública, en tres de los casos hay un elemento común. —Don Matías arqueó las cejas—. Las víctimas faltaban al sexto mandamiento de la ley de Dios, el que prohíbe fornicar.

Don Matías asintió con ligeros movimientos de cabeza.

—¿Cuál de los casos excluye?

—El de la tercera víctima. Según he podido averiguar, en la vida de esa dama todo indica que cumplía con ese mandamiento.

—¿Está seguro de que esa… doña Cecilia no tenía algún trapillo sucio?

—¿Por qué dice eso?

Don Matías se acarició el mentón y otra vez se quedó un largo rato con la mirada perdida. Ahora parecía observar lo que ocurría en la calle.

—Verá, Diéguez, oficialmente estoy aquí para investigar los asesinatos. Pero, como le comenté al salir de la Chancillería, en Madrid están interesados en que se resuelva el de doña Cecilia Coello de Portugal. Por palabras sueltas y retazos de conversaciones que allí he oído, tengo la impresión de que los Armenta, la familia del esposo de doña Cecilia, han movido los hilos necesarios. —Don Matías se percató de que a Diéguez le sorprendió escuchar aquello, en su exposición no se había referido a la falta de colaboración de los Armenta—. Me han indicado que actúe con mucha discreción, posiblemente para evitar que salgan a la luz esos trapos sucios.

—Lo que hemos podido averiguar, al menos hasta ahora, apunta a que doña Cecilia Coello de Portugal era una dama virtuosa.

Don Matías pidió otro café y Diéguez una copita de aguardiente. Una vez que el mozo se hubo retirado, don Matías, dando a su voz un tono confidencial, comentó:

—La información que poseo apunta a que doña Cecilia tenía una relación amorosa con un militar. Usted sabe que estas cosas son muy delicadas. A veces circulan rumores infundados, si bien en este caso la vía por la que me ha llegado la información es de toda garantía. Me extraña que en Granada no hayan oído nada.

Diéguez dio un trago a su aguardiente, que bajó quemando su garganta. Era seco, de Rute. Don Matías dio un sorbo a su café.

—Creo que lo mejor será investigar a fondo esa cuestión.

—Tal vez… entre los militares del regimiento al que pertenece el amante de doña Cecilia puedan decirnos algo.

—Intentaré averiguarlo.

Don Matías acabó su café y propuso analizar otros asuntos.

—Centrémonos ahora en el conjunto de los asesinatos. Quizá encontremos algún detalle que nos lleve a los asesinos de doña Cecilia.

—Disculpe un momento —señaló Diéguez—. Ha dicho «asesinos», ¿está seguro de que son varios?

—No me cabe la menor duda.

—También yo estaba convencido. Pero la aparición del cuarto cadáver…

—¿Qué quiere decir?

—Es el único caso en el que un testigo ha estado cerca de quien ha dejado el finado para que fuera visto como un penitenciado del Santo Oficio.

—Pero, por lo que me ha contado, esa persona no puede asegurar que el cadáver no estuviera en la iglesia cuando ella entró. Creo haber entendido que lo que vio fue una sombra que salió corriendo hacia el cancel, ¿verdad?

—Eso dijo la testigo.

—Entonces, ¿quién nos garantiza que el sujeto que salió huyendo no era…, pongamos por caso, un mendigo que buscaba desvalijar el cuerpo?

El razonamiento señalaba que el abanico de posibilidades era muy amplio, pero Diéguez sabía que no solían aparecer cadáveres en las iglesias y menos que los mendigos acudiesen a desvalijarlos. Además, las declaraciones de doña Mariana de Pineda y de las vecinas no dibujaban la imagen de un mendigo.

—Es una posibilidad —concedió sin estar convencido.

En los labios de don Matías apuntó una sonrisa de condescendencia.

—Es más que una posibilidad. Si los cadáveres, según me ha indicado, aparecen en lugares distintos de donde fueron asesinados, se necesita la participación de varias personas. ¿No le parece a usted? —Diéguez asintió con un gesto—. Veamos. Por lo que me ha explicado, todos los cadáveres han aparecido en lugares de culto o en sus proximidades: una ermita, junto a un oratorio, en la puerta de una iglesia o en su interior. ¿Eso le sugiere algo?

Diéguez negó con la cabeza. Había pensado mucho en ello, pero sin sacar nada en limpio.

—¿A usted le dice algo?

—Tengo la impresión, sólo la impresión, de que los asesinos están indicando algo. Pudiera ser... —don Matías se acarició la barba—, pudiera ser una especie de itinerario.

—¿Por qué dice eso?

Don Matías apuró los últimos posos de su café, que con el azúcar depositado era una especie de jarabillo dulzón. Cogió la taza y la puso cerca del borde de la mesa.

—Imagínese que la mesa es Granada y donde he puesto la taza es el lugar en que apareció el cuerpo de la primera víctima. Eso serían las inmediaciones de la ermita... Ha dicho San Antón el Viejo, ¿verdad?

—Sí.

—Las ermitas suelen estar extramuros de la ciudad. ¿Me equivoco?

—No, no se equivoca.

Don Matías cogió el platillo y lo puso más al centro de la mesa.

—La segunda de las víctimas fue encontrada en Puerta Elvira. ¿Es correcto?

Diéguez asintió de nuevo, aunque Puerta Elvira estaba en el otro extremo de la ciudad.

—Eso significa —prosiguió don Matías— que estamos en el perímetro de Granada. ¿Me equivoco?

—Puerta Elvira es una de las que había en la muralla de la ciudad musulmana.

—La tercera víctima, doña Cecilia Coello de Portugal, se encontró en la puerta de una iglesia. ¿Cómo ha dicho que se llama?

—Santa Escolástica.

—Supongo que está intramuros.

—Lo está.

—Permítame su taza, por favor. —La colocó casi en el centro de la mesa—. ¿Está usted de acuerdo?

—Santa Escolástica está en un barrio, pero es un lugar más céntrico que Puerta Elvira.

—Por último, la cuarta víctima ha sido encontrada en la iglesia del convento de los carmelitas. ¿Me equivoco si digo que es más céntrico que Santa Escolástica?

—No se equivoca.

Don Matías puso el platillo que quedaba en el centro de la mesa.

—El itinerario ha ido desde las afueras hacia el centro. Es posible que con ello quieran decirnos algo.

—Es posible —farfulló Diéguez sin mucha convicción—, pero los lugares pueden estar determinados por otra razón.

—¿Cuál?

—La proximidad. Aunque no tengo explicación para el primer caso, el del rufián que controlaba a unas mujeres que ejercían su oficio fuera de la mancebía...

—¿Dónde está la mancebía? —lo interrumpió don Matías.

Diéguez señaló a través de la ventana.

—¿Ve aquel edificio que se alza al otro lado del Darro? Es el cuartel de Bibataubín y delimita lo que llamamos el Campillo. En esa zona está la mancebía. Pero debe saber que en Granada hay numerosos lupanares fuera de ella.

—¿Cómo ha dicho que se llama ese cuartel?

Diéguez espació las sílabas:

—Bi-ba-tau-bín.

—Prosiga.

—Como le decía, la primera víctima controlaba un lupanar que hay frente al hospital de San Juan de Dios, pero su cuerpo apareció a mucha distancia. Sin embargo, Puerta Elvira no está lejos de donde la segunda víctima, la prostituta, ejercía su oficio. Un lupanar también cercano al hospital de San Juan de Dios. Lo mismo ocurre con doña Cecilia Coello de Portugal, su casa está cerca de Santa Escolástica.

—¿Y la cuarta víctima?

—Ese hombre vivía con su manceba cerca del convento de los carmelitas. Por lo visto, se jactaba de vivir amancebado.

Don Matías permaneció un largo rato en silencio.

—Cuénteme otra vez lo que dijeron los últimos que vieron al proxeneta con vida.

—Que estaba bebido, cosa frecuente, y que alardeaba de tener las mejores putas de Granada.

—¿Podría haber ido hasta la ermita de San Antón el Viejo o a algún lugar cercano y que allí lo asesinaran? —Diéguez se encogió de hombros—. ¿Quién lo encontró?

—El ermitaño que vive allí.

—¿Vio u oyó algo ese ermitaño?

—No lo sabemos.

—¿Cómo que…? —Don Matías estaba sorprendido.

—Ha cambiado su declaración varias veces. Es un viejo chiflado.

Don Matías se llevó la mano a su barba. Era un gesto recurrente.

—Pues, aunque esté chiflado, tendremos que hacerle una visita, y también a los que encontraron los otros cadáveres y a la gente que los conocía.

Diéguez supo que era un buen momento para hacer un comentario.

—Con doña Cecilia Coello de Portugal no va a resultar fácil.

—¿Por qué?

—Nos hemos estrellado contra un muro de silencio. Nadie de la familia ha facilitado información.

Habiendo los Armenta movido sus influencias para que lo enviaran a Granada, don Matías no se inmutó al escuchar aquello y se limitó a decir:

—Qué extraño, ¿verdad?

—Muy extraño. Es como si desearan ocultar algo. También la servidumbre ha debido recibir instrucciones muy precisas, y como el subdelegado no está por que apretemos las clavijas…

—¿Respeto a la familia…?

—Me parece algo más que respeto.

—¿Cuál ha sido la actitud de los Coello de Portugal?

Diéguez se encogió de hombros.

—Tras la muerte de doña Cecilia no ha quedado ninguno en Granada. Por lo que he averiguado, su padre murió hace tres o cuatro años. Poco después de que su hija matrimoniara con don Pablo de Armenta.

—¿Doña Cecilia no tenía hermanos?

—Uno, pero no vive en Granada.

Diéguez se quedó mirando por la ventana. Los frailes agustinos hacía rato que se habían marchado. Don Matías Marculeta rumiaba sus pensamientos en silencio.

—Los trapos sucios de doña Cecilia explicarían la cerrazón de los Armenta y posiblemente ahí se encuentre la razón por la que me han recomendado que actúe con toda discreción.

—Es una posibilidad, pero tengo la sensación de que aquí hay algo que no encaja.

—No olvide algo muy importante, Diéguez. Las familias de abolengo tienen un concepto muy especial del honor.

15

Mariana entró en la tienda acompañada por Burel. Había esperado a la hora de cerrar para asegurarse de que no hubiera otros clientes. Pidió ver numerosos paños de diferentes calidades que el comerciante le mostró solícito. Se decidió por un tejido marrón de lana. Compró ocho varas y no regateó en el precio.

—Doña Mariana, ha hecho usted una buena compra. Quedará contenta.

—Es para un regalo —comentó sacando el dinero para pagar.

—Quien lo reciba se sentirá halagado.

—Eso espero.

El dependiente lo empaquetó y ató con una cuerdecilla. Burel se hizo cargo de él. Ya en la calle su ama le indicó adónde tenía que llevarlo.

—¿Sabe que ese sastre es de los nuestros?

—Por eso acudo a él. Sólo tiene que cortarlo —Mariana sacó de su bolso un papelillo—, con estas formas y medidas. Insístele en que corre mucha prisa, que en un par de horas irás a recogerlo.

—¿Un par de horas?

—Sólo tiene que cortarlo.

—Pero...

—Cuando lo recojas —su ama no estaba dispuesta a perder un segundo—, se lo llevas a una costurera que vive junto al Arco de las Orejas, en los bajos de la casa que está entre el Arco y la Puerta de las Cucharas. No tiene pérdida. Se llama Benita. Le dices que irás por él mañana a primera hora.

—¿Mañana? —Burel iba de sorpresa en sorpresa.

—Sí, mañana.

—¿Tendrá que estar cosiendo toda la noche?

—Ya lo tenemos hablado.

Decidió, a pesar de las prisas de su ama, que no podía dejar para más tarde decirle lo que le tenía en vilo desde aquella mañana.

—Señora, ¿tiene prisa?

—Quien ha de tenerla eres tú. ¿Por qué lo dices?

—Tengo que pedirle un favor.

Mariana se temió que Burel le planteara lo que, antes o después, tendría que llegar. No era un criado, era un oficial del ejército y podía aspirar a algo más que a hacer de mandadero y acompañarla. Era cierto que participaba en las reuniones de los liberales y allí era tratado como uno más. Pero no podía estar satisfecho con aquel trabajo. Había sido una solución de emergencia ante los problemas que encontraban hombres como él en la España de Fernando VII. Su presencia en Granada respondía a una condena: era un desterrado y le habían fijado Granada como lugar de residencia. Semanalmente había de presentarse en la subdelegación de la policía para acreditar su presencia en la ciudad. Habría quedado en la indigencia si ella no le hubiera ofrecido trabajo como criado. A algunos liberales les pareció poco decoroso para un oficial del ejército, pero las circunstancias se impusieron y ella tenía que buscar uno. Mariana recordaba de vez en cuando el apuro que pasó al ofrecerle aquel trabajo y cómo le sorprendió su reacción, al decirle que era una forma honrosa de ganarse el sustento.

Mariana pensaba que el hecho de haber aceptado el trabajo y mostrarse agradecido no significaba que estuviera satisfecho con sus tareas. Estaba convencida de que un día le plantearía fugarse de Granada y marchar a otro sitio. Podría rehacer su vida en un lugar donde no lo conocieran. No sólo sabía leer y escribir, tenía importantes conocimientos de matemáticas y en el tiempo que llevaba a su servicio se había mostrado muy hábil en la solución de pequeños problemas domésticos, además de ejercer como preceptor del pequeño José María. Antonio José Burel no sólo era una persona formada y con experiencia, sino un buscavidas.

—¿Piensas fugarte?

Burel la miró sorprendido.

—No, señora. ¿Por qué lo dice?

—Porque tú no has nacido para ser criado.

Burel se encogió de hombros.

—Le dije cuando entré a su servicio que este era un trabajo tan digno como otro y que trataría de desempeñar mis tareas con diligencia, empezando por tratarla como a mi señora. ¿Lo recuerda?

—Claro que lo recuerdo, y añadiré que lo has desempeñado a plena satisfacción, aunque no esté de acuerdo con el tratamiento que me dispensas cuando no hay otras personas delante.

—Señora, las cosas se hacen bien o no se hacen. Pero de lo que quiero hablarle nada tiene que ver con que esté pensando en poner tierra de por medio.

Mariana hizo gala entonces de su intuición femenina y le preguntó de sopetón:

—¿Estás enamorado?

—Sí, señora —respondió sin vacilar—. Hasta las trancas.

—¿Quién es la afortunada?

—Se llama Magdalena, señora. Vive en la calle de Elvira.

—Eso está bien. ¿Qué tienes que decirme?

—La verdad es que no sé muy bien lo que tengo…, lo que tengo que decirle. —Se había puesto nervioso, perdiendo su aplomo habitual.

—¿Cómo es eso? —Mariana no pudo evitar una sonrisa.

—Señora, yo… Bueno…, esta mañana Magdalena me ha mandado un recado… Ejem… Será mejor que lo lea usted. —Burel buscó en sus bolsillos y entregó a su ama un papel arrugado.

Mariana lo leyó, estaba escrito con una caligrafía deplorable.

Mi tío no ha regresado de Loja, pero he recibido una carta suya que me han echado por debajo de la puerta. Es la letra de mi tío y en ella me dice que lo han apresado unos bandoleros y amenazan con matarlo si no pago un rescate antes del día veinticinco. No tengo a quien acudir. Ven.

Magdalena

—¿Cuándo te han dado esta nota?

—Esta mañana.

—¿Por qué no me lo has dicho antes?

Burel se encogió de hombros.

—Está bien. Mientras el sastre corta ese paño, ve a ver a Magdalena. Luego recoges la tela y se la llevas a Benita. Es muy importante que ella tenga ese paño esta misma tarde. Cuando sepas qué es eso de los bandoleros, tomaremos la decisión que más convenga.

—Gracias, señora.

***

Magdalena se enjugaba una y otra vez las lágrimas. Cada vez que Burel le pedía una explicación de las circunstancias en que había recibido el papel, rompía a llorar. El texto que los bandoleros habían obligado a escribir a su tío era muy duro. Entre sollozos ella le había asegurado que la letra era la de su tío, una letra preciosa, casi de un calígrafo, propia de una persona habituada a redactar escritos y copiar textos. Burel lo leyó de nuevo por ver si encontraba algún detalle más.

Mi querida sobrina:

Me encuentro en poder de unos bandoleros que asaltaron la diligencia cuando hacía el viaje de regreso a Granada. Estoy en su poder y reclaman un rescate de seis mil reales. Exigen que sea en duros de plata y que la entrega se efectúe en un paraje cerca de un lugar llamado las Ventas de Zafarraya, a medio camino entre Loja y Alhama. La entrega habrá de efectuarse en la venta que llaman de los Muleros, el jueves que se contará veintitrés días del presente mes. Si ese día no apareciera nadie, me cortarán una oreja. Si al día siguiente tampoco fueran con el rescate, me cortarán la otra, y el día veinticinco me matarán. Dicen que me abrirán en canal, como se hace con los marranos.

Quien acuda deberá darse a conocer, llevando un pañuelo colorado anudado al cuello, y me advierten, muy seriamente, que si tratan de tenderles una trampa, mi vida no valdrá ni el papel en que van escritas estas líneas.

Haz lo posible por reunir esa suma y busca a alguien de confianza que esté dispuesto a traerla al lugar indicado.

Tu tío que te quiere,
Fulgencio Camero

Lo que los bandoleros le habían hecho escribir a su tío dejaba poco margen para la duda. Querían seis mil reales en duros de plata y los querían el jueves veintitrés y como muy tarde el veinticinco en una venta perdida en la serranía.

Miró a Magdalena, que dejaba escapar unos hipidos causados por el sofoco. Paquita, que le había llevado el recado a Burel, trataba de consolarla. Su tío Fulgencio era todo lo que tenía en la vida, antes de conocer a Burel. Tenía sus cosas y era muy severo, pero la había acogido como un padre y en su casa llevaba una vida acomodada.

—¡Tenemos que buscar una solución y sólo faltan cinco días! —exclamó Burel sin apartar la vista del papel.

Magdalena hizo un esfuerzo por contener la llantina.

—No sé qué vamos a hacer.

—¿Tienes los seis mil reales?

Magdalena dio un respingo.

—¡Jesús! ¿Qué estás diciendo?

Rompió a llorar de nuevo y, como pudo, mandó a Paquita que le trajera otro vaso de agua. Fue un pretexto para decirle a Burel:

—Mi tío tiene una arqueta donde guarda los dineros.

—Vamos a sacarla.

Magdalena lo miró con recelo.

—¿Crees que hacemos bien?

—¡Déjate de dudas y vacilaciones! ¡Tu propio tío te ha pedido que juntes el dinero!

Paquita apareció con el agua y Magdalena se quejó de dolor de vientre. Le pidió que preparase una tisana de tila y manzanilla, sabedora de que la tila se había acabado.

—Lo siento, pero ayer nos quedamos sin tila.

Le dio unas monedas y la mandó a comprar media libra. Apenas la criada hubo salido por la puerta, se secó las lágrimas y dijo a Burel:

—Acompáñame.

Fueron al despacho de su tío. Magdalena abrió una especie de alacena y sacaron la arqueta que estaba oculta bajo un doble fondo.

—¿Dónde está la llave?

—No lo sé, tendrás que romper el candado. Ven.

En la cocina, utilizando una mano de almirez, Burel golpeó una y otra vez hasta que el candado saltó. Contaron hasta mil doscientos ochenta reales.

—¡No hay ni la cuarta parte! ¿Qué vamos a hacer?

—Por lo pronto, guardar la arqueta antes de que vuelva Paquita. ¿Tienes joyas?

—¿Joyas? —repitió Magdalena.

—Sí, joyas. Cosas de valor que puedan empeñarse.

—Tengo…, tengo un broche… y un collar. También unos zarcillos de oro. Eran de mi madre —añadió con tristeza.

—¿Cuánto puede valer todo eso?

—No tengo ni idea. Mi tío tiene dos alfileres de corbata y un pasador. También tiene un anillo de mucho valor, pero lo lleva siempre puesto lo mismo que el reloj, que es muy bueno, según me ha dicho en un montón de ocasiones.

Guardaron la arqueta y Burel la besó en la boca.

—Tengo unos quinientos reales y una condecoración. Tal vez juntándolo todo llegue a los seiscientos.

—Pero ¡qué estás diciendo! —Los negros ojos de Magdalena brillaban enrojecidos—. Yo no puedo…

No terminó la frase porque Burel volvió a besarla.

—Será un préstamo. Mañana veremos qué podemos conseguir empeñándolo todo.

—Conozco un prestamista en la calle San Matías que…

—Iremos al Monte de Santa Rita de Casia. Nadie nos dará más —la interrumpió Burel.

—¿Eso está al final de la Carrera del Darro?

—Sí, justo enfrente del puente de las Chirimías.

—Has dicho que tienes una condecoración. ¿Por qué te la dieron?

—Nos condecoraron con ella a los oficiales del regimiento de Asturias, el que mandaba el coronel Riego cuando proclamó la Constitución en las Cabezas de San Juan.

—Si mi tío se enterara de lo que un maldito liberal está haciendo por él…

—Por ahora es mejor que no sepa ni lo nuestro ni que soy liberal.

—Lo segundo podemos callárnoslo, pero ¿cómo vas a explicarle que me has acompañado a llevar el rescate, si es que conseguimos juntar el dinero?

—¿Cómo has dicho?

—Que ¿cómo vas a explicarle que me acompañas a pagar el rescate?

—¡Ah, no! ¡Eso de ninguna manera!

Magdalena se quedó mirándolo muy seria. Las lágrimas estaban a punto de desbordar otra vez sus ojos.

—¿No vas a venir conmigo?

—Pero ¡qué tontería es esa que estás diciendo! ¡La que no va a ir a ese lugar eres tú! ¡A esa venta de los Muleros, o como demonios se llame, iré yo solo!

—¡Eso sí que no!

—¡Magdalena, esto no son cosas de mujeres! ¡Se trata de bandoleros!

—¡Se trata de mi tío!

—¡No! ¡Es muy peligroso! ¡Iré yo solo!

—¡Te equivocas! ¡Iremos los dos!

—¡Magdalena, que eso no es posible!

—¡Sí es posible! Eso no está tan lejos y puedo viajar lo mismo que tú.

—Magdalena…

—No. Eso no vamos a discutirlo. Iré y basta.

Burel nunca la había visto así. Enérgica, decidida. Cualquier rastro de llanto había desaparecido. Magdalena, de repente, se había convertido en otra mujer. Le gustaban las dos, pero no sabría decir cuál lo atraía más.

—Está bien —masculló Burel, resignado—. Iremos los dos.

Magdalena se abrazó a su cuello y lo besó apasionadamente. Cuando llegó Paquita con la tila y se fue a la cocina a preparar la infusión, Burel se despidió.

—Tengo que irme. He de hacer un encargo de mi ama.

—¿Volverás luego?

Burel se quedó mirándola. Después de haberle dicho a su ama que estaba enamorado, le resultaría mucho más fácil pedirle que le permitiera pasar la noche fuera de casa. Pero no era tan fácil, la presencia de Paquita resultaría incómoda.

—¿Y Paquita? ¿Qué hacemos con ella?

—Ya va siendo hora de que se entere. Además, no abrirá la boca. Ya te dije que es mi cómplice en muchas cosas, también lo será en esta.

—En tal caso, espero poder pasar la noche contigo.

—¿Qué le dirás a tu ama?

—Le he contado lo nuestro.

—¿Se lo has dicho? —preguntó Magdalena, incrédula.

—Antes de venir.

—Cuéntamelo.

—Ahora no puedo. Tengo que marcharme. Espero poder hacerlo luego.

La besó en los labios y salió a toda prisa.

16

Eran las diez de la mañana cuando Burel llamaba a la puerta de la costurera. Benita le abrió bostezando.

—Vengo a recoger lo que te dejé ayer.

—Pasa. Estoy terminando. Será cuestión de pocos minutos.

La mujer lo llevó hasta la cocina y le ofreció un café del puchero que había colgado de un gancho sobre la lumbre para mantenerlo caliente. Burel se lo agradeció, pero ya había desayunado en casa de Magdalena y luego en la de su ama. Lo que deseaba era recoger el encargo cuanto antes para ir al Monte de Santa Rita de Casia.

Benita planchaba con dos planchas. Cuando una se enfriaba, cogía la otra que se calentaba sobre un anafe al que, de cuando en cuando, aplicaba aire con un soplillo de esparto trenzado. Terminada la tarea, dobló la prenda con mucho cuidado y la envolvió en el mismo papel en el que Burel se la había llevado cortada.

—Toma y dile a doña Mariana que lo he hecho lo mejor que he podido. En mi vida había cosido una cosa como esta.

—Toma. Esto es de su parte.

Benita rechazó las monedas que Burel le ofrecía.

—Ni hablar. Dile a doña Mariana que me doy por pagada con servirla.

—Va a enfadarse. Es mejor que las cojas.

—Lo último que yo querría es que la señora se enfadara por mi culpa.

—Entonces, cógelas.

Le dio el dinero y se marchó. Apenas hubo salido, la costurera se echó sobre los hombros una manteleta y abandonó la casa. En Bibarrambla, regatones y hortelanos voceaban sus mercancías, verduras y frutas de las huertas de la vega que cada mañana llevaban hasta allí. Había montañas de nabos y coles, seras llenas de alcachofas, espuertas con membrillos y granadas, castañas para asar, sacos llenos de nueces. En un par de tenderetes se asaban patatas que muchos chiquillos compraban. Buscaban unos maravedíes para rápidamente invertirlos en aquella golosina. También muchos adultos se regalaban con una patata asada. Compradores y vendedores discutían por un maravedí o porque el peso de la romana les parecía poco fino. Benita se fue directa a comprar libra y media de cera al velero de la Alcaicería y entró en la pequeña ermita que se alzaba cercana a la Capilla Real y mantenían los comerciantes. Allí se decía misa al amanecer, antes de que abrieran las tiendas y los bazares.

Encendió las velas y las colocó al pie del Crucificado, una imagen que se conocía como el Santísimo Cristo del Rescate. Se santiguó, le lanzó una mirada exigente y, después de asegurarse de que estaba sola, le gritó con los ojos arrasados por las lágrimas:

—¡Espero que ahora te portes mejor que cuando mi Isidoro!

***

Mariana contempló la prenda y quedó satisfecha.

—Cortado y cosido en veinticuatro horas, sin una mísera prueba, está bastante bien.

—¿Está segura de que aceptará su plan? —le preguntó Burel—. A mí me parece que el riesgo es muy elevado y las posibilidades de que todo salga bien son muy limitadas.

—No he encontrado otra forma. Las paredes son de piedra y tienen más de dos varas de grueso, y las rejas, imposibles de reventar. Jugárnoslo a una carta el día que vayan a ejecutar la sentencia es mucho más arriesgado; además, se necesitaría un número de hombres del que no disponemos. Fíjate, no han aportado una sola sugerencia —dijo dejando escapar un suspiro—. Son una gente estupenda, pero las más de las veces se les va toda la fuerza por la boca.

—El riesgo es muy grande —insistió Burel.

—Lo sé desde el principio, pero no podemos esperar de brazos cruzados. Métalo en el cubo del pozo y ponlo en remojo.

—¡Si la costurera ha estado un buen rato planchándolo! —protestó.

—¡No pretenderás que lo estrene! Lo más importante es no llamar la atención, pasar lo más desapercibido posible.

—Si Benita se enterara… La pobre tenía los ojos enrojecidos. Ha debido de estar cosiendo toda la noche y luego dándole a dos planchas para tenerlo a punto.

—A Benita le parecería bien, aunque el planchado no haya servido.

—No quería tomar el dinero.

—¡La habrás obligado a cogerlo!

—Sí, señora. Le dije que usted se enfadaría mucho si no lo aceptaba.

—Benita está por la causa, como el sastre. La dejaron viuda hace cinco años.

—¿Ejecutaron a su marido?

—En realidad, lo asesinaron. Fue un crimen con sentencia.

—¿Qué ocurrió?

—Era albañil y fue quien en el año veinte colocó la lápida de la Constitución en la fachada del Ayuntamiento, después de que el Narizotas dijera lo de que marcháramos todos juntos, y él el primero, por la senda constitucional. —Mariana soltó un exabrupto—. Cuando triunfó la reacción, lo procesaron y ejecutaron. Todo por haber colocado la lápida de la Constitución. En alguna ocasión le encargué trabajillos de reparación necesarios en la casa. Era muy buena persona. Se llamaba Isidoro, aunque todo el mundo lo conocía por Siorillo.

—¿Cómo ha dicho?

—Siorillo. Creo que es un diminutivo de Isidoro. ¿Qué hora es?

—Han dado las once y media.

—Entonces aguarda a que me ponga la capa y me acompañas hasta la cárcel. Vas a la calle de Elvira, ¿no?

—Sí, señora. Como le expliqué cuando volví de casa de Magdalena, quiero acompañarla al Monte de Santa Rita de Casia para empeñar algunas cosas.

—¿Podrá reunir el rescate?

—Ya veremos cómo se portan en el Monte, aunque me temo que seis mil reales son muchos reales.

—Tenme informada. ¿Cuándo me has dicho que te marchas para Loja?

—Nos marchamos, señora. Magdalena también viene. No admite quedarse atrás en un asunto que le llega tan de cerca.

—Parece mujer con agallas. Me gustaría conocerla.

—Será complicado, pero en la primera ocasión…

—¿Por qué dices que será complicado?

Burel no le había comentado que era sobrina de don Fulgencio Camero.

—Por su tío.

—¿Rechaza vuestra relación?

—No está al tanto de ella. Si lo supiera…

—¿Porque te ves obligado a trabajar de criado?

—Hay algo más. Su tío se llama Fulgencio Camero.

El semblante de Mariana se ensombreció.

—¿El escribano de la Chancillería?

—Sí, señora —contestó él como si pidiera disculpas.

—Cuando sepa que trabajas para mí… ¿No has tenido otro sitio donde poner el ojo?

Burel se encogió de hombros.

—Me parece que cuando el corazón manda…

—Sobran las razones —completó Mariana—. Aguarda un momento, ya nos vamos.

Unos minutos después de que se marcharan, un mozo llevó una carta para Mariana. Doña Úrsula se hizo cargo de ella.

—Me han dicho que es un asunto de vida o muerte.

—¿De vida o muerte?

—Eso ha sido exactamente lo que me han dicho, señora.

Doña Úrsula llamó a voces a Manuela, la más desenvuelta de las criadas.

—¡Vete, deprisa! A ver si logras alcanzar a doña Mariana. Va con Burel y se dirige a la Cárcel Alta. ¡Entrégale esto!

Los esfuerzos de la criada resultaron inútiles y regresó a casa con la carta.

La vida de Mariana era una zozobra continua. Sólo se relajaba de la tensión en que vivía cuando jugaba con José

María. A su hijo, un niño despierto, aunque algo triste, le encantaba jugar a las adivinanzas. Burel jugaba con él, pero la felicidad del niño era completa cuando en el juego participaba su madre.

El embarazo ya no le producía el desasosiego de antes, pero el augurio de la gitana no se le iba de la cabeza y la preocupación por la suerte de su primo la tenía en vilo. Su madre le había advertido que iba a malparir si continuaba con aquellos ajetreos que se añadían a la agitación propia del traslado de domicilio. Burel despidió a su ama en la puerta de la cárcel, después de que el centinela avisara para que abrieran el rastrillo. El carcelero que la condujo hasta la celda de las visitas era nuevo. Examinó el hatillo donde llevaba una camisa limpia y alguna comida; como las otras veces, partió el pan para comprobar que estaba limpio.

Apenas el carcelero cerró la puerta, dejándolos solos, Fernando le comentó:

—Ayer por la tarde me comunicaron la sentencia. Al patíbulo, aunque me libro de la cuerda. No me ahorcarán. Ya sabes..., por ser noble, me darán garrote.

Mariana lo abrazó esforzándose por no llorar, y así permanecieron un buen rato.

—Tenemos una semana hasta que te pongan en capilla —comentó ella deshaciendo el abrazo—. Es el tiempo que tarda en confirmarse la sentencia desde Madrid.

—El abogado me dijo que ayer mismo la enviaron a la corte.

—¡Se están dando prisa, los muy canallas! —Mariana se secó una lágrima que resbalaba por su mejilla—. Es posible que sólo dispongamos de cinco o a lo sumo seis días a partir de hoy. Eso significa que hemos de poner ya nuestro plan en marcha.

—Mejor será que lo dejemos, primita. Una fuga de esta cárcel es una quimera.

—¡No es una quimera! —respondió enfadada—. Puede conseguirse. ¡La esperanza es lo último que se pierde! Hay ya muchas cosas hechas y no es cuestión de dar ahora marcha atrás. Escúchame con atención. Tus ropas ya están confeccionadas…

—¿A qué orden pertenezco? —ironizó el capitán.

—Serás capuchino.

—¿Por lo de la capucha?

—No te rías, pero ese es un detalle importante. Todos estos días me he cruzado con frailes. Habrá sido coincidencia, pero todos ellos eran capuchinos. Todos llevaban la capucha echada y algunos vestían una capa muy amplia. Son detalles a tener en cuenta. Ayudarán a disfrazarte.

Mariana miró hacia la puerta antes de sacar un papel que ocultaba en su seno.

—¡Guárdalo!

—¿Qué es?

—¡Guárdalo donde no te lo puedan encontrar!

Fernando lo introdujo por la cinturilla de su pantalón.

—¿Qué es este papel?

—Un plano con el recorrido que has de hacer para salir de la cárcel. Lo he dibujado yo. No es muy bueno, pero servirá para nuestro propósito. Está señalado el recorrido desde la galería por donde te llevan a tu celda hasta la calle. Irás vestido de capuchino. Una vez que lo hayas memorizado, destrúyelo. Si te lo encuentran…

Fernando se quedó mirándola asombrado. Por primera vez, empezó a creer en la fuga. Había aceptado el plan como un entretenimiento, pero empezaba a comprobar que Mariana había previsto hasta los más pequeños detalles. Si la fuga fracasaba, no sería por su culpa.

—¿Quién está contigo en todo esto? Quiero saber sus nombres.

En los labios de Mariana se dibujó una sonrisa triste.

—Hemos dejado de reunirnos temporalmente. En las actuales circunstancias…

—¡Un momento! ¿Me estás diciendo que lo has planeado sola?

—Bueno…, me ayuda Burel, mi criado. Aunque es mucho más que eso…

—¡Estás sola! —exclamó a medio camino entre la cólera y la admiración—. ¿Dónde están todos esos a los que se les llena la boca hablando de libertad, de igualdad, de principios y de amor a la Constitución? Se les escapa la fuerza por la boca. Ocurrió en la Fontana de Oro, en el Café de las Columnas o en el de Sabatini; a los Hijos de Padilla, a los comuneros, a los anilleros. Todo fueron tertulias, discusiones y hasta peleas en lugar de gobernar. Todos salieron corriendo cuando llegaron los Cien Mil Hijos de San Luis.

—Eres injusto, Fernando. Hubo muchos que lucharon y dieron su vida.

—No pregunto por esos. Sé de sobra dónde están. A muchos los cubren dos palmos de tierra y otros están muy lejos, pasando penurias incontables.

—Muchos como tú siguen luchando y esperan una oportunidad para actuar. Han ejecutado a mucha gente, a quienes trataron de secuestrar a ese felón que tenemos por rey. Tú mismo. Ahora…, con el decreto que han publicado, la gente está muy asustada. Pero lucharán; a la menor oportunidad, lucharán.

Fernando agachó la cabeza. Ella tenía razón. Se había dejado llevar por la ira al saber que todo lo estaba haciendo Mariana, sin apenas contar con ayuda.

—Perdóname, primita.

—Nada tengo que perdonarte. Si lo piensas detenidamente, lo mejor es que al tanto de los preparativos estén cuantas menos personas mejor. Hablamos más de la cuenta, hasta de lo que no debemos hablar. ¡Cuántas iniciativas se han estropeado porque alguien se fue de la lengua! Por eso el disfraz se ha confeccionado con gente leal a la causa, pero que no tienen ni idea de para qué quiero un hábito de capuchino, aunque pueden sospechar algo.

—No quiero que corras riesgos. —La cogió de las manos—. Si te ocurriera algo… Antes has mencionado a Burel. Ese nombre me suena, pero… no logro situarlo.

—Era uno de los oficiales del regimiento de Asturias, fue de los que acompañaron a Riego en…

—¡Claro, Burel! ¡El teniente Burel! ¡Un buen hombre! Honrado, valiente, leal… ¿Es tu criado?

—Sí, trabaja para mí.

Su primo agachó la cabeza y clavó la mirada en la mesa.

—¡Adónde hemos llegado! ¡Los hombres más valiosos de este país están muertos, presos, exiliados o sirviendo como criados! No me malinterpretes, me estoy refiriendo a lo que este rey está haciendo con España. Oficiales cualificados ganándose la vida como criados… ¡Hay que poner fin a esto! ¡Cuanto antes!

Ahora fue Mariana la que explotó:

—¡Pues cuando estés en la calle, díselo a Torrijos, a Mina o a Manzanares! Parece que sólo son capaces de hablar y hablar. ¡Siempre más de lo necesario! ¡Nos sobran teóricos que se pierden en entelequias y discusiones innecesarias!

Mariana, tan apasionada como siempre, había alzado la voz más de lo conveniente. El capitán le sugirió que se sosegara.

—¿Viste ayer a mi mujer?

—No. Me extrañó que no fuera por mi casa. La pobre tal vez no quiera molestar. Estoy de mudanza para trasladarme a una casa en la calle del Águila. Están encalándola y haciéndole unas pequeñas reparaciones. No paramos de embalar trastos.

—Supongo que el abogado le habrá comunicado la sentencia —indicó Fernando.

—No lo creo.

—¿Por qué? —preguntó el capitán, sorprendido.

—Porque, en ese caso, me habría visitado. Me paso la mayor parte del día en casa, organizando lo que hay que llevar de un sitio a otro.

—¿Ella sabe algo de la fuga?

—He preferido mantenerla al margen. Me dijo que cuando dictaran sentencia se iría a Madrid.

—¿A Madrid? ¿A qué?

—A pedir clemencia. Pero las cosas van tan deprisa que no llegará a tiempo.

—¡Es inútil hacer ese viaje! Dile a María que no vaya a Madrid. ¡No quiero!

—Estoy de acuerdo. No habrá perdón real. Lo importante es sacarte de estos muros. ¡Préstame atención, no disponemos de mucho tiempo! El carcelero estará aquí de un momento a otro. ¿Tienes dónde ocultar el hábito?

—¿Por mucho tiempo? —preguntó vacilante.

—Un par de días, a lo sumo tres.

—Creo que sí.

—En ese caso, te lo traeré mañana con el ceñidor y un rosario. Necesitarás una barba para…

—¡Un momento! ¿Cómo vas a introducir el hábito y cómo me lo llevo a la celda?

—Mañana, cuando vengas, tráete puesta la capa. Ya hace frío. No les extrañará.

—¿Cómo lo traerás hasta aquí?

—Eso es cosa mía.

—¡No! Quiero saberlo. Si no hay seguridad, te prohíbo que lo hagas.

Mariana se puso de pie y mostró que sus vestiduras eran amplias. Todos los días había utilizado una capa con capucha.

—Piensa cómo vas a esconderlo en tu celda.

Fernando se pasó las manos por el pelo. Mariana, ante aquel gesto, pareció recordar algo.

—Te traeré una redecilla, tu pelo tiene que parecer el de un tonsurado. También una barba postiza y unas sandalias. Pero será pasado mañana.

La puerta se abrió de golpe. Mariana, al ver la cara del carcelero, se temió lo peor. Sin embargo, todo transcurrió con normalidad. El capitán fue conducido a su celda y, mientras acompañaba a Mariana hasta la salida, le comentó que el sota alcaide había montado en cólera por haberse excedido en media hora el tiempo de visita.

17

Al llegar a su casa, su madre le entregó la carta; lo que le dijo al dársela la puso más nerviosa de lo que estaba.

—Toma, quien la trajo dijo que era muy importante. Un asunto de vida o muerte. Traté de que Manuela te alcanzase...

Mariana había roto el lacre y deshacía los pliegues. El papel temblaba en sus manos. Sus ojos se fueron a la firma para ver quién le escribía. Era la mujer de su primo. Le comunicaba, como si fuera una novedad, que el abogado le había notificado que a Fernando lo habían condenado a muerte. Le decía también que se marchaba a Madrid en la primera diligencia para pedir el indulto. Resopló soltando parte de la tensión y pensando que, para la pobre de María, el asunto verdaderamente era de vida o muerte.

—¿Qué ocurre? —preguntó doña Úrsula.

—Es de María. Se marcha a Madrid, a pedir el indulto para su marido.

—¿Qué indulto?

—A mi primo lo han condenado a la pena capital.

Doña Úrsula se llevó las manos a la boca y ahogó un grito. Miró a su hija y le preguntó:

—¿Lo sabías?

—Sí, Fernando me lo ha dicho. Se lo comunicaron ayer por la tarde. No quiere que su mujer vaya a Madrid, sabe que es inútil pedir clemencia.

—¿Qué vas a hacer?

Mariana plegó la carta.

—Nada. No puedo privar a María de la única esperanza que le queda. ¿Dónde está José María?

—Los vecinos de enfrente se lo han llevado junto a sus hijos a una finca que tienen en la vega. Allí van a montar en unos caballos.

Burel y Magdalena trataban de reunir los seis mil reales. Entraron en una de las últimas casas de la Carrera del Darro, frente al puente de las Chirimías, allí estaba el Monte de Piedad, en una casa que había sido oratorio de Santa Rita de Casia. Desde hacía muchos años las familias en apuros llevaban joyas y otros objetos de valor y los pignoraban por una cantidad. La iniciativa había surgido de los padres agustinos que contaron con el apoyo de algunos particulares con el objetivo de evitar la rapacidad de prestamistas y usureros, que exigían réditos exorbitantes por el dinero que facilitaban por un tiempo muy limitado. En Granada, varias familias se dedicaban a aquella actividad. En el Monte de Piedad, como popularmente lo llamaban los granadinos, las alhajas y objetos de valor eran tasados por una cantidad que recibían en metálico. La alhaja quedaba en prenda de la devolución del dinero recibido, por el que se abonaba un pequeño rédito. Mientras este se abonase, se podía recuperar la prenda empeñada.

Entregaron las alhajas, les hicieron un recibo y los informaron de que habían tenido mucha suerte porque era día de tasaciones y en un par de horas les indicarían la cantidad que podían entregarles. Burel preguntó cuándo les darían el efectivo, si estaban conformes con la tasación. La persona que los atendió les dijo que, si daban la conformidad, el dinero se lo entregarían inmediatamente.

Burel aprovecharía la espera para enterarse de los horarios de las diligencias y Magdalena acabó rezando unos padrenuestros ante la imagen del Cristo Crucificado que había en una hornacina adosada a la pared de una casa próxima al arranque de la cuesta de Gomérez. Habían quedado en verse a la una y media junto al Pilar de Santa Ana, al que llamaban también de las Mujeres porque los caños de agua brotaban de los pechos de unas ninfas. Unos minutos antes de la hora fijada apareció Burel. No era posible llegar a tiempo a la venta de los Muleros por el camino de Alhama, la diligencia no salía hasta dentro de cuatro días. Había decidido tomar la de Málaga, que paraba en Loja y salía al día siguiente a las diez de la mañana de la puerta de la posada de las Imágenes. Tendrían que dejarlo todo resuelto en pocas horas.

Enfilaron de nuevo la Carrera del Darro hasta llegar al Monte de Piedad. Cada vez más nerviosos aguardaron veinte minutos hasta que el mismo empleado que los había atendido cuando llevaron las joyas les dio el valor de la tasación.

—Aquí la tienen ustedes —comentó entregándole un papel a Burel.

Las joyas estaban tasadas una por una. Burel fue leyéndole a Magdalena:

—*Un collar de perlas con su cierre de oro, ochocientos ochenta reales. Unos zarcillos de oro y su pedrería, cuatrocientos setenta y cinco reales. Un broche…*

—¿Cuánto suma todo? —preguntó ella.

—Tres mil cuatrocientos veinte reales, señora —respondió el hombre que los atendía.

—¿Sólo tres mil cuatrocientos veinte reales? —preguntó sorprendida.

—Señora, es lo máximo que podemos darle. En cualquier casa de préstamos no les darían ni la mitad.

—Está bien —dijo Burel—. ¿Dónde hay que firmar?

—En este otro papel, donde afirma que las joyas son de su propiedad. Puede usted leerlo. Los tenemos impresos. Como verá, lo hemos rellenado con su nombre y hemos especificado las prendas. Sólo tiene que firmarlo.

Magdalena iba a decir algo, pero Burel le dio un puntapié. Miró, más que nada por curiosidad, en cuánto habían tasado su condecoración y se extrañó al ver que no estaba en la relación.

—¿Y la condecoración?

—¡Qué cabeza la mía! —exclamó el empleado, llevándose la mano a la frente—. Discúlpeme, se me había olvidado.

Abrió un cajón y sacó un sobrecito de papel del que extrajo la medalla. Era una cruz con un lazo de seda encarnada.

—No la hemos incluido, apenas tiene valor. Lamento decirle que es quincalla.

Burel, cariacontecido, recogió su condecoración y preguntó:

—¿Dónde tengo que firmar?

—Aquí.

El hombre le ofreció un cálamo y un tintero y, tras la firma, Burel le devolvió el documento.

—También tiene que firmar la tasación en prueba de conformidad.

Burel firmó de nuevo y el hombre recogió los dos papeles.

—Aguarden un momento, serán sólo unos minutos.

El empleado desapareció por una puerta y Magdalena aprovechó que estaban solos.

—¿Por qué has firmado tú?

—Porque si le decimos que las alhajas son tuyas, aunque se trate de joyas de mujer, no nos habría hecho efectivo el importe. Tiene que firmar un hombre.

Magdalena asintió y entonces le preguntó:

—¿Por qué has aceptado esa suma?

—Porque puede sacarnos del atolladero.

—¡Si sólo son tres mil cuatrocientos y pico reales!

—Añádele el efectivo que tu tío tiene en el arca y mis quinientos. Eso hace un total de más de cinco mil reales.

—¡Pero quieren seis mil! —protestó Magdalena.

—Eso se puede negociar.

—¿Tú crees?

—Por supuesto.

Pocos minutos después desandaban el camino hasta la calle de Elvira.

Las horas siguientes las emplearon en preparar el viaje. Caía la tarde cuando Burel fue a recoger lo imprescindible para el camino y pedir a su ama permiso para partir en dirección a Loja.

—¿Habéis reunido el rescate?

—Nos faltan ochocientos reales, pero creo que se podrá negociar con esa gente.

—¿Y si no aceptan?

—Confío en que un puñado de reales no impida liberar a su tío.

—Me parece bien que negocies la suma que exigen. Pero no puedes marcharte sin el total.

—No tenemos posibilidad de reunir un real más.

—Aguarda un momento.

Burel frunció el ceño, y cuando su ama apareció al cabo de un rato llevaba en la mano una bolsa de terciopelo negro.

—¡Ahí tienes los ochocientos reales que faltan!

—Señora, yo…

—¡Cógelos! ¡Pueden haceros falta! Ya se me devolverán.

—¿Usted cree que don Fulgencio Camero…?

—Supongo que valorará lo que estáis haciendo para salvarle las orejas y la vida. Ahora, márchate, debes estar al lado de Magdalena. Espero conocerla cuando regreséis.

—También ella está deseando conocerla. Y después de esto…

Mariana despidió a Burel con palabras de ánimo. Había decidido ocultarle la condena del capitán Álvarez de Sotomayor y que la fuga se efectuaría durante su ausencia, a pesar de que su marcha era un añadido más al cúmulo de problemas que había de afrontar aquellos días. Los pequeños detalles del traslado, el parto cada vez más próximo y dejar resueltos los preparativos para la fuga. A todo ello se añadían las palabras de la gitana que no lograba apartar de su cabeza: «¡Cuídate! ¡Cuídate mucho! ¡La muerte está al acecho!». Había veces en que estaba convencida de que aludían al peligro que se cernía sobre ella con motivo de la fuga de su primo. Otras, trataba de convencerse de que aquello no tenía sentido, pero la mirada de la gitana al pronunciarlas la hacía estremecerse.

Necesitaba serenarse. Había conseguido algo muy importante, que José María no estuviera en la casa. Lo había dejado en casa de los vecinos, que se lo llevaban al campo. Pasarían allí tres días. Ahora necesitaba descansar un poco y se subió a su alcoba, pero en lugar de quitarse el vestido de calle, ponerse más cómoda y tenderse en la cama a esperar que una de las criadas la avisara, se sentó ante el pequeño escritorio y se puso a repasar en un papel los pormenores de la fuga. Llegaba la parte más complicada: introducir el hábito en la cárcel junto a los detalles necesarios para que su imagen de capuchino no despertara sospechas. En esa tarea estaba cuando unos golpecitos sonaron en la puerta. Miró por la ventana y vio que era media tarde.

Demasiado pronto para la cena. Nerviosa, guardó el papel y, en lugar de responder a la llamada, abrió la puerta y se llevó una mano al pecho.

—¡Manuela, qué susto me has dado!

—Lo siento mucho, señora.

—¿Ya está preparada la cena?

—No, señora. Es que abajo está Burel. —La criada añadió en tono confidencial—: Ha venido con..., con Magdalena. Quieren saludarla.

—¡Acabáramos! ¡Bendito sea Dios!

—Doña Úrsula los ha pasado a la salita y está con ellos.

—Ahora mismo bajo.

—Tiene buen ojo, señora. Magdalena es guapísima —añadió Manuela al marcharse.

Mariana bajó la escalera con una sonrisa en los labios. Ésas eran las cosas que ponían sabor a la vida.

Magdalena casi se arrojó a sus pies. Mariana tomó sus manos entre las suyas y la besó en las mejillas. Manuela estaba en lo cierto; a pesar de tener los ojos hinchados, era bellísima. Apenas pudo balbucear:

—Señora, yo..., yo... no puedo aceptar. —Las lágrimas resbalaban por sus mejillas.

—Será sólo un préstamo. Tu tío me lo devolverá cuando esté otra vez libre.

Magdalena negó con la cabeza y se secó las lágrimas con el dorso de la mano.

—¿Sabe usted quién es mi tío?

—Alguien que está en un grave aprieto.

Magdalena volvió a sollozar, y cuando al fin pudo hablar fue para decir:

—Usted no conoce a mi tío. No sé cómo va a reaccionar cuando sepa que parte del dinero de su rescate procede..., procede...

—¿De mi bolsillo?

—Sí, señora —asintió Magdalena haciendo un puchero.

—No conozco a tu tío, pero sé cómo piensa. Me gustaría que sus ideas fueran otras, pero en este momento su vida me parece lo más importante. Además, Burel te quiere y tú quieres a tu tío.

—Es posible que al final no necesitemos utilizar el dinero de mi ama y, en ese caso, no tendrá que enterarse —señaló Burel.

—¡Te equivocas! ¡Se enterará de lo que doña Mariana ha hecho por él! ¡Ya lo creo! ¡De eso me encargo yo! —Magdalena había pasado de la aflicción a la ira.

—No me parece lo más conveniente, Magdalena.

—Señora…, se pondrá hecho un basilisco. Pero tiene que saber quién le ha ayudado… —Magdalena agarró la mano de Burel.

Mariana, que no deseaba que la conversación derivara por aquellos derroteros, preguntó a su criado:

—¿Piensas chalanear con los bandoleros?

—Por supuesto, señora.

—Ten mucho cuidado. Lo que está en juego es una vida.

—No se preocupe, señora. Tensaré la cuerda sin correr riesgos.

—Está bien. Sabes que tengo plena confianza en ti.

Mariana les deseó suerte y que estuvieran de regreso en Granada lo antes posible con su tío sano y salvo. Magdalena se deshizo en palabras de agradecimiento. Antes de marcharse, su ama indicó a Burel:

—Necesitaría que me hicieras un recado.

—Acompañaré a Magdalena a su casa y vendré de inmediato, señora.

—No te entretengas.

***

Apenas había transcurrido una hora cuando Burel recibía el encargo de su ama.

—Se llama Amalia. Entrégale esta nota y asegúrate de que la destruye. Tienes que traerme una razón.

—¿Está relacionado con la fuga del capitán? —preguntó el criado al hacerse cargo del papel.

—Sí, hay que seguir dando pasos.

—Estoy deseando acabar con esta historia del secuestro para…

Mariana no lo dejó terminar. Le entregó un duro de plata.

—Toma, dale esto al portero y no te entretengas.

Burel se caló el sombrero y se marchó para cumplir el encargo. Cuando llegó a la puerta trasera del teatro Principal, llamó golpeando con los nudillos. Volvió a llamar, al no tener respuesta. Temió haberse equivocado porque nadie respondía. Al tercer intento escuchó una voz al otro lado:

—¡Ya va, ya va! ¡Qué prisas!

Abrió un tipo bajito y obeso con el pelo canoso.

—¿Qué tripa se te ha roto?

—Traigo un recado para Amalia.

El hombre titubeó y Burel deslizó en su mano el duro que le había dado su ama.

—¿Te espera?

—Sí.

Miró a ambos lados y no vio nada sospechoso.

—Pasa.

Cerró la puerta y avanzaron por un pasillo en una penumbra que apenas disipaba la luz de un candil de pared. Se detuvo ante una puerta y gritó:

—¡Amalia, aquí preguntan por ti!

La mujer que abrió tendría unos treinta años, llevaba el pelo negro recogido en un moño y se quedó mirando a Burel.

166

—¿Qué quieres?

—¿Eres Amalia? —La mujer asintió—. Mi ama me ha dado esto para ti.

La mujer no cogió la nota, sino que preguntó:

—¿Quién es tu ama?

—Doña Mariana de Pineda.

Entonces la cogió y, cuando iba a cerrar la puerta, Burel le dijo:

—Creo que debes leerla.

—¿Ahora?

El portero no perdía detalle.

—Cecilio, ¿no tienes nada que hacer?

El tipo masculló una protesta y desapareció por el mismo pasillo que habían traído. Amalia invitó a Burel a pasar y cerró la puerta. Era un camerino para las actrices y su iluminación tenía poco que ver con la penumbra del pasillo. La mujer se acercó a un candelabro y leyó la nota.

—Mi ama dice que debes destruirla.

Amalia se limitó a sostenerla sobre una vela hasta que, convertida en una pavesa, llegó al suelo hecha cenizas que ella misma deshizo con la suela de su zapato.

—Dile a tu ama que le daré el aviso y le haré llegar lo que me pide.

Burel asintió. Sabía que era algo relacionado con la fuga del capitán Álvarez de Sotomayor y sintió un resquemor por marcharse y dejar a su ama sola en aquellos días difíciles. Lo que ignoraba era que al capitán lo habían sentenciado y que el plan de fuga se pondría en marcha mucho antes de lo que imaginaba.

—Vamos, te acompañaré a la salida.

Ya en la puerta, Amalia le comentó:

—No olvides decirle a tu ama que deberá devolverla sin pérdida de tiempo.

18

La mañana estaba despejada, hacía fresco y soplaba un vientecillo desagradable. Eran las diez cuando se acomodaron en un birlocho y Diéguez arreó las mulas. Había quedado con don Matías para ir a los lugares donde habían aparecido los cadáveres. La primera visita era a la ermita de San Antón el Viejo para tener una conversación con el ermitaño. Hasta la ermita había un buen paseo.

—No está bien de la cabeza, se le conoce como el Loco de San Antón. Algunos desalmados merodean por el lugar, le dicen obscenidades y hasta le arrojan piedras.

—A veces la gente llama locos a los cuerdos y tiene por cuerdos a algunos que están verdaderamente locos —sentenció don Matías.

Diéguez manejaba las riendas como si fuera un cochero. Cruzaron el Darro por el puente de la Virgen y bajaron por la Alameda de la Virgen hasta rodear la fuente de las Angustias y pasar por el puente al otro lado del Genil.

—Este es el Genil —señaló Diéguez—. Aquí vierte el Darro sus aguas en él.

—Lleva poca agua —comentó don Matías.

—Es por la época del año, pero no crea, cuando se le

hinchan las narices… Las arriadas del Darro han causado verdaderos desastres.

Dejaron atrás el monasterio de los basilios y tomaron una senda paralela a la margen izquierda del Genil. Poco a poco se alejaron de la ribera y se internaron por un pago de huertas que, en aquella época del año, no ofrecían su mejor aspecto. Los tonos terrosos dominaban el paisaje, roto por la albura de las viviendas salpicadas en medio de los predios y de los álamos y chopos cuyas hojas movía la brisa.

—¿Queda muy lejos la ermita? —preguntó don Matías.

—Estamos cerca. ¿Ve aquella chopera? —Diéguez señaló con el latiguillo—. Allí el Genil hace un recodo y la senda se aproxima a su cauce. San Antón está al otro lado de los chopos, sólo tenemos que seguir la senda.

Cinco minutos después llegaban a su destino. La ermita era un lugar de culto cristiano, pero su construcción ofrecía el aspecto de las edificaciones musulmanas.

—Más bien parece una mezquita pequeña —comentó don Matías antes de bajarse del birlocho.

—Dicen que en tiempo de los moros fue un morabito…

—¿Un qué…?

—Un morabito. El sitio donde vivía un santón musulmán. Un equivalente a los ermitaños. He leído en alguna parte que durante algún tiempo, hace siglos, sirvió de convento a unos frailes hasta que se trasladaron a un lugar más espacioso. Aquí quedó un monje encargado de mantenerlo y celebrar los oficios religiosos. Hay una hermandad, la de San Antón, que festeja al santo con una romería. La gente viene con sus animales, dan vueltas en torno a la ermita y le piden su protección para todo el año.

—También en Madrid se celebra la festividad de San Antón. Mucha gente acude para que le bendigan sus animales.

Entraron en una especie de corralón que rodeaba la

ermita, delimitado por unas bardas de menos de una vara. Don Matías observaba con detenimiento.

—¿Cuánto tiempo ha transcurrido desde que se encontró el cadáver?

—Fue el veintisiete de mayo. Hace casi cinco meses.

—¿Podría señalarme dónde estaba el cuerpo?

—Según me dijeron, estaba allí, junto al aljibe. Tendido boca abajo y con la espalda desnuda. Se la habían marcado con una cruz en forma de aspa.

—¿Según le dijeron? —preguntó don Matías mostrando sorpresa.

—El subdelegado me encomendó las investigaciones tras el asesinato de doña Cecilia Coello de Portugal.

Don Matías miró con detenimiento sin encontrar nada interesante.

—¿Hablamos con el ermitaño?

—A eso hemos venido. No olvide que no está muy bien de la cabeza, dicen que tiene sus días buenos.

En aquel momento, por detrás de la ermita, surgió un sujeto cuyas greñas casi le tapaban el rostro.

—¿Qué buscáis en mi ermita? —preguntó con cara de pocos amigos.

—¿Qué tal, hermano Bartolomé? Me alegro de verlo. ¿Se acuerda de mí?

—¿Quién eres? —preguntó el ermitaño, escamado.

—Soy Antonio Diéguez. El policía que le preguntó sobre el cadáver. ¿Se acuerda?

—¡El hijo de Satanás que hizo aquello debería arder en los infiernos!

Diéguez se quedó sin saber si recordaba su visita. Entonces había resultado infructuosa. El ermitaño se acercó. Bajo el sayal asomaban unas piernas peludas y delgadas, tenía los pies grandes y renegridos, estaba descalzo. Sujetaba en una mano un puñado de raíces y hojas verdes.

—Este, ¿quién es? —preguntó a don Matías confundiéndolo con Diéguez.

—Diéguez soy yo. Este señor viene de la corte. Quiere hacerle unas preguntas.

—¿Sobre el muerto?

—Eso es, sobre el muerto.

—El individuo que lo trajo sobre aquel asno, lo descargó y lo sacó del fardo. ¡El muy canalla lo dejó ahí, tirado y medio en cueros!

Los policías, estupefactos, intercambiaron una mirada.

—¿Vio al asesino? —preguntó don Matías.

—Claro que lo vi. Traía el fardo sobre el borrico y lo tiró como si fuera basura.

—¿Vio su cara?

El hermano Bartolomé dudó y, alzando el hombro derecho, se lamentó:

—No, había poca luz. ¿Quieren comer? —dijo mostrándoles el puñado de raíces y hojas.

—No, muchas gracias. ¿Cuántos venían con el borrico? —preguntó Diéguez.

—Uno solo. Lo vi desde aquella ventana —señaló una claraboya cercana al tejado de la ermita— y lo descargó ahí, junto al aljibe. Vine a toda prisa, pero ya no estaba. Me acerqué y entonces…, entonces… —El ermitaño se llevó las manos a la cara y comenzó a sollozar.

Don Matías preguntó a Diéguez:

—¿Fue este hombre quien avisó de la existencia del cadáver?

—Sí, fue él. Se acercó hasta el convento de los basilios y los monjes vinieron a cerciorarse. Después informaron de que, efectivamente, había un cadáver.

—¿Cuándo habló usted con él?

—Dos días después de que el subdelegado me encargara el caso.

—¿No ha vuelto desde entonces?

—No, señor. Aquel día no abrió la boca. Cuando le preguntaba se encogía de hombros y me miraba con cara de lunático.

Don Matías dejó vagar la mirada sobre los despojados campos de cultivo.

—¿Cree que dice la verdad?

Diéguez resopló.

—Déjeme un momento a solas con él. ¿Por qué no se aleja unos pasos?

Don Matías abandonó el corralón y fijó su vista en Granada. La ciudad se extendía al otro lado del río; a su derecha, en el promontorio de la Sabika, las torres de la Alhambra parecían vigilar la ciudad, que se desparramaba hacia la vega. Ofrecía un perfil exótico que los viajeros elogiaban admirados. Muchas de sus construcciones y el trazado de sus calles recordaban a las del mundo musulmán, aunque se apreciaban diferencias. Pensaba en ese exotismo que la hacía singular cuando las campanas de sus torres y espadañas empezaron a voltear encadenando sus sones. Era la hora del ángelus. Cerró los ojos y, cuando los abrió de nuevo, comprobó que desde la vega avanzaban, negros y compactos, unos amenazantes nubarrones. Sobre Granada aún relucía un sol espléndido, pero en poco rato la soleada mañana sólo sería un recuerdo. Un ligero vientecillo le trajo el inconfundible olor de la tierra mojada.

Diéguez forzaba el paso de las mulas. El ermitaño se había mostrado locuaz, tanto como para que una capota gris hubiera tenido tiempo de cubrir Granada y la lluvia amenazase de forma inminente.

—Me ha asegurado que quien tiraba del ronzal era larguirucho y vestía de negro.

—¿Eso le parece significativo? En Granada habrá cientos de personas que respondan a esas señas.

—Es cierto, pero esas señas coinciden con las del sujeto que vieron salir de la iglesia del convento de los carmelitas. Unas mujeres de la vecindad dijeron haber visto pasar a un sujeto delgaducho y vestido de negro, y a doña Mariana de Pineda la sombra que surgió de debajo de la pila del agua bendita se le antojó desgarbada.

Don Matías se acarició la barba.

—¿Saca alguna conclusión de todo esto?

—Por lo pronto, dos. La primera, que esa coincidencia da valor a la declaración de una persona tan inestable como el hermano Bartolomé.

El birlocho llegó al puente sobre el Genil que daba acceso a la Alameda de la Virgen. Diéguez sujetó el tiro. Con las primeras gotas, un relámpago rasgó el cielo e instantes después el trueno asombró a las mulas. La lluvia empezaba a golpear con fuerza la capota.

—Me temo que las otras visitas habrá que dejarlas por el momento.

—Desde luego. Pero, dígame, ¿cuál era la segunda de las conclusiones?

—En ambos casos junto a los cadáveres sólo había un individuo.

Don Matías lo miró fijamente. El aguacero hacía que por los bordes de la capota cayese el agua a chorros.

—¿Significa eso algo importante?

—Que no tengo claro que sea un grupo quien comete los asesinatos.

Don Matías guardó silencio. Cruzaron el puente de Castañeda y llegaron hasta la posada de las Imágenes en medio de un diluvio.

19

La diligencia salió de la posada de las Imágenes tirada por cinco parejas de mulas y enfiló la Carrera del Genil con casi una hora de retraso. Entre los pasajeros se contaban Burel y Magdalena, que al día siguiente tenían que estar en la venta de los Muleros para evitar que los bandoleros cumplieran su amenaza de cortar una oreja a don Fulgencio. Eran viajeros de tercera clase y se acomodaban en la parte del cabriolé. Allí compartían espacio con los equipajes, pero no las penalidades de los viajeros de cuarta, los que iban en la rotonda, instalados en la parte trasera, donde, según la estación, recibían directamente el polvo o el barro del camino. Burel descartó las comodidades de las mejores plazas tanto por ahorrar algunos reales como por viajar cerca de los dos talegos que, disimulados en una bolsa, contenían el dinero. Los cocheros no cesaban de fustigar a las mulas para recuperar el retraso y salvar las ocho leguas y media que separaban Loja de Granada en una jornada. Tenían a su favor que todas las plazas de la diligencia iban ocupadas y que ningún viajero bajaría antes de Loja.

La lluvia que los acompañaba desde la salida de Granada había cesado al tiempo que un frío, cada vez más intenso, les estaba calando los huesos. Magdalena se protegía con un grueso manto de lana y Burel con un tabardo forrado de piel. Se detuvieron para almorzar en la alquería de Láchar, donde los viajeros comieron de sus propias viandas, y llegaron a Loja anocheciendo y chispeando. Encontraron acomodo en una posada junto al pósito y allí preguntaron al posadero cómo ir a la venta de los Muleros.

—Están de suerte. Aquellos arrieros —señaló a un grupo de gente que se calentaba junto a una chimenea— viajan a Alhama y pasarán por Zafarraya. Ese matrimonio se ha ajustado con ellos. —Miró hacia una mesa donde un hombre y una mujer daban buena cuenta de unos cuencos de sopa—. Ella padece dolores reumáticos y va a tomar las aguas en Alhama.

Burel y Magdalena agradecieron la información y observaron a los arrieros. Eran gente ruidosa. No paraban de gritar, reír y pasarse un pellejo de vino con el que acompañaban un guiso de alubias. Transcurridos unos minutos decidieron acercarse a la mesa donde estaba el matrimonio.

—Disculpen —se excusó Burel.

La mujer no levantó la vista del cuenco y el hombre alzó la mirada con aire desconfiado.

—Tenemos entendido que van ustedes a Alhama.

—¿Le importa mucho? —preguntó el hombre, amoscado.

—Les pido disculpas si los he molestado. El posadero nos ha dicho que van a hacer el camino con esos arrieros —Burel los miró, seguían con sus risas y chanzas— y querríamos saber la cantidad por la que se han ajustado. Podría interesarnos hacer el camino, pero antes nos gustaría saber cuánto cobran.

La explicación disipó parte del recelo. La mujer alzó la vista y miró a Magdalena.

—¿También van ustedes al balneario?

—No, señora. A un lugar perdido en la serranía, a medio camino entre Loja y Alhama. A la venta de los Muleros, cerca de Zafarraya.

Al hombre, las hechuras de Magdalena y Burel no debieron de parecerle mal. Los invitó a tomar asiento. Burel le ofreció su mano.

—Permítame presentarme, mi nombre es Antonio José Burel y… mi esposa se llama Magdalena.

El hombre le estrechó la mano con fuerza y Magdalena se hinchó satisfecha.

—El mío es Manuel Sierra y mi esposa se llama Margarita. ¿Quieren un poco de sopa? No es nada del otro mundo, pero con este frío calienta las tripas.

—Se lo agradezco, pero no queremos molestar.

—No es molestia, amigo. Además, la que queda en el caldero —señaló uno que borboteaba a la lumbre de una chimenea pequeña— he tenido que pagarla y no es cuestión de reventar. ¡Si no aceptan, les van a cobrar a ustedes otro caldero! —El hombre soltó una carcajada—. Sopa es lo único que preparan. Venga, siéntense.

Magdalena y Burel se acomodaron a la mesa y ella miró hacia los arrieros.

—Me parece que a esos les han servido otra cosa —comentó en voz baja.

—Lo han traído ellos y el posadero se lo ha preparado —respondió Margarita.

—¡Vamos, anímense con la sopa! —insistió Manuel, que, por las trazas, era un agricultor acomodado y parecía, una vez superado el recelo inicial, un hombre jovial.

Magdalena miró a Burel y este asintió con la cabeza.

—Muy agradecidos…, sólo queríamos información.

—¡Eh, posadero! —gritó Manuel—. ¡La sopa y otros dos cuencos!

La respuesta fue un gruñido. Dejó los cuencos y el

caldero sobre la mesa, sin molestarse en servir la sopa. Había hecho un mal negocio.

—Esos van a pedirles dos reales por cabeza y, si quieren ir en una cabalgadura, tendrán que doblar el precio. Transportan una partida de sal a Alhama y allí cargarán higos secos, pasas y almendras. Son unos truhanes.

—¿Por qué lo dice? —preguntó Burel.

—Porque llevan la mitad de la recua vacía y doblan el precio por una cabalgadura.

—Es mejor ir subido en una mula o en un borrico —añadió Margarita—. El camino es malo y cuando se interna en los peñascales…

—Tal vez, si hacen la mitad del recorrido, les cobren algo menos. Pero ándense con cuidado. Como les he dicho —Manuel bajó la voz hasta reducirla a poco más que un susurro—, son unos truhanes y les sacarán todo lo que puedan.

Después de dar cuenta de la sopa, que, efectivamente, era poco sustanciosa, pero calentaba el estómago, Burel se acercó a los arrieros, que seguían con sus chanzas. Después de una larga conversación regresó a la mesa.

—¿Qué? —preguntó Manuel.

—No ha habido forma de que bajen de tres reales por cabeza.

—¡Será con cabalgadura incluida!

—Sí, he seguido el consejo de su esposa.

Al cabo de una hora, Burel y Magdalena conocían la vida y milagros del matrimonio. En efecto, Manuel era un agricultor acomodado, oriundo de Antequera. Todos los años, por otoño —el médico que atendía a Margarita sostenía que era la mejor época del año para tomar las aguas—, viajaban a Alhama y siempre se encontraban el mismo problema. El viaje de Antequera a Loja lo hacían en la diligencia que venía de Málaga para Granada, pero llegar a Alhama desde Loja era complicado. Magdalena se distrajo algo de la creciente angustia que la embargaba y que no había dejado de aumentar durante el viaje.

—Si no es indiscreción, ¿qué asunto los lleva a esa venta? —preguntó Manuel.

La pregunta los cogió desprevenidos. Hasta aquel momento el matrimonio no había cesado de hablar de sus cosas, sin mostrar interés por el motivo de su viaje. Magdalena y Burel apenas habían hecho algún comentario. Burel reaccionó con rapidez procurando no mentir. Le parecía una bajeza proceder así con quienes los habían invitado a cenar y contado sus vidas, pero no podía desvelar el motivo de su viaje ni que en su equipaje llevaban seis mil reales.

—Cosas de familia…, un asunto delicado.

Manuel se mostró discreto y se limitó a decir:

—Comprendo.

Parte de los arrieros se habían retirado. La dura jornada que los esperaba comenzaría con las primeras luces del día. El ruido había disminuido de forma considerable. Los que apuraban los últimos tragos de vino hablaban ahora en voz baja. Desde la calle llegaron las campanadas de un reloj próximo, sonaron rotundas en el silencio de la noche. El agricultor estiró las piernas y dejó escapar un bostezo.

—Las once, va siendo hora de acostarse. Mañana nos aguarda una buena paliza.

Burel y Magdalena se retiraron a su aposento, un cuartucho en la planta baja con entrada por el hueco de la escalera; lo mejor era una pared medianera con la chimenea, que caldeaba la alcoba. Burel atrancó la puerta utilizando la única silla de que disponían. Si alguien quería entrar, tendría que echar la puerta abajo. La cama era de tablas y el jergón, relleno de hojas de mazorca, crujía al menor movimiento. A pesar de las circunstancias, la pasión de los enamorados hizo que sus lances amatorios retrasaran el necesario descanso hasta bien pasada la medianoche.

El canto de un gallo despertó a Magdalena, que entreabrió los ojos con dificultad. Por las rendijas de los postigos entraba la suave claridad del amanecer y se oía movimiento en la escalera. Dio con el codo en el costado de Burel, que roncaba plácidamente; lo único que consiguió fue que dejara de roncar. Así que lo besó con suavidad en la boca y, sobresaltado, Burel se incorporó mirando a su alrededor con aspecto de no saber dónde se encontraba.

—¿Dónde estoy?

—En Loja, en la posada.

Se pasó la mano por la cabellera, como si el gesto le ayudara a recordar. Miró a Magdalena y la abrazó; al ver la luz entrar por el postigo, exclamó:

—¡No podemos entretenernos! El arriero dijo que saldrían al amanecer. ¡Vamos, Magdalena, vamos! No quiero pensar que se hayan marchado.

Con agua de la jofaina se lavaron de forma somera y se vistieron a toda prisa.

—Mi tío dice que los arrieros madrugan la víspera, pero que luego...

—Esperemos, por su propio bien, que en este caso tu tío tenga razón.

Burel comprobó que el equipaje estaba en orden, quitó la silla de la puerta y observó que fuera había mucho movimiento. Junto a la chimenea los arrieros bebían unos tazones de leche en los que migaban trozos de pan y, apartados del grupo, Manuel y Margarita despachaban unas migas con torreznos. Se sentaron a su lado y el posadero les ofreció también migas, que ellos aceptaron.

Se pusieron en marcha y antes de las ocho dejaban Loja

por la Puerta de Granada, dispuestos a acometer las primeras rampas que los conducirían hasta las sierras de Tejeda y Almijara, un predio de bandoleros que, por el valle de Abdalajís, El Chorro y Ardales, se internaba en la serranía de Ronda.

Magdalena y Margarita, subidas en unas hacaneas, charlaban sobre los beneficios de las aguas de Alhama. También Manuel cabalgaba en su mula, pero Burel iba a pie, tiraba del ronzal del rucio donde había cargado el equipaje y disimulado lo mejor posible los talegos con los duros de plata. El camino, que a media legua de Loja ya no pasaba de ser una senda de herradura, fue empeorando hasta convertirse en una vereda de cabras por donde era cada vez más difícil transitar. Burel alzó el cuello de su tabardo para combatir el frío que aumentaba conforme ascendían; además, el sol apenas había asomado entre unos nubarrones que, cada vez más oscuros, encapotaban el cielo. Llevarían dos horas de camino cuando cayeron unas gotas que por suerte quedaron en un amago de lluvia, y hacia mediodía pararon junto a una fuente donde había un descansadero. El agua corría por una serie de pilones adosados y labrados en piedra, el rebosadero de uno alimentaba el caudal del siguiente. Los animales abrevaron y los arrieros dieron a la recua un descanso. Uno de ellos sacó una hogaza y cortó unas gruesas rebanadas de pan que otro acompañaba de una loncha de tocino entreverado y las repartía. También ofreció a los viajeros; los hombres las aceptaron de buena gana y las mujeres se limitaron a agradecérselo.

La soledad de aquellos canchales, grises y amenazantes, impresionaba. La vegetación era cada vez más raquítica, aunque por la zona triscaban algunas cabras. Sólo se escuchaba el graznido de los cuervos que revoloteaban sin rumbo fijo.

—¿Cuánto queda para la venta de los Muleros? —preguntó Burel a un arriero.

—Si todo va bien, unas tres horas. Una media legua más allá de Zafarraya.

—¿Qué quiere decir si todo va bien?

El arriero se pasó la mano por el rasposo mentón, que necesitaba desde hacía algunos días el filo de una buena navaja.

—Tenemos que cruzar la cañada de los Lobos y luego el barranco de las Brujas. A veces hay desprendimientos y tenemos que dejar el paso libre. Además, ya sabe…

—¿Qué tengo que saber?

—Podemos tener un mal encuentro, aunque con esta carga es poco probable.

Burel se hizo el ignorante.

—¿Hay bandoleros por estos parajes?

—Hay alguna partida. Gente extraña. ¿Cómo le diría…?, gente un tanto misteriosa. No parecen bandoleros, pero lo son.

Burel se quedó pensativo mientras el arriero llamaba a reemprender la marcha.

—¡Vamos! ¡Espabilad si no queréis que la noche nos coja en el camino!

20

A una legua de Zafarraya el camino discurría por una nava que regaba un riachuelo sin apenas agua, pero que podía ser caudaloso según señalaban sus riberas. Se tomaron un breve descanso que Burel aprovechó para ponerse un pañuelo rojo al cuello antes de proseguir el camino. Aquella especie de meseta, cada vez más árida y estrecha, quedó reducida a poco más que un desfiladero donde el viento se encajonaba y ululaba de forma poco tranquilizadora. La venta de los Muleros se encontraba en un páramo, un lugar solitario y aislado, perdido en medio de los riscales que resguardaban un pequeño valle. Allí se alzaban algunas chabolas que, por su aspecto, parecían refugios de pastores. Parte de la recua se detuvo junto a las bardas de la venta en un portón que daba a un patio, tras el cual se encontraba la construcción principal. La parada se limitó el tiempo justo para que Magdalena se apease y Burel descargara el equipaje. Había prisa. La luz menguaba y todavía quedaban tres leguas hasta Alhama. La despedida fue breve, un apretón de manos con Manuel y un saludo con la cabeza a Margarita, que abrazó a Magdalena diciéndole que, si iban por Antequera, ya sabía dónde encontrarla. El arriero, que ayudó a Burel a descargar el fardo, exclamó al tentarlo:

—Amigo, ¿qué lleva aquí? Esto pesa como el plomo.

Burel no contestó. Con Magdalena agarrada a su brazo permaneció junto al portón hasta que hombres y bestias se perdieron por un recodo. La venta tenía dos plantas y ofrecía un aspecto sucio y de abandono, con grandes desconchones en la fachada. Adosados, se levantaban los establos y dos cobertizos donde se veían unos montones de paja y un revoltijo de utensilios.

El ventero los observaba inmóvil desde la puerta. Era un tipo enteco y cetrino, con el pelo gris, tenía unas patillas rizadas que cubrían casi por completo sus mejillas y un bigote rematado en puntas que le bajaba por las comisuras de la boca. La pareja debía de parecerle poca cosa a deducir por su actitud. Echado en el quicio de la puerta vio a Burel y Magdalena cargar con el equipaje y cruzar el patio en cuyo centro se alzaba el brocal de un pozo con todo lo necesario para sacar agua. Al llegar a donde estaba el indolente ventero, Burel lo saludó:

—¡Dios le guarde!

—¿Buscan alojamiento? —preguntó sin molestarse en devolver el saludo.

—Si el precio nos acomoda…

El ventero sonrió de forma maliciosa.

—Ocho reales por cada uno.

—¡Ocho reales! —exclamó Burel ante un precio que era una estafa.

—Va incluida la comida —añadió el ventero dominando la situación.

Seguía siendo un robo, pero era lo que había. Burel exprimió las posibilidades.

—Por ese precio, ¿la alcoba no será compartida?

El ventero pareció meditar y luego asintió.

El interior no mejoraba el aspecto de la fachada. El suelo era de tierra apisonada y había un olor extraño, procedía de los manojos de hierbas que colgaban de las vigas del techo. Ardían las dos chimeneas que había en los extremos de la estancia y en un rincón una escalera de madera conducía a la planta alta. Burel echó una ojeada al panorama con Magdalena aferrada a su brazo. En torno a una mesa, tres individuos bebían unas jarrillas de vino y vociferaban, y, en otra, un tipo que parecía dormitar cubría su rostro con el catite y, metido en la faja que sujetaba unos calzones de perneras abotonadas, se veía el puño cachicuerno de una faca descomunal. Gastaba polainas de cuero y en el respaldo de la silla había una manta alpujarreña de vivos colores.

—Indíquenos nuestra alcoba.

—Primero quiero ver los dieciséis reales.

—¿Sin ver la habitación?

—Es la norma.

Burel sacó un bolsillo donde llevaba el dinero para los gastos y le entregó la suma. El ventero contó por dos veces los reales y, después de guardarlos en una faltriquera roñosa que colgaba de su cinturón, le dijo:

—Acompáñenme. —Fue una orden, más que una invitación.

El ventero, que parecía hombre de pocas palabras —cosa extraña en la gente de su gremio—, se limitó a mostrarles el cuarto. Era tan pequeño que casi lo llenaba una especie de tarima sobre la que reposaba un jergón de lona listada; dos mantas raídas de color indefinido ocupaban el lugar de la almohada. Unas tablas sujetas con cuerdas a la pared hacían las veces de armario y sobre una repisilla había un candil. El resto del mobiliario se reducía a un taburete y unos huesos empotrados en la pared para usar como perchas. La ventana, un tragaluz, estaba protegida por una tela encerada. A su lado, la habitación que habían disfrutado en la posada de Loja, con cama y aguamanil, era palaciega.

—¿Para lavarse? —preguntó Burel.

—En el pozo del patio.

—¿Y mi esposa?

El ventero miró a Magdalena de forma descarada.

—Para la señora traeré una palangana. ¡Ah! El aceite del candil no está incluido en los dieciséis reales.

—Está bien. Deme la llave.

—¿La llave? —El ventero hizo un aspaviento—. ¡En esta casa no hay llaves!

—Entonces, ¿cómo se cierra la puerta? —preguntó Burel, conteniéndose para no explotar de indignación.

—Echando esa aldaba —respondió el ventero como la cosa más natural.

—¿Y cuando estemos fuera?

En lugar de responder, el ventero hizo un gesto de displicencia y se encogió de hombros. Antes de desaparecer, comentó despreciativo:

—Ni que tuviera el tesoro del rey Salomón.

El ventero se marchó y Burel echó la aldaba y aseguró la puerta.

—¿Qué vamos a hacer, Antonio? —Magdalena estaba a punto de romper a llorar.

—Por lo pronto, tranquilizarnos y no prestar mucha atención a ese rufián.

—¿Dónde vamos a guardar el dinero? No me fío un pelo de ese tipo.

—Tampoco yo.

—¿Entonces?

—Tranquilízate. No creo que vayamos a estar aquí mucho tiempo. Los bandoleros pusieron la fecha y supongo que estarán al acecho. No me sorprendería que nos vigilaran cuando veníamos por el camino.

—Pero mientras aparecen… —insistió Magdalena.

Burel miró alrededor. No había un mal sitio donde ocultar el dinero, aunque sólo fuera durante unas horas. Tendría que llevarlo consigo al salir o quedarse en el cuarto, y como lo segundo no era posible porque tenían que hacerse ver, decidió cargar con el fardo. Era una mala elección porque despertaría las sospechas del ventero y de algún sujeto más de los que estaban abajo. La participación de venteros en crímenes horribles era tema de conversación de muchas familias al calor del hogar. El aspecto de aquel lugar, que a Magdalena le parecía más siniestro conforme pasaban los minutos, y la actitud del ventero abonaban esos relatos espeluznantes.

—¿Qué habrá debajo de esas tablas? —preguntó señalando la tarima.

Burel tiró del jergón y comprobó que entre tabla y tabla quedaba casi un palmo. Allí podían guardarse los talegos con los duros, pero sabía que si alguien husmeaba en la habitación sería el primer sitio donde miraría.

—No me convence, Magdalena. Lo malo es que no hay otro.

—Pues hay que decidirse. Si los bandoleros vienen y no nos ven…

Se llevó las manos a la cara y rompió a sollozar. Habían sido demasiadas emociones. Burel la estrechó entre sus brazos y le susurró palabras de aliento y cariño.

Unos suaves golpes en la puerta pusieron fin al abrazo. Burel se llevó el dedo índice a los labios pidiendo silencio y aguardó a que llamasen de nuevo. Los segundos se les hicieron eternos a los dos, hasta que sonaron de nuevo los golpes.

—¿Quién llama?

—Ábrame, por favor. Tengo que darle un recado. —Era una voz de mujer.

—¿Quién es usted? —preguntó Burel acercándose con sigilo hasta la puerta.

—La hija del ventero.

Hizo una señal a Magdalena para que se pegara a la pared y no fuera visible desde la puerta. Palpó la navaja que llevaba oculta en la faja y gritó:

—¡Un momento, ya le abro!

Levantó la aldaba y tiró con fuerza de la puerta para sorprender a quien estuviera al otro lado. Era una jovencita que no habría cumplido los quince años.

—Me han dicho que le dé esto. —Le entregó un papel y se marchó a toda prisa.

Burel salió al pasillo y la siguió con la mirada hasta que bajó la escalera. Luego entró en el cuarto y cerró la puerta.

—¿Qué es?

—Me lo ha dado la hija del ventero.

Desdobló el papel y lo leyó para que Magdalena también se enterase.

Si son los vecinos de la calle de Elvira, acudan a la puerta de la venta. Allí, un hombre les dará instrucciones.

Burel se quedó en silencio y ella le preguntó:

—¿Será una trampa del ventero?

—Supongo que no.

—¿Por qué?

—Quien lo ha escrito sabe que vives en la calle de Elvira. Hay que ir a la puerta.

—Si vamos, sabrán que traemos el dinero y pueden tendernos una trampa.

—Pueden tendérnosla de todas formas. En cualquier caso, no vamos a llevar el dinero. Espera que vuelva. Cuando salga, echas la aldaba y no abras a nadie. ¿De acuerdo?

Magdalena asintió y Burel volvió a leer el papel. Había un detalle de aquellas líneas que le había llamado la atención, pero no quiso comentarlo con Magdalena. Se ajustó la faja para colocar la pistola que ocultaba y sacarla sin problemas, si era necesario; también dispuso la navaja para tirar de ella con facilidad.

—¡Ten mucho cuidado!

Magdalena lo abrazó ocultando la cara en su hombro.

—Lo tendré, aunque sólo sea por la cuenta que me trae. —La agarró por los brazos, la besó en la boca y salió de la alcoba.

Abajo, los tres individuos que compartían vino y conversación cuando llegaron seguían gritando y bebiendo, pero el sujeto que parecía dormitar había desaparecido. El ventero y su hija disimulaban, afanándose en torno a la chimenea. Se encaminó hacia la puerta pendiente de cualquier movimiento extraño.

Fuera, el viento soplaba con fuerza y la tarde declinaba. En poco más de una hora las sombras dominarían el lugar.

Junto al brocal del pozo, con un cigarro en la boca, estaba el sujeto que antes ocupaba la mesa de la venta. Burel se acercó con cautela y, cuando estaba a unos pasos, a pesar de tener calado el catite hasta las cejas, se quedó mirándolo con cara de incredulidad.

—¡Por todos los demonios!

El individuo, al ver a Burel, tiró el cigarro y también se quedó paralizado.

21

Diéguez había descubierto en don Matías un aficionado a la arquitectura. Le preguntaba sobre las construcciones de aire morisco y lo ponía en aprietos. Él nunca se había sentido atraído por aquellos edificios que, según don Matías, nos hablaban del pasado mucho más de lo que pudiera pensarse. Con las manos a la espalda, observaba con detenimiento los recovecos de Puerta Elvira.

—Admirable, Diéguez, admirable. Esto más que una puerta es un edificio.

Pasó bajo el arco y se detuvo en las grandes hornacinas que se abrían en uno de sus lados. Era una especie de zaguanete de donde arrancaba un pasadizo abovedado que conducía a los puestos y tiendas de la calle de Elvira.

—¿Qué Virgen es esta? —preguntó mirando un lienzo antiguo.

—Nuestra Señora de las Mercedes. Está ahí desde tiempos de los Reyes Católicos. Cuando la guerra contra los gabachos quedó muy maltratada.

—Los franceses fueron como una peste. Robaron a mansalva y lo que no podían llevarse lo destrozaban. Por lo que veo tiene muchos devotos. —Miró la pared renegrida y la masa informe de cera derretida que se amontonaba en una especie de jaula y de la que emergían algunas velas a medio consumir.

—Son muchos los que vienen a pedirle alguna merced para que los saque de apuros.

—¿Dónde apareció exactamente el cadáver?

—Ahí. —Diéguez señaló un recoveco bajo el arco—. La tienda del librero que vamos a visitar es aquella.

Don Matías observó el lugar un buen rato en silencio.

—¿Cómo es posible que nadie se diera cuenta cuando lo trajeron?

—Era la festividad del Corpus. La fiesta más importante de Granada. Las ordenanzas municipales obligan a cerrar las tiendas durante la procesión.

—¿Visitamos al librero?

—Cuando quiera.

Un rótulo sobre el dintel de la puerta señalaba la librería dos casas más allá del arco. Los recibió un agradable olor a tinta fresca y papel, junto al tintineo de una campanita colocada de forma que sonaba al abrir la puerta. En los anaqueles podían verse algunos volúmenes de obras religiosas, rimeros de hojas volanderas e impresos varios. A don Matías le llamó la atención un cartelón colgado de la pared. En una veintena de burdas viñetas se contaba una historia de bandoleros. Tras el mostrador se veía a dos aprendices que cosían en los telares los cuadernillos de unos libros, unas gavetas en cuyos cajones asomaban tipos de plomo en sus respectivos compartimentos y una prensa de tornillo en la que se afanaba el librero, que había levantado la cabeza al escuchar el tintineo de la campanilla, pero no había dejado de entintar la plancha. Cuando hubo concluido, se limpió las manos con un trapo manchado.

Se llamaba Sebastián Ortega. Rondaría los sesenta años y llevaba en el oficio de impresor y librero, heredado de su padre, más de cincuenta. Tenía la piel muy blanca, el pelo canoso y los ojos grises. Usaba lentes para ver de cerca y cuando miraba más lejos lo hacía por encima de los cristales. Identificó a Diéguez y se puso muy serio, a pesar de saber que era uno de los pocos agentes de Pedrosa con quien se podía hablar y el único que se dirigía a él llamándolo de usted. Las relaciones de los impresores con la policía eran malas, con frecuencia eran sometidos a registros exhaustivos y a amenazas muy graves por simples sospechas.

—¿En qué puedo servirlos? —preguntó sin soltar el trapo.

—Este caballero, don Matías Marculeta, desea hacerle unas preguntas. Sobre el cadáver que encontró usted el día del Corpus.

—Ya he declarado todo lo que sé acerca de ese asunto. —Fue casi una protesta.

—Siempre hay detalles que afloran cuando se recuerdan las cosas, y esos detalles pueden ser muy importantes.

Don Matías le ofreció la mano, que Ortega estrechó receloso. Hizo un gesto de resignación y los invitó a pasar a una oficinilla donde imperaba el desorden más absoluto. Se acomodaron como pudieron en torno a una mesa que rebosaba de papeles.

—Cuénteme las circunstancias en que descubrió el cadáver.

—La mujer estaba junto al oratorio, como si se hubiera sentado; tenía la espalda pegada a la pared, parecía dormir… —recitó el librero de mala gana.

—Pero usted se dio cuenta de que no dormía, ¿por qué razón?

—Por el sambenito —respondió de inmediato.

—¿Quiere explicarme eso, por favor?

—Me llamó la atención, porque el tribunal de la Inquisición está abolido. No hay penas que obliguen a llevarlo.

—¿Era un sambenito nuevo?

—No, señor, viejo y ajado, incluso polvoriento.

Don Matías miró a Diéguez, que comentó a modo de excusa:

—Nadie me informó de ese detalle.

—¿No vino usted aquí?

—No. Como ya le dije, el subdelegado me encomendó el caso después de que apareciera el cadáver de doña Cecilia Coello de Portugal. No estuve aquí el día del Corpus, aunque he visitado a Sebastián en un par de ocasiones.

—Nadie me preguntó acerca del sambenito —se excusó el librero—. ¿Es importante?

—Muy importante, ¿ve como siempre aparecen detalles? ¿Recuerda algo más?

—Sí. La decoración del sambenito. Las llamas apuntaban hacia arriba.

Don Matías arrugó el entrecejo.

—¿Las llamas hacia arriba tienen algún significado?

—Sí, señor. Quien lo llevaba en un auto de fe había sido condenado a la hoguera. Si las llamas apuntaban hacia abajo, al penitenciado le habían aplicado otro tipo de pena.

—Muy instructivo —concedió el agente de la Intendencia.

Don Matías le hizo numerosas preguntas acerca de las circunstancias en que se produjo el hallazgo del cadáver y también relativas a los sambenitos, su significado y simbología. El librero demostró estar versado en la materia. Una vez en la calle, Diéguez le dijo que a la víctima la habían enterrado con el sambenito y que podía fiarse de lo que el librero les había contado.

—Conoce con detalle los pormenores de los sambenitos, ¿verdad?

—Sebastián Ortega fue penitenciado a llevar uno durante un tiempo.

—¿Qué delito cometió?

—Al parecer, tenía algunos libros incluidos en el Índice.

—En España leer resulta a veces muy peligroso.

A Diéguez le habría gustado continuar con aquella conversación, apenas iniciada, pero no disponían de mucho tiempo. Pedrosa los había citado a la una, quería información sobre las pesquisas y don Matías deseaba visitar Santa Escolástica. Estaban cerca del templo cuando el investigador, que parecía muy interesado en lo relativo a los sambenitos, comentó:

—Habría que comprobar si ha desaparecido un sambenito de los expuestos…

—¡En Granada hay más de medio centenar de iglesias! —lo interrumpió Diéguez.

—Supongo que no habrá sambenitos expuestos en todas. El subdelegado podría encargar ese trabajo a otros. Se lo diremos en la reunión.

Llegaron a la parroquia y entraron en un atrio protegido por una verja de hierro. Don Matías echó una ojeada.

—¿Dónde estaba exactamente el cadáver de doña Cecilia?

—Aquí, en la escalinata, acurrucada, como si pidiera limosna.

—¿Quién la encontró?

—El sacristán. Había dado el primer toque de misa primera y le extrañó ver a una limosnera tan temprano y el capirote con que cubría su cabeza, una coroza —aclaró Diéguez—. También lo escamó ver que vestía ricas prendas, fue entonces cuando se dio cuenta de que estaba muerta.

—¿La coroza estaba decorada?

—Recuerdo que había dibujados unos diablillos que danzaban sobre las llamas.

—¿Tiene algún significado?

—Le pregunté a Sebastián Ortega y me dijo que era la coroza de un penitenciado condenado a la hoguera. Por cierto, recuerdo que era nueva, a diferencia del sambenito que vestía el cadáver de Puerta Elvira.

Observaban la escalinata cuando sonó una voz a su espalda.

—¿Puedo serles útil en algo?

Era un sacerdote con el manteo recogido sobre el brazo y la teja en la mano.

—Buenos días, don Bernardo —lo saludó Diéguez—. Le presento a don Matías Marculeta, de la Intendencia General de la policía. Don Bernardo de Oteiza es el párroco de Santa Escolástica.

—Sólo soy su compañero de fatigas —añadió con humildad don Matías.

—¿Buscan alguna cosa? —preguntó el párroco con cara de pocos amigos.

—Hacemos pesquisas sobre las muertes...

—¡La gente está soliviantada con esa historia del verdugo de la Inquisición! —El sacerdote se encasquetó la teja y recolocó el manteo sobre su brazo.

—No es para menos —respondió Diéguez.

—En fin, queden con Dios. ¡A ver si consiguen descubrir a ese sujeto! ¡Es un peligro que ande suelto!

El párroco se perdió por la calleja. Hacía algunos días que dudaba si hacía bien con no declarar lo que sabía. Lo enervaba la muerte de doña Cecilia y, más aún, las cosas que oía decir sobre ella. Don Matías y Diéguez decidieron marcharse. Faltaban pocos minutos para la reunión. Llegaron con tiempo, pero tuvieron que hacer antesala. Pedrosa se mostró frío, incluso descortés, cuando supo que los avances eran limitados e indicaban que no parecía haber un grupo detrás de los asesinatos.

—No podemos asegurarlo, pero todos los indicios apuntan en esa dirección.

—¡Un solo individuo no puede llevar los cadáveres a los lugares donde han sido expuestos! ¡Eso es imposible! —clamó Pedrosa.

—No lo es, al menos en el primero de los crímenes —replicó don Matías—. Un sujeto llevó el cadáver a la ermita de San Antón. Lo confirma el ermitaño.

—¿Da usted algún crédito a ese viejo chiflado? ¿Por qué no se lo dijo cuando apareció el cadáver? —Recriminó a Diéguez con la mirada.

—El señor subdelegado recordará que no he estado en el caso hasta que apareció el cadáver de doña Cecilia Coello de Portugal.

Pedrosa dio un puñetazo en la mesa.

—¡Podía haber esclarecido alguna cosa en todo este tiempo!

Diéguez iba a decir algo, pero don Matías fue más rápido.

—En mi opinión, el agente ha realizado una labor meritoria. No pierda de vista que estamos ante unos asesinatos poco comunes. Los asesinos no suelen exponer al público a sus víctimas; más bien al contrario, tratan de ocultar las pruebas de su delito.

—¡No se avanza en la investigación! —Pedrosa estaba descompuesto.

—Insisto en que las cosas no son fáciles. A propósito, necesitaríamos un par de hombres para recorrer los templos donde se exponen los sambenitos.

—¿Para qué? —Pedrosa se mostraba insolente.

—Para comprobar si falta alguno.

El subdelegado miró fijamente a don Matías.

—¿Han descubierto algo que no me han dicho? —preguntó suspicaz.

—El cadáver que apareció en Puerta Elvira llevaba un sambenito...

—¡Eso ya lo sabemos!

—Pero quizá el subdelegado ignore que se trataba de un sambenito usado. Posiblemente robado de los que se exhiben en algunas iglesias.

—¡Habrían denunciado el robo!

—Es posible —concedió don Matías—. Pero ¿perdemos algo con averiguarlo?

—¡Espero que no sea una pérdida de tiempo!

—Eso es algo que jamás se sabe de antemano.

22

La diligencia enfiló el paseo de las Delicias en dirección a Atocha cuando los últimos destellos del sol se debilitaban, anunciando la inminente llegada del crepúsculo. Había tardado cinco días en llegar a Madrid, uno más de lo previsto. Ese retraso podía resultar fatal. El ánimo de María Doménech estaba decaído y una angustia creciente se había apoderado de ella hasta convertir el viaje en un verdadero suplicio, sobre todo cuando, después de salvar el paso de Despeñaperros, se había roto una rueda del eje delantero y perdido casi media jornada. Se asomó a la ventanilla; un viajero, que la había tomado la víspera en Puerto Lápice, no dejaba de fumar unos apestosos cigarros. Notó el beneficio de una brisa que le refrescó el rostro. La calle estaba solitaria, sólo vio a los faroleros manejar sus largas pértigas para encender el alumbrado público. Dejaron atrás el hospital de San Carlos y subieron por el paseo del Prado hasta la confluencia con la calle de Alcalá. Allí había algo más de animación. Aquel Madrid mortecino encogió aún más su ánimo y, cuando llegó al antiguo palacio del marqués de Torrecilla, que servía de apeadero para las diligencias que entraban y salían de Madrid, estaba abatida por la tristeza.

En el patio del palacio había estacionadas numerosas diligencias, polvorientas y sucias las que acababan de llegar y limpias y preparadas las que habían de partir al día siguiente. Mucha gente esperaba a los viajeros y un enjambre de mozos de cuerda, dispuestos a ganarse unos reales, gritaban como si fuera una cantinela:

—¡Equipaje! ¡Equipaje!

María indicó a uno —un muchacho desgarbado que apenas habría cumplido catorce años— que se hiciera cargo del suyo. Le señaló dos de los bultos que el cochero y su ayudante, encaramados al techo de la diligencia, lanzaban sin el menor cuidado al pavimento. El mozo los atrapó en el aire con gran habilidad.

—¿Sólo esto, señora?

—Sólo esto.

Los colocó sobre sus cuerdas y se los echó al hombro porque eran una carga liviana: una maleta y una bolsa de piel.

—Señora, ¿quiere un coche?

—Sí, por favor.

—Entonces, sígame.

María fue tras el mozo apretando su bolso donde guardaba como un tesoro las peticiones de clemencia que había redactado el abogado. Una dirigida al rey y otra al secretario de Gracia y Justicia. En la calle, una fila de calesas esperaba posibles pasajeros. El mozo colocó los bultos en el maletero.

—¿Cuánto te debo?

—La voluntad, señora.

Le entregó una moneda de cuatro reales. Al muchacho le parecieron un regalo del cielo. La ayudó a subir al vehículo y aguardó hasta que el calesero fustigó las mulas y entonces le hizo una simpática reverencia de despedida, reconfortando el abatido ánimo de la esposa del capitán.

—¿Adónde, señora?

—Al número siete de Caballero de Gracia.

—¿A la fonda?

—Sí, señor.

María Doménech había estado en Madrid en otra ocasión, cuando su marido estuvo preso por haberse enfrentado a los Cien Mil Hijos de San Luis. Fue hecho prisionero en Vitoria y deportado a Francia. Una vez devuelto a España, estuvo en los calabozos del cuartel de San Gil, adonde ella le llevaba lo necesario para subsistir en la cárcel.

Llegados a su destino, el cochero bajó el equipaje y un mozo se hizo cargo de él. El dueño de la fonda, cuyo nombre era Las Tres Gracias, después de cobrar tres días por adelantado y de registrarla en el libro donde se anotaban todos los huéspedes, le dio una ficha.

—Tiene que rellenarla con sus datos personales… Es para la policía.

Una vez cumplido el trámite, le entregó la llave de su habitación e indicó al mismo mozo que había entrado su equipaje que la acompañara. Con la llave le entregó una carta que habían dejado para ella.

—¿Para mí?

—Su nombre es el que aparece en el membrete. Desde hace dos días, el caballero que la ha dejado ha venido, mañana y tarde, preguntando por usted.

—Muchas gracias —musitó María con un hilo de voz.

Nerviosa, siguió al mozo y, una vez sola en su habitación, abrió la carta. Las manos le temblaban.

Señora doña María Doménech.

Distinguida señora:

Mi nombre es Héctor de la Cámara y soy persona allegada a don Diego Calvo de León, el letrado que se encarga de la defensa de su esposo, el capitán don Fer-

nando Álvarez de Sotomayor. Hace días recibí una misiva de don Diego en la que me encargaba, muy encarecidamente, que la auxiliara en todo lo relacionado con sus gestiones ante la Secretaría de Gracia y Justicia, así como en aquello que necesitase durante su estancia en esta Villa y Corte.

Me pedía don Diego que no dejase de acudir a la fonda donde le harán entrega de esta esquela. Así lo he hecho durante dos días. Por alguna circunstancia, su venida a Madrid ha debido de retrasarse y he decidido ponerle estas líneas.

Le suplico que, cuando las lea, me comunique su llegada a mi despacho, sito en la calle de la Montera, número cuatro, principal, para ponerme a su entera disposición.

Suyo afectísimo,
Héctor de la Cámara y López

Estaba tan nerviosa que hubo de leerla varias veces para empaparse de su contenido. Ahora se explicaba por qué don Diego le había insistido en que se alojase en Las Tres Gracias, aunque no le facilitó más información. Lo que no acababa de entender era cómo don Héctor sabía de las gestiones en la Secretaría de Gracia y Justicia. Salvo… que don Diego supiera de antemano cuál sería la sentencia que recaería sobre su marido.

Aunque era de noche, María decidió visitar a don Héctor. Tal vez estuviera todavía en su despacho. La animó saber que el número cuatro de la calle de la Montera estaba muy cerca de la fonda. Un mozo, por indicación del dueño, la acompañó y apenas tardaron diez minutos en estar ante la puerta donde se leía: HÉCTOR DE LA CÁMARA Y LÓPEZ, y debajo: ABOGADO. Estiró los pliegues de su vestido, aun a sabiendas de que las arrugas, tras un viaje tan largo, sólo cederían con un buen planchado; sacudió su capa y recolocó las agujas que sujetaban su sombrero. Lo que no logró modificar fue ni la tristeza que velaba sus ojos ni la palidez de sus mejillas.

Al abrirse la puerta apareció un joven con manguitos y mitones, que sostenía un papel.

—¿Qué desea? —preguntó mirándola con curiosidad.

—¿Don Héctor de la Cámara?

—¿Tiene concertada visita?

—No, señor.

—Entonces, lamento decirle que…

—Dígale que soy María Doménech, la esposa del capitán Álvarez de Sotomayor.

—Lo siento, si no tiene cita…

—¡Se lo ruego, vengo desde Granada!

El joven vio su melancólica mirada y sintió conmiseración.

—Pase y aguarde un momento, por favor.

Cerró la puerta y se perdió por un largo pasillo. Al instante apareció don Héctor, que despidió al mozo que la acompañaba. Vestía levita, chaleco a cuadros y tenía un monóculo al que ayudaba a sostenerse una nariz prominente. Su cabello grisáceo estaba tan alborotado como sus frondosas patillas.

—¿Doña María Doménech? —preguntó inclinando la cabeza a modo de saludo.

—Gracias por recibirme a estas horas. La diligencia de Granada…

—¿Me permite? —la interrumpió ayudándola a desprenderse de la capa.

—Gracias, muchas gracias.

—¿Cuándo ha llegado?

—Hace apenas una hora. He leído su nota y he venido de inmediato.

—¿Qué tal el viaje?

—Muy penoso. Un accidente nos ha hecho perder mucho tiempo.

Don Héctor hizo un gesto difícil de calibrar.

—La esperaba un poco antes.

—¿Quiere decir…, quiere decir que he llegado tarde? —María se esforzaba por contener las lágrimas.

—En modo alguno, señora. Lamento mucho haberle… Sólo señalaba que he ido durante dos días, mañana y tarde, a Las Tres Gracias.

—El retraso lo causó la rotura de una rueda. ¡Los bandoleros no nos han molestado!

—No es poca cosa, mi querida doña María. Pero… acompáñeme, por favor. Estará muy cansada y yo sin ofrecerle un asiento.

La condujo hasta una salita discretamente amueblada.

—¿Qué puedo ofrecerle?

—Nada, don Héctor. Muchas gracias.

—Tome algo. ¿Una infusión? ¿Un cordial?

—Si no le es molestia, agua, por favor.

Don Héctor desapareció y regresó poco después sin el agua.

—Ahora se la traerá la criada que atiende a mi esposa, la pobre está impedida.

—¿Qué le ocurre? —se interesó María.

—Una vieja dolencia en sus piernas que ha acabado privándola de movilidad.

María lo lamentó y don Héctor se lo agradeció.

La criada apareció con una jarra y dos vasos en una bandeja de plata.

—Buenas tardes, señora.

Colocó la bandeja sobre una mesita y, cuando iba a servir el agua, don Héctor le indicó que se retirase.

—Gracias, Juana. Yo la serviré, tú atiende a la señora.

María dio un sorbo a su agua y dejó el vaso sobre el pañito de punto.

—Me ha sorprendido mucho encontrarme con su carta, don Héctor.

—¿Por qué razón?

—¿Cómo sabía cuándo iba a venir?

—Porque don Diego Calvo de León me avisó con antelación.

—No..., no lo acabo de entender. Él no podía saber...

Don Héctor carraspeó.

—Verá, doña María..., don Diego, a pesar de su juventud, tiene sobrada experiencia, y desde el comienzo del juicio, al ver cómo se desarrollaba, supo que la vista de la causa de su marido... Bueno, calculó que duraría pocos días. Con esa previsión me escribió y, si no hay problemas, una carta puede llegar de Granada a Madrid en un par de jornadas.

—¿Sólo dos días? —El rostro de María se había ensombrecido.

—Sí, señora. Por eso me advirtió para que estuviera al tanto de todo y me pusiera a su disposición.

—Eso significa que daba por sentado que yo vendría a Madrid. Entonces..., entonces es que preveía la sentencia antes de dictarse.

—Me temo que la respuesta es sí. Esos juicios son una farsa, una pantomima para mantener una ficción. En Madrid ocurren cosas que claman al cielo. El rechazo a que el rey acapare los poderes o la defensa de la igualdad de los hombres ante la ley basta para detener a las personas. Ayer, sin ir más lejos, encarcelaron a un librero de la Carrera de San Jerónimo por tener en su tienda algunos ejemplares cuyos autores están encarcelados. Me refiero a textos inocuos desde el punto de vista político, como letrillas amorosas o simples villancicos. ¡Es algo increíble! ¡Se ha perdido la decencia!

—Si don Diego conocía la duración del proceso y la sentencia, ¿por qué no preparó antes los papeles que traigo conmigo para solicitar el indulto?

Don Héctor dejó escapar un suspiro.

—Mi querida señora, actúan de forma perversa. Ya le he dicho que todo es una patraña, pura apariencia. Se escudan en que la petición de indulto ha de contener el texto de la sentencia con puntos y comas. Por eso don Diego se ha visto obligado a esperar a que la dicten para preparar las peticiones.

María dio un sorbo al agua. La angustia resecaba su garganta.

—Temo que mi viaje ha sido una pérdida de tiempo. Si un correo puede traer unos papeles de Granada a Madrid en dos días, la confirmación de la sentencia puede estar ya camino de Granada.

Don Héctor se quitó el monóculo y se pasó la mano por la frente, perlada de sudor.

—Lo que acaba de decir es cierto, pero a veces las confirmaciones se retrasan por causas muy diversas.

—¿Podría ponerme un ejemplo?

—Disculpe, señor —era Juana con un sobre en la mano—, se me olvidó darle esto.

—¿Quién lo ha traído?

—El escribiente de don Jaime.

—¡Cómo se te ha olvidado!

—Disculpe, pero la señora está hoy insoportable. ¡No me ha dejado ni un minuto! La trajo antes del almuerzo, mientras usted daba su paseo, y cuando lo cogí la señora me llamaba a gritos. Me lo metí en el bolsillo del delantal en lugar de dejarlo en su despacho. Lo siento mucho.

Don Héctor se puso el monóculo y leyó con avidez. Sus ojos brillaban. Plegó la cuartilla, se quitó el monóculo y clavó su mirada en los ojos de María.

—Me preguntaba antes por las causas que podían retrasar las confirmaciones de las sentencias. ¡Aquí tiene una! —exclamó en tono triunfal agitando el papel que acababa de leer—. El rey se marchó a cazar hace cuatro días y tardará otros tantos en volver.

—Eso…, ¿eso qué significa?

—Que aún no ha sido ratificada la sentencia de su esposo.

María sonrió y suspiró profundamente. Sus angustias por el retraso en el viaje se disiparon. Don Héctor la vio tan contenta que se sintió en la necesidad de rebajar la euforia. Tenía una larga y triste experiencia en la materia. El rey casi nunca era benevolente.

—No cantemos victoria, doña María. Simplemente, hemos salvado una situación complicada. El rey no es proclive al perdón. ¿Sabe lo que ocurrió con el Empecinado?

—No. —María acompañó su negativa con un movimiento de cabeza.

—Después de lo de los Cien Mil Hijos de San Luis, huyó a Portugal. Allí estuvo hasta que, acogiéndose a la amnistía que decretó el rey a principios de mayo de 1824, decidió regresar a España. Cuando Fernando VII se enteró, mandó prenderlo, pese a cumplir todos los requisitos señalados en la amnistía. Los voluntarios realistas lo condujeron a Roa, amarrado y sujeto a una cuerda, como si fuera un animal. Cuando llegaron al pueblo habían alzado un cadalso en la plaza Mayor y lo subieron para que la gente lo insultara. Le dijeron las mayores infamias e incluso lo apedrearon.

—¿Las autoridades no lo protegieron?

—Al contrario, animaron al populacho. El alcalde, cuyo nombre no recuerdo, le tenía inquina y era quien le había preparado tan ignominioso recibimiento. Su causa debería de haberse visto en la Chancillería de Valladolid, donde tal vez hubiera recibido un trato menos duro, pero lo juzgó el alcalde.

—¿Acaso ese alcalde era juez?

—No, pero el rey lo facultó para ello. Tras una farsa, llamar a lo que ocurrió juicio es una ignominia, fue condenado a muerte. El rey ratificó la sentencia que lo condenaba a ser ahorcado en la plaza Mayor de Roa. Pidió ser fusilado como correspondía a su condición de capitán general.

—¿Lo fusilaron?

—No. El Empecinado, al darse cuenta de que iban a colgarlo, tiró con tanta fuerza que las esposas saltaron. Trató de arrebatar la espada a uno de los soldados que lo escoltaban camino de la horca, para morir dignamente luchando por su vida, pero no lo consiguió. Lo amarraron con una maroma sujetándole los brazos al cuerpo y lo colgaron. Algunas historias cuentan que, antes de atarlo, lo cosieron a bayonetazos y que en la horca su cuerpo se desangraba a chorros.

—¡Dios mío! —exclamó María, a punto de llorar.

—Sé que contarle esta historia en sus circunstancias es poco recomendable, pero no quiero que se haga muchas ilusiones. El Empecinado fue un héroe de la guerra de la Independencia. Su guerrilla llegó a sumar más de quince mil hombres, un verdadero ejército organizado en compañías, batallones y regimientos. ¡Ya ve de qué le sirvió luchar contra los franceses para que Fernando VII ocupara de nuevo el trono! —Don Héctor bajó el tono y añadió—: Estoy convencido de que nos habría ido mucho mejor con Pepe Botella.

—¡No merece ser rey! ¡Es un felón!

—No lo sabe usted bien. Hoy se sabe que, durante la guerra de la Independencia, cuando estaba preso en el castillo de Valençay, escribía cartas a Napoleón con parabienes y felicitaciones por sus victorias contra los españoles.

—¡No me lo puedo creer!

—Créaselo, doña María, porque no es un rumor. Como usted ha dicho, es un felón. ¡En fin, no quiero entretenerla! Mañana la acompañaré al Ministerio de Gracia y Justicia. Allí tengo algunos amigos que se tomarán con interés su petición. Después iremos a palacio para entregar la que está dirigida al rey. También allí conozco a algunas personas, aunque le prevengo que el rey, fuera de la camarilla que forma su círculo íntimo, apenas escucha a nadie.

—¿Es verdad que esa camarilla la forman aguadores, esportilleros y caballerizos?

—Es verdad, los capitanea el duque de Alagón.

María se levantó y ofreció su mano a don Héctor.

—No sé cómo podré pagarle su ayuda y sus desvelos.

—Con verla sonreír, me siento pagado. ¡Ojalá su viaje no sea en vano!

—¿Cuándo tendremos respuesta a la petición?

—No se preocupe por eso. Sea cual sea, lo sabremos al instante.

María asintió. Había observado que don Héctor, a pesar de ser abogado de los acusados de delitos políticos, estaba bien relacionado en las alturas de la corte.

La acompañó al vestíbulo y la ayudó a ponerse su capa.

—Aguarde un momento, doña María.

Regresó al cabo de un instante acompañado por el joven que le había abierto la puerta, quien se había desprendido de los manguitos y los mitones y se abrigaba con un paletó de paño grueso.

—Fernando, mi ayudante, la acompañará a la fonda. Aunque está cerca, es tarde y no resulta conveniente que una dama ande sola por las calles a estas horas.

—¿A qué hora dan el toque de queda?

—Aquí lo eliminaron hace algunas semanas. Calomarde sabe que en Madrid, por ahora, el liberalismo está descabezado. ¿En Granada se mantiene?

—Sí, el subdelegado de policía es muy rígido.

—¿Quién ocupa ese cargo?

—Don Ramón Pedrosa.

—Un sujeto poco recomendable. —Don Héctor resopló—. Mañana a las diez pasaré por Las Tres Gracias para recogerla. ¿Le parece bien?

—Lo estaré esperando.

23

A Mariana la acompañaba Manuela. La criada portaba un cesto cubierto con un blanco lienzo. Dieron un rodeo por la Calderería para llegar a la Cárcel Alta, evitando la plaza Nueva. El recuerdo de la gitana la ponía tensa y le espantaba la posibilidad de volver a toparse con aquella mujer, más aún en un día como aquel. En la puerta de la cárcel, el centinela reclamó la presencia de un carcelero.

—¡Está aquí doña Mariana de Pineda! —gritó al identificarla.

El encargado de abrir el primer rastrillo se hacía esperar. El centinela tuvo que llamar una segunda vez mientras Mariana aguardaba nerviosa. Vestía una ropa amplia, en esta ocasión no sólo para disimular su embarazo, y cubría su cabeza con la capucha de su capa. El carcelero era un desconocido, al verlo hizo un gesto a su criada para que se marchara llevándose consigo el cesto.

—¿Usted es doña Mariana de Pineda? —preguntó el individuo, sin mostrar propósito de abrir el rastrillo.

—Sí.

—Aguarde un momento.

Volvió al habitáculo donde los carceleros pasaban las

horas y quien apareció fue Bonifacio. A Mariana se le iluminó el rostro. Hizo señas a Manuela, para que aguardase.

—Señora, me alegro de verla —dijo mientras abría el rastrillo.

—¿Quién es ese que ha salido antes?

—El sota alcaide.

—¿Por qué ha salido?

—Quería cerciorarse de que era usted. El alcaide le ha dejado una nota para que se la entreguen.

—¿Don Diego de Sola me ha escrito?

—Sí, señora.

Mariana vio que en su mano, además de las llaves, sostenía un pliego lacrado.

—¿Por qué no me lo ha dado él?

Mariana quería asegurarse antes de coger el cesto que sostenía su criada.

—Porque es muy reglamentista. Las puertas las abrimos nosotros, esa no es misión de un sota alcaide. Luego, para no perder más tiempo ni molestarse en salir otra vez, me ha dicho que le entregue la carta.

Bonifacio abrió la puerta y, antes de cruzarla, Mariana le preguntó:

—¿Por qué ha dicho lo de no perder más tiempo?

—Porque tienen montada una timba que da miedo. ¡Se están jugando hasta la camisa! Pase que cierre, por favor.

Entonces ocurrió algo imprevisto. Bonifacio reclamó la cesta. La criada vaciló y miró a su ama, fue ella quien le indicó que se la entregase. Mariana había dudado hasta el último instante y la diosa fortuna había decidido por ella. Las palabras de la gitana sonaron en su cabeza: «¡Cuídate! ¡Cuídate mucho! ¡La muerte está al acecho!». Si la descubrían ayudando a fugarse a un preso acusado de graves delitos políticos, podían condenarla a la pena capital. Se esforzó por aparentar serenidad, aunque las piernas le flaqueaban. Su embarazo, cercano a los siete meses, no era precisamente una ayuda.

—Señora, aguardaré a que salga —le dijo Manuela.

—Déjalo, puedes marcharte a casa —respondió a la criada tratando de disimular la tensión.

—Doña Úrsula ha insistido en que aguarde y la acompañe a la vuelta.

—Si lo ha dicho doña Úrsula…

Sintió ganas de salir corriendo, pero cruzó el rastrillo a sabiendas de que su visita podía complicarse en cualquier instante y de que el trabajo de los días anteriores podía irse al traste y dejarla a merced de Pedrosa. Desde que decidió poner en marcha el plan de fuga era consciente de los riesgos que asumía, pero cuando se percató de la verdadera dimensión de lo que estaba haciendo fue en aquel momento. Al cruzar el primero de los rastrillos supo que no había marcha atrás. Pasaron por delante del cuartelillo de los carceleros, convertido en un verdadero garito, y se encaminaron a la segunda de las rejas. Estaba sudando y tenía la camisa pegada al cuerpo. Entonces decidió apostar fuerte.

—Mientras comprueba la hogaza de pan, aprovecharé para leer la nota del alcaide.

Bonifacio se detuvo un momento.

—Señora…

—¿Sí?

—Después de estos días… ¿Me asegura que la hogaza no oculta nada dentro?

—Tiene mi palabra. En la hogaza no hay más que miga de pan.

—Me basta con su palabra.

—Entonces, también yo dejaré la lectura para más tarde. No quiero que se entretenga por mi culpa. ¿Cómo está esa moza a la que requieren de amores?

—Me tiene sin resuello, señora. Como ese ganapán no hable conmigo...

—No se precipite, dele tiempo. ¿Qué tal el trabajo?

—Con la rutina de siempre. Pasado mañana habrá movimiento, ponen en capilla a un preso.

—¿Quién es?

—Un trapacero que se dedica a hacer trampas en el juego y frecuenta los garitos, se llama Rafael Jiménez. Lo ahorcarán dentro de tres días. Hoy he dado aviso a los de la Caridad para que lo acompañen y atiendan sus últimas voluntades.

Una vez en la celda, Bonifacio dejó la cesta sobre la mesa y le pidió que aguardase, él mismo iría en busca del capitán. El carcelero, distraído con la conversación, no se había percatado de la agitación de Mariana, quien sentía cierto resquemor por jugarle aquella mala pasada. Esperaba que, si todo salía como estaba previsto, el bueno de Bonifacio no pagase los platos rotos. Antes de que se marchase deslizó en su mano un duro de plata.

—Tendré que limitarme a la hora autorizada —se excusó Bonifacio cuando regresó a la celda acompañando al capitán, que llevaba su capa echada sobre los hombros—, creo que la nota del alcaide trata de eso.

—Así es, la he leído mientras esperaba. En ella me indica que se han producido quejas. Me comunica que las visitas se regirán por lo establecido en el reglamento.

—Eso también incluye echar la llave de la celda. Lo lamento, pero estarán encerrados durante el tiempo de la visita.

Al oír aquello Mariana, a duras penas pudo reprimir su alegría.

—Usted cumpla con su obligación.

Apenas el carcelero se hubo retirado, Fernando exclamó sonriendo:

—¡Hasta el alcaide se molesta en darte explicaciones!

—Supongo que es consecuencia de las arropías que mi abuelo le regalaba cuando era monaguillo en Santa Ana. Pero no perdamos tiempo en conversaciones.

Mariana se aseguró de que la celda estaba cerrada, se quitó la capa y deshizo el lazo que sujetaba el hábito que llevaba atado a su espalda.

Fernando la miraba en silencio, inmóvil.

—¡Tu hábito de capuchino! —le mostró triunfal.

—Verás que he traído la capa, pero no sé cómo voy a llevarme eso a la celda.

—Te lo atarás a la espalda, como he hecho yo.

—Abultará demasiado. Mis ropas no son tan amplias como las tuyas.

Tenía razón. Mariana miró el cesto. Era arriesgado, pero era la única posibilidad.

—Te lo llevarás en el cesto. Las camisas que te he traído me las vuelvo a llevar, puedo ocultarlas bajo mi capa. Pondremos el hábito bien doblado y lo taparemos con la hogaza de pan y las otras viandas. Si es Bonifacio quien te conduce a la celda, no mirará.

—¿Y si es otro carcelero?

—Pensará que el cesto fue registrado a la entrada. —Fernando hizo un gesto de duda—. ¿Lo han mirado alguna vez cuando te lo llevabas a la celda?

—Ninguna.

—Entonces, ¿a santo de qué vienen esos titubeos? Todo saldrá como está planeado. —Lo dijo tan convencida que ella misma se sorprendió—. En un bolsillo del hábito va el cordón para ajustártelo, un rosario, una redecilla para el pelo —se quedó mirando a su primo—; creo que deberías cortártelo de forma que te forme cerquillo sobre la frente, al modo de los frailes. Mira, también he traído unas piezas de madera para que te las pongas bajo el labio y a los lados de la mandíbula, te desfigurarán el rostro con esta barba postiza...

—Mariana, me tienes impresionado, veo que estás en todo.

No hizo mucho caso a las palabras de su primo y prosiguió:

—Pasado mañana. Por la tarde, que es cuando los frailes suelen visitar a los presos, intentarás la fuga. Habrá un reo en capilla...

—¿Cómo lo sabes?

—Me lo ha dicho Bonifacio, el carcelero. No imaginas lo que la gente cuenta si eres capaz de inspirarles algo de confianza y...

En aquel momento a Mariana se le nubló la vista y estuvo a punto de desplomarse. Fernando reaccionó rápidamente evitando su caída. No llegó a desvanecerse, pero el vahído, por un instante, le turbó el sentido.

—¡Mariana! ¿Qué te ocurre?

—No es nada, se me pasará. —Tenía la frente perlada de sudor.

—Avisaré al carcelero.

Mariana sintió aquellas palabras como un aguijonazo.

—¡Ni se te ocurra! Echaríamos a perder todo el trabajo realizado.

—Pero..., pero te ha dado un vahído.

—No hay peros que valgan. Ya se me ha pasado.

Fernando la ayudó a sentarse en el taburete. Sólo entonces su primo se percató de su palidez y de sus grandes ojeras.

—Tú estás enferma.

Ella se contuvo para no decirle que lo que estaba era embarazada.

—No. Esto es algo que les ocurre a las mujeres... todos los meses. Se me pasará.

—Pediré un poco de agua.

—No, Fernando, no podemos dar pie a que se altere la rutina, sería peligroso. Cuando las cosas discurren como cada día, todo se relaja. —Poco a poco el color volvió al semblante de Mariana—. Te decía que pasado mañana habrá un reo en capilla. Debes fugarte por la tarde siguiendo el camino que está trazado en el plano que te entregué. ¿Lo has memorizado y destruido?

—Lo he recorrido docenas de veces en mi cabeza. No te preocupes.

—Muy bien. Ayúdame a ocultar las camisas. Esta cinta —cogió la misma que le había servido para atar el hábito a su espalda— nos servirá.

Colocaron las camisas de modo que sólo quitándole la capa podrían descubrirlas. Luego depositó en el fondo del cesto el hábito sobre el que puso un paño, la hogaza de pan y dos cuñas de queso, y lo tapó todo con el mismo lienzo.

—¿Dónde vas a ocultar el hábito?

—Puedo colocarlo entre el jergón y las tablas del catre.

—¿No hacen registros? Estarás perdido si lo descubren.

—No se me ocurre otra cosa.

—¿Podrías meterlo dentro del jergón?

—¿Cómo?

—Descosiéndolo por un lado. —Mariana se quitó una horquilla del pelo y arrancó una tira del forro de su capa—. Toma, ocúltalo. Con un poco de maña puedes utilizar la horquilla como aguja y sacar hebras de ahí. El jergón será un buen escondite. Supongo que no los abren.

—No he visto que lo hayan hecho antes. —Fernando no salía de su asombro—. ¡Eres increíble!

Mariana no hizo mucho caso al elogio. Estaba preocupada con otra cuestión que ya le había planteado a su primo en visitas anteriores.

—¿Has resuelto cómo piensas vestirte sin que nadie te vea, y cómo salir de la celda para llegar a la galería?

Si Fernando tenía ya un plan, no pudo saberlo. El ruido de la llave en la cerradura indicó que el tiempo de visita había concluido. Mariana sintió alivio al ver aparecer a Bonifacio. Con él iba otro carcelero. Fue quien acompañó al capitán a su calabozo. Mientras caminaba hacia la salida suplicaba a Dios que al carcelero que conducía a Fernando no se le ocurriera inspeccionar la cesta. Caminaba en silencio, forzando el paso disimuladamente para salir lo antes posible. Cruzó los rastrillos, y cuando vio en la calle a Manuela charlando con el centinela, respiró muy aligerada.

24

Burel no podía creerlo. El bandolero era un viejo compañero de armas.

—¡Mendoza! ¿Tú? ¡No es posible!

—Burel, ¡qué diablos haces tú aquí! ¿No habrás venido...?

—¡A pagar el rescate!

—Pero..., pero... —El bandolero se quitó el catite y se rascó la cabeza cubierta por un pañuelo anudado a la nuca, como si no comprendiera la situación—. Pero... si ese sujeto es un absolutista redomado.

—La historia... es un poco complicada.

El bandolero dio un paso atrás y puso la mano en la empuñadura de su pistola.

—¿No irás a decirme que te has vuelto servil?

Burel soltó una carcajada nerviosa. No podía creer que el teniente Ismael Mendoza, oficial del regimiento de Asturias y liberal hasta la médula, que militó en los Hijos de Padilla, estuviera allí para cobrar el rescate.

—No, Mendoza. Se trata del tío de Magdalena...

—¿La moza que iba contigo cuando has llegado a la venta?

—¿Nos has visto?

—Sí, pero no te he reconocido, sólo me fijé en el pañuelo. Aparentaba dormir.

—Ya lo he visto. ¿Habéis secuestrado a don Fulgencio por ser absolutista?

—Lo hemos hecho porque necesitamos comer, y si se trata de un puerco realista… Pero no te preocupes, si se paga el rescate, cumpliremos nuestra palabra y lo soltaremos, aunque ese cerdo se merezca otra cosa. Ahora, cuéntame por qué has venido hasta aquí.

—Estoy…, digamos que en relaciones con la sobrina de don Fulgencio.

—¿Sabe ese tipo quién eres?

—Ni sabe quién soy, ni que mantengo relaciones con su sobrina.

Ahora fue el bandolero quien soltó una risotada.

—¡Me parece que vamos a divertirnos! ¿Cómo se te ha ocurrido rescatarlo?

—Tenía que acompañar a Magdalena. No tiene a quien acudir.

—Podrías matar dos pájaros de un tiro. —Mendoza sonrió condescendiente—. Toda su bravuconería es teatro. Cuando lo apresamos…, se cagó las patas abajo, no exagero.

Burel no pudo evitar una sonrisa en sus labios.

—Cuéntame, ¿cómo te has echado al monte?

—¿Te acuerdas del comandante Jambrina?

—Cómo no voy a acordarme…

—Participó en una conspiración para acabar con el Narizotas. Salió mal. Como casi siempre, alguien se fue de la lengua y les tendieron una celada. De los ocho que estaban en el ajo, dos murieron y a cuatro los apresaron. ¡Más les hubiera valido haber muerto!

—¿Qué les pasó?

—Los tuvieron enjaulados tres días sin comida ni agua. La gente los insultaba, les tiraba desperdicios y hasta piedras. Levantaron el cadalso delante de ellos. Luego los descuartizaron y expusieron sus cuartos en distintos lugares.

—¡Hay que acabar con ese sanguinario!

—Estamos de acuerdo.

—Me decías que el comandante Jambrina…

—Él y otro lograron escapar y se echaron al monte. Al enterarnos de que había organizado una partida, algunos nos hemos incorporado. ¡Hay que vivir de algo!

Burel se acarició el mentón.

—Por lo que veo sois una partida de bandoleros… liberales.

—Y masones —añadió Mendoza—. ¿Tú cómo te ganas la vida?

—Como criado de una dama granadina, doña Mariana de Pineda. Es de las nuestras.

—Has tenido suerte. Casi todos los nuestros están enterrados, mendigando el pan, exiliados o se han echado al monte como nosotros. En fin…, vamos al asunto. ¿Has traído los dineros? Ni te imaginas el disfrute que supone sacarle la manteca a ese cerdo.

—Pues la manteca se la habéis sacado a alguien más.

—¿Qué quieres decir? —Mendoza arrugó la frente.

—No había forma de reunir esa suma.

—¿Cómo que no? Ese individuo tiene cuartos.

—Su sobrina sólo ha podido reunir una parte… después de empeñar sus joyas.

—Ese Camero dice que tiene un horno arrendado, una finca en la costa donde se cultiva caña de azúcar y algunos olivares. Si nos ha mentido…

—Es cierto, pero eso no son seis mil reales en duros de plata.

—Pero tendrá crédito.

—¿Crédito? Su sobrina no tiene poderes para hipotecar fincas, ni podía hablar de su apresamiento. Dejasteis bien claro que, si se daba parte a las autoridades, lo eliminaríais y santas pascuas. —Burel hablaba como si reprendiera a su correligionario.

—¿No irás a defender a ese cerdo?

—¡No tengo por qué defenderlo! Como tú dices, es un mal bicho. Pero no estoy dispuesto a comulgar con ruedas de molino.

Mendoza se había puesto muy serio.

—Antes has dicho... Bueno, ¿a quién le hemos sacado la manteca?

—A mi ama y a mí.

—¿Has puesto dinero? —Los ojos del bandolero eran como platos—. ¿Tan colado estás por esa... Magdalena?

Burel lo miró fijamente.

—Tenemos que llegar a un acuerdo, Mendoza.

—¿Un acuerdo? ¿Qué clase de acuerdo?

—Tenéis que dejarlo en libertad, pero por la mitad.

—¡Imposible! —replicó de inmediato.

—Seis mil reales es mucho dinero.

—También son muchas nuestras necesidades.

—¿Viviendo en la sierra?

Mendoza sacó su petaca y le ofreció un cigarro. Burel interpretó el gesto como el primer paso para iniciar una negociación. Liaron los cigarros y el bandolero, después de la primera calada, trató de buscar en su mirada al mismo hombre con el que había compartido frío, hambre, lluvia, barro y la incomprensión de mucha gente durante los dos meses y medio en que, a las órdenes del coronel Riego, llevaron por media Andalucía el sagrado mensaje de la libertad.

—¿Puedo confiar en ti?

Burel asintió sin despegar los labios y Mendoza supo que no le mentía. Miró el cielo que seguía encapotado y amenazando lluvia. Podían disponer a lo sumo de un par de horas. No podían entretenerse.

—Prepárate para una caminata.

—¿Adónde vamos?

—Ya lo verás.

—Iré a por Magdalena.

—Ni hablar. Ella no viene, se queda en la venta.

—No me fío de ese ventero.

—Quédate tranquilo, nadie la molestará. Dile que estaremos de vuelta al anochecer. Yo hablaré con el ventero.

Minutos después, los dos viejos compañeros de armas marchaban por un sendero que discurría paralelo a la ribera del riachuelo, luego iniciaron la ascensión por un pedregal de la escarpada ladera de la montaña que cerraba el valle.

25

Mucho antes de la hora fijada, María Doménech aguardaba a don Héctor de la Cámara, que llegó puntual. El abogado se protegía del frío con una elegante capa, tocado con un sombrero de copa y empuñando un original bastón, que era más adorno que necesidad.

—¿Aguarda hace mucho? —preguntó, como si se hubiera retrasado.

—Son las diez. Ha sido usted muy puntual.

Don Héctor se destocó gentilmente y besó la mano que María le ofreció.

—¿Ha traído los escritos?

—En el bolso. ¿Desea llevarlos usted?

—En absoluto, amiga mía, es simple prevención. Podemos partir cuando guste. Le recomiendo que ajuste bien la esclavina de su capa y se ponga los guantes, hace frío.

En la puerta los aguardaba una calesa con la capota del vehículo echada. Don Héctor ayudó a subir a María y, una vez acomodados, bastó una indicación con el bastón para que el conductor arrease el tiro. Sabía a donde dirigirse. El abogado no había exagerado: soplaba un viento gélido y la gente caminaba a toda prisa. En alguna esquina podían verse, al calor del hornillo, algunas castañeras, que por aquellas fechas formaban parte del paisaje de la Villa y Corte.

Llegaron al cruce con Montera y bajaron hacia la Puerta del Sol para, por Arenal, llegar al Palacio de Oriente. Don Héctor comentaba algunas curiosidades.

—Mire esa casa, la que hace esquina, es la Casa de Correos. La calle se llama de Carretas y, como su nombre indica, es donde están muchos artesanos de ese ramo y los talleres donde, además de carretas, se trabaja en diligencias y otras clases de vehículos.

—Es muy curioso.

—Esas que ve ahí —dijo señalando un edificio que daba entrada a la calle Mayor, que corría casi paralela a la de Arenal— son las gradas de San Felipe. El más famoso mentidero en tiempo de los Austrias.

—¿Ha dicho mentidero?

—Sí, mentidero. Era el nombre que se daba a los lugares donde se reunían ociosos y desocupados para comentar noticias, difundir rumores e incluso propalar mentiras. Uno de los lugares preferidos eran esas gradas que hay por delante de la iglesia.

—Está quemada. ¿Qué ocurrió?

—Ardió durante la guerra contra los gabachos.

—Ese palacio, ¿de quién es? —María señalaba un edificio de mucha prestancia.

—Es el de los condes de Oñate. Ahí tuvo lugar uno de los crímenes más extraños que se han cometido en Madrid.

—¿A quién mataron?

—Al conde de Villamediana. Atacado por un grupo de espadachines, el conde buscó refugio en el palacio, pero lo cosieron a estocadas.

—¿Querían robarle?

—La leyenda dice que los asesinos estaban contratados por el rey.

—¿Quién era el rey? —preguntó, sin extrañarse de que el rey contratara asesinos.

—Felipe IV.

—¿Por qué quería asesinarlo?

—Se rumoreaba en la corte que Villamediana galanteaba a la reina. En un juego de lanzas solicitó su pañuelo, llevando como lema la leyenda: *Son mis amores reales*. Se dice que el rey, enojado ante tanto atrevimiento, comentó: «Yo haré cuartos esos reales». Días más tarde, Villamediana fue acribillado en el zaguán de ese palacio.

—Es una historia muy curiosa.

Don Héctor había conseguido su propósito: mantenerla distraída y que no pensara demasiado en la causa que los llevaba al Palacio Real. Estaban llegando cuando indicó:

—Ese edificio que ve ahí es un nuevo teatro. Llevan diez años construyéndolo sobre otro más antiguo que se llamaba de los Caños del Peral. En su escenario se interpretaron las obras de nuestros mejores dramaturgos. Parece ser que contará con todos los adelantos de nuestro tiempo, pero el presupuesto es tan elevado que las obras nunca se acaban.

El cochero cruzó una amplia plaza —un descampado en obras— y enfiló la calle que daba a uno de los laterales del palacio. Detuvo la calesa frente a una de las entradas. El abogado ayudó a María a bajar del vehículo y cruzaron la calle. Los detuvo el grito del soldado que montaba guardia dentro de la garita para protegerse del frío.

—¡Alto! ¡El paso está prohibido! ¿Qué desean?

—Soy Héctor de la Cámara y esta señora trae una petición para su majestad.

El soldado los miró con desconfianza.

—¡Sargento! ¡Sargento de guardia!

Apareció un sujeto ajustándose el correaje. Se atusó las guías de sus mostachos, miró a María e ignoró al abogado.

—¿Qué desea?

—La señora desea presentar un escrito a su majestad —respondió don Héctor.

—¿Qué clase de escrito?

Don Héctor iba a responderle que no era asunto de su incumbencia, pero supondría un obstáculo. Bastaba con mirar al sargento para hacerse una idea de su catadura. Tampoco era conveniente decirle que era una petición de indulto. Preguntaría la causa de la condena y los miembros de la Guardia Real eran realistas furibundos.

—Una súplica para una gracia que sólo está en manos del rey.

—¿Qué clase de gracia?

El sargento parecía dispuesto a conocer hasta los menores detalles cuando apareció un atildado caballero de elegante indumentaria.

—¡Don Héctor! ¡Cuánto bueno!

—¡Qué alegría, don Narciso! Como siempre, es un placer ver a su excelencia. —El abogado se descubrió para saludarlo.

Estrecharon sus manos y el sargento retrocedió un paso. Había perdido su petulancia.

—¿No va a presentarme a la dama que le acompaña?

—Disculpadme, excelencia, es doña María Doménech.

Don Narciso se destocó y su cortesana inclinación fue casi una reverencia.

—A sus pies, señora. Mi nombre es Narciso Heredia, para servirle en lo que guste.

—Es el conde de Ofalia, nuestro embajador en Londres —añadió don Héctor.

—Un placer, excelencia.

—Doña María es la esposa del capitán don Fernando Álvarez de Sotomayor. —Don Héctor remarcó cada una de sus palabras.

Don Narciso iba a decir algo, pero no abrió la boca. El abogado sintió una íntima satisfacción, supo que sus palabras habían conseguido el efecto deseado.

—¿Quiere repetir ese nombre?

—Doña María es la esposa del capitán Álvarez de Sotomayor.

El conde de Ofalia se quedó mirándola.

—¿Algún problema, señora?

María, dubitativa, miró a don Héctor.

—Doña María trae una petición de indulto para su majestad y otra para el secretario de Gracia y Justicia. Su esposo ha sido sentenciado a la pena capital.

A María se le hizo un nudo en la garganta y las lágrimas aparecieron en sus ojos.

—¿Por qué se le ha condenado?

—Por un asunto menor, excelencia. Un intercambio de palabras con los integrantes de una partida que conducía una cuerda de presos.

—¿Sólo hubo palabras?

—Sólo palabras, excelencia. Pero como su nombre aparecía en algunas listas de reconocidos liberales, ha sido juzgado en la Chancillería de Granada y el juez ha considerado suficientes esos elementos para…

—¿Suficientes para sentenciarlo a muerte?

—Don Ramón Pedrosa es el subdelegado de policía —añadió don Héctor como si sólo con eso se explicara la sentencia.

—¿Han presentado ya los escritos?

—A ello íbamos, pero el sargento… —Don Héctor lo buscó, pero el muy truhan había optado por quitarse de en medio.

—Acompáñenme. Precisamente he venido a ver a don Tadeo. Le entregaré las peticiones en mano. Le pediré, incluso, que los reciba.

—No sabe cómo le agradecemos…

—Quite, quite, don Héctor. Si vivo es gracias al capitán Álvarez de Sotomayor.

Don Narciso no tuvo que hacer antesala y un ujier condujo a don Héctor y a doña María a una salita de espera. Una vez solos, ella le preguntó:

—¿Por qué ha dicho que le debe la vida a mi marido?

—Porque es cierto. Por eso recalqué su nombre.

—Me di cuenta, pero responda a mi pregunta. ¡Fernando es tan discreto!

Don Héctor se acercó a la puerta para asegurarse de que nadie escuchaba sus palabras. En aquellos días, simplemente hablar resultaba peligroso.

—Don Narciso precedió en el cargo de secretario de Gracia y Justicia a don Tadeo Calomarde. Desempeñó el cargo en 1824 y fue él quien promovió una amnistía para los liberales que no tuvieran delitos de sangre. A los realistas más exacerbados les pareció un agravio y acabó cayendo en desgracia. Algunos exaltados, considerándolo un traidor, atentaron contra él. Su marido, que acababa de salir de prisión gracias a la amnistía, se enfrentó a ellos sin saber a quién estaba ayudando.

—¿Cómo sabe usted eso?

—Porque me lo contó el propio conde. Con su marido iban otros dos oficiales recién salidos de los calabozos. Como ya le indiqué, ahora el conde es nuestro embajador en Londres.

—¿No me ha dicho que había caído en desgracia?

—Don Narciso es, probablemente, nuestro mejor diplomático. La camarilla que nos gobierna lo utiliza para resolver asuntos peliagudos en el extranjero.

—Si ejercía funciones en el Gobierno, defenderá el credo absolutista.

—Se equivoca, doña María. Los absolutistas lo consideran un liberal. Es persona muy moderada. Rechaza la salvaje persecución que se está llevando a cabo contra los liberales, quienes pagan los graves disturbios protagonizados el año pasado en Cataluña por realistas exaltados. Se llaman a sí mismos agraviados y por aquellas tierras se les conoce como los malcontentos. El propio rey tuvo que viajar hasta Barcelona para aquietar los ánimos.

María miraba al abogado con cara de asombro.

—Estoy hecha un lío, don Héctor. ¿Qué es todo eso de los malcontentos y qué tienen que ver con la persecución contra los liberales?

El abogado dejó escapar un suspiro y de nuevo se acercó a la puerta. Nadie les echaba cuenta y eso lo animó a seguir.

—Como sabrá, el rey, que ha contraído matrimonio en tres ocasiones, no engendra descendencia. Aquí, en Madrid, corren rumores muy escabrosos. Se dice que la reina es tan mojigata que fue necesaria una carta del mismísimo Pío VII para que accediese a mantener relaciones con su marido. ¡Imagínese usted!

—¡Eso serán bulos maliciosos! —María lo miraba atónita.

—Aunque parezca increíble, es cierto, doña María. La reina contrajo matrimonio siendo una niña, y para casarse salió del convento donde la habían educado convencida de que mantener relaciones era un gravísimo pecado.

—¿Cómo pensaba engendrar un hijo?

—Simplemente besándose.

—No puedo creerlo.

—Créalo. ¿Se imagina al rey en ese trance?

—¿Eso explica que sea tan aficionado a los burdeles como dicen?

—Creo que también influye el que el rey es ávido en cuestión de mujeres.

—Todo esto venía a cuento de que el rey ya ha contraído tres matrimonios y no engendra descendencia.

—Eso ha hecho que en la corte haya una facción, cada vez más consolidada, que se agrupa en torno a su hermano, el infante don Carlos, a quien ven como su sucesor. Son los más obstinados absolutistas. Algunos consideran al rey un blandengue que no ejerce la autoridad como es debido.

—¡Eso es inconcebible!

—Pero es cierto. Están, por ejemplo, muy disgustados con que no se haya restablecido el tribunal de la Inquisición después de que fuera abolido en 1820. Como le he dicho, el propio rey tuvo que viajar a Barcelona y un ejército al mando del conde de España acabó con la sublevación de esos realistas radicales. Fernando VII se negó a conceder medidas de gracia y ordenó fusilar a los principales cabecillas. Los ejecutaron en Tarragona y más de trescientos fueron deportados al presidio de Ceuta…

Don Héctor vio que las lágrimas resbalaban por las mejillas de María. Sólo entonces se dio cuenta de lo sensible que era aquel asunto para ella. Nervioso, le entregó su pañuelo, deshaciéndose en disculpas. Cuando se hubo sosegado, le preguntó:

—¿Cree que la persecución contra los liberales es para compensar lo de Cataluña?

—No tengo la menor duda. Ya sabe cuál es la principal máxima política de nuestro rey.

—¿Cuál?

—«Palos a la burra blanca, palos a la burra negra».

Unos pasos en la galería anunciaron que alguien se acercaba.

Era el conde de Ofalia. María apretó entre sus dedos el pañuelo de don Héctor.

—Don Tadeo me ha dicho que se tomará con mucho interés vuestra petición.

—Muchas gracias, excelencia —balbuceó María—. ¿Cuándo tendremos respuesta?

—El rey está cazando en Valsaín. Creo que regresa mañana. Probablemente pasado mañana firmará la resolución que enviarán directamente a Granada. Ahora tengo que marcharme. He aprovechado que don Tadeo ha tenido una necesidad para venir a informarlos, pero debo continuar la reunión.

El conde se despidió de María con una inclinación de cabeza. Luego se volvió hacia don Héctor y estrechó su mano. Al abogado no le gustó la expresión de su rostro. Don Narciso abandonó la sala, pero don Héctor lo alcanzó en la galería.

—Disculpe, excelencia. ¿Lo de enviar la resolución a Granada es…?

—Doña María debe partir lo antes posible si quiere ver a su esposo con vida. Anímela a marcharse. El rey ratificará la sentencia. Calomarde se ha puesto hecho una furia cuando he intercedido. Lo siento…, lo siento mucho.

26

Don Bernardo de Oteiza, el párroco de Santa Escolástica, no dejaba de darle vueltas a la cabeza. Lo que sabía acerca del asesinato de doña Cecilia Coello de Portugal podía proporcionar alguna pista para esclarecerlo y, tal vez, evitar que en cualquier momento apareciera otro cadáver, que era lo que mucha gente se temía. La duda que lo atormentaba no dejaba de aumentar hasta el punto de que la pasada noche se había despertado sobresaltado en varias ocasiones.

Después de celebrar la misa, oró ante el sagrario pidiendo a Dios que lo ayudase a tomar la decisión más conveniente. Al cabo de una hora tenía las rodillas tumefactas y le costó trabajo ponerse de pie. Entró en la sacristía trastabillando, se puso el bonete —sostenía la peregrina idea de que le ayudaba a pensar— y se sentó en el sillón del bufetillo que tenía en la sacristía, que era donde atendía a sus feligreses. Allí sentado le llegó la iluminación solicitada y, sin pensarlo dos veces, cambió el bonete por la teja, se echó sobre los hombros el manteo, anudado a su cuello, y salió dando tal portazo que sobresaltó al sacristán, que capaba los pabilos carbonizados de un montón de velas.

Iba por la calle como un torbellino, despachando rápidamente a los rapaces que se acercaban a besarle la mano. Dejó atrás el enorme convento de los franciscanos y cruzó el Darro por el puente del Carbón. Llegó a una casa frontera con la catedral, golpeó el aldabón con fuerza y esperó impaciente a que le abrieran. Como la respuesta se demoró más de lo que consideraba razonable, volvió a llamar con más energía.

—¡Ya va! ¡Ya va! ¡Habrase visto!

La anciana que le abrió no dejaba de refunfuñar.

—¡Necesito ver a don Demetrio! —gritó para que el ama de llaves del canónigo Benítez, cuya sordera era proverbial, no le respondiera con su habitual: «¿Cómo dice?».

—¡Está en el despacho! —le gritó cuando don Bernardo ya iba pasillo adelante.

Don Demetrio Benítez era alto, entrado en carnes, poseía una llamativa melena blanca y unas pobladas y encanecidas cejas. Era el doctoral del cabildo catedralicio granadino y el más fino moralista que se sentaba en el coro. No había alcanzado un báculo episcopal a causa de sus ideas. Más bien al contrario, habían sido motivo de severas reconvenciones. Algunos lo tachaban de liberal y partidario de la Constitución, aunque él se consideraba un ilustrado que aplicaba la razón a las cosas de los hombres y esa razón le decía que había cuestiones imposibles de sostener.

Colaboró con Martínez de la Rosa en los trabajos de las Cortes reunidas en Cádiz durante los años de la guerra contra los franceses. Desde que terminó aquella contienda vivía apartado del mundo. Cumplía sus funciones como miembro del cabildo catedralicio y se encerraba en su casa.

Don Bernardo lo encontró enfrascado en la lectura de un grueso volumen. Al notar una presencia extraña, el canónigo alzó la vista y se quitó las gafas.

—¡Don Bernardo! ¿Qué lo trae por aquí? Creo que se confesó... ¿anteayer?

—No vengo a confesar, ¡aunque buena falta me haría...!

—¡Por el amor de Dios, contenga esa lujuria!

—Ya sabe que sólo cedo a la tentación con mi Rosario.

—¡Cualquiera diría que pasa las horas rezando misterios y recitando letanías!

—No se lo tome a guasa, sabe que me produce mucho sufrimiento.

—¡Es cierto! ¡Pero el propósito de la enmienda le dura un suspiro! ¿A qué ha venido?

—A plantearle un asunto muy delicado. Atormenta mi conciencia desde hace días.

—Póngase cómodo y cuénteme —dijo el canónigo señalando el sillón que tenía enfrente.

Don Bernardo se quitó el manteo y la teja, y se sentó.

—Hace varias semanas me visitó un familiar de doña Cecilia Coello de Portugal.

—¿La señora que apareció asesinada en la puerta de su iglesia?

—La misma que…

Don Demetrio lo interrumpió.

—Lo que le han confiado, ¿ha sido bajo secreto de confesión?

—¡Por supuesto que no! —exclamó don Bernardo.

—No se altere, padre. En estos casos conviene dejar las cosas claras desde el principio. ¿Le pidió que guardara secreto acerca de su revelación?

—No, pero lo que me dijo fue confiando en mi discreción.

El canónigo se puso las gafas.

—Me imagino que me lo está planteando porque duda si ponerlo en conocimiento de otra persona.

—En efecto.

—Si no he entendido mal, ese familiar se sinceró con usted hace algunas semanas. Supongo que habrá una razón para plantearse ahora revelar lo que le confió.

—Ayer conversé…, bueno, en realidad sólo crucé unas

palabras con unos policías que estaban en el atrio de mi parroquia buscando pistas para desvelar los entresijos del asesinato de doña Cecilia. Si ellos estuvieran al corriente de lo que me fue revelado…

Don Demetrio dejó las lentes en la mesa y entrelazó las manos sobre su pecho. Meditó con los ojos entrecerrados hasta que, al cabo de un rato, preguntó:

—¿Por qué no habla con ese familiar y le expone sus cuitas? Sería lo más acertado.

—Es que…

—Déjeme terminar y no sea tan impaciente. Si le prohíbe revelar lo que le confió, sabría a qué atenerse. Sólo en caso de que con su revelación fueran a evitarse hechos de funestas consecuencias, podría considerarse la posibilidad de informar de lo estrictamente necesario para impedir el mal y, siempre, manteniendo el secreto sobre la persona que facilitó los datos. En caso de que le diera vía libre…

—Lo que antes quería decirle es que ayer tarde fui a verlo y le expuse lo que usted, con su buen criterio, me acaba de recomendar. Pero se negó en redondo a que revelara el contenido de nuestra conversación.

—¿Qué razones le dio? No quiero que me las diga, mi pregunta va encaminada a la clase de razones que adujo.

—Razones de tipo familiar.

Don Demetrio guardó silencio y permaneció ensimismado un buen rato.

—Tengo entendido que, después del cadáver de esa señora, ha aparecido otro, ¿es así?

—Así es. Encontraron el de un hombre en el convento de los carmelitas.

—¿Cree que se habría evitado esa muerte si usted hubiera contado lo que sabe?

Ahora fue el párroco de Santa Escolástica quien meditó su respuesta.

—No lo sé.

—En caso de duda, no hay obligación de mantener el secreto. Serénese y considere que está actuando correctamente. Si las circunstancias se modificaran, actúe según le dicte su conciencia.

Las pesquisas sobre los sambenitos expuestos en las iglesias dieron resultado. Había desaparecido uno de ellos y una cartela con el nombre del penitenciado y la causa de su condena: bígamo.

—Estaban en la iglesia de los padres dominicos.

—¿El sambenito y la cartela? —preguntó don Matías.

—Sí, señor.

—¿Por qué no habían denunciado el robo?

—El prior dice que se han dado cuenta cuando hemos ido a preguntar. Su actitud nos ha parecido muy extraña.

—¿Habéis tenido noticia de alguna otra desaparición? Me refiero en otro templo.

—No, señor, aunque quedan por revisar más de la mitad.

—Entonces vuestro trabajo aún no ha concluido.

—¿Hemos de recorrer todas esas iglesias? —El policía parecía apesadumbrado.

—Mejor será que no lo demoréis. Lo que antes se empieza, antes se acaba.

Nada más retirarse los agentes, don Matías preguntó a Diéguez:

—La cuarta de las víctimas, la que apareció en la iglesia del convento de los carmelitas, tenía una cartela colgada al cuello, ¿verdad?

—Sí. En ella se señalaba que había sido condenado por bígamo.

—Ya sabemos de dónde procede.

27

Hacía rato que la senda había desaparecido entre los riscales. Mendoza saltaba por las piedras con tal agilidad que a Burel le costaba trabajo seguirlo.

—¡Date prisa, tenemos que regresar antes de que anochezca! ¡Por estos canchales no se puede caminar de noche!

—Hago lo que puedo. No estoy tan acostumbrado como tú.

Conforme ascendían por la escabrosa pendiente, el frío se acentuaba. Sólo se escuchaba el silbido del viento, el graznido de los grajos y el sonido de sus pisadas.

—Aquí la vida es difícil. Uno se echa al monte porque no le queda más remedio.

—¿Cuántos sois? —preguntó Burel.

—En total, unos ochenta.

—¡Eso es casi un ejército! Ochenta hombres decididos...

—No es oro todo lo que reluce.

Llegados a un punto, el bandolero se detuvo.

—Lo siento, pero tengo que vendarte los ojos. No es que desconfíe de tu palabra, pero es la norma. Si no lo hiciera, tendríamos problemas.

Le dijo que se desanudara el pañuelo rojo que llevaba al cuello e improvisó una venda. Cogidos de la mano, caminaron más despacio. De vez en cuando Mendoza le advertía de lo accidentado del camino, y después de muchos tropezones y algunos silbidos que eran respondidos antes de perderse como ecos lejanos entre aquellas cumbres inhóspitas, llegaron a un lugar donde se caminaba con más comodidad. Se detuvieron y Burel comprobó, antes de que le quitaran la venda, que la voz de Mendoza retumbaba:

—Mi comandante, no puede imaginarse quién ha traído el rescate.

Lo primero que vio Burel al quitarle el pañuelo fue un resplandor que lo deslumbró. Era una gran candela, encendida en el interior de una cueva.

El comandante Jambrina lo miró tratando de recordar.

—¿No lo identifica, mi comandante?

—¡Burel! —exclamó al fin—. ¡Tú eres Burel, el teniente de la tercera compañía!

—¡A sus órdenes, mi comandante! —Burel adoptó una postura marcial, estaba viendo al comandante de su antiguo batallón, no al jefe de una partida de bandoleros.

Jambrina se acercó hasta él y los dos hombres se fundieron en un largo abrazo.

—¿Qué ha querido decir Mendoza con eso de que traes el rescate de ese faccioso?

—Es una historia complicada, mi comandante.

—Aquí el tiempo no es problema, acomódate y bebe un poco de vino. Estarás helado, ahí fuera sopla un viento de cojones.

—Mi comandante, Burel tiene que regresar a la venta.

—¿Cómo es eso?

—Él se lo explicará.

—Está bien, pero antes venga ese trago de vino. Siéntate y cuéntame esa historia.

Burel paseó la mirada por la cueva. Era un auténtico campamento. Atisbó el resplandor de otras dos candelas y comprendió por qué Mendoza le había dicho que no era oro todo lo que relucía. Alrededor de una de las candelas había tres ancianos y algunas mujeres con rapaces jugando sobre una manta.

—¿Cómo han venido todos a parar aquí?

—Son protegidos de José María Hinojosa. Supongo que habrás oído hablar de él.

—¿El Tempranillo? Creí que operaba por Sierra Morena.

—Cualquier sierra forma parte de sus dominios. Aquí no manda el Narizotas, en Andalucía el rey es el Tempranillo.

Burel estuvo charlando con su antiguo comandante más de media hora. Jambrina supo por qué acudía a pagar el rescate de don Fulgencio Camero, a quien no se veía por ninguna parte. Comprendió que aquella gente estaba allí huyendo de la justicia porque la injusticia se había cebado en ellos.

Después de la negociación, el rescate quedó en tres mil reales.

—Aunque ese sujeto no merece la rebaja —matizó Jambrina—. Es una mala persona.

—Pero hace bien el tener en cuenta otras consideraciones, mi comandante.

—Regresa a la venta y ten preparado el dinero. Mañana a las diez, dos de mis hombres llevarán a ese tipo.

Se despidieron con otro abrazo. Antes de salir de la cueva y de que Mendoza le vendara los ojos, el comandante le dijo:

—Si alguna vez te ves en apuros, ya sabes dónde estamos.

—No lo sé, mi comandante. Mendoza va a vendarme otra vez los ojos.

—Basta con que dejes razón en la venta. Ahora márchate, en este tiempo la noche se echa encima muy pronto.

Cuando los bandoleros llegaron a la venta, Burel los esperaba paseando por el patio y sin dejar de fumar. Estaba muy nervioso. Al cruzar el portón, identificó al tío de Magdalena, montado en una mula y escoltado por Mendoza y otro hombre. Las pistolas resaltaban en sus fajas igual que los trabucos naranjeros que llevaban al hombro. Don Fulgencio Camero buscaba, sin encontrarla, a alguna persona conocida.

—Dios te guarde, Burel.

—También a ti, Mendoza.

—¿Tienes el dinero preparado?

Burel clavó su mirada en el talego que había en el brocal del pozo.

—Puedes contarlo, aunque te aseguro que no falta un cuarto.

—Si tú dices que está todo, para qué contarlo.

El otro bandolero ayudó a don Fulgencio a bajarse de la mula y con una navaja cortó sus ataduras y liberó sus muñecas.

—¿Vosotros os conocéis o son figuraciones mías? —preguntó retador, masajeándose las muñecas.

—Porque nos conocemos vas a salir mejor de lo previsto —respondió Mendoza.

—¿Qué quieres decir?

—Que te vamos a soltar por la mitad de lo que pedíamos.

Don Fulgencio se quedó mirando a Burel y le preguntó:

—¿Tú quién eres y qué haces aquí?

—He venido a pagar el rescate.

—No te conozco, ¿te envía mi sobrina?

—En cierto modo.

—¿Qué quieres decir?

—Magdalena no me envía, está aquí.

—¿Dónde? ¿Dónde está?

—Ahí dentro, en la venta. Ha venido conmigo.

—¿Tú eres el que se ve con ella a escondidas?

Burel se quedó tan sorprendido que apenas balbuceó una afirmación y en los ojos de don Fulgencio brilló la ira.

—¿Cómo te llamas?

—Mi nombre es Antonio José Burel. Supongo que no le dirá gran cosa, pero es posible que le suene el de mi ama, doña Mariana de Pineda.

—¿Cómo has dicho? —En sus oídos el nombre había sonado como una blasfemia.

—Doña Mariana de Pineda —repitió Burel recuperando el aplomo.

—¿Sirves a esa arpía?

Burel lo taladró con la mirada, pero Camero no se arredró. Con las manos libres, parecía sentirse más seguro. Mendoza percibió la transformación.

—Parece que ahora tienes más agallas que arriba o que cuando te cagaste en los calzones.

Camero lo miró iracundo.

—¡Por lo más sagrado que no pararé hasta veros a todos colgados! ¡Lo juro!

Magdalena, que seguía el encuentro desde un ventanuco, no pudo contenerse y salió al patio a pesar de que Burel le había insistido en que no se moviera de la venta. Corrió hacia su tío.

—¡Tío, tío! ¡Gracias a Dios!

Camero la miró con desdén. En lugar de responder a sus manifestaciones de alegría, le preguntó, señalando a Burel:

—¿Con este botarate es con quien te acuestas?

Magdalena se quedó paralizada.

—No digas eso, tío. ¡Hemos reunido el dinero para

recuperarte sano y salvo! ¡Su ama y él han puesto parte del dinero!

—¿Doña Mariana de Pineda y este individuo han puesto parte del rescate?

—¿Cómo, si no, hubiera podido yo reunir esa suma…, ni siquiera venir?

—¡Contesta a mi primera pregunta! —exigió su tío—. ¿Con este botarate te acuestas?

Magdalena se llevó las manos a la cara y comenzó a sollozar. Los bandoleros miraban estupefactos y Burel se esforzaba por contenerse. Fue entonces cuando su tío la agarró por un brazo y comenzó a zarandearla sin la menor consideración.

—¡Dime! ¿Con este es con quien te acuestas? ¡Dímelo! —gritaba descompuesto.

Estaba al tanto de las relaciones de su sobrina y deseaba saber si ese hombre era Burel. La respuesta de Burel sonó como un trallazo en los oídos de Camero.

—¡Mantenemos relaciones desde hace meses! ¡Suéltela!

Don Fulgencio escupió a su sobrina en el rostro.

—¡Sabía que eras una puta y a mi regreso de Loja iba a ajustarte las cuentas! ¡Pero con un liberal!

Magdalena no dejaba de sollozar ni su tío de zarandearla.

—¡Lo amo, tío, lo amo! —pudo exclamar con la voz ahogada por el llanto.

—¡Zorra! ¡Más que zorra!

Su tío la abofeteó sin soltarla del brazo; alzaba la mano para golpearla de nuevo, cuando Burel le sujetó el brazo y lo miró a los ojos.

—¡Ni se te ocurra hacerlo otra vez!

—¿Cómo te atreves? ¡Miserable! ¿Cómo te atreves a ponerme la mano encima?

241

Burel estampó su puño en el rostro de don Fulgencio, que rodó por el suelo sangrando por la nariz y la boca. Magdalena fue en su ayuda, pero su tío la apartó de un manotazo. Se levantó y, apoderándose de la pistola del compañero de Mendoza, disparó sobre Burel, que se había agachado para auxiliar a Magdalena, y segundos después se oyó un segundo tiro, luego otros dos más potentes. Los ecos de los disparos se perdían entre las montañas multiplicándose como si se hubiera librado una batalla. Eso fue lo que le pareció al ventero y a su hija cuando salieron a toda prisa al patio.

—¡Dios mío! —La muchacha se llevó las manos a la cara, horrorizada ante la sangrienta visión que, envuelta en el humo de los disparos, tenía ante sus ojos.

28

En la venta reinaba el mayor desorden. Magdalena lloraba junto al cadáver de su tío, mientras que la hija del ventero y otra moza trataban de curar la herida del bandolero que había acompañado a Mendoza. Burel se vendaba la herida con unos trozos de lienzo. La bala de don Fulgencio apenas lo había rozado. A su lado, Mendoza intentaba serenarse con una jarra de vino y el ventero, ayudado por un mozo, preparaba a toda prisa unas angarillas que engancharían a la mula que había traído a don Fulgencio para llevarse a su compañero. Aunque el disparo del tío de Magdalena le había agujereado la barriga, el ventero se negaba a que se quedara allí. Podía tener problemas si aparecían los migueletes.

Burel finalizaba el vendaje cuando la hija del ventero se acercó a Mendoza.

—No ha podido ser. Hemos hecho todo lo que hemos podido, pero… —dijo la muchacha.

Mendoza arrugó la frente.

—¿Qué quieres decir?

—Lo siento, pero el Lucentino ha muerto. La vida se le ha ido con la sangre que se le escapaba por el agujero que tenía en la barriga.

Mendoza dio un puñetazo en la mesa y después arrojó su jarra contra la chimenea. El fuego chisporroteó.

—¡Maldita sea su estampa!

—Tranquilo, Mendoza, estas cosas pasan. —Burel lo agarraba amigablemente por el brazo, pero se zafó de un tirón.

—¡Esto no tenía que pasar! Habíamos cerrado un trato y ese hijo de puta estaba de acuerdo. ¡Te lo dije, ese servil era un mal bicho! ¡Tenía que habérmelo cargado antes! El Lucentino era un buen hombre. Antes de echarse al monte tenía en su pueblo un taller donde hacía y remendaba calderos y ollas de cobre. Tuvo que huir a toda prisa por un asunto de faldas.

—¿Qué ocurrió? —le preguntó Burel para que se desahogara hablando.

Mendoza pidió otra jarra, le dio un buen tiento y se limpió la boca con el dorso de la mano.

—Fue en mayo del año pasado. El Manco y yo estábamos en la romería donde ocurrieron los hechos. A esa romería acuden gentes de toda la comarca. Suben a un monte, bastantes de ellos descalzos, para postrarse a los pies de una imagen de la Virgen y mostrarle su devoción. Muchos de los que van descalzos lo hacen por promesa. ¡Fanatismo de gentes a quienes los curas y los frailes tienen embaucados!

Mendoza, como todos los radicales, consideraba al clero culpable de buena parte de los males que aquejaban a España.

—¿Qué pasó? —preguntó Burel, que, conociendo a Mendoza, se temió una perorata sobre las maldades del clero y el destino que debían tener los frailes.

—A ese monte acuden desde la víspera de la romería gentes de distintos pueblos y montan tiendas de campaña que se distinguen por sus formas y colores. Se organizan convites donde se come y se bebe vino, toda clase de licores y mistelas. Unos invitan a otros. No son pocos los que acuden con el propósito de formalizar allí relaciones con la moza que rondan, y hay quien aprovecha el jolgorio para un encuentro furtivo con alguna guapa. Al llegar la noche se encienden fogatas, se toca la guitarra y hay mucho cante y baile, y como el vino sigue corriendo son frecuentes las pendencias.

—Y Manuel se rajó con otro por una moza... —aventuró Burel para abreviar.

—Como te he dicho, fue un asunto de faldas, pero no ocurrió esa noche sino al día siguiente, que es cuando se celebra la romería con una procesión de la imagen por los alrededores de la ermita. Durante la procesión muchos disparan sus escopetas y trabucos al aire. El gentío es tan grande y el espacio tan limitado que se estorban unos a otros. Se discute, se maldice y surge la bronca. Sobre todo, cuando la gente quiere meterse debajo de una enorme bandera confeccionada de seda de diferentes colores que un mozo, al que acompaña otro que toca un tambor, tremola de vez en cuando. Entonces el gentío se arrodilla y se apiña debajo de la bandera y grita, una y otra vez: «¡Viva! ¡Viva! ¡Viva!». Como todos quieren quedar bajo los vuelos de la bandera, hay empellones, codazos y achuchones que dan lugar a peleas. Ahí fue donde Manuel se las tuvo con un tipo que empujó a Rosa, la moza por la que bebía los vientos, que rodó por el suelo. Le exigió disculpas, el otro se negó y quedaron detrás de unos riscos para ajustarse las cuentas.

—¿Qué pasó?

—Que se embrazaron unas mantas, sacaron las facas y Manuel se cargó al otro. Entonces su mujer sacó una navaja oculta e intentó apuñalarlo por la espalda, pero Rosa la agarró por la muñeca, le arrebató la navaja y la apuñaló.

245

Total, los dos muertos. La mala fortuna hizo que un sujeto que se había apartado del gentío para mear fuera testigo del apuñalamiento. Lo demás te lo puedes imaginar.

—Esa Rosa, ¿es una de las mujeres que vi ayer en la cueva?

—Es una real hembra, aunque para mi gusto tiene mucha nariz.

El ventero y el mozo también se acercaron, pero no abrieron la boca. Mendoza miró el talego con los tres mil reales que estaba sobre la mesa, se levantó y, echándoselo al hombro, le ordenó al ventero:

—¡Quita las parihuelas a la mula y ayúdame a cargar el cuerpo de Manuel!

—¿Qué vas a hacer? —preguntó Burel.

—Llevármelo. Aquí no se puede quedar. Eso comprometería a este —dijo señalando al ventero con el mentón—. Además, Rosa tiene que verlo para despedirse y no quiero que los migueletes se diviertan a costa de su cadáver. Él escogió el monte y en el monte descansará. Era un buen hombre. Algo exagerado, pero un buen hombre.

El lienzo de un costal limpio sirvió para amortajar el cadáver antes de amarrarlo al aparejo de la mula. Burel ayudó a Mendoza y lo acompañó hasta más allá de las bardas de la venta, donde la senda se difuminaba entre los peñascos. Allí los dos viejos compañeros de armas se abrazaron.

—Siento lo ocurrido. Como tú dices, esto no tenía que haber pasado.

El bandolero, que se había calado el catite hasta las cejas, asintió sin abrir la boca. Burel lo vio perderse por la serranía, con su trabuco al hombro, tirando del ronzal de la mula y los dos caballos de reata. De regreso a la venta, subió a su alcoba donde estaba Magdalena con el labio partido y un moretón rodeando su ojo derecho. Era el último recuerdo de su tío, que yacía tendido en el jergón que le servía de lecho mortuorio. Miró a Burel con los ojos enrojecidos por el llanto. Todo había salido mal. Cuando la víspera, al regresar de la guarida de los bandoleros, Burel le dijo que liberarían a su tío por la mitad del rescate exigido, no había podido contener su alegría; ahora sollozaba junto a su cadáver, que ofrecía una mueca macabra a pesar del lienzo anudado a la cabeza para sujetarle la mandíbula.

Burel rememoró los trágicos momentos vividos en el patio de la venta, cuando el tío de Magdalena le arrebató la pistola al Lucentino y abrió fuego, primero sobre él y después sobre el bandolero, la suerte fue desigual. Él apenas recibió un rasguño en el hombro, pero a Manuel le acertó en el vientre. Entonces, Mendoza le descerrajó dos tiros a bocajarro. Cayó al suelo con un hálito de vida y falleció en brazos de su sobrina.

—¿Qué vamos a hacer ahora? —preguntó Magdalena, angustiada.

A Burel no le hubiera importado enterrar el cadáver por aquellos parajes y señalarlo con una cruz, pero no se atrevió a proponérselo a Magdalena. Además, era conveniente que hubiera constancia documental de su fallecimiento para evitar otros problemas. Explicarían a las autoridades que unos bandoleros habían acabado con su vida.

—El ventero me ha dicho que mañana deben pasar por aquí los arrieros con los que vinimos, que regresan de Alhama. Podemos esperarlos e irnos con ellos.

—¿Crees que… el cadáver de mi tío aguantará? Tiene el pecho destrozado.

Burel dudó. Había visto cadáveres que olían a las pocas horas y otros que resistían mejor. El frío del lugar jugaría a favor, pero con el torso de esa guisa…

—La otra posibilidad es ir a Zafarraya y ver si podemos contratar un carrero dispuesto a llevarlo. Con suerte llegaríamos a Loja al anochecer.

—Me parece mejor. Lo enterramos en Loja, no podemos llevarlo a Granada.

—Entonces, no perdamos un minuto.

Faltaba poco para la puesta de sol cuando cruzaron la Puerta de Granada. A golpe de reales lograron que el cadáver reposara en una capilla de la iglesia de la Encarnación. Magdalena y Burel se dispusieron a velarlo toda la noche. A eso de las diez, la mujer del sacristán apareció para hacerles algo de compañía. Al cabo de un rato, comentó:

—¿No querrían unas plañideras? En cuestión de media hora podría conseguirles media docena.

Magdalena miró dubitativa a la sacristana y vislumbró la posibilidad.

—Una noche en vela se hace muy larga y penosa. Les harían compañía toda la noche. Cada una cobraría ocho reales.

—No, muchas gracias. Preferimos estar solos —replicó Burel, temiéndose que Magdalena fuera a responder afirmativamente.

—¿Quieren que los acompañen mañana durante el funeral? Si lo desean, ejercerán de veleras por tres reales más el precio de las dos libras de cera de cada cirio.

—Eso me parece más acertado.

—¿Como veleras?

—Sí, como veleras. Avise a seis.

—Muy bien. —La sacristana se levantó de la silla y sólo entonces les dijo—: Voy a traerles un caldo de puchero que les aliviará el estómago.

Poco después de que el sacristán diera el primer toque para la misa primera, su mujer apareció con seis cofrades enlutadas, cubiertas con gruesos mantones de lana. Parecían deudas del difunto, pero no derramaron una sola lágrima. Cada una traía un grueso cirio que la propia sacristana se encargó de encender. Fueron tomando posiciones alrededor del ataúd, componiendo una imagen fúnebre. Semejaban estatuas parlantes porque de su boca no cesaron de salir oraciones y jaculatorias, pero, aparte de los labios, no movían un solo músculo. Allí permanecieron, inmóviles y ajenas a la celebración de la misa, hasta que el sacerdote se acercó para oficiar un responso y darle la despedida espiritual al cadáver.

Aquella mañana se le dio cristiana sepultura. Burel declaró que lo habían matado unos bandoleros cerca de los llamados Infiernos de Loja, una profunda garganta, tajada por el río Genil, junto a la cual discurría una vereda próxima al camino real de Granada. Los cien reales que entregó al sacristán agilizaron de forma increíble los trámites. A la hora del ángelus don Fulgencio estaba enterrado en una fosa bajo la capilla donde había sido velado. Hasta entonces permanecieron las veleras bisbiseando salmodias. Cobraron su estipendio y se llevaron los cabos de cirio no consumidos.

Después de almorzar, el coadjutor que iba a la alquería de Láchar accedió a llevárselos en su carruaje. Allí les facilitarían alojamiento para pasar la noche. El cura daba por sentado que Burel y Magdalena eran matrimonio. Al día siguiente encontrarían la forma de llegar a Granada, que estaba a poco más de tres leguas.

29

La diligencia entró en Granada por el camino de Jaén, después de salvar el puerto del Zegrí, el último obstáculo del penoso viaje que María realizaba desde Madrid, de donde había salido tres días antes. El regreso había sido menos accidentado que la ida. Tras cruzar el pontón sobre el Beiro, el cochero fustigó las mulas exigiéndoles un último esfuerzo. Enfilaron las Eras del Cristo, una especie de ejido antes de llegar al casco urbano, y María vio pasar por la ventanilla la ermita de San Isidro, una minúscula construcción donde, a mediados de mayo, acudían labriegos, agricultores y devotos del santo labrador a celebrar su romería. Si la angustia la embargó cuando viajaba a Madrid, el regreso había sido peor. Don Héctor no había sido explícito, pero sus palabras le hicieron intuir el fracaso de su propósito. Los días de viaje habían sido un calvario.

Por la calle de Capuchinos llegaron al Triunfo. La dorada luz de la tarde jugaba con las hojas de los álamos que tapaban el costado del Hospital Real, pero María no pudo recrearse con la belleza de la alameda; lo que vio un poco más allá encogió su estómago. Se confirmaban sus peores augurios. Un grupo de ociosos contemplaba a la cuadrilla que levantaba un cadalso. Uno de los viajeros comentó, insensible:

—Mañana hay diversión asegurada.

María lo fulminó con la mirada. La diligencia, pese a no tener parada, se detuvo ante Puerta Elvira y descendió una pareja. El hombre, autor del desafortunado comentario, había deslizado algunas monedas en el bolsillo del cochero. La descarga del equipaje, una operación engorrosa, prolongó la parada varios minutos. Atrajo su atención el cuadro de la Virgen de las Mercedes, se santiguó y musitó una breve plegaria pidiéndole una merced. Una lágrima resbaló por su mejilla y el viajero que estaba a su lado le comentó:

—Es imagen muy milagrosa, confíe en ella.

—Que el cielo lo escuche.

La diligencia se puso en marcha. Tomó por el Triunfo y bajó por la calle de San Juan de Dios, llegó hasta el carril del Picón y enfiló la calle Puentezuelas para subir por Recogidas hasta Puerta Real, donde rindió viaje. Apenas puso un pie en el suelo, un esportillero ofreció a María hacerse cargo de su equipaje y a toda prisa se dirigió a casa de sus tíos temiéndose lo peor. La posta era mucho más rápida que las diligencias y don Héctor le había dicho que un correo podía hacer el recorrido en un par de días. Aquel cadalso sólo podía significar que ya había llegado la ratificación de la condena y se estaban dando prisa.

A la misma hora que tan negros presagios embargaban el ánimo de María Doménech, en la Cárcel Alta se había alterado la rutina habitual. Ocurría cuando un reo estaba en capilla. Se suspendían las visitas de los familiares y los presos sólo salían de sus celdas para la limpieza de los bacines. Ese era el momento que había elegido el capitán

Álvarez de Sotomayor para fugarse. Fingió estar enfermo para quedarse solo en la celda, mientras los demás reclusos estaban en la galería o bajaban al patio. Únicamente otro recluso, de nombre Gil Pérez, conocía sus planes y se había mostrado dispuesto a colaborar en algo que en nada lo comprometía.

Una vez solo en la celda, se ató la manta, doblada varias veces, a la cintura para aparentar una voluminosa barriga que lo desfiguraba, sacó el hábito del jergón y se lo puso rápidamente. Luego usó la redecilla para colocarse el pelo de modo que pareciera un tonsurado. Se compuso las barbas postizas y desfiguró su expresión colocando en su boca las piezas que le había dado Mariana. Esperó a que su cómplice alejase a los demás presos de la galería. Se valió de dos garrafillas de vino y unas golosinas que uno de los carceleros había llevado, pagadas a precio de oro, con el dinero que Mariana había dejado al capitán, para invitarlos a todos en el patio. El capitán, tenso y dominando sus nervios, oyó los vítores con que fue acogida la invitación para celebrar el santo de Gil Pérez. Cuando asomó la cabeza, la galería estaba desierta y en silencio. Disponía de pocos minutos para afrontar el momento de mayor peligro. Su disfraz de capuchino podía delatarlo, allí nunca entraban los religiosos en sus visitas a los presos. Tenía que alcanzar la puerta del fondo que, durante el tiempo de la limpieza, quedaba abierta para facilitar la entrada y la salida. Abandonó a toda prisa la galería y palideció al encontrarse con un carcelero que se esforzaba en abrir una puerta. Pensó en retroceder y regresar a la celda, pero decidió arriesgarse. Se pegó a la pared protegido por un contrafuerte y aguardó con el pulso alterado y conteniendo la respiración. Respiró aliviado al oír cómo la puerta se abría y se cerraba. Avanzó despacio hasta ganar el final del pasillo. Se encontraba a unos pasos de la antesala de la celda donde eran confinados los reos que estaban en capilla, cuando una voz a su espalda lo paralizó.

—¡Padre! ¡Padre!

Permaneció inmóvil y contestó antes de volverse.

—¿Sí?

—¿Habéis terminado la visita al enfermo?

El capitán se volvió y ofreció su mano al desconocido.

—¿Por qué lo preguntas, hijo?

—Porque el reo quiere confesar.

El escalofrío le llegó hasta la nuca. No podía hacer aquello. No era hombre de misas ni de rosarios, pero no podía hacer una burla de un sacramento y menos aún una pantomima y hacer creer a aquel desgraciado que recibía la absolución por sus pecados.

—También deberá tranquilizarlo, está muy nervioso.

—¿No han venido para atenderlo? —aventuró a riesgo de delatarse.

—Ya deberían de estar aquí, pero por alguna razón se retrasan.

Fernando trató de hacerse mentalmente con la situación. Si le había preguntado por la visita al enfermo, significaba que había un capuchino en la enfermería y que en cualquier momento podía aparecer y desenmascararlo. Por otra parte, estaban esperando a otros frailes, los encargados de ayudar a bien morir al reo. Se hallaba en un aprieto y el tiempo jugaba en su contra.

—Está bien. Pero necesito unos minutos en la capilla. Quiero pedir a Dios que me ilumine para dar los mejores consejos a ese desgraciado.

—No se entretenga, padre, está muy nervioso. ¿Quiere que lo acompañe a la capilla? Su rostro no me es familiar...

—Soy nuevo en el convento —improvisó—. Mi nombre es fray Pedro de la Cruz.

—Soy el hermano mayor de la Caridad, a su servicio, fray Pedro.

—¿Cuál es tu nombre?

—José de la Fuente, padre.

—Vamos a la capilla, José. Será sólo un par de minutos.

Una vez en la capilla, arrodillado ante el crucifijo, buscaba la forma de salir del atolladero. No sabía qué hacer cuando oyó abrirse la puerta de la capilla, pensó que venían a prenderle. Se puso de pie lentamente y al volverse se encontró al hermano mayor junto a la pila del agua bendita.

—Fray Pedro, discúlpeme, sólo he venido para decirle que no es necesario que asista al reo. Sus hermanos ya han llegado. Gracias de todas formas.

—No tiene importancia, hijo. La caridad ha de guiar siempre nuestros pasos.

—Lo dejo que termine sus oraciones.

El capitán respiró aliviado, pero no podía entretenerse. Cuando los presos volvieran a sus celdas lo echarían en falta. Salió de la capilla y llegó a la antesala donde se despedía de Mariana. A partir de aquel momento habría de seguir el recorrido que tenía grabado en su mente. Bajó la escalera dando a sus pasos una cadencia solemne y se encontró ante el primero de los rastrillos. El carcelero lo vio acercarse con las manos entrecruzadas sobre el pecho y la capucha echada. Abrió la reja y lo saludó.

—¿Todo bien, padre?

—Todo bien, hijo.

Avanzaba hacia el segundo de los rastrillos cuando alguien gritó.

—¡Un momento, padre! ¡Aguarde un momento!

Fernando pensó que era el fin. Se detuvo otra vez sin volverse. Aguardó unos segundos que se le hicieron eternos hasta que ante él apareció un mozalbete.

—Su bendición, padre.

Le ofreció la mano para que se la besase y después le impartió la bendición muy lentamente, casi con solemnidad. El carcelero que aguardaba sentado en un banco junto al segundo de los rastrillos tuvo tiempo de levantarse y franquearle el paso.

—Buenas tardes nos dé Dios —lo saludó con tono paternal.

—Buenas tardes, padre.

Fernando oyó cómo se cerraba la reja a su espalda y siguió caminando. Estaba a pocos pasos de la calle. Mariana le había dicho que era un momento complicado. Allí estaba el cuerpo de guardia con el sota alcaide y los carceleros que no estaban de servicio. Muchos ojos observando, aunque podía ser que estuvieran entretenidos con las cartas. Controló los nervios, volvió a colocar sus manos sobre el pecho y humilló la cabeza, tratando de pasar lo más desapercibido posible. Un golpe de calor sacudió su cuerpo al ver que junto el rastrillo que daba a la calle había tres hombres charlando. Por la indumentaria dedujo que uno era el sota alcaide, que fumaba un grueso cigarro.

—¿Ha terminado por hoy, padre? —le preguntó expulsando una bocanada de humo.

—Así es, hijo —respondió alzando la cabeza.

El sota alcaide se quedó mirándolo.

—Es usted nuevo, ¿verdad?

—Sí, hijo, es la segunda vez que el prior me manda aquí.

El sota alcaide arrugó la frente.

—Sin embargo…, su cara me resulta familiar.

El sota alcaide lo miraba con descaro, tratando de encontrar el recuerdo de aquel rostro. Fernando no sabía qué hacer, aunque era consciente de que tenía que decir algo. En aquellas circunstancias su silencio podía resultar sospechoso. El riesgo aumentaba con cada segundo y el sota alcaide podría sospechar que allí había algo extraño.

—Mi nombre es fray Pedro de la Cruz. Quizá el hábito, la tonsura, la barba…

—¡Los frailes son todos iguales! —protestó uno de los que acompañaban al sota alcaide y, mirando la barriga del capuchino, añadió—: ¡Igual de gordos!

La carcajada, a la que se sumó el centinela que estaba al otro lado del rastrillo, desatascó la situación.

—La verdad es que, si bien el hábito no hace al monje, sí ayuda a que unos hermanos nos parezcamos a otros.

El capitán hizo un esfuerzo para sostener la mirada al sota alcaide. Si agachaba la cabeza y levantaba sospechas, podría dar la fuga por frustrada.

30

Al llegar a la iglesia de San Antón, María Doménech cambió de opinión. Iría primero a casa de Mariana, quedaba a pocos pasos y ella tendría más información que sus tíos. Indicó al esportillero que la siguiera y enfiló Recogidas. Cuando llegó todo era desorden.

—¿Qué ocurre? —preguntó a una criada que llevaba un cesto lleno de ropa.

—Estamos de mudanza, señora.

—¿Se marcha doña Mariana de Granada?

—No, señora, cambiamos de casa.

—¡Manuela, que te estoy esperando para guardar esa ropa! —gritaron desde arriba.

—¡Un momento, doña Úrsula, ya subo!

—¿Está tu señora? —preguntó María.

—¿Quiere ver a doña Mariana?

—A eso he venido.

La acompañó a la sala de las visitas donde se amontonaban cosas embaladas.

—Perdone el desorden…, tome asiento…, si puede. Enseguida aviso a la señora.

Mariana apareció con un mandilón que disimulaba

su estado y protegía su vestido. Se abrazaron y a María le resbalaron las lágrimas por las mejillas.

—¿Cuándo has venido?

—Acabo de llegar. He visto…, he visto el cadalso… —A duras penas logró articular aquellas palabras. Se cubrió el rostro con las manos y no pudo continuar.

—¡No se trata de Fernando! —Mariana la sacudió por los brazos.

María se quedó mirándola, los ojos muy abiertos y las lágrimas resbalando por sus mejillas.

—¿Y ese cadalso?

Mariana no respondió a su pregunta. Acercó su boca al oído y le susurró:

—A estas horas tu marido podría estar fuera de la cárcel.

—¿Ha llegado el indulto del rey? —preguntó asombrada.

Mariana le cogió las manos.

—No, María. Hemos preparado la fuga de Fernando. Es inútil esperar clemencia de ese monstruo.

—¿Dónde está?

—No lo sé. En estos momentos puede estar saliendo de la cárcel, quizá haya salido ya.

Mariana trataba de aparentar serenidad, pero la verdad era que se había puesto a ayudar a las criadas a embalar objetos para no estar mano sobre mano pensando angustiada en lo que podía estar ocurriendo en la cárcel. Había tenido en cuenta hasta el menor de los detalles, pero en cualquier momento todo podía venirse abajo. Era consciente de que no podía controlar muchos de los factores. No lograba sacudirse la imagen de la gitana de la plaza Nueva y sus palabras resonaban en su cabeza una y otra vez.

—¿Cuándo podré verlo?

—Por ahora, lo más conveniente es que ni sepas dónde está. El peligro es grande.

—Cuéntame al menos cómo se ha preparado la fuga.

Mariana, que se fatigaba mucho, cerró la puerta, apartó algunos objetos y se sentaron en el estrado. Le contó los detalles de la fuga y María rompió a llorar. Unos golpes en la puerta y unos gritos destemplados cortaron su llanto.

—¡Abran! ¡Abran a la Justicia!

Un escalofrío recorrió la espalda de Mariana. Si los agentes de Pedrosa encontraban allí a la esposa de su primo...

—Tienes que esconderte. ¡No pueden encontrarte aquí!

—¡Dios mío! —exclamó María, angustiada.

—¡Abran! ¡Abran la puerta! —Los golpes en la entrada no cesaban.

Mariana ordenó a la criada que iba a abrir la puerta:

—No abras, que lo haga Manuela; tú acompaña a la señora a mi alcoba. —Miró a la mujer de su primo, que estaba temblando de miedo—. No te muevas de allí hasta que yo vaya.

Parecía que la puerta iba a venirse abajo cuando Manuela abrió. En el zaguán había tres sujetos con aspecto poco recomendable.

—¿Doña Mariana de Pineda?

—¿Quién tiene tanta prisa? —La voz de Mariana sonó al fondo del portal.

—No lo sé, señora.

Mariana se acercó y les preguntó:

—¿Qué desean?

—Buscamos un preso que se ha fugado de la cárcel.

A Mariana se le iluminaron los ojos. No habían dicho de quién se trataba, pero sólo podía ser Fernando, y la presencia de aquellos individuos significaba que su huida había sido un éxito. Se alegró de que su hijo estuviera lejos. Las sospechas sobre ella iban a hacer que vivieran unos días agitados.

—¿Quiénes son ustedes? No sé a cuento de qué vienen a mi casa.

—Somos funcionarios de la cárcel. Usted lo ha estado visitando a diario con el pretexto de que es pariente suyo.

—¿Significa que quien se ha fugado es el capitán don Fernando Álvarez de Sotomayor?

—No disimule. Sabe de sobra que nos referimos a ese liberal. —La última palabra salió de su boca con desprecio.

—En tal caso, les diré que celebro su huida. Ahora, díganme, qué es exactamente lo que quieren de mí. Si desean interrogarme, ustedes no son quiénes para hacerlo. Así que no responderé a una sola de sus preguntas.

Los funcionarios se miraron desconcertados.

—Pero señora…

—No hay señora que valga. Su presencia en mi casa supone para mí una molestia. Estamos de traslado y no puedo perder el tiempo.

Los tres hombres se marcharon murmurando amenazas, en la cárcel eran como dioses y no estaban acostumbrados a que se les plantase cara.

Don Diego de Sola se impacientaba. Estaba convencido de que Pedrosa lo hacía esperar.

Por fin, después de casi una hora, apareció un ujier en aquella sala inhóspita.

—Don Ramón lo está esperando.

Después de tanto rato, las palabras del portero le sonaron a mofa, pero en sus circunstancias era mejor condescender con las minucias. El ujier lo condujo hasta la puerta del despacho y llamó suavemente.

—¡Adelante! —La voz sonó enérgica.

Sosteniendo la puerta indicó al alcaide que entrase. Don Diego caminó apesadumbrado —temblándole las piernas y hundiéndosele los pies en la alfombra— hasta Pedrosa, inmóvil tras su mesa. La reunión no iba a resultar agradable. Con Pedrosa las conversaciones nunca eran relajadas y mucho menos iba a serlo en esta ocasión.

—¿Qué es eso que no admite espera? Supongo que algo muy urgente para presentarse aquí sin avisar previamente. Sea breve, no dispongo de mucho tiempo. —Sus palabras sonaban frías y cortantes.

Ni se había molestado en saludarlo, tampoco en ponerse de pie para recibirlo. El alcaide de la prisión era para Pedrosa poco más que uno de los ujieres a su servicio. Don Diego iba a sostener la conversación en un plano de inferioridad. Por eso y por las prisas mostradas por el subdelegado, decidió no andarse con rodeos.

—El capitán Fernando Álvarez de Sotomayor se ha fugado.

Pedrosa apoyó las manos en la mesa para ponerse lentamente de pie y mirarlo a la altura de los ojos. Parecía más delgado y su piel más cetrina. Sus ojos entrecerrados querían fulminarlo.

—¿Quiere repetirlo?

—El capitán Álvarez de Sotomayor se ha fugado —repitió con voz insegura.

Pedrosa se pasó la mano por la cara como si le molestara un velo invisible.

—¿Cuándo?

—No lo sabemos con seguridad —don Diego sacó intencionadamente su reloj y miró la hora—, posiblemente haga un par de horas.

—¡¿Por qué no se me ha informado antes?! —gritó Pedrosa al tiempo que daba un palmetazo sobre la mesa.

—Llevo una hora esperando —se atrevió a replicar el alcaide.

Pedrosa estaba descompuesto. Las aletas de su nariz se

agitaban como si necesitara más aire. Se sentó de nuevo sin invitar al alcaide a hacerlo.

—Cuénteme cómo ha ocurrido. —Sus dedos tamborileaban nerviosos sobre la mesa.

—Sólo conocemos algunos detalles que…

—¡No se ande por las ramas y vaya directo al grano!

Parecía que Pedrosa quería ahora ganar el tiempo perdido. Ya habría otro momento para circunloquios. Las consecuencias de aquella fuga podían ser funestas para su carrera.

Había mandado a Madrid, sin perder un instante, la sentencia del capitán, solicitando la ratificación de la pena capital. Esperaba medrar con ello, y ahora…

—Ha ocurrido durante la limpieza de los excusados. Cuando hay un reo en capilla es el único momento en que se permite a los presos salir de sus celdas. Se fingió indispuesto, permaneció en la celda y aprovechó para huir.

—¿Cuándo se le ha echado de menos?

—Al hacerse el nuevo recuento en las celdas.

—Pero…, pero una cosa es abandonar la celda y otra salir de la cárcel. ¡Hay tres rastrillos! ¿Ha serrado los barrotes de la celda? ¿Ha abierto un agujero en la pared? ¡No irá a decirme que ha salido por la puerta!

—Pues todo apunta a que ha salido por la puerta.

Pedrosa entrecerró los ojos y se levantó otra vez, echando su cuerpo hacia delante como si quisiera salvar la mesa que lo separaba del alcaide.

—¿Qué quiere decir con que todo apunta?

—No hay barrotes serrados ni agujeros en las paredes, señor. Los muros exteriores son de piedra y su espesor, de más de dos varas. El preso ha utilizado un disfraz.

—¿Cómo se ha disfrazado? —pronunció las palabras lentamente, como si lanzara un reto al alcaide.

—De fraile, de fraile capuchino.

Pedrosa volvió a sentarse y quedó un buen rato con la mirada perdida.

—Eso…, eso significa que ha tenido que contar con ayuda desde fuera.

—Sin duda.

—¿Qué puede decirme a ese respecto?

—Casi todos los días una prima suya, doña Mariana de Pineda…

—¿Quiere repetir ese nombre? —gritó Pedrosa.

—Doña Mariana de Pineda.

Pedrosa se pasó varias veces la lengua por los labios.

—¿Doña Mariana de Pineda es prima del capitán Álvarez de Sotomayor?

—Sí, señor. Sus bisabuelos eran hermanos.

—¿Cómo no se me ha informado de eso? —preguntó con los dedos tamborileando de nuevo sobre la mesa.

Don Diego de Sola no respondió, pero ahora Pedrosa parecía menos enojado.

—¡Ha sido ella quien le ha facilitado el disfraz! —afirmó con rotundidad.

—También yo lo pienso. He mandado a varios de mis hombres a su casa. Es posible que Álvarez de Sotomayor haya buscado allí refugio.

Pedrosa se puso de pie y miró al alcaide.

—Mañana por la mañana quiero en mi mesa un informe con todos los detalles de la fuga y los antecedentes. Sobre todo, lo referente a las visitas de doña Mariana de Pineda. También lo que averigüen los hombres que ha enviado a su casa. ¡Todo, lo quiero todo!

—Sí, señor.

—Ahora, retírese y vaya preparándose para responder de su negligencia.

Pedrosa agitó una campanilla y al instante apareció el ujier.

—Supongo que están ahí don Matías Marculeta y Diéguez.

—Sí, señor, aguardan desde hace rato. ¿Qué les digo?

—¡Que pasen!

Cuando los policías entraron, Pedrosa encendía un cigarro con una cerilla de Lucifer. Los recibió de pie y no los invitó a tomar asiento.

—Informe con brevedad, tengo cosas urgentes que hacer. Se ha fugado un peligroso delincuente que mañana iba a ser puesto en capilla.

—¿El capitán Álvarez de Sotomayor? —preguntó Diéguez.

—¡Veo que ya se ha corrido la voz! —protestó Pedrosa.

—Se preguntaban en la antesala cómo habría logrado huir.

—Con ayuda de fuera. Veamos, ¿qué tienen que decirme?

—Hemos descubierto —señaló don Matías— que el sambenito de la segunda víctima y la cartela que colgaba del cuello de la última estaban en el convento de los dominicos.

—¿No irán a decirme que los dominicos están involucrados en los crímenes?

—No, señor, pero está claro que la misma mano está detrás de esos dos crímenes. El del cadáver que apareció en Puerta Elvira y el que encontraron en los carmelitas.

—¿Acaso de los otros dos no?

—Diéguez y yo discrepamos en este punto —respondió don Matías.

Pedrosa, con el puro entre los dientes, interrogó a su agente con la mirada.

—En mi opinión, habría que añadir a la primera de las víctimas…

—¿Por qué excluye a doña Cecilia Coello de Portugal?

—A Diéguez le pareció mal que lo interrumpiera y tardó en responder.

—Espero a que concluya. Quizá desee añadir algún otro comentario de interés.

Pedrosa lo miró iracundo, se quitó el cigarro de la boca.

—¡Responda!

—Diéguez sostiene —intervino don Matías para evitar males mayores— que la muerte de doña Cecilia Coello de Portugal responde a otros motivos.

Pedrosa miró a Diéguez.

—¿Usted no presta atención a lo que se dice?

—¿A qué se refiere, exactamente, señor?

—Al rumor que corre sobre el… llamémoslo desliz que implica a doña Cecilia.

—Si el subdelegado alude a ciertos comentarios sobre unas relaciones adúlteras de doña Cecilia Coello de Portugal, le diré que no les concedo el menor crédito.

Pedrosa explotó.

—¡Pues todo el mundo parece opinar lo contrario!

—Cuando el señor subdelegado dice «todo el mundo», ¿se está refiriendo a las afiladas lenguas que no tienen otra cosa que hacer que despellejar a su prójimo?

Pedrosa no quería excederse en sus comentarios sobre doña Cecilia. No deseaba atacarla y que Diéguez se convirtiera en el paladín de su honra. Los Armenta eran una gente poderosa y si llegaba a sus oídos… Una cosa era que le conviniera cargar todos los asesinatos al verdugo de la Inquisición y otra hacer ciertas afirmaciones. Mejor ignorar la pregunta de su agente. Ya tendría tiempo de ajustar cuentas con él.

—¿Usted qué opina? —preguntó a don Matías.

—Que todas las muertes forman parte del mismo proceso.

—¡Estoy de acuerdo! —Pedrosa, satisfecho, golpeó la mesa con la palma de la mano, luego miró a Diéguez, masculló algo y dio por concluida la reunión.

Una vez fuera del despacho don Matías tomó a Diéguez por el brazo.

—Por lo que veo, a pesar de que los rumores vienen a avalar la confidencia que le hice sobre la relación de doña Cecilia con ese coronel, se aferra a no creer que sea verdad.

—Todo lo que había escuchado antes sobre esa dama eran alabanzas a su virtud.

—No pierda de vista que las alcobas encierran muchos misterios y deparan sorpresas que nos dejan atónitos.

Cuando salieron de la Chancillería era de noche. Pedrosa se dio prisa en acudir a la fiesta a la que estaba invitado; allí se encontraría con doña Norberta Pimentel y tal vez la dama le diera motivos para olvidar la dura jornada que acababa de vivir. Aunque, mirándolo bien… Si doña Mariana de Pineda estaba involucrada en la fuga del capitán Álvarez de Sotomayor, acabaría descubriéndola y eso significaba cobrar una pieza mayor.

31

La tarde estaba más que mediada cuando Magdalena y Burel entraron en Granada por el camino de Santa Fe. Viajar desde la alquería de Láchar había resultado más complicado de lo que habían supuesto, hasta mediodía no hubo forma de conseguir un transporte. Cruzaron el ejido de la plaza de toros. Allí se apearon de las mulas y pagaron al mulero los veinte reales ajustados. No hubo manera de convencerlo para que los dejara al menos junto a Puerta Elvira. Burel vio el cadalso y se temió lo peor. El reo ajusticiado estaba custodiado por un piquete y junto a la escalerilla aguardaban los cofrades de la hermandad de la Caridad. Se acercó y preguntó a uno de ellos:

—¿Cuándo lo han ejecutado?

—Esta mañana. Todo se ha hecho deprisa y corriendo.

—¿Por qué sigue ahí?

—Porque la sentencia dice que el cadáver estará expuesto hasta una hora antes de la puesta de sol. Después de lo ocurrido, todo ha ido muy rápido, pero quieren que su ejecución sirva de escarmiento. ¡Ya ve! ¡Apenas nos queda tiempo para sepultarlo!

Burel pensó que al menos habían tenido la decencia

de taparle la cabeza con una capucha negra. El hermano de la Caridad acababa de decir que todo había sido muy rápido. Eso sólo podía significar que... No podía ser. Tenían que esperar la ratificación de la pena capital. Había marchado a Loja pensando que tenía tiempo de sobra para regresar, antes de... Si el capitán había sido ejecutado significaba que algo había fallado y que su ama... Se maldijo por no haber estado en Granada y decidió dejar a Magdalena en su casa y acudir rápidamente a casa de su señora.

—Estás pálido. ¿Te ocurre algo?

—Es que ver a los ajusticiados...

—Entonces, ¿por qué te has acercado?

—No sé..., una tontería —se excusó Burel, que deseaba mantener a Magdalena al margen de todo aquello—. ¡Vámonos deprisa!

Llegaron a casa de Magdalena y, cuando Paquita les abrió la puerta, Burel estaba cariacontecido.

—¿Dónde está su tío? —preguntó la criada al no ver a don Fulgencio.

Magdalena se arrojó a sus brazos y rompió a llorar. Burel, muy nervioso, sólo acertó a decir:

—Ahora tengo que marcharme.

—¿Adónde vas? —Las lágrimas corrían por el rostro de Magdalena.

—Tengo que ir a ver a doña Mariana. Si puedo, volveré esta misma noche.

—Prométemelo.

—Haré todo lo que pueda.

Al llegar al cruce de Puentezuelas, Burel se dio cuenta de que la casa de su ama estaba bajo vigilancia. No supo cómo interpretarlo y disimuló, aparentando pasear. Pensaba que al entrar en la casa podían detenerlo. No sabía qué hacer cuando vio cómo un caballero, vestido con elegancia y tocado con un sombrero de copa corta, se detenía ante la puerta y llamaba. Nadie se movió y entonces no lo dudó. Se acercó rápidamente.

—¿No le abren?

—¿Quién...? —El caballero lo miró fijamente y exclamó alborozado—: ¡Burel, me alegro mucho de verlo! Su ama me ha dicho que estaba fuera de Granada.

—¡Reparaz! También yo lo hacía fuera de la ciudad.

—Llegué hace un par de días y, por lo que veo, usted también ha regresado.

—¿Viene a visitar a mi ama?

La puerta se abrió seguida de una exclamación de asombro.

—¡Don Ciriaco! ¡Burel!

—¡Señora! ¿Está bien? —preguntó con ansiedad.

—Claro que estoy bien. ¿Por qué lo preguntas?

—Verá..., el cadalso del Triunfo... ¿Su primo, el capitán...?

—¡Esos moscones siguen ahí! —Mariana los miró desafiante—. Pasad, vamos a cerrar la puerta. ¡Ahí están desde ayer!

Cerró la puerta y preguntó al caballero mientras los conducía al saloncito atestado de paquetes:

—¿Todo bien, don Ciriaco?

—Todo bien, pero... esa gente vigilando. En fin, he venido a traerle las barbas del fraile, como me dijo...

—Supongo que también a contármelo todo con detalle. No pretenderá que me conforme con la noticia escueta que me hizo llegar ayer.

Burel estaba desconcertado. Se preguntó qué hacía allí el capitán Ciriaco de Reparaz, qué significaba lo de las barbas y cuál era la noticia.

—Disculpe, señora. Pero en el Triunfo... ¿A quién han ejecutado?

—A uno que trapaceaba en garitos y casas de juego. Se llamaba Rafael Jiménez.

—Entonces, ¿el capitán...?

—Se fugó ayer. Una vez fuera de la cárcel le ayudó don Ciriaco —le contestó en voz baja.

Burel se sentó en una silla, resopló y se secó el sudor que empapaba su frente. Empezaba a comprender.

—¿Dónde está José María?

—En el campo, con los vecinos de la calle de Gracia. No vendrá hasta mañana. Ha sido milagroso que se lo lleven con ellos. Todo se ha precipitado..., pero ha salido tal y como estaba previsto —aseveró Mariana.

—¿Qué quiere decir con que tal y como estaba previsto? Yo..., yo pensaba que la fuga del capitán no se pondría en marcha hasta que... —Burel miró a su ama a los ojos—. ¿Dejó que me marchara a Loja...?

—Olvídalo. Está en libertad y a salvo, aunque tenemos a esos sabuesos al acecho.

Burel seguía sudando. Estaba empapado. Mariana ordenó a una de las criadas que le trajera un poco de agua.

—Ahora, cuéntame cómo os ha ido con esos bandoleros.

—Es una historia larga. ¿Por qué no me explica primero la fuga del capitán?

—Mejor que lo haga don Ciriaco. Sólo sé que el capitán logró salir de la cárcel. Vamos a ponernos más cómodos en medio de este desorden.

Se sentaron alrededor de una mesa y don Ciriaco le explicó lo que el propio Álvarez de Sotomayor le había relatado.

—... estaba en el último rastrillo, el que da a la calle, pero el sota alcaide lo miraba receloso.

—¿Qué pasó? —preguntó Mariana.

—En el cuerpo de guardia se produjo una pelea entre los carceleros. Por lo que tengo entendido aquello es un antro donde no dejan de darle al naipe y no paran de beber. El sota alcaide se mostró entonces más interesado en poner firmes a sus hombres y se olvidó del capuchino. Así fue como salió por la puerta y se encaminó hacia la plazuela de San Gregorio, como usted le había indicado. Andaba pausadamente, reprimiendo sus deseos de salir corriendo y poner distancia. Más tarde me dijo que estaba convencido de que ya lo habrían echado en falta, pero tenía que guardar las apariencias. Yo, que estaba al acecho, me acerqué y le dije que disimulara y siguiera caminando como si nada, que iba a conducirlo hasta un lugar seguro. Al llegar a San Gregorio le susurré al oído: «Me adelanto. Entre en la primera casa de la bocacalle de la izquierda».

»Con tanta barriga —don Ciriaco sonrió—, tuvo dificultades para introducirse en el zaguán. Allí nos abrazamos y le dije que se cambiara rápidamente de indumentaria. Tenía todo lo necesario. Se quitó el hábito y la panza. Le dije que fuera cuidadoso con la barba, había que devolverla. Lo metí todo, sandalias incluidas, en una talega y, mientras se ponía un traje de levita gris que parecía hecho a su medida, se calzaba unos botines y se repeinaba antes de cubrirse la cabeza con una chistera, le prendí fuego. Aguardamos hasta que todo quedó reducido a cenizas, que esparcí por un arriate y entremezclé con la tierra. Cuando salimos a la calle, el capuchino se había transformado en un apuesto caballero que empuñaba un bastón y vestía un paletó.

—¿Está ya fuera de Granada? —preguntó Burel.

—Todavía no. Lo tenemos escondido en la casa de la calle del Águila.

—¡Ese lugar no es seguro! —Burel había elevado la

voz y su ama lo reprendió con la mirada—. Perdone, señora, pero es que… Si Pedrosa tiene la casa vigilada es porque sospecha que usted ha intervenido en la fuga. Muy pronto establecerá conexiones.

—¿Qué quieres decir? —preguntó Mariana.

—Que sabrá que se muda a la calle del Águila. El capitán no puede seguir allí.

Mariana y don Ciriaco intercambiaron una mirada de preocupación. Burel tenía razón. ¡Cómo no habían reparado en ello!

—Mañana veremos dónde y cómo podemos trasladarlo, porque lo buscan como fieras. Por todas partes. Ayer nos dieron un susto de muerte.

—¿Qué ocurrió?

—Ayer vino a visitarme doña María Doménech, la esposa del capitán, a su regreso de Madrid; había ido a solicitar el indulto. Bajó de la diligencia y vino directamente en busca de noticias. La pobre estaba angustiada al ver que en el Triunfo estaban levantando el cadalso donde hoy han ajusticiado a ese tahúr. Le ocurrió como a ti, creyó que era el patíbulo para su marido. ¿Qué estaba diciendo?

—Que ayer le dieron un susto de muerte… —recordó el militar.

—¡Ah, sí! Discúlpeme, son tantas cosas… Ayer por la tarde, justo cuando le explicaba a su esposa que el capitán se había fugado, se presentaron varios carceleros. Por un momento pensé que la fuga había fracasado y venían a detenerme. Pero, sin proponérselo, me dieron una gran alegría con la noticia de que la huida había tenido éxito. Pretendían interrogarme…

—¿Los carceleros?

—Me negué y les advertí que no tenían autoridad para ello. Se marcharon y dije a la esposa del capitán que abandonase discretamente la casa. Menos mal, porque, poco después de que se marchara, observamos a esos que están fuera. Desde entonces no han dejado de vigilarnos.

—La presencia de esos agentes de Pedrosa significa que es usted la principal sospechosa —intervino Burel—. Hace tiempo que el subdelegado la tiene en el punto de mira y no necesita ser muy listo para saber que usted es la pieza clave en la fuga. ¡El capitán no puede seguir en la calle del Águila! Hay que sacarlo hoy mismo, antes de que anochezca. A Pedrosa le gusta la nocturnidad...

—¡Pero no tenemos dónde llevarlo! —exclamó Mariana.

—Sé dónde podría pasar, al menos, esta noche —dijo Burel sin pensarlo.

—¿Dónde?

—En casa de Magdalena.

—¿Has perdido el juicio?

—No, señora. En esa casa no lo buscarán.

—De eso estoy segura, tanto como que será meterlo en la boca del lobo. ¿Has olvidado ya quién es don Fulgencio Camero?

—Don Fulgencio está muerto, señora.

Se hizo un breve silencio.

—¿Qué ha ocurrido? Aún no me has contado...

Brevemente relató quiénes eran los bandoleros y lo que había sucedido.

—Mañana le devolveré su dinero.

—Eso ahora es lo de menos. ¿Crees que Magdalena no se irá de la lengua?

—Pongo la mano en el fuego.

—En ese caso..., ¿puedes encargarte de ello?

—Sí, señora, pero hay que distraer a los moscones de la calle. Si salgo, uno me seguirá.

—¡Pero son tres!

—Podemos burlarlos, señora.

273

—¿Cómo?

—Yo arrastraré a uno de los vigilantes al teatro Principal, supongo que es adonde hay que devolver las barbas. Usted tendrá que arreglarse y… visitar, qué sé yo…, una iglesia, así arrastrará a otro.

—¿Y el tercero? —preguntó Mariana.

—Ese no se moverá, señora, tiene que vigilar la casa. Don Ciriaco podrá ir a la calle del Águila y llevar al capitán a casa de Magdalena.

Mariana se quedó pensativa.

—Magdalena no conoce a don Ciriaco, podría haber problemas. Será mejor que él vaya a devolver las barbas, sólo tiene que preguntar por Amalia. Tú vas a la calle del Águila y llevas al capitán a casa de Magdalena.

—Tiene razón en lo que dice, pero ¿seguirá uno a don Ciriaco? —dudó Burel.

—Sólo hay una forma de saberlo. El primero que saldrá de esta casa será él.

Minutos después el capitán Reparaz salía de la casa. Mariana observaba, oculta tras el visillo. Al ver a uno de los esbirros de Pedrosa seguirlo casi saltó de alegría. Se quitó el mandil, se cubrió con una capa y un sombrerito y se puso unos guantes.

—Ahora me toca a mí. Estate pendiente y asegúrate de que el tercero no te sigue.

—No se preocupe, señora.

—Que la Virgen de las Angustias nos proteja.

—Señora, esta noche me quedaré con el capitán.

—¿Con el capitán…? —Mariana asintió con una sonrisa—. ¿Cómo está Magdalena?

—Mal, aunque es consciente de que el culpable de todo lo que ocurrió fue su tío. Ya le contaré.

Desde la ventana Burel vio cómo su ama se llevaba detrás a otro de los vigilantes. Ahora le tocaba a él.

Burel salió a la calle y se percató de que el vigilante que quedaba dudó si seguirlo. Se le veía nervioso. Al final permaneció allí. Burel había acertado de pleno.

Aquella noche el capitán Álvarez de Sotomayor durmió en la casa de quien había sido uno de los más acérrimos absolutistas de Granada. Magdalena no negaría nunca un deseo a Burel.

Agentes de Pedrosa mantenían un estricto control sobre las entradas y salidas de Granada. El peligro era extremo y decidieron mudar al capitán de la casa de Magdalena, pues podían asociarla a Burel. Mariana deseaba que transcurrieran algunas fechas más para poner en marcha el plan que había ideado. Necesitaba un mínimo de días desde que se produjo la fuga para solventar la peligrosa situación en que se encontraban. Estaba agotada y se acostó temprano. Era la última noche que dormiría en aquella casa. Se marcharía al día siguiente a la calle del Águila. Estaba adormilada, en ese momento en que el sueño vence a la vigilia, cuando la sobresaltaron unos golpes en la puerta que retumbaron por toda la casa. Luego, en el silencio de la noche, una voz gritó:

—¡Abran a la Justicia! ¡En nombre del rey, abran a la Justicia!

Le costó trabajo bajarse de la cama. Se puso una bata y se quitó el gorro de dormir con el corazón encogido, pensando que habían encontrado al capitán. Encendió la vela de la palmatoria con la mariposa que alumbraba a la Virgen de las Angustias y bajó la escalera lentamente, sin dejar de oír golpes y gritos exigiendo abrir de inmediato. En el portal ya estaban las dos criadas, alumbrándose con un candil y sin saber qué hacer.

—¡Abrid la puerta! —ordenó sin bajar los últimos peldaños.

Pedrosa irrumpió como una fiera, lo acompañaban cuatro hombres.

—Lamento despertarla a esta hora, doña Mariana.

—Déjese de cumplidos. Estas no son horas de visitar una casa decente. Dígame lo que quiere. —La voz de Mariana cortaba como un cuchillo.

—Hay fundadas sospechas de que en esta casa se da cobijo a un prófugo. Un malhechor de la peor especie.

—¿Fundadas sospechas? ¿En qué se basa para hacer una afirmación tan grave?

—Según tengo entendido, el fugitivo es de su familia.

—En mi familia no hay malhechor de especie alguna. ¿A quién busca?

—Usted lo sabe muy bien.

—No, si no me lo dice usted.

—¡Al capitán Fernando Álvarez de Sotomayor! —gritó Pedrosa.

—Al capitán lo he visitado casi a diario en la cárcel. Anteayer no pude ir a verlo porque el reglamento no permite las visitas cuando hay un preso en capilla; ayer tampoco porque había una ejecución, y hoy —Mariana alzó la palmatoria para iluminar mejor el portal— ya ve cómo está todo. Mañana nos mudamos.

—¡No me venga con monsergas! ¡Sabe que el capitán se ha fugado!

—¿No me diga? —El tono de sus palabras exasperó a Pedrosa.

—¡Se ha fugado con la ayuda de alguien! —gritó lo más alto que pudo.

—No grite en esta casa…

—¿Qué ocurre? —La voz de doña Úrsula se escuchó desde la antesala.

—Nada, madre. No se preocupe. Vuelva a la cama.

—¡La casa ha de ser registrada!

—Pueden empezar cuando gusten. Mis doncellas los acompañarán. Procuren no tropezar, hay muchas cosas por medio.

A un gesto de Pedrosa sus hombres acometieron la búsqueda. Él permaneció plantado en el portal con los brazos cruzados sobre el pecho y Mariana no se movió del peldaño de la escalera desde el que había sostenido la conversación. Era un desafío sin palabras. Así permanecieron durante veinte minutos, sin cruzar una sola palabra.

—El fugitivo no está aquí, señor.

Pedrosa, con la ira reflejada en el rostro, se limitó a gritar a sus hombres:

—¡Vámonos!

Esperó a que abandonaran la casa y, antes de salir, miró fijamente a Mariana.

—Sé que usted es quien ha hecho llegar el hábito a su primo. Pero no se confíe, yo reiré el último.

Las dos criadas, pálidas como cadáveres, vieron cómo su ama, antes de que Pedrosa la amenazara, ya se había dado la vuelta y subía la escalera. Necesitaba que transcurrieran unos días, sólo eso. Si lograba que no lo descubrieran en unos cuantos días, estaría a salvo.

32

Pedrosa estaba furioso. Lo habían sacado de la cama y la noticia no podía ser peor. Pasó por la Chancillería, cuya fachada alumbraban los faroles. Las campanadas del reloj anunciaron las dos y media. Habían transcurrido diez días desde la fuga del capitán Álvarez de Sotomayor y no había rastro de su paradero. No había podido probar sus sospechas sobre doña Mariana de Pineda y, para colmo, el verdugo de la Inquisición había actuado de nuevo.

—¡Esos criminales están riéndose de nosotros! ¿Dónde ha aparecido el cadáver?

—Aquí cerca, en un callejón junto al postigo de la Inquisición, señor.

—¡Maldita sea! ¡Que localicen a don Matías Marculeta y a Diéguez!

Efectivamente, el cadáver estaba al fondo de un callejón ciego que hacía varios quiebros. Era un lugar solitario, a la espalda de la Casa Cuna, junto al llamado postigo de la Inquisición, cerca del palacete que había ocupado el temido tribunal. Lo angosto del lugar permitía que un par de hombres bloquearan el paso a los curiosos, muy numerosos para lo tarde que era. En la calle de Elvira, pese al toque de queda, había corrillos de vecinos a los que interrogaban los hombres de Pedrosa. Se palpaba el miedo y se revivían los detalles más macabros de los crímenes anteriores. Algunos daban como ciertos verdaderos desatinos.

Pedrosa apenas tardó cinco minutos en llegar al lugar. El cadáver era de una mujer y en este caso no se le veía ningún distintivo que lo señalara como penitenciada del Santo Oficio; sin embargo, el lugar donde la habían encontrado no dejaba mucho margen para la duda. Iba a dar instrucciones para que lo retiraran, pero la llegada de don Matías y de Diéguez hizo que no se tocara nada.

—¡Eso son pamplinas! —protestó Pedrosa, sin atreverse a ordenar que lo retiraran—. ¿Le parece adecuado tener el cadáver en plena calle?

—Los pequeños detalles son muy importantes.

—No voy a discutir, Marculeta. Usted es el experto, aunque…

—¿Sí? —Don Matías se mostraba paciente.

—… después de tantos días no ha sacado nada en limpio.

—Si fuera fácil aclarar todo esto, no me habrían enviado desde Madrid, ¿no le parece? El asesino puede ser alguien de quien ni sospechamos. Si yo le contara…

Pedrosa se llevó la mano al ala de su chistera y se marchó sin despedirse.

El fanal que tenían los agentes no permitía ver con nitidez el cadáver tendido sobre el adoquinado. El asesino había degollado a su víctima y el corte en el cuello, medio oculto por los encajes, parecía muy profundo. Los agentes habían permitido la presencia de dos sacerdotes.

—¿Alguno de ustedes tiene algo que ver con esa iglesia? —preguntó don Matías.

—Es la parroquia de Santiago y yo soy su párroco —respondió uno de ellos.

—¿Podría facilitarnos algunas velas? ¡Esta linterna alumbra muy poco!

El otro sacerdote trajo un candil y unas velas. Don Matías, después de agradecérselo, le dijo a Diéguez:

—Alumbre el cadáver moviendo el candil lentamente, de la cabeza a los pies.

Al iluminar el rostro, don Matías le pidió que se detuviera.

A la oscilante llama del candil podían apreciarse los rasgos de una mujer hermosa, a pesar de la mueca de pánico que le había quedado impresa en el rostro. Tenía los ojos muy abiertos.

—Parece que le horrorizó lo último que vio —comentó Diéguez.

—La muerte, aunque es algo natural, siempre produce espanto —replicó el párroco—. ¿No les parece que debería cerrarle los ojos a esa desgraciada?

—Hágalo usted, padre —le indicó don Matías.

El sacerdote se inclinó sobre el cadáver y para cerrarle los ojos tuvo que forzar los párpados.

—Esta mujer lleva muerta varias horas —aseveró el policía.

—¿Lo dice por la rigidez? —preguntó el sacerdote.

—Por eso le ha costado tanto cerrarle los ojos.

La víctima tenía una larga y brillante melena negra. Cuando Diéguez alumbró el cuello, don Matías le pidió que mantuviera fijo el candil y observó la herida.

—La ha degollado un zurdo —afirmó de forma rotunda.

—¿Cómo lo sabe? —preguntó el sacerdote.

—Si se fija, comprobará que el corte es más fino en la derecha y el desgarro crece hacia la izquierda. Si se ataca a la víctima por la espalda, como en el caso que nos ocupa, el asesino cortará de derecha a izquierda. Un corte es más limpio al comienzo, luego, conforme abre la herida, aunque el cuchillo esté bien afilado, el desgarro es mayor. ¿Lo ve?

—¡Es verdad! —exclamó el párroco, asombrado.

Diéguez se había quedado inmóvil con la vista clavada en la herida. Don Matías le pidió que continuara desplazando el candil.

—Disculpe, estaba…, estaba impresionado.

El traje era negro, de buen paño y con encajes en el cuello y los puños. Las medias eran de seda y los zapatos de tafilete.

—Esos encajes y esos zapatos no se los puede permitir todo el mundo —comentó don Matías—. Supongo que ninguno de ustedes la conoce.

—El caso es que su rostro me resulta familiar —indicó el párroco.

—A mí me ocurre lo mismo —comentó el otro sacerdote.

—Quizá alguno de los agentes sepa algo, ¿pregunto? —se ofreció Diéguez.

—¿No le importa?

—En absoluto. Tome, ¡quédese con el candil!

Diéguez regresó poco después. Don Matías alumbraba por los rincones.

—Es sobrina de un escribiente de la Chancillería que murió hace poco más de una semana.

—¡Claro! —exclamó el párroco—. ¡Es la sobrina de don Fulgencio Camero! ¡Vivían unas casas más allá! ¿Cómo no me he dado cuenta antes?

—¿Usted lo conocía? —le preguntó don Matías a Diéguez.

—De vista. Nunca crucé una palabra con él. Ignoraba que tuviera una sobrina.

—¿Le han dicho algo sobre el hallazgo del cadáver?

—Lo encontró un mendigo que pasa la noche en este callejón. Lo tienen en prevención…, por si las moscas.

—Creo que la muerta se llamaba Magdalena —indicó el párroco.

Don Matías examinó de nuevo el cadáver y descubrió que entre los dedos aprisionaba un papel. No resultó fácil arrancárselo. En trazos gruesos podía leerse:

Por puta y amancebada

Depositaron el cadáver en la iglesia, que el párroco ofreció. Uno de los curiosos indicó la casa de la difunta y dijo que las muertes de don Fulgencio y de su sobrina estaban relacionadas.

—¡Seguro! En Granada están pasando unas cosas muy raras. Con su sobrina vive una criada.

—¿Vivían las dos solas? —preguntó don Matías.

—Desde que murió su tío, solas. —El vecino sonrió con malicia mostrando una dentadura negra y podrida—. Aunque solas, lo que se dice solas…

—¿Qué insinúa?

—Que la sobrina de don Fulgencio se había echado un querido.

—¿Sabe usted cómo se llama?

—No, tengo entendido que es el criado de una dama, pero tampoco sé su nombre.

Don Matías y Diéguez encontraron la puerta de la casa cerrada, pero cedió con un pequeño empujón. La cancela estaba entornada y entraron al portal. El silencio era absoluto. Echaron una ojeada a la cocina y la tenue luz del alba, que se colaba por la ventana, les permitió ver que todo estaba en orden. El hogar desprendía calor, avivando los rescoldos el fuego prendería rápido. Diéguez preguntó por el hueco de la escalera:

—¿Hay alguien en casa?

Sólo silencio. Don Matías husmeaba por la cocina, en busca de algún detalle, cuando un suave ruido en la planta de arriba rompió el silencio. Una mujer joven apareció por la escalera y, al verlo, soltó un grito que debió de oírse en todo el vecindario, antes de desmayarse. Necesitaron algunos minutos, unos cachetes en las mejillas y un poco de agua para que recuperase el sentido.

—¿Quiénes son ustedes? —preguntó con un hilo de voz y mucho miedo en sus pupilas—. ¿Qué hacen aquí?

—Somos policías. ¿Quién eres tú? —preguntó don Matías.

—Paquita —respondió atemorizada—. Soy la sirvienta de don Fulgen…, de Magdalena Camero.

—¿Dónde está tu señora?

—¿Mi señora…? —Los miró confusa—. ¿Dónde va a estar? En su alcoba.

Extrañada, corrió escalera arriba y vieron cómo la llamaba por su nombre; al no obtener respuesta, empujó la puerta de la alcoba y se encontró con la cama vacía.

—Anoche… —Asombrada, señalaba la cama vacía—. Anoche, cuando me acosté, se quedó en el despacho.

—Llévanos al despacho —ordenó don Matías.

El despacho estaba vacío. Paquita ahogó una exclamación, tapándose la boca con la mano, y comenzó a lloriquear.

Las pesquisas permitieron establecer que Magdalena Camero estaba en su casa a eso de las nueve; con ella sólo se encontraba la criada, que a esa hora se retiró a su alcoba y la dejó tejiendo calceta. Durmió profundamente hasta que la despertó un ruido cuando estaba amaneciendo. Informó que su ama tenía relaciones con un hombre llamado Burel, que era un criado de doña Mariana de Pineda. Buscaron a Burel en casa de su ama, pero estaba en Málaga, adonde había viajado dos días antes para cobrar, por cuenta de doña Úrsula Lapresa, a un industrial de Málaga una suma relacionada con el negocio de ferretería que tuvo su marido. A su regreso se encontró con que Magdalena llevaba dos días enterrada. Las investigaciones también revelaron que en la escribanía de Montijano se había redactado el documento que acreditaba a Burel para el cobro del dinero, que fue abonado mediante un pagaré emitido en la ciudad de Málaga que se haría efectivo pasados quince días en una casa de banca de Granada. Quedó acreditado que Antonio José Burel viajó a Málaga en las fechas que su ama había indicado. Lo que no salió a relucir es que en ese viaje Burel había hecho algo más que cobrar la suma señalada.

Lo único que tenían don Matías y Diéguez era una nota tachando a Magdalena Camero de puta y amancebada, además del insoportable humor de Pedrosa, que llegó a gritar a don Matías Marculeta como si se tratara de uno de sus subordinados. El viejo policía abandonó el despacho y le remitió al día siguiente una carta en la que detallaba todos los trabajos realizados y las perspectivas que tenían.

Una semana después de la muerte de Magdalena, dos individuos vestidos con levita, aunque los brillos y algún descosido mal disimulado señalaban que no andaban sobrados de recursos, llamaron a la puerta de la nueva vivienda de doña Mariana de Pineda en la calle del Águila. Uno de ellos llevaba un cartapacio bajo el brazo.

—¿Quién llama? —preguntó la criada antes de abrir.

—¿Vive aquí Antonio José Burel?

—Sí, ¿quién pregunta por él?

—Traemos una citación.

—Aguarden un momento.

La criada corrió a avisar a su señora, quien le indicó

que los pasase a la sala de las visitas donde ella apareció poco después, intrigada por la presencia de aquellos hombres. Se temía lo peor, pero estaba sorprendida. No eran los modos empleados por Pedrosa y sus sabuesos.

—Buenos días, ¿preguntan ustedes por el señor Burel? —Se mostró cautelosa.

—Sí, señora. Tenemos que hacerle entrega de una citación.

—¿Puede saberse para qué se le cita?

—Para que acuda pasado mañana a la escribanía de don Juan de Arganda.

—¿Puedo preguntar el motivo? —inquirió más intrigada que preocupada.

—Se procederá a la apertura del testamento de la difunta, doña Magdalena Camero.

Mariana, asombrada, arqueó las cejas.

—¿Le importaría ser un poco más explícito?

—Señora, la citación es para don Antonio José Burel, ¿podría avisarle?

Mariana no daba crédito a lo que acababa de escuchar.

—El señor Burel no está en casa. Regresará para la hora del almuerzo.

—En ese caso, ¿le importaría hacerse cargo de la citación?

—No tengo inconveniente, pero…

—Señora, aparece como beneficiario del testamento de la difunta.

Mariana se hizo cargo de la citación, sin dar crédito a tan extraordinaria noticia. Cuando Burel regresó con el pequeño José María, al que había acompañado a montar a caballo, y recibió la noticia, su sorpresa fue acompañada de un llanto incontrolable.

Dos días después, sentados en el despacho de don Juan de Arganda y con el sonido de las campanas de Granada anunciando la hora del ángelus, estaban reunidos Burel, acompañado de Mariana, el párroco de San Gil, Paquita, que no dejaba de llorar, un caballero enjuto y circunspecto que representaba a las monjas agustinas recoletas, y un individuo orondo que era primo segundo de don Fulgencio Camero. El escribano saludó a los presentes y señaló que la presencia de Mariana requería el beneplácito general. Todos asintieron, incluido el pariente de don Fulgencio, que rezongó una protesta.

—En tal caso, procederemos a la apertura del testamento que doña Magdalena Camero Almahano otorgó ante mí el pasado... —se caló las gafas y buscó la entrada en un grueso libro— catorce de noviembre, dos días antes de..., de morir.

En medio de un silencio expectante, sacó un cuadernillo de un cartapacio y comenzó a leer:

—*En la ciudad de Granada, a catorce días del mes de noviembre del año de mil ochocientos veintiocho, comparece ante mí, Juan de Arganda, escribano público en la mencionada ciudad, doña Magdalena Camero Almahano, natural de la villa de...*

Fue desgranando todo lo referente al otorgamiento hasta llegar a la parte dispositiva. Burel hacía un esfuerzo para contener las lágrimas que asomaban a sus ojos.

—*Es mi voluntad que...* —don Juan dio un sorbo al vaso de agua que tenía a mano y luego, por encima de las lentes, miró a los presentes y carraspeó—*... la parroquia de San Gil, de la que soy feligresa, reciba doscientos reales de plata para las obras que el señor párroco considere oportunas, así como el estipendio para que sean dichas cincuenta misas por la salvación de mi alma, a razón de tres reales por misa. Asimismo, dejo de la parte, que más adelante se señalará, cantidad suficiente para sufragar los gastos de mi entierro...*

—El escribano miró una nota que tenía sobre el libro—:

286

Esos gastos ascendieron, según me consta, a ciento ochenta y ocho reales y doce maravedíes. —Volvió al cuadernillo y prosiguió—: *A mi fiel sirvienta, Francisca Valladares, le será entregada, de la parte que más adelante se dirá, la suma de doscientos reales de plata.* —Al oírlo se acentuó el llanto de Paquita—. *Para las hermanas agustinas recoletas, porque es mi voluntad hacerles este beneficio, otros doscientos reales de plata que emplearán en las necesidades de su convento y otros sesenta reales para sufragar veinte misas, dichas por su capellán en la iglesia de su convento y que se aplicarán por la salvación de mi alma; ambas sumas saldrán de la parte que más adelante también se dirá. A don Fernando Camero Crespín, primo, en segundo grado, de mi tío don Fulgencio Camero Sandoval, que en gloria de Dios esté, le lego la propiedad de la mitad de los olivares del pago de Puerto Lope en el término municipal de Moclín con la obligación de hacer frente a los gastos de mi entierro y a las mandas que van dichas y corresponden a la parroquia de San Gil con el estipendio de sus misas y al legado hecho al convento de las hermanas agustinas recoletas así como al estipendio de las misas señaladas. A don Antonio José Burel, vecino de Granada, por su bondad y amistad, le lego la propiedad de los siguientes bienes: la mitad de los olivares del pago de Puerto Lope, en el término municipal de Moclín; la casa y el horno de pan de la villa de Alfacar con sus derechos de arrendamiento; los marjales de tierra de regadío y plantación de caña de azúcar en el término municipal de Almuñécar, también con sus correspondientes derechos de arrendamiento; así como la casa número ocho de la calle de Elvira de la ciudad de Granada con todo lo que contiene en su interior y con la obligación de satisfacer a Francisca Valladares la cantidad señalada en este testamento. Es mi voluntad...*

El escribano, después de terminar la lectura del testamento, se quitó las lentes y paseó la mirada por los presentes.

—¿Eso es todo? —preguntó don Fernando Camero—. ¡Es una burla!

—No, señor. Es un testamento.

—¡Lo impugnaré! —amenazó poniéndose de pie.

—En su derecho está. Pero sepa que es la voluntad de la finada y que su grado de parentesco no le otorga derecho a ser su heredero. El olivar que le ha dejado, sujeto a las cargas señaladas, es porque la otorgante ha tenido con usted esa consideración.

—¡Esto es una infamia! ¡Un despojo! —Su gruesa papada se agitaba temblorosa.

El escribano dejó escapar un suspiro.

—No, señor. Es la voluntad, doy fe de ello, de una persona en plenas facultades.

—¡Esa puta me ha despojado de mis derechos!

Burel saltó con agilidad felina y le propinó un puñetazo en el estómago que lo hizo doblarse hacia delante; al ofrecer el rostro, recibió otro puñetazo que lo hizo rodar por el suelo. Cuando a punto estaba de abalanzarse sobre él, el párroco y Mariana lograron sujetarlo. Camero se agitaba en el suelo, sangrando por la nariz y la boca, al tiempo que gritaba:

—¡Sujétenlo, que me mata! ¡Sujétenlo, que me mata!

El primo de don Fulgencio cumplió su amenaza e impugnó el testamento, lo que paralizó su ejecución. Los beneficiarios no podrían entrar en posesión de su legado hasta que el juez dictaminase.

SEGUNDA PARTE

UNA CONSPIRACIÓN FRACASADA,
EL BORDADO DE UNA BANDERA Y
UNOS CRÍMENES QUE SE RESUELVEN

33

Granada, febrero del año 1831

El fuerte espíritu religioso que impregnaba la ciudad de Granada era la forma que tenían sus vecinos de sacudirse el peso del pasado musulmán. En pocos sitios podían encontrarse tantas iglesias y conventos. Los granadinos deseaban marcar diferencias con esa parte del pasado que para muchos de ellos suponía un lastre. La ciudad había perdido población en los últimos años, apenas sumaba sesenta y cinco mil almas, cuyas necesidades espirituales eran atendidas por veintitrés parroquias, a las que se añadían cerca de cuarenta monasterios y conventos de frailes y monjas. Esa religiosidad tenía otro referente en la docena de ermitas donde se rendía culto a otras tantas imágenes —a varias se acudía en romería en determinadas fechas—, así como en las hornacinas que, en muchas fachadas, cobijaban imágenes de vírgenes, cristos y santos. A ese perfil religioso se oponía una minoría de librepensadores, entre los que había algunos masones, perseguidos por Fernando VII, que mantenían su actividad en secreto.

En el campo de los liberales cundía el desánimo porque, más allá de las manifestaciones religiosas, todo languidecía. La universidad permanecía cerrada —parte de sus profesores habían sufrido una depuración ideológica— y con el cierre de las aulas habían desaparecido las alegrías estudiantiles. Pedrosa, que continuaba de subdelegado de policía, había prohibido toda clase de publicaciones y no se imprimía un mal periódico. Dos atrevidos impresores que sacaron unas hojas volanderas habían sido condenados a ocho años de cárcel en el presidio de Melilla. Un duro golpe había sido el fiasco con que se saldó la rebelión que iba a encabezar el general Torrijos, en la que estaba previsto alzar las ciudades más importantes de Andalucía; se había desconvocado después de los preparativos realizados en medio de grandes peligros. Pedrosa mantenía un férreo control sobre los más significados liberales, que eran objeto de una vigilancia continua. También el Carnaval estaba suspendido por orden gubernativa.

Los condes de Teba habían solicitado permiso para dar en su casa una fiesta el domingo de Carnaval, deseaban celebrar que su hija pequeña, Eugenia, había superado una gravísima enfermedad. Dada la fecha, Pedrosa sospechó que trataban de burlar la ordenanza. En realidad, camuflaba una reunión de liberales y para no despertar sospechas se invitó a conspicuos partidarios del absolutismo fernandino, lo que ayudó a conseguir el permiso.

Mariana de Pineda acudió a la fiesta luciendo un vestido de seda encarnada, muy entallado a su cintura, que resaltaba las curvas de su cuerpo. A sus veintiséis años estaba en el esplendor de la vida. Su belleza había madurado y deslumbraba. A su llegada a la casa de los condes saludó a la anfitriona con donaire y doña María Manuela Kirkpatrick exclamó al verla:

—¡Mariana, querida, eres la reina de la fiesta!

—Condesa…, en esta casa sólo hay una reina.

A don Cipriano, el parche de su ojo no le restaba apostura. Vestía un llamativo uniforme militar y en su pecho relucían las condecoraciones, alguna de ellas otorgada por José I. Después de besarle la mano, le susurró al oído:

—Te avisarán para ir a la biblioteca. Hay noticias frescas de Madrid.

La fiesta transcurría entre conversaciones relajadas y comentarios intrascendentes que, en no pocos casos, incluían falsas expresiones de amistad. Algún comentario picante, rumores maliciosos y cumplidos a las damas. Había medio centenar de invitados, entre los que deambulaban doncellas de punta en blanco y mozos de etiqueta ofreciendo bebidas y exquisiteces culinarias. Mariana conversaba alegremente con dos caballeros sosteniendo en su mano una copa de champán. Antes se había acercado al estrado donde reinaba doña Rosario Montes de Ortigosa, acompañada de su inseparable doña Hortensia Alpuente. Las dos, enjoyadísimas, lucían unos llamativos tocados de plumas, la última moda en el París de Louis Philippe. Mariana apenas cruzó con ellas unas palabras de cortesía y, cuando se hubo retirado unos pasos, doña Rosario cuchicheó al oído de doña Hortensia:

—¡Mírala, siempre rodeada de hombres y metida en cabildeos y juntas! ¡Exhibiéndose como una desvergonzada!

—No es otra cosa, Rosario. Ayer me dieron un notición en una merienda en casa de Carlota, la de Montijano. Te perdiste una reunión de lo más interesante.

Doña Rosario se retrepó sobre el respaldo para poner algo más de distancia y preguntó sin disimular su malestar:

—¿Qué notición es ese?

—Me aseguraron que esa mosquita muerta parió hace un par de años.

—¡Anda ya! —exclamó incrédula la matrona.

—La noticia es de buena tinta y me la han dado con pelos y señales.

—Me habría enterado —sentenció despectiva doña Rosario.

—Es que lo llevó todo con mucho secreto. ¿Te acuerdas de la fiesta en esta misma casa?

—¿Cuál? —preguntó distante.

—La que dieron en honor del conde de Montijo.

—Claro que me acuerdo. Lució palmito para dejar claro que de embarazo, nada.

Doña Rosario, perita en aquellas materias, no estaba dispuesta a dejarse comer el terreno por doña Hortensia, a quien consideraba una advenediza.

—Eso era lo que pretendía. La muy ladina tenía una barriga de más de seis meses.

—¡Hija, qué precisión! ¡Ni que hubieras estado alumbrando! —Doña Rosario no soportaba lecciones en aquel terreno.

—Estaba de seis meses —insistió doña Hortensia.

—¡Imposible! ¡Hay cosas que no pueden disimularse!

—Tú y yo conocemos casos… —Doña Hortensia trataba de hacerse perdonar, como si hubiera cometido algún error.

—Ha habido quienes, por comerse el arroz antes de tiempo, se encerraron en su casa o pasaron una temporada en el campo hasta dar a luz y no se mostraron en público. Una cosa son secretos y otra, disimulos —pontificó doña Rosario.

—Parió una niña, la bautizaron en San Andrés y le pusieron de nombre Luisa. —Doña Hortensia no daba su brazo a torcer.

—¡Pero si San Andrés está cerca de Puerta Elvira y la viudita, por aquellas fechas, se fue a vivir a la otra punta… —doña Rosario se quedó en suspenso—… de Granada!

—Por eso se fue a vivir a la calle del Águila. Para ocultar el parto.

—Tenía entendido que fue porque el alquiler de donde vivía era demasiado alto para su bolsillo —señaló doña Rosario sin dejar de abanicarse, como si tuviera un sofoco.

—Eso también influyó, pero la razón principal fue la que te he dicho. El bautizo se celebró en San Andrés para que nadie atara cabos.

—¿Quién te ha contado todo eso? —preguntó doña Rosario de mala gana.

—Fue la propia Carlota. Estaba informada de lo ocurrido con puntos y comas.

—Cuéntamelo todo y no escatimes detalles. A veces son lo más sustancioso.

Doña Hortensia, henchida y con sus plumas, parecía un pavo real.

—La niña nació hace dos años, poco después del día de los Reyes Magos.

—¡Menudo regalito! —concedió doña Rosario.

—Todo se llevó a cabo con mucho sigilo, incluido el bautizo. Por eso se acudió al párroco de San Andrés. La niña que...

—¿Estás segura de que fue una niña?

—Eso fue lo que dijo Carlota.

—Ella, ¿cómo lo sabe?

—Por lo visto, se lo han contado en la escribanía de su esposo.

Doña Rosario arrugó la frente. En las escribanías se sabían muchas cosas y la de don Esteban Montijano era una de las más reputadas de la ciudad, aunque ella sostenía que albergaba ideas equivocadas. Por eso llevaba sus papeles a don José María Laínez, declarado partidario de don Fernando VII.

—Sigue —ordenó.

—Le pusieron Luisa y se anotó en el libro de bautismo como hija de Mariana de Pineda, sin la más mínima referencia al padre. Y ahora viene lo mejor. —Doña Rosario alzó las cejas—. La depositaron en la Casa Cuna.

—¡No me lo puedo creer!

—Pues créetelo. Contrataron para la niña un ama de cría propia. La han sacado de allí hace pocas semanas, cuando su madre ha decidido reconocerla como hija natural mediante una escritura.

—¿Esa escritura se ha hecho en casa de Montijano? —Doña Rosario no dejaba de abanicarse.

—Todo se ha sabido al hacer la escritura. Por eso Carlota está tan bien informada.

—¿Don Esteban Montijano se lo ha contado a su mujer? —preguntó extrañada doña Rosario, que, pese a no comulgar con sus ideas, tenía al escribano por persona discreta.

—¡No, qué va! Uno de los escribientes, que es quien mantiene a Carlota al día.

—¿Quién tiene ahora a la niña? —Doña Rosario iba atando cabos.

—Unos hortelanos de la vega, a los que pagan una cantidad por criarla. A la viudita se la puede ver en la huerta con frecuencia. Según tengo entendido, va a verla un par de veces por semana.

—¡La muy zorra nos ha engañado! ¡Mírala, no hay más que verla, rodeada de hombres! Siempre con esos mostrencos que sólo piensan en novedades y en discutir la autoridad del rey.

—Ayer me aseguraron que asiste a juntas de masones —puntualizó doña Hortensia—. ¡Habrá que ver lo que hace allí!

—¡Imagínatelo, reunida con esos herejes y descreídos! Doña Rosario buscó a Mariana con la mirada. El mayordomo de la casa le susurraba algo al oído y ella, tras dejar su copa de champán en una bandeja, salió discretamente del salón. El mayordomo la condujo hasta la biblioteca. Allí había reunidos media docena de caballeros. Saludó a quienes no había tenido ocasión de hacerlo en el salón y de forma especial a don Martín Almela.

—Tenía entendido que estaba usted en Madrid.

—Así es, mi querida doña Mariana, pero regresé hace unos días.

—Ese es el motivo por el que los he convocado —añadió el anfitrión.

—¿Nos reunimos porque don Martín ha regresado de Madrid? —ironizó uno de los presentes.

—En cierto modo, así es. —Don Cipriano encajó la chanza—. Trae importantes noticias de la corte y una fiesta es la excusa perfecta para poder informarnos sin que los esbirros de Pedrosa… Las noticias que nos trae darían para una larga conversación, pero disponemos de pocos minutos. No debemos levantar recelos. Habrán observado que algunos de los invitados no son de nuestra cuerda, lo he hecho para cubrirnos las espaldas. Don Martín, cuando usted guste y, por favor, sea breve.

—Iré directo al grano. Alguno de ustedes recordará que la pasada primavera se publicó en la *Gaceta* un Real Decreto, bautizado con el nombre de Pragmática Sanción, que dio lugar a toda clase de rumores. Se asociaba con un posible embarazo de la nueva reina, que más tarde se confirmó. El pasado octubre doña María Cristina dio a luz, parió una niña a la que pusieron de nombre Isabel.

—¡Aunque sea una niña, el Narizotas logró descendencia después de tantos años! —apostilló don Pedro Ambel.

Don Martín obvió el comentario y prosiguió:

—El hecho de tener una hija ha agitado a la corte y en los círculos políticos de la capital se palpa la tensión. Con la publicación de la Pragmática Sanción se derogaba la Ley Sálica y se abrían las puertas del trono a las mujeres.

—¿Que la Pragmática permite reinar a las mujeres, a falta de varón, es lo que ha de comunicarnos? —Otra vez fue Ambel quien interrumpió, mostrándose displicente.

El viejo liberal le dirigió una mirada poco amistosa.

—La novedad, señor mío, es que el nacimiento de Isabel ha agitado las aguas de la política madrileña. —El tono era de desafío.

—¿Qué quiere decir con eso? —preguntó Mariana con intención de apaciguar.

—Se me ha dicho, muy reservadamente, que los sectores más reaccionarios de la corte rechazan la Pragmática Sanción, pues posterga al infante don Carlos en la línea sucesoria. Por ahora, el hermano del rey guarda silencio, pero Madrid es un hervidero de rumores. Se dice que el ministro Calomarde trata de influir sobre el rey para que derogue la Pragmática y restablezca la Ley Sálica.

—Me he perdido con la Ley Sálica. ¿Podría explicarla? —era el doctor Landáburu, médico de la condesa de Teba.

Don Martín miró a don Cipriano, quien asintió con un movimiento de cabeza.

—Verá, don Federico, con la llegada de los Borbones y la unificación política de las coronas de Castilla y Aragón, se instauró en España la legislación francesa en lo tocante a sucesión en la monarquía. En virtud de esa ley, conocida como Sálica, las mujeres no pueden reinar. Si está en vigor, no es posible que en España reine una mujer.

—¿Qué ocurre entonces en el caso de que el rey sólo tenga hijas?

—Que el heredero del trono es el pariente masculino más próximo; un hermano, un sobrino… Eso significa que sin la Pragmática Sanción su hija no puede ser reina.

—Ahora comprendo.

—Ustedes saben —prosiguió don Martín— que los sectores más reaccionarios se agrupan, desde hace tiempo, en torno a don Carlos, quien era el llamado a suceder en el trono a Fernando VII, siempre que no tuviera descendencia masculina. Por eso decidió tomar medidas ante los acontecimientos. Apenas supo que la reina estaba embarazada, promulgó la Pragmática. Cuando la reina dio a luz una niña, Madrid se convulsionó. Los mismos que se agitaron, hace un par de años, cuando el movimiento de los malcontentos catalanes, han vuelto a hacerlo. Para ellos su rey es don Carlos. Ya saben que es incluso más estricto en la defensa de las prerrogativas regias que su hermano.

—¡Eso no es posible! ¡Superar al Narizotas es, sencillamente, imposible!

—Quienes conocen a don Carlos afirman que está convencido de que se es rey por la Gracia de Dios y que únicamente responde de sus actos ante la divinidad. Afirma que es necesario reinstaurar la Inquisición para mantener la pureza de la religión y evitar las veleidades de los que llama «modernos». Estos días en Madrid se han escuchado voces pidiendo la vuelta del Santo Oficio.

—¡Santo cielo!

—En resumidas cuentas —terció el conde—, se viven momentos cruciales y debemos estar pendientes de las noticias que llegan de la corte. Puede haber movimientos muy importantes. En Granada, Pedrosa hará lo que esté en su mano para que nada se mueva.

—Pedrosa es hechura de Calomarde —recordó don Martín— y el ministro, como he dicho, trata de convencer al rey para que derogue la Pragmática.

—¿Es Calomarde partidario de don Carlos? —preguntó don Federico.

—Es partidario de quien actúe con la mayor dureza contra quienes defienden la Constitución. No quiere oír hablar de separación de poderes y mucho menos de libertad.

Llevaban demasiado tiempo apartados de la fiesta. Había que poner el punto final al conciliábulo.

—Creo que don Martín lo ha dejado todo muy claro —señaló don Cipriano—. Debemos regresar a la fiesta. Lo haremos de uno en uno, como máximo dos a la vez. Doña Mariana y yo entraremos juntos.

La aparición de Mariana en el salón del brazo del anfitrión hizo que alguna mente fantasiosa pensara en un encuentro furtivo. En Granada proseguían circulando comentarios acerca de ciertas costumbres del conde y de la condesa. A él le criticaban las amistades que tenía en el Albaicín, y a ella se le adjudicaban devaneos e incluso aventuras extramatrimoniales. Nadie imaginó la clase de reunión que había tenido lugar en la biblioteca.

Mariana y el conde se acercaron a la esposa de este. Doña Manuela charlaba con doña Rosario y doña Hortensia. La anfitriona y su esposo se retiraron para atender a otros invitados. Mariana quedó a solas con las dos y las sorprendió al comentar:

—Tengo entendido que están muy interesadas en algunos aspectos de mi vida. ¿Puedo serles de utilidad? —Doña Hortensia se llevó una mano a la boca y doña Rosario agitó su abanico. Mariana se despidió dedicándoles una amplia sonrisa—: Si necesitan alguna aclaración, me tienen a su entera disposición.

Se había alejado unos pasos y doña Rosario susurró al oído de su confidente:

—Lo que te he dicho, Hortensia. Es una desvergonzada.

—¿Sabes qué me dijeron también en casa de Carlota?

—¿Qué?

—Que fue la que organizó la fuga de la cárcel del militar que estuvieron buscando durante semanas. Ella le facilitó el hábito de capuchino que consiguió, valiéndose de malas artes, embaucando a un pobre fraile.

—Pues eso, Hortensia. ¡Una frescachona y una enredadora!

34

En apariencia, la vida transcurría en Granada de forma apacible, incluso tediosa. La ciudad había olvidado al verdugo de la Inquisición. En casi dos años no había vuelto a actuar y no había podido descubrirse quién estaba detrás de aquellos crímenes. Don Matías Marculeta y Antonio Diéguez fueron apartados de la investigación. Don Matías recibió órdenes de regresar a Madrid y Diéguez fue destinado a otros menesteres. Repentinamente se había perdido interés por descubrir al asesino o los asesinos. Pedrosa encomendó la investigación a sujetos poco competentes que al cabo de unas semanas les fueron encomendadas otras tareas. Al verdugo de la Inquisición, centro de disputas y temores, plato principal de comidillas, lo cubrió un manto de olvido. El único que parecía acordarse de que los crímenes habían quedado impunes era Diéguez. Dedicaba su tiempo libre a husmear e indagar por acá y por allá y, al margen de sus discrepancias, mantenía correspondencia con don Matías, quien por esa vía estaba al tanto de sus escasos progresos.

La última víctima no les había proporcionado mucha información. Sospecharon del criado de doña Mariana de

Pineda, sobre todo al saber que era el principal beneficiario del testamento de Magdalena Camero. Pero Antonio José Burel pudo demostrar, sin dejar resquicio para la duda, que estaba lejos de Granada cuando la joven fue asesinada. El papel que se encontró en su mano señalaba su posible conexión con las otras víctimas del verdugo de la Inquisición, amén de que el cadáver apareciera junto a la que había sido sede del tribunal. Diéguez no acababa de tener clara aquella relación, como tampoco la tenía en el caso de doña Cecilia Coello de Portugal; a pesar de los rumores que circularon sobre sus adulterinos amores, lo escamaba la actitud de la familia Armenta, que había sido un muro impenetrable.

En dos ocasiones había querido conversar con el ermitaño de San Antón, pero se mostró intratable y un nuevo intento de hablar con don Pablo de Armenta casi acaba en un incidente. Sus criados lo amenazaron con darle una paliza si volvía a aparecer por allí. Tampoco logró mayores progresos las dos veces que fue a ver a don Bernardo de Oteiza, en la segunda ocasión el sacerdote lo echó de la sacristía con cajas destempladas. Tenía la impresión de que una mano oculta había movido los hilos para dejar en las tinieblas el conocimiento de los misteriosos asesinatos. También don Matías pensaba que alguien con mucha influencia había actuado para que las pesquisas no avanzaran. Posiblemente los partidarios a favor del restablecimiento del tribunal de la Inquisición, que habían tenido parte importante en las tensiones políticas, habían podido influir para echar tierra sobre los crímenes, al considerar que los asesinatos estaban relacionados con una reivindicación del Santo Oficio. Diéguez no acababa de verlo muy claro.

Aquella tarde el policía se sentía particularmente cansado, después de entregar el parte de trabajo del día. Salió de la Chancillería y se perdió por las callejas próximas a la catedral, disfrutando de la apacible tarde, que tenía mucho de primaveral. Dejó atrás la Capilla Real y por la Alcaicería salió a Bibarrambla, cruzó el Arco de las Cucharas y enfiló hacia la calle Mesones donde en alguno de los establecimientos que le daban nombre pensaba beber una jarrilla de vino antes de recogerse en su buhardilla. Y si Martina se mostraba dispuesta...

Hacía año y medio que se había trasladado a vivir a una buhardilla en una casa de la calle de Angulo, junto a la plaza de los Lobos, un lugar tranquilo. La propietaria, Casilda Bullejos, conocida en el vecindario como la tía Casilda, se la había alquilado por veinticinco reales al mes; iba incluida la limpieza, hacerle la cama, lavarle la ropa y la cena. Se encargaba de esos menesteres su sobrina Martina, una moza de banderas. Por lo general, no aparecía en todo el día. Solía almorzar en una casa de comidas frontera a la iglesia de San Gil, y llegaba a la buhardilla a la caída de la tarde. Sólo en los meses del estío iba a almorzar; Martina le llevaba una escudilla del guiso que aderezaba para su tía y para ella, una rebanada de pan y un poco de vino. Eso lo pagaba aparte. Desde poco después de su llegada, de vez en cuando, Martina también le calentaba la cama, sin sobreprecio. La tía Casilda era experta en plantas y se ganaba la vida bastante bien confeccionando cremas para los eccemas, ungüentos para calmar toda clase de dolores e incluso preparaba filtros para fines más inconfesables; según se decía, remendaba algún virgo y tiempo atrás había ejercido de alcahueta. No se entrometía en los asuntos de su sobrina.

Entró en el mesón de la Herradura que, como siempre a aquella hora, estaba muy concurrido. Diéguez se hizo con su jarrilla, oteó el panorama y reconoció a un solitario bebedor. Era el sacristán de Santa Escolástica, el que había encontrado el cadáver de doña Cecilia Coello de Portugal. Se acercó y le preguntó si podía acompañarlo.

303

—Me sentiré honrado de compartir bebida y conversación con usted.

Se acomodó e hizo un comentario acerca de cómo alargaban los días y de lo seco que estaba resultando el año, aunque la nieve aún cubría Monachil. Le sorprendió que el sacristán, cuyo nombre era Zacarías Lupiáñez, sacara la conversación de los crímenes. El sacristán tampoco se había mostrado locuaz cuando lo había interrogado.

—Parece que el verdugo —simplificó Zacarías— no ha querido correr más riesgos. Hay quien afirma que ya arde en los infiernos.

Diéguez disimuló y dio un sorbo a su vino. No dejaría escapar la ocasión.

—No soy de esa opinión.

—¿Cree que colea y volverá a las andadas?

—Me da en la nariz que sigue al acecho —dijo para mantener la conversación.

El sacristán chasqueó la lengua.

—Ese está ya muerto —afirmó con seguridad.

—Si está tan seguro, deme una prueba.

—¿Le parece poco dos años sin muertos? Si no ardiera en los infiernos estaría despachando mancebas, chulos y putas —repuso sin hacer excepciones.

Diéguez recordó que doña Cecilia Coello de Portugal era feligresa de Santa Escolástica. El sacristán debía tener pruebas de su fama. Decidió tantearlo.

—Deduzco de sus palabras que mete a todas las víctimas en el mismo saco.

Zacarías empinó la jarrilla y se secó los labios con el dorso de la mano.

—¡A todas!

Una pregunta inadecuada podía espantar al sacristán. Dio otro trago a su vino.

—¿Sin excepciones?

—¿Usted cree que hay alguna? —le preguntó el sacristán.

Dejó que transcurrieran unos segundos como si tratara de recordar.

—Tengo entendido que doña Cecilia Coello de Portugal era una dama virtuosa.

Zacarías hizo un gesto que Diéguez no supo cómo interpretar. Dudó si repetirle el comentario. Después de otro trago a su vino se decidió a probar suerte de nuevo.

—¿Qué me dice…? ¿También ella va en el saco de las putas?

Ahora la respuesta fue inmediata.

—¡También! —El sacristán apuró su vino y, poniéndose de pie con dificultad, añadió—: No me tire de la lengua.

Diéguez pensó en invitarlo a otra jarrilla y retenerlo unos minutos, pero antes de abrir la boca Zacarías Lupiáñez salía por la puerta, tratando de disimular el mucho vino que había trasegado. Acababa de comprobar que no todos los granadinos se habían olvidado del verdugo de la Inquisición.

Martina lo recibió con zalemas. Diéguez subió a la buhardilla y ella llegó cuando terminaba el postre, un tazón de arroz con leche. Se sentó en su regazo y se besaron con pasión. Le desabotonó el corpiño y hundió la cara entre sus pechos. Allí desfogaron el primer envite, que tuvo una continuación más reposada en la cama, aunque eso era relativo con una mujer tan fogosa como Martina. Jadeante y sudoroso, Diéguez se amodorró y se quedó dormido hasta que un gallo de la vecindad lo despertó con su canto. Tanteó buscando el cuerpo de Martina, pero sólo encontró la sábana. Con frecuencia, se marchaba sin hacer ruido. Se dio media vuelta, pero antes de conciliar de nuevo el sueño sonaron unos golpes en la puerta. Lo inquietó una llamada a aquella hora.

—¿Quién va?

—Soy yo —respondió Martina.

Le resultó extraño. Martina sabía que la puerta no estaba atrancada. Además, nunca llamaba para entrar. Saltó de la cama y cogió la pistola.

—¿Ocurre algo?

—Unos individuos preguntan por ti. Dicen que son compañeros tuyos.

Se puso unos calzones y una camisa y, sin soltar la pistola, abrió la puerta.

—¿Vosotros? ¿Qué diablos hacéis aquí?

—Don Ramón quiere verte.

—¿A estas horas?

—Ha aparecido otro cadáver.

—¿Qué quieres decir con que ha aparecido otro cadáver?

—El verdugo de la Inquisición ha vuelto a las andadas.

Lo sacudió un revoltijo de sensaciones.

—¿Dónde lo han encontrado?

—En unas ruinas junto a la iglesia de Santa Ana.

—¿Por qué dices que el verdugo de la Inquisición ha vuelto a las andadas?

—La muerta tiene un cucurucho en la cabeza.

—Una coroza —corrigió Diéguez.

—Como se llame. Don Ramón quiere verte allí, ahora —insistió uno de ellos.

—¡Aguardad un momento!

—¡No te entretengas, Pedrosa está muy alterado! —le gritó el otro.

Diéguez acabó de vestirse, se puso un redingote para protegerse del fresco y se ciñó la pistola. Martina lo observaba desde la puerta. Él pareció no verla cuando salió y ella lo siguió con la mirada y un brillo de tristeza velando sus ojos.

—¿Dónde está Pedrosa? —preguntó bajando la escalera.

—Donde han encontrado el cadáver.

Mientras caminaba, su cabeza era un torbellino. ¿Por qué lo llamaba ahora si lo había apartado del caso? ¿Quién sería la nueva víctima? ¿Sería obra del mismo asesino?

—He oído que van a colgarte otra vez el muerto —comentó uno de los policías.

—¿Quién lo dice?

—Don Ramón. Hay mucho revuelo y, para la hora que es, la gente ha acudido como moscas. Con el cucurucho ese en la cabeza... ¿Cómo has dicho que se llama?

—Coroza, se llama coroza.

—Pues con una coroza en la cabeza hay pocas dudas.

—¿Quién ha descubierto el cadáver?

—El aviso lo dio un vecino. Estaba horrorizado. A esa desgraciada le han machacado el rostro... Se lo han desfigurado a golpes. Hubo dudas sobre si avisar a don Ramón, pero con la coroza esa...

No habían exagerado, la plaza de Santa Ana era un hervidero. Vio a Pedrosa hablando con unos desconocidos, la conversación no era amistosa.

—¿Dónde estaba el cadáver? —preguntó Diéguez.

—¿No vas a presentarte al jefe?

—Parece muy atareado. Vamos a ver el cadáver.

Había un bulto custodiado por dos agentes. Apartó la manta que lo cubría y comprobó que tampoco habían exagerado en aquello: el rostro era una masa sanguinolenta, le habían golpeado la cara con saña. El cadáver de la mujer estaba rígido, la habían matado hacía algunas horas. Observó la coroza y le recordó a la de doña Cecilia.

—¿Qué piensa usted de esto? —La voz de Pedrosa había sonado a su espalda.

Lo saludó y comentó con voz neutra:

—Parece obra del verdugo de la Inquisición.

—¿Sólo se lo parece?

—No estoy seguro. Lleva muchos meses sin actuar. Pudiera ser que…

—¡No tenga dudas! —lo interrumpió Pedrosa—. ¡Esos asesinos han vuelto a actuar!

Diéguez se encogió de hombros y le espetó a Pedrosa:

—¿Puedo saber por qué me ha llamado?

—¡Porque soy su jefe! —le gritó—. ¿Le parece una buena razón? ¡Póngase de nuevo al tajo! Tiene carta blanca, pero quiero a los asesinos con dogales al cuello antes de que haya otra muerte. ¿Está claro?

35

En Granada nadie dudaba de que el verdugo de la Inquisición se había apuntado su sexta víctima, Diéguez era una excepción.

En los modernos cafés, en las viejas tabernas y en los concurridos mesones no se hablaba de otra cosa. El asunto de los asesinatos había cobrado vida y circulaban toda clase de rumores.

Diéguez estaba desconcertado. La última víctima era una anciana y a su edad era difícil que comerciara con su cuerpo ni que fuera la manceba de alguien. Tenía que tratarse de una alcahueta que facilitaba el fornicio de otras gentes. El asesino, caso de que fuera el mismo, había repetido el distintivo de la víctima: una coroza, como en el caso de doña Cecilia Coello de Portugal. Sus indagaciones para dar con el capirote con que habían tocado a la dama habían resultado inútiles, después de más de dos años nadie sabía adónde había ido a parar. Le parecía que los dibujos presentaban similitudes y que la factura no era muy diferente. Se resistía a creer que el verdugo de la Inquisición fuera el autor de todos los asesinatos, pero aquel detalle, que no podía comprobar…

Los dominicos le dijeron que no conservaban corozas, a esto se añadía el hecho de que el que tenía la sexta víctima era nuevo. Todo le llevaba a la conclusión de que ambos eran de confección moderna. Interrogó al vecindario de la plaza de Santa Ana y al sujeto que había descubierto el cadáver. No le facilitaron ninguna pista interesante, ni siquiera le garantizaron que fuera del barrio, con el rostro tan desfigurado...

Diéguez regresaba a su casa con el ánimo abatido, Pedrosa acababa de soltarle una filípica a cuenta de la falta de resultados. Pensó en Martina, ella no hacía remilgos a darse un revolcón los días de Cuaresma y a él le traían al fresco las peroratas de los curas sobre el grave pecado que suponía no abstenerse de relaciones carnales aquellos días.

Mariana había visitado a su hija y le había llevado dos vestidos y un par de zapatos. Cada vez le costaba más trabajo dejarla con quien la pequeña creía que eran sus padres. La niña estaba preciosa y había estado jugando con ella un buen rato; tanto, que se le había ido el santo al cielo y había llegado con retraso a la reunión que se celebraba en un caserón a la espalda de San Jerónimo. Era una reunión clandestina, convocada a toda prisa, a la que sólo concurrieron la mitad de los quince convocados. Las instrucciones recibidas habían sido muy escuetas y específicas. Si alguno sospechaba que le estaban siguiendo, debía darse un paseo y no acudir a la cita.

Tenía la palabra don Cecilio Moreno, convocante de aquella reunión tan apresurada como peligrosa.

—... Será un gran levantamiento y se extenderá a toda Andalucía.

—Después del fiasco, supongo que no será otra vez Torrijos.

—No, a la cabeza de este intento está el general Manzanares.

—No me fío de Manzanares —protestó don Federico Landáburu—. Es un presuntuoso que sólo sirve para lucir uniforme.

—Cuenta con importantes apoyos en varias guarniciones y la totalidad de las tropas que hay en la Real Isla de León.

—La han rebautizado como San Fernando, para darle coba al Narizotas.

—Por eso me he referido a ella como Real Isla de León. Bueno, dejémonos de comentarios. El epicentro estaría en Málaga, adonde llegará Manzanares procedente de Gibraltar. Allí se levantarán varias unidades cuyos oficiales rechazan el presente estado de cosas. Se nos requiere para sumarnos al movimiento...

—¿Cuál es la fecha prevista? —preguntó Mariana.

—Finales de marzo, el día concreto se sabrá con antelación suficiente. Quieren saber con qué pueden contar en esta ciudad y cómo están los ánimos. Habrá que convocar una reunión con los adeptos y simpatizantes, aunque es peligroso con los sabuesos de Pedrosa pendientes de cualquier incidencia.

—Cuente conmigo para lo que sea menester. —Landáburu se mostró contundente.

—Yo estoy dispuesto. —A don Martín Almela la edad no le rebajaba el ardor.

—También yo estoy a lo que haga falta. —Don Diego Calvo de León, siempre impetuoso, dio un puñetazo en la mesa.

—Y yo. —Don José María de la Escalera miró a Mariana.

—Yo también —afirmó ella.

—Por supuesto que se cuenta conmigo —afirmó don Cipriano.

Quedaba por sumarse uno de los presentes. Todos aguardaban su respuesta.

—Mis circunstancias presentes… no me permiten correr ciertos riesgos.

Don Cipriano no se anduvo con miramientos.

—En tal caso, será mejor que no permanezca en esta dependencia. Hay riesgo.

El aludido agachó la cabeza y salió en medio del silencio de sus compañeros.

—Bien, señores, hemos de ponernos a trabajar y preparar esa reunión a la que se ha referido don Cecilio. —El conde de Teba parecía tomar las riendas.

—Hay mucha gente que simpatiza con nuestras ideas —comentó don Cecilio.

—¿A qué llama usted mucha gente? —le preguntó Mariana.

—No podría concretar una cifra, desde luego dos centenares como mínimo.

—Lo veo optimista, don Cecilio. No creo que sean tantos —terció don Federico.

—Lo importante es que haya movimiento en la calle —señaló el conde de Teba—. El efecto de un puñado de gente decidida puede ser multiplicador.

—¿Qué hay de los oficiales de artillería comprometidos? —preguntó Mariana.

—Están convencidos de que arrastrarán a su unidad —respondió don Cecilio—. También contamos con la…, digamos, benevolencia del capitán general.

—¿Se sumaría el conde de los Andes? —preguntó don Martín con un brillo en los ojos.

—Al menos no será un obstáculo. Está claro que simpatiza con nosotros. Será muy importante el primer impacto. Si tenemos bríos, se sumarán muchos indecisos y luego…, ya saben…, el pueblo es muy versátil.

—Muy cierto —convino don Martín—. Sabemos por experiencia que mucha gente cambia de opinión con facilidad. Hemos de levantar el ánimo de los nuestros.

—¿Por qué no animamos al pueblo, a la gente? —planteó Mariana.

—El pueblo está por las cadenas —protestó don Martín.

—A muchos se les ha caído la venda.

—Es posible —concedió el viejo ilustrado—, pero ¿cómo los estimulamos? La gente necesita referencias.

—¡Una bandera! —propuso don Cecilio—. ¡Una bandera que los enardezca y los lance a la calle!

—Esa es una buena idea. Una bandera que simbolice la libertad —remachó don Cipriano.

—Yo me encargaré de que esté a punto —se comprometió Mariana—. ¡La idea de la bandera me parece magnífica! Mañana mismo compraré las telas y buscaré el modo de confeccionarla con toda discreción.

—Muy bien, señores. Sólo me resta recomendarles el sigilo que la ocasión requiere. Si no hay más cuestiones que plantear, creo que debemos salir con la discreción de siempre. Don Federico y doña Mariana pueden ser los primeros.

El médico llevaba en su mano el maletín que señalaba su condición. Acompañó a Mariana, quien al salir a la calle se puso la capucha de su capa, había anochecido y hacía frío. Ayudaba a Mariana a subir a su vehículo —un pequeño birlocho al que había añadido una capota, con el que visitaba a sus pacientes— cuando surgió un embozado de entre unos cipreses que había a pocos pasos. El médico tiró de su bastón dejando al descubierto un estoque, dispuesto a defenderse, pero el sujeto dejó caer el embozo.

—¡Burel! —exclamó Mariana—. ¿Qué haces aquí? ¡Nos estás poniendo en peligro!

—No se preocupe, señora. Aguardo hace una hora y

sé que he dado esquinazo al que me seguía y lo que tengo que decirle no puede esperar.

—¿Me disculpa un momento, don Federico?

—¡Cómo no!

Mariana se alejó unos pasos y durante unos minutos Burel no paró de hablar. Después le mostró un cuaderno que Mariana le devolvió después de hojearlo. A oídos del médico llegaban frases entrecortadas y palabras sueltas. El criado parecía muy excitado.

—… desde hace un par de horas… Por fin el juez ha tomado una decisión.

—¿… don Fulgencio?

—No hay duda…

—¿Crees que puede servir para aclararlo?

—… desde luego.

—Entonces, llévaselo. Pero hazlo mañana. Me gustaría verlo antes.

Al acercarse al birlocho, las últimas frases habían llegado más nítidas. Burel ayudó a su ama a subir al vehículo y salió a toda prisa en dirección a la calle de Elvira.

Diéguez, sentado en el borde del lecho, contemplaba el torso desnudo de Martina. No era una mujer especialmente guapa, pero su cuerpo volvería loco a cualquier hombre. Había pasado toda la noche en la buhardilla. Los golpes sonaron en la puerta cuando Diéguez se disponía a echar agua en la jofaina. Martina se cubrió con la sábana y él preguntó con cautela:

—¿Quién va?

—¿Don Antonio Diéguez? —preguntó una voz de hombre.

—¿Para qué lo busca?

—Para hablar con él.

—Un momento.

Cogió su pistola y a medio vestir abrió la puerta de un tirón. En el umbral estaba Burel. No lo había visto desde que, tras la muerte de Magdalena Camero, abandonó la investigación de los asesinatos.

—¿Qué desea?

—Darle cierta información que puede serle útil. Lamento visitarlo a estas horas y no quiero hacerlo en el cuartelillo. Deseo que no se sepa quién le ha dado esa información.

—¿Qué clase de información?

—Una que puede servirle para descubrir al llamado verdugo de la Inquisición.

Un sexto sentido advirtió a Diéguez que estaba ante algo serio.

—Aguarde un momento.

Cerró la puerta, acabó de vestirse y se despidió de Martina con un beso. No se anduvo con rodeos. En la misma puerta de la buhardilla le preguntó:

—¿Qué información es esa?

—Creo que será mejor ir a un lugar donde podamos charlar tranquilamente.

—¿Qué le parece el mesón del Santo Cristo? A estas horas es un lugar discreto donde sirven un chocolate espeso y los buñuelos son los mejores de Granada.

Caminaron en silencio hasta el mesón. Era muy temprano y estaba poco concurrido, un buen lugar para confidencias. Se sentaron en una mesa apartada y, una vez que tuvieron delante unos tazones de humeante y aromático chocolate, y un cuenco rebosante de dorados buñuelos, Burel, sin mediar palabra, sacó un cuaderno y lo puso sobre la mesa.

—¿Qué es eso?

—Lea lo que está escrito, no le llevará mucho tiempo.

Burel observaba en silencio el rostro de asombro del policía.

—¿Dónde lo ha conseguido?

—Primero, deme su palabra de no desvelar cómo ha obtenido la información.

Diéguez se acarició el mentón, estaba rasposo.

—Tendría que hacer una excepción.

—No hay excepciones.

—Se trata de una persona...

—No hay excepciones —insistió Burel.

—Se trata de una persona que está al tanto de las pesquisas.

—¿Se refiere al policía que vino de Madrid?

Diéguez asintió y Burel se quedó pensativo.

—No me gusta, pero haré esa excepción. Le seré sincero, ni Pedrosa ni sus hombres son de fiar, pero usted... es diferente. ¿Estamos de acuerdo en que sólo a él?

Diéguez, poco dado a la lisonja, se sintió halagado, después de tanto reproche.

—Tiene mi palabra, pero también yo tengo que poner una condición.

—Dígala.

—Responderá a todas mis preguntas.

—Si conozco las respuestas, cuente con ello.

El chocolate parecía que podía cortarse y los buñuelos se habían enfriado.

36

Burel acabó de contar la historia del cuaderno.

—¿Quiere repetirme las circunstancias del hallazgo? —Diéguez no dejaba de mirar las dos primeras páginas, las únicas que estaban escritas.

—Estaba oculto en el doble fondo de una arqueta donde don Fulgencio Camero guardaba el dinero y algunas joyas.

—Usted es propietario de esa arqueta desde hace… bastante tiempo.

—En realidad, hace muy poco. Un familiar lejano de Magdalena impugnó el testamento y han tardado en dictar sentencia. Se nos comunicó hace tres días.

—¿Han fallado a su favor?

—A favor de la voluntad de Magdalena —lo corrigió Burel.

—Disculpe, no era mi intención…

—No tiene importancia.

—¿Cuándo descubrió ese doble fondo?

—Ayer.

Diéguez releyó el cuaderno por enésima vez.

—La tinta es de tonalidad diferente. Tengo la impresión de que los nombres de las víctimas no se anotaron a la vez.

—Ya me había dado cuenta.

—Otro detalle importante es la fecha que hay junto al nombre de la segunda víctima —Diéguez señaló en la libreta—, es el tres de junio. Su cadáver apareció el día del Corpus de hace tres años; ese año fue el cinco de junio.

—Esas fechas serían las de las muertes.

—Exactamente, no las de cuando fueron encontrados los cadáveres. Tampoco hay referencia a doña Cecilia Coello de Portugal, y en el caso de Magdalena Camero no hay fecha. Recuerdo que don Fulgencio murió poco antes de que su sobrina fuera asesinada. Aquí hay algo que no encaja —señaló Diéguez con aire caviloso.

—Salvo que observe con cuidado los nombres y las fechas.

—¿Qué quiere decir?

Burel señaló en el cuaderno las fechas que aparecían al lado del nombre de las víctimas.

—Mire, la tinta de la fecha es de tonalidad distinta a la del nombre de la víctima.

—¿Qué cree que significa? —le preguntó mirándolo a los ojos.

—Tengo la impresión de que don Fulgencio anotaba el nombre de la víctima y cuando era asesinada ponía la fecha y consignaba algún detalle más, como las marcas en la espalda del primer cadáver o el sambenito del segundo. Por eso la tinta presenta una tonalidad diferente. Es como si todo estuviera planificado, primero se localizaba a la víctima y luego se acababa con su vida.

—Usted debería ser policía.

—He estado dándole vueltas a esos nombres y a esas fechas desde que encontré el cuaderno, más allá de la impresión que me produjo ver el nombre de Magdalena. Si las cosas ocurrieron como apuntan esas notas, don Fulgencio era un monstruo…

—¿Sabe si don Fulgencio tenía alguna relación con el tribunal de la Inquisición?

—Era familiar del Santo Oficio.

Diéguez se quedó mirando las anotaciones y al cabo de un rato comentó:

—Si el nombre de Magdalena aparece sin fecha, significa que había descubierto algo para incluirla en esa macabra lista.

—No aparto ese pensamiento de mi cabeza desde que encontré este cuaderno. Don Fulgencio estaba al tanto de mis relaciones con Magdalena. Lo dijo en la venta de los Muleros cuando murió en el enfrentamiento con los bandoleros que ya le conté cuando me interrogó hace dos años. Entonces afrentó a su sobrina con palabras que daban a entender que… En fin, ya me entiende. Luego las cosas se precipitaron de tal forma que Magdalena y yo apenas pudimos hablar. Hubo que enterrarlo y cuando volvimos mi ama me encomendó una tarea que me obligó a estar unos días fuera. Cuando regresé a Granada me encontré con que a Magdalena la habían asesinado. —Burel se apretó la cabeza con las manos—. ¡Es difícil de digerir! Todo indica que la tenía señalada como víctima, pero no tuvo tiempo de acabar con su vida.

—En ese caso, hay que pensar que en los otros crímenes el asesino podía ser otra persona y que, aunque don Fulgencio estuviera al tanto de todo, no fuera el autor material de las muertes. Eso no está claro, como la muerte de doña Cecilia Coello de Portugal. No está en la lista y fue asesinada antes de que don Fulgencio muriera. Por curiosidad, ¿qué opinión le merece la muerte de doña Cecilia?

—¿Por qué me lo pregunta?

—Porque veo que ha reflexionado sobre estas muertes

y también ella apareció como si fuera una penitenciada por el Santo Oficio. Por si le interesa, también le diré que su opinión me merece mucha consideración.

—Me parece que su muerte nada tiene que ver con esos otros crímenes.

—Sin embargo, doña Cecilia apareció con una coroza en la cabeza. Eso la relaciona con el último asesinato, a la muerta también le han colocado una coroza.

—Alguien ha podido colocárselas para provocar confusión.

Diéguez pensaba lo mismo. Estaba convencido de que el asesino era otra persona y en el cuadernillo tenía una prueba importante. Era probable que el asesino de doña Cecilia hubiera aprovechado los asesinatos del verdugo de la Inquisición para enmascarar su crimen. No comprendía cómo don Matías se aferraba a la idea de que el asesinato de doña Cecilia era obra del verdugo de la Inquisición. La no inclusión en el cuadernillo le planteaba dudas acerca de la actitud de don Pablo de Armenta. No entendía cómo había movido influencias hasta el punto de que enviaran desde Madrid a un experto como don Matías y que, sin embargo, se negara a colaborar. El embrollo era monumental.

—¿Quiere otro chocolate?

—No me vendría mal —respondió Burel mirando la taza vacía.

—¿También buñuelos?

—No, no, gracias.

Diéguez pidió dos tazones de chocolate y, después del primer sorbo, Burel comentó:

—Tal vez el asesino no fuera el tío de Magdalena y su papel se ciñera al de un colaborador. Una vez elegida la víctima, anotaba su nombre y, cuando el asesino actuaba, él ponía la fecha. Eso explicaría que el nombre de Magdalena esté anotado en el cuaderno, pero que fuera asesinada después de la muerte de don Fulgencio.

—Pudiera ser, pero ¿cómo explicaría que tras la muerte de Magdalena el asesino dejara de matar?

—No..., no comprendo qué quiere decir —dudó Burel.

—Si el asesino reivindicaba con esos crímenes el restablecimiento de la Inquisición, ¿por qué cesaron tras la muerte de don Fulgencio? ¿Acaso la lujuria ha desaparecido de Granada? ¿Han cerrado los burdeles? —Diéguez dio un sorbo a su chocolate, antes de proseguir—. Antes ha dicho que era familiar del Santo Oficio. Por lo que he averiguado, algunos eran tan fanáticos que no vacilaban en denunciar a los de su propia sangre. No sé si don Fulgencio Camero era el brazo ejecutor, pero estoy convencido de que su papel en este asunto era mucho más importante que el de llevar la cuenta de las víctimas y las fechas de los asesinatos. En cualquier caso, el cuadernillo es muy valioso. A pesar de dejar cosas sin respuesta, ahora estamos más cerca de saber quién es el verdugo de la Inquisición.

—¿Está seguro, como dicen, de que esas muertes tienen como objetivo restablecer la Inquisición?

—¿Por qué lo pregunta?

Antes de responder, Burel apuró su chocolate.

—Verá, la Inquisición no perseguía los pecados relacionados con la fornicación o la lujuria. —Diéguez arrugó la frente—. Los inquisidores no estaban de acuerdo con que hubiera prostíbulos, pero nunca fueron rigurosos con putas, chulos, mancebas o alcahuetas. Lo suyo eran los herejes, los que leían determinados libros o quienes negaban ciertas verdades defendidas por la Iglesia. ¿Por qué las muertes están relacionadas con un pecado que no fue objeto de especial interés para los inquisidores?

Diéguez se quedó impresionado. Lo que acababa de decir Burel era propio de un erudito.

—¿Me equivoco si digo que usted no ha sido siempre un criado?

—No, no se equivoca. Antes de ganarme la vida como criado, gracias a la generosidad de doña Mariana de Pineda, era militar.

—Militar de ideas liberales, ¿por eso tiene que comparecer periódicamente por el cuartel?

Burel no supo si le estaba tendiendo una trampa. No se había atrevido a tomar aquella decisión por su cuenta y había querido contar con el beneplácito de su ama, quien no tenía mala opinión del policía, aunque estando a las órdenes de Pedrosa…

—¿No tienen un expediente con mis…, mis delitos? —se sorprendió Burel.

—Supongo que estará en los ficheros. Allí descansan la vida y milagros de quienes están sometidos a control. Pero no suelo mirarlos.

Aquellas palabras restablecieron su confianza en el hombre que tenía delante.

—Formé parte de la columna de Riego y pagué por ello. Estuve diecinueve meses en la cárcel después de la invasión de los Cien Mil Hijos de San Luis.

Diéguez asintió en silencio.

—Cuénteme lo que sepa del rapto de don Fulgencio Camero. Podría arrojar alguna luz sobre su persona y eso es siempre de utilidad.

Burel le contó cómo Magdalena recibió la carta, cómo reunieron el dinero, incluida la aportación que hizo su ama, y acudieron a pagar a los bandoleros, pero cómo la actitud de don Fulgencio hizo que todo acabara en una tragedia. No hizo alusión a que se trataba de una partida de liberales que, dadas las circunstancias, se habían echado al monte.

—¿Doña Mariana de Pineda puso una parte del rescate?

—Una parte no pequeña.

Diéguez guardó un largo silencio antes de preguntar de nuevo a Burel:

—La casa de don Fulgencio…, bueno, de su sobrina, ¿es propiedad suya?

—Sí, señor.

—¿Habría algún inconveniente en que la visitase, ya sabe…?

—Tengo entendido que ya estuvo allí.

—Es cierto, pero estuve en la casa de una víctima. Ese cuadernillo abre otras perspectivas. Miraría las cosas con otros ojos. Ahora…, ahora visitaría la casa de un asesino o de un cómplice de asesinato.

—¿Cuándo quiere que vayamos?

—Cuanto antes, mejor.

—En ese caso, vámonos.

Diéguez no permitió que Burel pagara. Argumentaba que había sido él quien había propuesto ir al mesón. Una actitud diferente a lo que era habitual entre los esbirros de Pedrosa, que tenían por costumbre comer, beber o divertirse a costa del prójimo.

37

El mercado de las verduras de Bibarrambla convertía la plaza, cada mañana, en un abigarrado conjunto de tenderetes y puestos, abastecidos diariamente por la fértil vega granadina. Diéguez y Burel bordearon la catedral y subieron por la Cárcel Baja hasta el Pilar del Toro. La casa estaba cerca de la esquina. La puerta se resistió un poco, había estado mucho tiempo sin abrirse y su nuevo dueño aún no dominaba la forma de abrirla.

—Necesita un repaso de aceite —se excusó al oír cómo chirriaban los goznes.

Entraron en una salita con aspecto de capilla. Una capa de polvo lo cubría todo.

—Aquí tiene un muestrario de imágenes.

Colgados de las paredes había un par de lienzos de mediano tamaño renegridos por el humo de las velas. En uno apenas se vislumbraba un nazareno, en el otro la Virgen y santa Ana jugaban con el Niño. Una talla de un fraile mirando un crucifijo y una Dolorosa, con muchos encajes y bordados, sobre una consola que le servía de trono, completaban el escenario, además de un Crucificado pequeño en una hornacina. El ambiente resultaba agobiante.

—¿Está seguro de que la letra del cuaderno es la de don Fulgencio?

Burel se encogió de hombros.

—Estaba en su arqueta. Si quiere, podemos comprobarlo con otros papeles suyos.

—No es mala idea.

El despacho estaba tal como lo recordaba Diéguez. Todo en aquella casa tenía un aire añejo, acentuado por el polvo que el tiempo había depositado sobre los objetos. Sobre el bufete había un cartapacio y al abrirlo flotó una nubecilla de polvo. Le bastó cotejar un par de papeles. La caligrafía era la misma del cuaderno.

—¿Podríamos ver la arqueta?

—Por supuesto, está en la planta de arriba.

La escalera protestó bajo el peso de los dos hombres. Estaba en un dormitorio dominado por una enorme cama con un dosel castigado por el tiempo. Diéguez la examinó con detenimiento.

—¿Encontró algo más?

—Como le he dicho, don Fulgencio guardaba aquí su dinero y alguna joya que empeñamos para reunir su rescate.

—¿No reparó entonces en el doble fondo?

—Ni Magdalena ni yo nos dimos cuenta.

Diéguez examinó con detenimiento una cómoda.

—Dedíquele algún tiempo a ese mueble —comentó con cierta ironía.

—¿Por alguna razón especial?

—Las cómodas suelen deparar sorpresas y esta casa parece esconder un misterio. Quizá su dueño fuera un avaro. ¡Hágame caso!

Recorrieron las demás dependencias sin encontrar algo que llamara su atención.

—¿Le importaría que echásemos otro vistazo al despacho?

—Claro que no.

Había una estantería con tres docenas de libros que Diéguez examinó uno por uno. Encontró entre sus páginas hojas secas, notas manuscritas y varias cedulillas donde constaba que don Fulgencio cumplía con el precepto de confesar por Pascua Florida. Se detuvo ante un secreter con el escudo del Santo Oficio incrustado y las letras *F. C.*

—¿Lo ha abierto?

—Aún no he dado con la llave.

—Quizá cuando lo abra se lleve una sorpresa… Esta casa oculta algo.

En los cajones del bufete encontraron varias carpetas llenas de papeles.

—¿Usted tiene prisa? —preguntó Diéguez.

—Ninguna.

—¿Le importa que dé un repaso a estos papeles?

—Póngase cómodo. Está usted en su casa.

—Muchas gracias. ¿Quiere ayudarme?

—Dígame cómo.

—Buscando la llave de ese secreter mientras miro los papeles. También puede echar un vistazo en el desván. Si encuentra algo que le llame la atención…

Con unos trapos que encontró en la cocina, Diéguez quitó algún polvo del bufete y se puso manos a la obra. Revisó papel por papel. Era un revoltijo de impresos y manuscritos: hojas volanderas con proclamas realistas o excitando el celo religioso, pliegos de cordel, ejemplares de la *Gaceta*, minutas y borradores de trabajos que don Fulgencio realizaba en la Chancillería. Nada relacionado con los crímenes.

Habían dado las dos cuando Burel apareció por el despacho.

—¿No cree que va siendo hora de tomar alguna cosilla?

—Aquí al lado hay una casa de comidas donde nos

atenderán bien. Voy con frecuencia —propuso Diéguez—. Después miraré las dos carpetas que quedan.

En la casa de comidas había cierta animación, pero los atendieron con prontitud. Por un real daban un guiso de habichuelas con col y su correspondiente avío, una rebanada de pan y una jarrilla de vino de la Alpujarra.

—¿Ha encontrado algo? —preguntó Burel mientras aguardaban.

—Papeles que revelan aspectos de la vida de don Fulgencio. Poca cosa.

—Lamento no poder serle de más utilidad, pero jamás crucé con don Fulgencio una palabra. Magdalena le tenía un miedo cerval. Yo podía ofrecerle poco y además…

—Con sus antecedentes…

—¡Imagínese!

Una moza les llevó las escudillas con el guiso, el pan y las jarras de vino.

—Magdalena estaría muy enamorada de usted. —Diéguez empuñó la cuchara.

—¿Por qué lo dice?

—Si le tenía tanto miedo a su tío…

—Si cogiera al hijo de puta que la degolló, lo mataba con mis propias manos.

—No se altere —le recomendó el policía dando un trago de vino.

—¡Es que hay que ser canalla para rajarla y dejarle el papelito en la mano!

—Vamos, coma, antes de que se nos enfríe.

Mientras daban cuenta del potaje, Diéguez recordó que Burel no había visto el cadáver de Magdalena, pero él le mostró la nota donde la tildaban de puta y amancebada. Hizo pruebas con su letra, pero sin resultado. El asesino se cuidó de escribir con mayúsculas aquellas palabras. Burel, al terminar su guiso, preguntó al policía:

—¿Se pudo averiguar algo sobre el asesino de Magdalena?

—Según don Matías, era zurdo. Ese detalle apuntaba a usted.

—¿A mí? —Burel se puso serio—. Si se trata de una broma, es de muy mal gusto.

—No es broma. Usted es zurdo y las primeras sospechas de un crimen recaen sobre la gente más próxima a la víctima. Luego, al ser el principal beneficiario del testamento de Magdalena… Don Matías y yo comprobamos que no estaba en Granada. A pesar de todo, lo sometimos a una estrecha vigilancia. Quedó claro que nada tenía que ver con el asesinato. Pero quien la asesinó era zurdo, sabía que mantenía con usted una relación amorosa que la hacía acreedora de un castigo. —Burel se quedó pensativo—. ¿Qué le parece si nos vamos? Me gustaría ver qué hay en las carpetas que me quedan por revisar.

Diéguez pidió la cuenta, pero Burel se negó en redondo.

—¡Ni hablar! Esta mañana pagó usted.

—Pero si le estoy dando una tabarra…

—No olvide que he sido yo quien le ha buscado. ¡Ahora me toca a mí!

—Está bien. Si se empeña…

De nuevo en la casa, Burel subió al desván y Diéguez se acomodó en el bufete. En la primera carpeta no encontró nada de interés. La segunda, de mayor formato, guardaba dibujos con paisajes de Granada —la torre de la Vela vista desde la plaza Nueva, el Darro por la calle del Carmen, visto desde Puerta Real…— y una tablilla pintada al óleo que llamó su atención. Aparecían en ella dos penitenciados del Santo Oficio con sambenito y coroza.

Husmear entre los papeles le había proporcionado un magro botín. Más allá de revelar la afición de don Fulgencio por el dibujo y la pintura, sólo algunos detalles significativos de su personalidad.

Burel apareció por el despacho cuando la luz empezaba a declinar.

—¿Algo interesante?

—Una carpeta llena de dibujos. Don Fulgencio debía de coleccionarlos.

—En una ocasión, Magdalena me dijo que su tío dio clase de dibujo en la Academia de Bellas Artes, la que está en plaza Nueva.

—Quizá sea autor de algunos, en esta carpeta los hay de diferentes manos.

—¿Ha sacado algo en claro de la visita?

—Poca cosa, aunque conozco algo mejor la personalidad de don Fulgencio. Pero aparte de ese cuaderno —señaló el que Burel sostenía en la mano—, ninguna otra referencia a los crímenes.

—Tome, quédeselo. A usted puede serle más útil que a mí.

38

Mariana compró lo necesario para confeccionar la bandera. Acompañada de Manuela, lo adquirió todo en una tienda de la calle de los Boteros. Una pieza de tafetán morado, un trozo de color verde y varios cadejos de hilo de seda encarnado para bordar un lema.

Al salir de la tienda preguntó a su criada:

—¿Conoces una bordadora que trabaje con primor y, sobre todo, sea discreta?

—Sí, señora. Conozco a dos hermanas, buenas bordadoras y no son habladoras.

—¿Dónde viven?

—En el Albaicín.

—¿Primorosas y discretas? —insistió Mariana.

—Sí, señora. Trabajan bien y no cobran demasiado.

—Me gustaría verlas para hacerles un encargo. A ser posible, esta misma tarde.

—Déjelo de mi cuenta, señora.

—Entonces, no pierdas un minuto. Dame el paquete, lo llevaré yo. Diles que las espero a las cuatro y que no se retrasen.

Guardó las telas y los hilos en un bolso que colgaba de

su hombro y paseó hasta Puerta Real. La mañana era fresca pero agradable. Llevaba las manos metidas en un manguito de piel que era la última moda llegada de París. Mariana con su blanco cutis, sus hermosas facciones, sus limpios ojos azules y su cabello rubio, adornado con un sombrerito de fieltro, llamaba la atención. La gente le cedía el paso y los caballeros se destocaban para saludarla. Entró en la papelería que había al comienzo de la calle San Antón y compró tres pliegos de papel marquilla, una regla y dos lápices. Se marchó sin mayores entretenimientos, había de estar todo previsto para cuando llegaran las bordadoras. Ya en la casa, se encerró en la salita y apenas salió el tiempo imprescindible para almorzar. Trazaba grandes letras, todas con la misma medida, en los pliegos de papel. Concluyó la tarea poco antes de las cuatro cuando, puntuales, llegaron las bordadoras, una se llamaba Justa y otra Rufina. Manuela las condujo a presencia de su señora, que las saludó con afecto. Les explicó que se trataba de un regalo y deseaba sorprender al obsequiado.

—Habéis de asegurarme una reserva absoluta. ¿Cuento con vuestra discreción?

—Pierda cuidado, señora. Nadie lo sabrá por nuestra boca.

Les explicó detalladamente lo que deseaba, mostrándoles las telas y las letras. Una de las bordadoras, sin pretenderlo, le dio la excusa para mantener el secreto.

—¿La señora desea sorprender a algún oficial de la guarnición?

—Pero ¡qué lista eres! —exclamó Mariana.

Rufina se ruborizó. Era una belleza morena de ojos rasgados y grandes.

—¿Éstas son las letras que forman las palabras? —preguntó Justa.

—Os escribiré en un papel el lema que llevará la bandera.

Las dos hermanas se miraron.

—Disculpe, señora, pero… hay un problema.

—¿Qué clase de problema?

—Verá, señora… —Rufina se había ruborizado—. No sabemos leer. Bordamos copiando. No sabríamos cómo disponer las letras para formar las palabras.

Mariana no había contado con aquello, pero le venía como anillo al dedo. Ignorar las palabras que iban a bordar aseguraba su discreción.

—Eso tiene arreglo. Numeraré las letras con palotes. La primera uno, la siguiente dos y así sucesivamente. Vosotras las bordáis según ese orden. ¿Lo veis complicado?

—Desde luego que no, señora.

Ajustaron el precio y, por último, Mariana planteó una cuestión muy importante.

—¿Cuándo estará terminada?

Rufina miró las letras e hizo cálculos.

—Unas cinco semanas, señora. Son muchas letras.

—Diecinueve —aclaró Mariana.

—Son grandes y hay que dar muchas puntadas. —Rufina miró la bolsa con los hilos de seda e hizo un gesto de duda—. No sé si habrá suficientes.

Mariana ignoraba la fecha del levantamiento, pero don Cecilio Moreno había señalado finales de marzo. Cinco semanas le pareció mucho tiempo. Si la bandera no estaba terminada, todo el trabajo sería baldío.

—Cinco semanas es demasiado.

—Señora, cada letra de esas se puede llevar un par de días —protestó Rufina.

—Sois dos.

—Pero en el bastidor sólo hay espacio para una y antes tenemos que rematar el encargo que está en el bastidor. Nos meteremos en marzo antes de empezar.

—Tiene que estar en menos tiempo —insistió Mariana.

Rufina susurró algo al oído de su hermana.

—¡No es posible, Rufina! Lo sabes tan bien como yo.

—Ha de estar en tres semanas. —Las palabras de Mariana sonaron inapelables.

—A contar desde primeros de mes.

Mariana dudaba, pero finalmente aceptó.

—Trato hecho.

Les entregó un anticipo a cuenta y, antes de que se marcharan, les insistió en la importancia de la discreción.

—Una tumba, señora. Seremos una tumba.

Las despidió rápidamente. Estaba esperando una visita muy especial. Había accedido a las súplicas de su madre. Doña Úrsula quería ver a su nieta y había indicado a los hortelanos que acudieran a su casa. Así José María conocería a Luisita, aunque no le diría que era su hermana. Poco después de que se marcharan las bordadoras llegó la pequeña. Doña Úrsula le hizo toda clase de fiestas y José María sintió algo parecido a los celos al ver que su madre también le dedicaba toda su atención. Luisa era una niña preciosa. Tenía el pelo rubio, como su madre, y unos ojos negros grandísimos con los que lo miraba todo, y no paraba de hacer preguntas. La merienda fue una fiesta, pese a que José María estuvo enfurruñado y acogió aliviado la marcha de aquella niña a la que su abuela había regalado un duro de plata y una caja con cintas de colores para que le recogieran las coletas cuando la peinasen.

39

Anochecía cuando Diéguez se encerró en su buhardilla, dispuesto a contarle a don Matías, escribiéndole una larga carta, todo lo referente al cuaderno. Cuando terminó, los pliegos estaban llenos de tachaduras, consecuencia de las dudas que lo atenazaban. Decidió ponerlos a limpio y concluyó agotado; al día siguiente pediría a Martina que llevase la carta a correos. Se disponía a acostarse cuando sonaron unos golpes en la puerta. Pensó que últimamente era aporreada con demasiada frecuencia.

—¿Quién va? —Miró la pistola que al llegar había dejado sobre la cama.

—Preguntan por ti. —Era la voz de Martina.

Abrió la puerta y se llevó una sorpresa al ver al sacristán de Santa Escolástica. El brillo de sus ojos le indicó que tenía alguna jarrilla de más, y su porruda nariz, del color de las berenjenas, señalaba que su afición al vino databa de muchos años.

—¿Qué lo trae por aquí?

—Necesito hablar con usted, ¿podría dedicarme unos minutos?

—¿Qué tiene que contarme?

Zacarías Lupiáñez miró a Martina.

—¿Podríamos charlar en otro sitio? Ya sabe…, una buena jarrilla.

—¿Le parece bien el mesón donde estuvimos el otro día?

—¡Buen lugar, el vino no está repuntado!

Martina le preguntó si volvería tarde.

—Depende —respondió mirando al sacristán, que ya bajaba la escalera—. Será mejor que no me esperes.

Había poca gente en el mesón. El toque de queda y la Cuaresma retraían a muchos clientes. A Zacarías no parecía importarle y para Diéguez no suponía un problema. Buscaron una mesa apartada y pidieron dos jarrillas de vino. Diéguez aguardó a que el sacristán hablara, cosa que no hizo hasta dar el primer tiento a su vino.

—Estaba equivocado cuando dije que ese hijo de puta ardía en los infiernos. —Una lágrima corrió por la mejilla de Zacarías—. El cadáver del otro día era el de mi madre.

Diéguez recordó que él había sido el único asistente al sepelio de la anciana. El cura acompañó al cortejo fúnebre hasta el final de la Carrera del Darro. En el cementerio sólo estaban los dos sujetos que conducían el carretón y el enterrador. Dio un trago a su vino, lo necesitaba. Antes de que abriera la boca, el sacristán murmuró:

—Se llamaba Tomasa Pereira, le decían la *Portuguesa*.

—¿Era de allí?

—No. El portugués era mi bisabuelo. Vino a Granada después de un terremoto que asoló Lisboa. Se ganaba la vida como talabartero. —Vació la jarrilla y la alzó para que se la llenaran, necesitaba beber para seguir hablando—. Me he enterado de su muerte esta mañana. Una vecina suya vino a Santa Escolástica, estaba extrañada de no verla.

—¿Al cabo de tantos días? —Diéguez estaba amoscado.

—La vecina había estado fuera y regresó anteayer. Fuimos a su casa y en su alcoba encontramos su manto y su pañoleta con restos de sangre. —Otra lágrima resbaló por su mejilla—. En la pared había pintada una cruz de san Andrés. Supe entonces que el cadáver hallado en esas ruinas era el de mi madre. —De repente el sacristán comenzó a gritar—: ¡Ese hijo de puta la escogió a ella para volver a matar! ¡Quiero que lo encuentre! ¡Que ese canalla pague por sus crímenes! ¡Que suba al patíbulo y que le rompan el cuello!

Los pocos clientes miraban extrañados y el mesonero se acercó amenazador.

—¡O dejas de gritar o te pongo de patitas en la calle!

—Tranquilícese, Zacarías. —Diéguez indicó con la mirada al mesonero que se retirase.

El sacristán empinó la jarra y se atragantó con el vino. Fue un mal trago que lo tuvo tosiendo un buen rato, en algún momento incluso parecía que los ojos iban a salírsele. Una vez sereno, Diéguez le dijo con voz templada:

—Haré lo que pueda. Ahora, cuénteme todo lo que sepa.

—Pregunte. —La palabra sonó a desafío.

—Hábleme de su madre y, si la conoce, de la razón que podía tener el asesino para escogerla.

Zacarías carraspeó para aclararse la garganta.

—Mi madre tuvo tres hijos, todos varones. Yo era el mayor y el único que vive. Mis hermanos murieron de unas calenturas que también se llevaron a mi padre cuando yo tenía siete u ocho años. Fue el año en que empezó a reinar el padre del rey que tenemos ahora. —Diéguez hizo cálculos, en 1788—. Al quedarse viuda, mi madre habló con el antiguo párroco de Santa Escolástica, adonde iba a fregar. Don Ismael me admitió de monaguillo, desde entonces he estado ligado a la parroquia. Al poco tiempo, mi madre dejó de fregar y se dedicó a elaborar brebajes y pócimas, a poner fin a embarazos y a remendar virgos dando apariencia de doncellas a quienes no lo eran.

—Eso requiere un aprendizaje —objetó Diéguez.

—Dejó de fregar para servir a una vieja alcahueta de la que cuidó en sus últimos años. —Dio otro trago y dejó la jarrilla casi vacía—. Ella le enseñó el oficio y, cuando estiró la pata, mi madre heredó su casa y su clientela. Discutimos porque yo no estaba de acuerdo con que anduviera convirtiendo la noche en día, ya me entiende, y anduviera ejerciendo de alcahueta… Eso nos distanció… A mí me llevó a este maldito vicio —añadió alzando la jarrilla para que la llenasen—, que va a ser mi perdición.

Se impuso el silencio hasta que le llevaron el vino.

—¿Dónde vivía?

—En la casa que le dejó esa alcahueta. Está en un callejón a la espalda de Santa Ana, al pie de la ladera de la Sabika.

Diéguez supo que entonces el asesino no tuvo complicaciones para trasladar el cadáver. La víctima vivía a pocos pasos de donde lo encontraron.

—¿Podríamos hacer mañana una visita a la casa?

La propuesta cogió desprevenido al sacristán. Diéguez le explicó que deseaba conocer el escenario del crimen.

—Iremos mañana —concedió de mala gana.

Diéguez anotaba mentalmente. La víctima respondía a los esquemas del verdugo de la Inquisición, pero ¿por qué desfigurarle el rostro? Si exponer los cadáveres tenía como finalidad exhibirlos, ¿por qué entonces dejarla irreconocible?

—Cuénteme más cosas.

—¿Qué más quiere que cuente? ¿Desea conocer detalles sobre la muerte de doña Cecilia Coello de Portugal?

Diéguez se quedó de una pieza.

—Escucharía toda la noche si fuera necesario.

El mesonero rellenó la jarrilla de Zacarías y Diéguez

acabó la suya para que también se la llenase. El sacristán no se anduvo con preámbulos.

—A doña Cecilia no la asesinó el verdugo de la Inquisición. Pero no se confunda, murió porque… ¡era tan puta como las demás!

—¿Qué sabe sobre la muerte de doña Cecilia?

—Es un asunto familiar.

Era lo que Diéguez había sospechado desde el principio. Eso explicaba, al menos en parte, el rechazo de don Pablo de Armenta a colaborar.

Lo que no quedaba claro era por qué, sin embargo, la familia había hecho valer sus influencias para que se investigara el caso.

—¿Qué clase de asunto familiar?

—Fue el marido de doña Cecilia quien acabó con su vida —respondió el sacristán sin pestañear.

—¿Me está diciendo que don Pablo de Armenta es el asesino?

—Eso es, exactamente, lo que he dicho.

Zacarías empinó el codo otra vez y se limpió la boca con el dorso de la mano. La clientela había desaparecido y el mesonero andaba ajustando cuentas. Los únicos candiles encendidos eran el que los alumbraba a ellos y el que había junto a la puerta.

—¿Tiene pruebas? No puede hacerse una acusación tan grave sin pruebas.

Ahora el sacristán dudó. Otro trago le dio los arrestos necesarios.

—Escuché una conversación que jamás debió llegar a mis oídos. Doña Cecilia tiene un hermano, don Ambrosio, que vive en Cuba, donde posee grandes caudales. Hace un par de años vino para resolver asuntos en Madrid y, aunque sus relaciones con los Armenta no eran buenas, acudió a Granada para visitar a su hermana. Doña Cecilia le escribió diciéndole que temía por su vida. Su marido sospechaba que le ponía los cuernos.

—¿Le era infiel?

—Doña Cecilia se las andaba con un coronel. Cuando su marido confirmó que era un cornudo, decidió lavar su honor y acabar con su vida.

Diéguez escuchaba otra vez aquellos rumores a los que don Matías había aludido por primera vez y a los que se resistía a dar crédito.

—Si la asesinaron por eso, ¿a cuento de qué fue depositar el cadáver a la puerta de una iglesia y ponerle una coroza?

En la boca del sacristán se dibujó algo parecido a una sonrisa.

—¡Está claro! Su marido se aprovechó del verdugo de la Inquisición.

Diéguez tenía la garganta seca. Dio otro tiento al vino.

—Hay algo que no encaja. Si deseaba ocultar su crimen, ¿cómo se explica que se valiera de sus influencias para que se tratase de descubrir al asesino? ¿Sabía que los Armenta hicieron eso?

—Está en un error. Quien impulsó la investigación no fue don Pablo de Armenta. Fue don Ambrosio Coello de Portugal. Él fue quien hizo todo lo que estuvo en su mano para que se investigara a fondo. Cuando llegó a Granada los temores de su hermana se habían confirmado y se encontró con que ya la habían asesinado. Regresó a toda prisa a Madrid para pedir justicia.

Diéguez trataba de reconstruir los hechos en su cabeza. Aquello explicaba por qué don Pablo de Armenta, su familia y sus criados eran un muro de silencio. Todo encajaba. Todo menos una cosa.

—No sé…, hay algo que no me encaja. Ignoro qué es, pero no encaja.

Zacarías se removió inquieto. Como si tuviera algún reparo después de haber hecho afirmaciones tan tajantes.

—Es…, es sólo una suposición.

—¡Suéltela de una vez! —se impacientó Diéguez.

—Pudiera ser que don Pablo de Armenta hiciera llegar a don Ambrosio algún testimonio irrefutable de los amoríos de su hermana y que, entonces, fuera el propio don Ambrosio quien decidiera poner punto final a una investigación que podía sacar a la luz que su hermana era una adúltera. Ya sabe…, el honor familiar y esas cosas.

Diéguez necesitó refrescar otra vez el gaznate. Quizá el sacristán no anduviese desencaminado y eso explicase por qué a don Matías le habían ordenado regresar a Madrid.

—Antes ha dicho que las relaciones de don Ambrosio con los Armenta no eran buenas, ¿por qué razón?

—Don Ambrosio se opuso al matrimonio de su hermana con un Armenta. Lo acordaron don Pablo y el padre de doña Cecilia, quien murió poco después de la boda.

—Deduzco que todo esto lo sabe por esa conversación que jamás debió oír.

—¡Cómo, si no, iba a saberlo!

—Ahora tiene que decirme qué conversación fue esa.

Zacarías alzó la jarrilla vacía y el mesonero se acercó.

—¡No hay más vino! ¡Hasta ahora he aguantado por consideración a don Antonio!

Diéguez terció, aquellas ocasiones había que aprovecharlas.

—Será la última.

El mesonero accedió de mala gana. No era recomendable estar de morros con la policía. Llenó la jarrilla del sacristán y se retiró.

—La sostuvieron don Ambrosio y mi párroco. Después de contarle los temores de su hermana acerca de su asesinato, le pidió consejo. Lo escuché porque estaba limpiando unos candelabros y las vinajeras en un cuartillo junto a la sacristía.

—¿Sabía don Ambrosio que su hermana mantenía relaciones con ese militar?

—Por lo que deduje de la conversación sospecho que no, y si las conocía, no aludió a ello. Quien debía de conocerlas era don Bernardo, como confesor de doña Cecilia.

—Supongo que tampoco don Bernardo aludió a ello.

—¡Cómo se le ocurre pensar semejante cosa! ¡El conocimiento de don Bernardo venía del confesionario! ¡Era un secreto de confesión!

Diéguez apuró el vino. Era hora de irse, pero aún le quedaba la última pregunta.

—¿Por qué me cuenta todo esto?

—Porque quiero que atrape al hijo de perra que ha acabado con mi madre. Quien quiera que sea, no es el mismo que puso fin a la vida de doña Cecilia. No quiero que se distraiga y ande confundido. Además, es usted el que ha mostrado interés en lo del asesinato de doña Cecilia.

Diéguez recordó que había sido el sacristán quien, después de explicarle algunos pormenores de la muerte de su madre, se había ofrecido a darle detalles sobre el asesinato de doña Cecilia Coello de Portugal. Con tanto vino Zacarías Lupiáñez no recordaba algunas de las cosas que había dicho.

40

Don Federico Landáburu caminaba deprisa. Su imagen resultaba inconfundible: alto, algo encorvado por el peso de los años y, salvo las semanas más cálidas del verano, con una capa negra sobre los hombros y la cabeza cubierta con un anticuado bicornio. Siempre portaba un pequeño maletín que era como una prolongación de su mano. Golpeó con fuerza el aldabón más veces de las necesarias y, sin apenas dar tiempo a que le abrieran, volvió a insistir en la llamada. Estaba muy alterado.

—¡Ya va! ¡Ya va! ¡Jesús, qué prisas!

La sirvienta abrió la puerta y al ver al médico lo saludó respetuosa.

—Buenos días, don Federico. ¿Se siente mal?

El doctor respondió con poco más que un gruñido.

—¿Está tu ama?

—Charlando con doña Úrsula.

—Dile que estoy aquí y que es urgente.

Lo condujo a la salita donde poco después apareció Mariana.

—¡Lo veo muy pálido! ¿Ocurre algo?

—¡Lo de Manzanares ha sido un completo fracaso!

Lo dijo como si anunciara una catástrofe. Mariana necesitó unos segundos para reaccionar.

—¿Cómo lo sabe?

—Hace unos minutos ha llegado a casa de don Cipriano un emisario de Málaga.

—Pero…, pero ¿la operación no estaba prevista para un poco más adelante?

—Eso era lo previsto, pero ha ocurrido algo en la serranía de Ronda y lo ha echado todo a perder. También hay noticias de Cádiz, aunque todavía no están confirmadas —añadió apesadumbrado.

—¿Qué dicen?

—Apuntan a que varias de las unidades comprometidas no son seguras, incluso ha habido delaciones.

—¿Afectan para algo a Granada?

—¡No, doña Mariana, no!

—Entonces el peligro es… el de siempre.

—No se lo tome con tanta tranquilidad. Hay órdenes de efectuar registros en los domicilios de los sospechosos de simpatizar con el orden constitucional.

—Si Pedrosa tuviera algo a lo que agarrarse, ya me habría puesto entre barrotes.

—¿Y la bandera? ¿Qué me dice de la bandera que se comprometió a hacer?

Mariana no había pensado en ello.

—La están confeccionando unas bordadoras del Albaicín. Son gente de confianza.

—No se fíe, doña Mariana. Los tiempos no están para confianzas. Me marcho, sólo he venido para prevenirla. Voy a casa de don Martín y luego veré a don Cecilio. Es la ventaja de esto —dijo alzando el maletín—. Es como un salvoconducto.

Después de que don Federico se marchara, a Mariana le asaltó la duda. Podía dejar que las bordadoras remataran la bandera y tenerla preparada cuando se presentase una nueva oportunidad, o enviar a por ella y ocultarla hasta que pasaran los nuevos acontecimientos. En la duda dejó pendiente la decisión.

En una casa de la calle del Candil, cerca del Monte de Piedad de Santa Rita de Casia, se bordaba y charlaba al mismo tiempo. Las dos bordadoras tenían instalado su bastidor en una habitación que daba al patio. Además de taller de bordado, servía de comedor y de sala de estar.

—¿Qué hora será? —preguntó Rufina a su hermana.

Antes de que Justa respondiera, sonó la campanilla de la puerta.

—Ya está aquí tu don Luis. —Clavó su aguja en un alfiletero y, quitándose el delantal lleno de cabos de seda, alzó un dedo admonitorio—: ¡Una hora, ni un minuto más!

Rufina hizo un mohín. Era la misma cantinela de todos los días.

Quien llamaba era don Luis de Valdelomar, coadjutor de la cercana iglesia de San Juan de los Reyes; un cuarentón entrado en carnes, pero de buena planta, vástago de una familia de mucho abolengo, venida a menos. Algunas lenguas de la vecindad murmuraban que había algo entre el cura y la bordadora. Daba pábulo a los comentarios el que su hermana, con alguna excusa, se ausentaba al aparecer don Luis. También circulaban rumores de que sus preferencias políticas estaban por los liberales, lo que le había procurado algún rapapolvo del visitador eclesiástico, que consideraba más censurables sus inclinaciones políticas que sus galanteos.

—Buenas tardes tenga usted. —Justa se hizo cargo de la teja y el manteo—. Ha llegado que ni pintado.

—¡Bendita casualidad, hija!

—Un mandado en plaza Nueva, padre. Tardaré una hora, poco más o menos.

—Más bien más que menos, hija. Más bien más que menos.

—¡Rufina, aquí está don Luis! ¡Sírvele el chocolate… y no olvides los mojicones!

Colgó el manteo y la teja y salió echándose el mantón sobre los hombros.

La escena, repetida con frecuencia, se había convertido en un pasillo de comedia.

El ceremonial se cumplió puntualmente. Justa regresó algo después de lo anunciado. A don Luis, sentado en el sillón, mojando un bizcocho en su jícara de chocolate, se le veía rebosante de satisfacción y con algunos botones de su sotana desabrochados. A Rufina se la veía feliz, otra vez sobre el bastidor, dándole a la aguja.

—¿Todo bien, don Luis?

—A pedir de boca, Justa. Los bollos de Rufina son una maravilla. —Desvió la mirada hacia el bastidor—. ¿Qué estáis bordando? Parece una bandera.

Rufina se concentró en el bordado y Justa se hizo la distraída. El clérigo insistió.

—El color es extraño. Ese morado me recuerda al emblema de los comuneros. ¿Sabéis quiénes eran esos?

—¿Quiénes eran? —respondió Justa, dispuesta a desviar la conversación.

—Una sociedad de liberales, gente muy radical. Tomaron el nombre de un movimiento de rebelión que hubo, hace siglos, contra el rey. Pero ese… triángulo verde es propio de masones. ¿No estaréis bordando la bandera de una logia?

Justa y Rufina no respondieron y don Luis apuró su chocolate. Se levantó y echó un vistazo a las letras que su Rufina bordaba en seda encarnada.

—¿Qué es esto? —preguntó sorprendido.

—Una bandera para un oficial de Capitanía —susurró Rufina con un hilo de voz.

—¡Venga ya! ¿Para Capitanía con la palabra «libertad» que estáis componiendo? ¿Quién os ha hecho el encargo?

Las hermanas se miraron. Les habían advertido que fueran muy discretas.

—Es un encargo de doña Mariana de Pineda —respondió Rufina—, quiere sorprender a quien va a hacer el obsequio.

—¡Es una bandera para los liberales! —exclamó frotándose las manos—. ¡Esto se pone bueno!

—¡A nosotras tanto nos da! ¡Es trabajo y punto! ¡Lo importante es que nos guarde el secreto!

Don Luis alzó las manos en un gesto de aquiescencia.

Después de cenar, tomando un cordial con su padre, don Luis no pudo evitar decirle:

—Creo que debería moderar algunos de sus comentarios en público.

Su padre arrugó la frente y alzó las cajas. Era un anuncio de tormenta.

—¿A qué clase de comentarios te refieres?

—A los que hace en defensa del absolutismo. Tiene usted fama de apostólico.

Don Joaquín de Valdelomar, quien a sus cerca de ochenta años mantenía una vitalidad envidiable, no disimuló su irritación.

—¡No pretenderás darme lecciones!

—Sólo es una sugerencia. Debería usted ser más comedido en sus expresiones.

—¡Mil veces no! Hay que hacer frente a esa caterva de herejes que no tienen Dios y no aman a su patria ni a su rey. ¡Ahora, cuando hasta don Fernando recula, hay que mostrarse más fuertes que nunca!

—Padre, la tortilla puede darse la vuelta.

—¡Jamás, mientras tengamos a don Carlos! ¡Salvaremos a la patria de masones, liberales y revolucionarios! ¡Su empeño de acabar con la patria encontrará el dique de nuestros pechos! ¡Vivan el rey y los obispos! ¡Viva la religión y la Santa Inquisición!

Don Joaquín se bebió de un trago su cordial.

—Modere sus expresiones, no le pido que abandone sus ideas —insistió don Luis con gesto apacible—. Tengo la impresión de que se prepara algo gordo.

—¿Qué quieres decir? —Don Joaquín, con mano temblorosa, rellenó su copa.

—Creo que se prepara un levantamiento.

—¿Aquí? ¿En Granada?

—Sí, aquí, en Granada.

—¡Eso son tonterías! Las últimas noticias hablan de que al postinero de Manzanares lo han barrido en la serranía de Ronda. Si aquí hubiera algo, don Ramón estaría al corriente. ¡Ahí tienes un modelo a seguir! ¡Todo un ejemplo de patriota!

—¿No lo dirá usted por la gente que lleva al patíbulo?

—Por eso, precisamente. ¡Lo que el país necesita es orden y mano dura! ¡En España no hay sitio para esa gentuza! —Don Joaquín estaba cada vez más excitado.

—Esa gentuza, como usted dice, son tan españoles como usted.

—¿Como yo, dices? ¡Esos no pueden llamarse españoles! ¡Hay que echarlos, como hicimos con los gabachos del infame Napoleón!

—Ellos lucharon también e incluso algunos como el que más.

—¡Bah! ¡Bobadas!

—Le aseguro que algo se está moviendo —insistió don Luis.

—¡Tonterías! ¡A pesar de tus años, tienes la cabeza llena de pájaros! En Granada no se mueve un pelo sin que don Ramón lo sepa. ¡Es nuestro vigía!

—¡En Granada se está bordando una bandera! —Don Luis no pudo contenerse—. ¡Una bandera que llama a la libertad, a la igualdad y a la ley!

—¡Eso es un trapo!

—Será lo que usted quiera, pero le aseguro que se prepara algo. Se avecinan nuevos tiempos. La Pragmática que el rey publicó el año pasado, abriendo las puertas del trono a su hija Isabel, es un claro indicio.

—¡Eso de que el trono será para su hija habrá que verlo!

—Allá usted con sus opiniones. No será porque no le haya advertido.

Don Joaquín farfulló algo entre dientes y salió del comedor.

41

Diéguez se levantó con el canto de los gallos, tuvo necesidad de encender el candil para disipar la oscuridad. Tomó la pluma y amplió la carta para don Matías explicándole algunas cosas de lo que Zacarías Lupiáñez le había contado. Al concluir, la claridad del alba entraba por las rendijas del postigo. Estaba vistiéndose cuando apareció Martina con un tazón de leche. Se besaron.

—Necesito que lleves esta carta a la estafeta de correos.

—¿Sólo necesitas eso? —Sus palabras fueron una carantoña.

Diéguez soltó el tazón y la besó de nuevo.

—¿Qué quería el que vino anoche? Mi tía dice que es el sacristán de Santa Escolástica.

—Contarme algo sobre la muerta que apareció el otro día. Era su madre.

—¿Qué te ha contado? —preguntó Martina con curiosidad.

Diéguez comentaba poco sobre su trabajo, tampoco a Martina, de quien sabía que podía fiarse. En esta ocasión no midió sus palabras.

—Que su pobre madre se ganaba la vida con los mismos tejemanejes que tu tía.

Martina se puso pálida. Si la habían asesinado por… ¡Podía haber sido su tía!

—¿Cómo se llamaba? —preguntó con voz temblorosa.

—Tomasa, Tomasa Pereira.

—¡La *Portuguesa*! —Martina se llevó la mano a la boca.

Sólo entonces Diéguez se dio cuenta del efecto de sus palabras.

—¿La conocías?

—¡Claro! ¡Es Tomasa la *Portuguesa*! —Martina se santiguó—. ¡Santo Dios bendito, cuando mi tía se entere…!

—No tiene por qué saberlo, si tú no se lo dices.

—Antes o después se enterará.

Diéguez terminó la leche, le entregó el dinero para echar la carta y salió a la calle. Hacía demasiado frío para estar a mediados de marzo. Oyó las campanas de la Trinidad llamando a misa y cruzó el Arco de las Cucharas. En Bibarrambla, hortelanos y regatones tenían ya instalados sus puestos, y en la Alcaicería las tiendas, mercerías y bazares abrían sus puertas. Subió por el Zacatín, rodeó la iglesia de San Gil y cruzó por delante de la Chancillería. Zacarías Lupiáñez lo esperaba junto al Pilar de las Mujeres. Se saludaron y se encaminaron a la que había sido la casa de su madre.

Era una vivienda más grande de lo que Diéguez había imaginado, convertida en corral de vecinos podía rentar un buen puñado de reales. Apenas traspasó el umbral, se les pegó la vecina, que no dejó de parlotear. El patio era porticado y en la primera planta una galería circundaba las dependencias. Todo estaba ordenado, salvo la alcoba donde se cometió el asesinato. En la pared había pintada una cruz de san Andrés, como había dicho el sacristán, y en el suelo, un cuenco con pintura y la brocha. También estaban el mantón y la pañoleta. Diéguez se detenía en cada detalle y Zacarías se mostraba cada vez más incómodo. Hasta que le dijo que habían de marcharse.

—Es que don Bernardo me ha hecho un encargo y es muy puntilloso —se excusó.

Diéguez abandonó la casa con una sensación extraña.

Manuela, la criada de doña Mariana de Pineda, llamó a la puerta de las bordadoras. Rufina, con un cuenco de gachas en la mano, se sorprendió al verla.

—¿Ocurre algo?

—He venido a recoger la bandera.

—Pero…, pero ¡qué estás diciendo! ¡Si todavía no han pasado ni dos semanas!

—Mi ama ha decidido dejarlo para otro momento.

—¿No la vamos a terminar?

Manuela se encogió de hombros.

—¿Quién es, Rufina? —preguntó su hermana desde la cocina.

—¡La criada de doña Mariana de Pineda! ¡Viene a por la bandera!

Justa apareció en el portal con otra escudilla de gachas en las manos.

—¡Pero si todavía…!

—Por lo visto hay cambio de planes —la cortó Rufina.

—¿Y quién nos paga el trabajo que ya hemos hecho?

—Mi ama os dio un anticipo y me ha dicho que os pagará todo el trabajo.

—Por ahí podías haber empezado —zanjó la bordadora.

—Pues dadme la tela, que llevo mucha prisa.

—Tendrás que esperarte, hay que sacar el tafetán del bastidor con mucho cuidado, podríamos estropearlo. Además, habrá que acabar de desayunar, ¿quieres gachas?

—Gracias, pero tengo mucha prisa.

—Pues eso requiere su tiempo.

—No puedo entretenerme. ¡Si supierais lo que tengo que hacer! Haremos una cosa. Llevadla vosotras, pero tiene que ser hoy mismo. Así mi ama os pagará cuando se la entreguéis.

—Esa no es una mala idea. ¿No quieres tomarte unas gachas? —insistió Rufina.

—Gracias, pero no puedo. ¿Esta tarde a las cuatro es buena hora?

—Allí estaremos, como un clavo.

No habían terminado su desayuno cuando otra vez aporrearon la puerta.

—¡Qué se le habrá olvidado! —protestó Rufina—. ¡Ya va! ¡Ya va!

Iba a decir algo, pero enmudeció al ver a los dos individuos. Uno de ellos la empujó.

—¿Qué hemos hecho? —preguntó, sin atreverse a protestar por el empellón.

—¡Deja de hacer preguntas! ¿Dónde está tu hermana?

Justa apareció por el portal, había acudido al escuchar las voces.

—¿Qué quieren ustedes?

—¡Que vengáis con nosotros!

—¿Por qué?

—¡Porque lo mando yo! ¿Te parece buena razón?

—¿Adónde nos llevan?

—¡Ya lo verás!

Los esbirros de Pedrosa apenas les dieron tiempo a colocarse los mantones y echar la llave para asegurar la puerta. Algunos vecinos vieron cómo se las llevaban calle abajo hacia la Carrera del Darro. Conducidas como si fueran unas malhechoras, llegaron a la Chancillería. Las llevaron directamente a la antesala del despacho del subdelegado de policía donde la espera se les hizo eterna. Pedrosa sabía jugar con los tiempos, consciente de que la incertidumbre provocaba en la gente congoja y que su temor crecía con el paso de los minutos. Cada vez que Justa o Rufina intentaron preguntar, se encontraron con una regañina, y la tercera vez que Rufina abrió la boca uno de los agentes le gritó:

—¡Dónde te crees que estás! ¡Esto no es el mercado para ponerse de cháchara!

Cuando se abrió la puerta del despacho y apareció Pedrosa, todos se pusieron tensos y se quedaron perplejos ante la amabilidad con que se dirigió a las bordadoras.

—¿Quién de las dos es Rufina? —preguntó solícito.

La muchacha respondió con un hilo de voz.

—Entonces, tú eres Justa —afirmó mirando a la hermana, cuyos ojos enrojecidos revelaban su estado de ánimo.

Las invitó a entrar en su despacho ante el asombro de sus hombres, que permanecieron en la antesala haciendo cábalas hasta que, al cabo de veinte minutos, Pedrosa apareció en la puerta con un cigarro entre los dientes. Se quedaron atónitos al oír cómo ordenaba al ujier que avisase al pagador para que trajera cuatrocientos reales.

—¡Vosotros! ¿Qué hacéis aquí como pasmarotes? —gritó a sus hombres—. ¿No hay en Granada alguna cosa que requiera vuestra atención?

—Esperamos sus órdenes, don Ramón —se atrevió a decir uno de ellos.

—¡Mis órdenes son que os marchéis inmediatamente de aquí!

Sus hombres, sin rechistar, abandonaron la antesala,

adonde pocos minutos después llegó Diéguez. Tenía que informar a Pedrosa de sus avances, después de lo que le había dicho el sacristán. Al menos lo dejaría tranquilo unos días.

—Don Ramón tiene visita —le dijo el ujier dándose importancia.

—Esperaré. Hoy no tengo prisa.

—Es posible que don Ramón no pueda recibirlo.

La respuesta de Diéguez fue sentarse en una silla. Esperó hasta que Justa y Rufina salieron del despacho. La congoja había desaparecido de sus semblantes y se las veía animosas. Cuando llegaron a la empinada cuesta donde estaba su casa, bastó que una vecina las viera asomar por la calle para que medio vecindario acudiera a satisfacer su curiosidad sobre lo ocurrido. Rufina explicó que el subdelegado de policía deseaba regalar a una dama de alto copete un trabajo de primor y las había escogido para bordarlo. En alguna mirada brilló un ramalazo de envidia, pero sobre todo hubo decepción. Esperaban algo con más morbo que un encargo. Mientras las bordadoras desilusionaban a sus vecinas, el ujier indicó a Diéguez que pasase.

—¿Qué tripa se le ha roto? —fueron las palabras con que lo recibió Pedrosa.

—Hay novedades en relación con el último asesinato —respondió muy serio.

—¿Qué ha averiguado? —Pedrosa se retiró el puro de la boca—. Pero no se entretenga en detalles. Tengo mucho que hacer.

Diéguez, que ya había decidido ser breve, resumió en pocas palabras lo que el sacristán le había contado y omitió lo referente al cuadernillo que Burel le había entregado y todo lo relacionado con la muerte de doña Cecilia Coello de Portugal.

—Total, sólo ha averiguado su identidad y las posibles

razones para acabar con su vida. Pero sigue sin tener idea sobre quién anda detrás de los crímenes.

Ante la displicencia de su jefe, guardó silencio. Pedrosa lo despidió con protestas sobre su ineficiencia.

Pocos minutos después de las cuatro de la tarde, unos golpes en la puerta rompieron el silencio en el número seis de la calle del Águila. Manuela acudió a abrir pensando que se trataba de las bordadoras, pero se encontró con una desconocida.

—¿Vive aquí doña Mariana de Pineda?

—Esta es su casa, ¿qué quiere?

—Entregarle esto. —La mujer le dio un hatillo—. Es de parte de Justa y de Rufina.

—¿Les ha ocurrido algo? —preguntó escamada.

—Nada que yo sepa. Soy vecina suya y me han pedido que les haga este favor.

—Pase y aguarde un momento.

A Manuela le extrañaba que ninguna de las hermanas hubiera ido. Habían quedado en que se les pagaría el trabajo, pese a no haberlo terminado.

—Señora, aquí está la bandera. La ha traído una vecina.

—¿No me habías dicho que vendrían a cobrar su trabajo?

—En eso quedamos esta mañana cuando fui a recogerla, pero…

—Pregúntale sobre el pago. Si no, dale… —buscó unas monedas—… dale esto.

Manuela dejó el hatillo sobre la mesa y regresó al portal.

—¿Te han dado algún recado para mi señora?

—Ninguno. Sólo que entregara ese hatillo.

—Está bien. Toma, esto es para ti.

La mujer dio las gracias y se marchó.

Mariana le daba vueltas al extraño comportamiento de las bordadoras cuando nuevos golpes sonaron en la puerta. Antes de que Manuela abriera, oyó cómo gritaban:

—¡Abran! ¡Abran a la Justicia! ¡Abran la puerta!

Se le encogió el estómago y volvió sobre sus pasos para avisar a su señora.

—¡Doña Mariana, doña Mariana! ¡La Justicia! ¡Quien llama es la Justicia!

Mariana de Pineda miró el hatillo y comprendió lo ocurrido.

—¡Madre, tome esto y súbalo arriba! ¡Ocúltelo!

—¿Dónde? —preguntó doña Úrsula.

—Donde pueda. ¡Dese prisa!

Con los nervios las letras se cayeron, desparramándose por el suelo. Los golpes en la puerta y los gritos se repetían una y otra vez.

—¡Abran! ¡Abran a la Justicia!

Mientras doña Úrsula subía la escalera a toda prisa, la criada trataba de ganar tiempo respondiendo desde el portal.

—¡Ya va! ¡Ya va!

Al abrir se encontró con cinco policías que acompañaban a un sujeto mal encarado y con aire circunspecto. Era un escribano.

—¿Por qué has tardado tanto en abrir? —le gritó el que parecía ser el jefe.

Manuela, disimulando su miedo, trató de ganar unos segundos más.

—¿Tanto tiempo? ¿No cree que es usted el que tiene mucha prisa? ¿Qué desean?

—¿Es el domicilio de doña Mariana de Pineda?

—Esta es su casa.

—Tenemos órdenes de efectuar un registro. Se sospecha que…

—¿Qué desean esos señores, Manuela? —La voz de doña Mariana sonó enérgica.

—¡Ay, señora! ¡Un registro! ¡Quieren ponerlo todo patas arriba!

—¿Hay razón para ello? —preguntó Mariana avanzando por el portal.

—¡Órdenes de la superioridad! —El policía señaló al escribano y añadió—: Nos acompaña don Mariano Puga, escribano de cámara, para levantar testimonio de todo.

—Las órdenes de la superioridad no son una razón —protestó Mariana con firmeza.

—Consigne lo que acaba de decir la señora.

El escribano se agenció un sitio y el jefe impartió instrucciones:

—¡Daos prisa! ¡Unas letras recortadas en papel y un paño morado con forma de bandera!

Se dispersaron por las dependencias de la planta baja y al poco uno de los policías apareció con Carmen, la otra sirvienta, a la que casi arrastraba por un brazo. La pobre lloraba como una Magdalena.

—¡Suéltela! —gritó Mariana—. ¡Nada ha hecho para que la trate de esa manera!

Una indicación del jefe bastó para que la soltara y Carmen buscó refugio al lado de su ama, que se mostraba firme, aunque era consciente de su delicada situación. Todo dependía de la habilidad de doña Úrsula para ocultar el hatillo. Pensó que era mala suerte que Burel hubiera acompañado a su hijo José María, que estaba a punto de cumplir los once años, a la finca de unos conocidos al otro lado del Genil para montar a caballo y que luego se marchara a la calle de Elvira. Él podía haber huido por los tejados llevándose lo que los esbirros de Pedrosa buscaban.

Un ruido en la planta de arriba alertó a los policías.

—¿Quién anda por arriba?

—Es mi madre, está mayor y habrá tropezado.

—¡Rápido! ¡Tú y tú, subid!

El tiempo transcurría con una lentitud desesperante y el silencio era agobiante. Podía palparse la tensión. Repentinamente, todo se alteró.

—¡Subid, subid! ¡Mirad lo que he descubierto! —gritó un policía desde la antesala.

Tras un cruce de miradas, el jefe indicó a Mariana:

—Señora, haga el favor de acompañarnos arriba.

Encima de una mesa había unas letras, eran la G, D, J, E, A, J, D, A, L, I, T, V e Y. Sueltas carecían de significado, pero la policía sabía que, ordenadas, tendrían sentido.

—¿Dónde estaban? —preguntó el jefe.

—La vieja trataba de ocultarlas —respondió el policía señalando a doña Úrsula, que estaba temblando.

—¿Dónde está la bandera?

Doña Úrsula no respondió, pero desde una habitación llegó la voz de otro policía.

—¡La bandera! ¡He encontrado la bandera! ¡Estaba escondida en una hornilla!

Apareció con aire triunfal y la pieza sujeta por sus extremos. Tenía como dos varas de ancho y doble de largo. Sobre el paño morado resaltaba un triángulo de color verde y podían verse unas letras bordadas en seda encarnada. Había una B y una E, también una R sin terminar. En otro lado una A, una L y, a medio rematar, una D. Se escuchó movimiento en la planta baja y un murmullo de voces que subía por la escalera; era Pedrosa. Saludó a doña Úrsula, que no dejaba de temblar, y dedicó a Mariana una sonrisa de satisfacción. Miró las letras esparcidas sobre la mesa y se acercó al agente que sostenía la bandera. Palpó el tejido con las yemas de los dedos, como si apreciara su calidad. Altivo, dejó que transcurrieran los segundos, gozando de su triunfo.

—Supongo, señora mía —miró a Mariana—, que tendrá una explicación para esto. Si no es así, me temo que se encuentra en una situación… delicada. Muy, muy delicada.

En ese momento llegó Burel, que regresaba del campo con José María. Le bastó una ojeada para hacerse cargo de la situación. Pedrosa y él cruzaron una mirada hostil.

El pequeño se percató de que algo extraño ocurría y corrió a refugiarse en las faldas de su madre.

—Mamá, ¿quiénes son estos hombres? —Su voz dejaba entrever la angustia que lo embargaba.

—Una visita que se ha presentado sin avisar. No te preocupes. Manuela, llévate al niño a casa de los Fidiana y que se quede allí —ordenó a la criada.

La joven cogió a José María de la mano y se lo llevó. Pedrosa ordenó a uno de sus hombres que acompañara a la criada y regresara con ella sin entretenerse. Después exclamó sin disimular su satisfacción:

—¡Hombre, ya tenemos completo el cuadro de esta farsa! —Pedrosa cogió las letras y, encarándose con Mariana, las agitó ante su rostro—. ¡Estoy esperando una explicación!

Mariana no se amilanó. No lo haría jamás delante de Pedrosa.

—¡Pregúntele a sus hombres por la farsa que están representando! ¡Usted mismo lo ha dicho! ¡Son ellos quienes han irrumpido en mi casa con el propósito de incriminarme!

La altivez desapareció del rostro de Pedrosa.

—¡Esta vez no le servirán sus tretas! ¡Para eso he ordenado traer un escribano!

Mariana se agarraba a un clavo ardiendo. La habían traicionado y Pedrosa, que aguardaba la ocasión propicia, había encontrado la forma de incriminarla y quería dejarlo todo bien amarrado. La lucha iba a ser desigual, pero no se rendiría fácilmente.

—Supongo, señor escribano, que habrá anotado que el subdelegado de policía ha utilizado la palabra «farsa» para referirse a esta intromisión en mi hogar.

—Por lo que observo, no está dispuesta a colaborar —le recriminó Pedrosa.

—¿A la representación de esta farsa? —ironizó Mariana.

Pedrosa ordenó extender el tafetán sobre la mesa y con mucha parsimonia, aparentando dudas, pero recreándose y disfrutando del momento, fue componiendo, con las letras bordadas y las de papel, las palabras LIBERTAD, IGUALDAD y LEY. Se quedó mirándolas, como si sopesara su importancia.

—Así que Libertad, Igualdad y Ley. ¿Sabe usted que esas palabras incitan a la sedición?

—¡Eso es una insidia!

—¿Llama insidia a las leyes que nos rigen?

—Llamo insidia a la intención que se esconde tras sus acusaciones.

Pedrosa decidió poner punto final a aquel pulso. Tendría sobradas ocasiones de doblegar y humillar a aquella mujer. Ordenó a dos de sus hombres:

—Tú y tú os encargaréis de la custodia de esta casa. Las personas que viven en ella quedan arrestadas bajo la acusación de proveer medios para incitar al tumulto y al alboroto, así como de su ocultación.

Al salir a la calle, Pedrosa observó que se había reunido una numerosa concurrencia y cómo su presencia apagó las conversaciones.

En el interior de la casa los policías ordenaron a todos bajar, pero Mariana acompañó a su madre, que no dejaba de temblar, a su alcoba y la ayudó a meterse en la cama.

Cuando bajó, fue a la cocina, donde se había refugiado la servidumbre. Se alegró de que su hijo no estuviera en la casa al contemplar el tétrico cuadro que ofrecían. Carmen, que sólo llevaba un mes a su servicio, lloraba desconsoladamente. Manuela ofrecía un aire sombrío, se sentía culpable de haber recomendado a las bordadoras, y Burel, inclinado hacia delante, apretaba su cabeza entre las manos. Al oír llegar a su ama alzó la cabeza y le preguntó por lo ocurrido.

—Fui una incauta confiando en esas bordadoras. Parecían gente de fiar.

—Señora, yo…, yo… —balbuceó Manuela.

—No te culpes, también a mí me engañaron con su cara de mosquitas muertas.

—Hay algo que no me cuadra, señora —comentó Burel—. Según me contó, esas bordadoras eran tan analfabetas que hubo de señalarles un orden para bordar las letras, ¿me equivoco? —Mariana asintió—. Por lo tanto, no sabían de qué se trataba. Ellas estaban bordando una bandera para regalarla a un oficial de Capitanía, algo que hacen muchas señoras.

—Pudieron sospechar —terció Manuela—. Doña Mariana es persona muy señalada por sus opiniones. Si esta mañana yo no hubiera estado tan torpe…

—¿Qué quieres decir con eso? —preguntó Burel.

—El ama me envió a recoger la bandera y las letras, pero tenía prisa. Ellas estaban desayunando y me dijeron que, si no quería que se estropease el paño, sacarlo del bastidor necesitaba su tiempo. Quedamos en que lo traerían esta tarde, pero se lo han encargado a una vecina y se han quitado de en medio. Si me lo hubiera traído… —Manuela suspiró.

—No te atormentes —la consoló Mariana—. Hiciste lo que te pareció más conveniente y…

Desde el portal les llegaron retazos de una conversación. Al instante, tres agentes de Pedrosa entraron en la cocina y se dirigieron al criado:

—¿Eres Antonio José Burel?

—Sí.

—¡Acompáñanos!

—¿Adónde?

—¿Adónde crees tú?

Burel se encogió de hombros.

—¡A la cárcel! ¡Masón!

42

Don Luis de Valdelomar, con las manos a la espalda, ligeramente encorvado hacia delante y un cigarro en la boca, salvaba la distancia de una pared a otra en pocas zancadas. Su padre lo miraba en silencio. Se detuvo a dos pasos de su progenitor, se quitó el cigarro de la boca y con un brillo de tristeza en sus ojos le recriminó:

—¡No sé cómo ha podido usted hacerme una cosa así!

—¡Porque soy un patriota! ¡Un buen español! —replicó el anciano desde su sillón.

—No sólo puso en peligro a esas pobres mujeres, sino que me ha ridiculizado.

Don Joaquín lo miró con desprecio.

—A pesar de tus cuarenta años, sigues siendo un iluso.

—¿Un iluso, dice usted?

—Sí, un iluso, si piensas que las cosas pueden cambiar. ¡Jamás consentiremos que masones y liberales se hagan con las riendas de nuestra patria!

—Eso mismo decía usted de Francia y mire lo que ha pasado.

Don Joaquín hizo un gesto de desprecio.

—¡Bah! No irás a compararnos con los gabachos. ¡En tiempos del emperador Carlos hasta se aliaron con los turcos! ¡Son gentuza!

—No opinaba igual cuando los Cien Mil Hijos de San Luis devolvieron al rey sus poderes absolutos.

—¡Eso no tiene que ver con lo que estamos hablando! —protestó al no tener otro argumento—. ¡Sólo cumplieron con su deber! ¡Estaban obligados por la Santa Alianza!

Una sonrisilla se dibujó en la boca de don Luis.

—¿Por qué nuestro rey no les devuelve el favor? ¿Por qué no interviene para acabar con la Constitución que hoy los gobierna de la mano de Luis Felipe de Orleans?

—¡Un Orleans! —exclamó don Joaquín como si le hubieran mentado al diablo—. ¡Un bellaco cuya depravación le viene de casta! ¡Su padre se vanagloriaba de que lo llamaran Felipe Igualdad y votó a favor de que guillotinaran a su primo, el rey Luis XVI! —añadió displicente—. ¡Para nada le sirvió, la justicia divina lo mandó a él a la guillotina!

—Tengo entendido que fueron los jacobinos.

—¿Los jacobinos…? ¡Qué sabrás tú! ¡Si eras un mocoso cuando ocurrió aquello! ¡Parecía que se habían abierto las puertas del averno y Satanás campaba a sus anchas! Los jacobinos, unas malas bestias, fueron un instrumento de la providencia divina para hacer justicia.

—No se vaya por las ramas, padre. Jamás pude pensar que unos policías, sin respetar mis hábitos, aguardaran a que terminase la misa para conducirme ante Pedrosa. ¡Me llevaron como a un malhechor! ¡Qué bochorno!

—¡Lo bochornoso es que un Valdelomar no defienda la sacrosanta tradición, que deberías exaltar desde el púlpito! ¡Como hacen tantos compañeros tuyos!

—Con su delación puso en peligro a unas pobres bordadoras —replicó pesaroso.

—¡Observo que respiras por una herida poco decorosa!

Don Luis se detuvo en seco.

—¿Qué quiere decir?

Ahora la sonrisilla se insinuaba en los labios del anciano.

—¿Crees que no estoy al tanto de tus devaneos?

—¡Padre!

—¡Esa Rufina te tiene agarrado por el peor de los sitios! ¡Por la bragueta!

—Eso son asuntos míos —protestó don Luis, rojo como la grana.

—Como tales los tengo y admito que la carne es débil.

Sabedor de que su padre era un ferviente admirador de Pedrosa, buscó cambiar el rumbo de la conversación. Jamás habían hablado de sus amoríos con Rufina.

—No me fío de la palabra de ese Pedrosa. ¡Es un mal bicho! —proclamó don Luis.

—¡Es un fiel cumplidor de sus obligaciones! ¡Un ejemplo de servidor público!

—En Granada tiene pocos amigos —insistió el sacerdote.

—¡Otro mérito más! ¡No valen blandenguerías con los delincuentes!

—¿Incluso cuando se los persigue injustamente?

Don Joaquín miró a su hijo a los ojos.

—¿Qué entiendes por injusticia? ¿Actuar contra alborotadores y sediciosos?

—Considerar delito las opiniones cuando no son gratas al poder. También es injusticia traicionar la confianza, como ha hecho usted.

—¿Traidor yo? ¡Cómo te atreves!

—Sí, usted, a quien le ha faltado tiempo para delatar

a unas pobres bordadoras. Su actuación, lamento mucho tener que decírselo, porque es mi padre, está muy lejos de quien blasona continuamente de hidalguía y presume de caballerosidad.

Don Joaquín trataba de contener su cólera, pero el arqueo de sus cejas señalaba lo contrario.

—¡Es la tercera vez que me acusas de delatar a esas bordadoras! ¡A quien he denunciado es a la autora del delito! ¡Esa doña Mariana de Pineda que anda metida en cosas de hombres, en lugar de estar en sus menesteres! Esas mujeres que tanto te preocupan son un simple instrumento y has de saber que no he faltado a tu confianza. Sabes que la patria está para mí por encima de cualquier consideración...

—¡Estamos hablando de personas, padre! —gritó don Luis con gran enfado.

—¡La patria está por encima de las personas! ¡Nuestras santas tradiciones! ¿Crees que puede consentirse que cuestionen los poderes del rey?

—¿Por qué no? —lo desafió su hijo.

—¡Porque son de origen divino! —Don Joaquín dio un puñetazo en la mesa.

—Meter a Dios por medio siempre ha resultado muy conveniente para alguna gente. —Don Luis bajó la voz, pero no tanto como para que su padre no lo oyera.

—¿Qué has dicho?

El tono era una advertencia. Podía verse ante un tribunal eclesiástico.

—Nada, un comentario sin importancia. Cosas mías.

Cabizbajo, mientras recogía su manteo y se calaba la teja, recordó cómo en el despacho de Pedrosa se valió de mil subterfugios para no revelar información alguna sobre la confección de una bandera. Hasta que ocurrió algo que jamás olvidaría.

«—Don Luis, es público mi respeto por el estamento al que pertenece. La alianza entre el trono y el altar ha dado a España excelentes frutos a lo largo de nuestra historia y espero que los siga dando, pero lamento decirle que me contraría su tozudez.

»—También yo lamento la suya al insistir sobre el bordado de esa bandera.

»La cólera brilló en los ojos de Pedrosa. Le irritaba la impertinencia de aquel cura sin parroquia propia, a quien se tenía por adicto al sistema constitucional.

»—Se lo pregunto por última vez. —Pedrosa expulsó un chorro de humo por su boca—: ¿Dónde están bordando esa bandera que incita a la revolución?

»—No sé de qué me habla.

»Con paso decidido, se acercó a una puertecilla y la abrió de un tirón.

»—Tenga la bondad de salir, por favor.

»—¡Padre! ¿Qué hace usted aquí?

»—Cumplir con mis obligaciones. ¡Yo soy un buen español!

»—¿Seguirá ahora con esa cantinela? Podíamos habernos ahorrado todo esto, pero usted lo ha querido. ¿Va a decirme dónde están bordando esa bandera?

»Había sido un incauto.

»—El número de bordadoras en Granada es elevado —señaló Pedrosa—, pero dé por seguro que mis hombres darán con quienes confeccionan esa bandera. Serán personas a quienes usted conozca. También ellas pagarán por sus actos.

»—¡Se limitan a cumplir un encargo! —clamó don Luis.

»—Pagarán si usted sigue negándose a colaborar con la Justicia.

»Don Luis sabía que los sabuesos de Pedrosa no tendrían problemas para dar con Rufina y su hermana y sabía lo que podían hacerles para que confesaran. A él no podía torturarlo por su condición de clérigo y por ser de familia hidalga, pero a su Rufina le harían toda clase de perrerías.

»—¿Me está proponiendo un acuerdo? —A don Luis le temblaba la voz.

»—¡Ajá! Veo que empieza a comprender. Indíquenos dónde se borda esa bandera y mis hombres actuarán con toda discreción. Le prometo que, si las bordadoras colaboran, serán debidamente recompensadas. Pongamos, trescientos reales... No, cuatrocientos.

»Miró a su padre y se rindió.

»Antes de cerrar la puerta del despacho escuchó a su padre decir:

»—¡No sé a quién habrá salido este mastuerzo!».

43

Para Diéguez el día acababa con una sensación de pesadumbre, a pesar del impulso que había supuesto la aparición del cuaderno de don Fulgencio y las revelaciones del sacristán. Desde hacía días la investigación estaba estancada y le había afectado mucho la noticia del descubrimiento de una bandera revolucionaria en casa de doña Mariana de Pineda. Lo entristeció el júbilo de sus compañeros.

Al llegar a la solitaria calleja donde estaba su buhardilla vio a Martina en la puerta. La melena le caía sobre los hombros y un ajustado corpiño resaltaba la opulencia de sus pechos. Parecía aguardarlo.

—Me parece que no vienes muy contento, ¿me equivoco?

—¿Tan mal se me ve?

—Peor —respondió con sinceridad.

—La verdad es que ha sido un día duro.

—Quizá yo tenga el antídoto —le dijo con media sonrisa. Diéguez la interpretó de forma errónea.

—Lo siento, pero hoy no estoy para muchos trotes.

Ella sacó una carta del bolsillo de su falda y la agitó en el aire.

—La trajeron esta mañana. Viene de Madrid. ¿La esperabas?

Era de don Matías. Rompió el lacre y leyó con avidez.

Muy estimado compañero y amigo:

Espero y deseo que disfrute de plena salud. Yo me encuentro bien, aunque con los achaques que empiezan a ser propios de mi edad.

No sé si me adelantaré o esta carta estará en sus manos antes de que yo llegue a Granada, adonde me desplazo con carácter inmediato. Le explicaré con detenimiento la causa de este inesperado viaje cuando nos veamos. Sólo le diré que la superioridad me ha concedido una licencia extraordinaria por tres meses. Cuando esté en Granada, le comunicaré mi presencia. Pretendo alojarme otra vez en la posada de las Imágenes, me pareció decente y acomodada a mis necesidades.

Esperando estrechar su mano en breve, le saluda con afecto cordial,

Matías Marculeta

—¿Buenas noticias?

—Don Matías Marculeta me anuncia su venida.

Diéguez le había hablado de él en alguna ocasión.

—¿Viene a Granada porque ha reaparecido el verdugo de la Inquisición?

—No dice el motivo ni alude a la última que le he escrito.

—Ese asunto está cada vez más liado. Deberías hablar con mi tía, ella conocía mucho a la *Portuguesa* y quizá te aclare cosas que deberías saber.

Diéguez se olvidó de pasar por la posada de las Imágenes, por si don Matías hubiera llegado. Martina había picado su curiosidad, su tía estaba en lo que ellas llamaban la cocinilla, al fondo del patio. Allí preparaba sus pócimas y mejunjes. Era un lugar más espacioso de lo que el nombre inducía a pensar, casi un almacén.

La puerta estaba cerrada, Diéguez no recordaba haberla visto abierta nunca.

Martina abrió sin llamar.

Su tía trasteaba con un pequeño alambique que destilaba un líquido verdoso.

—¿Ocurre algo? —preguntó sin apartar la vista del alambique.

—Tía, está aquí Diéguez.

—¿Qué Diéguez…? —Alzó la vista y lo identificó—. ¡Qué cabeza, Dios, qué cabeza! Un momento, sólo un momento.

Diéguez se distrajo mirando la balanza que había sobre la mesa con un montoncillo de granos negros en un platillo equilibrado con diminutas pesas, los tarros de cerámica etiquetados, los manojos de plantas que colgaban de las vigas del techo donde podía verse beleño, adormidera, belladona, manzanilla, quinina, tila, romero florecido, laurel… y una raíz de forma extraña que Diéguez identificó como mandrágora. Había tenido ocasión de conocerla investigando un turbio asunto: un crimen ritual.

La tía Casilda se desentendió del serpentín protestando:

—¡Ese granuja del cerrajero me va a oír! ¡El muy cerdo cobró unos buenos reales por aderezar el serpentín y lo ha dejado peor que estaba! ¡Mira, apenas si gotea!

Se limpió las manos con un trapo. Tenía un aspecto envidiable. Su edad era un arcano sobre el que se hacían cábalas entre la vecindad. Ella no soltaba prenda.

—¿Qué quiere? ¿Algún problema con la buhardilla?

—No, no… —Diéguez casi se excusó.

—Tía, creo que deberías contarle lo que me dijiste sobre Tomasa Pereira.

—¿Conoce la historia de la *Portuguesa*?

—Algún detalle, pero poca cosa.

—Se la contaré, pero no quiero líos…, ya sabe a qué me refiero. ¡Los alguaciles, los corchetes y la justicia, cuanto más lejos, mejor!

Diéguez asintió.

—Según me ha dicho Martina, Tomasa es la muerta que encontraron el otro día.

—Así es.

—Era una buena mujer. Siempre me ayudó, sin pedir nada a cambio. Sabía de estos asuntos más que nadie, aunque algunas se nieguen a reconocerlo. Fue muy desgraciada en su matrimonio.

—Tengo entendido que quedó pronto viuda.

—Fue lo mejor que pudo ocurrirle. Su marido se gastaba en vino y putas lo que ella ganaba fregando. Unas calenturas se lo llevaron al infierno y liberaron a Tomasa. Por entonces buscó acomodo en Santa Escolástica para el único hijo que le quedaba. El párroco se encariñó con él y le enseñó a leer y escribir, pero Zacarías era una prenda… Desde pequeño le tuvo afición al vino, hasta se bebía el de la misa.

—Eso forma parte de las travesuras de los acólitos —matizó Diéguez.

—En Zacarías era más que una travesura, era el comienzo de una carrera que siguió con los cabos de vela que vendía al cerero y terminó aligerando los cepillos de la parroquia. El párroco llamó a Tomasa y delante de ella le leyó la cartilla a Zacarías, que ya había cumplido los catorce años. Las lágrimas de la madre, un propósito de enmienda y la entrega de una suma evitaron que lo echaran. Por aquellas fechas Tomasa ya se había pegado a María Granados, una virtuosa en el conocimiento de las plantas y una maestra en el remiendo de virgos. Era capaz de convertir en doncella a cualquier puta del Campillo. Aprendió con ella todos los secretos del oficio y a ganar dinero. Zacarías no volvió a tocar los cepillos, se pagaba los vicios con el dinero que le sacaba a su madre. Las diferencias entre ellos fueron cada vez mayores, hasta que llegó la ruptura.

—Según me dijo, se dio a la bebida al romper con su madre.

—¡Qué jeta tiene! Era un borracho y rompieron porque ella no le daba todo el dinero que quería.

—Rechazaba que su madre fuera una alcahueta.

—¡Eso es una calumnia! ¡La *Portuguesa* jamás ejerció de alcahueta! ¡Remendó virgos y solucionó embarazos! ¡Es un mentiroso! Ahora se mostrará compungido por su muerte, pero no le haga mucho caso. Lo que su madre hiciera le importaba un pimiento, él sólo quería su dinero. Si el verdugo de la Inquisición no hubiera acabado con ella, se la habría llevado la enfermedad. La muerte la rondaba desde hacía meses. ¡Ese hipócrita fue incapaz de llevarle un poco de consuelo! ¡No le haga caso, miente más que habla!

—La casa donde vivía Tomasa Pereira, ¿era de su propiedad?

—La heredó de María Granados. Ahora irá a parar a manos de ese malnacido. La casa y todo lo que de valor haya en ella. ¡Si yo fuera usted, no me fiaría de Zacarías!

Diéguez le dio las gracias y salió confuso de la cocinilla. Martina le hizo un guiño. Si don Matías había llegado a Granada, no lo vería hasta el día siguiente.

44

En casa de Mariana de Pineda se habían producido pocas novedades. El juez que instruía la causa había tomado declaración a las cuatro mujeres que estaban bajo arresto, con la prohibición de salir a la calle. También había autorizado que, a eso de media mañana, una de las criadas pudiera ir al mercado para comprar lo necesario con que aderezar la comida. Manuela era la encargada, bajo la atenta mirada del agente que la acompañaba. También había consentido el juez que Mariana escribiera a la familia con la que estaba su hijo para que se hiciera cargo de José María por unos días y había autorizado a que unos albañiles, que tenían hecho el encargo desde hacía dos semanas, trabajaran en el patio en un nuevo empedrado con cantos finos. La presencia de los empedradores había dado cierta animación a la casa.

Poco después del desayuno, la aparición de Pedrosa hizo que en el patio cesaran las conversaciones. El subdelegado de policía echó una ojeada y los empedradores, charlatanes y cantarines, se afanaron silenciosos en su tarea. Se limitaron a darle las gracias cuando alabó su trabajo.

—¿Dónde está doña Mariana? —preguntó a sus hombres.

Uno de ellos fue a avisarla. Mariana apareció en el portal y, tras un breve saludo, impuesto por una elemental norma de cortesía, le dijo con cierta intención:

—Supongo que no tiene competencia para inspeccionar obras.

Pedrosa pasó por alto la pulla.

—Me gustaría tener una conversación con usted. ¿Es posible?

—Desde luego —respondió ella con frialdad—. Tenga la bondad de seguirme.

Lo condujo hasta la salita y lo invitó a tomar asiento. Pedrosa se desprendió de la capa, la dobló cuidadosamente, la puso en una silla junto a su chistera y se sentó.

—¿Qué tiene que decirme?

Mariana trataba de mostrar serenidad, pero su presencia se le hacía insoportable. Sus gestos le parecían falsos y su mirada fija, como si no necesitara pestañear, le recordaba a los reptiles. Deseaba acabar pronto y que se fuera lo antes posible. Pedrosa carraspeó, como si necesitase aclararse la garganta, y ella tuvo que hacer un esfuerzo para no ofrecerle agua. Su último deseo era que se sintiese cómodo en su hogar.

—Verá, doña Mariana, esa bandera subversiva que encargó bordar es la prueba evidente de que en Granada se está tramando algo que atenta contra la legalidad y de que usted tiene conocimiento de los entresijos de esa trama. No se le escapará que su posición es muy delicada y podría conducirla… Su actitud será determinante en el trato que reciba en una situación para usted poco halagüeña. En fin, quiero que sepa que, si colaborase, estaría dispuesto a mostrarme generoso.

—Deduzco de sus palabras que me está ofreciendo un trato. ¿Qué me propone exactamente?

—Veo que empezamos a entendernos.

Sólo pensar en un entendimiento con Pedrosa le producía escalofríos. Ella no podía entenderse con quien tenía manchadas las manos de sangre inocente.

—No se precipite, antes deberá aclararme su propuesta.

—Podría facilitarnos información para llegar al fondo de lo que se trama. No le pido una respuesta inmediata, medite mi propuesta. A cambio, olvidaría este feo asunto de la bandera.

Pedrosa no pudo sostener la mirada de Mariana.

—¿Me propone que, si conociera a las personas que, según usted, traman no sé qué en Granada, le dijera quiénes son?

—Creo que me ha entendido perfectamente.

—¿Me está pidiendo que, en el supuesto que imagina, me convierta en una delatora?

—No tiene necesidad de emplear esa palabra. Delatora suena... tan mal.

—Si esa es la razón por la que está en mi casa, puede abandonarla.

Mariana se puso de pie y lo miró con desprecio. Pedrosa también se puso de pie.

—Es usted demasiado altiva, doña Mariana. Conforme pasen los días se le bajarán los humos. —Se puso la capa y se caló la chistera hasta las cejas. Estaba en la puerta cuando se volvió para decirle—: Nunca falla.

Al verlo perderse por el portal se acordó de las palabras que le había gritado la gitana en la plaza Nueva: «¡Cuídate! ¡Cuídate mucho! ¡La muerte está al acecho!».

Tras la marcha de Pedrosa el ambiente se relajó algo, aunque distaba mucho de ser distendido. La situación era complicada. La casa era una prisión donde cuatro mujeres angustiadas esperaban la decisión del juez, don Gregorio Ceruelo. El hecho de que Pedrosa tratara de convertirla en una delatora a cambio de un hipotético perdón le hizo albergar ciertas esperanzas. Podía significar que Pedrosa no las tenía todas consigo para conseguir una dura condena. Por otro lado, esperaba poco de un juez que la mantenía detenida en su casa, después de tomarle declaración en tres ocasiones sin permitirle contar con un abogado. Su mayor esperanza era que no la había enviado a la cárcel, pero sabía que estaban al acecho y que, a partir de ahora, Pedrosa iba a presionarla sin descanso. Decidió que había llegado la hora de poner en práctica una idea a la que no había dejado de dar vueltas desde que quedó arrestada en su propia casa. Había estado pendiente de los vigilantes y comprobado que se habían impuesto ciertas rutinas. Cuando Manuela salía para hacer las compras, sólo quedaba un agente y, a veces, se distraía charlando con los empedradores. Mariana decidió que era un buen día para intentar fugarse. Apenas Manuela se hubo marchado, subió a la planta de arriba y observó desde la galería que el vigilante estaba distraído mirando el trabajo de los empedradores. Bajó al patio y dijo al maestro, que colocaba una plantilla para disponer los cantos que marcarían el trabajo a los oficiales:

—No coloque las piedras más grandes, afean el empedrado y desfiguran el dibujo.

—Pierda cuidado, señora, son cantos del Genil, de tamaño pequeño. Si sale alguno un poco más grande, se quita de en medio.

—¿Cuántos días necesitarán?

El maestro se incorporó y midió el patio con la vista.

—Una semana, aunque aquel descuadre nos dará trabajo. Eso siempre que el tiempo nos deje trabajar. —Alzó la vista, las nubes cubrían el cielo y amenazaban lluvia.

—El próximo domingo es Domingo de Ramos. Me gustaría que para ese día todo estuviera recogido.

—Hoy es lunes, tenemos toda la semana por delante. Se hará lo posible, señora.

Mariana subió a la galería alta y comprobó que el agente seguía de cháchara. Se encerró en su alcoba, se desvistió a toda prisa y se puso un sayo negro de su madre, unas tupidas medias del mismo color y se calzó unas alpargatas. Luego se recogió el pelo y se cubrió la cabeza con un manto. Introdujo en una faltriquera un buen puñado de monedas que sacó de la arqueta donde guardaba el dinero y salió a la galería sin hacer ruido. Ganó la terracita que daba al patio de la casa de al lado, se agarró al bajante y comenzó a descender con cuidado. Se detuvo al escuchar un crujido, el canalón amenazaba con desprenderse. Con el corazón encogido, reemprendió la bajada, tenía a su favor el ruido que hacían los empedradores. Asiéndose a uno de los clavos que sujetaban el bajante a la pared, deslizó su cuerpo hasta que sus brazos no dieron más de sí. Tanteó con los pies, pero el suelo se encontraba a más de dos varas y ya no tenía más apoyos. Había que saltar. Hasta ella llegaba la charla de los empedradores, lo que era una mala señal, pues el agente de Pedrosa también podía oírla a ella. Se encontraba en una difícil situación y cada vez le dolían más los dedos. No tenía más opción que dejarse caer, porque no podía deshacer el camino. Negros pensamientos nublaban su mente cuando sus manos se soltaron, enganchándosele el manto, que se rasgaba al tiempo que aterrizaba en el patio con un golpe seco. Se quedó inmóvil unos segundos. Ahora no escuchaba a los empedradores. Estaba dolorida, pero se palpó el cuerpo y comprobó que no tenía nada roto. Buscó el portón de la calle. En la casa no habían notado su presencia.

—¿Habéis oído eso? —preguntó el agente, amoscado.

—Es como si se hubiera caído un saco —comentó un empedrador.

El agente palideció. Sin perder un instante, subió la escalera. Impaciente, dio unos suaves toques en la puerta de la alcoba de Mariana; llamó una segunda vez con más energía y, al no obtener respuesta, la abrió. Al encontrarla vacía corrió escalera abajo como un poseso. En la calle del Águila no se veía un alma, dobló la esquina y por la calle de la Verónica sólo se veía una vieja enlutada caminar hacia Recogidas. Angustiado, pensaba que la detenida no había tenido tiempo de alejarse. Alcanzó a la anciana y le preguntó:

—¿Ha visto a una mujer? Viste un traje de terciopelo azul.

—No. —La anciana no dejó de caminar y se recogió el manto sobre el mentón.

—Era joven y llevaba mucha prisa —insistió él, cada vez más preocupado.

La anciana no respondió y aceleró el paso. El agente sospechó algo.

—¡Alto! ¡Un momento!

La anciana continuó su marcha y el esbirro de Pedrosa sacó el vergajo y la amenazó. Sólo entonces se detuvo, mantenía apretado el manto bajo la barbilla. Sus ojos eran de un azul limpio, bellísimos para ser los de una anciana. Su aventura apenas había durado diez minutos. Al entrar en la casa los empedradores la miraron asombrados. Mientras subía la escalera y oía sus golpes ajustando los cantos del nuevo suelo del patio, pensaba en que a las acusaciones que pesaban sobre ella se añadía ahora la de prófuga.

45

Diéguez estaba pendiente de las diligencias que venían de la corte, pero don Matías Marculeta no aparecía. Habían transcurrido cuatro días desde que recibió la carta anunciándole su llegada. La mañana del quinto día deambulaba por Puerta Real aguardando la llegada de la diligencia que debía entrar a media mañana, pero no lo hizo hasta las dos. Lo vio descender del carruaje con el redingote polvoriento. Se acercó a saludarlo y el viejo policía lo abrazó con la fuerza de un viejo amigo. Le explicó que un imprevisto de última hora había retrasado su salida de Madrid y que un accidente cerca de Santa Cruz de Mudela —la rotura de una rueda— le hizo perder un día más.

—¡Lo que tengo es un hambre mortal! ¡A los venteros debían meterlos a todos en la cárcel! ¡Te dan bazofia a precio de oro!

Una vez hubo dejado el equipaje en la posada, Diéguez propuso ir a un mesón cercano, detrás de la alhóndiga Zaida, donde eran poco escrupulosos con la Cuaresma. Servían toda la carne y el vino que pudiera pagarse. Aguardaron con unas jarrillas de vino y un plato rebosante de aceitunas a que les sirvieran el queso en aceite y las costillas adobadas que habían pedido.

—Decía en su carta que le habían dado tres meses de licencia.

—¡Así es, amigo Diéguez! ¡Dos años después de que don Tadeo Calomarde me ordenara regresar a Madrid, me manda volver a Granada! ¡Se imagina usted mi sorpresa!

—¿Le ha dado alguna razón?

—La razón tiene un nombre, doña Cecilia Coello de Portugal. Quiere que revuelva Roma con Santiago para descubrir al asesino y que la investigación no sea oficial. Aunque puedo pedir colaboración a Pedrosa, he decidido no visitarlo.

Diéguez lo miró extrañado.

—Si me lo permite, le diré que esa es una mala decisión. Se ha registrado en la fonda y Pedrosa tardará muy poco en estar informado de su presencia en Granada. Si no lo visita, lo tomará como un desaire.

Don Matías dejó escapar un suspiro.

—En tal caso, iré después del almuerzo y le mostraré un escrito donde se le indica que debe prestarme colaboración si se lo pido. ¿Me acompañará?

—¿Lo considera oportuno?

Don Matías meditó la respuesta y aprovechó para comerse una aceituna.

—Creo que será lo más conveniente. Al fin y al cabo, estuvimos trabajando juntos.

—Le advierto que mis relaciones con Pedrosa no son buenas.

Don Matías mordisqueó otra aceituna.

—Me parece que Pedrosa tiene buenas relaciones con muy poca gente. Es demasiado rígido y su dureza en la aplicación de la ley…

Diéguez dio un trago a su vino.

—¿Qué se cuenta por Madrid?

—El ambiente está enrarecido. Hay mucha tensión…

La llegada del mesonero con un cuenco lleno de trozos de queso y dos escudillas impuso un breve silencio. Don Matías aguardó a que se retirase para proseguir.

—… El parto de la reina y la publicación de la Pragmática Sanción han agitado las aguas. Los realistas más acérrimos daban por descontado que el infante don Carlos sucedería a Fernando VII, cuya salud está muy quebrantada por culpa de sus excesos.

—¿Se refiere a las penalidades que padeció siendo prisionero de Napoleón? —ironizó Diéguez.

Don Matías, que iba a coger un trozo de queso, se quedó mirándolo. Aquella ironía, considerando que don Matías era persona de confianza de Calomarde…

—Está de broma, ¿no?

Diéguez pensó que se había excedido.

—Simplemente… era un comentario.

Don Matías se aseguró de que nadie más escucharía sus palabras.

—Lo supongo informado de que el exilio de Valençay fue dorado. Vivió a cuerpo de rey mientras aquí nos las teníamos tiesas con los gabachos. ¿Sabe que enviaba cartas a Bonaparte felicitándole por sus victorias sobre quienes luchaban para que recuperase el trono?

—Lo sabe mucha gente. Ha sido una ironía.

Don Matías asintió y cogió el trozo de queso. Estaba hambriento.

—¡Créame, he pasado hambre canina! La comida de las ventas es bazofia. —Dio un sorbo a su vino—. Nunca me ha contado por qué ingresó en la policía. ¿Qué lo animó a hacerlo?

—Influyó el que mi padre trabajara de portero en la Chancillería, eso me facilitó entrar como corchete en 1819. Me mantuve en el puesto durante los gobiernos liberales y, cuando se creó el cuerpo en 1824, me ofrecieron la posibilidad de incorporarme y aquí sigo. ¿Y usted?

—Hay alguna coincidencia, aunque yo no estaba destinado a esto. Mi familia tenía un acreditado comercio de tejidos en la calle Preciados. Mi destino era ser comerciante, pero lo ocurrido en 1808 cambió mi vida. Acababa de cumplir veintiséis años cuando lo del dos de mayo. Mi padre y yo nos echamos a la calle a matar gabachos; algunos cayeron, pero mi padre pagó con su vida. Hui y nos fue incautada la tienda. Estuve en la partida del Bolsero hasta que mandamos a los franceses al otro lado de los Pirineos. Terminada la guerra, un alcalde mayor me ofreció una plaza de alguacil y así empecé. Poco a poco, descubrí que me gustaba mi trabajo. Hacer pesquisas era lo mío. Me di buena maña y me apunté algunos tantos, actuando siempre al margen de los avatares de la política. Nunca me interesó. Luché en la guerra, como tantos, porque no soportaba la humillación que suponía la presencia de los gabachos en España. No me gustó que los Cien Mil Hijos de San Luis cruzaran de nuevo los Pirineos y llegaran hasta Cádiz, pero me conformé y, como usted, aquí estoy...

—¡Aquí están las costillitas! —El mesonero dejó sobre la mesa una bandeja rebosante de costillas especiadas—. ¡Están para chuparse los dedos!

—Rellene las jarrillas —le indicó Diéguez.

—... en Granada por indicación de Calomarde —prosiguió don Matías—, dispuesto a investigar al margen de los cauces oficiales.

—Lamento no poder colaborar con usted.

—Nada le impide hacerlo fuera de sus horas de servicio, aunque... —Don Matías rebuscó en sus bolsillos y sacó una carta—. Esta es una autorización para desplazarme por todo el reino y se añade que podré solicitar la colaboración de las autoridades para una misión en servicio de su majestad. Ignoro la razón por la que Calomarde quiere ahora que se esclarezca el asesinato de doña Cecilia Coello de Portugal. En todo caso, desea que lo haga... ¿Cómo le diría...?

—¿De tapadillo?

—¡Eso es, de tapadillo! Pero podría solicitar a Pedrosa su colaboración.

—Con el nuevo asesinato me ha encomendado otra vez la investigación, se lo contaba en mi última carta. Supongo que la ha recibido. —Don Matías negó con la cabeza—. Habrá llegado después de que usted partiera. En los últimos días se han producido novedades importantes. Se las explicaba todas en esa carta.

—¿Qué novedades son esas?

Diéguez le explicó la aparición de un nuevo cadáver y su identidad, la existencia del cuaderno de don Fulgencio Camero y dejó para el final lo referente a la muerte de doña Cecilia Coello de Portugal, aunque se reservó parte de la información. Cuando dijo que el asesino de doña Cecilia era don Pablo de Armenta, don Matías lo miró fijamente.

—¿Está seguro de lo que acaba de decir?

—Las piezas encajan. Eso explica su silencio.

Don Matías dio un trago a su jarrilla.

—Amigo mío, una acusación como esa necesita fundamentos muy sólidos. Es algo muy grave. Le diré, además, que mi opinión no coincide con la suya.

—¿Sigue pensando en el verdugo de la Inquisición?

En ese momento llegó el mesonero con las jarrillas de vino.

—Disculpen el retraso, pero he tenido que resolver un asuntillo.

Miró la bandeja de costillas, que estaba llena.

—¡No las han probado! ¿No les apetecen?

—¡Estoy hambriento! —Con la conversación don Matías se había olvidado de comer.

—Pues no lo parece —protestó el mesonero, que retiró la fuente—. Se han enfriado y estarán tiesas. Voy a darles un calentón. Se las traigo en un santiamén.

46

Un montón de huesos mordisqueados llenaban la escudilla. Don Matías Marculeta había saciado el hambre acumulada durante el viaje. Hasta que no dio cuenta de la última costilla, Diéguez no volvió a hablar de los asesinatos, entonces le terminó de explicar el contenido de la carta que le había escrito. Ahora don Matías sostenía un habano en su mano y degustaba un pocillo de café muy denso. En Madrid lo llamaban turco y estaba de moda, lo servían en tazas muy pequeñas, apenas un par de sorbos, muy dulce y tan espeso que casi podía cortarse. Don Matías, según dijo, se había aficionado en un café de la Puerta del Sol. Dio un sorbito y después una chupada a su cigarro para expulsar el humo lentamente.

—Amigo Diéguez, después de lo que me ha contado, tengo la extraña impresión de que alguien quiere jugar con nosotros. Fíjese, en cuestión de días aparece ese cuaderno que con sus misteriosas anotaciones nos pone sobre la pista de las primeras muertes, pero nos descoloca con el quinto cadáver. Luego le desvelan el nombre del asesino de doña Cecilia Coello de Portugal. ¿No parece mucha casualidad?

—A veces las cosas ocurren casualmente.

—No se fíe de las casualidades. En fin, veamos, las anotaciones del cuaderno apuntan a dos posibilidades. Una, que don Fulgencio Camero es el asesino y tenía un cómplice, y otra, la que usted sostiene, que él es el cómplice del asesino. Si es así, resulta extraño que haya permanecido tanto tiempo inactivo.

—Ya conoce mi opinión al respecto.

Don Matías dejó escapar el humo entre sus labios.

—Admitamos, sólo como una hipótesis que yo no comparto, que algún crimen lo haya cometido un asesino distinto.

—En el caso de doña Cecilia, la información que poseo apunta a que fue asesinada por su esposo —lo interrumpió Diéguez.

—Permítame decirle que no está tan claro. Antes de venir a Granada, en Madrid me facilitaron cierta información. Las cosas han podido suceder de forma diferente a como se las han contado. —Don Matías apuró el café—. Es usted un buen policía. Tiene lo principal, olfato. Pero le queda mucho por aprender. No dé por buenas todas las informaciones, aunque encajen como un guante hecho a medida. No se fíe, amigo mío, a veces en los asesinatos hay intereses ocultos.

Diéguez, incómodo, tragó saliva.

—¿Qué intereses pueden esconderse detrás de esa muerte?

—Según usted, don Pablo de Armenta asesinó a su mujer y el hermano de esta, don Ambrosio, fue quien impulsó las pesquisas para descubrir al asesino. Esa versión se sostiene porque doña Cecilia era una adúltera. —Diéguez asintió—. Sin embargo, hace dos años, lo que yo recogí de alguna conversación fue que los Armenta habían movido los hilos necesarios para impulsar la investigación. Algo que no casaba muy bien con su cerrazón a facilitar las pesquisas, ¿lo recuerda?

—Lo he tenido siempre presente. Su creencia de que los Armenta habían movido los hilos para que se investigara no se sostenía. Debió de oír mal. Por el contrario, si don Ambrosio Coello de Portugal fue quien influyó en Madrid para descubrir al asesino de su hermana, eso explicaría la cerrazón de los Armenta.

—No vaya tan deprisa. Hoy puedo garantizarle que quien hizo todo lo que estaba en su mano para que se aclarase el crimen fueron los Armenta.

Diéguez lo miró desconcertado. Se acordó de la tía Casilda cuando, refiriéndose al sacristán, le dijo: «¡No le haga caso, miente más que habla!». A pesar de ello, afirmó con vehemencia:

—¡Todo encaja si admitimos que don Pablo de Armenta asesinó a su mujer u ordenó matarla!

En los labios de don Matías apareció una sonrisa indulgente.

—Amigo Diéguez, es usted muy joven. Permítame que prosiga, tiempo tendremos de tomar en consideración eso que afirma con tanta seguridad. Como le decía, los Armenta promovieron la investigación. Sin embargo, a las pocas semanas se paralizó. ¿No le extrañó que me ordenaran volver a Madrid y echaran tierra al asunto?

—La verdad es que sí, pero con lo que después he sabido… —sus palabras habían perdido consistencia.

—Quien paralizó la investigación fue don Ambrosio Coello de Portugal.

Fue una afirmación rotunda y Diéguez recordó lo que le había dicho Zacarías.

—Quien me facilitó la información especuló con que don Ambrosio hubiera deseado que se paralizase la investigación.

—¿Le dio alguna razón? —preguntó don Matías arrugando la frente.

—Era una conjetura, una hipótesis según la cual don Pablo de Armenta podría haber hecho llegar a don Ambrosio pruebas irrefutables del adulterio de su hermana y este, para no ver manchado el honor de su familia, decidiera acabar con la investigación.

—Es una posibilidad —admitió don Matías, a quien ahora envolvía una nube de humo—; sin embargo, eso entraría en contradicción con un dato que no admite discusión, como es que don Tadeo Calomarde me haya encargado que vuelva a hacerme cargo de la investigación porque don Pablo de Armenta así se lo ha pedido. No me pregunte por qué lo ha hecho ni por qué ha tardado dos años en pedirlo, no tengo la menor idea. Pero, como antes le he dicho, con los años he aprendido que nada o casi nada es fruto de la casualidad. —Dio otra calada a su puro y prosiguió—: Por lo que yo sé, otros miembros de la familia Armenta se mostraron, desde el principio, poco entusiasmados con la investigación. Sobre todo, el hermano de don Pablo, don Luis de Armenta. En su día le comenté que es persona de mucho ascendiente en la corte y miembro del Consejo de las Órdenes Militares en representación de la Orden de Santiago. Pero no lo dude, quien paralizó la investigación fue don Ambrosio Coello de Portugal.

—¿Por qué algunos Armenta no querían que se indagase sobre la muerte de un miembro de su familia? —A Diéguez se le escapaban las razones últimas de aquel juego en las alturas.

—Lo sospecho, pero no estoy seguro. Si lo confirmo, se lo diré. Y, a propósito de familia, una cosa son los Armenta y otra los Coello de Portugal. No lo olvide.

Diéguez estaba desorientado. Había pasado de creer

que tenía las claves para resolver aquellos crímenes a estar sumido en un mar de confusiones.

—¿Qué ha cambiado para que ahora los Armenta las impulsen de nuevo?

—No lo sé. Posiblemente, la muerte de don Luis de Armenta hace pocos días ha debido de influir. Era el más opuesto a que se hicieran averiguaciones.

—¡Estamos a dos luces!

—No se desanime, poseemos un dato sumamente interesante.

Don Matías buscó en el bolsillo de su redingote una carta y se la dio a Diéguez.

—Léala, por favor.

Cuando se la devolvió estaba perplejo, también era patente su malestar con don Matías por destilar la información como si se tratara de una esencia valiosa.

—Según esta carta, doña Cecilia Coello de Portugal era una adúltera y por tanto... —balbuceó con un hilo de voz.

—... por tanto, una posible víctima del verdugo de la Inquisición —remachó don Matías.

—También..., también que su marido la asesinara. ¡Es como para volverse loco!

—Insisto en que no se desanime. Nuestro trabajo es así. Esta carta —comentó mientras la guardaba— es una prueba casi definitiva. Mi presencia en Granada se justifica porque es necesario atar todos los cabos.

Los dos carruajes llevaban más de una hora ante la fachada de doña Mariana de Pineda. Los cocheros, al ver que los policías de la puerta adoptaban una actitud más marcial, dejaron la cháchara que se traían con los vecinos allí congregados. Se recolocaron los tabardos, se pusieron los sombreros y se colocaron al lado de las portezuelas respectivas. Pedrosa, acompañado por el juez Ceruelo, que había tomado una nueva declaración a las mujeres allí recluidas, se acercaba al zaguán. En la calle se hizo el silencio al ver aparecer, fuertemente escoltadas, a las dos criadas llorando desconsoladamente. Las introdujeron a empellones en el carruaje más modesto y uno de los esbirros indicó al cochero:

—¡Vámonos, a la cárcel!

Pedrosa y el juez subieron al otro vehículo, acompañados por un escribano de corte, en medio de murmullos. El cochero, antes de cerrar la portezuela, preguntó:

—¿Adónde, señor?

—¡A la Chancillería!

El juez había dispuesto que Mariana se quedara en su domicilio sometida a fuerte vigilancia. Una escuadra de los escopeteros de Andalucía, al mando de un cabo y cuatro agentes de Pedrosa, que se relevarían por parejas, se encargaría de custodiar a ella y a doña Úrsula. La decisión se había tomado después de que los médicos informaran de que un traslado podía provocar un grave accidente en la salud de las dos mujeres. Pedrosa consideraba que los doctores trataban de favorecer a aquellas arpías. Cuando llegaron a la Chancillería, el juez se encerró en su despacho para no perder un minuto en la instrucción del sumario, y Pedrosa, hecho un basilisco, ordenó al escribano:

—¡Venga conmigo al despacho! ¡Vamos a remitir un escrito a la corte!

En la antesala se encontró con don Matías y Diéguez. Sorprendido, forzó una sonrisa.

—¡Don Matías! ¿Qué hace usted por Granada?

—Visita privada, don Ramón. Vengo a presentarle mis respetos.

El subdelegado dirigió a Diéguez una mirada poco

amistosa y, haciendo de tripas corazón, indicó al escribano que aguardase y los invitó a pasar. Pedrosa no les ofreció sentarse. Pensaba ser breve.

—¡Me alegra saber que está en Granada por placer!

—No se trata de un viaje de placer —puntualizó don Matías—. Mi visita, como le he dicho, es privada, pero se me ha encomendado una tarea.

Sacó una carta del bolsillo y observó cómo Pedrosa la cogía con recelo.

—Tenga la amabilidad de leerla y después me la devuelve.

—Veo que está firmada por don Tadeo Calomarde.

—Así es.

—Excuso decirle que si necesita algo no tiene más que pedirlo, aunque según veo... —Miró a Diéguez de forma elocuente.

—Diéguez me acompaña por gentileza, pero su ayuda me sería muy provechosa.

A Pedrosa le habría gustado negársela. Pero con el contenido de la carta que aún sostenía en sus manos... No se privó de exagerar el trastorno que suponía para el servicio.

—Desde luego puede contar con él, pese a los extraordinarios acontecimientos que se viven estos días en Granada.

—No sé..., acabo de llegar. ¿A qué se refiere?

—Hemos desbaratado un movimiento de los revolucionarios. Los masones y los liberales no desisten de sus abominables planes. Hace unos días descubrimos una bandera con clara simbología masónica. Esa canalla pretendía alborotar a la plebe contra las legítimas autoridades. Está implicada doña Mariana de Pineda, una picza de cuidado. Diéguez, ¿no se lo ha comentado a don Matías?

—No, señor. No hemos hablado de ese asunto. Tengo entendido que la bandera no estaba confeccionada.

Pedrosa lo miró sin disimular su malestar.

—¿He detectado cierta delectación en sus palabras o sólo me lo ha parecido?

—He comentado lo que se dice por Granada, ¿es cierto que estaban bordándola?

—No estaba terminada —concedió Pedrosa de mala gana.

—También he oído decir que doña Mariana de Pineda había ordenado detener el trabajo de las bordadoras.

La ira brilló en los ojos de Pedrosa.

—¡Los hechos son irrefutables! ¡En su casa se encontró la bandera! ¡En su casa estaban los letreros para componer un lema revolucionario e incitar a la rebelión! ¡Por si eso no fuera suficiente, hoy mismo ha tratado de fugarse de su casa, donde está recluida! Precisamente vengo de acompañar al juez en las diligencias a que ha dado lugar su intento de fuga. ¡Los hechos acreditan su culpabilidad!

47

Había esperado tanto tiempo aquel momento que se había perfumado y estrenaba una camisa de fina batista. Mientras se anudaba al cuello su chalina de seda, la imagen que le devolvía el espejo era la de un hombre satisfecho, pagado de sí mismo. Vistió su mejor levita —la ocasión lo merecía—, cogió una chistera que había mandado lustrar recientemente, sus guantes y su bastón. Aquella tarde se tenía por afortunado, aunque no podía considerarse feliz, algo imposible para un hombre como él, roído por la ambición. Don Ramón Pedrosa y Andrade salió a la calle sintiéndose el dueño de la ciudad. Le apetecía pasear y disfrutar de la agradable tarde con que se estrenaba la primavera. Indicó al cochero dónde debía recogerlo al cabo de dos horas. Era Domingo de Ramos y en Granada se respiraba ambiente de Semana Santa. El olor a incienso salía por las puertas de los templos, en los que se rendía culto a las imágenes que iban a desfilar por las calles.

No había cejado hasta lograr sacar a Mariana de Pineda de su domicilio. Incluso había tenido que presionar al juez, a pesar de que don Gregorio Ceruelo era de su cuerda, para conseguir el traslado de aquella revolucionaria. Aunque estaba fuertemente custodiada, podía intentar fugarse de nuevo y no quería correr ese riesgo. Era una pieza que ambicionaba desde su llegada a Granada, y no estaba dispuesto a dejarla escapar, consciente de que su condena supondría un gran salto en su carrera. Su deseo era conducirla a la Cárcel Baja, pero encerrarla en una celda del beaterio de Santa María Egipcíaca le había producido un placer morboso.

En Granada, al beaterio se le conocía como el de las «recogidas» y popularmente mucha gente se refería a él como las «arrecogías». El nombre le venía dado por las prostitutas que hacían propósito de enmendar su vida y se recogían en él. Pedrosa estaba informado de que Mariana había tenido un desliz y dado a luz una hija, a la que había reconocido como hija natural. Por eso, al negarse el juez a mandarla a la cárcel, lo incitó a ingresarla en aquel beaterio que había dado nombre a la calle donde estaba emplazado.

Al llegar a la calle Recogidas y pasar por delante de la iglesia de San Antón le llegaron, envueltas en aromas de incienso, las lúgubres notas de un órgano que todavía resonaban en sus oídos cuando se detuvo ante el portón del beaterio. Golpeó con el llamador, al instante se abrió un postigo y lo recibió una voz femenina:

—Ave María Purísima.

—Sin pecado concebida.

—¿Qué desea?

—Visitar a doña Mariana de Pineda.

—Lo siento, señor. Está incomunicada.

—Hermana, soy el alcalde del crimen de la Real Chancillería.

Pedrosa sabía que ese cargo era más solemne que el de subdelegado de policía. La Chancillería tenía un gran peso en la vida de Granada. La hermana portera lo miró fijamente a través de la reja del postigo y Pedrosa se llevó la empuñadura de su bastón al ala de su chistera. La priora le había advertido de que la presencia de doña Mariana de Pineda en la casa era algo muy delicado y debía extremar su vigilancia. Decidió no abrir hasta comunicárselo.

—Aguarde un momento —le dijo, dándole con el postigo en las narices.

A Pedrosa no le molestó. Si los cómplices de la detenida intentaban sacarla del beaterio, no lo tendrían fácil. Cuando el postigo se abrió de nuevo...

—¡Abre, Isidra, abre! ¡No hagas esperar a don Ramón!

Oyó descorrerse tres cerrojos. Pedrosa se destocó, saludó a la priora y le manifestó su deseo de ver a la presa. Lo condujo hasta una salita.

—Será sólo un momento.

—No hay prisa, hermana —respondió cortés.

Se distrajo mirando por la ventana que daba a un patio porticado con su pilón de pared al que vertían dos caños abundantes. Un frondoso jazmín trepaba por una de las columnas y cubría las zapatas que adornaban uno de los lados del patio. El silencio, de vez en cuando roto por el gorjeo de unos gorriones, le permitió oír el crujido de los peldaños de la escalera.

Mariana llegó acompañada de la priora y la celadora que se encargaba de ella, una monja de pequeña estatura, de semblante agraciado y mirada expresiva. Se llamaba Rosa Barreda, era oriunda de la Montaña santanderina y, como tal, de familia hidalga. Había profesado en la congregación de María Santísima de la Esperanza después de unos amores desgraciados, aunque ella reiteraba, una y otra vez, que no había conocido varón. En cualquier caso, era la alegría del beaterio. Al tomar a Dios por esposo no había cambiado su nombre y todas la conocían como la hermana Rosita. Para Mariana había sido una suerte que la priora la nombrara su celadora. Eso significaba que, además de estar pendiente de ella, le haría compañía los ratos en que diariamente se le permitiría estar fuera de la celda. Esa había sido una de las condiciones puestas por la priora para admitir a doña Mariana: el tiempo que permaneciera en el beaterio su celda no sería un calabozo. Tendría sus ratos de patio, asistiría a los oficios religiosos, podría hacer labores y disfrutaría de algunas horas en compañía, como las demás «recogidas». Pedrosa, al verla, adoptó una actitud circunspecta. Se sabía ganador de la larga partida que libraban desde hacía años y podía permitírselo. Le bastó una mirada para saber que no la había doblegado, todavía.

—Si necesitan algo, la hermana Rosita estará en el patio —señaló la priora.

Tras el revuelo de tocas que produjo la salida de las monjas, el silencio se convirtió en un pulso que ambos parecían dispuestos a mantener hasta el final. Mariana, que no había mirado a Pedrosa, clavó sus ojos en el estuco de la pared hasta que este saltó.

—Su actitud no es la más conveniente, sobre todo después de intentar fugarse.

—Si ha venido a amedrentarme, pierde el tiempo.

Pedrosa ignoró el comentario e insistió:

—Será consciente de que su intento de fuga ha complicado mucho su situación.

—¡No me amenace! —Por primera vez Mariana lo miró a la cara.

—¡No son amenazas, sino consideraciones sobre la triste situación en que se halla! Si las hago, es porque su condición podría cambiar si colaborara.

—Si ese es el único objeto de su visita, puede darla por concluida.

—Veo que se mantiene en sus trece. Su tiempo está tasado y su condena puede…

—¿Habla ya de condena antes de que se me juzgue? —ironizó Mariana.

—¡Sus delitos son extremadamente graves! ¡Debe darla por segura!

—¿Encontrar en mi casa un trapo a medio bordar es un delito grave?

—¡Su intento de fuga revela la gravedad! —gritó Pedrosa, exasperado.

—¡Se me retenía en mi casa injustamente!

—¡Eso lo decidirá el juez!

—Lo dice como si la decisión no estuviera tomada.

El encierro en el beaterio no había restado un ápice de su entereza. Pedrosa había creído que una celda, aunque no fuera un calabozo, la ablandaría.

—Observo que no valora en su justa medida mi oferta. Reflexione unos días. No la importuno más.

Abandonó la estancia. En un rincón del patio aguardaba la hermana Rosita en actitud pudorosa y con la mirada baja.

—¡Despídame de la priora! —le gritó Pedrosa llevando el pomo de su bastón al ala de su chistera, que ya se había puesto.

En la calle de Gracia, en casa de los condes de Teba se celebraba una reunión.

—Hemos perdido una oportunidad. Mientras la han tenido en su casa, podíamos haberla sacado por la terraza. Si no tuviera esta carga de años…

—No se agobie, don Martín. Había mucha vigilancia, sobre todo después de que intentara fugarse.

—No digo que sacarla fuera fácil, sino que hemos perdido una oportunidad. En el beaterio es mucho más complicado —insistió don Martín Almela.

—En la calle Recogidas no se observa vigilancia.

—¿Está seguro? —le preguntó el anfitrión.

El médico de los Montijo hizo un gesto de duda.

—He pasado varias veces. Si Pedrosa ha apostado algún hombre, no está visible.

—Hay que confirmarlo, quizá tengamos una oportunidad.

—No será fácil, el beaterio es como un fortín —señaló don Cecilio Moreno.

—Pero si no hay vigilancia… —insistió don Federico.

—Es necesario trazar un plan y sería conveniente saber de cuánto tiempo disponemos. —Don Martín miró a don Diego Calvo de León.

—Puede ser que dispongamos de varias semanas.

—¿Por qué piensa eso? —le preguntó don Cipriano.

—Porque el doctor Malo de Molina, que, como saben, está con nosotros, me ha dicho que Pedrosa trata de convencer a doña Mariana para que delate a quienes llama sus cómplices con la promesa de dar carpetazo al proceso. Para doblegarla necesita algún tiempo. Sabe que cuando la gente lleva varias semanas en prisión suele flaquear.

—¿Cómo sabe eso Malo de Molina?

—Se lo ha dicho la propia doña Mariana, aprovechando las visitas que le ha hecho a cuenta de la enfermedad.

—¿Por qué no nos lo ha dicho antes? —le recriminó don Pedro Ambel.

—Lo he sabido esta misma mañana.

—Pedrosa puede ser muy persuasivo. ¡Estamos en peligro! —Ambel estaba alarmado.

—No puede someterla a tormento, doña Mariana es noble.

—Más bien diga que no debe, don Cipriano. Esa rata es capaz de cualquier cosa.

—¡Doña Mariana no abrirá la boca! ¿Dudan de ella, después de todo lo que ha hecho? —Don Martín no disimulaba su contrariedad.

—En cualquier caso, debemos trazar el plan para sacarla de allí lo antes posible —insistió don Federico Landáburu.

—Tal vez…, tal vez podría intentarse algo en uno de los traslados a la Chancillería para la vista del juicio —señaló el conde de Teba.

—Es una posibilidad, pero creo que sería mejor buscar cómo sacarla del beaterio.

Pedrosa dejó atrás Puerta Real y, por Pavaneras, se encaminó hacia el Realejo. Estaba invitado a la tertulia de la duquesa de Gor, mujer amante de la música y la poesía. Habría una lectura poética y un concierto de arpa, sin ágape, por ser Domingo de Ramos. Ni la poesía ni la música le importaban, los poetas le aburrían, la música le daba sueño; lo que le interesaba de aquella tertulia era que la frecuentaba doña Norberta Pimentel. El palacete de la duquesa estaba en la plaza de los Girones. Lo recibieron unos lacayos con librea y uno de ellos lo acompañó hasta el salón, la escalera estaba cubierta por un artesonado de abolengo morisco. En el salón conversaban en voz baja una treintena de personas. Pedrosa saludó a la duquesa, que lucía un vestido negro con encajes y puntillas, besándole la mano y agradeciéndole la invitación. Después buscó con la mirada a la dama, cuyas opulentas formas le hacían fantasear. Doña Norberta estaba con doña Rosario Montes de Ortigosa, doña Hortensia Alpuente y otras señoras y caballeros.

—¡Cuánto honor! —lo saludó doña Rosario—. Sobre todo, teniendo en cuenta lo poco dado que es a las reuniones sociales.

—No podía desairar a nuestra anfitriona —respondió mirando a doña Norberta.

La dama lo saludó con una inclinación de cabeza, al

tiempo que se abanicó nerviosa. Doña Rosario, perita en aquellas materias, percibió el detalle y lo añadió a sus observaciones en la iglesia de Santa Escolástica, donde don Ramón ofrecía los domingos el agua bendita a doña Norberta. Ayudaría en lo que pudiera y al paso alcanzaría noticias de primera mano sobre la situación de la viudita Pineda.

—Don Ramón, sé que, por razones del servicio a su majestad, ha de mostrar la reserva a que está obligado, pero no me resisto a pedirle que satisfaga la curiosidad de doña Norberta por un asunto muy delicado.

—¿A qué se refiere? —Pedrosa preguntó a doña Norberta, incómoda ante tanta desfachatez. Era un invento de doña Rosario, que acudió en su ayuda con desparpajo.

—Norberta, querida, ¡ni que te hubiera comido la lengua un gato! Se interesaba por la suerte de doña Mariana de Pineda. ¿Es cierto todo lo que se dice?

Pedrosa vio una oportunidad de lucimiento y se explayó acerca del descubrimiento de una bandera revolucionaria y cómo supo que se ocultaba en casa de doña Mariana de Pineda. Contó el intento de fuga y respondió a varias preguntas sobre el disfraz de la fugitiva, los medios empleados y cómo lograron detenerla. Decidió reservarse lo del traslado al beaterio de Santa María Egipcíaca.

—¿Es cierto que estaba enferma? —preguntó doña Rosario.

—Creo que ha intentado engañarnos con la colaboración de los médicos.

—¡Como yo te dije, Hortensia! ¡Es que la tengo calada!

—Podía estar enferma —señaló un caballero—. En un trance tan difícil…

—¡No irá a salirme usted liberalito a estas alturas! —protestó doña Rosario.

—Supongo que don Modesto opina como médico —señaló Pedrosa, conciliador.

—¡Tienen que meterla en la cárcel! ¡En su casa intentará fugarse de nuevo! ¡No sé a qué vienen tantos melindres! —protestó doña Hortensia.

—Para su tranquilidad, mi querida señora, le diré que ha sido conducida al beaterio de Santa María Egipcíaca.

—¿Quiere repetir eso? —Doña Rosario no daba crédito a lo que acababa de oír.

—Doña Mariana de Pineda está en una celda del beaterio de la calle Recogidas.

A doña Rosario y a doña Hortensia se les iluminó el rostro.

—¡Le felicito! ¡Una elección acertadísima! ¡Está en el sitio que le corresponde!

—¡Con las arrecogías! —sentenció doña Hortensia con un deje popular.

Pedrosa agradeció el cumplido y dejó a partir de aquel momento que los comentarios volasen. Él dedicó toda su atención a doña Norberta, complacida con sus deferencias. No dejaron de intercambiar miradas durante la lectura poética y el concierto, y a doña Norberta la halagó que le pidiera visitarla.

—Después de Semana Santa, he de viajar a la corte por obligaciones de mi cargo. Os prometo que estaréis de forma permanente en mis pensamientos. —Doña Norberta cubrió con el abanico su rostro sonrojado—. Seré vuestro devoto servidor, vuestro esclavo.

Al despedirse Pedrosa aprovechó la soledad de un pasillo para robarle un beso furtivo.

—¡Es usted un caballero muy atrevido! ¡Estamos en Semana Santa!

—Ponedme penitencia por disfrutar de vuestros labios.

Él la tomó por la cintura y le dio un largo beso. A pesar de ser Semana Santa, ella no se sintió con fuerzas para rechazarlo.

48

Era la tarde del Miércoles Santo y don Matías aguardaba en un café, junto al Pilar de Santa Ana. Diéguez se retrasaba. En la nota que le había dejado en la posada, lo citaba a las seis en aquel café para «hacer una visita que convenía a las pesquisas en curso». Hacía rato que las seis habían dado en el reloj de la Chancillería. Había degustado un denso café y garabateaba unas notas con un lápiz de grafito —una novedad traída de las antiguas colonias inglesas de América del Norte—, que marcaba trazos en el papel. El dueño del establecimiento no dejaba de lanzar miradas al extraño objeto. Eran cerca de las siete cuando Diéguez apareció, acalorado y con la respiración agitada. Se deshizo en disculpas por tan inaceptable retraso.

—¡Mil perdones, me ha sido imposible llegar antes! ¡No sabe cuánto lo lamento!

—Estaba a punto de marcharme —protestó muy serio don Matías.

—¡Discúlpeme, lo lamento mucho!

—Bueno, ya está aquí, sosiéguese. ¿Quiere un café?

—Se lo agradezco, pero tenemos que marcharnos.

Diéguez, como desagravio, pidió la cuenta, pese a las protestas de don Matías.

—¡Vámonos, a ver si hay suerte y no llegamos demasiado tarde!

Don Matías se puso su capa y salió a la calle. Reinaba cierta animación, a pesar de que el crepúsculo anunciaba la noche. Era Semana Santa y las autoridades habían levantado el toque de queda. Diéguez andaba tan rápido que le costaba trabajo seguirlo.

—¿Puede saberse adónde vamos con estas prisas?

—¡A Santa Escolástica!

—¿Sale alguna procesión? —ironizó don Matías.

—Vamos al oficio. No se entretenga.

—Eso procuro —respondió resoplando.

Sorprendido, lo siguió hasta el atrio de Santa Escolástica, donde se encontraron con el templo abarrotado. Diéguez le indicó que se pegase a él y se abrió paso a base de empellones y pidiendo muchas disculpas, hasta lograr situarse cerca del presbiterio, junto a uno de los pocos candiles encendidos que dejaban el templo sumido en la penumbra. La gente cuchicheaba, el oficio no había comenzado.

—¿Qué ceremonia se celebra? —preguntó don Matías recuperando el resuello.

—El Oficio de Tinieblas.

—¿Puede saberse qué hacemos aquí?

—Observar al sacristán, preste atención.

—¿Es quien realiza la ceremonia?

No tuvo respuesta porque Zacarías apareció vistiendo sotana y roquete. Con parsimonia encendió un candelabro con forma triangular junto al altar mayor. Prendió las quince velas —siete en cada lado y una en el vértice, mayor que las demás— y después fue apagando los candiles. Al llegar al que estaba junto a Diéguez y don Matías, se sobresaltó.

El apagavelas tembló en su mano. Apagó el candil y se alejó rápido.

—¿Qué le ha parecido?

—Se ha puesto nervioso —respondió don Matías muy serio—. ¿Vamos a quedarnos a todo el oficio?

—Es posible.

La oscuridad sólo la rompían las quince luces del candelabro y la luz crepuscular que entraba por la puerta del templo.

—Soy poco versado en estas cosas. ¿Qué significado tiene? —preguntó don Matías.

—Las velas de ese candelabro, llamado tenebrario, tienen una simbología. Once representan a los apóstoles, sin contar a Judas.

—¿Y las otras cuatro?

—Tres representan a las mujeres que acompañaron a Jesús, no recuerdo sus nombres…

—María Magdalena, María Salomé y María de Cleofás —lo sorprendió don Matías.

—¿No decía que era poco versado en estas cosas?

—Me refería a algunos rituales eclesiásticos, pero he leído los Evangelios. La luz número quince, ¿a quién representa?

—A la Virgen María.

Chistaron pidiendo silencio. Por la puerta de la sacristía apareció una pequeña comitiva. Abría paso Zacarías con una cruz sin Crucificado que alzaba por encima de su cabeza, le seguía don Bernardo de Oteiza, escoltado por dos sacerdotes; el párroco iba cubierto con un bonete de picos y revestido con una casulla morada, a su alrededor unos acólitos con el incensario, la naveta y unas carracas de madera que también portaban muchos fieles. Al llegar al altar mayor los cuchicheos habían desaparecido. Don Bernardo se quitó el bonete y dio comienzo el ritual. Entonaba una salmodia y respondían los otros clérigos. Concluida, Zacarías, que lanzaba furtivas miradas hacia donde estaban don Matías y Diéguez, apagaba una de las velas del tenebrario y dos acólitos entornaban un poco las puertas del templo haciendo que la oscuridad fuera cada vez mayor. Cuando sólo quedaba encendida la que representaba a la Virgen María, se cerraron las puertas del templo y el sacristán ocultó el tenebrario tras un paño negro. Las tinieblas dominaban el templo y el silencio impresionaba. Los sacerdotes cantaron un miserere y, al concluir, los fieles que las tenían hicieron sonar las carracas. El ruido atronaba en medio de la oscuridad. Cuando los chasquidos cesaron, la gente empezó a cuchichear.

—¿Sucede algo? —preguntó don Matías.

—No lo sé.

Un grito retumbó bajo las bóvedas.

—¡Fuego!

El paño tras el que estaba oculto el sacristán había empezado a arder.

—¡Dios mío! —exclamó don Bernardo.

La confusión se apoderó del lugar y la gente, presa del pánico, se agolpó contra las puertas cerradas sin poder abrirlas. Los gritos se convirtieron en chillidos, se oían improperios y maldiciones poco a tono con el lugar. Don Matías y Diéguez se pegaron a una columna que les dispensó alguna protección. El paño ardía y su resplandor iluminó el presbiterio, pero conforme se consumía su luz se hizo más mortecina. Diéguez subió al presbiterio y cogió una vela del tenebrario que había rodado por el suelo y logró encenderla con las últimas llamas de la bayeta, evitando que las tinieblas se apoderaran por completo de la iglesia. Luego encendió más velas y amortiguó la oscuridad.

La gente salía a trompicones por las puertas laterales del cancel, convertidas en vías de escape. Seguían oyéndose gritos, quejidos e imprecaciones. Muchos se escabullían por la puerta de la sacristía. Don Matías se acercó al presbiterio donde Diéguez y el párroco atendían a Zacarías que, tendido en el suelo, era presa de fuertes convulsiones. Don Bernardo trataba de serenarlo y Diéguez colocaba su cabeza sobre un cojincillo. El párroco no dejó de hablarle con mimo, mientras don Matías y Diéguez observaban en silencio, y a la oscilante luz de las velas vieron cómo remitían las convulsiones de Zacarías. En la iglesia los gritos se habían apagado cuando el párroco se incorporó. Miró a Diéguez y le espetó:

—¿Otra vez usted? ¡Cómo he de decirle que no quiero verlo por aquí! ¡No ha podido ser más inoportuno! —Se limpió el sudor de la frente con el dorso de su mano—. ¡Usted no viene a rezar! ¡Sólo desea escudriñar en el pasado! ¿Qué demonios hace aquí?

—Perdone, pero ¿qué ha querido decir con que no he podido ser más inoportuno?

—¡Vamos, no me diga que no se ha dado cuenta! A Zacarías le dan espasmos, a veces pierde el conocimiento. Le ocurre cuando está muy nervioso o ha empinado el codo más de la cuenta. Le aseguro que hoy no estaba bebido.

—¿Tengo yo que ver algo con eso? —Un amoscado Diéguez observaba fijamente al párroco.

—Zacarías no ha dejado de mirarle en todo el oficio. ¡Usted lo ha puesto nervioso!

Diéguez iba a decir algo, pero…

—¡Menos mal que la sacristía da a la calle! —Era uno de los sacerdotes.

—¡Padre Emiliano! ¿Dónde estaba usted? —Don Bernardo lo miraba con severidad.

—Corrí a abrir la puerta de la sacristía para que la gente pudiera salir. ¡Se habían amontonado ante el cancel!

—¿Y el padre Adriano?

—En la sacristía. Atendiendo a una anciana con las piernas rotas y poniendo agua bendita en algunos chichones. ¡Gracias a Dios, es lo único que hay que lamentar!

Don Bernardo paseó la mirada por su parroquia. En el suelo podían verse tiradas varias carracas y los reclinatorios que las señoras se hacían llevar desde sus casas para no hincar las rodillas en el suelo. Dejó escapar un suspiro y miró a Diéguez:

—¡¿Usted quiere algo?! —La pregunta fue casi un exabrupto.

Diéguez se limitó a negar con la cabeza.

—Entonces, ¡a la calle! ¡El espectáculo se ha terminado y aquí no pintan nada! ¡Don Emiliano, ayúdeme, vamos a llevarnos a este a la sacristía!

Los alrededores del templo estaban llenos de gente comentando lo ocurrido.

—¿Puede saberse a qué hemos venido? —Don Matías estaba visiblemente molesto.

—Quería que observara al sacristán.

—¿Por qué razón?

—Porque fue él quien me desveló los entresijos de la muerte de doña Cecilia Coello de Portugal y culpó del crimen a su esposo.

Diéguez creyó detectar cierta sorpresa en el semblante de don Matías.

—¿El sacristán fue quien le contó esa historia?

—También me dijo que don Ambrosio Coello de Portugal fue quien impulsó en Madrid las investigaciones del asesinato de su hermana.

—Puedo asegurarle que eso no es cierto.

—Entonces, ¿he de suponer que tampoco es cierta la historia que me contó acerca de la muerte de doña Cecilia?

Don Matías mostraba signos de cansancio. Las prisas para venir a Santa Escolástica lo habían agotado. Andaba con paso cansino y parecía no haber escuchado la pregunta. Habían dejado atrás el atrio cuando se detuvo y lo miró fijamente a los ojos.

—No encuentro la explicación de por qué me ha traído aquí —insistió don Matías.

—Necesitaba que el sacristán nos viera. Sospecho de él desde que la historia que me contó no coincide con sus datos.

Caminaron en silencio y, al pasar bajo un farol del alumbrado público, ya en la calle Pavaneras, don Matías se detuvo.

—¿Ha sacado alguna conclusión?

—Bueno… Usted ha oído al párroco. Parece que lo hemos puesto nervioso.

Don Matías se quedó en la fonda. Estaba nublado y soplaba una brisa que traía olor a tierra mojada. El temporal que se desencadenó en pocos minutos sorprendió a Diéguez en la calle, cuando llegó a su casa estaba empapado.

—¡Antonio! ¡Antonio!

Martina lo llamaba tras la cortina de agua que vertían los aleros. Fue hacia ella pensando en cómo decirle que no tenía cuerpo para retozar.

—¡Estás hecho una sopa!

—La lluvia me ha sorprendido al llegar a la Trinidad.

—Entra, voy a buscar algo con que secarte.

—No te molestes, es menos de lo que parece.

—¡Pero si estás chorreando! Vamos, entra. Mi tía quiere comentarte algo.

Lo condujo a una salita que era una sucursal de la cocinilla, llena de albarelos, tarros… Casilda Bullejos estaba ante una mesa al calor de la chimenea, empaquetando hierbas.

—Su sobrina me ha dicho que quería verme. —Diéguez casi se excusó.

—¡Ah!, es usted. Pase, pase. —Al verlo empapado, ex-clamó—: ¡Va a coger una pulmonía! Acérquese a la lumbre y siéntese.

Cuando Martina apareció con el lienzo para secarlo, su tía estaba terminando de contarle lo que tenía que decirle.

—… la verdad es que no tenía mala mano.

Mientras Martina le secaba la cabeza, Diéguez no pa-raba de dar vueltas a lo que acababa de oír. Si aquello se confirmaba, era posible que allí estuviera la clave de todo.

—Tienes que quitarte esa ropa, vas a coger una pul-monía. Te llevaré un caldo.

—Déjalo, no te molestes. —Diéguez se levantó y dio las gracias a la tía Casilda.

—No las merezco. Hágale caso a Martina. Cámbiese y tómese ese caldo.

49

Atrás quedó la Semana Santa. En el beaterio de Santa María Egipcíaca se había vivido con el recogimiento propio de los conventos y monasterios. Sus gruesos muros aislaban casi por completo del mundo exterior a las monjas y a las acogidas en la institución. Apenas llegaban los ecos de las cosas mundanas. La última novedad había sido la llegada de doña Mariana de Pineda en calidad de detenida, hasta tanto se celebrase el juicio a que iba a sometérsele.

En muy pocos días sor Rosita se había convertido en su confidente, al hacerla partícipe de su preocupación acerca de la situación en que quedaban sus hijos, sobre todo la pequeña Luisa. Los días transcurrían angustiosos y monótonos, bajo la disciplina que presidía la vida del beaterio. Se levantaban a toque de campana, antes del amanecer, y, con una saya de paño basto sobre la camisa de dormir, acudían todas a la capilla, monjas e internas, para el primer rezo del día. Después, cada cual arreglaba su celda y dedicaba unos minutos al aseo personal, antes de volver a la capilla para oír misa. El desayuno, en silencio, consistía invariablemente en un tazón de leche endulzada con miel y unos mojicones. Luego, quienes no tenían señalada cocina, baldeo o lavadero —Mariana estaba exenta de estos trabajos—, pasaban la mañana cosiendo o remendando ropa hasta la oración de antes del almuerzo. Tras la comida se retiraban durante una hora en sus celdas, salvo las encargadas de recoger la cocina. Luego otra vez al cuarto de costura o al patio, si el tiempo lo permitía, para aprender primores como encaje de bolillos y bordado de pañuelos, o tejer alguna pieza en pequeños telares de mano. Ese tiempo era mucho más entretenido que el de la mañana, porque se permitía hablar. Se rezaba el rosario antes de la cena y se despedía el día con una oración común en la capilla. Menos la celadora de turno, las demás se encerraban en las celdas y allí disponían de unos minutos antes de apagar los candiles.

Mariana estaba convencida de que sus amigos preparaban un plan para rescatarla. Había días que se sentía exultante, otros, en cambio, caía en el desánimo, aunque nunca perdía la esperanza. Lo que le resultaba más insoportable era encontrarse separada de su madre y no poder ver a sus hijos. Sabía que José María estaba en muy buenas manos y que Luisita no sufría, aunque quizá echara de menos las visitas de doña Mariana, como la llamaban los hortelanos cuando acudía a ver a su hija. Una tarde, la hermana Rosita observó que se le iba el santo al cielo y se quedaba de manos cruzadas, sin devanar el copo. Su semblante revelaba el dolor de su alma.

—Ya verá como todo se arregla, bordar una bandera no es tan grave.

—Lo es, si esa bandera va contra las leyes de Nuestro Señor —añadió sor Francisca, siempre con los labios apretados bajo un espeso bozo.

—¿La hermana se refiere a las leyes del rey? Mariana dejó caer el copo.

—No, a las de Dios Nuestro Señor. —Sor Francisca no levantó los ojos de su labor.

—¿Tendría inconveniente la hermana en responderme a un par de preguntas?

Todas suspendieron su labor.

—Pregunte —respondió sor Francisca, desafiante.

—¿Nos hizo Dios libres e iguales?

—Por supuesto. —La monja no titubeó.

—En tal caso, la libertad y la igualdad no atentan contra sus leyes, ¿no le parece?

—Desde luego.

—Esas eran las palabras que, a medio bordar, había en la bandera que encontraron en mi casa y por la que me tienen privada de libertad, invocando otra clase de leyes.

—¿Qué leyes? —preguntó con espontaneidad sor Rosita.

—Las del rey.

—Dudar de nuestro monarca es cosa de masones y herejes. ¡Su poder tiene origen divino! —exclamó sor Francisca.

—¿Considera divinas las leyes y las cosas de los hombres?

Sor Francisca iba a decir algo, pero ante la presencia de la priora guardó silencio.

—Doña Mariana, tiene usted visita. Acompáñela, sor Rosa.

Mariana pensó en Pedrosa. No le apetecía verlo.

—Si se trata del señor subdelegado de policía…

—Son dos jóvenes caballeros —cortó la priora con sequedad.

Sor Rosa recogió su labor y Mariana se contuvo para no salir corriendo.

Diéguez, con un fardo en la mano, cruzó el patio de la posada de las Imágenes, donde había gran alboroto al haber coincidido unos arrieros con dos diligencias. Los viajeros vigilaban sus equipajes, arrojados por los mozos desde el techo de la diligencia, mientras los arrieros quitaban las albardas a las bestias y protestaban porque el chamizo asignado no les parecía a propósito; uno de ellos discutía a gritos con el posadero el precio del grano que darían a los animales. Junto a una diligencia los cocheros comprobaban el estado de las ruedas y se chanceaban con las mozas que aseaban el interior del carruaje. Llegó hasta la alcoba de don Matías y llamó a la puerta.

—¿Quién llama?

—Soy Diéguez, don Matías.

—Aguarde un momento, que ya le abro.

La mejora de don Matías era evidente. Había estado enfermo desde el Jueves Santo y Diéguez lo había visitado a diario, aunque no habían vuelto a hablar de los asesinatos. Por la mañana había salido a la calle por primera vez desde que cayó enfermo con unas fiebres extrañas.

—Pase y póngase cómodo. —Miró el fardo—. ¿Quiere un coñac?

—No me vendría mal.

Cogió un búcaro y dos copitas de cristal. Las llenó y le ofreció una.

—Quiero mostrarle algo. —Diéguez puso el fardo sobre la mesa y lo que sacó dejó estupefacto a don Matías—. Son corozas con las que la Inquisición cubría las cabezas de los penitenciados. ¿Le importaría examinarlas y decirme qué le parecen?

Don Matías observó los cucuruchos, deteniéndose en su decoración.

—Yo diría que son de la misma mano.

—Yo opino lo mismo. Supongo que ya habría adivinado qué testas adornaban.

—¿Doña Cecilia y la madre de Lupiáñez? —Diéguez asintió—. ¿Dónde ha encontrado la primera?

—En un cuarto de la Chancillería donde guardan los tablones para montar el cadalso, los enseres del verdugo, los instrumentos de justicia…

—¿Está seguro de que es la que llevaba doña Cecilia?

—Completamente. ¿Se da cuenta? ¡Ambas muertes están relacionadas!

—Sin embargo…, sin embargo, eso echa por tierra su teoría de que la muerte de doña Cecilia no tiene que ver con los demás asesinatos.

—Yo no estaría tan seguro. ¿Ha olvidado el cuaderno de don Fulgencio Camero?

—¡Cómo voy a olvidarlo! —Don Matías parecía de malhumor—. Cada vez estoy más convencido de que formaba parte de una trama que explicaría por qué el verdugo de la Inquisición continuó asesinando después de su muerte.

—Yo no lo veo así.

—¡Deme una razón! —Don Matías se bebió su coñac de un trago.

—Doña Cecilia no aparece en el cuaderno. Eso la excluye de esa trama.

—¿Cómo explica que su cadáver apareciera con esa coroza salida de la misma mano que la que cubría la cabeza de la última víctima del verdugo de la Inquisición?

—Porque ni doña Cecilia ni la madre del sacristán han sido víctimas suyas.

—¡Qué está diciendo! ¿Cómo explica que sus cabezas estuvieran cubiertas por las corozas? —Don Matías estaba irritado.

—Zacarías Lupiáñez me dijo que el asesino de doña Cecilia, al exhibirla como penitenciada del Santo Oficio, lanzaba las sospechas sobre el verdugo de la Inquisición.

—¡Yo no daría mucho crédito a ese sacristán!

—Es un sujeto poco fiable, pero quizá entre sus mentiras haya alguna verdad.

—Si pudiéramos interrogarlo…, aunque al ser una investigación privada…

—Yo sí puedo. Después de lo ocurrido el Miércoles Santo…

El cansancio había aflorado en el rostro de don Matías.

—¿Quiere descansar? Esta conversación podríamos seguirla mañana.

—¿Le parece bien a las ocho?

—¿No es muy temprano? Lo digo por usted.

—No se preocupe. Ya estoy bien, sólo un poco cansado.

—Lo invito a chocolate y buñuelos en el Santo Cristo, en la calle Mesones.

—Estaré allí a las ocho.

Diéguez recogió el fardo y salió de la posada, donde había disminuido el trajín. Se encaminó hacia la Chancillería, todavía le quedaba una cosa importante que hacer. Cruzó el último patio y se fue directamente a ver al sota alcaide de guardia, con quien mantuvo una breve pero tensa conversación.

—¡No tiene una autorización para visitar al preso!

—No la necesito. No se trata de una visita de cortesía, sino un acto de servicio. A Pedrosa no va a gustarle saber que está entorpeciendo esta investigación.

El sota alcaide se apartó el cigarro de la boca y pareció reflexionar.

—¡Tú —le gritó a uno de los carceleros—, acompáñalo a la celda de visitas! —Miró a Diéguez y, apuntándole con el dedo, le espetó—: Sólo diez minutos, ¡ni uno más!

Se dirigía a la galería que conducía a la cárcel cuando la voz del sota alcaide lo detuvo.

—¿Qué lleva en ese fardo? ¡No quiero problemas!

Diéguez mostró las corozas. Su vista tranquilizó al sota alcaide.

Cinco minutos después, Burel aparecía por la celda. Su imagen no era mala, aunque el pelo sucio y la barba de varios días le daban un aspecto descuidado. Los dos hombres se quedaron un momento en silencio, mirándose.

—¿Cómo se encuentra?

Burel se encogió de hombros y preguntó a su vez:

—¿A qué ha venido?

—A hablarle de las pesquisas y del cuaderno. Pero sentémonos.

—No pretenderá que me crea que ha venido a eso —señaló Burel sentándose en la banqueta.

—Bueno…, en realidad…, quiero pedirle un favor y… ver cómo se encontraba.

—¿Qué clase de favor? En mis circunstancias no puedo ser de mucha ayuda.

—No lo crea… Dígame, ¿cómo se encuentra?

—Esperando el juicio y la sentencia…, aunque sé que será desproporcionada. Pedrosa le tenía ganas a mi ama y ha encontrado la forma de perderla. No saldremos bien parados de esta…, sobre todo ella.

—Si puedo hacer algo por usted, dígamelo. Lleva razón… —miró hacia la puerta— al decir que Pedrosa no siente mucho afecto por su ama. Pero ningún juez medio decente, y en don Gregorio Ceruelo queda un resto de dignidad, dictará una sentencia muy grave.

—Ya veremos… ¿Qué favor es ese del que me ha hablado?

—Verá, Burel. Necesitaría que me autorizase a entrar en su casa para…

—¿Sabe que el fiscal ha solicitado confiscar mis bienes? —lo interrumpió Burel.

—Lo sé, pero hasta que no haya una sentencia…

—Si quiere permiso para entrar, lo tiene. Redacte una autorización y se la firmaré.

—La traeré mañana. ¿Necesita algo?

—Un poco de jabón… Si no es indiscreción, ¿para qué quiere entrar en mi casa?

—¡Se acabó el tiempo! —El carcelero entró sin miramientos en la celda.

—Mañana se lo explicaré cuando venga para que me firme la autorización.

Se despidieron con un apretón de manos. Mientras Burel caminaba hacia los calabozos pensaba que le habría gustado conocer a Diéguez en otras circunstancias.

50

En la sala de visitas se encontró a don José María de la Escalera y a don Diego Calvo de León. Al verlos se abrazó a ellos, escandalizando a sor Rosa que, pudorosa, bajó la vista y optó por salir de la estancia en lugar de aguardar en un rincón como señalaba la norma establecida en la casa, salvo circunstancias muy especiales. Se acomodaron en unos sillones de anea y Mariana preguntó por sus hijos.

—Doña María Doménech se ha hecho cargo de José María. Como el capitán Álvarez de Sotomayor está en Gibraltar, ella se ha instalado en su casa con doña Úrsula. Luisita sigue en la huerta.

—Que Dios se lo premie, es un ángel.

—Dice que es lo mínimo que puede hacer hasta que salga en libertad.

—Dios la bendiga.

Don Diego le entregó una carta que Mariana leyó acelerada. Se le formó un nudo en la garganta y no pudo evitar una lágrima. A pesar de su entereza, era madre. Lo que ocurriera con sus hijos ahora era la causa de su principal desasosiego.

—¿Y mi madre? ¿Cómo está?

—Guarda cama, pero el médico nos ha dicho que la encuentra muy recuperada.

—¿Y Burel? ¿Y mis sirvientas?

—En la cárcel, pero enteros. Burel os manda saludos.

Mariana guardó la carta en su bolsillo y los abogados permanecieron callados hasta que ella habló:

—¿Cómo está la situación?

—Por lo que sabemos, Pedrosa está en Madrid y se lo llevan los demonios. En los interrogatorios a Burel y las criadas no logra arrancar nada importante. Me temo que su visita a Madrid esconda alguna maldad. A pesar de que Pedrosa, en su condición de alcalde del crimen, ha exigido al juez su aislamiento y el de los demás detenidos, don Gregorio Ceruelo, que no es mal hombre, aunque está maniatado, ha autorizado esta visita y nos ha permitido ver a Burel y a sus sirvientas.

—¿Con lo que tienen podrán condenarme?

—Lo que tienen no es mucho —respondió De la Escalera—. La bandera no ha sido utilizada, ni siquiera estaba confeccionada… Si aceptamos que mandó bordarla, también podremos argumentar que usted mandó detener el trabajo.

—¿Cree que es conveniente reconocerlo?

—No podemos negar evidencias, se volverían en nuestra contra. Pedrosa cuenta con el testimonio de las bordadoras, pero podemos argumentar que todo quedó en un intento y que ordenó abandonar la confección. Por eso la bandera estaba en su casa.

—¿Me perjudica el intento de fuga?

—Desde luego, no le favorece.

—¿Podrían condenarme?

—La pena podría ser un tiempo de reclusión.

—¿Cuánto?

De la Escalera se encogió de hombros.

—Don Gregorio Ceruelo, que es nuevo en la ciudad, parece un hombre justo. No está demasiado influido por el ambiente político. Es de tendencias conservadoras, pero por lo que he averiguado está en la línea de quienes empiezan a barajar la posibilidad de un acuerdo con los más moderados de los nuestros para asegurar el trono a la pequeña Isabel.

—No ha respondido a mi pregunta, don José María.

—La reclusión podría ser de dos a cuatro años.

—¡Tanto!

—Trataremos de que quede en lo menos posible. —Mariana miró a los dos letrados. Eran jóvenes, pero tenían experiencia y sobre todo creían en lo mismo que ella—. Necesito autorización para ejercer su defensa, doña Mariana. El juez nos ha permitido venir como amigos, no como letrados. He redactado la autorización...

—Si la ha traído, démela.

Don José María la sacó del bolsillo de su levita.

—¿Hay con qué escribir? —preguntó don Diego.

Mariana buscó a sor Rosita, que aguardaba en el patio.

—Sor Rosita, ¿podría proporcionarnos recado de escribir?

—Se lo diré a la priora.

Poco después aparecieron las dos sin los adminículos para escribir.

—Doña Mariana, no puede comunicarse con el exterior —aclaró seriamente la priora—. Las órdenes son muy estrictas. Otra cosa es una visita, autorizada por un escrito del señor juez. Lo lamento mucho, pero...

—Reverenda madre, sólo pretendemos que doña Mariana nos autorice a hacernos cargo de su defensa. No se trata de ninguna comunicación con el exterior —respondió De la Escalera.

—Nosotros jamás violaríamos las normas —añadió don Diego.

—Lea, lea usted misma el texto que doña Mariana se limitará a firmar.

Don José María cogió el papel y se lo ofreció, pero la monja, que ocultaba sus manos en las amplias mangas de su hábito, no hizo ademán de cogerlo.

—Lo lamento mucho. Ustedes visitan a la presa en calidad de amigos, es lo que dice la autorización que me mostraron antes. No están aquí como abogados. Creo que lo mejor es que den por concluida su visita.

Los intentos de don José María y don Diego fueron infructuosos. La priora se había arriscado en su postura y no hubo forma de convencerla.

—¿Nos permite un momento con doña Mariana..., a ser posible, a solas?

La priora estaba tensa. Se percibía en sus labios apretados y en el aleteo de sus fosas nasales.

—Está bien —concedió al fin—, sólo un momento. —Se volvió hacia sor Rosa—: Vigile, no quiero sorpresas.

Las monjas abandonaron la salita. En el ambiente flotaba un aire de pesimismo.

—Escúcheme con atención, doña Mariana. Disponemos de poco tiempo. Creemos que Pedrosa ha ido a Madrid para mover la causa según sus particulares deseos. Ignoramos si lo conseguirá. En la corte la política está muy agitada y el rey con la zafiedad que le es propia: «palos a la burra blanca, palos a la burra negra». No sabemos a quién le tocará recibir los palos en esta ocasión. Es muy importante que estemos presentes en la causa lo antes posible, eso nos permitirá acceder al sumario, a las declaraciones de los acusados y a las de los testigos. En definitiva, tendremos información. Por eso es fundamental que dispongamos de su autorización para ejercer como sus letrados. Quédese con este papel y trate por todos los medios de firmarlo. Nosotros trataremos de que el juez Ceruelo nos autorice a volver dentro de tres o cuatro días, antes de que Pedrosa regrese. ¿Podrá conseguirlo?

—Lo intentaré.

—Muy bien. No se desanime. —El abogado bajó el tono de su voz—: Algunos de los nuestros están preparando un plan para solventar esto de otro modo, ya me entiende…

A Mariana se le iluminaron los ojos. Estaba segura de que no la abandonarían. Los abrazó sin pudor y sor Rosita, en actitud recatada, dejó de mirar por la ventana.

51

Acababan de dar las ocho cuando Diéguez entró en el Santo Cristo. La mañana era fresca y la lluvia de la víspera había dejado la atmósfera limpia, llevándose, al menos por unos días, los malos olores que invadían con frecuencia algunas zonas de la ciudad a causa de las basuras y porquerías que los vecinos arrojaban al cauce del Darro, ignorando las normas de policía e higiene del Ayuntamiento. Don Matías, que ya estaba allí, en una mesa apartada, lo recibió con una sonrisa afable.

—¡Buenos días! —Diéguez lo saludó animoso, a pesar de que buena parte de la noche había estado uniendo cabos y haciendo comprobaciones.

—Lo veo contento esta mañana.

—Creo que Zacarías Lupiáñez es la clave para resolver estos asesinatos.

Don Matías arrugó la frente y lo miró con escepticismo. Diéguez se quitó el capote.

—Pidamos el chocolate y los buñuelos —sugirió don Matías.

Una vez despachado el desayuno entraron en materia.

—¿Por qué dice que Lupiáñez es la clave de todo?

Diéguez fue directo al grano.

—Me he enterado de que le tiene afición a la pintura. ¡Ha podido pintar las corozas!

Don Matías se quedó mirando el tazón como si entre los posos de chocolate hubiera un mensaje.

—¿Cómo lo ha sabido?

—Hace días me lo dijo mi casera. Es herbolaria…, bueno, también realiza las mismas tareas a las que se dedicaba Tomasa Pereira. Lamentó su muerte y me puso sobre aviso acerca de la clase de sujeto que está hecho el sacristán. La verdad es que al principio me había parecido sincero, aunque algún detalle me hizo recelar de su historia. Luego, cuando me encontré con que los datos que usted había obtenido en Madrid no coincidían con lo que él me había contado, mis sospechas aumentaron. Necesitaba una prueba definitiva e ideé lo del Miércoles Santo. Después de lo ocurrido…

—¿Le importa contarme lo que le dijo su casera?

—Hay poco que contar. Por lo visto, por influencia de quien hace años era párroco de Santa Escolástica, lo admitieron en la Academia de Bellas Artes. Tenía cualidades, pero lo expulsaron por mal comportamiento.

—Si actuamos hábilmente, es posible que Zacarías nos resuelva la mayor parte del misterio. —Don Matías seguía escrutando el fondo de su taza.

—¿Qué quiere decir con eso de actuar hábilmente?

—Que por ahora nos limitemos a someterlo a vigilancia.

—¡Hay que interrogarlo lo antes posible, don Matías! ¡En ese sacristán puede estar la clave de todo! ¡Ayer estaba convencido de que teníamos que hacerlo!

Diéguez había llamado la atención de los parroquianos.

—Modérese, Diéguez. Sólo tenemos indicios, necesitamos ensamblarlos. Fíjese, creemos que las dos corozas han salido de la misma mano y ahora sabemos que ese sacristán es aficionado a la pintura, pero en Granada hay mucha gente que pinta. En mi opinión, un experto debería certificar que las corozas han sido pintadas por una misma persona y cotejar las corozas con alguna pintura de Lupiáñez. No debemos precipitarnos.

—Pero don Matías… Los dos cadáveres que han aparecido con las corozas están relacionados con el sacristán de forma muy directa. A doña Cecilia la encontró él y la última víctima es su madre, con la que no tenía buenas relaciones.

—¿Le dijo ese sacristán en qué se basaba para decir que don Pablo de Armenta era el asesino de su esposa? —preguntó don Matías después de un breve silencio.

—Escuchó una conversación entre don Ambrosio Coello de Portugal y el párroco de Santa Escolástica, el primero se lo dijo al segundo.

—¿Cómo sabía don Ambrosio que Armenta era el asesino?

—Su hermana le había escrito, temía ser envenenada por su marido.

—¡No sé cómo ha podido dar crédito a esa sarta de mentiras! ¿Cree que doña Cecilia Coello de Portugal iba a escribir a su hermano diciéndole que era una adúltera y se veía con un coronel? ¡Imposible! —Don Matías clavó sus pupilas en Diéguez—. Habrá que vigilar al sacristán. Además, tenemos que confirmar las dos cosas que le he dicho: asegurarnos de que las corozas las ha pintado la misma persona y tratar de conseguir algo que haya salido de los pinceles de Lupiáñez. También habría que hablar con el párroco y averiguar si mantuvo esa conversación con don Ambrosio.

—Ya vio cómo nos echó con cajas destempladas, y no es la primera vez.

—Haremos una cosa. Usted se encarga de las corozas y yo de hacerle una visita al párroco. Se llama don Bernardo, ¿no?

Diéguez salió del mesón y regresó a su casa. Martina ya tenía preparado lo que le había encargado la víspera. Cogió el cesto y se fue directamente a la cárcel, donde seguía de guardia el mismo sota alcaide de la víspera. Los turnos eran de veinticuatro horas y los relevos se hacían a mediodía. No hubo discusión, pero el cesto fue sometido a un riguroso examen. Junto a la comida había un hermoso taco de jabón. Aguardó en la celda de visitas a que apareciera Burel, este firmó la autorización y, una vez cumplido el trámite, Diéguez satisfizo su curiosidad.

—Espero que encuentre la clave que está buscando —le deseó el preso.

—Estoy seguro de que será así. En realidad, lo que quiero es una confirmación.

Al despedirse, en lugar de estrecharse la mano, los dos hombres se abrazaron y Diéguez volvió a repetirle que, aunque era poco lo que podía hacer, si necesitaba algo que estuviera en su mano no tenía más que avisarle. Fue entonces cuando Burel le dijo:

—Tendrá noticias mías.

Pedrosa había regresado de Madrid y, cuando a la mañana siguiente entró en la Chancillería portando un maletín, parecía que la vida le sonreía. Llegó a la antesala de su despacho y el ujier lo recibió con una reverencia.

—¿Ha tenido buen viaje, señor?

Pedrosa le respondió con un gruñido.

El ujier le abrió la puerta y, antes de cruzarla, le ordenó:

426

—Vaya y dígale a don Gregorio Ceruelo que necesito verlo. ¡Es urgente!

—Sí, señor.

El ujier se perdió por la escalera y él entró en el despacho. Todo estaba ordenado. Cogió un puro, se lo llevó al oído y lo apretó entre sus dedos. Lo encendió con una de sus cerillas y se sentó, dispuesto a esperar relajadamente la presencia del juez. Tardó más de lo que esperaba, pero no pareció importarle. Cuando unos suaves golpes sonaron en la puerta, había dado buena cuenta de la mitad del habano.

—¡Adelante!

—Me alegro de verlo, ¿qué tal su viaje?

Se levantó y estrechó la mano de Ceruelo.

—Provechoso, don Gregorio, provechoso y fructífero. Quería hablarle de ello. Siéntese, por favor.

Pedrosa le señaló un sillón frente a su mesa y ambos se sentaron. Luego, el subdelegado de policía abrió el pequeño maletín, sacó un pliego y se lo alargó al juez.

—Léalo, por favor. Está firmado por don Tadeo Calomarde —añadió orgulloso.

Don Gregorio se colocó sus antiparras.

He dado cuenta al Rey nuestro Señor del oficio de V. S. de 19 de marzo último, participándole la aprehensión de un estandarte revolucionario con lemas subversivos en casa de doña Mariana de Pineda, vecina de la ciudad de Granada. Penetrado S. M. de la urgente necesidad de adoptar medidas vigorosas y extraordinarias para el pronto descubrimiento y castigo de tan horrendos crímenes, y atendiendo a las recomendables cualidades del esmerado celo por su real servicio y de sus conocimientos de las maquinaciones y planes de los revolucionarios, que concurren en don Ramón Pedrosa y Andrade, alcalde del crimen de la

Chancillería de dicha ciudad de Granada, ha tenido a bien autorizarle especialmente para que, por ahora y mientras duren las actuales críticas circunstancias, conozca de todas las causas de los revolucionarios que se hallen pendientes en ese Tribunal y deban formarse en adelante por tramas e inteligencias sospechosas de conspirar contra la seguridad del Estado y los legítimos derechos del trono, para que las sustancie a la mayor brevedad posible, acortando los términos que establecen las leyes según le dicte su prudencia y justificación, y para que sentencie con arreglo a las penas establecidas para la expresada clase de delitos.

Como consecuencia de dicha soberana resolución, quiere asimismo Su Majestad que disponga V. S. se pase inmediatamente al expresado don Ramón Pedrosa y Andrade la referida causa contra doña Mariana de Pineda y sus demás cómplices.

Dada en Madrid a cinco días del mes de abril de 1831

T. Calomarde

A la atención del Excmo. Señor Regente de la Real Chancillería de Granada.

Terminada la lectura le devolvió el escrito y, poniéndose de pie, le dijo:

—En el momento en que el regente tome cuenta de esta comunicación del Ministerio y me dé la correspondiente razón —en su interior sentía contrariedad y liberación a la vez—, le entregaré todos los documentos del sumario. El asunto es suyo. Me inhibo a partir de este momento.

52

La desilusión había hecho mella en el ánimo de Mariana, al comprobar que, a pesar de la llegada de su madre al beaterio —una de las primeras decisiones de Pedrosa después de quedar investido como juez—, no iba a permitírsele conversar con ella. Sus órdenes eran estrictas: mantener a las presas aisladas. Se había acabado la cháchara del cuarto de la costura, donde disfrutaba a cuenta de sus enfrentamientos verbales con sor Francisca, siempre entrometida y con ínfulas de sabihonda. Se quedaba sin las historias de las andanzas mundanas, a veces escabrosas, que arrebolaban el virginal semblante de sor Rosita. Permanecía encerrada en su celda, con la única compañía de su celadora, que se desvelaba por atenderla, salvo para asistir a misa. Sólo entonces podía ver a doña Úrsula, aunque desde lejos porque la priora, muy rígida en sus normas, y sin duda aleccionada por Pedrosa, había dispuesto que asistieran al oficio divino alejadas una de otra y con la prohibición expresa de comunicarse. Intercambiaban furtivas miradas y en contadas ocasiones podían cruzar una frase, aprovechando que entraban o salían de la capilla. Mariana no había recibido explicación sobre el nuevo trato que se le dispensaba y lo achacaba a la presencia de doña Úrsula en el beaterio.

Echada en el jergón se sobresaltó al oír que alguien hurgaba en la cerradura. Estaba incorporada cuando la puerta se abrió y en el umbral se recortó la silueta de la priora.

—¡Acompáñeme!

—¿Adónde? —preguntó Mariana.

—¡No haga preguntas y acompáñeme! ¡Aunque antes debería componerse el vestido y recogerse el pelo! ¡Parece una cualquiera!

—Yo la ayudaré. —Sor Rosita apareció de detrás de la priora.

—¡Dense prisa, aguardo en el despacho!

Se marchó con aire de dignidad, la capa de su hábito flotando por la galería.

—¿Qué ocurre? —preguntó Mariana con ansiedad.

—Creo que tiene visita —susurró sor Rosa con voz queda.

—¿Sabe quién es?

—No. Estaba en mi celda cuando la priora me ha ordenado acompañarla.

Mariana se puso una capa para disimular las arrugas del vestido, imposibles de eliminar, y ocultó su pelo bajo un gorrito. Se disponía a salir cuando recordó algo.

—Un momento.

Hurgó en un pequeño descosido que tenía el jergón y sacó un papel.

—¿Qué es eso?

—Una autorización para mi abogado… —Sor Rosa era su único refugio en aquellos muros que la aislaban del mundo—. Tal vez sea quien me visita.

El despacho de la priora estaba en la planta baja, al final de un pasillo sombrío. Las internas tenían mala opinión del lugar, comparecer en él no anunciaba algo bueno.

La puerta estaba entreabierta, pero sor Rosita golpeó con los nudillos.

—¡Pasen! —respondió la priora.

La monja empujó la puerta y se hizo a un lado, Mariana tuvo un sofoco al ver a Pedrosa. Su nariz aquilina le pareció el pico de una rapaz. Se esforzó para disimular su zozobra.

—¡Doña Mariana, os encuentro algo desmejorada! ¿No la tratan como es debido en esta casa de recogimiento? —ironizó mirando a la priora.

—A usted, sin embargo, lo veo como siempre.

Pedrosa acusó el golpe. Frunció el ceño y le dirigió una mirada de desprecio. Aunque creyó percibir un destello de debilidad, dedujo de sus palabras que se mantenía firme, pese al endurecimiento de las condiciones de su encierro.

—¿Podría dejarnos a solas, madre?

La priora y sor Rosa abandonaron el despacho en silencio.

—Observo que está empecinada en no colaborar.

—Con usted, ¡jamás!

Mariana hacía de tripas corazón para aparentar una fortaleza que no tenía.

—Sólo un gesto suyo y todo quedaría en agua de borrajas.

—¡Eso lo decidirá el juez!

En los labios de Pedrosa apareció una sonrisa lobuna. Sacó un cigarro y lo encendió con mucha parsimonia utilizando una de las cerillas de Lucifer; el hedor que desprendió el fósforo hizo que Mariana arrugase la nariz. Pedrosa disfrutaba con la reacción de la gente al encenderlas.

—¿Ha dicho el juez?

Mariana no se molestó en responderle.

—¿Se ha preguntado por qué se han restringido sus

movimientos? ¿Por qué sólo sale de su celda para el oficio divino? ¿Por qué está aquí su madre y no puede hablar con ella? ¿Lo sabe?

Cada pregunta había sido un aguijonazo que la hizo explotar.

—¡Usted habrá presionado al juez!

—No, pero voy a decírselo. —Pedrosa disfrutaba del momento y se tomó su tiempo—. La causa de esos pequeños cambios está en que su majestad ha tenido a bien nombrarme juez de las causas que en Granada han de juzgarse contra quienes atentan contra la seguridad del Estado. ¿Sabe lo que eso significa? Se lo voy a decir muy claro. ¡Significa que está en mis manos!

A Mariana se le demudó el semblante. Si era cierto lo que decía, se le aplicaría el máximo rigor. Eso significaría cuatro años de encierro, si no lograba escapar. Se encogió, tratando de controlar las convulsiones que empezaban a sacudirla y para no darle el gusto de verla temblar. En un instante afloraron los miedos y sinsabores acumulados durante semanas. Le costó trabajo mantenerse en pie y buscó apoyo en el respaldo de un sillón. Sentía náuseas y tenía ganas de vomitar. Lo que más le dolía en aquellos momentos no era saber que estaba en manos de aquel miserable, sino la forma en que la miraba. Trató de poner fin a aquel suplicio.

—¿Es cuanto tenía que decirme? —Intentaba mostrarse animosa, pero la debilidad de su voz la delataba.

—No vaya tan deprisa. Hay un par de cosas más que debe saber.

Pedrosa disfrutaba. Había aguardado durante años la llegada de aquel momento y no estaba dispuesto a finalizar rápidamente. Quería gozar de su triunfo y regocijarse viendo a su víctima doblegada. Doña Mariana de Pineda representaba todo lo que él odiaba y quería dejarle claro que

432

podía acabar con ella y que dependía de su voluntad salvarla o que se condenase.

—Diga lo que sea, pero hágalo rápido. Su presencia me incomoda.

—Voy a ofrecerle una muestra más de mi generosidad. Bastará que acepte mi propuesta para que decrete su inmediata puesta en libertad.

—Ha dicho un par de cosas, ¿cuál es la segunda? —Su tono daba la impresión de haber recuperado el ánimo.

—Se me ha facultado para simplificar los trámites. Eso significa que el sumario estará concluido muy pronto y en pocos días comenzará el juicio.

—¿Algo más? —preguntó desafiante.

—¿Se da cuenta de lo que he querido decirle?

—Que no hay mucho tiempo.

—¡Exacto! ¡No más de dos o tres semanas!

Mariana se quedó mirándolo fijamente.

—Si es el plazo que se ha dado para conseguir mi colaboración, puede ahorrárselo. ¡Jamás colaboraré con usted! ¡Prefiero mil veces pasar el resto de mi vida en un calabozo que convertirme en su cómplice!

—Puede que se arrepienta de lo que acaba de decir.

Pedrosa salió al pasillo, donde aguardaban la priora y sor Rosita, que acompañó a Mariana a su celda. Cuando la hermana echó la llave, se arrojó al jergón y rompió a llorar desconsoladamente. Había recibido la peor de las noticias. Al ser nombrado juez de su causa, quedaba en manos de Pedrosa. Si sus compañeros no lograban sacarla de allí, su suerte estaba echada. Podía pasar una buena parte de su vida en una mazmorra.

Pedrosa, con las manos enguantadas, la chistera puesta y portando bastón, para cumplir con los dictados de la moda, salió de Santa María Egipcíaca, acompañado por el ruido de la lluvia, con un sabor agridulce y el ánimo más agitado de lo previsto. Satisfecho de haber turbado el ánimo de su prisionera, pero molesto porque, repuesta de la impresión, había acabado desafiándolo. Habría dado cualquier cosa por verla en aquel momento, desmadejada y llorosa, tirada en el jergón de su celda. Estaba convencido de que la doblegaría, era cuestión de apretarle las clavijas y de tiempo, aunque no estaba dispuesto a prolongar aquella situación. En Madrid le habían dado facultades para actuar, pero querían resultados. Tenía el presentimiento de que liberales y masones preparaban algo muy gordo y era consciente de que, en las circunstancias políticas presentes, con los problemas causados por el nacimiento de la pequeña Isabel, los revolucionarios aprovecharían el momento. En su imaginación veía liberales por todas partes.

Los amenazantes nubarrones que cubrían el cielo cuando entró en el beaterio habían traído una lluvia que se intensificaba por momentos. Comprobó que andaba con el tiempo justo para acudir a la merienda —según rezaba la invitación recibida— en casa de doña Norberta Pimentel. Ignoraba si era una invitación privada. Cruzó el Darro por el puente de la Paja y avivó el paso al subir por la calle del Carmen. La lluvia era cada vez más molesta. El paraguas con que se protegía chorreaba tanta agua que parecía una fuente cuando llegó a la calle Pavaneras, donde vivía doña Norberta, frente a la estafeta de Correos.

Al llegar, consultó de nuevo su reloj. Había caminado tan deprisa que aún faltaban unos minutos para la hora. Sentía un cosquilleo en el vientre. En Granada sólo había dos mujeres que le inspiraban fuertes sentimientos. Una, a la que odiaba con toda su alma, acababa de dejarla en el beaterio de Santa María Egipcíaca; la otra, con quien iba a merendar, despertaba su libido, y si la oportunidad lo permitía… A pesar de la lluvia, remoloneó, no era de buen tono presentarse con antelación. Mejor unos minutos tarde.

La casa hablaba de la calidad de su dueña. Un amplio balcón sobre la puerta principal, enmarcada en piedra, que estaba coronado por el escudo de los Pimentel. Doña Norberta era un excelente partido, una ricahembra y una mujer hermosa.

Entró en el amplio zaguán cerrando el paraguas y esperó a que soltase el agua. Luego se detuvo ante la cancela, que era una obra de arte en hierro forjado, como la vidriera que ocultaba el interior a miradas indiscretas. Se recompuso antes de tirar de la cadenilla de la campana. No tuvo que esperar, al punto una doncella abrió la puerta.

—¿Don Ramón Pedrosa?

—… y Andrade —añadió él.

Con una ensayada reverencia lo invitó a pasar, solicitándole el bastón, los guantes y la chistera. Después lo condujo a una estancia donde los pies se hundían en la alfombra, las cortinas eran de brocado de damasco y los muebles denotaban un gusto exquisito. Pedrosa se sentía cómodo en medio de aquel lujo y feliz de ser el único invitado. Admiraba un cuadro que llenaba uno de los testeros —la Virgen y santa Ana con dos niños casi desnudos—, cuando oyó un frufrú a su espalda. Al volverse se encontró con doña Norberta; lucía traje de seda rosa y adornos de gasa con un amplio escote abierto hasta los hombros, tenía la melena recogida con unos hilos de diminutas perlas y adornaba su cuello con una gargantilla de oro.

—¡Sois una diosa! —exclamó conturbado.

Doña Norberta le ofreció su mano y él la besó con devoción.

—Es un placer recibirle en mi casa, don Ramón. ¿Le interesa la pintura?

—Me parece la más sublime de las bellas artes, muy superior a las demás.

—Es un lienzo de Atanasio Bocanegra, el principal discípulo de Alonso Cano.

—La Virgen es de una belleza extraordinaria, pero en absoluto comparable a la vuestra. —Pedrosa se lanzó a piropearla.

Doña Norberta se quedó mirándolo.

—¡Es usted un poco hereje! —le reconvino dulcemente.

También ella acortaba distancias. El encuentro comenzaba de forma prometedora.

—Tenga la bondad de acompañarme.

Contuvo la respiración cuando ella se agarró a su brazo y sintió la suavidad de su costado. Aquel gesto le daba pie a ciertos atrevimientos que debería medir con cuidado. En la salita del té todo estaba dispuesto. A diferencia del salón, era más recoleto, pero no menos lujoso. En el centro brillaba un brasero de latón sobre una peana octogonal de pulida madera de caoba; sobre las paredes, enteladas en un suave azul, resaltaban unas lujosas cornucopias. Parte del suelo estaba cubierto por una alfombra de seda. Las ricas maderas de los muebles relucían a la dorada luz de las velas que ardían en dos grandes candelabros de plata maciza. Tanta riqueza excitaba a Pedrosa, al tiempo que la familiaridad que le dispensaba doña Norberta alimentaba las ilusiones que había forjado en su imaginación. El diván donde se sentaron estaba tapizado de gruesa seda gris.

Apenas se acomodaron, tomó sus delicadas manos entre las suyas, lo que ella admitió como algo natural, pero la llegada de dos doncellas le hizo soltarlas como si un fuego le quemara; la dama le dedicó una sonrisa.

Traían el servicio de té, una bandeja con pastas y confituras, y otra con la salvilla y una panzuda chocolatera de plata.

—¿El señor tomará té o chocolate? —preguntó una de las doncellas.

Pedrosa no tuvo tiempo de responder.

—Retiraos, yo atenderé al señor.

Hicieron una inclinación de cabeza y, al salir, su ama les ordenó:

—Cerrad la puerta y que no se nos moleste.

Pedrosa se sentía en los cielos. Aquello superaba todas sus expectativas. Había acudido a ciegas a una merienda... Los encantos de doña Norberta lo atrajeron desde que la conoció y ella se mostró asequible a sus insinuaciones. En el esplendor de su madurez a Pedrosa le parecía inconcebible que permaneciera célibe. Envuelto en tan agradable atmósfera, su mente era un volcán. Al cerrarse las puertas, quedaron aislados del mundo exterior. Hasta allí no llegaba el ruido de la lluvia torrencial que estaba descargando sobre la ciudad.

—¿Té o chocolate?

Doña Norberta, al inclinarse hacia delante, dejó casi al descubierto sus senos y Pedrosa no pudo resistirse. Tomándola por los hombros, la besó con pasión y hurgó con mano torpe en el escote. Ella se recostó en el diván para facilitarle la tarea. Fuera, la lluvia arreciaba, pero su mundo se circunscribía en aquellos momentos a las cuatro paredes de la salita de té.

53

Mariana, que continuaba abatida en su celda, dejó de llorar al escuchar aquel estruendo y aguzó el oído. Podía ser el estallido de una bomba o el estampido de un cañonazo. Pensó que tal vez sus amigos venían a liberarla o que en las calles de Granada se hubiera iniciado la lucha por la libertad.

El alcalde del crimen de la Real Chancillería, que gozaba libremente de los encantos de doña Norberta, se quedó paralizado.

—¿Qué ha sido eso? —En sus ojos podía leerse la inquietud.

—¿Por qué se detiene? —preguntó ella, mirándolo como si despertara de un sueño. El placer que la había desconectado del mundo se había congelado en su rostro.

—¡Es la revolución! —gritó Pedrosa, descompuesto.

—¿Qué tontería está diciendo?

—¿No lo habéis oído? ¡La explosión! ¡El cañonazo! ¡Es la revolución!

Abandonó el diván, nervioso, y comenzó a vestirse a toda prisa. Doña Norberta, con el rostro arrebolado, se cubrió sus senos con las manos y se quedó mirándolo.

—¿Se puede saber de qué me está usted hablando?

Pedrosa soltó una maldición. Sólo pensaba en salir de allí lo más rápido posible. Temía que, de un momento a otro, una caterva de revolucionarios derribara la puerta. Doña Norberta se recompuso al sonar unos golpes en la puerta y la voz temerosa de una de sus doncellas.

—¡Señora, abra, por favor!

Doña Norberta supo que algo muy grave había ocurrido para que una de sus criadas aporrease la puerta ignorando sus órdenes.

—¡Aguarda un momento!

—Antes de abrir, ¿tenéis… alguna salida oculta? He de huir, ¡vienen a por mí!

—Pero…, pero ¡qué clase de majadería está usted diciendo!

Pedrosa sacó el cachorrillo que siempre llevaba consigo.

—¡Si vinieran a por usted, ya habrían echado la puerta abajo! ¿No le parece?

Pedrosa recordó que la puerta no tenía echado el pestillo, y una vez que doña Norberta recompuso su vestido indicó a la criada que entrase.

—¡Señora, una inundación! ¡Las calles son ríos!

Doña Norberta miró a Pedrosa con desprecio y no aceptó sus disculpas. Indicó a la doncella que lo acompañase a la puerta. Abochornado, abandonó la salita de té.

La calle era un fangal sobre el que la lluvia seguía cayendo con fuerza. Poco a poco, su contrariedad y vergüenza dieron paso al asombro. A duras penas caminaba por una capa de lodo y, conforme avanzaba, tomó conciencia de los destrozos. El estruendo, culpable de su alteración, lo había provocado el Darro al destrozar el embovedado de la plaza Nueva, buena parte del cual había sido arrastrado por la riada. Los daños eran considerables en algunos inmuebles. Por todas partes se oían lamentos. Logró llegar a la Chancillería, donde todo era desorden, nervios y agitación. Allí fue informado de lo ocurrido: una tromba de agua caída sobre las sierras que se alzaban por el sudeste había desbordado el cauce del río e inundado la ciudad. Pocos recordaban un desastre semejante. Se hablaba de gravísimos daños y un número indeterminado de muertos y heridos. Se sabía que había, al menos, una docena de cadáveres en San Lázaro y San Juan de Dios, no se tenían noticias de los otros hospitales. Se había desprendido parte del Arco de las Cucharas y estaba hundido uno de los tres arcos de la Puerta del Pescado, también los desperfectos eran muy grandes en la Antequeruela.

El mayor destrozo era consecuencia de que en el cauce del Darro se había formado una balsa en el puente del Aljibillo, al arrastrar el agua inmundicias, matojos, cañas, troncos de árboles e incluso algunas piedras de gran tamaño y, cuando el impulso del agua lo reventó, su fuerza desatada cayó sobre el de las Chirimías, que quedó seriamente dañado. El volumen de agua desbordó el cauce y saltó las defensas del río, anegándolo todo a su paso. El puente de Santa Ana no pudo dar salida a la cantidad de agua y rebosó por la plaza Nueva dañando seriamente el Pilar de Santa Ana al tiempo que el embovedado reventaba en medio de un gran ruido que se escuchó en toda Granada. La tromba de agua bajó por el Zacatín y el puente del Carbón volvió a actuar de presa y al reventar produjo un nuevo estruendo, algo menor que el anterior.

La fuerza del agua afectó en menor medida al puente de la Paja porque en Puerta Real el agua se estrelló contra la posada de las Imágenes, que recibió grandes daños y actuó como un malecón donde batieron las aguas, dividiéndose y perdiendo mucha de su fuerza. Una parte bajó por la plazuela de San Antón y la calle Recogidas y otra por la Acera del Darro, inundando el Campillo y la Alameda de la Virgen.

La riada alteró los planes trazados por don Matías, quien, ante los desperfectos que aquella había causado en la posada de las Imágenes, se había trasladado a la del Patazas, a pocos metros. Diéguez, por encargo de Pedrosa, se dedicó a coordinar un grupo de agentes que elaboró un informe sobre los daños. Tenía que presentarlo en un plazo de cinco días porque el subdelegado de policía se había comprometido a entregárselo a las autoridades municipales, como máximo, en una semana. A pesar de que en cuatro días Pedrosa tenía el informe sobre su mesa, despidió a Diéguez sin una palabra de reconocimiento. Estaba de un humor de perros, mucho peor del habitual, y parecía desquiciado. Nadie encontraba la explicación, que estaba en el fracaso de sus dos intentos por congraciarse con doña Norberta, el segundo de los cuales había supuesto una dolorosa humillación. La dama se negó a recibirlo y, a través de un criado, le hizo saber que su presencia era una molestia.

Diéguez, concluida la tarea que Pedrosa le había encomendado, quedó en verse con don Matías en un mesón de la calle de San Jerónimo, cerca de la plaza de las Escuelas. El viejo policía ya esperaba cuando él entró. Don Matías lo había elegido porque, según él, allí servían las mejores lentejas de Granada.

—¿Entregó ya ese maldito informe?

—Pedrosa ya lo tiene —resopló Diéguez, como si se quitara un peso de encima.

—¿Qué tal el subdelegado?

—Como siempre… Bueno…, peor. Está desatinado. ¿Usted cómo se encuentra?

—Todavía me duelen los costados, pero mucho mejor. ¿Ha averiguado algo de las corozas?

—Lo siento. Han sido unos días… Apenas he dormido. No se imagina cómo está todo. Hay zonas donde pasarán meses antes de que se recupere la normalidad. Hay barro por todas partes. El cauce del Darro está hecho un asco y plaza Nueva… ¿Usted ha podido hablar con el párroco?

—Al fin esta mañana ha sido posible. También él ha estado muy ocupado. He aprovechado estos días para buscar unos papeles en la sala de Hijosdalgo de la Chancillería.

Diéguez pasó por alto lo de la búsqueda de papeles.

—¿Qué tal ha ido su visita a don Bernardo?

—Niega haber tenido una conversación con don Ambrosio Coello de Portugal.

Diéguez dio un respingo, parecía que le habían pinchado con un alfiler.

—¿Quiere repetirlo?

—El párroco niega haber tenido esa conversación —recalcó sus palabras.

—¡Ese sacristán miente como un bellaco! ¡Cuando lo encuentre voy a ajustarle las cuentas! —explotó Diéguez, irritado.

Don Matías lo miró con una sonrisa de suficiencia.

—Amigo mío, no se altere, le queda mucho que aprender. Sepa que nada he comentado a don Bernardo del sujeto que tiene por sacristán. El párroco es hombre vehemente y lo habría abroncado, poniéndolo sobre aviso. Nos interesa que el sacristán no sospeche que estamos al tanto de sus mentiras, al menos por el momento.

El mesonero llegó con dos escudillas, un cestillo de pan y un cuenco de aceitunas.

—¡Las lentejas vienen de camino!

Apenas un minuto después, una moza dejó una olla encima de la mesa.

—¿Dónde está el excusado? —le preguntó Diéguez.

—En el patio de atrás, junto al estercolero.

—Discúlpeme un momento.

Al regresar, las lentejas estaban servidas. Su escudilla rebosando hasta el borde.

—Después de lo que me ha dicho, lo más conveniente será detener a Zacarías Lupiáñez y obligarle a confesar la verdad.

Don Matías saboreó las lentejas antes de responder.

—Vuelve a precipitarse. Como acabo de decirle, no debemos espantarlo. Para que nos conduzca al final de esta historia hay que permitirle que se mueva. Yo estaré pendiente. Antes o después cometerá un error.

Ambos se concentraron en sus lentejas. Don Matías tenía razón, le quedaba mucho por aprender.

—Estos días he averiguado que los Armenta tienen antecedentes conversos.

—¿Qué significa tener antecedentes conversos?

Don Matías se tomó un tiempo para responder. Antes acabó sus lentejas, que disfrutaba con fruición; verdaderamente, eran las mejores de Granada.

—Que sus antepasados eran judíos. Los conversos eran los judíos y los moros convertidos al cristianismo.

—¿Está en los papeles que buscaba en la sala de Hijosdalgo? —preguntó Diéguez y don Matías asintió—. ¿Tiene alguna importancia todo eso para lo que estamos investigando?

—Mucha, mi querido amigo, tanta como para explicar por qué los Armenta decidieron obstaculizar la investigación sobre la muerte de doña Cecilia.

Diéguez soltó la cuchara.

—¿Le importaría explicármelo? ¡Estoy a dos velas!

—Entonces comenzaré por el principio. Pero antes, permítame… —Don Matías sacó un habano, pidió lumbre y lo encendió con parsimonia—. Los Armenta eran unos acaudalados judíos cordobeses convertidos al cristianismo, cuyo apellido original era Ben Arroch, pero a uno de sus miembros lo procesó la Inquisición por practicar en secreto la ley de Moisés. Fue un baldón que cayó sobre la familia y decidieron abandonar Córdoba. Primero marcharon a Algeciras, después a Almería y acabaron instalándose en Granada. Realizaron ese periplo para borrar las huellas de sus ancestros, cosa que lograron. Un siglo más tarde, uno de sus miembros se hizo con un hábito de la Orden de Santiago y adquirió una plaza de veinticuatro en el cabildo granadino. Cuando en 1686 se creó la Maestranza de Caballería, los Armenta formaron parte de esa elitista institución. Nadie sospechó que sus antepasados eran conversos, ni que uno de ellos fue un penitenciado del Santo Oficio. Si se profundizaba en las pesquisas, podían llegar a conocerse sus orígenes judíos, ¿se da cuenta?

—¿Qué tienen que ver los orígenes judíos de los Armenta con el asesinato de doña Cecilia Coello de Portugal?

—¡El cadáver de doña Cecilia apareció como una penitenciada del Santo Oficio! ¡El hermano de don Pablo de Armenta, don Luis, era miembro del Consejo de las Órdenes, en representación de la de Santiago! ¡Si se escarbaba en sus antecedentes familiares, podía ser expulsado! ¡En Granada los Armenta podían quedar señalados! ¡Usted sabe mejor que yo lo rancia que es la aristocracia de esta ciudad!

Diéguez no acababa de ver una relación entre que los Armenta fueran conversos y el asesinato de doña Cecilia, pero no insistió en ello y preguntó:

—¿Qué lo ha llevado a investigar en esos…, esos orígenes?

Don Matías dio una chupada a su veguero.

—¿Recuerda lo que me preguntó el día de mi llegada a Granada, cuando con hambre atrasada de días nos comimos aquellas costillas adobadas en un mesón a la espalda de la alhóndiga Zaida?

Diéguez hizo un gesto de impotencia.

—Le pregunté tantas cosas…

—Me preguntó la razón por la cual sospechaba que algunos miembros de la familia Armenta no deseaban que se indagase sobre la muerte de doña Cecilia, ¿lo recuerda?

—Ahora que lo dice…

—Entonces le dije que tenía algunas sospechas, pero no estaba seguro. Ahora las sospechas, después de husmear en esos papeles, se han confirmado. Como le he dicho, los Armenta proceden de una familia de conversos.

—¡Todo está tan confuso! Jamás me había enfrentado a algo tan complicado.

Don Matías asintió y dio otra calada a su cigarro, fumaba con verdadero placer.

—Ciertamente se trata de un caso complejo donde se dan la mano el concepto del honor que tienen las familias de abolengo y unos locos que pretenden con sus crímenes resucitar la Inquisición. Supongo que ahora que Pedrosa tiene su informe, podrá dedicarle algún tiempo a las corozas.

Diéguez asintió mecánicamente. Una punzada en el estómago le advirtió de que había comido demasiadas lentejas. Quedaron en verse al día siguiente para desayunar en el Santo Cristo.

54

Las víctimas de la riada alcanzaban la veintena y había media docena de desaparecidos. Granada trataba de recuperar la normalidad y las fiestas de la Cruz ayudaban a ello. En el Campo del Príncipe y en el Campillo se habían colocado pedestales sobre los que se alzaban cruces adornadas con flores que la gente visitaba. También en algunos patios particulares donde invitaban a un refrigerio. La gente tenía ganas de olvidar.

Se había retirado parte del barro de las calles, casi todos los escombros de los desprendimientos y se había levantado lo que quedaba del embovedado del Darro; en realidad, una vez pasado el puente de Santa Ana, el cauce del río ya no se ocultaba para reaparecer al otro lado de la plaza Nueva. Ahora, para cruzar de la Academia de Bellas Artes a la Chancillería era necesario hacerlo por alguno de los viejos puentes o por el único trozo del viejo pavimento que había aguantado, reforzado y con unos pretiles provisionales de madera. Aún quedaba mucho por hacer. Había sitios donde la capa de lodo se había transformado en una costra seca y cuarteada. Algún edificio que amenazaba ruina habría que derribarlo si no se apuntalaba.

Don Matías se protegía del fresco de la mañana con el cuello de su redingote alzado. Entró en el mesón del Santo Cristo, adonde ahora acudía a desayunar todas las mañanas un tazón de chocolate, acompañado de buñuelos, y remataba con un café que la moza le servía con amabilidad. Se sentó en su mesa habitual y le extrañó no ver a Diéguez.

—¿Lo de siempre, don Matías? —le preguntó la moza dedicándole una sonrisa.

—Sí, pero aguarda un poco. Espero compañía.

El tiempo pasaba, la gente entraba y salía, algunos el tiempo justo de echarse al coleto una copa de aguardiente y marcharse. Diéguez no aparecía. Don Matías consultaba continuamente su reloj y cuando sus tripas protestaron avisó a la moza.

—Por lo visto me han dado plantón. Anda, trae lo de todos los días.

Apenas le sirvieron cuando entró una mujer que dejó caer sobre los hombros el mantón con que cubría su cabeza, buscó con la mirada y se le acercó.

—¿Don Matías…, don Matías Marculeta?

—Soy yo, ¿usted quién es?

—Mi nombre es Martina. Me manda Antonio Diéguez. No puede venir.

—¿Le ocurre algo? —se interesó don Matías.

—Está en la cama con calenturas.

—Ayer estuve con él y no noté nada.

—Cuando llegó a casa se puso a devolver. ¡Por poco echa hasta los hígados!

—¡Vaya por Dios!

—Se ha pasado la noche delirando, diciendo locuras y tonterías.

A don Matías le habría gustado saber qué clase de locuras y tonterías decía Diéguez, pero no consideró oportuno preguntarlo.

—¿Cómo se encuentra ahora?

—Igual, delira y la calentura no remite.

—¿Cómo sabe que habíamos quedado aquí?

—Anoche, después de la vomitera, me dijo dónde había quedado y, como lo conozco, sé que habría querido que le avisara. He venido lo antes posible.

—¿Ha avisado usted al médico?

—No, señor. Mi tía le bajará la calentura mucho mejor que cualquier médico.

Recordó que la casera de Diéguez era herbolaria, como la madre del sacristán.

—¿Le apetece un chocolate? —Señaló la silla que había al otro lado de la mesa.

—Muchas gracias, pero no puedo entretenerme.

Martina se cubrió la cabeza con el mantón, lo apretó con el puño, como si fuera un barbuquejo, y se despidió. Don Matías acabó de desayunar, se tomó su café y pidió lumbre para encender un habano. Dejó el dinero sobre la mesa —siempre alguna moneda de más— y se despidió llevándose la mano al ala de su sombrero.

La tarde declinaba suavemente, la temperatura era agradable y las flores de los patios impregnaban con su olor la calle. El alcalde del crimen de la Real Chancillería escuchó cómo se cerraban los cerrojos que aseguraban el portón del beaterio de Santa María Egipcíaca. Mariana de Pineda, a pesar de llevar cerca de dos meses encerrada entre aquellos muros, había rechazado la nueva oportunidad que acababa de ofrecerle. Caminó hacia la plazuela de San Antón sin perder la esperanza, confiado en que, llegado el último trance, cuando conociera la sentencia que iba a dictar, acabaría delatando a sus cómplices. Pedrosa estaba obsesionado con poder comunicar a la corte que había desbaratado el más importante núcleo revolucionario de Andalucía; en Madrid se tenía noticia de que el gran maestre de la masonería española estaba en Granada. Si conseguía doblegar su resistencia, alcanzaría el mayor éxito de su carrera, y entonces quizá doña Norberta...

En Puerta Real saludó a unas damas que salían de la confitería de Fernández y se perdió por la calle Mesones. Deseaba pasar por Bibarrambla y ver cómo marchaban los trabajos de exorno de la plaza con vistas al Corpus Christi, que ese año se celebraba el dos de junio. Faltaban veinte días y ya tenía sobre su mesa la invitación del Ayuntamiento para ver el paso de la custodia desde la Casa de los Miradores; otra de la cofradía del Santísimo Sacramento para asistir a la procesión, portando báculo, junto a otras autoridades, y una tercera para ver el paso del Santísimo desde la casa de doña Rosario Montes de Ortigosa en la plaza de las Pasiegas. Esta última le parecía la más tentadora, podía acudir doña Norberta y no perdía la esperanza de recomponer su relación, a pesar de los desdenes de la dama. Había tenido la miel en los labios y el recuerdo de aquella tarde lo excitaba e irritaba al mismo tiempo. Tenía que buscar la fórmula para doblegar a doña Mariana de Pineda. Si su éxito llegaba antes del Corpus...

En Bibarrambla se detuvo un buen rato observando cómo los operarios alzaban los esqueletos de un monumental arco de triunfo y de un baldaquino, oyendo, como si fueran expertos en la materia, lo que opinaban los curiosos que allí se daban cita acerca de cómo deberían hacerse los trabajos. Sus comentarios se mezclaban con los gritos de carpinteros, herreros, albañiles, pintores, ensambladores... Subió por la Cárcel Baja hasta la calle de Elvira y bordeó San Gil. Era el crepúsculo cuando cruzó la puerta de la Chancillería y respondió de forma cansina al saludo de los guardias. Se encerró en su despacho y, antes de abrir el cartapacio donde estaba el sumario de la causa instruida contra doña Mariana de Pineda y una copia del mismo, estiró brazos y piernas tensando el cuerpo. Estaba cansado, pero, por primera vez desde el fiasco en que acabó su encuentro con doña Norberta, sentía algo parecido a la satisfacción. El sumario estaba concluido y sólo quedaba entregar una copia al abogado defensor y fijar la fecha de la vista. Encendió un cigarro y expulsó el humo con parsimonia. Tomó una pluma y garabateó unas líneas, lacró el pliego con el sello oficial de la Chancillería y repitió la dirección que había puesto en el membrete, antes de agitar la campanilla.

—Ha de entregarse hoy mismo —ordenó al ujier.

—¿A esta hora, don Ramón?

—¡A esta hora! ¿Algún problema?

—No, señor. Ninguno.

—Entonces, ¡no pierda un minuto!

Los golpes de aldabón sobresaltaron a la esposa de don José María de la Escalera. Miró a su marido por encima del candelabro que alumbraba la mesa. Estaban cenando.

—¿Esperas a alguien?

—¿Abro, señor? —preguntó la criada que servía la mesa.

—No, iré yo.

Antes de llegar al portal, los golpes sonaron de nuevo.

—¡Ya va, ya va!

Abrió el postigo y se encontró con dos hombres, apenas les veía el rostro.

—¿Don José María de la Escalera?

—Soy yo, ¿qué desean?

El sujeto que preguntaba le entregó un pliego y los mensajeros se marcharon.

El abogado cerró el postigo, miró el sello de lacre y frunció el ceño. Al volverse se encontró con su mujer, que lo abrazó reprimiendo un sollozo. Después de sosegarla, se acercó a una luz, rompió el lacre y leyó el texto ante la mirada expectante de su esposa.

—¿Qué es?

—¡Una infamia más en el historial de Pedrosa! —No pudo disimular su irritación.

55

Poco después del toque del ángelus, Diéguez, ayudado por Martina y su tía, se sentó, amodorrado, en un sillón junto a la mesa, arropado por almohadones. Al cabo de tres días, la fiebre había remitido gracias a los mejunjes de la tía Casilda y a los desvelos de Martina, que apenas se había apartado de la cabecera de la cama. El aspecto de la moza era deplorable: grandes ojeras y rostro demacrado.

A Diéguez le dolía el cuerpo como si lo hubieran apaleado. La tía Casilda sostenía que algo que había comido le había sentado mal. Salió de la buhardilla para llevarle un poco de caldo y un huevo estrellado. Tenía que hacer dieta. Cuando regresó traía un pucherillo humeante que desprendía un olor suculento. Martina estaba haciendo la cama y Diéguez tenía la mirada fija en el ventanuco por donde entraba un rayo de sol y podía verse un trozo de cielo. Llenó una taza de caldo y se la puso entre las manos.

—Ande, dele un sorbo.

Diéguez no contestó. Estaba muy lejos de allí. La tía Casilda insistió:

—Vamos, beba un poco. Lleva tres días sin comer y este caldo es una medicina.

Dio un sorbo y dejó el tazón en la mesa. Martina,

terminada la cama, cogió el tazón y se lo puso en los labios, como si fuera un niño. Sorbió maquinalmente.

—En la abacería me han dicho que al hijo de Tomasa lo han encontrado muerto.

Diéguez volvió a la realidad. La tía Casilda sabía que la noticia iba a afectarle.

—¿Quiere repetir eso?

—Al hijo de la *Portuguesa* lo han encontrado muerto.

—¿Cómo ha sido? ¿Dónde lo han encontrado? —Diéguez se había sacudido la modorra.

—No lo sé. Sólo he oído decir que lo han encontrado muerto.

—¡Rápido, mi ropa! ¡Tengo que salir!

—¡Ni hablar! —replicó Martina—. ¡Te quedas donde estás, no vayas a seguirle los pasos a ese sacristán!

Lo sujetó por los hombros y Diéguez forcejeó, pero, falto de fuerzas, cayó abatido y casi inconsciente. Martina suspiró y lo arropó con ternura. Su tía se quedó mirándola.

—¿Tan enamorada estás?

Sintió cómo el arrebol cubría su cara. Le costaba mucho más trabajo hablar de sus sentimientos que mostrarse zalamera y meticona.

—¡Hasta los tuétanos!

—Pero… si siempre me has dicho que esto no pasaba de unos revolcones en la cama.

—¡Ya ves! —Martina se encogió de hombros.

—Pues eso habrá que arreglarlo —rezongó la tía.

—¡Es demasiado cabezota!

—¡O tú demasiado tonta! ¡El virgo no se entrega hasta después de pasar por la vicaría! —Se llevó la mano a la barbilla y, dando un repentino giro a la conversación, se preguntó en voz alta—: ¿Por qué lo habrá alterado tanto la muerte de ese zopenco? ¿Qué se traía entre manos con él? ¡Ese sacristán era un tarambana!

Martina suspiró de nuevo.

—Habla poco de su trabajo, pero estoy segura de que ese sacristán tenía algo que ver con los crímenes del verdugo de la Inquisición.

—¿Por qué estás segura?

—Cuando estos días deliraba decía palabras sueltas..., alguna frase. Se refería al asesino, mencionaba a Zacarías, y a don Matías, ese policía de Madrid que también anda buscando esclarecer este enredo. Mentaba a la muerta que apareció en la puerta de Santa Escolástica.

—Doña Cecilia Coello de Portugal y Miralles, ¡una señora de los pies a la cabeza! ¡Su muerte sí que fue una desgracia!

—¿La conocías?

—Una verdadera dama en el amplio sentido de la palabra. ¡Muy distinta de esos pencos que van presumiendo de lo que no son! ¡Muchas son más malas que el rejalgar! ¡A doña Cecilia la envenenaron!

—¿Cómo lo sabes?

—Me lo dijo ella. ¿Recuerdas a una dama embozada?

—¡Como tantas que buscan remendarse el virgo o solución para un embarazo!

—¡Me estoy refiriendo a doña Cecilia! ¡No vino a lo uno ni a lo otro! ¡Ya te he dicho que era muy señora! ¡Señora de las de verdad! Necesitaba otra cosa.

—¿Qué quería?

—Un remedio contra el veneno. Temía que la envenenaran.

—Lo que se oyó decir fue que su muerte tenía que ver con un asunto de cuernos.

—¡Una calumnia para ocultar lo que había ocurrido! ¡Mira que colocarla en la puerta de Santa Escolástica hecha un adefesio, con aquel capuchón! No me extrañaría que en aquella farsa tuviera algo que ver el zascandil del sacristán, al que... —La tía Casilda se quedó un momento en suspenso—. Ahora que lo pienso… ¡A ese se lo han quitado de en medio!

Diéguez, que había recuperado el sentido, disimulaba como podía. Lo que estaba escuchando lo dejaba atónito.

—¿Por qué no le contaste a Diéguez lo del temor de esa señora a ser envenenada?

—Porque ella me rogó… Fíjate bien, Martina, he dicho «rogó». ¡Hasta en eso se le notaba el señorío! ¡Cualquier pelandusca habría exigido! Me rogó que guardara silencio y prometí no abrir la boca. —Miró a Diéguez, sabía desde hacía rato que estaba escuchando, y alzó la voz—: ¡Pero me temo que le he hecho un flaco favor guardando silencio! ¿No le parece a usted?

Diéguez abrió un ojo, como un chiquillo sorprendido cometiendo una travesura.

—¿Cuánto rato llevas despierto? —preguntó Martina, enfadada.

—¡Desde que salió a relucir doña Cecilia! —replicó su tía.

Diéguez asintió y Martina, aunque suspiró aliviada, lo miró enfurruñada.

—¡Para que se entere de una vez! ¡A doña Cecilia Coello de Portugal la envenenaron! Tengo sobre mí no haber podido hacer más de lo que hice. Era complicado dar con el antídoto sin saber la clase de veneno que iban a utilizar.

—¿Sabe quién lo hizo? —masculló Diéguez.

—Si lo hubiera sabido, no me habría callado. ¡Por mucho que me hubiera rogado doña Cecilia! ¡Sus asesinos remataron la hazaña, exponiéndola a la vista de todos de aquella manera tan vergonzosa! A los canallas que discurrieron esa infamia habría que colgarlos, ¡pero no del cuello! ¡Tendrían que colgarlos por los cojones! —Indignada, miró otra vez al policía—. ¡Usted tómese ese caldo, antes de que se enfríe más! ¡Ah! Y para que lo sepa también…, ¡mi sobrina no se ha separado de su cama en estos tres días!

Martina se puso roja como la grana, como si la hubieran sorprendido en una falta. Diéguez buscó su mano, a pesar de que lo que acababa de oír lo tenía desconcertado.

—Entonces, ¿la historia que circuló de sus amoríos?

—¡Un invento para enmascarar los motivos de su muerte! —La tía Casilda rebuscó entre sus refajos—. ¡Qué cabeza la mía! Tenga esta carta, llegó ayer. Tome esto también. —Al coger el cuadernillo, Diéguez la miró muy serio y ella añadió—: Se le debió de caer con los vómitos. Por cierto, en una página hay un mensaje oculto.

—¿Qué…, qué…, qué quiere decir? —tartamudeó.

—¡Que hay un texto escrito que no puede leerse si no se saca a la superficie! Lo habrán tratado con orina o con zumo de limón para impedir que se lea a simple vista.

Los ojos de Diéguez estaban como platos. Había releído aquel cuaderno mil veces buscando algo de luz en aquella maraña. Se removió en el sillón.

—¿Cómo puede leerse?

—Calentándolo. Aproveche cuando Martina caliente el caldo, que ya estará frío.

—¿Ha leído lo que está escrito?

—¿Yo? ¿Por quién me toma? Si llego a saber que iba a decirme eso… Sé que hay un texto porque quienes sabemos de eso lo podemos percibir al tacto, pasando los dedos por la página. Compruébelo usted mismo.

Diéguez se sintió abrumado. La tía Casilda jamás se había entrometido en sus asuntos, ni para reprocharle que hubiera acabado con la virginidad de su sobrina a cambio de nada. Era la discreción personificada. Le costó trabajo farfullar una disculpa.

—Lo lamento…, lo lamento mucho. He sido un estúpido que…, que, en lugar de darle las gracias, la he ofendido. Le pido disculpas.

—Disculpado, pero prométame que se tomará el caldo.

56

En mangas de camisa, derrengado sobre el sillón, tenía la vista fija en la montaña de papeles. Don José María de la Escalera intentaba poner orden en su cabeza. Conocía los hechos sin necesidad de haber accedido al sumario, pero ignoraba las deposiciones de los testigos, la declaración de Mariana, los argumentos del fiscal para culparla y solicitar la pena para la acusada. En definitiva, era ajeno al sumario hasta recibir la carta de Pedrosa anunciándole que la vista sería tres días más tarde. Pedrosa, en su condición de juez extraordinario para las causas por delitos revolucionarios, con autoridad para acortar los plazos del procedimiento, apenas le dejaba tiempo para preparar la defensa. Se jactaba en su carta de facilitarle las cosas, al entregarle una copia del sumario para que pudiera trabajar con la mayor comodidad; a cambio exigía que las conclusiones de la defensa se presentaran por escrito veinticuatro horas antes de la vista. En la práctica lo obligaba a establecer las líneas de su defensa en veinticuatro horas. La misma noche que recibió la carta había redactado una protesta señalando la indefensión en que quedaba la acusada. La entregó al día siguiente, al acudir a recoger la documentación, y hubo de aguardar más de una hora.

Don Diego Calvo de León, don José de la Peña y Aguayo y los dos ayudantes que don José María tenía en su despacho se devanaban los sesos buscando cómo afrontar la defensa. De la Escalera había acudido a sus amigos, abrumado por la premura de tiempo y, sobre todo, por la petición de la pena solicitada por el fiscal.

—¡No se puede pedir la pena capital por encargar el bordado de una bandera que ni siquiera ha llegado a ondear! —protestó Peña y Aguayo.

—Las presiones de los realistas habrán sido terribles —señaló uno de los pasantes.

—Por muy fuertes que sean esas presiones, ¡un fiscal se debe a su cargo y no puede dejarse amedrentar por influencias externas!

—Me lo crucé cuando salía de la Chancillería —indicó De la Escalera.

—¿Le dijo a usted algo?

—Abochornado, agachó la cabeza y pasó de largo.

—¡Pamplinas! —exclamó Calvo de León—. ¡Bien podía haberse puesto en su sitio! Don José tiene razón, ¡no puede pedir la pena capital por un hecho como el que se juzga!

—Si leen despacio su alegato, verán que carga la mano, más que en los hechos, en unas supuestas consecuencias. —De la Escalera mordisqueaba un cálamo.

—Pedir una condena en base a supuestos es una locura —planteó Peña y Aguayo—. Esa puede ser una de nuestras líneas argumentales. Llegar a conclusiones sobre meras posibilidades es lisa y llanamente especular.

—También puede argüirse que doña Mariana ordenó la paralización del bordado —añadió otro de los pasantes—, aunque su intento de fuga es un problema.

—Puede explicarse por temor a represalias. Se la ha sometido a otros juicios sin fundamentos para encausarla —señaló Calvo de León.

De la Escalera resopló con fuerza.

—El problema es el juez. Se llama Ramón Pedrosa y Andrade.

Sus palabras levantaron una polvareda de comentarios que cesaron al oírse cómo se abría la puerta. La esposa de don José María, acompañada de una sirvienta, llegaba con unas bandejas rebosantes de embutidos, jamón, queso y otras viandas.

—Descansen un poco, llevan encerrados todo el día sin probar bocado. ¡Hay que reponer fuerzas! ¡Venga, aparten los papeles, no vayan a mancharse!

Comieron sin dejar de trabajar. Los agobiaba la gravedad de la pena solicitada y la falta de tiempo.

—¿Les he dicho que el juicio será a puerta cerrada? Pedrosa se escuda en que una vista pública podría convertirse en un alegato de las ideas revolucionarias.

—¡Lo que busca es evitar habladurías! —El semblante de Peña y Aguayo denotaba preocupación. Todo aquello apuntaba mal, muy mal.

—Intenté hablar con Pedrosa al presentar el escrito de protesta, pero se negó a recibirme alegando que estaba muy atareado con la aparición de pasquines sediciosos en varios lugares de su jurisdicción. Los sediciosos son, en este caso, partidarios del hermano del rey. Promueven alborotos y el Gobierno aprovecha para aplicar la ley con la máxima dureza.

—¿Conoce doña Mariana la petición del fiscal? —preguntó Peña y Aguayo.

—No he podido hablar con ella, la tienen incomunicada. Para verla necesito un permiso de Pedrosa.

Don Diego Calvo de León hizo una propuesta, el tiempo apremiaba.

—Si la línea para la defensa parece adecuada, deberíamos preparar el escrito.

—¿Cómo lo iniciamos? —preguntó uno de los pasantes, dispuesto a escribir.

—No nos queda más remedio que asumir la gravedad de los hechos. El Real Decreto del 1 de octubre del año pasado no nos deja resquicio —señaló De la Escalera.

—¡Menudo decreto! ¡Te condenan antes de abrir la boca, por respirar!

—No podemos obviarlo, el fiscal nos lo restregaría por la cara.

—Estoy de acuerdo, pero sin ceder un ápice. Reconoceremos la gravedad del hecho, pero ridiculizaremos las pruebas que tienen y explicaremos el intento de fuga a partir de las anteriores persecuciones a que ha sido sometida doña Mariana —concretó Calvo de León.

—¿Estamos de acuerdo? —De la Escalera los miró uno por uno y todos asintieron—. En ese caso, manos a la obra. Una precisión final, sólo consignaremos en el escrito las líneas argumentales de nuestra defensa, sin detalles, para no dar pistas. La referida a que la acusación basa su petición en meras elucubraciones nos la reservaremos.

Cuando horas más tarde De la Escalera y Peña y Aguayo, los dos abogados que iban a acudir a la vista, se quedaron solos, este último preguntó:

—¿Sabe si se está haciendo algo para sacarla del beaterio?

—Algo se prepara. Pero ya sabe…, las indecisiones son moneda tan corriente…

—No deben andarse por las ramas. Me temo que esto no se queda en unos años de encierro. Si la sentencian a la pena capital, sólo el rey podría indultarla y conmutar la pena.

—¡Eso sería tanto como concederle un mínimo de generosidad a ese cabrón! —explotó De la Escalera.

—No crea. En Madrid las cosas están que arden. Los

apostólicos no tragan con la Pragmática Sanción. Quieren a don Carlos en el trono y si el rey desea que su hija sea coronada, no le queda más remedio que buscar apoyos. Gentes como Cea Bermúdez, Martínez de la Rosa o el conde de Ofalia pueden jugar un papel muy importante. Un gesto de magnanimidad no le vendría nada mal.

—No sé. —De la Escalera hizo un gesto de duda—. Tengo entendido que Calomarde le presiona para que derogue la Pragmática y que el Narizotas duda.

—También yo lo he escuchado. Las tensiones en la corte son muy fuertes y Madrid está al rojo vivo.

—Es verdad que lo que ocurre en Madrid repercute en todas partes, pero en Granada quien hace y deshace es Pedrosa, y se la tenía jurada a doña Mariana desde hace tiempo. O la convierte en una delatora, lo que para él sería su triunfo soñado, o se cobra su cabeza. Tenemos que hacer algo en previsión de que las cosas salgan mal.

Diéguez apenas había hecho caso a la carta que le había dado la tía de Martina, estaba ofuscado con la existencia de un texto oculto en el cuaderno de don Fulgencio. Palpó las páginas con las yemas de los dedos y comprobó que, efectivamente, el papel era más áspero en las dos páginas finales.

—Enciende una vela, por favor.

—Primero te beberás el caldo.

Martina echó unos trozos de carbón en el poyo de la hornilla y agarró el soplillo. Lo agitó con fuerza y los rescoldos tomaron un color anaranjado rompiendo en una llamarada que prendió en el carbón. Vertió otra vez el caldo en el pucherillo y lo colocó sobre la hornilla. Diéguez decidió entonces leer la carta y rompió el lacre.

461

Córdoba, a seis días del mes de mayo de 1831

Estimado señor don Antonio Diéguez, agente de la policía de Su Majestad en la ciudad de Granada:

Ha de saber, antes de entrar en materia, que escribo estas líneas en circunstancias bien extrañas. No lo conozco e ignoro qué clase de persona es y, por tanto, el destino de estas líneas. Dejo constancia de que es mi obligación escribirlas por estar en cuestión el honor de una dama, doña Cecilia Coello de Portugal y Miralles.

Hoy mismo he tenido noticia, a través de la carta que me ha remitido el sargento don Domingo Vicuña, del desaparecido 8.º Regimiento de Dragones, destinado en la Capitanía General de Granada, de que anda usted haciendo nuevas pesquisas acerca de las extrañas circunstancias que envolvieron la muerte de doña Cecilia. He de referirle que sobre dicha dama cayeron interesadas y viles calumnias que mancharon su honor. Ignoro quién las esparció y qué interés abrigaba, pero puedo asegurarle, empeñando mi palabra de caballero, la vileza que supuso manchar su nombre, achacándole una imaginaria ignominia en la que yo aparecía como partícipe.

Ha de saber que mantuve una hermosa y limpia relación de amistad con doña Cecilia Coello de Portugal y ha de saber también que ella no habría consentido jamás una acción que manchase su honor ni el de su esposo. Por cuestiones que no me reveló, doña Cecilia me confesó que albergaba fundados temores de que su vida corría serio peligro. Le ofrecí, sin otro propósito que el de ponerla a salvo, llevarla lejos de Granada, pero prefirió ofrecer su vida en sacrificio a ser tildada de algo que no era.

Las extrañas circunstancias que acompañaron su muerte, sobre las cuales no me pronuncio por no tener conocimiento exacto de lo acontecido, acompañadas de la mascarada a que sometieron su cadáver, es una de las mayores infamias que he conocido. Únicamente diré que doña Cecilia barruntaba el peligro que la acechaba por causa de una oscura trama de intereses familiares. Le aseguro, empeñando mi palabra, que si en mi mano estuviera poder desenmascarar a sus asesinos lo haría con sumo gusto para que pagaran por su delito y, si por alguna razón la Justicia no actuase con la diligencia que le corresponde para ser llamada por ese nombre, le aseguro que me la tomaría por mi propia mano.

Le ruego encarecidamente, si es hombre de bien y su pretensión es esclarecer su muerte, que ni siquiera insinúe algo que mancille el honor de una egregia dama, como lo fue en vida doña Cecilia Coello de Portugal y Miralles.

Concluyo estas líneas deseándole que el éxito corone sus esfuerzos.

Baltasar de Mendoza y Sandoval

Coronel del que fuera 8.º Regimiento de Dragones, asignado hoy a una unidad de caballería ligera en la plaza de Córdoba.

Diéguez supo que el adulterio de doña Cecilia era una calumnia difundida para tapar la verdadera razón de su asesinato. Pero… la carta que don Matías le había enseñado el mismo día que llegó a Granada…

Lo que la carta del coronel revelaba era que la historia de Zacarías Lupiáñez era una sarta de embustes. Su inesperada muerte le había privado de un interrogatorio que sólo las reservas de don Matías… Conocer las circunstancias de su muerte podría esclarecer alguna cosa, aunque Diéguez tenía ya claro que su participación en los asesinatos era incuestionable. Lo sabía desde hacía días y sólo le quedaba por determinar hasta dónde se había implicado. Había preferido no adelantarle nada a don Matías, para que no lo acusase nuevamente de precipitación, pero no tenía que acudir a ningún experto en pintura para certificar que las dos corozas habían sido pintadas por la misma persona, y hacía días que sabía que esa persona era Zacarías Lupiáñez.

La carta de don Baltasar eliminaba, además, el único argumento para imputar al verdugo de la Inquisición el asesinato de doña Cecilia y venía a sumarse a lo que por omisión quedaba claro en el cuadernillo de don Fulgencio, donde doña Cecilia no aparecía. Su muerte sólo tenía en común con las otras víctimas haber aparecido con un distintivo propio de los penitenciados del Santo Oficio. ¿Había sido el sacristán quien la había coronado de forma tan abyecta? Todo apuntaba a una respuesta afirmativa, aunque era uno de los cabos que le quedaban por atar. Por último, aquella carta desvelaba la razón de la muerte de doña Cecilia; según don Baltasar de Mendoza, estaba relacionada con una trama de oscuros intereses familiares. Ignoraba a qué se refería, pero tanto el militar como la tía de Martina, por caminos muy diferentes, coincidían en señalar los temores que albergaba la difunta.

—Toma, ya está caliente, ¡bébelo!

Martina le dio el tazón y Diéguez, muy recompuesto —la catarata de acontecimientos había ejercido el efecto de un elixir milagroso sobre su castigado organismo—, se lo bebió sin rechistar. Su mayor deseo era conocer el contenido de lo que ocultaba el cuaderno de don Fulgencio. Tragó rápidamente, devolvió a Martina el tazón y reclamó la vela.

—El humo podría estropear ese escrito —Martina, con el tazón en las manos, lo miraba con una sonrisa pícara—, hasta podrías quedarte sin saber lo que pone.

—¿Entonces?

—La hornilla… está caliente y no da humo. ¡Dame el cuaderno!

—Me gustaría hacerlo yo.

Martina lo ayudó a levantarse y acercarse al poyo, olvidándose de los dolores que lo mortificaban. Sostuvo el cuaderno abierto dos palmos por encima de la hornilla. Percibía el calor en las manos, ignorando si la escritura aparecía. Ansioso, volvió el cuaderno para mirarlo. Las páginas continuaban en blanco.

—¡Aquí no se lee nada!

—Me parece que has sido demasiado impaciente.

Lo colocó de nuevo con las páginas de cara a la hornilla y lo mantuvo hasta que los dedos empezaron a quemarle; cuando le dio la vuelta, el texto había aparecido.

—¡Tu tía tenía razón!

Martina se limitó a sonreír.

Al tiempo que leía, su ceño se fruncía y las arrugas de su frente se acentuaban. Su rostro tomó una tonalidad cenicienta y el cuadernillo temblaba en sus manos. Miró a Martina desconcertado, como si buscase una explicación a lo que acababa de leer.

—¡Esto…, esto no es posible!

—¿Qué no es posible? —preguntó ella, inquieta.

No tuvo respuesta porque a Diéguez se le nubló la vista y Martina no pudo evitar que diera de bruces en el suelo. Corrió hacia la puerta pidiendo auxilio a gritos.

57

Pedrosa había admitido que la defensa de Mariana pudiera ser compartida por otro abogado, por eso al lado de don José María de la Escalera se encontraba, vistiendo la toga, don José de la Peña y Aguayo. Era una concesión menor que daba cierto viso de magnanimidad en un juicio donde estaban violadas las garantías procesales. De la Escalera había escogido a Peña y Aguayo porque era el abogado más brillante de Granada, estaba dispuesto a defender a Mariana y gozaba de excelentes relaciones sociales. Había sido determinante que no se permitiera a la acusada asistir a la vista. Hasta el último momento, el abogado había tratado de que Mariana estuviera presente en la vista, pero el ocasional juez no había cedido un ápice. Pedrosa argumentaba el riesgo de graves altercados al trasladarla desde el beaterio hasta la Chancillería; según decía, los revolucionarios estaban agitando el ambiente, como indicaban los pasquines aparecidos en los barrios de la Magdalena, San Matías y San Lázaro.

La austeridad de la sala imponía. Las paredes desnudas, salvo un enorme retrato de Fernando VII, los cortinajes de terciopelo granate oscuro y los paños que cubrían las mesas de sarga negra, distinguiéndose la de la presidencia por un adorno de galón dorado y por descansar sobre ella un crucifijo. El silencio permitía oír la respiración de los presentes en la sala. Pedrosa entró el último, cuando ya estaban en sus sitios el fiscal y su teniente, los defensores y los escribanos. El ujier dio el grito de ordenanza:

—¡Su señoría, don Ramón Pedrosa y Andrade, alcalde del crimen de la Real Chancillería y juez para esta causa por mandato de su majestad, don Fernando VII!

Tocado con el bonete de juez avanzó hacia el estrado, embutido en una toga negra que aleteaba a su paso. Una vez aposentado en el sillón, indicó con un gesto a los presentes que tomasen asiento. El fiscal y su teniente a la izquierda, y los abogados defensores a la derecha. Ordenó que se diera lectura a la normativa por la que se regía el juicio y el escribano peroró con voz campanuda, como si hubiera una gran concurrencia:

—*Vista de la causa criminal seguida en esta Real Chancillería contra doña Mariana de Pineda y Muñoz y de otros, vecinos de esta ciudad de Granada, acusados de diversos delitos contra la seguridad del Estado, como son el de sedición, incitación a la rebelión y menosprecio de las prerrogativas del Rey nuestro Señor. Son aplicables al caso…*

Terminada la lectura, don José María de la Escalera pidió la palabra.

—¿Qué desea manifestar el letrado? —Pedrosa mostraba un semblante avinagrado.

—Señoría, esta defensa desea que conste su rechazo al procedimiento en la elaboración del sumario, que ha dejado a la acusada, a quien se le niega derecho de asistencia a la vista, en indefensión manifiesta. En consecuencia…

—¿Indefensión, dice el letrado? —interrumpió Pedrosa.

—Así es, señoría. Indefensión.

—Entonces, ¿quiere decirle a esta presidencia qué papel desempeña usted aquí?

—¡Me refiero al procedimiento para elaborar el sumario, señoría! —replicó el abogado alzando la voz.

—Le recomiendo que modere su tono.

—Presento mis disculpas, pero mantengo mi alegación, señoría. No puede tramitarse el procedimiento de la forma…

—¡Alegación desestimada! —Pedrosa dio un fuerte golpe con el mazo.

De la Escalera iba a replicar, pero Peña y Aguayo le tiró de la toga.

—Es mejor no desgastarse inútilmente —le susurró al oído—. Reservémonos para lo gordo. ¡Nos va a hacer falta mucha energía!

—Es el turno de la acusación. ¡La fiscalía tiene la palabra!

El fiscal se recogió la toga y se aclaró la voz con un carraspeo.

—Señoría, a la vista de este sumario, en que se trata de un delito, el más horroroso y detestable, como es el descubrimiento y aprehensión de un signo a todas luces incitador de un alzamiento contra la soberanía del rey nuestro señor y de su paternal Gobierno, consideramos probada la posesión por parte de la acusada del cuerpo del delito, al serle aprehendido un paño morado en su propia vivienda, así como las letras o caracteres sueltos, también encontrados en dicha casa, para componer tres lemas y convertir dicho paño en una bandera que sirviera de señal o alarma para un Gobierno revolucionario. —Tomó un sorbo de agua y prosiguió—: La indicada bandera, señal indubitable del alzamiento que se forjaba, se halló, como dicho queda, junto a los demás caracteres en casa de doña Mariana de Pineda, cabeza principal de esa revolución. Al igual que la ley hace responsable de homicidio al morador de una casa, si en esta se hallare muerto un hombre, salvo su derecho a defenderse si pudiese, doña Mariana de Pineda contrae la misma responsabilidad, teniéndosela legalmente por autora del horroroso delito que es motivo de este proceso. Se deduce con evidencia su culpabilidad del hecho de que Úrsula Lapresa, a la que la susodicha doña Mariana trata como a su madre, intentó ocultar el cuerpo del delito a los agentes de la autoridad. —Espantó una mosca impertinente que revoloteaba por su cara y carraspeó de nuevo para aclararse la voz—. La conducta criminal de doña Mariana por su exaltada adhesión hacia el llamado sistema constitucional revolucionario y por su relación y contacto con los expatriados en Gibraltar, por lo que también tiene proceso pendiente...

—¡Protesto, señoría! —exclamó don José María de la Escalera.

—Fundamente su protesta —lo conminó Pedrosa con un gesto de hastío.

—Señoría, no ha lugar la mención a la que acaba de aludir la fiscalía, que no encontró una sola prueba para sostener la acusación. Esa mención...

—¡Protesta denegada! Prosiga la fiscalía.

Peña y Aguayo inició otra protesta que Pedrosa cortó con un mazazo que retumbó en la sala e indicó al fiscal que prosiguiera su alegato.

—... La señalada circunstancia permite afirmar que es la acusada la principal autora del proyectado alzamiento sedicioso, como además ratifica el hecho de que doña Mariana intentase la fuga de la prisión que le fue constituida en su casa, prueba irrefutable de su delito por el que se la había puesto en prisión, con el agravante de que intentó seducir al agente que la custodiaba, diciéndole que se fuese con ella y que lo haría feliz...

—¡Protesto, señoría! —clamó De la Escalera.

—¿Sí? —Pedrosa torció el gesto.

—Señoría, la afirmación que acaba de hacer la fiscalía

carece de respaldo. Únicamente se fundamenta en la declaración del agente, sin que haya ningún testimonio que la avale. Mi defendida, al habérsele privado del derecho de asistir…

—¡Denegada! ¡El letrado alude a cuestiones ajenas a las afirmaciones del fiscal!

—¡Señoría…!

—¡He dicho: protesta denegada! —El golpe dado con el mazo hizo temblar la bandeja con la jarra y las copas para el agua—. Prosiga la fiscalía.

—… En conclusión, señoría. El fiscal de su majestad deduce de todo lo aseverado que doña Mariana de Pineda y Muñoz ha perpetrado el atroz delito señalado, a saber: sedición, agitación, desprecio de los derechos del rey nuestro señor, maquinar para cometer actos de rebeldía contra la autoridad soberana del rey nuestro señor, suscitar una conmoción popular que ha llegado a manifestarse por un acto preparatorio para su ejecución, como queda recogido en el artículo séptimo del Real Decreto del pasado uno de octubre, y por consiguiente es merecedora de la pena capital, que en el mismo artículo se contempla. —El fiscal echó una ojeada a los papeles que tenía sobre su mesa y añadió desganado, como si se tratara de un asunto que había de abordar por necesidad—: Para los demás encausados esta fiscalía solicita las penas que constan en el escrito de conclusiones y que son las siguientes —se caló unas gafas que colgaban de su pecho y leyó—: A saber: para Úrsula Lapresa, como cómplice necesaria para la comisión del delito, diez años de reclusión en el beaterio de Santa María Egipcíaca; para Antonio José Burel, criado de doña Mariana de Pineda, como cómplice y reincidente en sus delitos, ocho años de trabajos forzados en el presidio del Peñón de Vélez de la Gomera y confiscación de sus bienes. Asimismo, se solicita la libre absolución para Manuela Román y Carmen Sánchez por no hallar esta fiscalía motivos para castigarlas.

Pedrosa asintió con la cabeza y miró hacia la mesa de los abogados defensores.

—La defensa tiene la palabra.

Don José María se agarró las solapas de su toga y miró al fiscal.

—Señoría, ciertamente el delito de que se trata en esta vista es de los más graves… —El abogado dejó que transcurrieran unos segundos y observó cómo Pedrosa y el fiscal intercambiaban una mirada de asombro—… de los más graves, según el Real Decreto del pasado primero de octubre.

Pedrosa se removió incómodo.

—¿Detecto cierto desdén en las palabras del letrado?

—En absoluto, señoría. Simplemente aludo al mismo decreto que el señor fiscal se ha encargado de recordarnos.

—Prosiga.

—Según dicho decreto, el delito del que el fiscal acusa a mi defendida está penado con un castigo ejemplar. Es también cierto que la bandera y los letreros incautados son cuerpos de delito y que fueron encontrados en casa de mi defendida. Pero hasta aquí llegan las certezas; no hay constancia, ni el fiscal ha aportado una sola prueba, para determinar que mi defendida es autora de los delitos de sedición, agitación, desprecio de los derechos del rey nuestro señor, maquinación para incitar a actos de rebeldía… Incluso se ha atrevido a acusarla de provocar una conmoción popular hallándose como se halla encerrada e incomunicada en una celda del beaterio de Santa María Egipcíaca. Ni siquiera ha podido ser cómplice del delito. ¡Hasta ahí llegan los excesos del fiscal!

Pedrosa observó al fiscal. Tenía la cabeza hundida entre los hombros y la mirada fija en los papeles que había sobre su mesa.

—Modere sus expresiones el letrado.

—Señoría, no creo haber faltado…

—Modere sus expresiones.

Otra vez Peña y Aguayo le tiró de la toga y, después de tomar un sorbo de agua, prosiguió:

—No es prueba, señoría, establecer un paralelismo, harto confuso, con la culpabilidad de homicidio que recae sobre aquel a quien en su casa encuentran un cadáver, porque es necesario establecer la relación entre la prueba y el autor. Al contrario, hay muchas dudas para aplicar con claridad las leyes y mucho menos para pedir la pena capital. No bastan los meros indicios, las sospechas o las presunciones para solicitar el último suplicio. Nadie en la casa, ni señores ni criados, había visto el tafetán que se aporta como prueba; nadie encontró en la casa un bastidor que, según las señas de dicho tafetán, debió de sustentarlo hasta hacía poco; además, mi defendida no sabe bordar. No existe, pues, la certeza necesaria para emitir una condena sobre los únicos hechos que la fiscalía ha probado, a saber, un trozo de tafetán y unas letras a medio bordar. Lo que se aporta como prueba fundamental no es una bandera, no estaba concluida y por sus colores y formas, un fondo morado con triángulo verde, ofrece indicios más que suficientes para ver en ello no una bandera revolucionaria, sino una insignia masónica de las que suelen adornar las logias en las reuniones que celebran los adeptos a esta secta…

—¿Sostiene la defensa que la bandera en cuestión es, además de revolucionaria, un adorno masónico? —preguntó Pedrosa.

—Disculpe su señoría, no he dicho que además sea un adorno masónico ni admitido que se trate de una bandera revolucionaria. Sino que es adorno y no bandera y que como adorno masónico constituiría un delito de otra especie según nuestras leyes señalan y que convierten en reos a aquellos que se reúnan y sean aprehendidos en ese momento y no a quienes cosan o borden sus atavíos. Menos aún, tratándose de mujeres que, al igual que no pueden ser obispas o confesoras, no pueden ser masonas. No puede llamarse bandera revolucionaria a ese paño de tafetán, como muy agudamente señaló el señor gobernador de las salas del Crimen de esta Real Chancillería en oficio que dirigí a vuestra señoría —De la Escalera miró fijamente a Pedrosa—, en su condición de subdelegado de policía, cuando no había sido habilitado para ser juez de esta causa…

Pedrosa no pudo reprimir un gesto de disgusto y amonestó al letrado.

—¿Insinúa el letrado que soy juez y parte en esta causa?

De la Escalera respiró hondo y se recolocó la toga y aprovechó para tomar otro sorbo de agua, tenía la garganta seca. Escuchó a Peña y Aguayo, que le susurraba:

—No suelte ese bocado, echa por tierra todo el montaje de apariencia legal del que pretende rodear este inicuo proceso.

Hasta los oídos de Pedrosa llegó el rumor.

—¿Decía algo el letrado Peña y Aguayo?

—Advertía a mi colega para que se recolocase la toga, le había resbalado por los hombros.

—Responda, pues, a mi pregunta, letrado. ¿Insinúa que soy juez y parte en esta causa?

—En modo alguno está en mi mente señalar que su señoría es juez y parte en esta causa. Sería tanto como poner en tela de juicio su imparcialidad y admitir que le corresponde discernir acerca de un asunto en el que intervino como subdelegado de policía y, en consecuencia, con un deseo claramente manifiesto de que la acusada fuera condenada al…

—¡Basta, letrado! ¡Ha quedado patente su punto de vista! ¿Tiene algo que añadir?

Pedrosa estaba furioso. Se había percatado demasiado tarde de que con su pregunta había dado pie para que el defensor de Mariana de Pineda pudiera manifestar, sin problemas, lo que pensaba del juicio. Se alegraba de haberlo celebrado a puerta cerrada.

—Decía, señoría, que el gobernador de las salas del Crimen de esta Real Chancillería, en escrito de diecinueve de marzo pasado, que dirigió a su señoría en su calidad de subdelegado de policía, ponía de manifiesto que el tafetán en cuestión...

—¡Lo llamó bandera! —gritó Pedrosa, descompuesto.

—No me ha dejado decirlo, señoría. Señalaba que el tafetán en cuestión era una bandera a la que denominaba «bandera tricolor» porque se trataba de un paño tricolor, pero no revolucionaria, como ha hecho el fiscal porque, como es sabido, los colores de la llamada bandera tricolor son el azul, el blanco y el encarnado. Esos son los colores que constituyeron la enseña de los revolucionarios franceses desde hace algunas décadas y que volvió a salir a sus calles el pasado año con motivo de la defenestración de su rey y la proclamación de Luis Felipe de Orleans como nuevo soberano, quien desde el balcón del Ayuntamiento de París enarboló una bandera con esos colores. La diferencia es clara respecto a los que se ven en el tafetán que nos ocupa y que son el morado, el verde y el encarnado.

Pedrosa estaba a punto de estallar ante las alusiones a la revolución que el año anterior se había producido en Francia y que había dado lugar al final de la monarquía de Carlos X y a la implantación de la monarquía orleanista, de marcado carácter constitucional y que había alentado los movimientos de los liberales españoles.

—¡Déjese de colores y vaya concluyendo!

—Señoría, sólo pretendo dejar sentado que el fiscal no posee argumentos sólidos para llamar bandera revolucionaria a ese tafetán, que esta defensa considera sólo como un adorno masónico. Tanto mi compañero como yo —miró a Peña y Aguayo, cuya satisfacción por la brillante defensa podía leerse en su semblante— consideramos que para realizar una revolución lo importante no son las banderas sino los hombres y las armas. Podemos, pues, concluir que en las muchas revoluciones que conocemos, unas por fortuna y otras por desgracia, no tenemos conocimiento de que hubiera como señal alguna bandera, y no habiendo ni alzamiento ni armas ni gente alistada, no se puede llamar bandera a un trapo insignificante. En consecuencia, rechazamos la petición del fiscal, que creemos dictada por la enemistad que algunos tienen a la acusada, hasta el punto de que su resentimiento y deseos de venganza tratan de arruinarla.

—¿Ha concluido?

—No, señor.

—¿Qué más tiene que alegar?

—Rechazar las condenas que el fiscal de su majestad pide para doña Úrsula Lapresa y don Antonio José Burel. El fiscal no ha aportado una sola prueba sobre la culpabilidad de ambos acusados. Ni una sola prueba acerca del conocimiento de la existencia de ese tafetán...

—¡Doña Úrsula trataba de ocultarlo! —gritó el fiscal.

—¿Ocultar? ¿Qué ocultaba? Dígame el fiscal, ¿qué ocultaba?

—¡La bandera!

—En modo alguno. Ocultaba un trozo de tafetán morado con unas letras, a medio bordar, que nada significaban.

—¡Concluya! —exigió Pedrosa.

—Por lo que respecta al señor Burel, la petición del fiscal resulta inaudita. ¡Ni siquiera estaba en la casa número seis de la calle del Águila cuando agentes del señor subdelegado irrumpieron en la misma! Se encontraba ausente y la fiscalía no ha aportado una sola prueba que demuestre que tuviese conocimiento de la existencia de ese tafetán. Solicitamos para ambos la libre absolución.

—¿Ha concluido?

—Ahora sí, señoría.

Pedrosa no perdió un minuto.

—Realizadas las alegaciones correspondientes a la fiscalía y a la defensa. Este tribunal dictará sentencia en un plazo no superior a veinticuatro horas.

Abandonó la sala a toda prisa, casi sin dar tiempo al ujier a cumplir con el protocolo marcado para cuando el juez abandona la sala. Don José María de la Escalera sacó un pañuelo y se secó el sudor que perlaba su frente.

—¡Brillante, don José María, sencillamente brillante! —lo felicitó Peña y Aguayo—. ¿Se ha fijado en el rostro de Pedrosa cuando aludió al triunfo de la monarquía de Luis Felipe?

—Al menos nos quedará el consuelo de haber hecho la mejor defensa posible.

Aquella misma tarde Pedrosa dictó la sentencia por la que se condenaba a doña Mariana de Pineda a la pena capital solicitada por el fiscal. La ejecución sería pública y se efectuaría por el procedimiento del garrote. En consideración a su hidalguía, se tendrían con la condenada las prerrogativas propias de la nobleza. Todo ello se señalaba en la sentencia, sin perjuicio de lo que su majestad tuviera a bien determinar. Las demás peticiones de la fiscalía quedaron ratificadas en todos sus términos. Al no tratarse de penas capitales se dictaba su inmediata ejecución. La sentencia de Mariana se envió a Madrid con un correo especial para cumplir el último trámite.

58

Mientras en Granada se aguardaban noticias de la corte sobre la sentencia, a Diéguez lo consumía de nuevo la calentura. Decía cosas sin sentido, maldecía y deliraba. Martina no se apartaba de su cabecera y, rendida por el cansancio y el sueño, dormitaba dando cabezadas que le producían sobresaltos cuando el enfermo se agitaba entre las sábanas. Bisbiseaba oraciones continuamente, no recordaba haber rezado tanto en toda su vida. Cuando se resecaba el lienzo que el enfermo tenía en la frente, lo empapaba en el agua de una jofaina. Era como si alguien atizara un fuego en su interior. Le ponía emplastos y pomadas para las pupas que tenía alrededor de la boca. Su tía daba vueltas, miraba al enfermo con el gesto preocupado y se marchaba sin abrir la boca. La cuarta noche su tía le dijo que necesitaba descansar, que ella velaría el sueño del enfermo. Martina se negó, se acomodó en el sillón y al poco rato se quedó dormida hasta que la despertó la claridad que entraba por las rendijas del ventanuco. Por un momento no supo dónde se encontraba hasta que vio el rostro macilento de Diéguez, cuya cabeza, hundida en la almohada, apenas asomaba por encima del embozo de la sábana. Tenía la nariz afilada y los ojos cerrados. Un escalofrío le recorrió la espalda. Nerviosa, retiró el reseco y encogido paño que tenía en su frente. Puso un dedo bajo la nariz del enfermo y comprobó que respiraba de forma muy suave. Salió de la alcoba sin hacer ruido y regresó acompañada de su tía, que observó al enfermo con mirada de experta y le puso la mano en la frente.

—No tiene calentura.

—¡Pero está muy mal!

—Su aspecto no es bueno. Pero la calentura se ha ido.

—¿Qué piensas?

—Está muy débil, pero eso es algo que no debe extrañarnos.

—¿Se pondrá bien?

—Voy a preparar un puchero. Si vuelve a su ser, un poco de caldo es lo mejor que podemos darle. Sigue pendiente y si…, bueno, me avisas.

A media mañana, Diéguez movió la cabeza y entreabrió los ojos. El dolor que le producía despegar los párpados era casi insoportable. Martina lo miraba en silencio.

—¿Qué hora es? —Su voz sonó apagada.

—Mediodía, poco más o menos.

—¿Tan tarde?

—Llevas durmiendo cuatro días.

Diéguez giró la cabeza lentamente.

—¿Bromeas?

Martina negó con un movimiento de cabeza. Le costaba trabajo hablar y al verlo consciente le pareció mucho más demacrado.

—¿Cuatro días? —En su mirada había incredulidad.

Hubo otro rato de silencio, como si Diéguez necesitara recuperarse de un gran esfuerzo. La tía Casilda apareció por la buhardilla y se alegró de verlo consciente.

—¡Por fin despierto! ¿Cómo se encuentra?

—Muy cansado —respondió con la vista perdida en las vigas del techo.

Las dos mujeres intercambiaron una mirada.

—¿Un caldito? ¡El puchero está hirviendo y huele que resucita a los muertos!

Diéguez asintió maquinalmente.

—Anda, Martina, baja a la cocina y tráetelo. ¡Así te da un poco el aire!

Diéguez bebió el caldo y su aspecto mejoró como si hubiera tomado una poción revitalizante. Poco después se durmió de nuevo.

—Se recuperará —dictaminó la tía Casilda—. En menos de lo que imaginas. Es fuerte. No sé qué ha podido pasarle.

—Lo que leyó en ese maldito cuaderno lo alteró.

—Es posible.

Diéguez despertó al cabo de tres horas. Las dos mujeres estaban en la buhardilla.

—Tengo hambre —fueron sus primeras palabras.

—¡Anda, Martina, ve a por otro tazón!

—¿Más caldo?

—La escalera hay que subirla peldaño a peldaño. Después de tantos días sin probar bocado… —La tía miró a la sobrina—. Trae también un poco de carne de membrillo.

Apenas salió Martina, su tía comentó:

—Hace dos días vino preguntando por usted don Matías Marculeta.

—¿Qué quería?

—Saber cómo estaba. Le mentí. ¡Ese Marculeta no me gusta un pelo!

—¿Qué le dijo?

—Que por un asunto de familia había tenido que ausentarse de Granada.

—¿Por qué hizo eso?

—Se lo he dicho, ese Marculeta no es trigo limpio. Después de darle muchas vueltas he llegado a la conclusión de que su enfermedad se la han provocado.

—¿Qué quiere decir?

—Le han suministrado un tósigo, posiblemente en las lentejas a las que, según me dijo cuando vino tan malo, ese don Matías le había invitado. Vomitarlas lo salvó. —Sacó del bolsillo el cuaderno de don Fulgencio y se lo entregó—. Sepa que lo he leído, sólo para saber la causa del patatús. Creí que se marchaba al otro barrio. ¡Guárdelo bien y no se fíe ni de su sombra!

Diéguez recordó que al volver del excusado encontró su escudilla servida.

—¿Usted cree que…, que todo esto ha sido causado por un veneno?

—¡Ni lo dude! El veneno había empezado a surtir efecto, pero la vomitera hizo que arrojara de su cuerpo lo que lo estaba matando. Cuando mejoró no estaba recuperado y ha estado otra vez al borde de la muerte. Hay venenos que actúan lentamente. Lo ha salvado el que está fuerte como un roble y… los desvelos de Martina.

Diéguez releyó el cuaderno y lo guardó debajo de la almohada. Martina llegó con el caldo y la carne de membrillo, y su tía se marchó. Antes de cerrar la puerta, dijo:

—¡Ah! También han venido, un par de veces, los de la policía.

—A esos ¿qué les ha dicho?

—Que estaba enfermo.

El despacho de don Federico Landáburu estaba amueblado de forma austera: en las paredes colgaban dos láminas de anatomía del cuerpo humano y en un armarito de paredes acristaladas podía verse el instrumental propio de su profesión. Los reunidos organizaban el plan de fuga para liberar a Mariana. Llevaban rato discutiendo cómo aprovechar la próxima visita que el médico hiciera al beaterio. El problema era que el tiempo apremiaba. Mariana ya había sido sentenciada y no se sabía cuándo podían requerirse los servicios del médico.

—No podemos esperar. Podríamos perder unos días preciosos —afirmó don Martín Almela—. Pedrosa ha dejado claro que tiene prisa. Ya han visto ustedes cómo se ha instruido el sumario y cómo ha procedido durante la vista. Aunque no podemos precipitarnos; si fallamos, no habrá otra oportunidad.

Un joven con el cabello negro e hirsuto, cortado a cepillo, alzó la mano pidiendo la palabra.

—Don Juan quiere decir algo —señaló don Cipriano.

—Pienso que no podemos esperar a que se requieran los servicios de don Federico. Puede llegar la confirmación de la sentencia y entonces no tendremos posibilidad de hacer nada porque la trasladarían a la cárcel. Hemos de movernos con más diligencia, como hizo ella con el capitán Álvarez de Sotomayor. Llevamos demasiado tiempo mareando la perdiz.

Al joven se le veía nervioso por estar con los jefes del liberalismo granadino.

—En mi opinión, las cosas no irán tan deprisa —señaló don Federico Landáburu.

—¿Por qué dice usted eso? —preguntó don Martín Almela mientras limpiaba sus lentes.

—Pedrosa jugará todavía una última baza. Ha visitado varias veces a doña Mariana con el propósito de ofrecerle la libertad a cambio de una delación.

—¡Ahora no puede hacerle ese ofrecimiento! —exclamó don Juan Salazar sin pedir la palabra—. ¡Desde que envió la sentencia a Madrid el asunto no está en sus manos!

Hubo gestos de asentimiento.

—Estoy convencido de que todo responde a una estrategia de Pedrosa. Su mayor éxito sería echarnos el guante y convertir a doña Mariana en una miserable delatora.

—¡Pero doña Mariana se ha resistido a sus propuestas! —Don Martín acomodaba las patillas de las lentes, después de la minuciosa limpieza.

—Todavía no ha visto la muerte de frente —señaló el médico.

—Don Federico lleva razón —lo apoyó don Cipriano—. Si Pedrosa no le ha comunicado la sentencia y a don José María de la Escalera no le ha permitido…

—Por cierto, ¿sabe alguien dónde está don José María? —preguntó don Martín.

Se miraron unos a otros. Nadie lo sabía.

—Como iba diciendo… —prosiguió don Cipriano—, no ha permitido que se le comunique la sentencia y la mantiene incomunicada. Sospecho que Pedrosa trata de asestarle un golpe definitivo comunicándole no sólo la sentencia, sino la confirmación regia de la pena de muerte. Entonces le ofrecerá salvarle la vida a cambio de que hable.

—¡Exacto! Pedrosa podría entonces jugar el papel de un bondadoso mediador. ¡La tendría arrinconada! —El médico había alzado la voz.

—Si cree que doña Mariana se vendrá abajo, es que no la conoce.

—¡Pero vamos a ver! ¿Qué estamos tratando aquí? ¿La capacidad de resistencia de doña Mariana o la posibilidad de liberarla? —planteó don Juan—. ¡Qué nos importa que Pedrosa actúe de una forma determinada para minar su resistencia! ¡Lo que hay que poner en marcha es el plan para sacarla de ese beaterio!

—¡No podemos precipitarnos! —insistió don Federico—. ¡Hay que madurar el plan!

—Supongo que usted es consciente de que podemos llegar tarde —le advirtió don Juan—. Si fallaran sus planteamientos y la condujeran a la cárcel para ponerla en capilla, no tendríamos la menor posibilidad de salvarla.

Don Federico se encogió de hombros.

—Después de escuchar a este joven, soy partidario de actuar de inmediato. Mientras esté en el beaterio tenemos una oportunidad —señaló don Martín.

—Creo que la precipitación no es una buena consejera, usted mismo lo dijo antes —insistió el médico.

—Doña Mariana lleva dos meses detenida, ¡no me hable de precipitación! —protestó don Juan.

El ruido de la puerta al abrirse los hizo callar. Quien apareció fue don José María de la Escalera. Se le veía alterado. Lo acompañaba don Diego Calvo de León, que también tenía el semblante descompuesto.

—¡A doña Mariana le ha sido comunicada la sentencia!

Don Cipriano fue el primero en reaccionar:

—¿Quién se la ha comunicado?

—Don Diego y yo. Pedrosa me llamó esta mañana y me dijo que podía visitarla.

—¿La ha visto?

—Venimos del beaterio de Santa María Egipcíaca. Por eso nos hemos retrasado.

—¿Cómo la ha recibido? —preguntó don Martín Almela.

El abogado resopló.

—No se lo esperaba. Se ha derrumbado y sólo piensa en sus hijos. Hemos tratado de consolarla, pero hemos podido hacer muy poco. Menos mal que la monja que la acompaña nos ha echado una mano.

—¡Tenemos que olvidarnos de estrategias y otras zarandajas! ¡Hay que sacarla de allí! —clamó don Martín.

—¿Hay noticias de Madrid? —preguntó don Cipriano.

—No hay noticias. Al menos esta mañana no las había.

—Que le hayan comunicado la sentencia responde a la estrategia de Pedrosa. Sabe que ahora la resistencia de doña Mariana será mucho menor —señaló don Federico.

—¿Han decidido algo? —preguntó don Diego.

—Eso discutíamos cuando han llegado ustedes.

—Si mi opinión sirve de algo, hay que intentar sacarla del beaterio lo antes posible. Pedrosa maneja los tiempos, quiere que todo vaya muy deprisa.

—¡Tiene que esperar a que confirmen la sentencia en Madrid!

—Es cierto, don Federico, pero una vez llegue la confirmación, no habrá tiempo para nada. Lo que se vaya a hacer hay que hacerlo ya.

—Yo opino como don Diego —insistió don Martín.

—Y yo —remachó don Cecilio Moreno.

—También yo —se sumó el conde de Teba.

Don Juan Salazar no necesitó pronunciarse. Había dejado muy clara cuál era su opinión.

59

Diéguez se recuperaba en la buhardilla. Necesitaba más detalles sobre la muerte del sacristán y la tía Casilda le había dado alguna información adicional. Lo encontraron muerto en el patio de la casa de su madre y creían que se había caído por una ventana, al encontrar junto al cadáver una frasca de vino hecha añicos.

Su mayor deseo era tener una conversación con don Bernardo de Oteiza, a ser posible tranquila, y no iba a resultarle fácil; otra, que presumía tensa, con don Matías Marculeta. Sus intentos de salir a la calle encontraron una cerrada resistencia. Martina y su tía no cedieron un ápice. Para nada sirvieron sus protestas, pese a que su mejoría era notable. Se había producido un cambio en su relación con Martina, había dejado de ver en ella a la joven zalamera con la que gozaba en la cama. Sus cuidados y las noches en vela —su tía se había encargado de contárselo todo con mucho detalle— le hicieron ver que la moza era mucho más que unos muslos prietos o unos espléndidos pechos. Sus pensamientos volaban una y otra vez hacia ella; su deseo cuando no estaba junto a él era verla entrar por la puerta.

En esa nueva situación, Martina y él, con la aquiescencia de la tía, cerraron un acuerdo. Al día siguiente podría salir a la calle.

—¡Un paseo, nada de andar buscando pistas por esas calles! —exigió Martina.

—Iré a Santa Escolástica a hablar con el párroco —suplicó Diéguez cogiéndole las manos, antes de añadir—: y pasaré por la posada del Patazas a saludar a don Matías.

—¡Ni hablar! —Tiró de las manos como si estuviera ofendida.

—Sólo se trata de un par de visitas —insistió Diéguez, condescendiente.

—Acuérdate de lo que te pasó cuando leíste ese cuaderno.

—¿Qué tiene que ver eso con tener dos conversaciones?

Martina volvió a cogerle las manos.

—A mí no me la das con queso. Cuando delirabas salían los nombres de ese párroco y de don Matías. Esas conversaciones tienen que ver con el cuaderno, no serán unas charlas tranquilas y tú…, tú no estás repuesto del todo.

Sus últimas palabras sonaron distintas en los oídos de Diéguez. La miró y ella percibió que algo iba a pasar… Pero su tía irrumpió en la buhardilla con una bandeja de comida. Diéguez disimuló su contrariedad.

—¡Verlo para creerlo!

—¿Qué hay que ver? —murmuró Martina, que de buena gana la habría echado con cajas destempladas.

—¡Cómo se ha recuperado! ¡Hace dos días era un cadáver y mira cómo está!

Dejó la bandeja sobre la mesa y se puso en jarras.

—Pero, bueno, ¿qué es esto? ¡Ni que estuviéramos en un funeral! ¡Vamos a cenar! ¿Sabéis cuál es la comidilla que hay por toda Granada?

Martina, desganada, se encogió de hombros. Fue Diéguez quien preguntó:

—¿Qué se dice?

—Que han sentenciado a muerte a una señora que vive en la calle del Águila, se llama doña Mariana de Pineda.

—¡Por bordar una bandera! —exclamó él, incrédulo.

—Se lo han tenido muy calladito. Están a la espera de lo que diga el rey.

—¡Es increíble!

—¿Habías hablado con esa señora? —le preguntó Martina.

—Sí, descubrió el cadáver que apareció en la iglesia de los carmelitas.

—Por aquí ha venido alguna vez —comentó la tía.

—¿Tú la conoces? —inquirió extrañada la sobrina.

—Ha buscado algún remedio. —No aclaró más, pero añadió—: ¡Es muy linda!

Diéguez no pudo evitar acordarse de Burel.

—¿Ha habido más condenados? —preguntó.

—Dicen que a su criado lo mandan a presidio y a la madre, una temporada larga con las *arrecogías*.

La mañana era soleada y la temperatura agradable, un día primaveral. Diéguez había recibido a primera hora una carta que dejaron a la tía Casilda. Extrañado, la leyó varias veces, sin alcanzar a explicarse su contenido. Luego no hubo fuerza humana que le hiciera desistir de visitar a don Bernardo de Oteiza. Martina sólo consiguió que accediera a acompañarlo hasta Santa Escolástica y, mientras él hablaba con el párroco, ella aprovecharía para hacerle unos encargos a su tía.

La gruesa puerta de la sacristía estaba abierta, pero golpeó el aldabón.

—¡Adelante! —respondió una voz áspera desde dentro.

—¿Se puede? —preguntó Diéguez avanzando por un pasillo corto y mal iluminado. Al fondo se escuchaba al sacerdote ajustar cuentas.

Don Bernardo estaba rodeado de una parva de monaguillos. A Diéguez le extrañó que estuvieran tan callados hasta que descubrió las arropías que había sobre la mesa y que concentraban el interés de los rapaces.

—¿Ocho más nueve?

El primero que alzaba la mano, respondía:

—¡Diecisiete!

Don Bernardo asentía y el chiquillo cogía una arropía del montón.

—¿Quince menos siete?

—¡Nueve!

—No —gruñía don Bernardo, que miraba otra mano alzada.

—¡Ocho, don Bernardo, ocho!

El sacerdote asentía y desaparecía otra arropía del montoncillo.

Se quedó perplejo. El bronco párroco, que lo había plantado en la puerta de la calle, era un chiquillo más. Aguardó hasta que las arropías se acabaron.

—¡Andando! ¡Sin carreras…, y no quiero peloteras!

Los vio salir modositos, pero oyó cómo corrían al enfilar el pasillo. El párroco mantenía su sonrisa bonachona cuando miró a Diéguez por encima de las gafas.

—¿Usted otra vez? ¡Es incansable! Pase de una vez y no se quede ahí como un pasmarote. ¿Qué tripa se le ha roto ahora?

—Me gustaría hablar de la muerte de Zacarías Lupiáñez.

Don Bernardo lo miró de nuevo por encima de las lentes.

—Veo que es usted tozudo y ese es un punto a su fa-

488

vor. Aunque…, aunque si está indagando sobre la muerte de Zacarías, ¿por qué ha tardado tanto en venir?

Pensó que empezaban mal, el párroco preguntaba sin invitarlo a sentarse.

—He estado enfermo.

—Lo veo más delgado que la última vez.

—¿Se acuerda cuándo fue? —aventuró Diéguez.

—Cómo se me va a olvidar. Desde el Miércoles Santo, Zacarías estuvo en un sinvivir… Todo el día nervioso, temblón. ¡Hasta se le olvidaban los toques de la misa!

—¿Tanto le afectó lo ocurrido?

—¿Lo ocurrido? ¡Lo que le desquició fue verlo a usted!

—¿Está seguro?

—¡Por supuesto! Me lo confesó el propio Zacarías.

Diéguez supo que estaba rozando con la punta de los dedos el corazón del embrollo que había comenzado casi tres años atrás. Si se precipitaba, podía echarlo todo a perder. También si al párroco le daba la ventolera… Decidió arriesgar.

—Pudo no haberle dicho la verdad.

Don Bernardo se quitó las gafas y con cuidado las dejó sobre la mesa, como si fueran un objeto valioso. A Diéguez aquellos segundos se le hicieron eternos.

—¿Por qué dice usted eso?

—Porque su sacristán era un embustero.

Aguantó sin pestañear la mirada del párroco.

—¡Explíquese!

—Me contó una sarta de mentiras sobre el asesinato de doña Cecilia Coello de Portugal.

Don Bernardo se puso tenso.

—¿Qué le contó?

Diéguez decidió que lo mejor era no andarse por las ramas.

—La conversación que usted sostuvo aquí con don Ambrosio Coello de Portugal.

El sacerdote se quedó inmóvil, luego se pasó la mano por la cabeza, como si se alisase su blanco pelo, y le señaló una silla.

—¿Le importaría entornar la puerta, antes de sentarse?

Diéguez sólo la entrecerró, se atascaba al rozar en el suelo. Acercó una silla a la mesa y se sentó agradecido. El paseo y el rato que llevaba de pie le estaban pasando factura. Don Bernardo sacó una petaca y un librillo de papel.

—¿Usted gasta?

—Muchas gracias, no fumo.

Lio un cigarro con habilidad, se levantó y privó a santa Escolástica de la lamparilla que ardía ante su imagen. Se sentó, encendió el cigarro y depositó la mariposa sobre la mesa dejando claro que iba a fumarse más de uno.

—¿Quiere contarme lo que le dijo Zacarías?

Diéguez desgranó la conversación mantenida con el sacristán en el mesón de la Herradura. Don Bernardo ni lo interrumpió ni paró de fumar.

—Esa fue la historia que me contó. Todo encajaba, aunque recelé de que quisiera hacerme creer que era yo quien le había solicitado información sobre el asesinato de doña Cecilia.

—¿No fue así?

—Usted sabe bien de mi interés por obtener información sobre la muerte de doña Cecilia. Pero fue él quien buscó la forma de contármelo.

—¿Por qué lo ha tachado de embustero? —le preguntó a sabiendas de que su sacristán mentía sin tasa.

—Porque me mintió en lo referente a los amores adulterinos de doña Cecilia.

El cura expulsó el humo sobre la punta de su cigarro.

—¿Cómo está tan seguro de eso?

Diéguez sacó la carta de don Baltasar de Mendoza y Sandoval.

—Léala, por favor.

Don Bernardo se caló las antiparras. Su rostro no expresaba ninguna emoción. Cuando terminó, se la devolvió, dio una última calada al cigarro y aplastó la colilla en un cenicero donde podían verse algunas más.

—La única verdad de lo que Zacarías le contó es que en esta sacristía mantuve una conversación acerca de la muerte de doña Cecilia. Pero quien estuvo aquí no fue don Ambrosio Coello de Portugal, sino don Pablo de Armenta, y la conversación que mantuvimos nada tiene que ver con lo que me ha contado. —Hizo un gesto de resignación—. Su capacidad de fabular iba mucho más allá de las pequeñas mentiras que formaban parte de su vida diaria y que me obligaban a reprenderlo con frecuencia.

Diéguez recordó que don Matías le había dicho que el párroco, efectivamente, había negado tener una conversación con don Ambrosio, sin añadir nada más.

—Supongo…, supongo que no desea revelarme la conversación con don Pablo de Armenta. No obstante, medítelo antes de responderme y piense que un asesino anda suelto. Tal vez, si usted…

Don Bernardo sacó tabaco de la petaca y lio otro cigarro.

—Voy a contarle una vieja historia. —Encendió el pitillo y le dio una calada—. No se equivoca al afirmar que doña Cecilia era una dama virtuosa. Puedo asegurárselo, yo era su director espiritual. Todos los rumores que han corrido acerca de su honorabilidad son calumnias, infamias que mancharon su nombre. También debe saber que don Pablo de Armenta estaba muy enamorado de su mujer y ella de él, a pesar de la diferencia de edad que había entre ambos. Ignoro por qué la asesinaron y dejaron su cadáver expuesto a la ignominia pública. —Don Bernardo dio una calada y aplastó la colilla.

—Hay una cosa que resulta extraña.

—Dígame cuál. Si puedo serle útil…

—¿Por qué don Pablo de Armenta ha levantado un muro de silencio ante las investigaciones? Se han negado a colaborar. Como…, como si tuviera algo que ocultar.

El párroco resopló y sacudió la pechera de su sotana para eliminar alguna picadura de tabaco.

—No sé…, no sé si hago lo correcto. —Cerró los ojos y pareció meditar un momento—. Si me voy de la lengua, que Dios me perdone. Prométame que no revelará lo que voy a decirle. Podrá utilizarlo, pero no lo revelará jamás. ¿Me lo promete?

—¿Por qué quiere que le jure?

—¡No le he dicho que jure! ¡No me gusta que se meta a Dios en las bajezas de los hombres! ¡Las cosas de Dios son de otra naturaleza! Basta con que me lo prometa.

—En ese caso, tiene mi palabra.

Don Bernardo, antes de hablar, se preparó otro cigarro. El humo había hecho que la atmósfera de la sacristía fuera casi irrespirable.

—Lo que voy a revelarle lo he mantenido en secreto por razón de conciencia, pero la aparición de la nueva víctima de quien llaman verdugo de la Inquisición me tiene sumido en la zozobra desde hace días y creo que hago mal con no contar lo que sé. Tal vez si lo hubiera hecho antes… Espero que Dios no me lo tenga en cuenta.

—Disculpe, pero antes de que me cuente eso, ¿puedo preguntarle algo?

—Adelante, pregunte.

—Lo que va a contarme, ¿lo sabía cuando vine por primera vez a hablar con usted sobre el asesinato de doña Cecilia Coello de Portugal?

—Sí, por eso lo despedí de mala forma. Usted venía a agitar mi conciencia. Me debatía entre una obligada discreción y la necesidad de sacar a la luz algo que podía permitir esclarecer un crimen. ¡Hasta consulté con una persona eminente! Ahora, escúcheme. En la conversación que mantuve en esta sacristía, don Pablo de Armenta me pidió consejo acerca de la actitud que debía seguir ante la muerte de su esposa.

—No comprendo que…

—¡No sea impaciente y escuche! Don Pablo deseaba que se descubriera al asesino de su mujer, sobre todo para limpiar su nombre. El hecho de que doña Cecilia hubiera aparecido muerta en la puerta de esta iglesia como si fuera una penitenciada del Santo Oficio lo abrumaba. Además, como en la ciudad habían aparecido otros cadáveres en circunstancias similares, empezaron a circular rumores. Ya sabe…, la gente necesita muy poco para darle a la lengua, y como la historia tenía ribetes escabrosos… ¡Qué le voy a contar…! No sabía qué hacer. En su familia unos pensaban que lo mejor era aguantar hasta que pasase el turbión y todo se apaciguara, porque los Armenta…, los Armenta son descendientes de judíos conversos y no querían que se removieran ciertas cuestiones que perjudicarían el nombre de la familia, algo que para varios de ellos significaría un desastre. ¡Ocupaban cargos de mucho relumbrón en Madrid!

—¿Qué le aconsejó? —se atrevió a preguntar Diéguez.

—Que se olvidara de zarandajas y tratase de descubrir al asesino de su mujer.

—Sin embargo, obstaculizó la investigación.

Don Bernardo dio una calada al cigarro antes de contestar.

—No puedo afirmarlo con rotundidad, pero creo que en la familia se alcanzó un pacto: no oponerse a la investigación, pero tampoco prestar colaboración.

—Eso tiene poco sentido, ¿no le parece?

—No lo tendrá para usted o para mí. Pero las familias de abolengo se rigen por otros principios. El honor y los antepasados son más importantes que la propia vida.

Diéguez se acarició el mentón, Martina lo había rasurado como si fuera un barbero, sólo que con más suavidad.

—He de confesarle que no esperaba la confianza que acaba de depositar en mí. En justa reciprocidad también yo voy a hacerle una confidencia…, una confidencia acerca del asesinato de doña Cecilia. ¿Cuento con su palabra?

Don Bernardo asintió.

En aquel momento un ruido a la espalda de Diéguez anunció que alguien empujaba la puerta. El párroco se quedó mirándolo, trataba de recordar.

—Su cara me suena… ¿Qué quiere usted?

60

Don Martín Almela, acompañado por don Juan Salazar y otro joven charlaban junto a una calesa parada frente al chaflán de la iglesia de San Antón. La zona estaba muy concurrida; a los corrillos de ociosos, se añadía el fárrago de los que cruzaban por Puerta Real y subían o bajaban por Recogidas. Se les podía confundir con quienes esperaban la llegada de las diligencias. Lanzaban furtivas miradas hacia la calle Recogidas, como si aguardasen algo que no acababa de ocurrir. Repentinamente, una berlina negra apareció por la esquina de Puentezuelas y de ella descendió don Ramón Pedrosa.

—¿Qué ha podido ocurrir? —preguntó uno de los jóvenes.

No obtuvo respuesta. Pedrosa cruzó la calle y llamó a la puerta de Santa María Egipcíaca, acompañado por dos agentes. Después lo vieron perderse por el portón del beaterio.

—¿Qué piensa, don Martín?

—Que con tanto marear la perdiz, ¡hemos conseguido que se nos adelante!

—¿Cree que nos habrán traicionado?

—En lugar de hacer cábalas, que uno de vosotros avise a don José María de la Escalera. Tiene que saber lo que ocurre, aunque quizá esté al tanto.

—Estaré de vuelta lo antes posible —respondió el joven, que se marchó a toda prisa.

La espera se les hizo interminable. Estaban pendientes del portón, que permanecía cerrado, cuando apareció el abogado, acompañado por el joven que había ido a buscarlo.

—¡Gracias a Dios que ya está aquí! —exclamó don Martín—. ¿Cómo ha tardado tanto?

—He tenido que vestirme convenientemente. Nunca se sabe. ¿Qué ha pasado? —De la Escalera tenía la respiración agitada.

—Pedrosa está dentro.

—Eso ya lo sé. ¿Alguna novedad?

—Ninguna, el coche sigue ahí, estacionado.

—¿Cuánto lleva dentro?

—Cerca de una hora.

—¡Está tratando de convencerla de que tiene una última posibilidad de salvarse!

En aquel momento se acercaron otros dos hombres, uno de ellos era don José de la Peña y Aguayo. Venían sudando.

—¡Menos mal que lo encuentro! —exclamó Peña y Aguayo—. Uno de sus pasantes nos ha dicho que acababa de salir. Ha llegado la confirmación de la sentencia. ¿No se lo han comunicado?

—No sé nada, pero esa debe ser la razón por la que Pedrosa está en el beaterio.

—¿Pedrosa está dentro?

—Desde hace una hora —respondió uno de los jóvenes.

—¡No puedo creer que haya venido a comunicárselo en persona! —exclamó Peña y Aguayo.

496

—Pretende intimidarla. Confirmada la sentencia, la tiene en sus manos.

—¡Miserable, presionarla en estas circunstancias! —Don Martín no se contuvo.

—¿Cómo se ha enterado de la confirmación? —preguntó De la Escalera.

—Me lo ha dicho el capitán general.

—¿Cómo lo ha sabido el conde de los Andes?

—Pedrosa pretendía que algunas tropas escoltaran a doña Mariana en su traslado a la cárcel. Se ha negado, diciéndole que no es su cometido.

—¡Eso significa que van a llevarla a la cárcel inmediatamente!

—Pedrosa no quiere sorpresas. Los rumores sobre la condena lo tienen preocupado.

Pedrosa le había mostrado la confirmación por parte de su majestad de la condena y le insistía una y otra vez en que podía librarse del verdugo simplemente declarando quiénes eran sus cómplices.

—¡Se empecina usted en mantener ese silencio absurdo! —gritó Pedrosa perdiendo los nervios por segunda vez.

Mariana lo miró altiva, disimulando su miedo.

—Pierde el tiempo. ¡Jamás logrará convertirme en una delatora!

—Piense que podría cambiar su destino, que no es otro que sufrir el suplicio del garrote —Pedrosa agitó la real orden— al que está irremisiblemente condenada.

—¡Jamás!

Mariana nunca sería una delatora, a pesar de que estaba asustada y pensaba en el desamparo en que quedaban sus hijos si era ejecutada. Se agarraba a la esperanza de no ser abandonada y aguardaba desde hacía dos meses a que aparecieran sus salvadores. Sus compañeros tendrían ya preparada la forma de liberarla de las garras de aquel monstruo. A pesar de que su ánimo se había desmoronado al conocer que la sentencia la condenaba a la pena capital, en ningún momento había perdido la esperanza. No confiaba en un indulto del rey, sabía que nada podía esperar de aquel sanguinario felón, pero sus amigos estarían moviéndose.

Pedrosa puso fin a su visita con una sensación de fracaso. Habían sido inútiles sus halagos, amenazas e incluso injurias. Recogió sus guantes, que junto a su sombrero y su bastón estaban sobre una silla. Se los puso con calculada lentitud, luego se caló el sombrero y compuso el paletó negro que vestía, cogió el bastón por la caña y, señalándola con la empuñadura, la increpó:

—¡Ha desperdiciado su última oportunidad! —Y se volvió hacia la puerta—: ¡Hermana!

Sor Rosita, que permanecía junto a la sala de visitas, como testigo mudo del drama que allí se desarrollaba, apareció al punto.

—¿Ha llamado, señor? —preguntó temerosa.

A Pedrosa le quedaba un golpe de efecto que quizá doblegara la voluntad de la sentenciada. Aún no se daba por vencido.

—¡Que lo dispongan todo para el traslado de la prisionera! ¡Mañana! ¡Por la mañana!

—¿Tiene…, tiene que preparar su equipaje?

Pedrosa soltó una carcajada.

—¿Equipaje, dice? ¡A donde va le aseguro que no lo necesita! ¡Dígale a la priora que lo disponga todo!

—¿Adónde la llevan? —La pregunta había brotado de forma espontánea.

Pedrosa no reprimió una mueca de satisfacción. Sin proponérselo, la monja le sirvió en bandeja una nueva posibilidad para tratar de minar la resistencia de Mariana, convertida para él en una cuestión de honrilla personal.

—¡A la Cárcel Baja! —Miró a Mariana para comprobar el efecto que causaban sus palabras.

—¡¿A la Cárcel Baja?! —Sor Rosa se llevó a la boca una de sus manos.

—Así es. ¿Ignora que a los que van a ser entregados al verdugo se los custodia en la cárcel hasta cumplir sentencia?

—Pero…, pero doña Mariana…

—Por si no ha tenido el oído atento a nuestra conversación, cosa que dudo, pues no se ha separado del otro lado de la puerta, le diré que doña Mariana de Pineda será entregada al verdugo en cuarenta y ocho horas.

Pedrosa empuñó el bastón y dirigió una torva mirada a Mariana, que hizo acopio de fuerzas para mantenerse erguida y controlar el temblor que empezaba a sacudirla; lo que no pudo evitar fue la palidez que se había apoderado de su rostro.

61

El párroco lo miraba sorprendido y Diéguez recordaba que don Matías le dijo que se había reunido con don Bernardo, quien, según el policía, negó haber tenido una conversación con don Ambrosio Coello de Portugal. Si tenía problemas para identificarlo…, le había mentido.

Una sonrisa apuntó en los labios de don Matías Marculeta.

—Supongo que usted no ha mantenido una conversación con este caballero a propósito de la muerte de doña Cecilia Coello de Portugal —casi afirmó Diéguez.

—¡Qué tontería está diciendo! —La mente de don Bernardo se iluminó en aquel momento y miró a Diéguez—. ¡Es el policía que estaba con usted el Miércoles Santo!

—Exacto, don Bernardo. En realidad, él fue quien sacó de quicio a su sacristán. Don Matías Marculeta y Zacarías Lupiáñez eran viejos conocidos.

—¿Puede saberse a qué ha venido?

—Ha venido porque es un asesino. Entre otras personas, de doña Cecilia Coello de Portugal —respondió Diéguez sosteniendo la mirada de don Matías.

El párroco, desconcertado, miraba alternativamente a uno y a otro.

—Una afirmación muy grave —respondió don Matías, imperturbable—. Eso hay que demostrarlo con pruebas.

—Las pruebas no dejan la más mínima duda.

Don Matías se desplazó hacia un lado para controlar con la vista al párroco y a Diéguez. Apoyó la espalda contra la pared y se cruzó de brazos en actitud desafiante.

—¡Vengan esas pruebas!

—Voy a darle satisfacción. —Diéguez le mostró la carta que había leído el párroco y sostenía en su mano—. Esta carta es del supuesto amante de doña Cecilia, el coronel don Baltasar de Mendoza y Sandoval. En ella pone como aval su honor para afirmar que doña Cecilia jamás cometió adulterio. Esta carta —la agitó en su mano— prueba que la que me mostró el día que llegó a Granada era falsa. En ella don Baltasar aseguraba que doña Cecilia era una adúltera, ¿lo recuerda? Aquel papel, que usted falsificó, era una vil calumnia.

—Podían haberme engañado al enviármela —ironizó don Matías.

—¿Quién podía tener interés en hacerlo?

—El asesino, para ocultar pistas. Prueba desmontada, prosiga.

—Es usted un cínico.

—Prosiga —insistió con displicencia.

—Usted cometió otro error al decirme que había investigado en la sala de Hijosdalgo de la Chancillería el origen converso de los Armenta.

—¿Qué clase de error?

—Allí no se guarda un solo documento que señale esa condición de dicha familia.

—¡Vamos, Diéguez, usted ni siquiera sabía quiénes eran los conversos!

501

—Se equivoca. Se lo hice creer en el mesón de la calle San Jerónimo, cuando me invitó a las lentejas. Si en la sala de Hijosdalgo hubiera algún indicio de antepasados judíos de los Armenta, no serían veinticuatros, ni maestrantes, ni algunos de ellos llevarían el hábito de Santiago.

—Es su palabra contra la mía. ¿Cómo demostrará que yo dije eso? Otra suposición.

—¿También es esto una suposición?

Diéguez fue a sacar algo de su bolsillo, pero don Matías se adelantó y le disparó a bocajarro con una pistola pequeña. Diéguez se desplomó instantáneamente. El párroco se abalanzó sobre don Matías al tiempo que le gritaba:

—¡Asesino!

Tuvo tiempo de descargar el segundo disparo sobre el párroco. La sangre empapó la pechera de su sotana y don Bernardo trastabilló antes de caer a los pies de su asesino. Marculeta se quedó mirando los dos cuerpos que yacían inertes en el suelo, recogió la carta que Diéguez tenía en su mano y, guardando su pistola, abandonó la sacristía. Por suerte para él, la calle a la que daba la puerta exterior de la sacristía estaba desierta, sólo se cruzó con una mujer. Con paso firme se dirigió hacia la calle Pavaneras y después enfiló hacia la plaza de las Descalzas para salir a la esquina de la calle Tintes. Pensaba que se había precipitado. Llegado el caso, podría haber rebatido sin problemas las afirmaciones de Diéguez, pero la cosa ya no tenía remedio y permanecer en Granada con otros dos muertos sumados a la larga lista que ya tenía a sus espaldas no era lo más recomendable. A pesar de que el grosor de los muros de Santa Escolástica hubiera amortiguado el ruido de los disparos —su pistola era poco más que un cachorrillo— y que al salir de la sacristía la calle estuviera desierta, no transcurriría mucho tiempo antes de que encontraran los dos cuerpos que había dejado sobre el suelo de la sacristía.

Cruzó el Darro por el puente del Carbón y bajó por el Zacatín hasta Puerta Real. Antes de entrar en la fonda del Patazas observó que alguna gente se arremolinaba en la calle Recogidas, ante la puerta del beaterio de Santa María Egipcíaca.

Vio un negro carruaje de ventanas cerradas y una docena de migueletes que mantenían a distancia a los curiosos.

Don Matías había oído decir que a la dama a la que incautaron una bandera revolucionaria la habían sentenciado a muerte.

Doña Mariana se puso en guardia el ver entrar en su celda al teniente de alcalde del crimen de la Real Chancillería, acompañado por la priora y sor Rosita.

—Nos marchamos, señora.

—¿Adónde?

No supo por qué había preguntado. Sabía de sobra adónde la conducían.

—Eso no es de su incumbencia.

La actitud del segundo de Pedrosa era digna de su superior. Ni un gramo de compasión. Por las mejillas de sor Rosita corrían dos lágrimas.

—Sólo un momento, por favor.

Doña Mariana se arrodilló ante la Dolorosa que presidía su celda y a la que durante su encierro no había dejado de rezar.

—Virgencica, a ti encomiendo a mis hijos, que quedan en completa soledad.

Sor Rosita cayó de hinojos y trató de rezar con ella, pero se lo impidió el llanto.

Doña Mariana se irguió, alzó a la hermana Rosa y, abrazándose a ella, le susurró unas palabras que sólo sirvieron para aumentar el llanto de la monja.

—¿Podría despedirme de mi madre? Lleva semanas aquí encerrada y no se me ha permitido verla.

—Usted está incomunicada —le respondió el funcionario secamente.

—En ese caso, cuando usted quiera.

Antes de salir paseó la mirada por la celda y dijo a la priora:

—Si a mi madre no le quitan la vida, no le digan que no existo.

La monja se puso pálida y no pudo articular palabra, pero asintió con la cabeza.

A la salida del beaterio hubo gritos contra Pedrosa y denuestos contra la tiranía. Los migueletes tuvieron que emplearse a fondo para despejar la calle. Tomaron por Puentezuelas y subieron por Tablas hacia la Trinidad y la calle de las Capuchinas. Cuando llegaban a la Cárcel Baja, el cochero, acompañado en el pescante por un miguelete, torció el gesto al ver el gentío que se concentraba a la puerta de la cárcel. Había mucha más gente que en la puerta del beaterio. El tramo de calle era tan angosto que apenas quedaba espacio para el carruaje, la escolta se apelotonaba detrás.

La gente miraba de forma hosca. Se había corrido la voz de que a doña Mariana de Pineda la trasladaban a la cárcel para ponerla en capilla. Su ejecución estaba prevista para el jueves veintiséis. Respiró aliviado cuando llegaron al ensanche que había ante la puerta de la cárcel y vio a sus compañeros rodear el carruaje, antes de sacar a la prisionera. Los guardias de la prisión tomaron posiciones en el zaguán, donde ya aguardaban varios clérigos. Mariana descendió, la gente se arremolinó y hubo gritos de protesta. Al ver a los capuchinos, su hábito le trajo viejos recuerdos. También estaban el párroco de Santa Ana, un venerable sacerdote que la había bautizado, y varios hermanos de la

Caridad. Todos la acompañaron hasta la primera planta. Allí esperaba un escribano que le leyó la sentencia que su majestad había ratificado. Cuando terminó, ella se quedó mirándolo.

—Ese felón ignora lo que es la justicia.

—¡Señora, tenga su lengua! —exclamó el segundo de Pedrosa.

—¿Sabe que me refiero al traidor que felicitaba a Napoleón por sus victorias mientras los españoles luchaban por él con lo que tenían a mano?

—¡Señora, está usted hablando del rey!

—¡Exactamente! ¡Estoy llamando a las cosas por su nombre!

—¡Está insultando a su majestad!

—No es insulto decir la verdad.

Se escuchó el ruido de un cortinón al descorrerse y apareció Pedrosa. Vestía completamente de negro y sostenía un cigarro en la mano. Saboreaba una venganza largo tiempo acariciada, aunque le resultaba incompleta. Era tal el silencio cuando descendió los escalones que se escuchó el crujido del cuero de sus botines.

—¿Le sorprende verme aquí?

Mariana dudó si guardar silencio, finalmente decidió contestarle.

—¡Cómo va a sorprenderme! Este sitio tan inmundo le viene como anillo al dedo.

Pedrosa apretó los labios, dio una chupada a su cigarro y clavó su vista en ella, que le sostuvo la mirada; incluso en aquellas circunstancias era una mujer hermosa.

—Aquí no se está casualmente, señora. Usted lo está por delincuente y sólo permanecerá unas horas, la fecha de su ejecución ha sido fijada para pasado mañana. —Sus palabras sonaban rotundas, vengativas—. Mi presencia es tan circunstancial como la suya y responde a la liberalidad de nuestro monarca. En trance tan difícil le ofrece la posibilidad de salvar la vida.

En ninguna de las ocasiones anteriores hubo testigos cuando Pedrosa le proponía delatar a sus compañeros, salvo lo que hubiera escuchado sor Rosita.

—¿Cuál es el precio de eso que llama liberalidad?

—Usted lo conoce. ¿Necesito explicárselo de nuevo?

—Si para salvar mi cuello he de delatar a hombres a quienes ese fantoche no es digno ni de atarles las botas, le diré una vez más que pierde el tiempo.

Pedrosa arrojó el cigarro al suelo y lo pisoteó con furia.

—¡Conducidla a su celda y que se cumpla la sentencia! —gritó antes de perderse por los mismos escalones que había bajado hacía sólo un instante.

El carcelero, impresionado por la escena que acababa de contemplar, se mostró deferente con Mariana. Más que conducirla, la escoltó hasta su celda, sin emplear los empellones habituales. La acompañaron el párroco de Santa Ana, los dos capuchinos y los hermanos de la Caridad. Una vez en la celda, el párroco pidió a los demás que lo dejasen un momento a solas con ella. Se retiraron a una distancia prudencial y don Juan de la Hinojosa le pidió con voz suave:

—Mariana, hija, ¿por qué no accedes a lo que el rey te ofrece? Piensa que tu vida no sólo es tuya, también es de tus hijos. —Mariana contuvo las lágrimas. El recuerdo de sus hijos era lo más doloroso de aquel trance. El sacerdote insistió—: Si esperas que ocurra algo en las horas que faltan para el fatal desenlace que te aguarda, olvídalo. Las paredes de esta cárcel son inexpugnables y me temo, a tenor de las medidas que están tomando, que el recorrido hasta el cadalso estará fuertemente custodiado.

Mariana recordó la liberación del capitán Álvarez de

Sotomayor. Se preguntó dónde andaría su primo en aquellos momentos.

—Jamás seré una delatora. Sería tanto como estar muerta en vida. Además, no pierdo la esperanza. Muros más altos que los de esta cárcel han sido salvados.

El sacerdote le sonrió con benevolencia, sabía a qué se estaba refiriendo.

—Sé en lo que estás pensando, hija mía. Pero hay una pequeña diferencia.

—¿Cuál?

—Entonces tú estabas fuera.

62

Don Matías Marculeta era presa de sentimientos encontrados mientras ordenaba sobre la cama sus pertenencias para guardarlas en su bolsa de viaje. Había viajado hasta Granada para averiguar qué había descubierto Antonio Diéguez. En su última carta había sido capaz de leer entre líneas lo que no le contaba. Había estado tranquilo durante dos años, la información que el propio Diéguez le suministraba lo tenía al tanto de la falta de progresos en la investigación de los asesinatos. Todo estaba en orden, pero la última carta de Diéguez lo alarmó, había tenido que organizar una nueva estratagema y viajar a Granada. Cuando supo que el sacristán de Santa Escolástica se había ido de la lengua, aunque fuera para contarle una sarta de mentiras, tomó la decisión que no había adoptado dos años atrás. Tenía que acabar con su vida. Cometió un error dejándolo vivo, al jurarle que sería como una tumba. Ahora no le pesaba haberlo eliminado. Era un borrachín charlatán. Pero en sus cálculos no entraba acabar con la vida de Antonio Diéguez ni con la del párroco de Santa Escolástica, y al final no le había quedado más remedio que hacerlo. Diéguez era porfiado y había demostrado poseer unas dotes que no le supuso al conocerlo, y estaba a punto de sacar a la luz todo el entramado de sucesos que él acababa de sepultar definitivamente en la sacristía. Se preguntaba si habrían descubierto ya los cadáveres. Las sacristías eran lugares frecuentados por sacerdotes y feligreses de las parroquias.

Había adquirido una plaza en la diligencia que salía para Madrid al día siguiente a primera hora de la mañana, y pensaba cómo emplear lo que quedaba de tarde antes de cenar y acostarse cuando unos golpes en la puerta lo sobresaltaron. Antes de responder buscó su pistola. Había cometido un error al no recargarla y hacerlo ahora le llevaría demasiado tiempo. Sabían que estaba en la alcoba, se lo había dicho al posadero al pedirle la cuenta porque se marchaba al día siguiente. Se acercó a la puerta sin hacer ruido y escuchó cómo los golpes sonaban de nuevo.

—¿Quién llama?

—¿Don Matías Marculeta? —Era una voz de mujer.

Lo tranquilizó saber que al otro lado de la puerta había una fémina.

—¿Qué desea?

—Hablar con usted.

La voz sonaba enérgica.

—Un momento, enseguida le abro.

A toda prisa cebó uno de los cañones de su pistola y lo cargó. No estaba de más tomar precauciones. Abrió la puerta y al ver a la mujer barruntó problemas.

—¿Qué quiere? —inquirió con sequedad.

—Hablar con usted.

—¿Nos conocemos? —le preguntó dispuesto a no darle facilidades.

—En el mesón del Santo Cristo. ¿Le incomoda que pase...?

—Primero deberías decirme tu nombre. —Don Matías decidió tutearla.

—Me llamo Martina y he venido a hablar de lo ocurrido en la sacristía.

Le franqueó el paso y cerró de nuevo.

—¿Qué sacristía? ¿De qué me estás hablando?

—¿Necesito refrescarle otra vez la memoria?

—No sé de qué me hablas.

—Vamos…, no disimule. Lo vi salir de la sacristía.

Recordó que se había cruzado con una mujer. No podía dejar aquel cabo suelto.

—¿A qué has venido? Pero antes me gustaría saber cómo has dado conmigo. En Granada hay muchas fondas y posadas.

—Es cuestión de preguntar y, como le he dicho, vengo a hablar de lo ocurrido en la sacristía.

—¿Sólo para decirme que salía de la sacristía?

Martina lo miró a los ojos. Eran acerados y fríos.

—Salió dejando en ella dos cadáveres, ¿le parece poco?

—Ni poco ni mucho.

—Además de asesino, cínico.

Sin duda, pensó don Matías, había entrado en la sacristía y visto los cadáveres. Le extrañó que no lo hubiera denunciado y creyó que buscaba extorsionarlo. Pero no podía comprar su silencio, era dejar atrás un cabo suelto y ya sabía adónde conducía eso. Podía dispararle, pero la detonación se oiría en toda la posada; mejor la degollaría. Guardaba un puñal en la mesilla que quedaba a su espalda. Decidió ganar tiempo y empezó a moverse lentamente.

—Supongo que has venido a algo más que a hablar, ¿me equivoco?

—He venido a desenmascararle.

Don Matías se desplazaba de forma casi imperceptible. Tenía que ser paciente para no alarmarla. Un par de pasos y el puñal estaría al alcance de su mano.

—¿Por qué no has ido a denunciarme? ¿Acaso buscas sacar algún provecho?

—¿Cree que me tapará la boca con unas monedas? Quería tener unas palabras.

—¿A qué te refieres con unas palabras? —Se desplazó otro poco hacia la mesa.

—¿Por qué mató a doña Cecilia Coello de Portugal?

Martina observó cómo el rostro de don Matías se contrajo.

—¡Qué clase de tontería es esa!

—Sabe que lo que acabo de decir es verdad. Basta mirarlo a la cara.

—¡Estás loca! ¡Eso es un disparate!

—Usted sabe que no. Asesinó a esa dama como también acabó con la vida de Magdalena Camero.

La mente de don Matías era un volcán en erupción. Si sabía aquello era porque Diéguez había llegado mucho más lejos de lo que pensaba y cuanto antes acabara con aquella mujer, mucho mejor.

—Dime, ¿cuánto quieres?

—No quiero su dinero, sino saber por qué mató a esas dos mujeres.

Tenía ya la mesa al alcance de su mano. Tanteó buscando el pomo del cajón. Iba a girarse y a coger el puñal, pero la puerta se abrió y apareció Antonio Diéguez con un brazo en cabestrillo y un aparatoso vendaje en el hombro. Don Matías lo miraba como si fuera un espectro.

—Usted…, usted, ¡no es posible!

—Su disparo sólo me ha herido. Sepa que cuando disparó iba a mostrarle la prueba que lo incrimina en esos asesinatos…

—¡No diga tonterías! ¡No hay pruebas que puedan esgrimirse en mi contra!

—Entonces, ¿por qué disparó en la sacristía?

Diéguez entró y cerró la puerta. Don Matías, acorralado, se maldecía interiormente. Debió asegurarse de que dejaba dos cadáveres. Tenía que serenarse y reconducir la situación. Ante su silencio, Diéguez se respondió a sí mismo.

—Disparó porque matándome creyó borrar la última pista que podía desenmascararlo como lo que realmente es. Un asesino a sueldo.

—Cuénteme cómo ha llegado a esa conclusión, pero ahórrese suposiciones. Limítese a los hechos.

Don Matías sabía que cuando se cuenta una historia hay momentos en que sólo se piensa en el relato y se olvida lo demás. Trataría de sorprenderlo por segunda vez.

—Es una larga historia.

—No se preocupe, disponemos de tiempo.

—Muy bien. Digamos que me sorprendía su empeño en adjudicar todas las víctimas al verdugo de la Inquisición cuando los indicios en alguno de los crímenes apuntaban en otra dirección. Resultaba tan evidente que me parecía extraño en un hombre de su experiencia. También llamó mi atención el hecho de que los rumores acerca de las relaciones adúlteras de doña Cecilia Coello de Portugal coincidieran con su llegada a Granada y, desde luego, que regresara a Madrid tan repentinamente como lo hizo, abandonando la investigación. Todo aquello sólo me provocaba cierto desconcierto, el mismo que mis primeras sospechas.

—¿Cuándo empezó a sospechar?

—Después de que Zacarías Lupiáñez me hiciera aquella extraña confesión, algunas de las cosas que usted afirmaba no se sostenían. Pero cuando tomaron cuerpo fue cuando apareció por Granada, justo después de la carta que le escribí contándole que tenía en mi poder un cuaderno que perteneció a don Fulgencio Camero y que había recibido información del asesinato de doña Cecilia Coello de Portugal. Una carta que usted recibió, aunque afirmara que no llegó a su poder.

—¿Cómo lo ha sabido?

—¿Recuerda que explicó parte de su retraso en llegar a Granada por causa de los incidentes del viaje? —Don Matías asintió—. Me informé en la compañía de diligencias y supe que ese viaje llegó con normalidad, en la fecha prevista. Cuando usted salió de Madrid ya había recibido mi carta y estaba sobre aviso de que me aproximaba a una zona que para usted resultaba peligrosa. Por eso vino a Granada, respondiendo al señuelo que le ponía en la carta. No me equivoqué.

—¿Por qué habría de aparecer por Granada?

—Le proporcionaba datos, sin decirle que era el sacristán quien me había contado la historia del asesinato de doña Cecilia. Pero usted sabía que sólo Lupiáñez podía habérmela contado. Necesitaba comprobar hasta dónde se había ido de la lengua y también conocer el contenido del cuaderno de don Fulgencio Camero y actuar en consecuencia.

—Con todo esto que me cuenta, ¿por qué no me denunció?

—Porque lo que tenía eran sospechas. Carecía de pruebas para incriminarlo.

—Es decir, todo son suposiciones, como en la sacristía. No puede probar que haya matado a Lupiáñez y lo que hay en ese cuaderno no me involucra en los asesinatos.

—Se equivoca. En el cuaderno no aparecía el nombre de doña Cecilia Coello de Portugal, lo que alejaba su asesinato del de las otras víctimas...

—¡Vamos, Diéguez! ¿Qué demuestra esa ausencia?

A estas alturas las réplicas de don Matías sólo buscaban rechazar las afirmaciones de Diéguez y demostrarle que él era superior. Su culpabilidad era indudable después de lo ocurrido en la sacristía, pero no tenía con qué demostrarlo.

—Ese cuaderno era la prueba evidente de que el asesinato de doña Cecilia no tenía relación con los otros. Usted, con toda su experiencia y conocimientos, sostenía lo contrario. Era la primera prueba fehaciente de que usted, por alguna razón que entonces yo ignoraba, deseaba enmascarar ese crimen, lo mismo que el sacristán con sus embustes. Me pregunté por qué ambos querían enredarlo. Establecí la primera relación entre ustedes y por eso en mi carta insinuaba más que afirmaba. Si usted venía a Granada, esa relación quedaría confirmada, y acerté. Para explicar su presencia se inventó una misión no oficial, al tiempo que negaba haber recibido mi carta y trataba de confundirme de nuevo con la falsa carta del coronel Sandoval, aunque entonces no sabía que era falsa.

—Suposiciones, Diéguez, suposiciones.

Diéguez ignoró el comentario y prosiguió:

—En el cuaderno aparecía el nombre de Magdalena Camero que, a diferencia de las otras víctimas, no tenía consignada la fecha de su asesinato, ¿lo recuerda?

—Por supuesto.

—Esa circunstancia ponía en evidencia que su tío conocía las relaciones de su sobrina con el criado de doña Mariana de Pineda y le parecían tan detestables que decidió eliminarla. Pero don Fulgencio no mataría a su propia sobrina. Hizo ese encargo a un asesino, y quien acabó con ella lo hizo de la misma forma que había dado muerte a doña Cecilia Coello de Portugal.

—Otra suposición.

—No es suposición. ¿Se ha olvidado ya de lo que me dijo la noche que apareció el cadáver de Magdalena? Entonces se sentía tan seguro, tan por encima de todo lo que le rodeaba, que hasta se permitió dar detalles como que quien la había degollado era zurdo. A mí el corte me recordó al que seccionaba el cuello de doña Cecilia. Despreció mi capacidad de observación o quizá..., quizá pensó que si establecía alguna relación me llevaría a pensar que el verdugo de la Inquisición, que parecía ser el asesino de Magdalena, también sería el de doña Cecilia. Lo mismo que hizo Zacarías Lupiáñez al relacionar la muerte de doña Cecilia con un adulterio para que su esposo lavase su honor. Pero, tal vez a causa del vino, cometió un error.

—¿Cuál?

—Cuando me contó su versión del asesinato me extrañó que lo hiciera sin habérselo pedido. Tenía que haber una razón para que lo hiciera; hoy sé que lo hizo para protegerse del asesinato de su madre. Porque fue el sacristán quien dio muerte a Tomasa Pereira.

—¿Cómo ha llegado a la conclusión de que Lupiáñez asesinó a su madre?

—Al comprobar que las corozas habían salido de la misma mano.

—¡Eso no prueba que fuera el asesino!

—La mano que decoró esas corozas era la del sacristán.

—Tendrá una prueba irrefutable... —Don Matías parecía haberse olvidado del puñal.

—La tengo. Pero antes, déjeme que le diga que, cuando fui a la posada de las Imágenes para mostrarle las dos corozas, usted señaló que debíamos interrogar a Lupiáñez, pero cuando al otro día le dije que el sacristán era aficionado a la pintura, barruntó el peligro, supo que me acercaba peligrosamente a su papel en los asesinatos. Fue entonces cuando decidió eliminarlo. Por eso trató de convencerme de que en lugar de interrogarlo era mejor vigilarlo. Decía que habíamos de actuar hábilmente, cuando en realidad lo que trataba era de ganar tiempo, pero yo pisaba entonces firme, ya sabía que el autor de las corozas era Lupiáñez.

—No me ha dado la prueba.

—Estaba en una carpeta con dibujos que don Fulgencio Camero guardaba en su despacho y yo había visto unas semanas antes en su casa. El mismo día que Burel me mostró el cuaderno estuvimos en ella. Cuando encontré la coroza de doña Cecilia, perdida en un cuartucho de la Chancillería, ratifiqué mis sospechas: una misma mano las había decorado. Cuando salí de la fonda, después de enseñárselas, fui a la cárcel y conseguí que se me permitiera ver al criado de doña Mariana de Pineda y me autorizó a entrar en su casa, la que había sido de don Fulgencio Camero. Allí comprobé que los dibujos habían salido de la misma mano que la decoración de las corozas. Había un cuadrito que representaba a dos penitenciados con sus corozas, estaba firmado por Lupiáñez y no había duda de que las corozas de las asesinadas habían salido de la misma mano. Esas carpetas con los dibujos han sido fundamentales para desentrañar otros aspectos de este enredo.

—¿A qué aspectos se refiere?

—Me permitieron establecer la relación entre el sacristán y don Fulgencio. Ambos eran aficionados a la pintura y partidarios del restablecimiento del tribunal del Santo Oficio. Zacarías Lupiáñez fue el colaborador que don Fulgencio Camero necesitaba para acabar con sus víctimas y llevarlas luego a los lugares donde quedaban expuestas al público. Ellos eran quienes estaban detrás del verdugo de la Inquisición. Pero el asesino de doña Cecilia Coello de Portugal y de Magdalena Camero fue usted.

—¡Demuéstrelo con pruebas! ¡Es usted un iluso! Las corozas relacionan las muertes de doña Cecilia Coello de Portugal y la de esa Tomasa Pereira o como se llame, pero no sirven para establecer una conexión entre Lupiáñez y yo. Además, ¿cómo explica la relación entre Lupiáñez y don Fulgencio Camero más allá de que ambos se sintieran atraídos por la pintura o quisieran ver de nuevo en acción al tribunal del Santo Oficio? Ese sacristán era un asiduo a los burdeles, un putero. ¡Lo sabía toda Granada! Las víctimas del verdugo de la Inquisición eran precisamente prostitutas, proxenetas…, gentes para quienes fornicar no era pecado. ¡Sólo tiene humo!

Martina, confundida, miraba a Diéguez, que permanecía imperturbable.

—Usted ignora algo fundamental en el funcionamiento del Santo Oficio. La Inquisición no actuaba contra quienes se rendían ante la tentación de la carne, sino contra quienes hacían burla de ese pecado, contra quienes negaban que fornicar lo fuera. Supongo que fue el caso de quienes fueron asesinados. Eso excluía al sacristán de Santa Escolástica, que, simplemente, se mostraba débil ante la carne: pecaba, se arrepentía y volvía a pecar. Su madre, por el contrario, remendaba virgos o actuaba como alcahueta, haciendo burla de lo mandado por la ley de Dios, como es el caso de prostitutas y rufianes que habían convertido el pecado en un oficio.

—No sabía que fuera tan ilustrado —ironizó don Matías.

—No lo soy. Me puso sobre la pista Antonio José Burel. Mi única duda a ese respecto es la muerte de Magdalena Camero; no ejercía la prostitución, ni vivía amancebada, aunque para cargarle su muerte al verdugo de la Inquisición, astutamente, le puso usted en su mano aquel papel, tildándola de puta y amancebada. Magdalena Camero sólo mantenía una relación sentimental. Tal vez, en la decisión de su tío, furibundo realista, influyeron más sus relaciones con un hombre que para él encarnaba los males que había que combatir con todo lo que se tuviera a mano.

—Ese Burel es un simple criado.

—Antes de serlo, estuvo con Riego en las Cabezas de San Juan cuando en 1820 proclamaron la Constitución. Es un oficial, un militar liberal. Persona instruida.

—Brillante, Diéguez, brillante. —Don Matías aplaudió—. En cualquier caso, no tiene pruebas para sostener que acabé con la vida de esas dos mujeres.

—Está en un error. Tengo una prueba determinante. Está en el cuaderno de don Fulgencio Camero.

—Usted me enseñó ese cuaderno, sólo contiene las fechas y los nombres de las víctimas del verdugo de la Inquisición.

—Había escrito algo más que usted y yo no vimos cuando se lo mostré.

Don Matías notó un temblorcillo que disimuló soltando una carcajada.

—¡Eso es una sandez!

—Está escrito con tinta invisible. ¿Quiere saber lo que pone?

Don Matías, disimuladamente, tanteaba ya el tirador del cajón.

Diéguez sacó el cuaderno y comenzó a leer:

—*Zacarías me ha prestado un gran servicio: ponerme en contacto con quien acabó con la vida de doña Cecilia Coello de Portugal. Se llama don Matías Marculeta, quien paradójicamente está en Granada con el encargo de investigar nuestras santas ejecuciones. Le he dicho que la muerte de Magdalena es un asunto de familia que, para evitar sospechas, debería aparecer como una acción de quien el vulgo denomina el verdugo de la Inquisición. Ignoro si el tal don Matías alberga alguna sospecha acerca de que Zacarías y yo estamos detrás de las ejecuciones. He ajustado la muerte de Magdalena por la suma de seis mil reales, los cuales ha exigido antes de llevar a cabo su trabajo. Es mucho dinero, buena parte de mis aho-*

rros, pero los doy por bien empleados. Será quien resuelva el grave dilema que me ha atosigado desde que averigüé que esa desvergonzada se revolcaba en el fango con un cerdo.

Don Matías aprovechó que Diéguez leía y Martina estaba absorta mirándolo, para abrir el cajón y hacerse con el puñal. Aguardaría a que pasase el temblorcillo para lanzárselo a Diéguez. Trató de ganar el tiempo necesario para serenarse.

—Lo que acaba de leer ha podido escribirlo cualquiera. ¿Quién garantiza que no ha sido usted mismo? —Agarraba con fuerza el mango del puñal y calculaba la distancia consciente de que sólo tenía una oportunidad.

—Es la de don Fulgencio Camero, lo certificará cualquier calígrafo; en la Real Chancillería pueden encontrarse numerosos escritos salidos de su pluma.

Don Matías no lograba controlar el temblor de su mano.

—Tengo una curiosidad. ¿Cómo logró leer el texto invisible?

—Gracias a su tía. —Miró a Martina—. Ella me dijo lo que había de hacerse para leerlo, y ahora, curiosidad por curiosidad. ¿Por qué no me cuenta todo lo relacionado con el asesinato de doña Cecilia Coello de Portugal?

A don Matías le vino bien la curiosidad de Diéguez. Ganaría el tiempo necesario para tranquilizarse. Una vez eliminado Diéguez, la moza sería poca cosa, aunque parecía decidida.

—Fue don Ambrosio Coello de Portugal quien me encargó eliminar a su hermana.

—¿El propio hermano de doña Cecilia?

—Sí, su propio hermano. Era una cuestión de dinero, la fuerza principal que mueve el mundo. Entre don Pablo de Armenta y su cuñado había diferencias muy serias a causa de la dote de doña Cecilia, que don Ambrosio no había hecho efectiva. Se trataba de una cantidad elevada, en consonancia con la categoría social de doña Cecilia. El amor de don Pablo por su esposa hizo que se mostrara paciente, esperando que don Ambrosio cumpliera con su obligación como único hermano de doña Cecilia, al haber fallecido su padre. Fue imposible y la propia dama, herida en su honor, amenazó a su hermano con reclamar ante la justicia la cantidad estipulada. Tampoco hizo caso y ella presentó una denuncia…

—¿Denunció doña Cecilia a su hermano?

—En la sala de Hijosdalgo de la Chancillería.

Diéguez recordó que le dijo que allí había buscado los papeles donde se decía que los Armenta eran descendientes de conversos.

—Eso explica…

—Déjeme terminar, casi he acabado. Al ser denunciado, se vio obligado a venir desde La Habana, donde tenía fijada su residencia, pero sin intención de pagar. Si acababa con doña Cecilia sin que tuviera descendencia, eludía el pago de la dote. Me buscó para realizar ese trabajo.

—Eso lo aclara todo y ratifica que usted es un asesino a sueldo.

—Si eso lo satisface, puede llamarlo de ese modo.

—¿Por qué la expuso con una coroza en el atrio de Santa Escolástica?

—Que fuera Santa Escolástica se debió a una casualidad. Influyó que Lupiáñez era sacristán de esa parroquia. Fue él quien, al hablarme de los crímenes del verdugo de la Inquisición, me dio la idea de exponerla como si fuera una penitenciada del Santo Oficio.

—¿Por qué la degolló? Al parecer, doña Cecilia temía que la envenenaran.

—Don Ambrosio lo intentó por ese procedimiento, pero fracasó. Fue entonces cuando requirió mis servicios. Añadiré que la colaboración de Lupiáñez fue importante.

—¿Por qué lo dice?

—Me informó de las costumbres de doña Cecilia como feligresa de Santa Escolástica. Así supe que asistía a misa primera, a la que acude poca gente. Un día, al terminar la ceremonia, Lupiáñez le indicó que don Bernardo, su confesor, quería verla aquella tarde en la sacristía. A la hora que la citaba no había nadie en la iglesia. La degollé en la sacristía. Lo limpiamos todo y ocultamos el cadáver en una especie de trastero. Allí permaneció hasta que al día siguiente, antes del amanecer, Lupiáñez y yo la llevamos al atrio con su coroza puesta.

—¿Cómo conoció al sacristán?

—La primera vez lo vi en Santa Escolástica, ejerciendo las funciones propias de su cargo. Don Ambrosio me había dicho que esa era la parroquia en la que su hermana cumplía con sus obligaciones religiosas. Para evitar que alguien me viera siguiendo a doña Cecilia para conocer sus rutinas, decidí sacarle información. Muy pronto comprobé que le gustaba el vino y me hice el encontradizo en un mesoncillo que, en realidad, esconde un burdel que hay en la calle Mano de Hierro, frente al hospital de San Juan de Dios, y que frecuentaba por el vino y las putas. Compartí con él unas jarras de vino y, sin preguntarle, desató su lengua. Me habló de sus dotes para pintar, de su cargo de sacristán y terminó, con más vino de la cuenta en el cuerpo, contándome los crímenes del verdugo de la Inquisición, aunque entonces no me reveló que él estaba involucrado. Hablaba como si fuera algo ajeno a su persona, aunque conocía detalles que me llamaron la atención. He de decir que, en un principio, la historia de los crímenes no me interesaba demasiado, hasta que me explicó que los cadáveres aparecían con algún distintivo propio de los penitenciados del Santo Oficio. Don Ambrosio, lógicamente, había insistido en que acabara con su hermana de forma que resultara imposible llegar hasta él. Temía que, estando de por medio el asunto de la dote, pudiera encontrarse en el punto de mira de una investigación. Fue entonces cuando se me ocurrió que doña Cecilia podía ser…, podía ser otra víctima del verdugo de la Inquisición.

—Por eso usted siempre defendió esa autoría, ¡aunque las evidencias apuntaban en una dirección muy diferente!

—Qué quiere que le diga. Tenía que sostener el plan que tracé y que acabó con el sacristán colaborando y doña Cecilia en la puerta de Santa Escolástica.

—¿Cómo consiguió su colaboración?

Don Matías se encogió de hombros. El temblor había desaparecido y su pulso se había sosegado. A la distancia que tenía a Diéguez podía eliminarlo sin problemas. Pero decidió terminar de contarle su historia.

—Usted conocía a ese barbián. Le gustaban las putas y el vino. No sabría decir si sentía preferencia por las primeras o por el segundo. En todo caso me resultó fácil tender las redes, después de confiarle que tenía que hacer un trabajillo sin darle muchas explicaciones. Lo arrinconé señalando que conocía detalles que sólo alguien involucrado en los asesinatos podía poseer y acabó cantando. Me dijo que era colaborador del verdugo de la Inquisición, refiriéndose con ese nombre a don Fulgencio Camero, y me propuso lo de la coroza, apenas se lo insinué. Los servicios de una furcia y unas jarras de vino fueron el precio que me puso. A los dos días la tenía confeccionada y me la entregó. Fue entonces cuando se me ofreció para llevar a doña Cecilia a la sacristía y exponer el cadáver, me pidió a cambio cuatro veces más que por confeccionar la coroza. Acepté, le pagué los cuatro fornicios y varias borracheras. Todo salió a pedir de boca, pero no había contado con que Lupiáñez, aunque era un malandrín, no era tonto. Se había protegido. Debió de suponer que lo eliminaría en cuanto acabáramos el trabajo y escribió una carta donde explicaba el asesinato de doña Cecilia. Me entregó una copia antes de trasladar el cadáver al atrio de Santa Escolástica. En ella había detalles que dejaban patente mi participación. Me dijo que la otra copia estaba a buen recaudo y que saldría a la luz si le ocurría algo. Me aseguró que guardaría silencio y cuando volví a Granada para comprobar realmente hasta dónde había llegado usted en sus pesquisas y…, digamos, atender los deseos de don Tadeo Calomarde, comprobé que ese sacristán se mantenía firme en el cumplimiento de su palabra, aunque sospechaba que algo no iba bien. Esas sospechas se confirmaron el Miércoles Santo cuando salimos de Santa Escolástica y me dijo que él había sido la fuente que acusaba a don Pablo de Armenta del asesinato de doña Cecilia. Entonces me alarmé.

—¿Por eso cayó enfermo?

—¡No diga tonterías! Fue culpa del fresco que hacía aquella noche. Me acatarré y, por otra parte, necesitaba tranquilidad para poder pensar…

—Pensar… ¿para qué?

—Si había puesto tanto interés en que fuéramos a verlo, era porque sospechaba algo. Necesitaba calibrar sus sospechas y hasta dónde sabía realmente.

—Ha dado en el blanco, fuimos al Oficio de Tinieblas para ver cómo reaccionaban, tanto él como usted. Zacarías se descompuso y usted aguantó bien el trance, pero las sospechas sobre usted se amontonaban.

Don Matías estaba calculando la distancia para no marrar con el puñal.

—¿Cuándo decidió matar a Lupiáñez?

Don Matías se quedó mirándolo.

—¿Cómo está tan seguro de que yo lo he matado?

—Porque la carta con que lo amenazaba ha llegado a mi poder.

—¡No me lo creo!

—La tengo en mi bolsillo, iba a enseñársela cuando me disparó en la sacristía. —Diéguez la sacó de su bolsillo y Martina recordó que su tía se la había entregado—. Ahora, responda a mi pregunta.

—Siempre pensé que podía tener un desliz. El vino suelta la lengua con demasiada facilidad y su afición a rendir culto a Baco era superior a sus fuerzas. La decisión la tomé la misma noche del Miércoles Santo.

Se hizo un breve silencio, desde el patio de la fonda llegaba la algarabía propia del lugar: gritos, rebuznos, imprecaciones…

—He venido a detenerlo por sus crímenes. Pedrosa me asignó de nuevo al caso, ¿lo ha olvidado?

La respuesta de don Matías fue lanzarle el puñal, pero en esta ocasión estaba prevenido y pudo esquivarlo. Se clavó en la madera de la puerta. Entonces echó mano a su pistola, pero la bala impactó en el techo. Cuando disparó, ya caía hacia atrás alcanzado por el tiro de Diéguez. Martina miraba horrorizada y enmudecida. Con la pistola humeante en la mano se agachó y sujetó la cabeza de don Matías, en quien aún alentaba un hálito de vida. Miró a Diéguez con los ojos vidriosos.

—Se estará preguntando quién es en realidad Matías Marculeta. ¿El policía…, el policía que usted conoció en el… despacho de Pedrosa? ¿El asesino que… contrató don Ambrosio Coello de Portugal para acabar con la vida de su hermana y el que… acabó por encargo de su tío con…, con la vida de su sobrina? ¿El enviado de Calomarde para…, para esclarecer los crímenes cometidos en Granada?

—Sólo veo a un hombre en un trance muy difícil.

—¿No siente…, no siente curiosidad? —La voz de don Matías sonaba cada vez más débil y resultaba más difícil entenderle.

—Me gustaría saberlo, desde luego. Pero no debe esforzarse. —Diéguez sabía que, con esfuerzo o sin él, a don Matías el tiempo se le acababa.

El posadero y un mozo de cuadra entraron en aquel momento y quedaron mudos ante el cuadro que se ofrecía a sus ojos. Se acercaron para ver a un agonizante don Matías que hacía acopio de fuerzas para poder hablar.

—No…, no me iré sin decirle que en Matías… Marculeta hay una parte…, una parte de cada uno… de esos individuos. He sido un policía…, digamos…, digamos que competente, aunque no muy fiable. Con…, con usted no he jugado limpio…, hasta traté de eliminarlo con las lentejas.

—Casi lo consigue.

—Venía a Granada a…, a indagar… —se detuvo otra vez un momento, cada vez le costaba más trabajo respirar y era mayor el esfuerzo para poder hablar— un crimen que yo mismo había cometido y…, y en esas…. cerré…, cerré otro negocio para eliminar a Magdalena…

—No se esfuerce.

—No me interrumpa…, por…, por favor. —Paró un momento para tomar aire—. Me queda muy poco tiempo y quiero decirle…, decirle que la carta de Calomarde era…, era de verdad… Fui yo quien movió las cosas de manera que el propio Calomarde me enviara de nuevo a Granada, pero mi objetivo era aclarar cómo estaban las cosas y, si era necesario, acabar con…, con Lupiáñez. Mi principal problema…, problema… ha sido que…, que usted es…, es un buen policía.

Aquellas fueron sus últimas palabras. Don Matías Marculeta hundió la cabeza en el pecho y dejó de respirar. Sus ojos quedaron muy abiertos, como si al final algo le hubiera sorprendido. Diéguez se los cerró antes de incorporarse. Las punzadas de la herida de su hombro eran menos dolorosas que las de su corazón.

—¿Qué ha querido decir con que vino a Granada a indagar un crimen que él mismo había cometido? —El posadero estaba espantado—. ¿Era el asesino y el policía?

—Exactamente era eso.

—¡Hay un puñal clavado en la puerta! —señaló el mozo de cuadra.

—Con el que ha intentado matarme.

El posadero se quedó mirando a Diéguez.

—Se han oído dos disparos.

—El que ha hecho el señor Marculeta con esa pistola —señaló el cachorrillo que había junto al cadáver— y el que he hecho yo. ¿Le importaría mandar aviso al cuartelillo para que envíen unos agentes?

—Desde luego. ¿Usted cree que tendré complicaciones?

—Espero que no, amigo.

63

Los reunidos en casa de don José María de la Escalera estaban acalorados, sus semblantes denotaban preocupación. Se culpaban unos a otros de lo ocurrido.

—Podemos intentar un golpe de mano durante el trayecto —propuso don Martín Almela.

—Sería un suicidio. Habrá tropas por todas partes, más los que estén camuflados.

—Entonces, ¿qué nos propone, don Federico? ¿Quedarnos de brazos cruzados?

—¿Tiene un plan?

—No, pero si no podemos sacarla de la prisión, deberíamos intentar liberarla durante el trayecto.

—Todo el itinerario estará fuertemente vigilado —insistió el médico.

—Tal vez no esté tan vigilado como creemos.

Todas las miradas se concentraron en don José de la Peña y Aguayo.

—¿Tiene alguna información que los demás desconozcamos?

—Sé lo mismo que ustedes, pero hay un dato que, en mi opinión, no hemos valorado suficientemente.

—¿A qué se refiere?

—A que el capitán general no ha facilitado a Pedrosa la tropa que este requería para asegurar el traslado de doña Mariana a la cárcel. Tendrá que valerse de migueletes para escoltarla y desde la cárcel hasta el Campo del Triunfo hay un largo trecho. No cuenta con los guardias suficientes para vigilar como quisiera todo el itinerario.

—¿Por qué recorrido llevarán a doña Mariana? —preguntó don Martín.

—Lo mantienen en secreto, pero tienen poco donde elegir. Lo normal es que suban por la Cárcel Baja hasta el Pilar del Toro y enfilar la calle de Elvira. El cadalso lo están levantando a unas treinta o cuarenta varas al otro lado de la puerta. Si no siguieran ese recorrido tendría que ser por la plaza de San Agustín y meterse por las callejas del Boquerón, que les resultaría mucho más complicado.

—La esquina del Pilar del Toro es un buen sitio para intentar algo —señaló don Cecilio Moreno—, tendríamos una salida por los callejones que suben hacia el Albaicín.

—Podríamos conseguir un refugio, al menos en un primer momento —indicó don Cipriano, cuyas amistades en el laberíntico barrio eran de todos conocidas.

—Desde Puerta Elvira —propuso alguien— también se puede alcanzar rápidamente el Albaicín.

La nueva propuesta desencadenó una fuerte discusión sobre aspectos menores, acerca de si a Mariana la conducirían montada en un carro o en el serón de un asno para humillarla como a una vulgar delincuente, o emplearían una hacanea, dada su condición de noble. Se discutió largamente sobre si el cadalso tendría un paño negro cubriendo los bajos, como correspondía a su categoría social, o sería un tablado desnudo. Este último debate surgió porque en plena disputa alguien apuntó la posibilidad de ocultar algunos hombres bajo el patíbulo y dar el golpe en el momento final, contando con el apoyo de grupos distribuidos entre la muchedumbre que acudiría al Triunfo. A cuenta de la supuesta muchedumbre también hubo una trifulca verbal al sostener varios de los reunidos que la gente no iría en masa al sacrificio de Mariana. Como tantas otras veces, todo quedó en una disputa estéril y no alumbró la forma de llevar a la práctica alguna de las propuestas. Al cabo de dos horas no había acuerdo sobre si debía actuarse en el momento crítico de la ejecución, en la esquina del Pilar del Toro o cerca de Puerta Elvira.

Antonio Diéguez había tenido un día muy agitado, después de asistir a dos sepelios. Primero, al de don Bernardo de Oteiza, desde un apartado rincón de la parroquia de Santa Escolástica, abarrotada de feligreses. Había sido enterrado, con mucha pompa y ceremonial, en la sepultura destinada a los clérigos que se abría a los pies del altar mayor de la iglesia. Dos docenas de sacerdotes, entre los que se contaban varios canónigos y prebendados de la Santa Iglesia Catedral, habían concelebrado la misa de *corpore insepulto*. Se había marchado antes de que concluyeran las honras fúnebres para acompañar al cadáver de don Matías Marculeta. Había sido el único testigo de su entierro, junto a los enterradores y los cuatro porteadores del cadáver transportado en unas angarillas hasta la fosa común del cementerio de Almengor.

No había dejado de pensar en su extraña personalidad. Su apariencia era afable, a lo que colaboraba ser un excelente conversador. Nadie podía negarle que era un astuto policía del que había aprendido muchas cosas, aunque sospechaba que en Granada no había destapado el tarro de sus esencias; daba puntadas e insinuaba, pero lo justo para que no se llegara al meollo de los asesinatos del verdugo de la Inquisición, y en Madrid, por lo que había podido averiguar, era persona muy considerada, que contaba con la confianza de sus superiores. Por otro lado, don Matías Marculeta era un ser abominable, un asesino profesional al que no le temblaba el pulso para acabar con la vida de personas inocentes. Nunca sabría si había sido el valiente guerrillero que, según le había contado, plantó cara a los gabachos, o uno de los afrancesados que se acercaron a la sombra del rey intruso porque era el sol que más calentaba.

Apenas había podido hablar con Pedrosa un par de minutos, lo había recibido casi refunfuñando. Se limitó a decirle que brevemente lo pusiera al corriente. No le dedicó una palabra de aliento por haber resuelto los crímenes del verdugo de la Inquisición y haber esclarecido los asesinatos de Magdalena Camero y doña Cecilia Coello de Portugal, aunque sobre esta última le pidió algunos detalles. No se molestó en preguntarle por el vendaje de su hombro. Estaba nervioso con la ejecución de doña Mariana de Pineda. Lo despidió diciéndole que le redactara un informe sobre el caso.

Regresaba a su casa cuando en los campanarios y las espadañas de iglesias y conventos los bronces volteaban tristes, anunciando el toque de ánimas para que, en el recogimiento hogareño, se elevase una plegaria por las almas que aguardaban en el purgatorio su traslado a la gloria. Las sombras de la noche empezaban a apoderarse de Granada y los encargados del alumbrado público encendían las farolas de aceite con sus largas pértigas. Había poca gente por la calle, las autoridades habían extremado las medidas de seguridad y adelantado una hora el toque de queda. Aquel veinticinco de mayo, en plena primavera y una semana antes del día del Corpus, Granada era una ciudad triste que aguardaba sobrecogida.

Con paso cansino recorrió la calle de los Almireceros

y pasó por delante de la Capilla Real. Bibarrambla estaba desierta. En la penumbra que proporcionaban las luces de las farolas de aceite podían entreverse el arco de triunfo y el baldaquino para las fiestas del Corpus. Estaban casi concluidos. Por el Arco de las Cucharas salió a la calle de los Boteros. La calle Alhóndiga estaba solitaria y en el ambiente flotaba un aire de tristeza. Se cruzó con un hombre que caminaba deprisa por la plaza de la Trinidad. Sólo en la calleja de Angulo, cerca de la puerta de su casa, había unas comadres en un zaguán que comentaban algo relacionado con la ejecución del día siguiente.

64

El veintiséis de mayo se anunciaba triste, amanecía gris. Antonio Diéguez abrió el ventanuco de su buhardilla justo cuando la campana de la Trinidad rompía el silencio con el primer toque a misa de siete. Al apagarse el sonido del bronce, se escuchó el ladrido de un perro en la lejanía. El aire fresco de la mañana le dio en pleno rostro y acabó de despejarlo, pero no se llevó la tristeza de su ánimo. Había sido una noche inquieta, se había despertado varias veces y en el silencio nocturno, sólo roto por algún ladrido lejano o el crujir de una viga de la techumbre, había pensado cómo redactar el informe que Pedrosa le había pedido; también, liberado de un peso que en los últimos días le había resultado casi insoportable, había decidido sobre dos asuntos, consciente de que no podía posponerlos.

Las formas de Pedrosa, sin sorprenderlo, le parecieron miserables después de tanto desvelo, incluido el riesgo de su vida. Aumentaba su malhumor el sectarismo de que había hecho gala en el asunto de la bandera incautada a doña Mariana de Pineda. Pedrosa se había convertido en juez y parte, y su ojeriza, la causa de la pena capital. Se sentó a la mesa y se palpó el hombro dolorido antes de alisar el papel y mojar el cálamo para redactar el informe que Pedrosa le había pedido.

Al Señor Subdelegado de Policía del Reino de Granada

En la Ciudad de Granada, a veintiséis días del mes de mayo de 1831

Quien suscribe, el agente Antonio Diéguez Piñero, a V. I. tiene el honor de exponer lo que sigue:

Entre los primeros días de junio del pasado año de 1828 y el 28 de abril del presente año se han sucedido en esta ciudad una serie de asesinatos que dieron como resultado seis personas muertas, cuatro mujeres y dos hombres, cuyo común denominador ha sido el señalamiento de las víctimas con distintivos propios de los que utilizaba el Santo Oficio de la Inquisición para distinguir a las personas que castigaba. Dicha circunstancia hizo que la autoría de los mencionados asesinatos fuera atribuida a una misma mano, sin dilucidar si se trataba de un asesino o de una secta criminal cuya actuación parecía venir determinada por el deseo de que el mencionado tribunal, hoy desaparecido, se restableciera en los dominios de su majestad. Al asesino, singularizado en una persona, se le bautizó como el verdugo de la Inquisición.

Las pesquisas realizadas para descubrir al autor o autores de los crímenes han pasado por numerosas vicisitudes que no refiero a V. I. por ser de su conocimiento. El resultado de las mismas ha supuesto el esclarecimiento de los hechos, revelando que las víctimas ni respondían a la misma circunstancia ni sus muertes son atribuibles a una misma persona. Tres de las víctimas, dos hombres y una mujer, responden en cuanto a su atribución al señalado por la voz pública como el verdugo de la

Inquisición. Con sus asesinatos se reivindicaba el restablecimiento del tribunal de la Inquisición y su autor, como acreditan las pruebas que se adjuntan, fue el vecino de esta, Fulgencio Camero, domiciliado en la calle de Elvira, número ocho. Para ejecutar los crímenes y la exposición pública de los cadáveres, contó con la colaboración del también vecino de esta, Zacarías Lupiáñez, sacristán que fue de la parroquia de Santa Escolástica.

Las muertes de doña Cecilia Coello de Portugal y de Magdalena Camero, en principio atribuidas al mismo asesino, no fueron ejecutadas por el mencionado don Fulgencio Camero, aunque en el caso de la segunda, Magdalena Camero, fue señalada por él para su asesinato, aun tratándose de su propia sobrina, por mantener una relación sentimental que consideraba abominable. Encargó su ejecución a don Matías Marculeta, vecino de Madrid, por una elevada suma. Esa circunstancia también se dio en la muerte de doña Cecilia Coello de Portugal, víctima igualmente del reseñado Marculeta, siendo el encargo realizado por el hermano de la víctima, don Ambrosio Coello de Portugal, para evitar el pago que debía efectuar, en concepto de dote, al esposo de su hermana, don Pablo de Armenta. La imputación de ambas víctimas a don Matías Marculeta por las mencionadas causas también queda acreditada con la información que se adjunta a este informe.

El hecho de que tanto el cadáver de doña Cecilia como el de doña Magdalena aparecieran con signos propios de los penitenciados del Santo Oficio, o en lugares relacionados con el mismo, llevó a que dichas víctimas fueran adscritas, erróneamente, al grupo de las anteriores. En la exposición de los cadáveres de ambas también participó el citado Lupiáñez.

La sexta víctima fue doña Tomasa Pereira, conocida popularmente como la Portuguesa. *Su muerte es imputable al ya citado Zacarías Lupiáñez, que resultó ser su hijo. La causa del crimen está en el desmedido deseo de Lupiáñez de hacerse con la herencia de los bienes maternos. Los signos que la asociaban a una penitenciada del Santo Oficio, al igual que en el caso de doña Cecilia Coello de Portugal, en ambos casos corozas de las utilizadas por la Inquisición para señalar a sus penitenciados, eran elementos que enmascaraban el verdadero motivo de los asesinatos. Ambas corozas, que también se adjuntan al presente informe, fueron decoradas por Zacarías Lupiáñez y han constituido una pieza importante para el esclarecimiento de los hechos.*

Relacionado con estos asesinatos se encuentra el de don Bernardo de Oteiza, párroco de Santa Escolástica, muerto de un disparo por don Matías Marculeta que, en el mismo altercado, hirió en el hombro a quien informa. Ese mismo día, en una alcoba de la fonda conocida como la del Patazas, quien suscribe, en defensa propia, acabó con la vida del señalado Marculeta.

Reseñar, por último, que los rumores que se esparcieron acerca de ciertos devaneos amorosos de doña Cecilia Coello de Portugal formaron parte de la estrategia criminal de Marculeta y del hermano de la finada, don Ambrosio, con el fin de oscurecer las verdaderas causas de su asesinato.

Es todo cuanto tiene el honor de informar a V. I., en la ciudad y la fecha arriba indicadas,
Antonio Diéguez Piñero

Alzó la vista y miró por el ventanuco. La luz era mortecina como correspondía a un día encapotado que amenazaba lluvia. Soltó el cálamo y se acarició la barbilla con aire meditabundo. Unió los dedos de sus manos e hizo crujir las articulaciones. Miró otra vez al ventanuco y, tomando de nuevo el cálamo, añadió una posdata al texto del informe.

P. D.: Informo a V. I. que con fecha de hoy quien suscribe solicita su baja en el cuerpo de agentes de esa subdelegación de policía por motivos personales.
Ilmo. Sr. Don Ramón Pedrosa y Andrade.
Real Chancillería de Granada.

Expulsó el aire de sus pulmones como si con aquel gesto acabara de desprenderse de una pesada carga.

Estaba echando arena para secar la tinta del último pliego cuando Martina apareció en la puerta con un tazón de leche humeante entre sus manos.

—Tienes mala cara, ¿has dormido mal?

—Mentiría si dijera que como un leño, pero he descansado lo suficiente.

—¿Qué estás escribiendo?

—El informe del que te hablé anoche.

—¿Cuentas la muerte de don Matías?

—La cuento y también me he despedido. Y tú, ¿qué tal has dormido?

—¡Un momento! —Martina soltó el tazón—. ¿Qué significa eso de que te has despedido?

—Que dejo el servicio, que no quiero seguir trabajando a las órdenes de Pedrosa.

Diéguez esperó su reacción hasta que la voz de Martina sonó tierna.

—Sé que mi opinión no importa, pero que trabajaras para Pedrosa era lo único que no me gustaba de ti. ¿De qué…, de qué vas a vivir?

—Voy a cultivar caña de azúcar.

—¿Qué has dicho?

536

—Que voy a cultivar caña de azúcar en una finca de Almuñécar.

—No me tomes el pelo, Antonio.

—No bromeo. —Diéguez se levantó, le puso las manos en los hombros y la miró a los ojos—. Tampoco bromeo ahora: ¿quieres casarte conmigo?

—¿Qué…, qué…, cómo?

—Que quiero casarme contigo…, si tú estás de acuerdo.

La respuesta no llegaba y la besó suavemente en los labios.

—¿En qué estás pensando?

—En lo de… si tú estás de acuerdo. A veces los hombres parecéis tontos. —Ahora fue ella quien lo besó apasionadamente—. ¿Qué es eso de cultivar caña de azúcar en Almuñécar?

—Tengo allí una finca desde hace pocos días.

—¿Quieres explicarte?

—Hace algunas semanas, Burel, que barruntaba lo que iba a suceder…

—¿Qué iba a suceder?

—Que Pedrosa acabaría por echarle el guante a su ama y también a él. Decidió…

—¿Ese Burel es el criado de doña Mariana de Pineda? —Martina se llevó instintivamente la mano a la boca—. Si Dios no lo remedia, ¡hoy le van a dar garrote! ¿Qué ibas a decirme de Burel?

—Burel es mucho más que un criado, es un militar liberal y culto, quedó heredero de los bienes de don Fulgencio Camero, el tío de Magdalena. ¿La recuerdas?

—Fue una de las mujeres asesinadas.

—Burel fue su heredero, pero sólo entró en posesión de su herencia después de ganar un complicado pleito promovido por un familiar lejano de don Fulgencio. Eran varias propiedades. Su condena incluye la confiscación de sus bienes, además de cumplir una pena de trabajos forzados en un presidio de África. Pero antes, sin que sepa muy bien por qué, escrituró a mi nombre una de esas propiedades. Un buen puñado de marjales dedicados al cultivo de la caña de azúcar en Almuñécar.

—No me habías dicho ni media palabra.

—¿Recuerdas una carta que me entregó tu tía poco antes de ir a ver al párroco de Santa Escolástica?

—Sí, pero…, pero yo creí que esa carta era la del sacristán de Santa Escolástica… Eso fue lo que dijiste en la posada.

—Nunca me llegó una carta de Lupiáñez. Supongo que no existe y que era una más de sus mentiras. Le entregó una supuesta copia a don Matías para tratar de asegurarse de que no lo quitaba de en medio.

—Pero…, pero tú le enseñaste una carta a don Matías.

—La que me había escrito un militar defendiendo el honor de doña Cecilia Coello de Portugal. La carta que tú confundes era de la escribanía del señor Montijano. Me indicaba que pasase por su oficina para un asunto de mi interés. Con todo lo que ha ocurrido, no fui hasta ayer. Me requerían para recoger la escritura de esa finca.

—¿Habrás tenido que desembolsar los gastos?

—No, Burel lo dejó todo pagado y una suma de dinero para iniciar la explotación. Dejo mi trabajo como agente de policía, no me gusta lo que está ocurriendo. Se persigue a quienes defienden una Constitución que evite atropellos. En fin, que esto se ha acabado. Aprovecho el informe para decirle a Pedrosa que dejo hoy mismo de ser agente. Ese ha sido mi último acto de servicio. ¿Qué dices a mi propuesta, sí o no?

Martina se quedó mirándolo a los ojos ratificando que era un tarugo para las cosas del amor. Lo besó de nuevo y le susurró su respuesta al oído.

65

Había mucha agitación en la Cárcel Baja. Los carceleros estaban pendientes de cualquier movimiento. En la celda donde se hallaba Mariana un vigilante no la perdía de vista. Los hermanos de la Caridad y los dos capuchinos se habían apartado a un rincón para permitir la intimidad necesaria para su confesión. Algo más que cuestiones de conciencia, debió de decirle a don José Garzón cuando el sacerdote, tras darle la absolución, le comentó:

—No te preocupes, hija mía, no faltarán amigos que se encarguen de ellos.

Los pequeños eran su principal preocupación.

—Padre, como le dije ayer, me gustaría recibir la comunión. ¿Es posible?

—Lo es, hija mía. He traído el viático.

Don José, con las manos temblándole, sacó de una cajita de plata la sagrada forma. Los presentes se hincaron de rodillas y Mariana permaneció un par de minutos en actitud recogida.

Conforme se acercaba la hora para la salida de la comitiva que la conduciría al patíbulo, aumentaba la tensión. Mariana, como los dos días anteriores, pidió un poco de zumo de naranja; era lo único que había ingerido desde que ingresó en la prisión. La mujer del carcelero mayor se lo llevó y aprovechó para decirle:

—Señora, tendrá que cambiar su vestido por este sayo y sobre él ponerse el capotillo negro que han de vestir los reos. El reglamento señala que deberá recoger su pelo y ponerse esta cofia y un bonete también negro. —A la mujer le temblaba la voz.

—No tengo inconveniente, salvo que estos señores —miró a la concurrencia masculina— deberán salir mientras cambio mi indumentaria. Si no lo dice el reglamento, lo exige la decencia.

Apenas si tuvieron fuerza para asentir a la sugerencia de Mariana. A alguno se le formó un nudo en la garganta, admirado por su temple y la dignidad con que encaraba la muerte. Quedaron solas en la celda ella y la mujer del carcelero de la prisión, que la ayudó a ponerse aquella especie de hábito de sarga parda. Mariana se quitó el vestido de terciopelo verde y la camisa con cuello y puños de encaje que vestía. Iba a ponerse el sayal cuando la mujer le advirtió:

—Señora, disculpe, pero también ha de quitarse las ligas. —Mariana la interrogó con la mirada—. Sí, señora, las ligas.

—¿Con qué me sujeto las medias?

—Es el reglamento, señora.

—¡Me pondré el sayal! ¡Me recogeré el cabello! ¡Me colocaré esa cofia! ¡Vestiré esas prendas que son una infamia! ¡Pero en modo alguno me quitaré las ligas!

—¡Señora, es el reglamento! Podría utilizarlas para suicidarse —insistió la mujer.

—¡Me importa un bledo el reglamento y no pienso ahorrarle trabajo al verdugo! ¡No lo consentiré!

La mujer rompió a llorar y fue Mariana quien la calmó.

—¡Perdóneme, señora, lo último que yo quería era enojarla!

—Tranquilícese, no estoy enojada. Pero no me quitaré las ligas. ¡Nadie podrá decir que fui al patíbulo con las medias caídas!

La mujer del carcelero abandonó la celda sin cumplir esa parte del encargo. Cuando entraron los hermanos de la Caridad y los clérigos, Mariana tuvo un pálpito al ver allí a sus dos abogados, don José María de la Escalera y don José de la Peña y Aguayo. Se les había autorizado a visitarla antes de que la comitiva partiera hacia el Triunfo; también estaba el alcaide de la prisión. Mariana no lo dudó:

—¡Dígale a esos ministros de la tiranía que se tranquilicen! ¡No van a quedarse sin espectáculo! ¡No pienso quitarme la vida, aunque tuviera ocasión! Me sobra valor para subir al cadalso. Estoy en gracia de Dios y la religión me prohíbe suicidarme.

Al confesor le resbalaron dos lagrimones por las mejillas. Mariana saludó con afecto a don José María y miró a Peña y Aguayo, que se acercó y le susurró algo al oído.

—¿Pueden dejarnos a solas un momento?

En la soledad de la celda mantuvieron una breve conversación. Después Mariana le dijo al alcaide de la prisión:

—Me gustaría hacer testamento.

—Lo siento, señora —contestó el alcaide—. Sus bienes han sido confiscados. Nada tiene que dejar.

—¡Se equivoca! —respondió Peña y Aguayo—. ¡El testamento no está referido sólo a los bienes materiales! La voluntad del testador puede referirse a otros asuntos. ¡Traiga pluma y papel! —Fue casi una orden.

Hubo que traer también una mesa y el propio Peña y Aguayo actuó de escribano. Mariana dictó unas breves disposiciones y una carta a su tío don Pedro García de la Serrana para que legalmente se hiciera cargo de la tutela de sus hijos, y luego otra dirigida a su hijo José María exhortándolo a cuidar de Luisa, su hermana pequeña. Le pedía que fuera fiel a sus principios políticos y que no se avergonzase jamás de que su madre hubiera muerto a manos del verdugo porque lo había hecho en defensa de la libertad. Sus palabras sonaban rotundas y serenas en medio del silencio. Los presentes permanecían inmóviles; sólo algún gesto de incomodidad del alcaide y los intentos de su confesor por contener las lágrimas, que eran una llantina cuando Mariana concluyó.

—Don José —dijo al sacerdote—, sería conveniente que no me acompañara en el trayecto, como es costumbre. Sin embargo, me sería de mucho consuelo tenerlo a mi lado en… el Triunfo.

El sacerdote asintió sin abrir la boca, y abandonó la celda llorando. También se retiró el alcaide de la prisión para disponer la partida. Mariana departió entonces con los abogados, los hermanos de la Caridad y con los capuchinos, agradeciéndoles sus atenciones. Hasta se permitió bromear con sus hábitos, recordándoles la vestimenta que proporcionó al capitán Álvarez de Sotomayor para fugarse, todo ello bajo la atenta mirada del vigilante que permanecía en la celda, como si fuera una estatua de sal, hasta que les llegó el sonido de rastrillos alzándose y cerrojos descorriéndose. En la puerta de la celda apareció el verdugo, José Campomonte, acompañado por algunos cofrades de la Caridad y varios franciscanos; uno de ellos le entregó un crucifijo.

—Ha llegado la hora. —Las palabras del verdugo sonaron trágicas.

Le entregó a Mariana un bonete negro y una especie de saco con mangas del mismo color. El hermano mayor de la Caridad la ayudó a ponerse el atuendo en medio de un silencio que impresionaba. Luego, acompañada por el verdugo, abandonó la celda y tras ella todos los presentes. Al verla aparecer en la puerta de la cárcel con el crucifijo en sus manos se apagaron los comentarios de quienes allí aguardaban. No eran muchos, había más voluntarios realistas que gente del pueblo. Pedrosa había tomado medidas ante el rumor de que se había preparado un complot para liberarla en algún punto del itinerario. Se decía que el conde de los Andes había afirmado que, si el pueblo se amotinaba, estaba dispuesto a colaborar en la liberación de Mariana. La tensión se percibía entre los voluntarios y los integrantes de la escolta.

La imagen de Mariana impresionaba. El prolongado encierro y las penalidades de aquellos meses no habían ajado su belleza. Sus hermosos ojos azules transmitían serenidad y los mechones de cabello que se habían soltado de la cofia y escapado del negro bonete le daban un aire de despreocupación. Se escuchó un redoble de tambor, los pájaros revolotearon sobre los tejados de la catedral y se hizo un silencio sobrecogedor. La voz del pregonero sonó potente:

—*En nombre del Rey nuestro Señor, se hace saber que doña Mariana de Pineda y Muñoz ha sido condenada a la última pena como reo de graves delitos contra la seguridad del Estado, incitación a la sedición y menosprecio de las prerrogativas del Rey nuestro Señor. La sentencia, que se ejecutará en el día de hoy, en lugar público y a vista de todos, es a garrote vil. Será acusada de sedición y traición toda persona, de cualquier condición y calidad, que se oponga a la ejecución de esta sentencia porque esta es la justicia que manda hacer el Rey nuestro Señor. En Granada a veintiséis días del mes de mayo del año de gracia de mil ochocientos treinta y uno.*

Un fuerte redoble de tambor ahogó la protesta que brotó de una esquina donde se veía un grupo de embozados. A pesar del sonido del tambor, pudo escucharse:

—¡Abajo el tirano! ¡Viva la libertad!

Los nervios afloraron en agentes, alguaciles y voluntarios, pero no abandonaron sus posiciones. Desconfiaban incluso de los piquetes —uno de infantería y otro de caballería— mandados por el conde de los Andes en cumplimiento estricto de lo establecido por la ordenanza en casos de ejecuciones públicas.

Mariana fue subida en una jamuga a lomos de una mula —era privilegio de los nobles e hidalgos, en lugar de montar sobre un asno— e inició el recorrido, subiendo por la Cárcel Baja hacia el Pilar del Toro. El pregonero encabezaba la triste comitiva y el piquete de caballería se encargaba de abrirle paso, a continuación marchaba el verdugo tirando del ronzal de la mula que montaba la reo, a cuyo alrededor podía verse un revuelo de frailes, al haberse sumado algunos más a los que estaban en la celda. Detrás, formados en dos hileras, los hermanos de la Caridad con su cofrade mayor al frente, los últimos llevaban unas talegas de lienzo negro y solicitaban, con voz lastimera, una limosna para pagar el entierro de quien iba a ser ajusticiada. Cabalgaba tras ellos un jinete con uniforme negro y sable al hombro, lo escoltaban dos alguaciles con indumentaria propia de otro tiempo: golilla sobre una chupa negra, capa corta hasta la cintura, calzón a media pierna, medias de seda, zapatos con hebilla y tocados con bicornio; portaban el junco como atributo de su autoridad. Cerraba el cortejo el piquete de infantería donde iban dos tamborileros que marcaban el paso de la comitiva con el sonido de sus cajas.

Se detuvieron al llegar a la esquina del Pilar del Toro, donde había un numeroso concurso de gente. Apenas quedaba espacio libre para pasar. Los tambores redoblaron y el pregonero leyó la sentencia. Desde un callejón que subía hacia el Albaicín se escucharon gritos de protesta:

—¡Abajo las cadenas! ¡Viva la Constitución!

La gente se arremolinó, los caballos piafaron nerviosos

y los jinetes empuñaron sus sables sin desenvainarlos. Atrás, los soldados previnieron armas pendientes de su sargento.

—¡Abran paso! ¡Despejen la calle!

La gente no se movió. Los infantes avanzaron cubriendo los flancos. Desde una ventana arrojaron un balde con agua y cerraron rápidamente el postigo. La comitiva avanzó con dificultad entre las hostiles miradas de la gente.

—¡Despejen la calle! —gritó el oficial al ver surgir de un callejón un grupo de embozados.

Mariana temblaba y apretaba con fuerza el crucifijo que llevaba en sus manos. Contuvo la respiración aguardando el desenlace.

—¡Vivan las cadenas! ¡Viva nuestro señor, don Fernando VII!

Eran voluntarios realistas. La gente los miró con aversión, pero nadie se movió y la comitiva enfiló la calle de Elvira. Mariana pasó de la esperanza a la congoja. Se aferró al crucifijo e hizo un esfuerzo para que las lágrimas, que asomaban a sus ojos, no corrieran por sus mejillas. La calle aparecía ahora casi desierta. Los comercios echaban el cierre, los postigos se entornaban, la mayor parte de las puertas estaban clausuradas. Sólo se escuchaban el golpeo de los cascos de los caballos sobre el empedrado y el bisbiseo de las salmodias de los frailes. Los negros personajes que habían dado vivas a las cadenas se habían incorporado a la comitiva.

Un ligero vientecillo movía en los terrados la ropa que ondeaba en los tendederos como banderas al paso del lúgubre cortejo. En la embocadura de la plazuela del Hueso se hizo una nueva parada y el pregonero volvió a leer la sentencia. Apareció el párroco de San Andrés, el mismo que había bautizado a Luisa, y bendijo a Mariana, que se estremeció al recordar a su pequeña. La Casa Cuna tenía cerradas sus puertas y ventanas. Granada se refugiaba en su silencio. En Puerta Elvira había un grupo de gente numeroso, sobre todo mujeres; volvieron a escucharse gritos contra el tirano y vivas a la libertad que procedían de la laberíntica calle del Molino de la Corteza. Mariana, muy pálida, mantenía la vista fija en el crucifijo y parecía ajena a lo que ocurría a su alrededor. Todos los establecimientos próximos a la puerta de la vieja muralla árabe estaban cerrados y en la puerta de la librería de Sebastián Ortega colgaba un crespón negro. El gesto del valiente librero era todo un desafío.

Salieron al Triunfo, su aspecto era desolador. En el cielo, negros nubarrones que iluminó momentáneamente un lejano y fugaz relámpago, el trueno fue apenas un runruneo. Únicamente se veían grupos de absolutistas recalcitrantes, a los que se sumaban algunos curiosos y poco más. Si Pedrosa había pretendido convertir la ejecución de Mariana en un espectáculo público, había fracasado. La respuesta de Granada era el silencio. Había migueletes en la Tinajilla controlando las entradas a las calles San Juan de Dios, Atarazana y Santísimo, y en la que daba a la placeta de los Naranjos un contingente de caballería, de Voluntarios de Santa Fe. Podían verse hombres de uniforme apostados junto a los muros del convento de los mercedarios calzados y en el acceso a la calle Real. En el centro del descampado se alzaba la columna triunfal sobre la que se erigía la imagen de la Inmaculada Concepción y daba nombre al paraje. El patíbulo se levantaba cerca de dos varas del suelo. Algunas mujeres que estaban en Puerta Elvira se incorporaron al cortejo como si fueran penitentes de una procesión y se congregaron cerca del cadalso. En lugar de las habituales chanzas e invectivas a los condenados que solían acompañar a las ejecuciones hasta el momento final, cuando se imponía un silencio hipócrita, los congregados —incluidos los absolutistas— guardaban silencio. Sólo se oían los rezos de los clérigos. Mariana recordó las palabras de la gitana de la plaza Nueva: «¡Cuídate! ¡Cuídate mucho! ¡La muerte está al acecho!».

La escasa concurrencia había tenido una consecuencia trágica para los liberales, quienes, a última hora, habían decidido rescatar a Mariana en el Triunfo y aprovechar el gentío para huir. Su plan era inviable. El grupo de sus allegados en medio del descampado ofrecía una imagen patética.

Alrededor del patíbulo, cubierto con unos faldones de bayeta negra, al ser la víctima de condición noble, tomó posiciones el piquete de infantería. Allí estaba el párroco de las Angustias, conteniendo su desconsuelo. Sobre el tablado se alzaba, siniestra, la banqueta que había de ocupar la condenada y el poste donde se ataba al reo para ser agarrotado. Miraba a la calle de San Juan de Dios.

El pregonero leyó por última vez la sentencia en medio de un silencio sepulcral y después Mariana bajó de la mula. Subió al cadalso del brazo del anciano sacerdote, acompañada por el redoble de los tambores. Don José Garzón le susurraba al oído y ella asentía. No había perdido la entereza. Apretando el crucifijo entre sus manos paseó la mirada en derredor, como si buscara algo, luego miró al verdugo, que agachó la cabeza.

—Cuando quiera, estoy dispuesta. —Su voz sonó tranquila.

—Le suplico que…, que me perdone. Es…, es mi oficio —tartamudeó el verdugo.

—Cumpla con su trabajo. —Mariana se volvió hacia el sacerdote y le pidió—: No se olvide de mis niños. Para ellos es mi último pensamiento.

El párroco respondió con la mirada, el nudo en la garganta le impedía hablar.

Lo que Mariana acababa de decir era cierto sólo a medias. Pensaba también en el injusto precio que pagaba por que en Granada ondeara una bandera llamando a la libertad. En aquel instante cayeron las primeras gotas. Nadie se movió. El verdugo rodeó su cuello con un grueso collar y don José la bendijo musitando una plegaria. Mariana murió mirando hacia la fértil vega de Granada.

La lluvia arreciaba cuando doblaron las campanas de San Ildefonso. En el corazón del Albaicín, en San Juan de los Reyes, don Luis de Valdelomar celebraba un oficio de difuntos. Aunque estaba establecido que los cadáveres de los ajusticiados por conspiración permanecieran expuestos al público un tiempo, Pedrosa había decidido su retirada del cadalso ante el temor a un motín y ordenado que no se señalara la ubicación de su sepultura para evitar convertirlo en lugar de peregrinación. Los hermanos de la Caridad se hicieron rápidamente cargo del cuerpo de Mariana, y aquella misma tarde la enterraban en el cementerio de Almengor con orden expresa de no señalar su sepultura.

A la hora del crepúsculo, poco antes de que las sombras de la noche cayeran sobre Granada, el sepulturero que había ayudado a los hermanos de la Caridad a enterrar el cadáver cerraba la reja de acceso al campo santo. Se quedó paralizado al ver dos sombras saltar una de las tapias y buscar el lugar donde aparecía la tierra removida. Encontraron el sitio donde había sido enterrada Mariana y en él colocaron una cruz.

J. C. P.
Cabra, 12 de mayo de 2013

NOTA DEL AUTOR

Mariana, los hilos de la libertad es una obra de ficción y como tal debe ser entendida. Se trata de una novela. Cierto que en ella el lector encontrará hechos que forman parte de nuestra historia. Retazos de la lucha por la libertad contra el absolutismo y de los anhelos por conseguir una Constitución que rigiera la vida política de nuestros antepasados en el siglo XIX. Una parte de los personajes que desfilan por las páginas de la novela son históricos y conviven con otros que son fruto de la creación literaria. Esa dualidad en la que se dan la mano historia y ficción se concreta, por ejemplo, en la protagonista histórica y el protagonista novelesco de *Mariana, los hilos de la libertad*: Mariana de Pineda y Antonio Diéguez.

Mariana de Pineda, más allá de las libertades que un novelista puede tomarse, responde en buena medida a lo que sabemos de esta dama granadina que dio su vida por no delatar a sus compañeros de conspiración. Una conspiración que, como la inmensa mayoría de las protagonizadas por los liberales en el reinado de Fernando VII, tuvo un final trágico. Fue la protagonista de la fuga del capitán Álvarez de Sotomayor de la cárcel de Granada, de la que logró fugarse disfrazado de fraile capuchino. Su fuga, tratada con las fórmulas propias de una novela, está inspirada en el relato que Álvarez de Sotomayor dejó consignado por escrito. También las páginas relacionadas con el bordado de una bandera, que a la postre causó su perdición, responden al episodio protagonizado por Mariana y que constituye uno de los hechos más conocidos de su biografía. Las bordadoras vivían en el popular barrio del Albaicín y la indiscreción de un sacerdote, que mantenía relaciones sentimentales con una de ellas, en una conversación con su padre —furibundo realista— fue el detonante de la prisión de Mariana.

Otro personaje histórico es Antonio José Burel, el criado de Mariana, y su filiación liberal. Lo mismo que lo son el conde de Teba y su esposa —padres de Eugenia de Montijo, que muchos años después se convertirá, al contraer matrimonio con Luis Napoleón, en emperatriz de los franceses—, la singular María Manuela Kirkpatrick. También lo es el conde de Montijo, conocido por su participación en el motín de Aranjuez, donde actuó como muñidor de los acontecimientos. Personajes históricos son don Diego de Sola, alcaide de la cárcel, doña Úrsula Lapresa, madre adoptiva de Mariana de Pineda, o Dolores Morales de los Ríos y Escaño, esposa de José de la Peña y Aguayo. Y personaje histórico es el alcalde del crimen de la Real Chancillería de Granada y subdelegado de policía de Granada, Ramón Pedrosa y Andrade, que ha quedado como prototipo de personaje reaccionario y enemigo personal de Mariana de Pineda. Aclaremos que todos ellos desfilan por las páginas de *Mariana, los hilos de la libertad* según las necesidades de la trama. La prisión de Mariana en el beaterio de Santa María Egipcíaca también responde a lo ocurrido, así como su traslado a la Cárcel Baja y el recorrido que la condujo hasta el Triunfo, lugar donde se llevó a cabo su ejecución al aplicársele la pena de garrote. Hoy en el sitio donde se alzó el patíbulo puede verse una cruz en recuerdo del luctuoso acontecimiento.

No hubo unos crímenes del verdugo de la Inquisición en la Granada que vivía la última etapa del reinado de Fernando VII. Se trata de una ficción novelesca en la que, no obstante, se han querido reflejar algunos aspectos de la situación política del momento que estuvo marcada —amén de las persecuciones sufridas por los liberales— por la aparición de un partido llamado apostólico y articulado en torno a la figura del infante don Carlos María Isidro, hermano de Fernando VII y supuesto heredero ante la falta de descendencia del monarca. Los apostólicos reclamaban la reinstauración del tribunal de la Inquisición, abolida durante el Trienio Liberal después de haber sido reinstaurada por Fernando VII en 1814 cuando anuló la labor legislativa de las Cortes de Cádiz, que habían acordado su primera abolición. Fernando VII no volvió a ponerla en vigor, lo que generó descontento y protestas entre los sectores más absolutistas. El nacimiento en 1830 de la que más tarde sería Isabel II provocó en aquellos años una fuerte lucha política en el entorno del rey. La Ley Sálica, que impedía reinar a las mujeres, fue derogada por el monarca y desencadenó un largo conflicto sucesorio. La alusión a los detalles de la Conspiración del Triángulo, que tuvo lugar durante el sexenio absolutista (1814-1820), se ha situado fuera de su contexto cronológico por conveniencias literarias, recogiendo algunos detalles de la misma.

Tampoco hubo un rapto de Fulgencio Camero —personaje de ficción al igual que su sobrina Magdalena—, pero el bandolerismo fue una realidad social de la época. Algunos liberales, como se refleja en la novela, se echaron al monte ante las persecuciones del rey. Es ficción la escena de una gitana abordando a Mariana en la plaza Nueva, pero no lo es, como bien sabe el lector, la práctica de dicha actividad por parte de las gitanas. También es libertad novelesca la atracción que sobre Pedrosa ejerce Norberta Pimentel, personaje de ficción, como lo son Antonio Diéguez, Martina y su tía, la herbolaria Casilda Bullejos, el sacristán Zacarías Lupiáñez, el párroco don Bernardo de Oteiza o el inspector don Matías Marculeta, creados para dar cuerpo a la trama de los mencionados crímenes. También pertenecen al mundo de la creación literaria doña Hortensia Alpuente y doña Rosario Montes de Ortigosa.

Mención especial merece la relación de Mariana de Pineda con el abogado José de la Peña y Aguayo. Algo se ha escrito sobre su relación sentimental e incluso se ha señalado al letrado egabrense como el progenitor de la pequeña Luisa. Es posible y así se recoge en la novela, pero no estoy en condiciones de afirmarlo con seguridad. Peña y Aguayo, que nos dejó una interesante obra, publicada en 1836, sobre el inicuo proceso que llevó a Mariana de Pineda al patíbulo, adoptó como hija suya a Luisa y le dio su apellido. Posiblemente ese gesto haya dado alas a la especulación acerca de sus supuestos amores. En cualquier caso, Mariana, siendo viuda, dio a luz a esa niña. Con la llegada de los liberales al poder, Peña y Aguayo se convirtió en un prócer del liberalismo moderado. Desempeñó la cartera de Hacienda en uno de los gobiernos de Isabel II y fue uno de los abogados más prestigiosos de la España isabelina. Se ha dicho también que fue el defensor de Mariana; es posible. Lo que sí podemos señalar es que formó parte de los abogados que, junto a José María de la Escalera, se hicieron cargo de su defensa en unas condiciones muy difíciles.

En esta novela se ha tratado de recrear la Granada de aquel tiempo, la que se encontraban los viajeros que hacían el llamado *Grand Tour* y tanta impresión les producía. Era la Granada que contenía numerosos monumentos —los arcos de las Cucharas y de las Orejas o los puentes sobre el

Darro—, donde era patente su pasado musulmán y a los que los granadinos hacían poco aprecio. La Granada que vivió Mariana de Pineda era una ciudad en la que el Darro corría por su centro urbano, a la vista de todos. Sus avenidas provocaron gravísimas inundaciones. La que recogemos en *Mariana, los hilos de la libertad* no ocurrió en 1831 —una libertad novelesca—, sino algunos años más tarde, en 1835, y destruyó la bóveda sobre la que se había construido la plaza Nueva. Señalar por último que los lugares donde aparecen las víctimas del verdugo de la Inquisición son sitios concretos de la Granada de la época. Alguno ha desaparecido o ha sufrido importantes modificaciones.

JOSÉ CALVO POYATO

AGRADECIMIENTOS

Mariana, los hilos de la libertad debe sus perfiles finales a un grupo de personas a quienes quiero agradecer con
estas líneas sus comentarios y sugerencias, algunas de ellas
particularmente valiosas. Ellos me han ayudado, más de lo
que piensan, a configurar la versión definitiva, la que ha llegado a los lectores. Así pues, quiero manifestar mi agradecimiento a Gloria Abad y a Juan Sol por la lectura atenta del
texto inicial y sus atinados comentarios. También a Javier
Sánchez por sus aportaciones, que mejoraron sustancial-
mente el contenido y el texto. Las matizaciones, precisio-
nes y observaciones de Rafael Morales enriquecieron el
original, aportaron claridad y precisaron aspectos importantes. Los conocimientos de mis buenos amigos Antonio
María Claret García y César Girón —versados en el pasado histórico y de muchos rincones de una ciudad con tanto
encanto como Granada— me permitieron afinar numerosos detalles sobre la Granada de 1830, la que vivió Mariana
de Pineda y que aparece en las páginas de este libro. Asimismo, a mi editora, Elena García-Aranda y a Fernando
Contreras por sus atinadas observaciones, después de una
atenta lectura. Dejo para concluir, en modo alguno porque

su papel sea menos importante en el resultado final, sino por todo lo contrario, unas palabras de cariño y reconocimiento a Cristina. Sus apreciaciones sobre la novela, sus comentarios acerca de lo que en ella se cuenta y la paciencia en los momentos difíciles que lleva implícita la concepción, preparación y redacción de una novela son, sencillamente, impagables.

J. C. P.

BIBLIOGRAFÍA

BARRIOS, MANUEL, *Proceso a la Historia. La libertad no tiene bandera*, Plaza & Janés, Barcelona, 1983.

BARRIOS ROZÚA, JUAN MANUEL, *Guía de la Granada desaparecida*, Editorial Comares, Granada, 2011.

DE LA PEÑA Y AGUAYO, JOSÉ, *Vida y muerte de Doña Mariana Pineda*, Madrid, 1836.

FERNÁNDEZ ALMAGRO, MELCHOR, *Granada en la literatura romántica española*, Madrid, 1951.

GALLEGO Y BURÍN, ANTONIO y MARTÍNEZ LUMBRERAS, FRANCISCO, «Unos años de historia granadina, 1814-1833», en *Revista del Centro de Estudios Históricos de Granada y su Reino*, número 1-2, tomo XIII, Granada, 1923.

GÁMIR SANDOVAL, ALFONSO, *Granada en 1830 por David Inglis*, Ediciones CAM, Granada, 1955.

GÓMEZ ROBLES, LUCÍA; FERNÁNDEZ RUIZ, JOSÉ ANTONIO y TORICESABARCA, NICOLÁS, *Tourist in Granada. La ciudad de 1830 vista por los viajeros*, Fundación Albaicín, Granada, 2008.

PÉREZ GALDÓS, BENITO, *Episodios nacionales. Los Apostólicos*, Madrid, 1899.

RODRIGO, ANTONINA, *Mariana de Pineda y Eugenia de Montijo (Dos mujeres granadinas del siglo XIX)*, Caja de Ahorros de Granada, Granada, 1973.

—, *Mariana de Pineda. Heroína de la libertad*, Plaza & Janés, Barcelona, 1977.